Cap Random

CAP RANDOM

BERNICE MORGAN

ROMAN

XYZ
éditeur

TRADUCTION DE HÉLÈNE RIOUX

La publication de cet ouvrage a été rendue possible grâce à l'aide financière du ministère du Patrimoine canadien par l'entremise du Programme d'aide au développement de l'industrie à l'édition (PADIÉ), du Conseil des Arts du Canada, du ministère de la Culture et des Communications du Québec et de la Société de développement des entreprises culturelles.

Titre original : *Random Passage*, Breakwater Books Ltd., St John's, Terre-Neuve, 1992.

© XYZ éditeur
1781, rue Saint-Hubert
Montréal (Québec)
H2L 3Z1
Téléphone : 514.525.21.70
Télécopieur : 514.525.75.37
Courriel : xyzed@mlink.net
Site Internet : xyzedit.com

et

Bernice Morgan

Dépôt légal : 2ᵉ trimestre 2000
Bibliothèque nationale du Canada
Bibliothèque nationale du Québec
ISBN 2-89261-283-7

Distribution en librairie :
Dimedia inc.
539, boulevard Lebeau
Ville Saint-Laurent (Québec)
H4N 1S2
Téléphone : 514.336.39.41
Télécopieur : 514.331.39.16
Courriel : general@dimedia.qc.ca

Conception typographique et montage : Édiscript enr.
Maquette de la couverture : Zirval Design
Photographie de l'auteure : Carla Krachun
Illustration de la couverture : Atkinson Grimshaw, *Tombée de la nuit sur la Tamise*, 1880

Pour mes parents,
Sadie Vincent, de Cape Island,
et William Vardy de Random Island,
et pour leurs parents,
qui ont travaillé dur
pour faire de cet endroit
un lieu sûr.

Prologue

C'est le printemps et, dans le grand trou au centre de la colline sacrée, un feu brûle comme il le fait depuis mille printemps. La vieille Ejew est assise auprès du feu, ses jambes gainées de cuir allongées vers les pierres brûlantes. Le bébé dort entre ses genoux, sa petite tête ronde reposant douillettement entre les jambes d'Ejew. La vieille femme fredonne une chanson qui parle d'Ob-seeth, le petit oiseau qui s'était querellé avec un poisson au museau carré appelé Mo-cu-thut, à propos d'un coquillage magique qu'ils convoitaient tous les deux. Ejew connaît bien cette chanson. Elle l'entendait déjà, enfant, lorsque ses frères, pour la taquiner, la surnommaient Ob-seeth, petit oiseau querelleur. La chanson finit tristement. Ob-seeth pique de son bec les yeux de Mo-cu-thut, et le poisson furieux bondit hors de l'eau, attrape avec ses dents la queue de l'oiseau qu'il tire sous l'eau, et le coquillage magique est perdu à jamais dans la mer. Malgré son histoire mélancolique, la chanson a une mélodie entraînante et Ejew la chante sans arrêt.

Depuis qu'ils ont entrepris cet harassant périple vers la côte, c'est la première fois qu'Ejew a chaud et que ses vêtements sont complètement secs. Il faut se réjouir, pense-t-elle : le printemps est arrivé, ses petits-enfants sont nés en bonne santé, les dieux ont de nouveau permis à sa famille de parvenir à ce lieu sacré. Elle devrait être contente d'avoir encore trois fils vivants qui, à l'instant même, sont sur la plage en train d'attendre les phoques, les adjurant de s'approcher à la portée de leurs harpons à pointe d'os.

Évoquer la graisse chaude de phoque fait saliver Ejew et lui donne des crampes d'estomac. Pour oublier sa faim, elle concentre son esprit sur le sable doux contre son dos, sur le corps chaud du bébé entre ses jambes et sur le feu qui rougeoie à ses pieds.

Toma, le fils de Gobidin, et Ubee l'orpheline s'approchent avec du bois flotté qu'ils déposent sur la pile à côté du feu. Les enfants maigres évoquent des spectres avec leurs joues creuses et leurs yeux agrandis par la faim. Le garçon montre à sa grand-mère un long bâton qu'il a trouvé et lui demande quand ils vont manger.

« *Mo she mell, mo she mell* », répond Ejew. Très bientôt à présent, très bientôt.

Le dieu phoque va bientôt leur donner à manger. Non pas juste ce qu'il faut pour remplir leurs ventres aujourd'hui, mais suffisamment pour qu'ils puissent couper la viande en languettes et la faire sécher au-dessus du feu, ce qui les nourrira pendant plusieurs mois. La famille restera sur le cap des phoques encore un jour ou deux, à chasser sur la plage et à fabriquer des outils auprès du feu, se servant du silex éparpillé tout autour de la colline pour refaire le plein de grattoirs et de pointes de flèches. Alors, pense Ejew, d'autres familles seront arrivées et tous ensemble ils se dirigeront vers la côte, vers les rivières à saumons, vers les îles aux œufs, ils chasseront le renard et le lagopède, ils piégeront les oiseaux de mer et pêcheront les pétoncles. Lorsque les baies auront rougi aux branches des arbustes, les sacs et les paniers seront remplis de nourriture. Et lorsqu'ils retourneront à l'intérieur des terres à la rencontre des hordes de caribous, les enfants auront de nouveau des joues rondes, et même sous sa vieille peau à elle il y aura une couche de graisse. Depuis des temps immémoriaux, son peuple est arrivé vide au cap des phoques et en est reparti comblé. Ce sera pareil cette année. Ejew prie les dieux pour que la situation ne change jamais.

Ce printemps, ils étaient plus affamés que d'habitude. Son fils aîné Gobidin avait insisté pour qu'ils se dirigent vers le cap par un chemin détourné, qu'ils ne viennent pas comme ils l'avaient toujours fait en longeant le fjord profond où ils auraient pu piéger une baleine bleue. Ils avaient plutôt poussé très loin à l'intérieur des terres, portant leurs canots pour traverser la forêt, la tourbière gelée où il n'y avait rien à manger. Là, quand la viande de caribou vint à manquer, ils durent peler les sapins baumiers rabougris dont l'écorce intérieure leur servit de nourriture. Ejew aurait pu protester lorsqu'ils empruntèrent ce chemin plutôt que la route habituelle — à titre de doyenne de la famille, elle en avait le droit. Mais Gobidin avait vu des Widduns, les hommes sans âme, et elle n'osa pas s'opposer à sa décision.

Il y avait longtemps qu'on parlait des Widduns autour des feux de camp d'hiver. On disait qu'ils apportaient la maladie, qu'ils dégageaient l'odeur de la mort et qu'ils n'avaient ni femmes ni enfants. Plusieurs personnes affirmaient les avoir vus dans la forêt, et un jeune homme raconta avoir visité un village où ils vivaient. Il dit qu'ils attachaient leurs maisons à la terre et qu'ils vivaient entassés les uns contre les autres au même endroit hiver comme été.

Pour sa part, Ejew n'avait jamais cru à ces histoires. Les gens voyaient toujours des créatures étranges, des humains, des bêtes ou des esprits. Mais, plus tard, l'automne dernier, alors qu'ils retournaient au camp d'hiver, Gobidin et sa femme s'étaient éloignés du groupe pour aller chasser la loutre. Le deuxième jour, pendant qu'ils pagayaient sur une des rivières alimentant le fjord, cinq Widduns avaient surgi du bois et, levant leurs bâtons, ils avaient tiré en l'air dans la direction du canot. Le feu avait frappé Eeshoo et Gobidin, frappé la petite embarcation, la faisant tourner sur elle-même et osciller et se mettre à reculer. Les Widduns, eux, étaient restés sur le rivage ; ils riaient et continuaient à lancer du feu au-dessus de l'eau.

Quand Gobidin avait repris conscience, le canot était échoué sur un banc de sable, du sang coulait d'un trou à son épaule et Eeshoo gisait sans vie dans le canot à côté de lui. Il avait exploré la grève et, ne voyant aucun Widdun, il avait tiré l'embarcation dans les profondeurs d'une grotte où ils avaient déjà dormi. Il avait enterré sa femme sous le canot dans la grotte et avait marché pour rejoindre les autres.

Les pensées d'Ejew sont interrompues par des bruits provenant de la plage, les cris des deux enfants et le rire d'une de ses brus. Ils doivent avoir tué un phoque ! Elle fait délicatement glisser le bébé endormi sur elle, se relève péniblement et, en se servant de ses mitaines de cuir, elle laisse tomber deux pierres chaudes dans l'eau de la marmite. À quatre pattes, elle grimpe jusqu'au bord du trou et regarde vers la plage. À cette hauteur, rien ne la protège du vent glacé qui fait voler ses cheveux gris sur ses yeux pendant qu'elle regarde ses fils tirer précautionneusement leurs harpons. Ils ont attrapé chacun un phoque.

À voix basse, elle rend grâce aux dieux qu'ils aient réussi à transpercer les trois phoques en même temps. Les autres bêtes ont plongé et ne referont pas surface avant d'être loin, hors de la portée des chasseurs.

D'habitude, les femmes prennent la relève une fois que les phoques sont sur la plage. Mais comme cette année il n'y a que ses deux brus, les hommes les aident à attacher les lanières de cuir autour des lourdes carcasses et à les tirer sur la grève. Autrefois, il y aurait eu beaucoup de femmes et de filles pour faire ce travail ; elles auraient ri aux éclats et se seraient hâtées d'arriver à l'endroit où se tient Ejew, chacune d'elles voulant être la première à atteindre le feu sacré avec un phoque. Les hommes et les garçons les auraient encouragées par leurs cris et, se tenant auprès d'Ejew au bord de la colline, les vieux auraient aussi lancé des cris d'encouragement, tous les vieux : les chantres, les gardiennes de bébés, les fabricants d'outils, les vanneurs, les vieux de toutes les familles qui se rassemblent chaque printemps sur le cap des phoques pour chasser, faire du troc, chanter, danser, conclure des mariages et raconter des histoires.

Ejew se souvient d'une vieille sage qui racontait aux enfants que, même autrefois, les étrangers (elle les appelait « les autres ») considéraient le cap comme un lieu saint. Ces autres et les familles à la peau rouge ocré s'étaient battus pour conquérir cet endroit pendant de nombreuses années. Puis, un printemps, les autres n'étaient pas venus. Ils n'étaient jamais revenus. Leur temps sur terre était révolu, disait la vieille, ils avaient disparu comme des demi-bêtes, laissant les humains posséder le monde.

Longtemps Ejew avait oublié l'histoire que racontait la vieille à propos des autres. À présent, elle y repense souvent. Où sont-ils allés, ces autres ? Est-ce que le temps sur terre de toutes les créatures prend fin un jour et est-ce pour cela que, chaque année, il y a moins de monde sur le cap ? Et la question la plus terrifiante, celle qu'elle a récemment commencé à se poser : est-il possible que les autres soient revenus déguisés en Widduns pour réclamer le monde ?

Ejew se sent mal depuis longtemps, si longtemps qu'elle ne peut se rappeler à quel moment cela a commencé… avant que les Widduns aient tué Eeshoo, avant que Mattuis ait disparu, avant que la toux soit apparue. Elle se dit parfois que cette sensation d'oppression est la seule chose qui l'empêche de flotter hors de ce monde pour entrer dans celui des esprits.

Ce soir, après avoir mangé autant de viande que possible, quand l'huile a été versée sur leurs mains et dans le feu pour remercier le dieu phoque de ses présents, l'enfant Toma apporte à son père le long bâton qu'il a trouvé sur la grève. Il n'est pas fait en pierre ni en bois ni en os ni en aucune substance connue d'eux.

« Est-ce un bâton magique ? » demande l'enfant.

Gobidin l'examine attentivement. Cela ressemble, dit-il, à un morceau d'un bâton de feu utilisé par les Widduns, mais c'est à présent inoffensif, creux et vide à l'intérieur. On se passe le bâton d'une main à l'autre, on s'émerveille de son poids. On en donne des coups sur le rocher et, comme il ne se casse pas, on le jette dans le feu où il finit par devenir rouge vif.

Ils attendent encore cinq jours sur le cap, mais aucune autre famille ne se présente et les phoques ne reviennent pas. Alors, ils se préparent à partir vers la côte. Pendant que les autres font les bagages, Ejew remplit de la cendre du feu sacré la poche qu'elle porte à l'épaule et regarde Toma fouiller dans le bois carbonisé à la recherche du long bâton. Elle lui dit qu'il aura brûlé, mais l'enfant le retire, intact, du trou et il frotte joyeusement ses mains sur la surface lisse et noircie. Il le tient à côté de lui, comparant leur hauteur. Le bâton est deux fois plus haut que lui. L'enfant le tient devant ses yeux pour regarder Ejew et Ubee à travers et il le porte à ses lèvres, essayant de produire un son comme souvent les garçons le font en soufflant dans des roseaux creux. Il se pavane, fier d'avoir trouvé cet objet qui ne ressemble à rien d'autre. Il explique gravement à la vieille femme et à la fillette comme il sera utile. Le bâton étrange les aidera à porter les paniers, à passer les rivières à gué et même à faire sécher la viande au-dessus du feu.

Ejew tend la main vers le bâton. Elle ne l'a pas touché avant et elle frissonne de dégoût lorsque la masse lourde et froide entre en contact avec sa peau.

«C'est mauvais, rejette-le à la mer», dit-elle en rendant le bâton à l'enfant.

Son petit-fils la regarde et comprend qu'elle parle sérieusement. Il est trop poli pour manifester de la surprise ou pour s'opposer à la vieille, mais il reste immobile et son attitude est celle du défi. Il reste là, si petit, ses deux mains entourant le bâton.

«Jette-le», répète Ejew d'une voix sèche. Puis, pour atténuer l'effet de cet ordre, elle murmure une brève prière à l'esprit qui assiste le gamin, tend la main et touche sa gorge avec de la cendre sacrée, laissant l'empreinte de son pouce dans le creux.

Sans un mot, Toma se retourne, court vers l'eau et, sous le regard de la vieille femme et de la fillette, il lance l'objet malfaisant dans la mer où il sombre aussitôt.

PREMIÈRE PARTIE

Lavinia Andrews

Chapitre 1

Lavinia Andrews s'arrête au rocher, un rocher comme elle n'en a jamais vu auparavant, surgissant du sable, haut comme une maison, luisant, lisse et arrondi au sommet, évoquant un grand doigt noir pointé vers Dieu. Elle en fait lentement le tour jusqu'à ce qu'elle trouve un endroit d'où elle ne pourra voir ni l'océan infini ni le groupe misérable là-bas, sur le quai. Elle se laisse glisser vers le sol, s'adosse à la paroi noire et remarque qu'elle dégage un peu de chaleur. Cela signifie-t-il que le soleil brille parfois sur ce lieu gris, si désolé ?

Laissant tomber son visage sur ses genoux et la tête dans ses bras, elle pleure comme une enfant. Mais, les épaules voûtées, elle reste assise contre le rocher, le visage enfoui dans le tweed de sa vieille jupe. Le contact avec ce tissu rêche, exhalant encore légèrement l'odeur de la maison, la réconforte. Elle commence à se détendre, à analyser ce qui s'est passé, à penser à l'endroit où elle se trouve, à ce qu'elle va devenir.

C'est la première fois qu'elle pense à elle-même de cette façon, comme à une personne seule, distincte de sa mère et de ses frères, sans lien avec la famille qui est debout là-bas sur le quai, entourée de caisses et de barils. Elle réfléchit, pour la première fois de sa vie, à Lavinia Andrews (« Une fille propre, décente, capable de lire, de compter et de récurer les planchers », disait Mme John), une fille à présent assise sur une grève battue par la mer, une fille sans mari, sans amis, sans argent, sans rien d'autre que le sac contenant tous ses biens à côté d'elle sur le sable.

« Je serais mieux si Ellsworth avait fait pendre Ned comme il avait menacé de le faire. » Cette pensée se tenait là, juste sous la surface, depuis cinq semaines.

« Ça m'est égal, c'est vrai… maintenant je suis ici et jamais je ne retournerai là-bas ! Comment je pourrais vivre ça une autre fois ? La mer comme un désert, la mer houleuse, jour après jour, l'eau visqueuse, la crasse, la puanteur ? Aucune des femmes n'y retournera jamais. Les hommes peut-être, mais pas les femmes. Nous allons rester ici jusqu'à la mort. »

En pensant à l'énormité de ce que Ned leur a fait vivre à tous, et au fait qu'elle-même, sans réfléchir, ait suivi le mouvement, elle éclate de nouveau en sanglots convulsifs. Elle essaie de se consoler. Peut-être iront-ils vivre loin de l'eau. À l'intérieur des terres, il y a peut-être des vallées où le climat est moins rude, où l'on trouve des prés verdoyants.

« C'est ça, ma fille, raconte-toi des histoires. T'es aussi stupide que Ned. Crois-tu vraiment que des gens se seraient installés ici sur les rochers s'il y avait un bel endroit chaud et vert tout près ! J'ai dix-sept ans, je peux vivre encore cinquante ans. Cinquante ans ! Mon Dieu, qu'est-ce que je vais devenir ? »

Elle a beau tourner et retourner la question dans sa tête, il n'y a pas de réponse. Elle reste assise, le visage pressé contre sa jupe, reniflant, somnolant un peu, épuisée après avoir tant pleuré et après toutes ces nuits où elle est demeurée assise à côté de Hazel.

Regardez-la bien à présent, Lavinia Andrews, toute seule sur l'interminable grève, refusant d'être vue tant par les membres de sa famille que par les étrangers, effrayée par l'océan glacé qui mugit dans son dos et par le paysage désolé qui s'étale devant elle. C'est un jour de novembre, très morne. Les seules couleurs visibles sur cette plage balayée par la mer sont celles de l'écharpe de laine verte que la jeune fille a nouée autour de sa tête et des mèches de cheveux d'une teinte orangé sale qui s'en échappent.

Cinq semaines ont passé depuis que, du jour au lendemain, Lavinia Andrews a été arrachée à sa terre natale, un endroit doux et civilisé comparé à celui-ci. Il y a cinq semaines, elle a quitté un emploi sûr présentant de bonnes perspectives d'avenir. Il y a cinq semaines, elle a laissé le beau jeune homme qu'elle avait vu en train de vendre des marionnettes qu'il tirait d'une brouette — ils ne s'étaient jamais adressé la parole, mais cela aurait fini par se produire. Pendant cinq semaines, elle a vogué sur deux mille milles d'une eau noire et houleuse, navigué sur les mers les plus agitées du monde. Une rude traversée dans la cale d'un navire marchand, un espace conçu pour le transport des porcs et des moutons vers les colonies françaises du Nouveau Monde.

Pendant ces cinq semaines, elle a retardé le moment de réfléchir et de pleurer. Avec les enfants à laver et à nourrir, à empêcher de se noyer, à prendre dans ses bras et à consoler, avec Hazel qui n'a pas bougé de sa couchette depuis le début du voyage et dont elle, Lavinia, devait s'occuper, il ne restait plus de temps pour les jérémiades. Épouillant les têtes et les couvertures, raclant la moisissure sur le pain et fouillant dans la viande pour en retirer les asticots, tuant les rats, récurant les planches, trimbalant l'eau en bas et jetant les excréments et le vomi par-dessus bord, toutes ces tâches l'avaient laissée sans énergie pour penser à la vie qu'elle avait laissée derrière elle, ou à celle qui l'attendait.

Lavinia se réveille en sursaut. Elle a peur. Elle est sûre qu'il y a quelqu'un tout près, sûre que quelqu'un est là, en train de l'épier. Mais il n'y a personne. Rien d'autre que la plage vide se terminant en ombres profondes là où la mer et le vent ont creusé des grottes superficielles dans les rives en saillie. Le ciel est toujours aussi gris et, de l'autre côté du rocher, la mer continue de battre la grève, lente et tenace comme les battements de cœur d'un géant. Il s'est peut-être écoulé une heure, ou une vie, ou seulement quelques minutes, ou peut-être n'a-t-elle pas dormi du tout.

Depuis tôt le matin, à mesure que *La Truite* s'approchait de la côte déserte, Lavinia avait observé cette dernière, se demandant s'il était possible que des gens vivent dans de tels endroits.

« Ne vous inquiétez pas tant, mademoiselle, je vais vous débarquer dans un port abrité », avait dit le capitaine Benoit en la voyant regarder avec tant de détresse la côte sombre.

« Les collines sont si noires, comme si c'était toujours la nuit là-bas », avait-elle chuchoté.

Les collines n'étaient pas noires mais vertes, avait-il répondu. « Toujours vertes, vous aurez des collines toujours vertes », avait-il affirmé avec un grand sourire si faux qu'elle avait eu encore plus peur.

Lorsqu'elle avait demandé où se trouvait la ville, l'endroit dont Ned leur avait parlé, l'endroit où ils devaient ouvrir un magasin, le capitaine avait fait entendre un son bizarre, comme s'il était gêné. « Pas ici, pas ici. » Il avait formé une sorte de triangle avec ses doigts. « Saint-Jean de Terre-Neuve là… nous sommes ici. »

C'est seulement à ce moment-là qu'elle avait découvert qu'ils ne se rendaient pas à la partie de Terre-Neuve la plus proche de l'Angleterre. *La Truite* se dirigeait vers ce que le capitaine appelait « la côte française ». Son entente avec Ned consistait à débarquer la famille Andrews dans un hameau anglais quelconque en chemin.

Ils sont des gens de la ville. Comment pourront-ils vivre de la mer et du rocher ? Elle pense aux biens que sa famille a apportés : de la vaisselle, quelques chaudrons noircis et ébréchés, de vieux vêtements et une ou deux pièces de monnaie, sans doute à présent échangées contre un endroit pour dormir. Pas une vache ni un cheval, pas une graine à semer, pas un outil. Comme leurs possessions ont l'air misérables, empilées sur le quai. Comme eux-mêmes ont l'air doux comparés aux gens qui, immobiles et silencieux, les ont regardés débarquer sur la grève.

C'était sa mère qui avait montré le plus de courage. Jennie Andrews s'était dirigée droit vers la femme, petite silhouette trapue portant un bébé et couverte de tant de couches de châles à longs poils qu'elle ressemblait à une meule de foin moisi surmonté d'une tête minuscule.

« Dieu vous bénisse, m'dame... J'suis pas mal contente de voir une femme par ici. » Sa mère s'était penchée pour jeter un coup d'œil au bébé, exactement comme elle l'aurait fait rue Monk. Le visage rond en forme de pomme au-dessus de la meule de foin avait esquissé un sourire, un grand sourire presque édenté et, une minute plus tard, toutes deux bavardaient comme si elles avaient été voisines toute leur vie.

Lavinia et Meg étaient restées en arrière, rôdant près de Hazel que Ned avait portée dans ses bras sur le rivage et qui était à présent allongée sur le quai dans un amoncellement de couvertures. Meg portait son propre bébé et tenait son neveu Isaac par la main. Le gamin s'était mis à avoir peur de tout depuis la maladie de sa mère et il avait hurlé de terreur quand on l'avait déposé sur l'étroite passerelle reliant le bateau et le quai. Les plus âgées des enfants, Jane, la sœur d'Isaac, et les trois filles de Ben et de Meg, Lizzie, Patience et Emma, restaient côte à côte, immobiles, dévisageant gravement les enfants sur le quai qui les dévisageaient en retour avec la même expression morose.

Même les hommes avaient hésité, Ned s'attardant auprès de la paillasse de Hazel avant de s'avancer, la main tendue. Évidemment, Ben avait regardé Ned, attendant de voir comment réagirait son frère avant de faire un mouvement.

Lavinia suppose que c'est le fils aîné qui devrait normalement être responsable de toute la famille. Mais que peut-on attendre de Ben ? Ben qui, depuis l'âge de neuf ans, a passé tous les jours de sa vie assis dans la charrette derrière Vieux Os, roulant dans les rues de Weymouth, troquant sa collection de marchandises hétéroclites.

À Weymouth, Ben n'avait aucun souci. Sa femme Meg et son frère Ned prenaient toutes les décisions et cela faisait son affaire. Il n'avait pas de patron et cela lui convenait aussi. Ned et Lavinia, et en vérité presque toutes les personnes de sa connaissance habitant dans la rue Monk, travaillaient pour les frères Ellsworth. Bien qu'il ne fréquentât pas l'église comme sa femme, Ben remerciait Dieu tous les jours de ne pas avoir les Ellsworth sur le dos, le traitant avec condescendance. Cela ne lui fut cependant d'aucune utilité le jour où Richard Ellsworth se présenta rue Monk, martelant la table de son poing et portant un grand livre où Ned avait inscrit sa marque.

C'est à cause de la marque de Ned dans le livre de Richard Ellsworth qu'ils ont dû débarquer dans ce lieu désolé.

Ned a toujours été le préféré de Lavinia. Tout le monde aimait Ned. Son frère avait été choyé, admiré, entouré d'amour — gâté par l'amour — depuis le moment où il avait appris à parler. Lavinia et Ned se ressemblaient. Ils avaient le même teint pâle, les mêmes cheveux clairs et bouclés, les mêmes membres déliés, le même don pour rendre les mots magiques.

Cet attribut, qui allait se retrouver encore et encore au sein de la famille Andrews, suscite beaucoup d'admiration. On peut raconter des histoires n'importe où : au fond des cales des bateaux, dans des cellules de prison, dans des puits de mine, dans des chambres où l'on attend la naissance ou la mort, dans la boue des tranchées, sur des banquises et même, plusieurs générations plus tard, sous les projecteurs ou sur les écrans dansants des postes de télévision. Ned exploite davantage que Lavinia ce don merveilleux. La jeune fille est à l'âge ingrat : la transition entre l'enfant et la femme qu'elle va devenir n'est pas encore achevée.

Pendant sept ans, Ned a navigué sur les navires appartenant aux Ellsworth. Quand il rentrait de ses voyages, il racontait plein d'histoires à propos de terribles tempêtes avec des vagues plus hautes que les mâts, des histoires de lumières spectrales planant au-dessus des eaux, des histoires de monstres marins cornus comme des licornes, des histoires de bêtes vivant dans les pays nordiques, de créatures si sauvages et bizarres qu'elles n'avaient même pas de nom.

Quand Ned racontait ces histoires, les voisins se pressaient dans la cuisine de la rue Monk. Toutes les chaises étaient occupées et certaines personnes s'asseyaient même sur le plancher. On envoyait les enfants se coucher, non parce qu'on s'inquiétait de les voir manquer de sommeil, mais parce qu'il n'y avait plus de place dans la pièce. Personne ne serait parti avant la fin qui n'arrivait parfois pas avant le milieu de la nuit parce que Ned aimait voir les visages changer d'expression, passer de l'épouvante au ravissement puis de nouveau à l'épouvante, et il était capable de prolonger à l'infini n'importe quelle histoire.

Au moins, Ned connaît la mer. Cela seul pourra peut-être leur permettre de survivre ici. Est-ce que cela veut dire qu'ils devront désormais tous dépendre de Ned ? Pour Lavinia, à présent assise sur la rive de son nouvel univers glacé, cette pensée est amère, elle ne veut pas s'y attarder.

Elle sort un livre du sac posé à côté d'elle sur le sable. Les mots « Les frères Ellsworth » et, au-dessous, « Livre de bord, 1810 à… » sont écrits en lettres dorées sur la couverture. Elle commence à écrire. La première phrase vient rapidement. Elle n'a cessé de s'en répéter les paroles pendant cinq semaines. Elles mordent l'épais papier, et le trait dont elle les souligne forme une zébrure sur la page.

« C'est la méchanceté de Ned qui nous a amenés dans ce lieu épouvantable et je ne le lui pardonnerai jamais. »

Elle s'arrête. À l'école du dimanche, elle avait copié des textes de la Bible, mais c'est la première fois qu'elle écrit une phrase de son cru. Le fait de la regarder, noire et propre sur le papier crème, lui procure un sentiment de satisfaction, mais elle ne sait pas vraiment comment poursuivre.

À part les versets de la Bible, Lavinia n'a jamais écrit que des listes, les interminables listes des différents biens de la maison Ellsworth. Mais même cela avait été un plaisir pour elle : « Dix jupons, cinq blancs, deux noirs, un violet, un rose, un bleu. Vingt tasses à thé à bordure dorée ornées de feuilles vertes. Trois chemises de nuit, deux blanches... »

Lavinia est la seule de sa famille qui soit capable d'écrire et de lire. Elle a lu la Bible (ou des passages de la Bible approuvés par la Société de l'Église d'Angleterre pour le mieux-être des pauvres), un abécédaire (qui, avec la Bible, le Livre des cantiques et le Livre des prières quotidiennes, constituait toute la bibliothèque de l'école du dimanche), ainsi que le livre des saints et des martyrs destiné aux enfants (offert par la gentille femme du pasteur pour compenser l'ennui de l'abécédaire).

Lavinia enfouit ses mains dans les manches de sa veste, les blottit sous ses aisselles et réfléchit. Par où commencer ? Lorsque Ned est devenu un voleur ? Lorsque la petite Lizzie l'a appelée à l'entrée de la chute à charbon ? Lorsque ce terrible navire s'est éloigné des quais de Weymouth ? Ou maintenant, lorsqu'ils ont débarqué à cette Terre-Neuve, pâles et perclus, avec leurs misérables bagages autour d'eux sur le quai branlant ?

Elle tente de se rappeler les premiers mots des trois livres qu'elle connaît. Elle se souvient qu'un grand « A » était écrit à la première page de l'abécédaire, accompagné des mots « A pour Adam, le premier homme à commettre le péché ». Une grosse illustration noire montrait Adam, penaud, la tête basse, tenant d'une main une grande feuille devant le milieu de son corps. Un ange courroucé se tenait dans son dos, portant dans une main une épée enflammée et indiquant de l'autre à Adam quelque chose d'invisible, d'inconnu.

Elle ne se rappelle pas les premiers mots, terribles, du Livre des saints et des martyrs, mais elle sait comment commence la Bible. Elle tourne son cahier à l'envers et se met à écrire. Elle commence à la dernière page, écrivant à rebours, vers le début du cahier — vers un avenir qu'elle n'ose pas imaginer.

« Au début, nous vivions tous dans la rue Monk à Weymouth, en Angleterre, et nous étions tous heureux », écrit-elle.

❏

Et c'est vrai qu'ils étaient heureux. Dans le logement de quatre pièces au-dessus de la boulangerie de Mme Thorp, la vie de la famille Andrews se déroulait selon un ordre rassurant. Ces dernières années, comme Ned naviguait régulièrement sur les navires Ellsworth et que Lavinia gagnait trois shillings par semaine comme domestique chez les Ellsworth, Jennie Andrews avait commencé à sentir qu'elle et ses enfants étaient à l'abri de la faim ou de l'hospice. Jennie, femme à l'imagination débordante, avait tendance à attribuer cela non pas au fait que ses enfants avaient grandi et commencé à gagner de l'argent, mais au fait que ce vieux fou de George avait fini par mourir après avoir régné sur l'Angleterre depuis qu'elle-même était au monde.

Jennie avait loué le logement de la rue Monk le jour même de son mariage avec Will Andrews. Ils ne s'étaient pas vraiment mariés, mais s'étaient plutôt enfuis de chez eux pour vivre sous un pont dans la banlieue de la ville, mangeant et vendant les légumes qu'ils obtenaient dans les fermes avoisinantes — parfois en échange de leur travail, parfois en chapardant. À l'automne, le pont ne pouvait plus les protéger du froid et Jennie était enceinte, mais ils avaient économisé suffisamment d'argent pour payer deux semaines de loyer. Au cours des années, Jennie a néanmoins raconté à tant de personnes le mariage, décrit le chapeau de paille qu'elle portait et le vieux pasteur tout courbé qui avait refusé de faire sonner les cloches, qu'elle en est arrivée à croire elle-même à son histoire. Will est mort avant la naissance de Lavinia, leur troisième enfant, mais, à ce moment-là, ils possédaient le cheval et la charrette. Jennie s'était organisée pour payer le loyer et pour nourrir la famille jusqu'à ce que Ben atteigne l'âge de neuf ans — c'est-à-dire qu'il ait l'âge de devenir colporteur de vêtements usagés, de costumes usés cédés par des troupes de théâtre en faillite, et de marchandises achetées dans des boutiques qui avaient été détruites par le feu.

Après le mariage des garçons, une fois que leurs femmes ont été installées dans le logement et que des enfants ont commencé à naître presque chaque année, les quatre pièces sont devenues encombrées, mais personne n'a jamais même songé à déménager. Ben et Meg, leurs trois filles et Willie, le bébé, dormaient dans une pièce; Ned, Hazel et leurs deux enfants, dans l'autre.

Jennie et Lavinia, qui ne passait désormais plus qu'un dimanche sur deux à la maison, partageaient la chambre du fond. Elles dormaient entourées de caisses, de paniers et de barils pleins à ras bord de vêtements non vendus, de rouleaux de tissu brûlé, d'horloges silencieuses, de bibelots de porcelaine ébréchés, d'images criardes dans des cadres brisés et d'une centaine d'autres objets domestiques inutiles. De ce méli-mélo émanait une odeur de vieux, de feu ancien, de parfum éventé, de chats crevés depuis longtemps et de repas depuis longtemps mangés. Pour Lavinia, cette odeur évoquait pourtant le confort, le repos, la maison.

Quand, plusieurs années plus tard, elle lirait le mot « marchand de sable » dans un livre pour enfants, elle penserait aussitôt à l'odeur de la chambre qu'elle partageait avec sa mère dans la maison de la rue Monk.

La cuisine, à l'avant de la maison, était la pièce où les femmes de la famille tricotaient, confectionnaient des poupées de chiffon, des couvre-théières et des housses de coussins avec des vêtements invendus. Elles y triaient aussi les habits usagés et les reprisaient, elles y cuisinaient, y mangeaient et s'occupaient des enfants tout en observant l'étroite rue animée en contrebas.

Vivre dans la rue Monk offrait plusieurs avantages. L'échoppe de forgeron et la pension pour chevaux de Jacob Spriggett se trouvaient juste au coin de la rue, de sorte que Ben n'avait pas à marcher trop longtemps les soirs d'hiver après avoir installé Vieux Os pour la nuit. Ils habitaient aussi à proximité des quais où Ned pouvait voir arriver et partir les vaisseaux et s'embarquer éventuellement comme matelot sur l'un d'eux.

La famille Andrews connaissait tous les habitants de la rue et des rues avoisinantes, et tout le monde la connaissait. Les femmes du voisinage venaient à la maison voir leurs nouvelles acquisitions ou les articles trop abîmés pour être vendus, essayer des vêtements, parfois même en acheter. C'était particulièrement avantageux de vivre au-dessus d'un magasin de pain et de tartes. Mme Thorp permettait à la fille aînée, Lizzie, de s'occuper de la boutique et elle lui montrait à cuisiner. Elle lui donnait parfois des tartes brûlées ou écrasées à rapporter à la maison. De merveilleuses odeurs, de la chaleur aussi, montaient de la boutique, et les Andrews n'avaient pas besoin de consommer autant de charbon que leurs voisins. Les deux dimanches par mois où Mme John Ellsworth lui donnait congé, Lavinia était heureuse de rentrer chez elle, dans la maison surpeuplée, de se retrouver entourée de barils de vêtements, du fouillis des objets dépareillés pratiquement hors d'usage, du va-et-vient continuel des enfants de ses frères et de ceux des alentours.

C'était fini maintenant. Disparu ! Tout cela avait pris fin le matin où Richard Ellsworth était apparu dans la rue Monk, dans son meilleur carrosse, tandis que Jim Rice était assis devant comme un jeune coq dans son pantalon rouge, criant et faisant claquer son fouet au-dessus de la tête des magnifiques chevaux de la famille Ellsworth.

Deux facteurs permettaient d'évaluer le mécontentement de Richard Ellsworth. D'abord, le fait qu'il ait pris la peine de venir en personne plutôt que d'envoyer son agent, puis la vitesse avec laquelle il était descendu de la voiture, sans même attendre que Jim lui ouvre la portière, avant même que les roues aient arrêté de tourner. Les femmes de la famille Andrews qui regardaient par la fenêtre de la cuisine comprirent alors qu'elles étaient perdues. Elles le comprirent avant même que l'homme ait écarté la pauvre Mme Thorp sortie en trombe de sa boutique, avant même qu'il ait monté deux à la fois les marches sombres, même s'il était un homme corpulent et qu'il devait toucher les murs des deux côtés.

Richard Ellsworth se rua dans la cuisine en agitant une canne en maroquin et en brandissant un livre à reliure de cuir.

« Toi ! » Il planta sa canne dans l'épaule de Ned en essayant de reprendre son souffle. « Espèce de gredin ! C'est toi que je suis venu voir ! »

Hazel agrippa le bras de Ned tandis que sa mère et Meg s'approchaient et se tenaient de chaque côté de lui, petite armée horrifiée affrontant un péril inconnu.

Ned, lui, ne l'était pas. Ned savait, pensa Lavinia, il savait, même s'il avait protesté de son innocence, même s'il avait affirmé que le poisson qu'il avait vendu était le sien. Ned savait sûrement que Richard Ellsworth l'avait pris sur le fait, qu'il ne pouvait faire autrement que de le prendre, puisque les frères Ellsworth contrôlaient le marché du poisson salé dans tout Weymouth.

Il était inutile que Ned dise à présent, comme il le répéterait si souvent à l'avenir : « Ce satané poisson était à moi, j'avais travaillé pour l'avoir, travaillé comme terrassier à creuser un champ de patates pour un vieux bonhomme quand on a fait escale à Saint John's. J'aurais pu me soûler la gueule dans les tavernes avec les autres gars, mais non, je restais penché pour quelques barils de morue salée à vendre. Maudit fou que je suis ! »

Il essaya d'expliquer cela à Richard Ellsworth, mais l'homme ne voulait rien entendre. Il frappa Ned avec sa canne. « T'as bien signé un contrat avec les Ellsworth, pas vrai ? Eh bien, réponds ! »

Comme Ned était lent à acquiescer, maître Ellsworth jeta le livre qu'il tenait sur la table de la cuisine et se mit à le feuilleter.

« Regarde ! Regarde ça ! Ça veut dire que tu travaillais pour moi, pour moi, moi ! » Chaque « moi » était ponctué d'un coup de canne.

« En mettant ta marque là, tu as signé un contrat légal avec les Ellsworth et ces deux semaines dont tu as fait cadeau étaient à moi. À moi ! Alors, tu m'as volé du temps. Et comment t'as fait traverser l'Atlantique à ce poisson, hein, comment ? Dans mon bateau, c'est comme ça que t'as fait et ça veut dire que t'as volé de l'espace qui aurait pu servir à transporter mes marchandises ! »

Richard Ellsworth venait juste de songer à cet aspect de la question. Son visage déjà rouge devint violacé et une petite veine se mit à battre sur un côté de sa tête. Bon observateur, Ned contemplait la scène, comme fasciné, enregistrant inconsciemment chaque tic, chaque geste.

« Tu es un gredin, Ned Andrews, un gredin et un voleur ! »

Richard Ellsworth était connu dans tout Weymouth comme un homme raisonnable et un maître juste. Les profits que faisaient les frères

Ellsworth, en transportant le sel, la corde et la ficelle de l'autre côté de l'Atlantique et en rapportant la morue salée, étaient les mêmes que ceux de tous les marchands de poissons des ports du Devon et du Dorset, où les fortunes qui se transmettraient pendant des générations étaient depuis longtemps établies. En réalité, la leur aurait pu être encore plus considérable si, comme de nombreux marchands, ils avaient réclamé leurs frais d'entretien aux matelots lorsqu'un voyage durait plus longtemps que prévu. Au lieu de cela, les frères Ellsworth payaient à l'équipage le tarif régulier par voyage, que la traversée dure deux ou quatre mois.

Richard Ellsworth était venu rue Monk dans le seul but de donner à ce jeune blanc-bec la frousse de sa vie. « Je vais faire tellement peur à Ned Andrews que ni lui ni ses camarades ne recommenceront jamais », avait-il dit à son agent avec plus d'amusement que de méchanceté.

Mais quelque chose dans le visage de Ned, l'étincelle insolente dans ses yeux gris, une ombre de défi dans son sourire niais, avait aiguisé la colère du marchand. Et plus Richard Ellsworth y pensait, plus le geste de Ned lui semblait grave.

« Suppose que tous les jeunes turcs qui naviguent sur les bateaux Ellsworth décident de t'imiter et de gagner de l'argent au noir ? Qu'est-ce qui se passerait, hein, qu'est-ce qui se passerait ? Je vais te le dire : tous ces touche-à-tout travailleraient à leur compte. Les navires Ellsworth arriveraient à Weymouth avec leurs cales remplies des marchandises des autres. Nous serions réduits à la mendicité par nos propres employés ! » La colère feinte était devenue réelle. Il donna un violent coup de canne sur la table dont une patte branlante céda. Le grand livre s'écrasa sur le plancher.

Lavinia savait exactement comment cela s'était passé — chacun à tour de rôle lui avait raconté la scène et Ned l'avait, bien entendu, jouée à plusieurs reprises. Les enfants épouvantés se terraient dans les coins ou s'accrochaient aux jupes des femmes qui, les yeux rivés sur l'homme imposant au visage congestionné, les ignoraient. Derrière Richard Ellsworth, rôdant dans l'embrasure de la porte, Mme Thorp sanglotait doucement dans son tablier blanc et, derrière elle dans le corridor sombre, une douzaine d'enfants du voisinage au visage sale écorniflaient, prêts à détaler dès que maître Ellsworth se retournerait pour s'en aller.

« T'es qu'un voleur, rien d'autre qu'un voleur. Non ! Pire qu'un voleur. Tu cherchais à ruiner un patron qui te faisait confiance. Debout, scélérat ! »

Ce dernier ordre était dû au fait que Ned, sentant ses genoux trembler et sûr que la tirade continuerait des heures, s'était lentement laissé tomber sur une chaise dont sa mère agrippait le dossier comme si elle allait s'effondrer si elle lâchait prise. Il n'y avait plus aucune trace de sourire sur le visage de Ned, et ses taches de rousseur ressortaient comme des éclaboussures brunes.

Alors, la rage du gros homme tomba tout à coup. Balayant d'un regard méprisant la pièce misérable, les femmes livides, les visages morveux et maculés de larmes des enfants et Ned, pour finir, Richard Ellsworth se retourna. Repoussant une fois de plus Mme Thorp, il lança le verdict par-dessus son épaule.

« Fichez le camp d'ici ce soir même, toi et ta marmaille. Tu m'entends, ce soir ! Si je te retrouve à Weymouth demain matin, je jure devant Dieu que je te fais arrêter et pendre haut et court. »

Après avoir prononcé ces mots, il dévala lourdement l'escalier, les enfants se dispersant devant lui comme des pigeons effarouchés. Le jeune Jim Rice, qui était resté en bas à écouter chaque parole, ouvrit la porte lorsque son maître se rua dehors, le suivit au pas de course, grimpa sur le siège du cocher, donna un petit coup de son long fouet sur la tête des chevaux et partit au grand galop dans la rue Monk, accompagné par quelques huées et cris sans conviction poussés par les garnements les plus courageux.

Ben et Lavinia avaient tous deux raté cela. Lavinia était en train de compter les taies d'oreiller de Mme John, la belle-sœur de Richard Ellsworth. Quant au pauvre Ben, jamais il n'aurait imaginé que c'était la dernière fois qu'il roulait derrière Vieux Os devant les rangées de maisons dans les rues de l'autre côté du pont, comme il le faisait tous les mercredis depuis l'âge de neuf ans.

Les frères Ellsworth, Richard et John, occupaient chacun la moitié d'un manoir de pierres grises connu sous le nom de Maison Ellsworth, construit sur une petite butte surplombant la baie. Du côté de John Ellsworth, on avait six serviteurs : une ménagère-cuisinière, un marmiton, un jardinier et trois bonnes, dont l'une était Lavinia Andrews. Les deux frères se partageaient les services de Jim Rice qui effectuait diverses tâches, les conduisait à leurs bureaux et les ramenait chez eux.

Comme Mme John devait toujours connaître le nombre exact de tout ce que contenait sa moitié de la maison et que Lavinia était la seule de ses servantes capable de compter et de lire sans commettre d'erreurs, cette dernière passait une grande partie de son temps à suivre sa maîtresse, inscrivant le nombre d'objets comme des tasses, des chandeliers, des mouchoirs, des cols de dentelle, des jupons, des images et des plumes. Ce matin-là, Mme John était assise dans le corridor de l'étage sur une chaise que Lavinia était allée chercher dans une des chambres. Mme John écrivait dans un petit cahier à couverture de velours bleu pendant que Lavinia comptait les draps et les replaçait dans un gros coffre.

Lavinia avait bien aimé le travail effectué ce matin-là. Le contact moelleux de la soie et du lin, les jolies couleurs, l'odeur des fleurs de lavande et des roses séchées parsemées entre les draps, tout cela compensait largement le fait de devoir travailler sous le regard sévère de sa maîtresse.

Une fois cet inventaire terminé, Lavinia était descendue au rez-de-chaussée pour prendre son repas du midi. Comme elle entrait dans la cuisine, elle entendit Jim Rice qui racontait à la cuisinière et au marmiton les événements de la matinée. «Comme je comprends les choses, tous ces Andrews vont être virés de la ville dans le temps de le dire. M. Richard, il...»

La voix du garçon s'éteignit lorsqu'il aperçut Lavinia dans l'embrasure de la porte.

«Continue», lui dit-elle, et elle écouta, horrifiée, jusqu'à ce qu'il ait terminé, avec toutefois moins de verve, le compte rendu de leur visite matinale rue Monk.

«Je dois aller chez moi... est-ce que je peux y aller maintenant?» demanda Lavinia en se tournant vers la cuisinière.

«J'me mêle pas de ça. Tu dois aller demander à Madame.» La femme roula les yeux en direction du solarium où Mme John prenait le thé à cette heure de la journée.

«Il est hors de question que tu ailles rue Monk», décréta la maîtresse de Lavinia après avoir entendu l'histoire.

«Tu ferais beaucoup mieux de te tenir loin de ta famille, Libby.» Mme John trouvait que, pour une domestique, Lavinia était un nom prétentieux et, n'ayant jamais cherché à le savoir, elle ne sut jamais que la plupart des gens l'appelaient Vinnie.

«Tiens-toi loin de tous, et particulièrement de ton vaurien de frère. Mon mari et M. Richard sont tous deux des hommes justes et je vais leur parler. Ils comprendront que tu n'as rien à voir dans cette affaire et je suis contente de te garder à mon service.»

«Oh! m'dame John, il faut absolument que j'aille à la maison pour voir comment ils sont!»

Ennuyée d'avoir à se répéter, Mme John le fit seulement parce qu'elle appréciait le fait que la jeune fille sache compter correctement. «Non, Libby, il ne faut pas! Je sais que ça peut te sembler dur maintenant, mais c'est mieux comme ça. Tu vas te dissocier de ta famille et, de cette façon, tu pourras mener une vie respectable. Tu es une fille propre et décente, capable de lire, de compter et de récurer les planchers. Mon Dieu, un jour, tu pourras peut-être même travailler comme cuisinière. Cela ne te plairait pas?»

La femme attendit, observant la grande jeune fille mince devant elle, se disant que Libby Andrews était bien séduisante même avec la couleur barbare de ses cheveux. La pauvre fille ne répondit pas. Elle avait une bouche têtue, boudeuse, trop grande pour son visage. Mme John lui ordonna sèchement de descendre à la cave et d'aider Sally et Maud à faire la lessive.

Lavinia recevait des ordres de Mme John depuis l'âge de douze ans. Elle fit une petite révérence, se retourna et descendit sans un mot à la cave où les autres servantes travaillaient au-dessus de quatre grands bacs de pierre. Tout en étant plus âgées que Lavinia, Sally et Maud (qui ne s'appelaient d'ailleurs ni Sally ni Maud, mais qui avaient reçu ces prénoms en entrant au service des Ellsworth) aimaient bien quand la plus jeune venait travailler avec elles parce qu'elle racontait des histoires, chantait des chansons et faisait ainsi passer le temps plus vite. Ce jour-là, déjà au courant des nouvelles apportées par Jim, elles comprirent pourquoi Lavinia restait sombre et silencieuse et, après lui avoir lancé un regard de sympathie, elles continuèrent à travailler, se déplaçant d'un bac à l'autre, frottant, brassant et rinçant, s'arrêtant souvent pour ajouter de l'eau chaude qu'elles prenaient dans de grosses marmites accrochées au-dessus d'un feu allumé dans un coin de la cave.

Quelques minutes passèrent, puis le couvercle de la chute à charbon s'ouvrit et une poignée de cailloux dégringolèrent dans le seau. Cette chute se trouvait à l'arrière de la maison, bien à l'écart de la longue allée en arc de cercle. C'était par ce moyen, accepté, que les familles faisaient parvenir des messages importants aux domestiques de la maison Ellsworth.

Le visage ingrat, pincé, de Lizzie, la fille aînée de Ben, apparut dans le guichet sale.

« Est-ce que ma tante Vinnie est là ? »

« Grand-mère dit qu'il faut que tu viennes à la maison aussi vite que possible », hurla Lizzie quand elle vit Lavinia lever la tête dans le noir.

« Mme John veut que je reste ici. »

Lizzie, qui devait encore trouver son père, ne s'attarda pas à discuter avec sa tante. Le couvercle de la chute fut claqué, dégageant un nuage de poussière de charbon qui vint se déposer en fine pellicule sur le visage levé de Lavinia. Elle s'assit sur le sol et se mit à pleurer, ses larmes creusant des rigoles dans la poussière. Ses amies tentèrent de la consoler, lui dirent que la situation dans la rue Monk n'était probablement pas aussi catastrophique que Jim l'avait laissé entendre. Elle continua pourtant à pleurer jusqu'à ce qu'on lui conseille de rentrer chez elle. « Au bout du compte, ta famille passe avant celle-là, en haut. »

Lavinia pesa le pour et le contre et, d'une voix entrecoupée de sanglots, elle déclara qu'elle ne pouvait rentrer sans son sac.

« Allez, ma fille, c'est rien d'autre qu'une vieille poche avec ta chemise de nuit et ta robe de tous les jours », dit Maud en l'aidant à se relever.

Mais Lavinia refusait de partir sans ce vieux sac affreux de couleur moutarde pendu à un clou dans le grenier où dormaient les servantes.

C'était son bien préféré, pratiquement la seule chose qui lui appartenait en propre. «Maman l'a fait avec une cape que Ben avait achetée à un magicien. Elle en a mis, du temps, pour coudre tout ce galon noir. J'y tiens autant que je tiens à mes… cheveux.»

Lorsqu'il devint évident que Lavinia ne cesserait pas de pleurer, qu'elle ne monterait pas chercher son sac et qu'elle ne partirait pas sans lui, Sally ramassa un des paniers à lessive, monta au grenier et revint avec le sac bien-aimé caché en sûreté sous des draps froissés.

Ses amies essuyèrent alors du mieux qu'elles purent le charbon qui maculait le visage de Lavinia et, à l'aide du chevalet, la hissèrent au sommet de la trappe à charbon. Si ce geste inutilement spectaculaire (elle aurait pu partir sans se faire remarquer par l'entrée de service) ruina la robe presque neuve en bon tissu brun que Mme John faisait porter à ses servantes, cela eut néanmoins l'effet de remonter le moral de la jeune fille. À mi-chemin dans la chute, elle se mit à rire et tomba la tête la première dans l'allée de service, riant si fort qu'elle fut obligée de s'asseoir quelques minutes contre la maison avant de s'accrocher le sac autour du cou et de ramper à travers la haie. Dévalant la colline en direction de la rue Monk, elle se sentait le cœur plutôt léger — Maud et Sally devaient avoir raison : Jim avait inventé la moitié de ce qu'il avait raconté.

Lorsque Lavinia arriva, la maison était dans un état de chaos indescriptible. Mme Thorp pleurait toujours dans le couloir, en partie parce qu'elle craignait d'être impliquée dans cette histoire de poisson volé, mais, il faut ajouter ceci à son crédit, surtout parce qu'elle avait de la peine de voir sa vieille amie et confidente Jennie Andrews jetée à la rue à cause de Ned. «Ce suppôt de Satan» : ainsi Mme Thorp, qui l'avait pourtant connu toute sa vie, appelait-elle Ned.

Dans le couloir derrière Mme Thorp, les enfants du voisinage avaient repris leur place afin de ne rien rater de l'excitation de cette journée mémorable.

Quand Ben était rentré et qu'il avait appris la catastrophe, il avait jeté le contenu de la charrette au milieu du plancher de la cuisine et tout cela gisait maintenant par terre, formant un splendide tas multicolore — les culottes de couleurs vives, les vestes de velours, les peignoirs tachés, les moufles fourrées, les rideaux de dentelle effilochés, les sacs perlés, les gilets en serge de qualité, les bonnets festonnés garnis de plumes, les jupons en tulle, la porcelaine ébréchée, les gants dépareillés, les poupées de chiffon, les ceintures, les châles à frange, avec le bric-à-brac invendu qu'on avait ramassé au fond des barils pendant toute la durée du mariage de Jennie : des boutons et des boucles de ceinture, des crayons usés et des bouts de chandelle, des perles en poterie, des peignes, de vieilles chaussettes, tout cela mêlé à des verges et des verges de soie pêche légèrement roussie.

Ce jour-là, Ben avait aussi rapporté plusieurs douzaines de tartelettes confectionnées par Mme Thorp. Jane, Isaac, Emma et Patience les avaient récupérées sur le plancher. Revenus de leur frayeur, les enfants étaient à présent assis, chacun dans un coin de la pièce, poussant la nourriture rassise dans leur bouche et grimaçant devant les visages envieux de leurs amis dans le couloir.

Les barils en bois qui se trouvaient d'habitude dans la chambre de Jennie et de Lavinia avaient été roulés dans la cuisine. Jennie, Meg, Hazel et la jeune Lizzie s'affairaient à mettre des choses dedans, prenant les tasses, les assiettes, les poêles à frire, les cuillers et les chaudrons sur les étagères, les enveloppant dans des bouts de tissu attrapés au hasard sur le plancher.

Lavinia resta quelques minutes dans l'embrasure de la porte à côté de Mme Thorp à observer le désordre. Personne ne remarqua sa présence avant qu'elle ne parle. « Maman… qu'est-ce qui se passe ? Qu'est-ce que vous faites ? »

Jennie Andrews ne leva même pas les yeux. Elle glissa son bol marron préféré dans un chapeau de fourrure et le déposa dans le baril.

« On part, ma fille, on quitte Weymouth… ce soir, si Ned peut trouver un bateau en partance », répondit sa mère d'une voix lasse, détachée.

Lavinia avait cru l'histoire de Jim Rice, mais non ses sinistres prédictions. La pire chose à laquelle elle s'était attendue avait été de trouver sa mère et ses belles-sœurs en larmes, Ned momentanément en disgrâce, sans travail. Elle ne s'était pas imaginé qu'ils allaient réellement être jetés à la rue.

« On a pas à s'en aller… la maison appartient pas à Richard Ellsworth ! » Lavinia s'adressait d'un ton suppliant à Mme Thorp à qui ils avaient toujours payé le loyer. Celle-ci répondit d'un simple signe de la tête.

Jennie leva alors la tête et Lavinia vit que sa mère avait les yeux rougis. Pendant toute sa vie, Jennie Andrews avait tenu le coup en regardant le meilleur côté des choses. Lavinia ne l'avait jamais vue pleurer et cela l'effraya.

« La maison est à lui, Vinnie, on vient juste de s'en apercevoir. On dirait que la moitié des maisons de la ville appartiennent aux Ellsworth. Les emplois aussi.

— Quelqu'un pourrait nous aider, on pourrait faire quelque chose… », dit Lavinia, hors d'elle. Peut-être que le révérend Warner pourrait le raisonner, peut-être que Ned pourrait présenter des excuses.

— Si t'avais été ici, ma fille, si t'avais vu Richard Ellsworth, tu saurais qu'il y a pas d'espoir. Ben est allé vendre le cheval et la charrette à Jacob. » Jennie refoula ses larmes. Elle aimait le vieux cheval. Les soirs d'été, elle allait souvent à la pension de chevaux apporter une gâterie à l'animal. « On aura pas d'autre argent que ce que Ben va en tirer.

— Et Ned, maman, où est Ned ?

— Au port, il cherche un bateau en partance. M. Ellsworth a dit que si on est encore à Weymouth demain matin, il va faire arrêter Ned... » Jetant un coup d'œil à ses petits-enfants, Jennie continua en chuchotant : « ... et le faire pendre. Et je pense qu'il le fera. Il le fera vraiment, Vinnie.

— Et nous, qu'est-ce qu'on va devenir, alors ? Où est-ce qu'on va aller ?

— Ned dit qu'on peut vivre convenablement dans ce nouveau pays d'où il arrive...

— Maman ! On va pas traverser la mer sur la seule foi de ce que prétend Ned... tu sais comment il est ! Pense à toutes ces histoires qu'il nous a racontées sur les monstres et les tempêtes !

— Ça, c'est quand il inventait ! Il dit que c'est un bon endroit et qu'il pourra pêcher là-bas et que Ben pourra ouvrir un petit magasin. Ned dit qu'il avait de toute façon envisagé d'y aller et que ça fait qu'avancer la date du départ.

— Ned dit... Ned dit... quand est-ce que Ned a jamais pensé à autre chose qu'à des folies ? C'est sûr qu'il peut y aller s'il en a envie, mais nous ? Rien nous oblige à nous enfuir... qu'est-ce que t'en penses, Meg ? Comment peux-tu entraîner tes filles et le petit Willie dans un endroit barbare dont t'as jamais entendu parler sauf dans les histoires de Ned ? »

Mais Meg, la pragmatique Meg, se contenta de hocher la tête. Lavinia eut peine à croire qu'en l'espace de quelques heures sa famille ait décidé d'abandonner le seul foyer qu'elle ait jamais connu. S'ils devaient quitter Weymouth, il existait sûrement des endroits en Angleterre où ils pourraient s'installer !

« Ça, c'est seulement un plan de Ned... et Ben, qu'est-ce qu'il dit de ça ?

— Eh bien, ma fille, tu connais Ben. Excuse-moi, Meg, poursuivit Jennie en jetant un coup d'œil à la femme de Ben, mais ç'a beau être mon fils, il faut que je dise les choses telles qu'elles sont. Ben bougera pas sans que Ned lui dise de le faire, c'est comme ça depuis qu'ils sont tout petits. Et qu'est-ce qu'on pourrait faire ici avec un homme parti et l'autre inutile sans lui ? J'pense que c'est mieux qu'on parte tous ensemble... et qu'on parte ce soir même avant que le pire arrive. »

Lavinia comprit que Ned avait pris la décision et que les autres l'avaient approuvée. Elle ne voulait pourtant pas renoncer. Elle fit un geste vers Hazel, déjà enceinte de sept mois et malade la plupart du temps.

« Et Hazel ? » Lavinia avait toujours pensé que ses frères n'avaient pas épousé les femmes qui leur convenaient. Avec son bon sens, Meg aurait assagi Ned tandis que la timide et plaignarde Hazel aurait été pour Ben la compagne idéale.

Hazel l'étonna pourtant. «Moi et les deux enfants, on va pas rester ici. Si Ned s'en va, on s'en va nous aussi, tu le sais, Vinnie. De toute façon, maître Richard a dit : "Prends ta femme et ta marmaille !"

— Ta femme et ta marmaille... pour qui il nous prend... des esclaves ? s'écria Lavinia en pleurant de honte et de mépris inutile. Il peut nous dire de quitter cette maison, mais il peut pas nous ordonner de quitter la ville. C'est pas un roi... on lui appartient pas !

— C'est tout comme, répondit Jennie en retournant à ses bagages. Même s'il faisait pas arrêter Ned, qui lui donnerait du travail, qui ferait des affaires avec nous si ça voulait dire se mettre les Ellsworth à dos ?»

Sa mère avait raison. «On est donc des esclaves... on est tous des esclaves», dit Lavinia d'un air découragé. Elle les regarda à tour de rôle, attendant, espérant être contredite. Aucune des femmes n'ouvrit la bouche, aucune ne leva même les yeux de son triste travail.

Une pensée lui vint alors à l'esprit : elle pouvait s'en aller tout de suite. Cela semblait impossible, mais là-bas, dans la grande maison, Maud et Sally seraient encore dans la cave en train de frotter les vêtements. Elle pourrait rentrer subrepticement et personne ne saurait qu'elle était sortie. «Tu pourrais avoir une vie décente», avait dit Mme John.

Au lieu de s'en aller, elle s'avança dans la pièce, prit le plateau de sa mère, l'enveloppa soigneusement dans une culotte violette et le rangea dans un baril.

Assise à présent sur le rivage de Terre-Neuve, Lavinia décrit la scène de la cuisine en détail, avec amour.

Jusqu'au jour de sa mort, elle sera capable de les revoir là, en train d'emballer les menus objets de leur vie quotidienne dans des barils. Elle se rappellera toujours comment la lumière de cette fin d'après-midi tombait par l'étroite fenêtre. Comment, lorsque sa mère prit la vieille image d'un berger ramenant ses brebis au bercail, la plaque qui n'avait pas pâli en dessous leur sauta aux yeux, claire avec ses roses d'une couleur profonde et ses feuilles vert foncé qu'elle n'avait jamais vues. Elle se rappellerait Mme Thorp qui reniflait tout bas, le cliquetis de la vaisselle et les bruits familiers de la rue qui montaient. Les bruits d'une petite ville, des sabots des chevaux sur les pavés, des pas pressés, les voix des gens, des enfants qui jouaient dans la rue et, au loin, l'appel d'un marchand de quatre-saisons qui avait des pommes d'automne à vendre.

Elle raconte cependant de façon moins détaillée les cinq semaines de la traversée de l'Atlantique. Le temps avait été inhabituellement mauvais, même pour novembre. Le petit bateau s'était débattu contre des vents contraires qui envoyaient sur le pont une vapeur glacée et mousseuse. Les femmes et les enfants étaient cloîtrés dans la cale nauséabonde où leurs biens glissaient d'un bord à l'autre. Ben et Meg n'avaient pas le pied marin, ce qui obligea Ned à travailler deux fois plus fort, puisque le travail des hommes devait servir à payer une partie du passage. La pauvre Hazel était mal en point et se coucha avant même que le navire eût dépassé le phare de Portland Point. Aidées de Lizzie, Lavinia et sa mère devaient s'occuper des malades et prendre soin des enfants.

Ayant effectué cette traversée plusieurs fois sur les navires Ellsworth, bien que jamais si tard dans l'année, Ned ne souffrit aucunement du roulis et du tangage, des odeurs qui suintaient de la coque, de la nourriture à moitié cuite, de l'eau croupie ou du piètre état de sa femme enceinte. Dès que les cordages les reliant au quai de Weymouth furent détachés, il devint plein d'allant, comme si le vent qui gonflait les voiles l'avait gonflé lui aussi, avait ramené des couleurs sur ses joues et allumé des étincelles dans ses yeux. Sa démarche qui, parce qu'il avait les pieds plats, paraissait enfantine et gauche sur la terre ferme, convenait au roulis du vaisseau. Ressemblant à celui de Lavinia, son visage légèrement tavelé et encadré d'une chevelure et d'une barbe rousses était toujours souriant. Même quand le vent déchira une voile en deux et fouetta le petit bateau, le faisant ballotter comme une toupie d'enfant, Ned eut l'air de s'amuser.

Une seule chose assombrissait quelque peu le bonheur juvénile de Ned : seulement deux des membres de l'équipage comprenaient l'anglais. Le seul bateau qu'il avait pu trouver traversant l'Atlantique en novembre, *La Truite*, était un brick français venu du Havre qui avait fait escale à Weymouth pour faire réparer un mât de misaine. Manquant de matelots et ayant de la place dans la cale, le capitaine avait accepté, contre un certain montant d'argent, de prendre la famille Andrews à bord. Il s'agissait d'un arrangement personnel entre lui et Ned dont l'armateur n'avait aucunement besoin d'être informé.

Le manque d'auditoire ne décourageait pourtant pas Ned. Lavinia se souvient du jour où elle a regardé son frère improviser une imitation de Richard Ellsworth en train de l'invectiver. Montant d'un bond sur une caisse, il singea toutes les mimiques de son ancien maître, gonflant sa poitrine concave, virant au rouge, vociférant et martelant la caisse avec un bâton. Puis, sautant sur le pont, il redevint lui-même, mort de peur devant le gros homme, les genoux flageolants. Il joua ainsi toute la scène de sa déconfiture.

Sa sœur le regardait avec dégoût tandis que les matelots, même ceux qui ne comprenaient pas les mots, avaient interrompu leur travail pour jouir du spectacle. Les enfants, les deux siens et les filles de Ben, qui avaient été si terrifiés cette fois-là, se roulaient à présent sur le pont en riant.

« J'vois pas ce qu'il y a de si drôle, Ned Andrews, dans le fait d'avoir été traité de voleur et chassé de chez vous avec ta femme et tes enfants… et d'avoir fait jeter ta famille à la rue. » Lavinia lui avait craché ces paroles au visage à la fin du spectacle.

Ned avait éclaté de rire. « Allons, Vinnie, c'est bon pour les jeunes de rire un peu de ce qui leur a fait peur... c'est bon pour moi aussi. Prends pas cet air macabre, fillette, le vent pourrait tourner et t'aurais cette face-là pour toujours. Et alors, le richard qui t'attend va s'en chercher une autre... »

Il se mit à chanter, attrapa sa sœur par la taille et essaya de danser avec elle sur le pont. Mais Lavinia ne voulut rien savoir. Elle s'arracha à son étreinte en se disant que la vie était vraiment trop injuste. Bien que son plan idiot pour se faire quelques shillings ait privé sa famille d'un foyer, Ned s'amusait comme un fou.

Elle se demanda encore une fois s'il avait su dès le début comment les choses risquaient de tourner. Cela ne lui ressemblait pas d'avoir creusé le jardin d'un vieil homme pendant que les autres étaient en train de faire ribote. Elle n'eût pas été étonnée qu'il ait planifié tout cela pour les obliger à faire cet horrible voyage vers Dieu savait où.

Pendant la journée, il y avait au moins de la lumière, et on pouvait compter sur le travail, tout désagréable qu'il fût, pour refouler le désespoir. Mais lorsque le soir tombait et que le petit bateau avançait en luttant dans un mur de ténèbres, quand ils étaient tous entassés dans la cale, alors ils pouvaient tout entendre, tout sentir, tout imaginer — les rats grignoter la nourriture, les membrures grincer les unes contre les autres, les vagues s'écraser sur la coque à côté de l'endroit où ils étaient couchés. La nuit, Lavinia se demandait s'ils reverraient un jour la terre et elle imaginait ce que ce serait de se noyer dans cette noirceur.

Le mouvement du vaisseau, l'immensité de l'océan et la maladie de Hazel effrayèrent même Jennie qui devint plus dévote qu'elle ne l'avait jamais été sur la terre ferme. La vieille femme demanda à Meg, la seule de la famille qui pratiquait sa religion, de prier avec elle chaque soir avant de s'endormir. La vue de sa mère et de Meg agenouillées ensemble ne fit qu'accroître chez Lavinia le sentiment d'être perdue dans un grand vacuum noir.

Tout ce temps-là, Ned les régalait avec des histoires sur le Nouveau Monde. C'était comme ça qu'il l'appelait : « le Nouveau Monde ». Il aimait la sonorité de ces mots. Il s'asseyait dans un coin, avec le jeune Isaac et Willie, le petit garçon de Ben, sur chacun de ses genoux, pendant que Jane et ses nièces se serraient les unes contre les autres aussi près que possible.

« On est en route vers l'île du bout du monde ! » disait Ned aux enfants. Une île plus grande que tout le Dorset, un lieu où ils pourraient marcher pendant des milles sur une terre qui n'appartenait à personne, où ils pourraient cueillir des baies et des fruits sans que personne les en empêche, où ils pourraient chasser le cerf, attraper avec leurs propres mains des poissons d'argent qui nageaient jusque sur les plages. Son nouveau monde était plein de soleil, de pluie brumeuse et de brouillards chauds qui roulaient sur les collines comme un voile. Il inventait des histoires si merveilleuses que les enfants écarquillaient les yeux en songeant à la chance qu'ils avaient. Meg et Jennie en oubliaient de prier pour l'écouter, et même Hazel parvenait à esquisser un sourire quand son mari parlait.

Les Andrews étaient des gens de la ville. Leur conception de la campagne se fondait sur les excursions qu'ils faisaient chaque année quand les hommes amenaient leurs familles en charrette dans la banlieue de Weymouth où un fermier leur louait un champ fraîchement labouré pour la journée. Ces images de prairies ondulantes, séparées par des haies de buissons, de sentiers bien dessinés entre d'antiques murs de pierre, de champs de foin doré et de petits oiseaux au plumage marron planant très bas au-dessus, de papillons bleus jaillissant des fleurs comme des gerbes, même les adultes les voyaient quand Ned racontait. Les enfants étaient convaincus que leur vie à Terre-Neuve serait comme une longue excursion en charrette.

Seule Lavinia refusait de se laisser entraîner dans le monde imaginaire de Ned. Elle se souvenait des gros monstres marins qu'il avait décrits et frissonnait en l'entendant parler de l'île du bout du monde. Elle sentait le vent devenir plus froid chaque jour et remarqua que les marins considéraient avec pitié les femmes maigres et les enfants loqueteux qui étaient leurs seuls passagers.

Puis, après trois semaines, au beau milieu d'une tempête, tandis que le navire était battu par le vent et l'eau à la fois par le ciel et par la mer, les contractions de Hazel commencèrent avant terme. Comme Meg était encore faible après une longue attaque de mal de mer, Lavinia et Jennie durent s'occuper de la parturiente. Elles ne pouvaient pas faire grand-chose. Il y avait des jours que Hazel ne gardait plus aucune nourriture et elle semblait à présent à demi consciente de ce qui se passait. Oubliant leur dos et leurs genoux endoloris, Lavinia et Jennie restaient agenouillées à côté de la malheureuse heure après heure, la nettoyant, essuyant son visage et lui tenant la main, lui parlant à voix basse à cause des enfants qui dormaient d'un sommeil agité à quelques pas. Suspendue aux poutres au-dessus de leurs têtes, une petite lanterne projetait d'énormes ombres qui se balançaient sur les cloisons pendant que le vaisseau tanguait dans des vagues de trente pieds.

Soudain, l'odeur du sang chaud envahit l'espace. Au milieu de ce sang gisait une créature sans vie, minuscule et étonnamment blanche, comme une poupée de cire. Jennie l'observa attentivement, puis elle se tourna pour appeler Ned qui rôdait en dehors du cercle de lumière.

« Viens ici », dit-elle.

Comme il ne semblait pas vouloir obéir, Jennie répéta d'une voix dure que Lavinia ne lui connaissait pas : « Viens ici, Ned ! »

Lentement, déglutissant si fort qu'on pouvait l'entendre, Ned s'approcha de sa mère. Jennie l'obligea à regarder ce terrible magma de sang, le bébé et son placenta, avant d'en faire un paquet qu'elle déposa, encore chaud, dans ses bras.

« Voilà, mon fils, ça t'appartient, prends-le et va le jeter à la mer. » Le visage de Jennie n'exprima ni pitié ni chagrin jusqu'à ce qu'il se soit éloigné.

À genoux à côté de Hazel, essayant d'arrêter le flot de sang, Lavinia était contente de la façon dont sa mère avait traité Ned. Après cette nuit-là, il ne raconta jamais plus comment il s'était attiré des ennuis avec les Ellsworth. Ses histoires devinrent de plus en plus tirées par les cheveux, mais elles n'avaient désormais plus rien à voir avec la vie qu'ils laissaient derrière eux à Weymouth.

Sur les deux dernières semaines de la traversée, Lavinia n'écrit rien. Il y a un blanc jusqu'au matin où *La Truite* est arrivée au cap.

Malgré le froid et un vent cinglant, ils étaient restés sur le pont pendant des heures, tendus en direction de l'endroit où ils allaient accoster, cette ligne lointaine, cette grève où un frison blanc séparait la mer sombre des montagnes plus sombres encore. À mesure qu'ils approchaient, ils distinguèrent une forêt ténébreuse, des falaises qui s'avançaient, abruptes et grises, dans la mer. Ils ne virent pourtant aucune trace de fumée, d'habitations, de gens, de routes, d'animaux ni même de champs. Rien d'autre que des rochers et des arbres tordus par le vent. La côte disparaissait parfois, complètement cachée par des rafales de neige fine.

Puis Lizzie avait hurlé : « Regardez ! » Droit devant, ils aperçurent une bande de brisants blancs dont l'écume entourait un endroit que le capitaine leur désigna comme le cap Random. Le port protégé qu'il leur avait promis n'était pas un port, mais rien d'autre qu'une pointe.

Ned se précipita dans la cale pour chercher sa femme, emmitouflée dans des couvertures, et la porter sur le pont. Le visage de Hazel s'était plissé et jauni, et elle avait l'air plus vieille que Jennie, mais elle souriait dans les bras de son mari, elle clignait des yeux sous le ciel blanc, heureuse d'être en plein air, heureuse de voir qu'ils allaient enfin accoster. En la regardant, Lavinia comprit que Hazel, qui avait souffert plus que tous les autres, n'était pas la créature sans colonne vertébrale qu'elle avait imaginée.

❑

Lentement, précautionneusement, *La Truite* s'approche du triangle de terre, se faufilant entre l'écume qui siffle au-dessus des rochers submergés. Les mains agrippées au bastingage, la famille est là et regarde. Personne ne parle. D'après ce que voit Lavinia, l'endroit ressemble à un autre bateau, plus gros, surplombant la mer — d'un côté la falaise grise, de l'autre du sable gris. Un grand vaisseau se balançant, tout gris, retenu par un seul cordage de sable aux dunes et aux collines noires à l'arrière-plan. Dans le creux entre le sable et les falaises, il y a des rochers et des buissons bas.

Un quai, en équilibre précaire au-dessus de l'eau sur des pilotis de bois, est joint à la terre par un hangar gris délavé par la pluie. Des deux côtés du quai sont attachées d'étranges plateformes brinquebalantes qui ont l'air aussi peu solides que des épis de maïs. Les vigneaux et le quai vibrent pendant que le bateau se fraie un chemin.

La seule autre bâtisse est une maison dont la façade de bois nu est encore de couleur crème avec des bandes d'écorce là où les bûches ont grossièrement pris forme à coups de hache. Derrière le hangar et la maison, entre les pierres et les buissons, après le col de sable qui relie le tout, il y a les collines noires. Le sommet de ces collines est caché par un ciel qui pendouille sur le paysage comme un drap gris.

Le vent non plus ne ressemble à rien de connu : il est froid, tenace, étranger. Lavinia le sent souffler sur sa gorge, la pénétrer jusqu'aux os. Elle imagine ses os couverts d'une couche de givre blanc porté par le vent. Tout autour, sur les côtés et en face de ce point de terre, il n'y a que la mer.

Des gens sont debout sur le quai.

Après avoir longuement observé l'océan, la mer et les montagnes, Lavinia s'oblige à regarder les gens. Au premier abord, elle se sent soulagée — ce ne sont pas les païens couverts de fourrure aux visages peinturlurés et aux crânes cornus qu'elle s'attendait presque à trouver. Puis elle voit leurs visages, vides, hostiles, dénués de toute expression humaine, et son soulagement se transforme vite en consternation.

L'un des hommes sur le quai est grand, il porte une barbe sombre et il est plus âgé que Ben. Seul, il s'avance pour attraper les amarres qu'on lui lance depuis *La Truite*. Les autres, membres de la même famille, imagine Lavinia, restent plantés derrière lui. Ils sont tous de petite taille et, sauf la femme, maigres — mais sans être frêles. Ce sont des gens légers, nerveux, si immobiles, regardant en l'air, alertes comme des bêtes. Lavinia ne serait pas surprise de voir l'un d'eux grimper sur les cordages et bondir sur le pont comme ce singe qu'elle a vu, une fois, sur l'épaule d'un matelot.

Le père et les enfants ont les yeux bleu pâle et les cheveux blonds. Les cheveux du père sont presque blancs et, avec sa barbe mince, ils volent autour de son visage étroit et basané dans un mouvement de vague étrange. Leurs cheveux clairs et leurs yeux pâles font ressembler leurs visages à du cuir tanné. La femme a peut-être les cheveux plus foncés et elle paraît plus corpulente. C'est impossible d'en être sûr à cause des couches de châles qui les recouvrent, elle et le bébé qu'elle tient dans ses bras. Il y a trois enfants en plus du bébé. Un gamin d'environ huit ans est debout à côté de son père, un bras passé autour de la jambe de l'homme. Il y a une grande fille à peu près de l'âge de Lizzie et un autre garçon qui, dès que la passerelle est abaissée, arrive en hurlant sur le pont, très semblable au singe auquel Lavinia avait pensé. Le second interpelle le garçon en français, mais celui-ci ne s'en soucie pas et se met à examiner le navire de fond en comble comme s'il cherchait quelque chose qu'il aurait perdu.

Sur le quai, les autres ne bougent pas d'un poil. Ils suivent de leurs yeux bleus et candides la famille Andrews qui débarque, chargée de paniers, de barils, de couvertures enroulées, chargée de sa pauvreté.

Pendant de longues minutes, les deux groupes s'observent. Lavinia trouve terrible de dévisager ainsi des étrangers, mais elle préfère encore cela que de se retourner pour regarder le visage de sa mère et de ses belles-sœurs ou celui des enfants découvrant la réalité derrière les histoires de Ned.

Puis Jennie se précipite vers la femme portant le bébé, se penche et parle à la petite créature courtaude.

Lavinia se sent tellement gênée qu'elle a de la peine à respirer. Elle sait qu'elle peut se mettre à gémir d'un moment à l'autre. Cherchant un endroit où se cacher, un endroit où elle pourrait être seule, elle se dirige instinctivement vers le bateau qui lui apparaît soudain comme un lieu sûr, comme un refuge. Mais le capitaine Benoit la renvoie en secouant la tête. Il est pressé de repartir avec la marée.

Lavinia décide que ce qui doit être fait le sera sans elle. Elle ne va pas mendier avec les autres un endroit pour dormir. Au loin, sur la plage, elle aperçoit un rocher qui se dresse, luisant doucement, sur le sable. Elle se tourne et d'un pas vif, silencieusement, elle s'éloigne de sa famille et marche vers le rocher.

Chapitre 2

Qui aurait cru que Hazel pourrait vivre si longtemps ? Elle ne sera peut-être pas la première à partir. Nous avons tout le temps faim. Aucun de nous n'a envie de se lever le matin...

Lavinia écrit ces mots à la fin du mois de février, assise les jambes croisées sur le sol à côté de la paillasse où repose Hazel. Hazel a les yeux fermés, comme la plupart du temps, maintenant. Son visage est immobile et si pâle qu'elle a déjà l'air d'un cadavre. On voit les os et des veines bleues, minces comme des fils, à travers sa peau transparente.

Dans l'unique pièce de l'entrepôt, des morceaux de voile ont été accrochés aux poutres du plafond, formant un demi-cercle autour de la malade, de sorte qu'elle et Lavinia sont à l'abri des regards. Cet arrangement est ouvert du côté de la cheminée pour permettre à ce qu'il y a de chaleur d'entrer. Lizzie et les enfants plus jeunes sont assis directement sur le plancher devant le feu. Ils jouent sans enthousiasme, faisant bouger des copeaux de bois sur un échiquier que Ned a dessiné à même le sol. Meg, portant Willie sur une hanche, doit contourner les enfants chaque fois qu'elle ajoute du bois dans le feu revêche ou qu'elle vérifie la cuisson des navets.

« T'as bon cœur, toi, de t'occuper de Hazel comme ça », a dit hier Sarah Vincent en voyant Lavinia assise au chevet de la malade. Ce compliment a fait honte à Lavinia. Si elle reste auprès de Hazel, c'est parce que, à l'intérieur de cette petite cellule de toile, elle se sent seule et en sécurité.

Lavinia ne comprend pas pourquoi elle a tant besoin de solitude depuis leur arrivée au cap. Elle n'a jamais éprouvé cette sensation auparavant, ni dans le logis surpeuplé de la rue Monk ni dans la chambre qu'elle partageait avec Sally et Maud dans le grenier de la Maison Ellsworth. Cela l'inquiète. C'est étrange, pense-t-elle, d'avoir envie d'être seule dans un endroit si désolé.

Elle se souvient d'un homme que les enfants de la rue Monk appelaient Hod, qui avait l'habitude de donner un coup de main à Jacob

Spriggett à la pension des chevaux. Un jour, Hod déménagea dans un champ vacant derrière l'écurie, un lieu envahi par les mauvaises herbes ; il se bâtit une cabane et empila des détritus tout autour. Quand les enfants approchaient, il entrait précipitamment dans sa hutte, et on aurait dit un blaireau disparaissant dans le gros tas de déchets à travers lequel on ne pouvait même pas distinguer une porte. Jennie déclara que Hod était fou et avertit les enfants de se tenir loin de lui. Lavinia se demande si elle va finir par être comme Hod.

Après les premières minutes de gêne sur le quai, les deux familles vivant sur le cap ont l'air de s'être remarquablement bien mêlées. De petites alliances se sont formées pendant l'hiver, dont Lavinia semble exclue. Sarah Vincent, Jennie et Meg sont devenues très proches et se font appeler « tante » par les enfants les unes des autres.

Meg et Jennie passent environ une heure chaque après-midi à bavarder et à tricoter dans la cuisine des Vincent. Les deux femmes de la famille Andrews possèdent des aiguilles à tricoter, mais, ayant rapidement utilisé toute la laine, elles s'occupent maintenant à trier et à détricoter les articles inutiles comme les couvre-théières, les housses de coussins et les napperons de fantaisie dans lesquels elles avaient emballé la vaisselle. Le mélange barbare de couleurs des vêtements tricotés à l'aide de cette laine rend la famille Andrews reconnaissable de loin.

Les enfants se sont également découvert de nouvelles occupations et se sont fait des amis. Étant à peu près du même âge, Annie, la fille de Sarah, et Lizzie sont ravies d'avoir fait connaissance. Elles se sont approprié le contenu des barils, ces rebuts exotiques recueillis par Ben le dernier jour où il a travaillé comme colporteur. Lorsque le vent malmène l'entrepôt, envoyant de grandes bourrasques blanches contre la porte et la fenêtre — un minuscule carré de vitre ne mesurant même pas six pouces de large —, Annie et Lizzie dirigent les autres enfants dans ce qu'Annie appelle des concerts.

Vêtus de chausses de tulle, de chapeaux à plume et de gants de dentelle, et drapés dans le satin pêche qu'ils mettent par-dessus leurs vêtements épais, ils jouent de longues pièces improvisées sans début ni fin, mais qui se poursuivent jour après jour. Un monde de rois et de princesses, de dragons et de chevaliers, de personnages tirés des histoires que Ned raconte, le tout accompagné de bribes de chansons venues de vieux souvenirs des spectacles de Punch et de Judy [1]. Les fillettes, Jane, Patience et Emma, doivent s'asseoir en rang et servent de public et,

---

1. Punch et Judy : spectacle de marionnettes anglais, populaire auprès des enfants, tirant probablement son origine de la *commedia dell'arte*. Punch est cruel et vantard, et sa femme, Judy, est perfide et rouspéteuse. (N.D.T.)

parfois, on les force aussi à jouer de petits rôles. On arrive à attirer Peter Vincent, qui a neuf ans, dans le jeu, et, à l'occasion, même Joe le Jeune, l'aîné des garçons de la famille Vincent, accepte de jouer le rôle du roi, de l'amoureux ou du chevalier — jusqu'à ce qu'un des hommes fasse son apparition. Joe s'arrête alors au milieu d'un geste, envoie voler la cape et l'épée de bois et, honteux d'être surpris à participer à ces enfantillages, il sort de la pièce.

De sa place à côté du grabat où gît Hazel, Lavinia regarde le continuel spectacle et songe à cent façons d'améliorer l'intrigue, plutôt répétitive, accompagnée, certes, d'une abondance de hurlements, de bonds et de sanglots, mais qui manque d'épaisseur. Si elle s'était trouvée rue Monk, elle aurait mis un bout de tulle sur son visage, aurait couru se mêler aux autres, déclamant quelques phrases et entrant facilement dans le jeu. Il lui semble à présent impossible de faire cet effort. Pendant ces interminables après-midi sans lumière, elle reste assise dans une sorte de torpeur à regarder démons et héros vociférer et danser entre elle et le feu qui brûle dans la cheminée.

Après ces journées mornes, Lavinia ne trouve pas le sommeil. La nuit, elle écoute gronder le vent. Elle l'imagine comme une énorme bête blanche qui fait le gros dos juste en dehors du cap, et qui les tient tous entre ses terribles pattes. Son souffle secoue le hangar.

«Un jour, pense-t-elle, la bête va se fatiguer de jouer et elle va nous tuer.» Même quand elle finit par s'endormir, la créature-vent est là, à l'arrière-plan, qui hurle dans ses rêves.

Les nuits ont beau être mauvaises, Lavinia trouve encore plus dur de se lever le matin : se réveiller, entendre le vent, se rappeler où elle se trouve, sentir le froid sur son visage et la faim qui tiraille son estomac.

Les hommes abattent des conifères, les traînent péniblement sur des milles de neige profonde, puis les empilent debout contre les murs extérieurs du hangar, espérant ainsi bloquer un peu le froid. Et pourtant, chaque matin, les lits sont couverts d'une poudre de neige que le vent a soufflée par les interstices.

Chaque matin, un par un, ils émergent en rampant des couvertures, carpettes, vêtements et même sacs de jute qu'ils empilent sur eux pour dormir. Les adultes se lèvent les premiers, tirés du sommeil par la faim et le besoin de se soulager dans le seau qui est caché de la vue — ce qui ne l'empêche pas de dégager de très fortes odeurs — derrière les piles de bois mis à sécher pour faire le feu. Il faut convaincre les enfants de se lever, alors qu'ils ne souhaitent rien d'autre que passer la journée dans les nids qu'ils ont réchauffés par leur corps et parfois leur urine. Il faut donc les tirer hors du lit. Tout le monde se meut avec raideur, pas seulement à cause du froid, mais aussi à cause des couches de vêtements qu'on ne peut retirer ni le jour ni la nuit. Quand quelqu'un doit sortir, il prend un paletot sur l'un des lits et le met par-dessus les autres vêtements qu'il porte déjà.

Comme il n'est plus possible de puiser de l'eau dans le petit étang à présent gelé, on doit chaque nuit apporter des seaux de neige dans l'entrepôt. Il faut plusieurs seaux de neige pour faire un seau d'eau et il arrive souvent que, le matin, la neige n'ait pas encore fondu. Quand on peut enfin faire chauffer un peu d'eau, Lavinia et Jennie lavent Hazel et la frictionnent doucement, appliquent de l'huile de phoque chaude sur ses plaies purulentes, là où les os saillent sous sa peau.

Un matin, Sarah Vincent est entrée pendant que Jennie et Lavinia étaient en train de changer les couvertures trempées de sang. Après les avoir observées un instant, elle est ressortie, puis elle est revenue avec une poche de mousse séchée et leur a montré comment étaler cette sorte d'ouate entre les draps pour absorber le sang. Après cela, il y a eu moins de literie à laver. Les couvertures humides prennent des jours à sécher, suspendues aux chevrons, ajoutant une odeur de laine mouillée à celles du sang, de l'urine, des corps sales et du navet bouilli qui imprègnent à présent l'entrepôt, lequel dégageait, comme l'a écrit Lavinia, une agréable odeur de corde, de goudron et d'étoupe le jour de leur arrivée.

Il est presque midi, mais il fait si sombre que c'est à peine si Lavinia peut voir les mots qu'elle écrit. Dehors, un soleil hivernal luit faiblement entre les grands tourbillons de neige soufflés par le vent qui hurle. Le monde est une vapeur aveuglante, une blancheur mouvante. Chaque fois que quelqu'un entre, une rafale de vent et de neige balaie le sol. L'incohérente partie de dames a pris fin, les enfants sont retournés se blottir sous leurs piles de couvertures.

Malgré le mauvais temps, Ned et Ben, accompagnés de Thomas Hutchings et de Josh Vincent, sont sortis à la recherche d'oiseaux de mer. Ils inspectent la plage, espérant tomber sur un canard sauvage. Sarah Vincent dit que ces gros oiseaux gris sont assez gras pour leur fournir à tous un ou deux bons repas, mais qu'il est peu probable de trouver un canard à la fin de l'hiver. Il arrive pourtant que des oiseaux plus petits soient blessés et entraînés par le vent loin des îles aux oiseaux. Lavinia salive en pensant à un oiseau rôti — depuis quatre jours, ils ne mangent que du poisson salé et du navet.

Le lendemain de leur arrivée, Lavinia avait dès le matin pris conscience de l'ampleur de la catastrophe : ils étaient venus au cap sans une provision de nourriture. Mortifiée, elle avait regardé sa mère, saisissant le vieux sac noir que Lavinia lui avait toujours connu, se diriger vers Thomas Hutchings pour essayer d'acheter quelque chose à manger pour le petit-déjeuner de sa famille.

Taillant sa barbe devant un minuscule miroir posé sur une étagère, Thomas Hutchings n'avait pas remarqué Jennie debout derrière lui. Ou peut-être, pense Lavinia, avait-il seulement fait semblant de ne pas remarquer sa présence. Elle en est venue à détester profondément cet homme.

« Hum… » Jennie s'était raclé la gorge et Lavinia, qui observait attentivement la scène, avait cru voir une ombre d'ennui traverser le visage de l'homme. Il s'était tourné sans parler.

« J'vous serais ben obligée d'me dire comment j'pourrais acheter quelque chose à manger », avait dit Jennie.

Thomas Hutchings avait longuement regardé Jennie avec cet air neutre que Lavinia déteste tant. « Vous pouvez rien acheter à manger, madame Andrews. »

Jennie n'avait pas compris. Elle avait ouvert son sac et en avait sorti sa petite provision de pièces de monnaie, en les tendant pour qu'il les voie. « On peut payer, on est pas des mendiants, monsieur Hutchings. »

Le grand homme avait serré les lèvres. Cette fois, Lavinia était sûre d'avoir discerné de l'impatience et du mécontentement dans son expression.

« Y a pas de nourriture à vendre. La seule nourriture qu'il y a, c'est ma provision d'hiver… et c'est pas vraiment à moi. D'après c'qu'on m'a dit, tout ce qu'il y a ici, le magasin aussi, et même le poisson dans la mer, appartient à Caleb Gosse, un marchand de Saint John's. J'suis seulement son magasinier. J'travaille pour lui… comme tout le monde ici.

— Comment pouvez-vous être magasinier s'il y a rien à vendre ? » Il n'est pas facile de clouer le bec à Jennie Andrews, qui a déjà fait du troc de porte à porte.

« J'm'occupe de ce magasin — j'en prends soin. C'est pas un magasin pour vendre des choses. L'été prochain, on ira à la pêche et on fera du poisson. À l'automne, on réglera nos comptes avec maître Gosse. Ses bateaux vont venir prendre le poisson et nous apporter nos provisions pour l'hiver, comme ça s'est fait en octobre dernier. C'est un entrepôt, pas un magasin. On a pas beaucoup de magasins. L'argent sert pas à grand-chose dans ce pays. »

À mesure que Thomas Hutchings parlait, Jennie reculait et elle finit par heurter Meg, qui était entrée et se tenait derrière sa belle-mère.

« Qu'est-ce qu'on va faire, alors ? On va périr ? Qu'est-ce qu'on va donner à manger aux enfants ? Et nous, qu'est-ce qu'on va manger ? » Quelque chose dans la voix de sa mère — la peur, la panique, le défi — incita Lavinia à se lever et à rejoindre Jennie et Meg pour faire face à cet homme imposant.

Il soupira. « Venez, j'vais vous montrer. » Il les conduisit au fond du magasin. Là, le toit s'abaissait jusqu'à toucher la tête de Thomas Hutchings et on sentait le battement de la mer sous le plancher.

« Voilà ce qu'on a. On va le partager jusqu'à ce qu'il reste plus rien : un baril de farine, des patates, une demi-poche d'oignons, un baquet de chou mariné, trois sacs de navets — j'me demandais pourquoi il m'avait envoyé autant de navets, mais je vois à présent que c'était providentiel —, une poche de sucre et un tonnelet de mélasse. Y a encore des affaires dans ces caisses, ajouta-t-il en hochant la tête vers une planche qu'on avait clouée aux madriers. « Du sel, du thé, des flocons d'avoine, ce genre de choses. De l'autre côté de la porte, y a un baril de graines rouges et, grâce à Dieu, on manque pas de poisson salé. C'est tout. Comprenez-vous, maintenant ? »

Il parlait comme s'il s'adressait à des enfants, des enfants attardés. Lavinia le détesta.

« L'hiver va être long et on recevra rien d'autre avant cinq mois, peut-être six, si la grève reste gelée. J'vous laisse décider, madame Andrews. Faites-en des paquets, voyez comment vous pouvez vous arranger. » Il s'inclina légèrement, fixa sa mère sans sourire, fit une sorte de demi-révérence et retourna se tailler la barbe.

Jennie, Lavinia et Meg restèrent à contempler la nourriture qui allait servir à nourrir treize personnes pendant cinq ou six mois. Pourtant, Lavinia ne voyait pas la nourriture, mais le visage méprisant de Thomas Hutchings, et elle aurait aimé avoir pu lui dire quelque chose de cinglant, de méchant.

« Il a une façon à lui de vous faire sentir petit et stupide. J'aime pas du tout cet homme », murmura-t-elle.

Sa mère lança une de ses phrases favorites : « Bon, ben, à la guerre comme à la guerre », dit-elle avant de se tourner vers Meg. « Eh ben, ma fille, on a du pain sur la planche. Va falloir qu'on se serre la ceinture comme il faut si on veut se rendre au printemps. »

Dès lors, Jennie, aidée parfois de Meg, distribuait parcimonieusement la nourriture de la journée et la faisait cuire. Elles calculaient la plus petite quantité possible, donnant la plus grosse part aux hommes, nourrissant les enfants et se contentant souvent pour elles-mêmes du jus de cuisson et d'un bout de pain.

Thomas Hutchings mangeait avec la famille et quand il vit comment les femmes s'efforçaient de faire durer la nourriture, il se détendit un peu. Une fois, au repas du soir, il complimenta même Meg à propos d'un gâteau roulé qu'elle avait préparé avec des graines rouges.

On eut beau faire attention, il ne resta plus de pommes de terre à la fin de décembre. On vit ensuite la fin de la réserve de chou. Les graines rouges durèrent beaucoup plus longtemps que le sucre, mais elles étaient amères, même additionnées d'un peu de mélasse. Meg avait créé une espèce de mythe autour de ces baies : comme elles étaient amères et de couleur vive, elles devaient être très nourrissantes. Chaque matin, elle faisait mettre en rang ses quatre enfants ainsi que Jane et Isaac et leur versait à chacun une grosse cuillerée de ces petits fruits acides dans la bouche.

Il y a maintenant six semaines qu'ils vivent de poisson salé, de navets, de pain et de thé sucré à la mélasse. À l'occasion, les hommes attrapent quelques bécasseaux maigrichons, de petits traînards qui ne sont pas partis vers le sud, coriaces et si minuscules qu'un homme peut en tenir deux dans la paume de sa main, mais ils éliminent les crampes causées par la faim pendant à peu près une heure.

Il y a cinq jours, en regardant Meg frapper le baril et en gratter les parois pour recueillir ce qui restait de farine, Lavinia a pris conscience qu'il était fort possible qu'ils meurent de faim. À mesure qu'ils s'amaigrissent, ils souffrent de plus en plus du froid. Chaque matin, quand les hommes sortent, Lavinia remarque qu'ils bougent de plus en plus lentement. Même Jennie, que Ned avait coutume de traiter de pigeon dodu, s'est décharnée. Le petit Willie de deux ans refuse à présent de marcher et insiste pour que Meg le porte dans ses bras. Les autres enfants, qui couraient à perdre haleine quand ils ont débarqué du bateau, retournent dans leur lit et passent la moitié de la journée à dormir.

Bien que sa propre réserve de farine tire à sa fin, Sarah Vincent leur envoie un pain chaque jour. Hazel et les enfants en reçoivent chacun une tranche avec une petite goutte de mélasse pour leur repas du midi. Les femmes prennent une tasse de thé que Sarah leur a montré à préparer en faisant bouillir des aiguilles d'épinette. Elles gardent le vrai thé pour le souper, quand les hommes sont de retour.

Lavinia sent son propre corps rapetisser. Elle a parfois un goût de sang dans la bouche et elle imagine que ses dents et ses cheveux sont en train de tomber. Ses rêves, et même les pages de son journal intime, débordent de pensées sur la nourriture, sur la chaleur et sur la mort, surtout la mort de Hazel. Même si tous les autres refusent de l'admettre, Lavinia est sûre que sa belle-sœur agonise.

Le soir, avant de se coucher à côté de ses enfants, Ned vient embrasser sa femme. « Tu vas aller mieux après l'hiver », dit-il en lui tapotant la main, ou : « Tu vas guérir bien vite quand on aura notre maison à nous. »

Lavinia détourne la tête pour ne pas voir l'espoir affleurer sur le visage exsangue de Hazel chaque soir quand elle entend ces paroles vides.

Les hommes ont déclaré que la partie la plus froide de l'entrepôt, celle qui est suspendue au-dessus de l'eau et où l'on garde les quelques provisions qui restent, serait désormais leur atelier. Lavinia les entend parler, elle entend Josh Vincent expliquer à Ned et à Ben comment nettoyer les deux petites godes qu'ils ont rapportées.

Josh a étalé un morceau de voile sur ses genoux. L'oiseau y est posé, la poitrine en haut, la tête pendante, et Josh retire habilement les plumes de la peau en les tirant d'un petit coup sec. Thomas et Vincent sont constamment déconcertés par l'ignorance des frères Andrews, par le fait qu'on doive leur montrer sans cesse la même chose.

« Où c'est que vous avez été toute votre vie ? » demande Josh de sa voix douce et lente, faisant un commentaire plutôt que posant une question — ce qui aurait violé la règle tacite selon laquelle on ne doit pas enquêter sur le passé des autres.

La conversation tourne rapidement vers des sujets plus importants : la glace qui entoure le cap, la possibilité d'attraper un phoque. Selon Josh, les phoques devraient maintenant apparaître d'un jour à l'autre dans le port. À voix basse, ils discutent de la possibilité de contourner la côte jusqu'à un lieu nommé Inner Island pour emprunter de la farine.

Lavinia cesse d'écrire. La pensée horrible des hommes en train de marcher sur la glace au-dessus de cette eau noire et sans fond est bannie par l'espoir fugace qu'ils puissent après tout être sauvés. Elle tend l'oreille.

« On pourrait prendre ton traîneau et le fusil... possible qu'on tombe sur quelques oiseaux ou même sur des phoques, dit Thomas Hutchings.

— Ça prendrait combien de temps ? demande Ned — et Lavinia se dit qu'il sait que Hazel est en train de mourir.

— Oh ! on a pas besoin d'y aller tous. Seulement deux. Qu'est-ce que t'en penses, Josh ?

— Sûr que c'est une possibilité. Faudrait attendre que le temps le permette et déblayer notre chemin d'une rive à l'autre. Le vent va nous ralentir et les rafales de neige peuvent nous aveugler là-bas sur la glace, répond Josh.

— Il me semble pourtant que si on partait de bonne heure, ça pourrait se faire avant qu'il fasse noir et on reviendrait le lendemain, si le temps ne changeait pas », dit Thomas Hutchings. Sa voix porte plus loin, elle est plus claire, plus froide, moins compassée — sans vie, comme le pense habituellement Lavinia. Elle s'est comme teintée d'une sorte d'exaltation lorsqu'il a parlé de marcher sur la glace de l'océan.

« J'ai pas l'impression que ça peut être d'une grande utilité, Thomas. J'sais ce qui restait au père et aux gens de là-bas à cette époque l'an dernier et j'pense pas que ça doit être ben différent cette année. Tout le long de cette côte, le monde essaie de gratter jusqu'à ce que les phoques ou les provisions arrivent, comme nous autres, dit calmement Josh.

— Oui, t'as raison, acquiesce Thomas d'une voix redevenue inexpressive. La glace devrait céder d'un jour à l'autre. Quand la vague de froid sera passée, on va voir arriver des phoques, et j'pense bien que

Caleb Gosse va mettre de la farine et de la mélasse sur le premier vaisseau qu'il va envoyer vers le nord. »

Lavinia s'imagine entendre un reproche dans sa voix. « Sans nous, il aurait toute la farine dont il a besoin, toute la mélasse et l'huile et le bois de chauffage dont il a besoin, oui, et toute l'intimité aussi. » Son propre nouveau besoin de solitude a rendu Lavinia capable de reconnaître le même sentiment convulsif de malaise chez Thomas Hutchings. Lorsqu'elle le voit s'éloigner d'eux chaque soir, elle comprend combien l'irrite leur présence dans l'entrepôt.

Elle l'observe depuis le premier jour, lorsqu'il a attrapé les amarres du bateau, cherchant des signes d'impatience, des indications de mécontentement qu'elle est certaine de déceler dans sa voix. Chaque fois qu'il se passe quelque chose, que ce soit heureux ou triste, ses yeux se tournent vers Thomas Hutchings. Trouve-t-il amusant de voir Willie rouler sur le sol comme un ballon ? Les questions que Ned, dans son ignorance, ne cesse de poser, le mettent-elles en rage ? Un bol de ragoût fumant le réjouit-il ? Un sourd gémissement de Hazel l'attriste-t-il ? La faim lui donne-t-elle des crampes d'estomac ? A-t-il peur en entendant la mer glacée battre sous le hangar ?

Elle se demande de quoi il aurait l'air s'il riait. Jusqu'à présent, cela ne lui est jamais arrivé. De savoir tout ce que sa famille doit à cet homme est difficile à supporter.

Seule Hazel, flottant dans un monde crépusculaire entre la vie et la mort, a remarqué le regard de Lavinia : comment il suit Thomas Hutchings, comment elle a toujours la tête tournée vers lui. La malade est contente d'avoir ce petit spectacle à suivre des yeux pour lui faire un peu oublier ses souffrances pendant qu'elle dérive dans cet état de demi-sommeil qui l'enveloppe comme un brouillard.

Le soir, Thomas Hutchings va s'asseoir tout seul, allume une lampe à huile de phoque et lit l'un des trois livres qui, le jour, sont posés entre deux petites boîtes sur l'étagère au-dessus de son bureau. C'est un homme ordonné et il lui arrive parfois de se montrer bon. Lavinia a été interloquée en le voyant prendre le balai pour balayer des copeaux de bois ou des plumes et elle a entendu Sarah raconter comment, le jour de la naissance de Charlie, Thomas est venu préparer le souper pour toute la famille.

« Il s'est débrouillé aussi bien qu'une femme, et même mieux que certaines. Notre Annie aurait pas pu faire davantage, la pauvre enfant, elle arrêtait pas de courir d'un bord à l'autre pour moi. Et Josh... eh ben, il est bon à rien dans une maison, même pas capable de se faire une tasse de thé. »

À présent, ils connaissent bien les Vincent. Chaque soir, après le souper, la famille vient à l'entrepôt entendre Ned raconter des histoires.

Josh Vincent apporte toujours une brassée de bois sec qu'il dépose calmement près du feu. Ned commence ces séances de la même façon qu'il le faisait sur le bateau, assis sur le sol avec Willie et Isaac dans les bras, entouré des autres enfants. Mais une fois l'histoire en marche, il ne peut plus se contenir. Il écarte les garçons, se lève d'un bond et incarne chacun des personnages.

Les histoires ont changé depuis la nuit où Ned a jeté à la mer son bébé mort-né. Il n'est plus le héros de ses contes, mais il brode plutôt autour de pirates et de trésors cachés, de belles jeunes filles indiennes, de méchants qui se battent, s'abreuvant mutuellement d'injures tandis que leurs épées frappent les rochers. Il parle d'animaux magiques errant dans les montagnes, de bêtes ayant disparu de toute la surface de la terre à l'exception du cap, de revenants rôdant la nuit sur la plage, attirant les vaisseaux qui s'écrasent sur les rochers, de femmes flottant au-dessus des congères et appelant en gémissant des amoureux ou des enfants perdus, de royaumes engloutis dans la mer et de princesses enlevées par des gitans.

Quand vient l'heure d'aller se coucher, lorsque les Vincent s'en retournent chez eux, seul Joe le Jeune a le courage de marcher tout seul. Annic et Peter s'accrochent à leurs parents, terrifiés à l'idée de croiser des esprits ou des fantômes le long de l'étroit sentier creusé entre de profonds bancs de neige.

Avec les années, les histoires de Ned en viendront à faire partie de la vie au cap. Génération après génération, on en racontera des centaines de variantes dans les cuisines, auprès du feu, pendant les longues soirées d'hiver. On ajoutera ou on modifiera des détails, entremêlant le réel et l'imaginaire. Cent ans plus tard, il sera impossible de savoir où le fil de la vérité s'entrelace avec la chaîne de la fable.

Hazel demande qu'on la redresse afin qu'elle puisse voir Ned et, tandis que l'histoire se déroule, même Thomas délaisse son livre et s'approche du feu. Il allume alors sa seule pipe de la journée et, pendant un moment, l'arôme âcre et épicé du tabac couvre l'odeur surie de l'entrepôt et se fond à l'histoire fabuleuse racontée par Ned lorsqu'elle atteint son apogée.

Le jour où Meg utilisa ce qui restait de farine, il n'y eut pas de pain au repas du soir. Une fois les Vincent partis, la famille Andrews resta assise à contempler le feu, personne n'ayant envie de quitter la chaleur pour retrouver la faim et le noir de son lit. Thomas Hutchings se dirigea alors vers son étagère et prit une grosse boîte ronde en fer blanc. Il l'ouvrit et prit un biscuit de marin dur comme une pierre.

«C'est du pain de matelot», expliqua-t-il aux enfants. Après avoir frappé le petit rouleau grisâtre contre la cheminée, il tendit à chacun un morceau de la grosseur d'un œuf.

«Allez mâcher ça dans votre lit, ça va vous aider à vous endormir.»

Depuis, Thomas Hutchings passe le biscuit de marin à la ronde quand l'histoire commence et tous peuvent le gruger pendant que Ned raconte ses légendes extravagantes. Cela rassasie étrangement. Ned, qui a mangé de ce pain dur à l'occasion de plusieurs traversées, appelle cela «biscuit de la mer». Il dit aux enfants que c'est magique et que cela leur fera faire de beaux rêves.

Comme Josh l'a prédit, le temps change. Le dernier jour de février, on entend comme de sourds craquements se répercuter sur les rochers et dans les collines. Des flaques d'eau noire apparaissent dans la glace du port, et il y a bientôt plus d'eau que de glace. La semaine suivante, un vent du nord pousse la glace de l'Arctique le long de la côte. D'une couleur et d'une texture légèrement différentes de la glace du port, elle dérive vers le cap en plaques séparées qui tournent et qui se heurtent, venant jusque sur la grève, penchant parfois d'un côté comme des assiettes géantes.

Un jour, vers midi, la porte du magasin est ouverte à toute volée, faisant entrer un coup de vent glacial. Puis on entend Joe le Jeune beugler : «Les phoques sont là ! Les phoques sont là !»

Il disparaît sans refermer la porte. Les hommes sont aussitôt dehors, enfilant leurs vestes, saisissant les cordages et les gaffes à hameçon qui attendent depuis des semaines contre le mur. Peter Vincent, à qui Annie est en train d'enrouler un ceinturon rouge autour de la taille, s'éloigne d'un bond et se met à courir derrière son père. Toujours parés de leurs plus beaux atours, les autres enfants s'élancent à sa suite. Meg réussit à attraper Jane et Emma, à leur enrouler des linges autour des mains et à leur enfoncer des bonnets sur la tête.

Elle pousse Isaac vers Lavinia. «Tiens, prends-le, moi, j'vais prendre Willie. Nous autres aussi, on veut voir ces bêtes fabuleuses. Venez, maman… tiens-le bien, Vinnie, sinon, lui aussi, il va essayer d'attraper un phoque !» Et les voilà parties, criant par-dessus leur épaule à Hazel qu'elles seront bientôt de retour.

On dirait qu'une fête étrange a pris place sur la plage. Les hommes avancent et reculent précautionneusement, testant du bout de leurs longues gaffes la résistance de la glace. Les enfants, traînant des bouts de tissu multicolores, poussent des cris perçants en voyant les plaques de glace tanguer vers eux, et ils essaient de se jucher quelque part d'où ils pourront apercevoir les phoques.

Ceux-ci se trouvent à une centaine de pieds plus loin, dérivant sur les plaques qui se rapprochent lentement de la rive. Lavinia ne peut encore les voir, jusqu'à ce que bouge une ombre de couleur crème sur une des plaques. Elle est déçue : rampant gauchement sur la glace, ils ressemblent à des moutons sales et dépourvus de pattes. Puis, glissant dans l'eau, l'un d'eux trace en nageant un arc gracieux puis disparaît.

Thomas Hutchings tourne vers les enfants bruyants son visage assombri par la colère. « Taisez-vous, pour l'amour du ciel ! Restez tranquilles ou vous allez leur faire peur et ils vont s'en aller ! »

Les enfants obéissent aussitôt. Ils s'accroupissent derrière de gros blocs de glace qui ont échoué sur la batture et seuls sont visibles leurs yeux brillants et les étoffes colorées enroulées autour de leur tête.

Thomas a apporté l'unique fusil, mais ils manquent de poudre et espèrent attraper au harpon le plus grand nombre de phoques possible. Josh leur a raconté que son père et ses frères prennent des phoques au moyen de filets amarrés à la glace. Seuls les phoques les plus petits s'approchent de la grève, dit-il. Les hommes ont décidé d'avoir, au printemps prochain, des filets prêts à être tendus.

Josh Vincent trouve presque tout de suite une plaque de glace assez solide pour le soutenir. Il saute dessus et Thomas le suit. Les deux hommes portent plusieurs couches de vêtements superposés et de lourdes bottes, mais cela ne les empêche pas de sauter avec une étonnante agilité d'une plaque à l'autre, atterrissant toujours à l'endroit qui, selon leurs calculs, pourra supporter leur poids. Quelques minutes plus tard, ils sont au milieu des phoques et Josh en a harponné un.

Joe le Jeune, après avoir jeté un regard rapide sur la plage pour s'assurer que sa mère n'y est pas, bondit sur une plaque de glace. Ned Andrews le suit un instant plus tard. Ben s'apprête à lui emboîter le pas, mais Meg lui agrippe le bras.

Tout cela est fait avec tant de désinvolture, si calmement, que Lavinia ne se rend pas tout de suite compte du danger que les hommes courent. Elle n'arrive pas à croire qu'on puisse risquer aussi simplement sa vie. On devrait sûrement hisser au moins un drapeau, réciter une prière. Au moment où cette pensée traverse son esprit, elle voit Meg, toujours cramponnée au bras de son mari, fermer les yeux et incliner la tête.

C'est seulement alors que Lavinia comprend à quel point est périlleuse la situation dans laquelle se trouvent les hommes, combien l'eau au-dessous d'eux est profonde, combien sont fragiles les plaques de glace flottante, comme leur équilibre est instable. Un changement de vent ou de marée, un bout de glace moins dure, un pied se posant deux pouces plus près du bord, et la plaque se renversera, les envoyant à la mort. Lavinia aimerait prier elle aussi, mais elle n'ose détacher son regard des silhouettes qui bougent dans la blancheur du paysage. Galopant entre les plaques de glace comme s'il avait fait cela toute sa vie, Ned semble davantage dans son élément que tous les autres, davantage que les phoques qui pataugent.

Joe le Jeune atteint le phoque tué par son père, enroule des cordes autour de la carcasse et le tire lentement sur la grève, laissant un sillage rouge sur la glace derrière lui. Les enfants rampent sans bruit pour regarder, impressionnés par l'immobilité de cette chose poilue, morte, par son crâne écrabouillé. Dès qu'un phoque a été tiré sur la rive, Joe retourne sur la glace et se met à en haler un autre.

Les hommes ont déjà tiré cinq phoques sur la grève lorsque Annie pousse un cri perçant et, pointant le doigt, elle se précipite au bord de l'eau. Tous les phoques plongent. Les plaques de glace, à présent éclaboussées de sang, sont vides. Les autres regardent dans la direction indiquée par Annie et voient Peter Vincent titubant au bord d'une grande plaque de glace qui penche dangereusement. Elle chavire lentement, exposant son ventre vert mousse, et Peter fait un mouvement brusque vers l'avant, tombant, mais réussissant à attraper une plaque plus petite à laquelle il s'accroche. Seul le haut de son corps émerge.

Josh, Joe le Jeune, Thomas et Ned se dirigent tous vers le gamin, se déplaçant avec ce qui semble à présent une lenteur insupportable — à l'exception de Ned qui bondit d'une plaque à l'autre avec une sorte d'exubérance, presque comme s'il volait. Sa barbe et ses cheveux roux et bouclés se soulèvent et retombent gracieusement à chacun de ses bonds. Ses bottes trop grandes semblent précéder ses pieds sur la glace, remontant juste au moment où la glace s'enfonce sous son poids. Il paraît euphorique et pousse un grand cri de triomphe lorsqu'il rejoint Peter et, d'un seul coup, accroche sa gaffe sous le ceinturon rouge juste visible au-dessus de l'eau noire.

Lorsque les autres hommes le rejoignent, Ned a déjà hissé le garçon qui est en sécurité sur la glace. On le ramène sur la grève et on le porte, le visage bleu, claquant des dents, dans la cuisine de sa mère. Éclatant en sanglots quand elle l'aperçoit, Sarah donne à son fils une bonne claque derrière la tête avant de lui retirer ses vêtements mouillés. Elle l'enveloppe dans une couverture, le fait asseoir auprès du feu et, d'une voix tonitruante, elle lui fait un long discours sur ce qui peut arriver aux garçons qui désobéissent à leur mère.

Il faut des heures pour nettoyer et faire cuire la viande, et l'attente est presque intolérable. Les Vincent donnent leurs derniers oignons pour le banquet commun, et Lavinia écrit que le paradis doit avoir l'odeur du phoque et des oignons en train de rôtir. Tout le monde rôde près du feu, faisant des suggestions, demandant quand la viande va être prête, jusqu'à ce que Meg elle-même perde patience, envoie les hommes et les garçons dehors et ordonne aux jeunes enfants de rester à proximité mais en silence.

On sert enfin la viande, brune et croustillante à l'extérieur, dégoulinante de graisse, d'une riche saveur de gibier. Tout le monde mange et remange. Ils mangent jusqu'à en avoir mal au cœur et Lizzie est même malade.

Ce soir-là, ils restent des heures auprès du feu, célébrant l'abattage des phoques par des chansons et des histoires. Désormais, ils ont de la viande, de la fourrure, de la graisse et de l'huile. Ils savent que ce sera bientôt le printemps, que les navires apparaîtront le long de la côte, en provenance de Carbonear et de Saint John's. Ils ont survécu à l'hiver.

Longtemps après que les autres se sont endormis, Lavinia reste éveillée, tourmentée par un sentiment totalement injustifié de rancune qu'elle éprouve à l'égard des hommes qui sont allés sur les plaques de glace. Se rappelant comme ils sautaient de bon cœur d'une plaque à l'autre, elle se dit qu'elle devrait être contente qu'ils aient le sang-froid nécessaire pour faire ce travail. Elle-même, en serait-elle seulement capable ?

Il était nécessaire de tuer les phoques, pense-t-elle. Dieu sait combien elle est heureuse d'être enfin rassasiée. Et pourtant, elle en veut aux hommes de leur folle témérité, de cet orgueil mâle qui, mêlé au sentiment d'urgence, rend le travail plus difficile qu'il ne le faudrait.

Les hommes manquent d'imagination, conclut Lavinia. Ils ne voient que la glace et les phoques, alors que les femmes voient les abîmes d'eau noire au-dessous, qu'elles visualisent les algues gelées qui s'enroulent et s'accrochent.

« Au fond, c'est pas une mauvaise chose de n'avoir ni mari ni fils », écrit-elle cette nuit-là.

Chapitre 3

Mary Bundle a débarqué aujourd'hui — jamais on ne verra sur la terre du bon Dieu une créature plus proche du sauvage. On ignore son âge mais, à mon avis, elle doit être pas mal plus vieille que Meg.

C'est ce que Lavinia, qui a dix-sept ans et se considère toujours comme une enfant ou presque, écrit à propos de Mary Bundle, également âgée de dix-sept ans, qui est arrivée si furtivement au cap un jour d'avril.

Les garçons attendaient la goélette depuis les premières heures du jour lorsque Joe le Jeune a distingué ses voiles blanches brillant contre le ciel couleur d'étain. L'un après l'autre, les femmes et les autres enfants ont rejoint les garçons au bout du quai. On est allé chercher les hommes derrière la maison, où ils étaient occupés à couper du bois de chauffage — de misérables branches noueuses et humides qui vont donner davantage de fumée que de feu. Il est à présent midi et, sauf Hazel, tous les habitants de l'endroit sont sur le quai et contemplent le premier vaisseau qu'ils voient depuis le départ de *La Truite* six mois auparavant.

Malgré la viande de phoque qui complète depuis les dernières semaines leurs repas de navets et de poisson salé, les adultes savent qu'ils sont toujours dangereusement proches de la famine. Ils prient en silence pour que le bateau tourne en direction du cap et qu'il y ait de la farine à bord.

Un vent glacial soufflant de la mer a beau leur cingler la figure, ils restent pourtant tous là, sans s'agiter, sauf Ned, qui réchauffe les enfants en les faisant valser à tour de rôle d'un bout à l'autre du quai. Pendant qu'il fait tourner sa fille Jane, la fillette comprend soudain ce que les voiles peuvent vouloir dire.

« C'est le capitaine Benoit, hein, papa ? Il vient pour nous ramener chez nous ? » demande-t-elle, le visage illuminé de joie à cette perspective.

Lavinia voit l'expression de son frère devenir soudain grave, elle le voit arrêter de danser et prendre Jane dans ses bras.

«Non, mon canard, c'est pas le capitaine, il reviendra pas. Maintenant, chez nous, c'est ici, Jane.»

L'enfant se met à pleurnicher doucement. Ned lui tapote le dos en lui fredonnant sa chanson favorite :

J'ai vu trois beaux vaisseaux,
Trois beaux vaisseaux, toutes voiles dehors
J'ai vu trois beaux vaisseaux,
Pour ma Janie, sont chargés d'or...

Lavinia a souvent entendu Ned chanter cette chanson, cette liste interminable de promesses, pour endormir sa fille. Elle n'a pas encore fait la paix avec son frère et, d'habitude, cette chanson l'horripile. Mais, en regardant le visage de Jane, elle sent la tristesse l'envahir à l'idée que le monde ne soit pas l'endroit insouciant que Ned imagine.

«J'suppose que c'est un vaisseau de la marine anglaise. J'me rappelle que le vieux Ki Barbour nous disait comment ils avaient coutume de venir par ici et de mettre le feu à toutes les maisons qui avaient une cheminée. Une fois, ceux de la marine, ils ont pendu deux hommes à Pond Island.» Sarah Vincent annonce cette lugubre nouvelle, puis, avec une sorte de satisfaction, elle ajoute : «Et, comme vous l'savez, à l'exception de Thomas, y a personne d'entre nous qui a le droit de vivre ici!»

Les enfants cessent de bouger en entendant évoquer ce danger qu'ils ignoraient. Angoissées, Meg et Jennie demandent des éclaircissements sur les incendies et les pendaisons.

Mais Josh secoue la tête en regardant sa femme et, d'une voix qui n'exprime aucun reproche, il dit : «Écoute, Sarah, ma fille, tu sais ben qu'on a rien fait de tel sur cette côte depuis au moins vingt-cinq ans. Et même alors, les deux qui ont été pendus par la cour de la marine étaient des fripouilles qui s'étaient évadées de la prison de Saint John's.»

Joe le Jeune appuie son père. «Et pis, y a seulement deux cheminées dans la place, m'man, dit-il. Ils prendraient pas la peine de se déplacer pour ça... et, à le voir tanguer, j'doute même qu'il y ait quelqu'un sur ce bateau qui les ait vues.» Sans quitter le navire des yeux, il poursuit : «Quoi qu'il en soit, m'man, il est trop petit pour être un bateau de la marine. Ce soit être une goélette de pêche. Qu'est-ce que vous en dites, monsieur Hutchings?» Joe le Jeune, le plus courageux des enfants, est le seul qui ose s'adresser directement à Thomas.

Celui-ci hoche la tête d'un air absent. Il semble encore plus morose que d'habitude, pense Lavinia, pratiquement comme s'il n'était pas content de voir apparaître le bateau, qui louvoie lentement en direction du cap.

Thomas Hutchings se sent rien de moins qu'embarrassé. Il a deviné que le navire avançant vers eux appartient à Caleb Gosse, l'homme qui possède le quai sur lequel ils se tiennent, la bâtisse que tout le monde appelle «le magasin de Thomas » et le droit exclusif de recueillir toute la morue pêchée dans les eaux de cette côte pour être ensuite salée. Ce Gosse est un individu bizarre au visage rubicond, un homme méfiant qui a embauché Thomas après une entrevue de deux minutes, qui lui a affirmé que les Peaux-Rouges le volaient dans son dos et qui lui a ordonné de tirer sur le premier Indien qu'il verrait s'approcher du cap. Mais aucun Indien n'est venu, et aucun ne viendra, parce qu'ils font seulement partie des fantasmes de ce vieux fou.

Ce genre d'homme, pense Thomas Hutchings, ne sera pas content de découvrir qu'il a hébergé et nourri une douzaine d'étrangers tout l'hiver.

D'après ce qu'en sait Thomas, Caleb Gosse n'a jamais mis les pieds au cap, ni à aucun autre des endroits où il détient le pouvoir de vie et de mort. Il est évident qu'aucun marchand, même un fou, ne quitterait Saint John's au printemps alors que sa flotte doit être préparée pour la saison de pêche. Thomas essaie de se convaincre que ses craintes ne sont pas fondées et il formule le vœu que, dès le lendemain, les hommes du clan Andrews commenceront à construire leur propre maison, même si c'est lui et Josh qui feront probablement la plus grande partie du travail. La famille Andrews doit être sortie du magasin avant l'arrivée du poisson.

« On dirait qu'il se dirige vers le nord… son hunier et sa grand-voile sont toujours hissés », dit Ned. Il ne remarque pas, comme sa sœur le fait, l'étonnement que ce commentaire fait naître sur les visages de Josh et de Thomas, qui ont toujours considéré les frères Andrews comme de parfaits abrutis.

Le navire est maintenant assez près pour que Thomas puisse lire son nom écrit sur la proue en lettres bleues : *Tern*. C'est une goélette, apparition charmante se dirigeant vers le cap et s'aidant du vent et des vagues pour louvoyer autour des brisants.

« Si j'me trompe pas, Alex Brennan doit être au gouvernail. Regardez juste comment il suit le courant, comment il fait glisser le bateau autour des récifs ! » s'exclame Josh d'une voix vibrante d'admiration.

Le *Tern* est bien un bateau de la flotte de Gosse. Alex Brennan leur envoie la main depuis le pont au moment où l'on jette l'ancre tout près du quai et que le navire s'approche doucement.

« Une sacrée bonne p'tite brise, mon vieux, on s'croirait pratiquement au port de Saint John's un jour de beau temps. » Le visage rond du capitaine rayonne de bonne humeur, mais rien n'échappe à son regard acéré et intelligent. Alex Brennan navigue sur les bateaux de Gosse depuis vingt ans le long de cette côte et il est capable de reconnaître les signes de famine sur les visages levés vers lui.

Connaissant toutes les questions avant même qu'elles soient posées, le capitaine annonce aussitôt la nature de sa cargaison : du sel et un petit attirail de pêche commandé à Gosse l'automne dernier. Il leur donne le prix au quintal fixé par le marchand pour les prises de l'été précédent, leur relate les catastrophes qui sont tombées sur Saint John's pendant les mois d'hiver et comment se portent les affaires de Gosse.

« Ça se passe bien pour lui, mon ami. S'est acheté deux autres schooners comme celui-ci, le *Charlotte Gosse* et le *Seahorse*, qu'il a commandés à un chantier naval de Boston. »

Alex adresse un signe de sympathie aux femmes et il commence à raconter à Sarah qu'il a récemment parlé à l'un de ses frères. Il est sur le point de livrer les messages personnels qu'il a recueillis le long de la côte, mais Thomas Hutchings l'entraîne à l'écart des autres et lui demande à voix basse quelles provisions de nourriture il a sur le bateau.

« J'ai comme l'impression que votre famille a augmenté pendant l'hiver », dit Alex. Puis, voyant l'impatience de Thomas, il ajoute vivement : « Oui, oui, mon ami. J'en ai un peu. Vous pouvez avoir deux barils de farine et un tonnelet de mélasse. Le vieux a pas besoin d'en entendre parler, on les rapportera aux entrepôts quand vous aurez reçu c'qui vous revient. »

Aussitôt que ces mots sont prononcés, Thomas se tourne vers les femmes qui se tiennent à proximité, tendant l'oreille, et il leur dit : « Du pain, ce soir… et aussi de la mélasse. » Il esquisse même un sourire. Le soir, Lavinia consigne le sourire dans son journal.

Alex Brennan ordonne à deux de ses hommes de décharger la nourriture et d'apporter un baril de farine chez les Vincent et l'autre à l'entrepôt.

« On aura du pain chaud pour vous avant que vous partiez », crie Sarah par-dessus son épaule tout en trottinant derrière les hommes qui transportent sa farine.

Les hommes et les garçons plus vieux amarrent le navire et donnent à l'équipage un coup de main pour décharger le sel, les grappins, la ficelle et la corde. Les marins sont de grands colporteurs de nouvelles et le *Tern* a fait escale dans trois ports entre Saint John's et le cap. Ils savent tout des naissances et des décès, des mariages et des maladies le long de la côte. Ils connaissent les plates-formes de pêche qui ont résisté aux tempêtes hivernales, savent comment les personnes âgées prévoient le prochain été, quels navires vont aller au Front [1] et quels hommes le long de la côte ont trouvé une place sur un bateau.

Alex Brennan écoute tout cela pendant quelques minutes seulement, puis il demande à Thomas Hutchings s'il peut lui parler en privé.

« Voilà le moment des mauvaises nouvelles », pense Thomas. Il entraîne le capitaine vers le magasin et lui indique d'un geste un coin aussi éloigné que possible de l'endroit où repose Hazel, qui, bien que paraissant dormir, pourra plus tard répéter à Lavinia presque chacune des paroles prononcées par les deux hommes.

---

1. Versant raide de la côte.

« J'imagine que Gosse a décidé qu'il a pas besoin d'un homme au cap — et Dieu sait qu'il a pas tort. J'ai pas vu un seul voleur, ni rouge ni blanc, et ça fait presque deux ans que j'suis là », dit Thomas, qui se demande ce qu'il fera s'il doit quitter le cap, étonné de constater qu'il se cherche des prétextes pour y rester.

Mais Alex Brennan se tourne vers lui en souriant. « Qu'est-ce qui vous a mis cette idée en tête ? Non, j'dirais que Caleb Gosse sait maintenant qu'il a mis la main sur une bonne affaire par ici... l'an dernier, le poisson ici a été meilleur que jamais auparavant... en quantité comme en qualité. Non, c'est pas ça. La vérité, Thomas, c'est que j'ai autre chose pour vous sur le *Tern*, un autre paquet. » Il arbore un sourire si large que ses petits yeux disparaissent complètement dans les plis de ses joues.

« J'ai un paquet pour vous à bord », répète-t-il. Il éclate de rire en se tapant le genou devant l'air ahuri de Thomas.

« Ah ! c'est bon, ça, c'est... un autre paquet, exactement ce dont vous avez besoin, Thomas... un paquet mystérieux, comme qui dirait.

— Bon Dieu, de quoi parlez-vous, Alex ? » demande Thomas Hutchings en se penchant pour regarder dans les yeux son interlocuteur à présent presque plié en deux, tellement il rit.

Voyant l'inquiétude de Thomas, Alex se redresse, essuie ses yeux et essaie de continuer sans rire.

« Eh ben, comme j'vous disais, on est en route vers le nord pour l'été, alors on a pris c'te femme, une fille, plutôt, comme cuisinière à bord. Un peu clandestinement, comme qui dirait, depuis que le matelot qui faisait la cuisine est tombé malade. Un p'tit jeune — Tim Toop, comme ils l'appellent, Dieu sait c'est quoi son vrai nom —, porte les messages pour les Gosse. En tout cas, Tim a dit qu'il connaissait une bonne cuisinière et il a arrangé ça pour nous. Elle s'est embarquée le jour du départ. Avait l'air petite et plutôt maigrichonne, mais on était trop occupés à charger et tout ça pour s'occuper d'elle. On a eu un souper mangeable, des patates qui étaient pas brûlées et du poisson en masse, et on en demandait pas plus... »

Comprenant que cette tirade interminable n'est pas un message de son patron, Thomas hoche la tête d'un air distrait, les mains croisées devant lui. Alex Brennan lui a déjà vu cette attitude et cela le trouble. Il se hâte d'arriver à la conclusion de son histoire.

« Ça a tout l'air qu'un des paquets que la cuisinière a apportés à bord est un bébé. Maintenant, elle dit que le bébé est malade et elle veut pas continuer à naviguer le long de la côte. Elle... elle s'appelle Mary et tout l'équipage a commencé à l'appeler Mary Bundle[1], vous voyez ? En blague. Elle veut que je la débarque ici. »

---

1. *Bundle* signifie « paquet ». (N.D.T.)

Thomas Hutchings devient tout à coup attentif. «Bon Dieu, qu'est-ce qu'elle a l'intention de faire ici ? J'ai déjà une bande d'affamés sans toit sur la tête, je n'ai besoin de personne de plus... surtout pas une femme avec un bébé malade !

— J'lui ai dit qu'elle ferait mieux de rester sur le *Tern* jusqu'à ce qu'elle tombe sur un bateau qui s'en retourne à Saint John's. Ça m'est égal de la garder à bord, on les entend jamais, elle et son mioche... mais j'commence à penser qu'elle a des raisons de pas vouloir retourner là-bas. Ça n'a rien d'étonnant, d'ailleurs. C'est pas un endroit pour une femme, Saint John's. Mais c'est juste des suppositions que je fais. Elle est renfermée, elle nous adresse à peine la parole. Elle est jeune, quinze ou seize ans, j'dirais, mais elle travaille comme un petit chien. »

Alex tape sur l'épaule de Thomas. À un autre homme, il aurait donné une grosse bourrade, mais il y a quelque chose chez Thomas Hutchings qui subjugue le jovial Irlandais, qui le force à contrôler ses gestes et ses rires. «Peut-être ben que vous-même vous auriez besoin d'une femme, Thomas ? »

Thomas reste impassible. «Ça m'étonnerait. Non, Alex, c'est pas possible. Les Vincent peuvent certainement pas se charger d'une autre bouche à nourrir, et je n'ai pas l'intention d'héberger qui que ce soit d'autre une fois que j'me serai débarrassé de ceux-là.

— Ça m'paraît juste. J'vais lui répéter ça, mais c'est à peu près tout ce que j'peux faire. En tout cas, elle va venir à terre. Elle veut consulter les femmes à propos du bébé. J'ai l'impression qu'elle manque pas mal d'expérience, la pauvre petite créature. »

Alex hoche la tête en direction de la paillasse à demi camouflée par l'arrangement précaire de cordages et de voiles. «On dirait que vous hébergez déjà quelqu'un de malade.

— Hazel Andrews, la femme de Ned. C'est le plus jeune des deux frères. Vous l'avez vu sur le quai, le type avec les cheveux et la barbe crépus et le sourire fendu jusqu'aux oreilles. Sauf l'autre belle-sœur, Meg, tous ces Andrews ont pas beaucoup de cervelle, mais Ned est le pire de la bande. Il se comporte parfois comme un simple d'esprit. Il est toujours en train de faire le pitre, de danser et de chanter comme s'il avait pas un seul souci au monde alors que sa femme est alitée depuis qu'ils ont débarqué du bateau. J'commence à penser qu'elle va jamais se relever. Une toute jeune femme avec deux petits enfants.

— On peut rien faire pour elle ?

— Sarah Vincent et la vieille Andrews, la mère des deux frères, font de leur mieux. Hier, elles ont fait bouillir des algues et ont essayé de lui en faire prendre... pourtant... j'sais pas. J'peux pas me laisser préoccuper par ça. »

Changeant alors de sujet, Thomas annonce au capitaine qu'il n'aura pas besoin de lui laisser des hommes pour l'aider au cap cet été. «J'suis résolu à ce que les Andrews gagnent leur pain, alors on aura assez de main-d'œuvre.» Les deux hommes quittent le hangar, conversant toujours à voix basse.

Les marchandises sont à présent débarquées. Les matelots du *Tern* sont en train de bavarder avec Josh et les frères Andrews.

«Y en a qui s'font des fortunes avec le travail des pêcheurs, mes amis! Des fortunes! Prenez Caleb Gosse qui a acheté ce vaisseau et deux autres la même année», est en train de dire un marin lorsque Thomas et Alex arrivent assez près pour l'entendre.

«Ouais, pis c'est pas la moitié d'sa fortune.» Un marin au visage de singe crache un gros mollard de jus de tabac par-dessus le bord du quai. «Pas la moitié! À Saint John's, on raconte que Gosse est en train de s'faire construire un manoir en Angleterre, lui qui a déjà une des plus belles maisons d'la ville, en pierre, et qui a des bureaux au port, et des chevaux, un carrosse, et tout ce qui va avec.»

— Le cousin d'ma femme qui s'occupe des chevaux de Gosse a entendu dire que Gosse a un frère au gouvernement, en Angleterre», renchérit un autre, et son compère approuve de la tête d'un air avisé, laissant entendre que oui, on peut s'enrichir avec le poisson.

Alex Brennan ne tolère pas que ses hommes parlent à tort et à travers. «Allons, Sam Billard, on gagne tous notre vie avec le poisson, et si Caleb Gosse gagne un peu plus d'argent que nous, c'est juste normal. Après tout, on pêche bien sur ses bateaux. En quoi ça te regarde, les agissements d'un gentleman? À présent, vous allez porter ces marchandises à l'entrepôt de poisson… et laissez pas la porte grande ouverte, y a une femme malade là-dedans.»

Le vent se calme un peu, et Alex estime qu'il n'aura aucune difficulté à quitter le cap. «Les hommes ont pas encore mangé… on ferait aussi bien de prendre un repas chaud à terre avant de mettre les voiles», dit-il en cherchant Mary Bundle du regard sur le quai.

Ne la voyant nulle part, il se dit qu'elle espère sans doute débarquer sans se faire remarquer. Dans ce cas, cela prouve qu'elle ignore tout de la vie dans ces ports éloignés. Il salue Thomas d'un signe de tête et monte à bord du *Tern* à la recherche de la cuisinière.

Le capitaine descend dans la coquerie où, depuis leur départ de Saint John's, a l'habitude de dormir et de travailler Mary Bundle. Elle est bien là, assise sur le sol comme une gitane avec toutes ses possessions, y compris le bébé, étalées devant elle. Comme elle ne s'attendait pas à le voir arriver, elle se dépêche de jeter un linge crasseux sur son étrange bric-à-brac. Puis, comme si elle trouvait lâche son geste impulsif, la jeune fille écarte le linge, se rassied sur ses talons et regarde le capitaine qui, au pied de l'échelle, les contemple, elle et ses maigres biens.

« Elle faisait pitié à voir », confiera plus tard à sa femme cet homme au cœur sensible. Il ne peut pas savoir que la pauvre et pathétique enfant assise devant lui a caché trois pièces d'or volées dans sa chemise, entre ses petits seins.

« Elle avait étalé toutes ses affaires comme si elle était en train d'en faire le compte. Le pauvre bébé qui braillait, un tas de guenilles en flanellette, pour le p'tit, j'imagine, une casserole ébréchée, une paire de bottes, une boîte de pierres à briquet, une jolie petite épinglette, deux couteaux, un foulard tricoté et une orange — je me demande bien où elle l'a trouvée, ça fait neuf mois que j'en ai pas vu à Saint John's. Oh ! j'oubliais, deux biscuits de marin qu'elle a dû chiper dans les entrepôts. C'était ça, tout ce qu'elle possédait au monde. »

Mais le visage d'Alex Brennan n'exprime à présent aucune pitié. Il regarde Mary Bundle en fronçant les sourcils et pousse le chaudron de la pointe de sa botte.

« Enlève-moi ça de là, pis pose l'enfant quelque part. Les hommes sont pratiquement morts de faim. Allez, jeune fille, il faut qu'on mange et qu'on quitte c'te banc de sable perdu avant la noirceur. On va décharger le matériel, et tu peux nous cuisiner un repas chaud dans le magasin de Thomas Hutchings. »

Alex prend un sac de légumes sur l'étagère, un gros morceau de porc et du poisson salé, et il remonte l'échelle. La fille se relève, enveloppe ses biens dans le linge grisâtre, enroule dans une couverture brune et rugueuse le bébé qui pleure toujours, et attrape la plus grosse marmite qu'elle voit avant de le suivre dans l'écoutille et sur le pont.

« … Thomas Hutchings dit qu'il veut pas de toi ici. Il dit qu'il a pas de place pour te coucher et que c'est pas possible pour une femme de s'en tirer sur le cap. »

Alex parle en regardant droit devant lui et il ne voit pas Mary Bundle rejeter vivement la tête en arrière, ce qui fait ressortir son menton pointu. C'est un geste de défi et de détermination, un geste que les gens du cap finiront par reconnaître.

On partage le repas, un mélange de légumes, de porc salé et de poisson, le tout bouilli ensemble dans le grand chaudron apporté du bateau. Une fois qu'ils ont fini de manger, les marins s'asseyent un peu partout dans la pièce. Après avoir retiré leurs bottes et suspendu leurs grosses chaussettes de laine près du foyer pour les faire sécher, ils ont l'air capables de passer le reste de leur vie là, adossés au mur, leurs pieds nus posés sur le plancher en direction du feu. Thomas Hutchings est avec eux. Il fume sa pipe, heureux d'avoir le ventre plein et de parler de politique, de bateaux et de pêche.

Josh Vincent, Ned et Ben sont retournés couper du bois et les femmes font du pain dans la cuisine des Vincent, mais les enfants restent là, perchés comme des moineaux sur les barils et les caisses, ouvrant tout grands leurs yeux et leurs oreilles, sans faire de bruit.

Lavinia est assise à sa place habituelle, penchée sur sa belle-sœur qui semble vouloir parler. Hazel a de la fièvre, probablement à cause du bruit et des odeurs inhabituelles. Lavinia tient un linge mouillé sur le front brûlant de la malade, mais elle surveille Mary Bundle.

Celle-ci n'a pas émis un son. Elle met les restes et les assiettes de fer blanc dans le grand chaudron, l'air absorbée par son travail, sans jeter un regard aux hommes, ni même à son bébé qui dort maintenant sur une pile de filets près d'elle. Lavinia se demande si la jeune femme est muette.

Il fait presque noir dans l'entrepôt, avec son unique petite fenêtre. Cette pénombre à laquelle se mêle la fumée odorante du tabac confère à la pièce une atmosphère agréable. Les voix de Thomas et d'Alex continuent de bourdonner sur un ton monotone. À l'occasion, l'un des marins fait un commentaire. Les hommes aimeraient passer la nuit à terre. Les enfants observent la scène, immobiles. Les mots incohérents de Hazel sortent de plus en plus lentement, ses yeux se ferment et Lavinia voit qu'elle s'est endormie.

Mary Bundle prend la grosse marmite et se dirige à pas feutrés vers la porte. Quoi qu'elle fasse, elle le fait sans bruit. C'est à ce moment-là, tandis que Lavinia examine dans la faible lumière le visage osseux et basané de Mary, que le mot « sauvage » lui traverse l'esprit.

Alex pousse finalement un long soupir, avale les dernières gouttes de sa tasse de thé et se lève.

« C'est pas tout ça, les gars ! Il est déjà midi passé et j'veux avoir quitté le cap avant la noirceur. Allons, la petite réception est finie, il est temps de lever l'ancre. » Il sort d'un pas lourd, saluant Lavinia en portant la main à sa casquette lorsqu'il passe près du lit.

L'un après l'autre, les hommes se lèvent en grommelant, enfilent leurs chaussettes et leurs bottes et emboîtent le pas au capitaine. Les enfants, comme si on venait de les délivrer d'un sortilège, sautent de leurs perchoirs et sortent à leur suite. Lavinia constate que le bébé dort toujours dans un coin, mais elle ne dit rien.

Sur le quai, l'activité bat son plein ; on entend la clameur qui accompagne toujours ce rituel consistant à lever l'ancre. Le temps a changé, c'est à présent une belle journée, fraîche et radieuse. L'eau, si noire ce matin, est d'un bleu éblouissant sous un ciel sans nuages. Le vent a tourné, repoussant loin de la grève presque toute la glace. Les quelques plaques qui restent flottent, évoquant de grandes assiettes de cristal sur l'eau calme.

Une fois les amarres larguées et les voiles prêtes à être hissées, les hommes se lancent mutuellement des messages de dernière minute. Sarah Vincent sort de chez elle en courant, tenant un pain encore chaud dans un linge. Elle le tend à Alex Brennan qui lui lance en retour un jarret de porc mariné.

« Pour votre souper. Merci pour le pain », dit-il en agitant la main en direction des personnes restées sur le quai. Puis le *Tern* s'éloigne lentement vers le large.

« On se reverra à votre retour ! » crie Sarah qui semble avoir rajeuni de plusieurs années depuis le matin. « C'est un homme fantastique. Un vrai chrétien, même si c'est un de ces papistes », confie-t-elle à Meg et à Jennie.

Elles regardent les voiles claquer au vent, de couleur crème à présent dans le soleil de l'après-midi. Sur la colline, le silence se fait, car les hommes se sont arrêtés de bûcher pour regarder apparaître le *Tern*, le regarder prendre le vent et voguer majestueusement devant les rochers. Il est presque une heure lorsque le bateau disparaît entre le ciel et la mer du même bleu.

Une autre heure passe, puis, silencieuse comme un chat, Mary Bundle entre dans le hangar et prend son bébé sur le tas de filets de pêche. Elle s'approche de Lavinia et lui tend une orange. Elle le fait sans lui adresser la parole et aucun sourire n'éclaire son petit visage anguleux. Elle reste plantée là, menue et si immobile que, malgré sa maigreur, elle paraît robuste. Le fruit de couleur vive luit dans la pénombre de l'entrepôt.

C'est la première orange que voit Lavinia depuis son départ de Weymouth. Elle aimerait seulement la regarder, mais la salive coule déjà sur son menton. Elle prend le fruit, l'épluche soigneusement, laissant tomber l'écorce dans sa poche pour en pulvériser dans son thé ou en frotter ses mains. Elle le sépare en quartiers, en porte une petite section à sa bouche, en donne une autre à Mary Bundle qui est restée là à la regarder, et fait lentement manger le reste à Hazel.

Une autre heure s'écoule. Il fait presque nuit lorsque Sarah s'aperçoit que Joe le Jeune a disparu. Personne ne l'a vu depuis le départ du *Tern*. Après l'avoir cherché dans tous les endroits où il aurait pu se cacher, on conclut qu'il a dû s'embarquer clandestinement sur le navire.

Sa mère, qui n'a laissé échapper aucune plainte pendant ses accouchements, gémit tout haut : « ... Il va se noyer, on entendra plus jamais parler de lui ! La moitié des jeunes qui s'en vont au Labrador se noient ou se font kidnapper par les Esquimaux ! »

Jennie et Meg tournent autour d'elle. Meg lui rappelle qu'après tout Joe a treize ans, qu'il est un garçon raisonnable et qu'il n'ira sûrement pas près de l'eau. Jennie demande pourquoi les Esquimaux voudraient enlever les enfants des Blancs, est-ce qu'ils ne sont pas capables de faire les leurs tout seuls ?

Thomas réussit enfin à calmer Sarah. « Si Joe le Jeune devait prendre la mer, il aurait pas pu choisir un meilleur capitaine qu'Alex Brennan… comme tu l'as toi-même dit ce soir, c'est un homme bon et respectable », affirme-t-il.

Josh approuve. « Le gamin sera de retour dans quelques mois, et c'est mieux comme ça. Il va apprendre que la vie de marin est loin d'être facile, pis cesser de rêver de partir chaque fois qu'il voit passer un bateau. »

Enfin apaisée, Sarah sèche ses larmes, reconnaît qu'ils ont probablement raison et annonce à Mary Bundle qu'elle peut coucher en haut dans le lit de Joe le Jeune jusqu'au retour de celui-ci. Personne d'autre, à part Lavinia, ne semble avoir remarqué la présence de la jeune femme qui était jusque-là restée en retrait, attendant calmement que Thomas décide de son sort.

Ce soir, même Sarah paraît tranquille et rassasiée. Ned porte Hazel près du feu. Les joues de celle-ci sont légèrement colorées de rose et elle tend la main pour toucher les visages de Jane et d'Isaac avant qu'ils aillent se coucher. Thomas Hutchings s'est retiré à son bureau où il est en train d'écrire. L'un après l'autre, tous s'éloignent du feu, mais Ned reste là, tenant dans ses bras la femme enveloppée dans des couvertures, comme il tiendrait un enfant.

Toujours éveillée, Lavinia est allongée à proximité, ruminant les propos que Hazel a entendu Thomas Hutchings tenir à propos de la famille Andrews, et écoutant la plainte du vent qui, ce soir, semble faible et lointaine.

Puis, derrière les bruits que font les enfants en dormant, derrière celui de la plume de Thomas Hutchings grattant le papier, Lavinia entend Hazel chuchoter : « J'suis désolée, Ned… désolée de t'causer tant de soucis… à toi et aux autres… »

Son frère inspire bruyamment : « Hazel, tu m'causes aucun souci… Hazel, mon amour… quitte-nous pas… »

Lavinia n'arrive pas à reconnaître la voix de Ned. C'est celle d'un homme qui a vu un couteau transpercer sa poitrine et qui sait qu'il va mourir.

Elle s'enroule dans ses couvertures, met ses mains sur ses oreilles pour ne plus entendre ces paroles intimes. Elle récite une prière pour Hazel, puis une pour Joe le Jeune. Essayant de s'endormir, elle énumère mentalement les noms de tous les habitants du cap. En comptant celui qui est parti et les deux qui viennent de s'ajouter, elle arrive à un total de vingt et une personnes. Elle pense de nouveau à Mary Bundle, et se demande si elles pourraient devenir amies.

Ensuite, elle s'endort et tout est silencieux. On n'entend plus que les doigts doux du vent se faufilant autour des murs du hangar et, très loin dans le cap, le grincement mat que font les plaques de glace lorsqu'elles se heurtent en flottant vers le rivage. Tout le monde dort, même l'homme et la femme restés auprès du feu mourant.

Au matin, Hazel est morte. Ned amène les enfants en larmes dans la cuisine des Vincent. Thomas et Ben sortent creuser une tombe. Jennie, Meg et Lavinia restent à l'intérieur pour laver Hazel et la revêtir de la robe de tartan rouge dans laquelle elle s'est mariée.

C'est la première fois que Lavinia touche à un cadavre. Elle s'étonne de voir ce que la mort fait à la chair humaine. Elle se souvient de Hazel quand elle était bien portante et heureuse, elle se rappelle comment elle avait coutume d'attendre le retour de Ned à la fenêtre de la rue Monk, elle se rappelle son visage que l'espoir illuminait tandis qu'il ouvrait la porte d'un coup de pied, jetait son sac de toile sur le sol et se précipitait vers elle.

Lavinia essaie de retenir cette image dans son esprit pendant qu'elles lavent le pauvre corps de Hazel, nouent une bande de tissu sous son menton et frictionnent pour la dernière fois ses plaies purulentes avec de l'huile. La robe rouge est désormais bien trop grande et Meg doit la coudre dans le dos pour qu'elle tienne en place.

Une fois qu'elles ont fini de faire la toilette de Hazel et de l'habiller, les trois femmes s'asseyent, raides, autour du corps. Sarah Vincent et Mary Bundle entrent alors, tenant toutes deux un bébé sous leurs châles, et s'installent auprès des femmes de la famille Andrews. Lizzie est là, elle aussi, mais elle se tient de côté, presque derrière Meg. Après quelques minutes, Annie Vincent se glisse dans la pièce et va s'asseoir à côté de Lizzie. Bien qu'elles soient toutes assises sur des chevalets, des caisses et des tonneaux, ce rassemblement a quelque chose d'étrangement officiel. À tour de rôle, chacune des femmes rappelle un gentil souvenir de Hazel : sa tendresse pour les bébés et les jeunes enfants, sa patience face à la souffrance, les petits points si précis qu'elle savait coudre, combien elle aimait Ned et ses histoires. Seule Mary Bundle, qui a à peine entrevu la morte, reste muette.

Plus tard, les enfants entrent, puis les hommes, qui enveloppent Hazel dans une toile et attachent son corps à une planche. Ils la portent jusqu'à la pointe, à un trou que les hommes ont mis toute la matinée à creuser dans le sol gelé.

Lavinia se demande, comme, des années plus tard, d'autres se le demanderont, pourquoi le cimetière (car c'est ce que ce morceau de terrain va devenir) a été placé sur cette avancée du cap la plus exposée à la mer et au ciel. Elle saura un jour que, sur cette côte, tout — les maisons, les visages et les tombes — est tourné vers la mer.

Le vent souffle avec rage, fouettant les vêtements et noyant les quelques paroles que Thomas Hutchings lit dans l'un de ses livres. Meg demande qu'on chante un cantique et elle l'entonne. Un par un, les autres joignent leurs voix à la sienne :

Vers les montagnes, je lève mes yeux pleins d'espoir,
Car c'est de là que viendra mon salut,
C'est là qu'il apparaît.

Les mots, faibles et minces comme de la fumée, sont emportés par le vent.

Isaac et Jane se mettent à gémir lorsqu'on descend le corps de leur mère dans la fosse. Les femmes entraînent les enfants derrière, sur le côté de la pointe, de l'autre côté de la plage, jusqu'à la cuisine des Vincent avant que les hommes commencent à jeter des pelletées de gravier gelé sur la forme pitoyable.

Lavinia tourne alors le dos à la scène et s'en va. Elle se rend à l'entrepôt vide, roule en boule la dernière couverture tachée de sang, la mousse et les branches qui, pendant tous ces mois, ont servi de couche à Hazel mourante. Fourrant la couverture et les branches dans le foyer, elle reste quelques minutes à les regarder brûler. Elle tire la toile suspendue aux chevrons et, à l'aide d'une brosse, elle frotte la grosse tache sombre sur le plancher de bois. Ne parvenant pas à enlever la tache couleur de rouille, elle traîne finalement la grande table à trancher le poisson, sur laquelle ils mangent, jusqu'à l'endroit où était le lit de Hazel.

Lorsqu'elle a terminé, il ne reste plus de trace de la morte. À partir de ce jour, le nom de Hazel sera rarement mentionné. Ses propres enfants l'oublieront. Après un an environ, les mots que Ned gravera demain sur un écriteau de bois seront effacés, l'écriteau se fendra, tombera et sera emporté dans la mer. Mais, à ce moment-là, il y aura d'autres tombes sur la pointe.

Chapitre 4

Est-ce qu'on va finir par voir le printemps dans cet endroit que même le bon Dieu paraît avoir oublié ? Semaine après semaine, des montagnes de glace dérivent le long de la côte. Parfois, l'une d'elles s'arrête et reste des jours à nous regarder bouger en face d'elle.

Pendant les mois d'avril et de mai, les humains disparaissent du journal de Lavinia. Elle oublie d'écrire à propos de sa propre famille, des Vincent ou de Mary Bundle, et même de Thomas Hutchings. Elle devient si obsédée par les landes, la plage, la mer — toujours la mer —, qu'elle a l'impression de vivre seule sur un rivage perdu.

Cette année, des centaines d'icebergs dérivent depuis l'océan Arctique. Jour et nuit, ils glissent lentement, silencieusement dans le cap comme des fantômes de cathédrales abandonnées. Dans leurs parois qui se dressent au-dessus de l'eau, de grandes fissures apparaissent, fenêtres irrégulières par lesquelles luit une irréelle lumière d'un bleu verdâtre. Parfois, comme Lavinia l'a écrit, l'un d'entre eux s'échoue et oscille contre le ciel jusqu'à ce qu'une circonvolution de vent, une vague ou une baleine le délivre. Il se déplace alors majestueusement, disparaissant de l'autre côté du monde.

La baie est pleine d'une brume de flanelle qui envahit sournoisement le cap, épousant la forme des creux, couvrant les rochers, les collines, la maison, l'entrepôt, couvrant toute chose comme un linceul mouvant, flottant. Dehors, on marche à tâtons, et les voix s'élèvent, caverneuses et désincarnées, dans cet univers immobile où tout son est assourdi.

Un jour, il gèle ; le lendemain, il pleut. Mais le froid de février, un froid tranchant comme un couteau, a disparu, et Lavinia abandonne l'entrepôt, laissant à sa mère et à Meg le soin de préparer les repas, de faire le ménage, toutes les corvées dévolues aux femmes.

À un moment pendant ces glacials mois d'hiver, Lavinia a constaté qu'elle n'avait plus de règles. Elle s'est sentie soulagée — moins de sang, moins de risques d'embarras dans la terrible promiscuité du hangar. À présent, tandis qu'elle veut bannir l'hiver de sa vie, elle s'aperçoit que, rongés par la peur de la mort, de la faim et du froid, son corps et son esprit, en complète harmonie, semblent inverser le processus du vieillissement et faire de nouveau d'elle une enfant.

Elle participe aux jeux de Lizzie, d'Emma et de Patience, les filles de Ben et de Meg, qui, avec la Jane de Ned, continuent à se déguiser avec les vêtements rongés par les mites qu'on a emportés de Weymouth dans des barils. Les matins où le temps le permet, Lavinia et ses nièces quittent l'entrepôt et se rendent chez les Vincent où Annie et Peter se joignent à elles. Puis, avec Lavinia en tête, ils vont ensemble marcher le long de l'interminable grève. Les filles Andrews forment une étrange procession avec leurs vêtements multicolores attachés autour de la taille par des bouts de corde effilochés. À côté d'elles, les enfants Vincent, vêtus de chandails convenables, de bonnets et de mitaines de laine, ont l'air de moineaux accompagnant une volée d'oiseaux exotiques.

Chaque matin, les enfants cherchent sur la plage du bois d'épave, des plumes, des coquillages, des galets, des étoiles de mer et les squelettes blanchis de petites créatures rejetées par les flots. Il arrive que cette activité, qui les occupe parfois pendant des heures, leur apporte d'insolites récompenses. Une fois, la mer a rejeté une pierre ronde à la surface de laquelle un visage de femme était gravé. Une autre fois, ils ont découvert la mâchoire et les dents délavées de quelque énorme animal qui, selon leurs estimations, était plus gros qu'un cheval. Une autre fois encore, ils ont trouvé un paquet de forme carrée, bien enveloppé dans un bout de toile cirée et qui, une fois ouvert, s'est révélé être un jeu de cartes parfaitement intact. Ils ont apporté les cartes à Meg Andrews. Celle-ci, prenant un air solennel, les a jetées aussitôt au feu en psalmodiant :
Cartes et dés appartiennent au Malin
Dieu désire qu'ils soient jetés au feu.

Après cette consternante expérience, les enfants ont décidé de ne plus rien montrer aux adultes et de garder leurs trésors cachés dans les dunes qui surplombent la mer.

Un jour qu'ils sont en train de jouer dans le petit bouquet d'arbres rabougris qu'ils appellent « les bois », les enfants se retrouvent par hasard sur une corniche, un affleurement noir en roche qui se dresse abruptement derrière le cap. Là, ils s'aperçoivent que ce lieu est situé exactement au-dessus de la minuscule communauté où ils vivent. En la voyant de cette hauteur, ils réalisent avec quelle précarité elle est suspendue au bord de la roche et du sable, et cessent aussitôt de rire et de parler. Il est presque midi, c'est une journée grise et l'air est plein de vapeur et de petites boucles de brouillard laissées dans le sillage de la tour de nuages qui plane à présent juste à l'extérieur du cap. En bas, il y a l'entrepôt, le quai, la maison des Vincent et le mince réseau de sentiers qui s'est tissé entre ces divers lieux. Tout est maintenant bizarrement étranger, tout est complètement désert.

La même pensée traverse l'esprit de chacun des enfants : « Les adultes sont partis. » On les a laissés seuls, on les a abandonnés.

Patience se met à geindre : « Où est m'man ? Où est m'man ? » Elle agrippe l'écharpe bariolée nouée autour de la taille de Lavinia, mais sa tante, qui vit le même cauchemar, chuchote : « Tais-toi ! » Tous se taisent et cessent de bouger.

En bas, là où la plage dessine une courbe s'étirant à leur gauche, les brisants roulent paresseusement. Les traces de pas du matin sont déjà effacées, comme si elles n'avaient jamais existé. Directement sous eux, les bâtisses brinquebalantes sont aussi immatérielles que la brume, et elles semblent osciller légèrement chaque fois que la mer souffle derrière elles.

Il y a quelque chose là-bas, quelque chose d'accroupi sous les vigneaux ou d'aplati contre la paroi extérieure du gros rocher. Cette chose sait qu'ils sont en haut et qu'ils la regardent. La créature n'a pas peur, elle se cache seulement pour mijoter un plan secret, terrible. Où sont les adultes ?

Les enfants restent là pendant de longues minutes, immobiles, silencieux. Ils attendent. Chacun d'eux sent la peur en lui comme une pierre, et c'est une sensation délicieuse, presque sexuelle, que seuls les enfants connaissent.

Lizzie rompt le charme. Elle saisit la main de Patience, se détourne et, poussant un grand cri, elle court vers le refuge des arbres. Les autres la suivent, faisant le plus de tapage possible, sûrs que, s'ils se retournent ou jettent un regard derrière eux, ils verront la chose affreuse en train de les observer. Dans la pénombre des bois, protégés par les arbres minces, ils tombent les uns sur les autres dans la mousse et se mettent à rire comme des fous.

Seule Patience continue de trembler et de pleurer. « C'était un bonhomme Sept Heures, un gros bonhomme Sept Heures. »

Les autres se moquent d'elle et Peter la traite de poule mouillée. Mais ils savent tous qu'elle a raison.

Vers la fin du mois d'avril, les enfants découvrent que l'une des buttes de sable devant la plage est en réalité une sorte de bol creux abritant des restes d'anciens feux. Ils trouvent, éparpillés aux alentours, des ossements carbonisés, des morceaux de bois flotté à moitié calcinés, mille éclats de silex noir et luisant dont certains sont indubitablement taillés en pointes de flèche. Comme des rosiers, à présent bruns et cassants, poussent en broussailles autour du bord, quelqu'un pourrait passer à quelques pieds de la dépression sans voir la cachette ni même imaginer son existence. Cachés dans le trou, à l'abri du vent et de la mer, les enfants se sentent en sécurité.

Ils ont baptisé ce lieu protégé « la place » et creusent des étagères peu profondes pour y déposer les choses trouvées sur la grève. Ils mangent là, partageant le contenu de leurs poches — tranches de navet, morceaux de pain rassis ou de biscuit de marin, bouts de poisson grillé, grumeaux de résine arrachés aux arbres, baies d'églantier et graines rouges ratatinées. Plus tard, ils y feront rôtir du capelan, mastiqueront les insipides quatre-temps de couleur rouge orangé, mangeront de la fougère de printemps précoce et de l'oseille sauvage. Les enfants mangeront de tout, même de la roquette qui pousse sur la plage et qui a une saveur aussi piquante que le piment.

Les jours où le soleil a réchauffé le sable, ils s'installent comme les rayons d'une roue, leurs pieds se touchant, le dos appuyé aux parois de la dépression, et somnolent un peu pendant que Lavinia leur raconte des histoires de géants qui, jadis, dansaient autour de ce même feu, taillaient des pointes de flèche et faisaient cuire d'énormes animaux qui ont maintenant disparu du cap.

Ayant acquis de la confiance en eux, ils ont commencé à allumer des feux à l'intérieur du cercle de pierres noires. À l'occasion, ils font rôtir du poisson, griller du pain. Un jour, Peter Vincent apporte au repaire un bout de voile déchirée et c'est ainsi que, d'un côté, pend une sorte de tente qui procure un abri à la bande quand il pleut.

Thomas Hutchings, qui a découvert l'ancien refuge au cours des premiers mois passés dans la solitude du cap, est le seul adulte à connaître le trou et à savoir que les enfants en ont pris possession. Il fait cette découverte par une journée chaude du début du printemps lorsqu'il va là pour méditer, loin du vacarme de l'entrepôt.

Écartant les broussailles, il se sent tout à coup glacé de terreur. Quelqu'un est venu. Il scrute du regard le fond du trou. Quelque chose de rouge comme le sang est étalé sur le cercle de pierres noircies. L'espace d'un instant terrible, Thomas croit être tombé sur les restes d'un sacrifice primitif. Puis il cligne les yeux et constate qu'il s'agit de la vieille cape de velours écarlate avec laquelle se déguisent les filles Andrews; il remarque les coquillages, les plumes et le bois flotté et comprend que les enfants se sont approprié sa retraite.

Thomas ne parle jamais à personne de la butte creuse, mais lorsque, plusieurs années plus tard, il reverra l'endroit, il se rappellera la froide terreur ressentie ce matin-là et se demandera si cela avait été un pressentiment.

Chaque jour, depuis la porte de chez les Vincent, Mary Bundle regarde les jeunes courir sur la plage, elle les voit disparaître derrière la crête de la butte et meurt d'envie de les accompagner. Elle ne comprend pas pourquoi Annie Vincent, qui n'a que douze ans, dit souvent à Lavinia : « J'peux pas sortir aujourd'hui. M'man a besoin de moi pour garder le bébé. »

Mary attacherait volontiers sa minuscule fillette dans son dos pour courir à la suite des autres. Mais elle sait que, s'il est acceptable pour tout le monde que Lavinia suive les enfants, il n'en serait pas de même pour elle. Aux yeux de Mary, Lavinia, avec des frères pour lui fournir le nécessaire et une mère pour la dorloter, est en sécurité. Elle, au contraire, n'ayant ni amis ni famille, doit se montrer utile et ne surtout pas se faire remarquer. Chez les Vincent, elle participe à toutes les tâches afin de payer sa pension et celle de Fanny jusqu'à ce qu'elles aillent s'installer ailleurs. Elle est convaincue que le destin lui fera quitter le cap comme elle a quitté tant de lieux dans sa courte vie, et que c'est seulement une question de mois.

Le credo de Mary est simple : « L'important, c'est que j'quitte un endroit plus riche que je l'étais le jour de mon arrivée… ou du moins pas plus pauvre. » Elle se le répète chaque jour en marmonnant et observe les alentours de son regard perçant, cherchant ce qu'elle pourrait ajouter à sa collection de biens.

Elle partage avec les enfants Vincent la moitié arrière du grenier, et dort dans le lit de Joe le Jeune — une planche posée contre le toit en pente. Même si elle a habituellement froid au dos la nuit et même si elle ne peut compter sur aucun lieu sûr pour cacher ses trésors, elle aime bien dormir au grenier. Elle blottit le petit corps de Fanny contre le sien et se sent protégée par le toit qui s'incline au-dessus de leurs têtes. Elle espère que Joe le Jeune ne reviendra jamais du Labrador.

Pour commencer, Mary essaie de comprendre le malaise qu'elle éprouve en présence de Sarah. Sarah est gentille, joviale aussi, même si elle prophétise toujours des catastrophes, et Mary n'est pas timide. Des douzaines de petits sacs de tissu contenant du varech séché, des graines, des pétales émiettés et des baies d'églantier sont suspendus autour du feu. Des bouquets de fleurs sauvages, de gaulthéries et de sauge, des corbeilles de mousse et des bouts de racines tordues pendent des madriers. Mary se demande si Sarah est une sorcière. Elle a une certaine connaissance des sorcières ; sa propre mère en était une, croit-elle. « Ça lui a fait une belle jambe », pense Mary, pendant qu'elle observe attentivement Sarah, cherchant chez elle des qualités surnaturelles.

Un jour, Sarah a même dit : « J'suis une sorcière, tu sais, toutes les femmes Loveys sont des sorcières, ma mère était une sorcière avant moi, et grand-mère aussi. » À ce moment-là, elle était en train de concocter une pommade pour le mal de dents. Elle a pouffé de rire, mais Mary savait qu'elle parlait sérieusement. La jeune fille fait de grands efforts pour se tenir du bon côté de Sarah, et elle évite toujours de la regarder dans les yeux.

Mary est très attirée par Josh Vincent, bien qu'elle le considère comme un vieux. Elle aime le son de sa voix douce et hésitante, et la façon dont, quand il ne peut éviter de lui parler, ses yeux bleus pleins de bonté glissent à côté de son visage et fixent d'un air absent un point par-dessus son épaule.

Ce qu'elle admire le plus chez Josh, c'est sa façon de ramasser des choses. Il n'entre jamais dans la maison sans une brassée de bois sec, un seau d'eau, un bout de bois flotté, un poisson ou un oiseau de mer. Josh Vincent est le premier homme qu'elle voit veiller sur sa famille, et cela éveille en elle un désir qu'on prenne soin d'elle, désir plus fort que tous ceux qu'elle a jamais éprouvés.

«Josh est le genre d'homme que j'aimerais avoir», pense Mary, puis elle regarde vivement Sarah parce qu'elle craint d'avoir été surprise à convoiter le mari de la sorcière.

Mais, reposant la marmite sur la plaque du foyer, Sarah est en train de parler, comme elle le fait depuis une heure. Elle parle de Joe le Jeune, prédisant qu'il reviendra à demi gelé, estropié, affamé ou marié à une de ces païennes d'Esquimaudes qui, selon elle, se conduisent comme des dévergondées avec les hommes qui pêchent au large du Labrador pendant l'été.

Sarah parle presque sans arrêt, mais elle n'a jamais l'air d'attendre une réponse. Mary croit qu'à force de vivre avec Josh, elle a appris à ne jamais espérer avoir une conversation.

Tout en la considérant comme une sorcière, Mary aime bien Sarah et, bizarrement, elle lui fait confiance. Pour sa part, Sarah traite Mary comme une de ses filles. Elle la trouve un peu comme Annie, mais plus calme, plus docile.

Les jours rallongent imperceptiblement et la terre commence à dégeler. Les feuilles ne sont pas encore là, mais il y a des bourgeons et une nouvelle odeur de verdure dans les bois. Les hommes travaillent maintenant dehors de l'aube à la tombée de la nuit. Ils halent vers la côte le bon bois abattu pendant l'hiver à des milles du cap, et commencent à bâtir une maison pour la famille Andrews.

Thomas Hutchings a ordonné que la construction de la maison soit terminée avant la venue du poisson. Il faut dégager l'espace pour faire un potager, couper davantage de bois, réparer le quai, calfater les bateaux, repriser les filets et les enduire de résine. On manque de main-d'œuvre. Aussi chacun des enfants qui s'aventure à portée de voix d'un adulte se voit-il aussitôt confier une tâche. Même un bambin est capable de remplir de copeaux de bois un sac de jute, de tenir un outil, de passer des clous, de ramasser du goémon de laisse sur la plage, de surveiller le feu ou de garder l'œil sur un des bébés.

Pendant ce temps, deux autres vaisseaux arrivent. Ezra Vincent, le frère de Josh, amène dans sa barque trois chèvres de Pond Island. Une tempête force le *Molly Rose* de Carbonear à faire escale tandis que la goélette *Drake* de Saint John's jette l'ancre dans l'abri du cap. Comme le *Drake* est un grand vaisseau, il doit s'immobiliser à proximité du littoral, mais le capitaine et plusieurs hommes d'équipage viennent à terre dans un doris.

Les navires apportent les nouvelles du monde extérieur. L'Angleterre a connu le pire hiver de son histoire. On parle d'un autre traité avec les Français. Un prédicateur dissident se dirige vers la côte, et Ezra affirme que les gens de Pond Island ne le laisseront pas débarquer. À Saint John's, le gouvernement est en train de s'acculer lui-même à la faillite, faisant venir d'Angleterre des tailleurs de pierre afin de construire une grande résidence pour le nouveau gouverneur. On a désormais mis à prix la tête des Peaux-Rouges et on donnera cinq livres à tout homme qui pourra en ramener un vivant. Ces nouvelles offrent des sujets d'interminables conversations longtemps après que les bateaux sont repartis.

Lorsque le *Charlotte Gosse* arrive, transportant leurs équipements et leurs provisions d'été, y compris un supplément de sel, Lavinia entend par hasard Thomas Hutchings dire au capitaine de rapporter au cap un chargement de poisson à faire. Plus tard, elle demande à Sarah ce que cela veut dire.

« Faire le poisson, ma fille, c'est… eh ben, c'est faire le poisson. » Sarah secoue la tête, incapable de décrire une chose que même le plus jeune enfant connaît le long de cette côte.

« C'est le couper en deux, c'est le vider, c'est le saler… faire le poisson, c'est c'qu'on fait quand les hommes vont pêcher. L'été dernier, Gosse a envoyé deux hommes pour nous donner un coup de main, mais, cette année, on sera assez nombreux pour faire notre poisson et même plus. C'est pourquoi Thomas essaie de nous obtenir un supplément de poisson… si on en fait plus, on aura plus de crédit auprès de Gosse pour l'équipement et les provisions d'hiver. »

Dans le court laps de temps qui précède la venue anticipée du poisson, les femmes commencent à dégager un endroit pour planter des pommes de terre. Meg et Jennie Andrews, aidées de Sarah, d'Annie Vincent et de Mary Bundle, passent la plus grande partie de leurs journées à travailler là où Josh a coupé le bois de chauffage de l'an dernier. Il s'agit d'une étroite bande de terrain assez plat, au sol rocailleux, entre le bois et l'affleurement — là où les enfants ont eu si peur en regardant le cap désert. Pour un jardin, ce n'est pas un emplacement très propice, mais c'est pratiquement le seul possible dans une terre récemment émergée, après un temps infini passé sous les glaciers.

Les femmes ont établi une routine à laquelle elles dérogent rarement. Chaque matin, une fois qu'elles ont terminé les plus importantes corvées ménagères, nourri les bébés, transporté l'eau de l'étang et mis la marmite de poisson salé à mijoter sur le feu couvert, elles remplissent le coffre de bois de Sarah.

Il s'agit d'une malle de marin, grande comme un demi-cercueil, qui a servi à des générations d'hommes de la famille Gill et que Sarah a pris comme coffre pour les couvertures quand elle a quitté Pinchards Island pour épouser Josh. Les femmes plient une épaisse courtepointe au fond du coffre et y déposent un chaudron de fer rempli de morceaux de charbon brûlant, une bouilloire, de la nourriture, des vêtements et tout ce que la malle peut contenir.

Elles ont rassemblé une collection hétéroclite d'outils, des objets dont les hommes peuvent se passer pour les tâches essentielles : une hache émoussée, un pic, la longue baguette de fer que Josh a trouvée dans son filet de pêche l'été précédent, une pelle, une longueur de corde et plusieurs sacs de jute. Meg transporte tous les outils qu'elle peut tandis que Jennie et Mary portent le coffre en le tenant par ses poignées de corde. Annie ferme la marche, un bébé dans chaque bras. Le Willie de Meg, un bambin de deux ans, court habituellement devant les femmes qui avancent lentement dans le sentier tortueux jusqu'à l'endroit dégagé.

Arrivées à ce qu'elles appellent déjà le jardin — bien que ce ne soit encore rien d'autre qu'une étendue parsemée de roches et de souches d'arbres —, elles allument un feu à l'aide du charbon brûlant, puis elles empilent des branches desséchées jusqu'à ce que ces dernières commencent à craquer et qu'on voie un voile de chaleur miroiter dans l'air glacé du matin. Elles emmitouflent Fanny, le bébé de Mary, et Charlie Vincent dans les courtepointes réchauffées et les couchent, tête-bêche, dans le coffre à présent vide. C'est Mary Bundle qui a eu cette idée, et les femmes sont très satisfaites de cet arrangement.

La jeune fille a entendu Sarah confier un jour à Meg Andrews : « Mary fait peut-être pas grand bruit, mais c'est loin d'être une imbécile. Elle a quelque chose dans le crâne quand il s'agit d'imaginer des choses. » Cette description d'elle-même plaît à Mary, fière d'être capable d'imaginer des choses — une aptitude qui, a-t-elle remarqué, fait défaut à la plupart des gens.

Le travail de jardinage est très pénible pour le dos. Heure après heure, les femmes fouillent le sol dur pour en extraire les pierres, puis les portent au mur de pierre branlant qu'elles sont en train d'ériger entre le potager et le bord de la falaise. Seule à avoir une certaine expérience en jardinage, Sarah explique que les vents les plus froids viennent de la mer et que si elles font le jardin en diagonale, entre la ligne des arbres et le mur de pierre, il sera protégé. Les femmes doivent souvent attacher une corde autour des plus grosses pierres et, se servant de la baguette de fer en guise de levier, elles tirent et poussent pour les dégager. Ensuite, elles roulent et traînent les rochers jusqu'à l'entassement qu'elles espèrent voir devenir un mur. Elles consacrent parfois presque toute la journée à bouger un seul de ces rochers. Deux pierres résistent à leurs plus gros efforts et enfin, après des jours de sueur et de tension, elles arrivent à la conclusion que ces pierres sont la pointe de la falaise qui doit s'étendre juste au-dessous de la mince couche de terre.

Les femmes empilent des racines et des broussailles dans le feu qui grossit à mesure que la journée avance. Leur visage devient encrassé de fumée et de suie, leurs ongles se cassent, des ampoules poussent, éclatent et saignent jusqu'à ce que leurs mains deviennent aussi dures et calleuses que celles des hommes. Pendant les premières semaines, elles ont tout le temps mal aux bras et aux épaules. Jennie est parfois obligée de s'asseoir et de poser la tête sur ses genoux jusqu'à ce que cesse le battement derrière ses yeux.

Quand le soleil s'enfonce derrière la cime des épinettes, elles arrêtent de travailler. Après avoir rassemblé outils et enfants, elles se traînent à la maison pour préparer le repas avant le retour des hommes. Les femmes sont exténuées. Le coffre de marin, lourd comme s'il était en plomb, cogne contre leurs jambes. Willie supplie en pleurant qu'on le porte. Les membres raides, elles avancent dans la lumière du crépuscule, marchant sur leurs ombres longues qui les précèdent dans le sentier escarpé.

Malgré tout cela, elles aiment travailler dans le jardin. C'est exaltant d'être dehors, de respirer l'odeur de la terre, de sentir l'air sur leur visage et la chaleur du soleil entre leurs omoplates. À midi, elles font toujours une pause. Elles s'asseyent sur le sol et mangent du pain avec des tasses de thé noir et le poisson salé qui a grillé toute la matinée sur les galets près du feu. Prenant le temps de regarder le travail accompli, elles causent calmement, redeviennent des femmes, replaçant leurs cheveux et frottant leurs membres endoloris. Mary et Sarah allaitent leurs bébés.

Assises auprès du feu, tandis que l'air embaume des odeurs de branches, de thé et de poisson rôti, tandis que les bébés sont repus et tranquilles, que Willie est blotti sur les genoux de sa grand-mère, que l'hiver est bel et bien fini et que leur jardin prend forme, elles parlent, apprennent à se connaître, commencent à s'aimer.

Jennie parle du logement de la rue Monk, de la boulangerie de Mme Thorp, de la charrette et de Vieux Os, le cheval. Elle ne raconte jamais pourquoi ils ont laissé tout cela et sont venus au cap.

Sarah parle de sa grand-mère Loveys, qui fut la première femme sur cette côte.

« A mis trois enfants au monde, la grand-mère, sans une autre femme pour l'assister. En a vu mourir deux, un à sa naissance, l'autre ébouillanté à l'âge de trois ans. Maman était la plus vieille et elle a dit qu'après ça, grand-mère a plus jamais été la même. Ont eu la vie dure, pauvres mortels. Des fois, y avait même personne qui savait qu'ils étaient là… et d'autres fois, ils voulaient pas que personne le sache… ils avaient tellement peur d'être pris et ramenés en Angleterre à cause de quelque chose qu'ils avaient fait. Mon propre grand-père a sauté d'un navire de guerre anglais. On était toujours sur son dos, alors la première fois qu'ils ont accosté pour venir chercher de l'eau, il s'est sauvé. Les gars étaient à moitié morts de faim et on les battait pour la moindre peccadille. Il voulait rien savoir de la marine, ni des Anglais, d'ailleurs. »

Sarah secoue la tête. « C'est seulement depuis ces dernières années que ça a de l'allure de vivre sur cette côte. On a la vie facile maintenant, comparé à autrefois. »

Pendant ces échanges, Mary Bundle reste assise à bercer Fanny sans dire un mot, mais elle éprouve un sentiment de satisfaction. Là, près du feu, elles se sentent toutes heureuses, contentes de faire quelque chose d'utile, quelque chose de différent de la cuisine et du ménage : quelque chose de durable.

Quand elles se remettent au travail, raides à cause de leurs muscles endoloris, on entend souvent Jennie Andrews grommeler que Lavinia devrait donner un coup de main plutôt que de « courir le guilledou avec les jeunes ».

« En fin de compte, elle garde les enfants à distance et il nous reste plus que Willie à surveiller », dit toujours Meg. Comment, avec des fillettes dans les parages, pourraient-elles parler, discuter de problèmes de femmes ? Leur présence gâcherait l'agréable climat de paix, le sentiment de plénitude.

Le printemps a séparé les gens du cap en trois groupes distincts. Le soir, épuisés, ils se rassemblent seulement pour manger, puis s'effondrent dans leurs lits. Il n'y a plus de longues soirées d'histoires.

Seul Isaac, le jeune fils de Ned, se promène d'un groupe à l'autre. Après avoir vu l'enterrement de sa mère au cap, l'enfant avait pleuré pendant des heures — un terrifiant gémissement qui s'était poursuivi en sanglots opiniâtres. Ni la grand-mère ni Meg, qui s'était occupée de lui pendant la maladie de Hazel, n'étaient parvenues à calmer l'enfant de quatre ans. Très tard ce soir-là, Isaac avait fini par s'endormir dans les bras de son père. Ned avait passé la nuit à tenir son fils, tout comme il l'avait fait pour sa femme la nuit précédente, le berçant doucement chaque fois qu'il se remettait à pleurer.

Le lendemain matin, quand Ned était sorti de l'entrepôt, Isaac s'était mis à pousser des cris stridents et il avait retenu son souffle jusqu'à devenir tout bleu. En désespoir de cause, Meg l'avait pris dans ses bras et avait couru derrière les hommes. Depuis, Isaac n'a jamais quitté son père de vue. À présent, il s'habille tout seul, prend son petit-déjeuner avec les hommes et suit Ned partout. Comme une petite ombre rousse de son père, il marche les mains dans ses poches. Il a la même démarche ondulante que Ned.

« Le p'tit va fumer la pipe avant cinq ans », affirme Ned avec fierté.

Les hommes n'ont jamais l'impression qu'ils doivent s'occuper du bambin. Ils l'envoient chercher de l'eau, lui font porter des outils ou lui confient d'autres petites tâches. C'est seulement le soir, quand Ned se trouve dans la pièce, qu'Isaac consent à s'approcher de sa tante ou de sa grand-mère, ou à jouer avec un autre enfant.

Peter Vincent, qui a neuf ans, ressent une frustration cuisante en voyant Isaac devenir l'aide des hommes. En l'absence de Joe le Jeune, c'est à présent Peter, un gamin malingre à l'air maussade, qui est le garçon le plus vieux de l'endroit.

Lavinia, dont le journal a rapidement perdu ses accents bibliques, écrit à son sujet : « Cet enfant est un vrai petit diable… il apporte les problèmes et on est toujours sûr d'entendre quelqu'un brailler quand il est dans les parages. »

Puis, sans qu'on s'y attende, les capelans font leur apparition, roulant sur la plage. Des grandes vagues vivantes et argentées qui laissent un spongieux tapis d'œufs sur le sable. Tout d'abord, les jeunes ne se possèdent plus. Poussant des hurlements, ils se bousculent pour saisir les corps froids et grouillants dans leurs mains, se lancent les minuscules poissons, les jettent dans des paniers et dans des chaudrons, les retirent de leurs bottes. Pieds nus et la jupe remontée autour de la taille, Lavinia est comme une enfant. Elle entre et sort de l'eau glacée en dansant, attrape les créatures qui nagent par centaines autour de ses pieds et, pour la première fois depuis son départ de Weymouth, elle se sent heureuse.

« Ainsi, pense-t-elle, il y avait au moins une chose de vraie dans tout ce que Ned nous a raconté ! »

Mais on se lasse bientôt des capelans. Les capelans sont partout : on les fait frire dans des poêlons, on les suspend à des cordes pour les faire sécher, on les met à fumer autour du feu, on les étend sur les rochers, sur les vigneaux, on les fait saler dans des barils, on les emballe dans des boîtes d'appâts, et, ce qui est pire que tout, on en porte des seaux visqueux au jardin et on les laisse pourrir dans la mince couche de terre. L'air même sent le capelan, la peau et les cheveux puent le capelan, et tout ce qu'on avale a le goût du capelan.

La maison des Andrews a maintenant des murs. On vient juste de terminer la grossière cheminée de pierre et d'argile lorsque surgit la morue. Les hommes jettent une toile sur le toit inachevé et la clouent aux chevrons. Il ne faut qu'un ou deux voyages, chacun portant des brassées de vêtements et de couvertures, des marmites, une image ou une assiette, et la famille Andrews emménage dans son nouveau logis. Le mobilier consiste en une table et deux longs bancs fabriqués par les hommes pendant l'hiver. À la tombée du jour, ils sont chez eux : une seule pièce, sans cloisons, sans fenêtres, sans grenier où dormir, mais les femmes sont ravies d'être sous leur propre toit, même s'il est en toile.

Ned saute sur une poutre et annonce solennellement que l'endroit va s'appeler la « Maison Andrews ». Dans un long discours fleuri et, pense Lavinia, embarrassant pour tout le monde, il remercie Thomas Hutchings et les Vincent pour l'hospitalité qu'ils ont accordée aux « pauvres errants que nous sommes, rejetés par le destin sur le cap ».

Meg offre du thé et des brioches aux raisins. Les hommes contemplent les murs d'un air satisfait, frappent de la main les planches grossièrement sciées pour montrer comme la maison est solide et parlent de ce qu'il reste encore à faire. Avant l'hiver, ils devront colmater les fissures, clouer les planches des murs intérieurs et remplir les interstices avec des algues séchées, ériger peut-être des cloisons et poser quelques étagères. Ils sont pleins de confiance. Les femmes s'adressent des sourires, et les enfants, les joues rouges d'excitation, jouent à cache-cache entre les caisses et les barils. Une nuit tiède, éclairée par la lune, entre par la porte ouverte, embaumant la terre, le bois et l'été. Plus loin, sur la plage, la mer lèche doucement le sable, et les ténèbres qui les entourent semblent sûres, et même protectrices.

Meg demande à Thomas Hutchings de réciter une prière pour la maison. Ayant oublié que c'était Meg qui, d'habitude, insistait pour amener Jennie à l'église, Lavinia est étonnée de cette requête. Elle remarque que Thomas Hutchings l'est également. Il accepte néanmoins de bonne grâce et prononce quelques paroles étranges et pieuses pour la maison avant qu'ils se séparent pour aller dormir.

Le lendemain matin, avant l'aube, les hommes se rendent au lieu de pêche. Il n'y a que deux bateaux au cap. Josh Vincent possède une barque de dimension respectable, un beau bateau qu'il a construit avec ses frères, et Thomas, un doris qui était rangé sous l'entrepôt quand il est arrivé. Le doris est mal fichu, comme le dit Josh : « Celui qui l'a construit a ben mal travaillé. À vrai dire, il faudrait le saborder. »

L'été précédent, Joe le Jeune pêchait dans la barque avec son père. Cette année, Josh suggère que Ned et Ben lui servent de partenaires, ce qui signifie qu'il faut aussi prendre Isaac dans le petit bateau. L'enfant occupe l'espace qui devrait être utilisé pour les filets et les appâts, mais Josh est un homme accommodant et il lui montre comment éviter de déranger les hommes en se recroquevillant à l'arrière du bateau.

Il se trouve qu'Isaac a davantage le pied marin que son oncle Ben qui est toujours malade pendant sa première heure sur l'eau. Son état empire encore lorsque, la première fois qu'il va en mer, il découvre que, chargée de poisson, la barque n'a que trois pouces de franc-bord. Pris de violentes nausées et ressentant, comme Isaac, le besoin de rester près de Ned, le malheureux s'agrippe au flanc du bateau qui ballotte et essaie d'obéir aux ordres criés par Josh sans regarder le ciel qui coule ou l'océan qui roule. L'autre possibilité, celle de garder les yeux sur la cargaison de poissons grouillants et glissants, est à peine plus acceptable. Ben passe une grande partie du temps en mer à contempler mélancoliquement sa maison sans toiture, souhaitant de tout son cœur se trouver là-bas en train de tailler quelque chose dans une bûche ou de clouer des planches. À la surprise de tous, sauf de sa femme, Ben Andrews est devenu un menuisier très habile.

Thomas pêche seul dans le doris. Pêcheur médiocre, il préfère cela. Certains jours, il a toutefois pitié de Peter Vincent qui, chaque matin, raide et buté, regarde d'un air ulcéré s'éloigner son père et les frères Andrews avec Isaac. Thomas dit alors au garçon de grimper à bord et lui ordonne sévèrement de mettre les appâts aux hameçons.

Dans le jardin, à présent un triangle à moitié déblayé, les pommes de terre qu'on a hâtivement plantées sont abandonnées à leur sort. Chaque jour, les hommes font trois ou quatre voyages aux lieux de pêche le long des bancs de poissons au large. Pour leur part, les femmes passent chaque minute de la journée à ouvrir et à vider les prises aux sécheries. Quand accoste le *Charlotte Gosse*, la charge de travail augmente encore. Les poissons qu'on débarque de la goélette n'ont été que légèrement salés. Les femmes doivent finir de les préparer, c'est-à-dire les étendre chaque jour sur les vigneaux, les retourner, les empiler, les rentrer si le temps est à la pluie ou les couvrir d'écorce les nuits sans nuages pour les protéger de l'humidité.

Jennie Andrews sourit maintenant en se remémorant le jour où elle a voulu acheter de la nourriture à Thomas Hutchings. Tout en travaillant, elle pense à tout ce qu'elle a appris au cours des huit derniers mois : comment retirer les pierres de la terre, comment glisser un couteau dans une morue, jeter ses entrailles dans un tonneau au bout de la table, combien de sel mettre sur le poisson, à quel moment le retourner. Elle a appris que la nourriture qu'ils auront l'hiver prochain dépendra de ces choses, du crédit dont ils disposeront auprès de Caleb Gosse, de la quantité de poissons rapportée par les hommes et de la quantité salée par les femmes. C'est une formule qu'elle a désormais parfaitement assimilée.

Âgée de cinquante-deux ans, Jennie est la doyenne du cap et même si tous les os de son corps lui font mal, même si ses mains se fendent et saignent et même si elle a les jambes si enflées qu'elle ne peut plus lacer ses bottines, elle travaille aussi fort que les autres femmes. Non seulement la famille Andrews doit gagner sa pitance pour l'hiver prochain, mais elle doit aussi payer pour la nourriture consommée l'hiver dernier, l'équipement utilisé par Ned et Ben, et le sel. Et, si Thomas Hutchings le demande, mais elle espère qu'il ne le fera pas, ils devront payer pour l'utilisation de l'entrepôt et des vigneaux.

Lavinia, Lizzie et Annie, les «jeunes filles», comme les appelle Sarah, s'éloignent à tour de rôle des vigneaux afin de porter de l'eau et de cuisiner pour les hommes qui doivent manger entre les voyages. Elles ne cessent d'apporter des bouilloires de thé aux femmes qui le boivent à demi penchées sur la morue en train de sécher. À ce point, se redresser devient douloureux. Elles travaillent toutes comme des bêtes. Même les fillettes, Jane, Patience et Emma, font les commissions, s'occupent des bébés, repoussent les chèvres qui s'approchent des vigneaux ou agitent des branches pour chasser les hordes de mouches qui pourraient pondre des œufs sur le précieux poisson. Jour après jour, les hommes déchargent le poisson sur le quai jusqu'à ce que le moindre espace soit couvert sur les vigneaux. Il faut étendre le reste des morues sur les pierres.

Même si les journées du milieu de l'été sont longues, il est impossible de tout faire. Thomas fabrique des torches trempées dans l'huile de morue et les fixe aux extrémités des vigneaux de façon qu'on puisse continuer à travailler très tard dans la nuit, à trancher, racler et gratter jusqu'à ce qu'on n'arrive plus à lever les bras. Certains soirs, aucun adulte ne va se coucher, mais, encore vêtus de leurs habits tachés d'entrailles de poisson, incrustés de sel, ils se laissent tomber là où le sommeil les prend et se réveillent après quelques heures pour se remettre à l'œuvre.

Juillet et août s'estompent dans une brume d'épuisement. Les femmes, que le travail au jardin avait rapprochées, sont à présent muettes et, quand elles doivent parler, leur voix est rugueuse, comme si le sel avait déposé une croûte au fond de leur gorge. Le temps des rires et du bavardage est révolu. Parler exigerait une énergie qu'elles ne peuvent se permettre de gaspiller. Avec leurs mouvements lents et délibérés, avec leurs yeux bordés de rouge, leurs cheveux casqués de poussière, elles ressemblent à des trolls qui viendraient d'émerger d'une grotte souterraine et de découvrir la lumière du jour.

Les journées passent sans qu'un mot soit échangé entre maris et femmes, et c'est à peine si les mères remarquent la présence de leurs enfants. Une nuit, Meg se réveille et, les yeux grands ouverts dans le noir, elle sent son cœur battre la chamade. Elle n'arrive pas à se rappeler avoir vu Willie, ce jour-là. Elle se redresse et tâtonne autour d'elle. L'enfant n'est pas couché à sa place habituelle entre elle et Ben. Elle est tout à coup convaincue que son fils s'est noyé. Elle songe comme il aurait facilement pu glisser du bord du quai ou tomber entre les planches... disparaître. Qui s'en serait seulement aperçu ? La mer aurait continué à rugir, les goélands à pousser leurs cris stridents, sa mère à étaler les poissons tandis que le petit corps aurait été entraîné vers le fond, vers le large.

Les mains de Meg tremblent et elle avale la bile qui remonte dans sa bouche. Elle rampe hors du lit, trouve une des torches, l'allume et regarde dormir les membres de sa famille, comme ils le faisaient dans l'entrepôt, sur des branchages et des courtepointes. Elle se faufile prudemment entre eux, se penchant pour approcher la lumière de chacun des visages.

Elle trouve son fils, le visage barbouillé, et souriant comme un chérubin. Serré entre sa sœur Lizzie et sa tante Lavinia, il dort comme une souche. Meg se redresse, des larmes de fatigue et de soulagement inondant son visage.

Tenant la torche plus haut, elle observe les siens éparpillés sur le sol, pareils à des cadavres. Elle remarque que Jennie a l'air exténuée et qu'elle a le teint plombé, que les hommes ont autour de la bouche de fines rides qui ne s'effacent jamais, même pendant leur sommeil. Elle pense à Hazel et se demande qui sera le prochain à mourir. Repoussant ce terrible sentiment de désespoir, elle s'allonge pour l'heure qui reste avant l'aube. Avant de sombrer dans le sommeil, elle chuchote une prière au Dieu qui vivait à Weymouth dans l'église de pierres grises, ce Dieu qui, espère-t-elle, n'a pas perdu leur trace et sait encore où ils se trouvent.

Le lendemain, Meg noue une longueur de corde aux bretelles de la salopette de Willie et attache l'autre extrémité autour de sa propre taille. Cet harnachement bizarre, qui sera conservé jusqu'à la fin de l'été, gêne autant la mère que l'enfant, mais cela permet à Meg d'avoir, jusqu'à un certain point, l'esprit en paix.

Un jour de la fin du mois d'août, le *Tern* arrive en vue. C'est Josh Vincent, dans son embarcation, qui l'aperçoit le premier, mais il continue de tirer ses filets et se contente de hocher la tête quand Ned et Ben pointent le doigt vers le navire. Lorsqu'ils arrivent au bout du quai avec leur chargement, le *Tern* a déjà jeté l'ancre.

Josh grimpe sur le quai et voit Sarah, raide comme un piquet au milieu d'une mer de poissons au ventre ouvert. Elle porte une main à sa bouche pendant que, avec une lenteur inhabituelle, Alex Brennan traverse les vigneaux et se dirige vers elle. Il n'y a aucune trace de Joe le Jeune. Josh devine tout de suite ce que le capitaine est sur le point de dire.

Debout devant Sarah, Alex se balance sur ses pieds et examine ses mains d'un air songeur et grave, comme s'il ne les avait jamais vues.

Josh glisse son bras autour des épaules de sa femme et dit sèchement : « Écoute, mon homme, dis c'que t'as à dire, peu importe c'que c'est. »

Alex secoue la tête. « Vot' gars est perdu », se hâte-t-il de répondre, sachant qu'il n'existe pas de façon facile d'annoncer ce genre de nouvelle.

« Ça a fait deux semaines mardi. Vot' Joe et l'autre jeune qu'on avait à bord, Ted Fifield de la côte, sont sortis dans le bachot pour tirer des lignes… pis… ben le brouillard est tombé d'un seul coup. »

Il se tait, lance un regard désespéré à Josh et à Sarah puis aux autres qui forment un cercle silencieux. Comme personne ne parle, il se lance et termine sa phrase sans reprendre son souffle. « … c'est comme ça que c'est arrivé. Après, on a plus revu un signe d'eux. On a laissé le sifflet souffler et une lumière allumée toute la nuit à la poupe et à la proue. Le brouillard s'est pas levé avant le matin, il faisait alors très clair, mais on voyait ni les garçons, ni le bachot. On a fait volte-face et amené le *Tern* à terre, à un endroit appelé Fox Harbour. J'ai même envoyé le bateau à boëte à terre et les hommes ont cherché partout, mais ils ont rien trouvé. »

Lorsqu'il cesse de parler, on n'entend pas un son. Juste le bruissement de l'eau qui s'étale tout autour d'eux, molle comme du beurre dans le soleil du matin. On entend, derrière les jointures enflées que Sarah presse contre sa bouche, un bruit évoquant quelqu'un qui s'étrangle. Les gens qui sont là ont l'impression que ce bruit va durer toujours, mais Jennie met un bras autour des épaules de son amie et l'entraîne vers la maison. Josh les regarde s'éloigner, puis il se tourne vers Alex, ouvre la bouche comme pour demander quelque chose, mais aucune parole ne vient.

« J'suis désolé, mon vieux, vraiment désolé. C'était un bon gamin, il travaillait dur. Les hommes et moi, on pensait grand bien de lui. Quand on va faire le partage, on va lui donner la part qu'il aurait eue. » Alex tend le bras vers Josh, mais sans le toucher tout à fait. Le capitaine veut désespérément en avoir fini avec ça, et son visage exprime le plus grand soulagement lorsque Josh hoche la tête, se tourne et part à la suite des femmes.

Étendant ses mains, les paumes vers le haut, Alex conclut : « Y a rien que j'pouvais faire. Rien, bon Dieu ! »

Puis, se rappelant quelque chose, il plonge la main à l'intérieur de sa chemise et en tire une boule de fourrure noire. Il regarde le plus âgé des garçons. « T'es le frère de Joe ? »

Peter fait signe que oui, et l'homme lui met dans les mains l'animal qui gigote. «Tiens, Joe le Jeune a ramené ça à bord. C'est des Esquimaux rencontrés à Fox Harbour qui le lui ont donné. C'est à toi, maintenant, j'imagine. C'est des bons chiens, les gens là-bas en font grand cas, ils leur font faire toutes sortes de tâches. »

Puis, se tournant vers Thomas, il répète : «Y a rien qu'on pouvait faire. »

«Je sais. Nous le savons tous. » Après un moment de silence gêné, Thomas demande : «Comment s'est passé l'été ?

— Plutôt bien. On en saura plus long quand on connaîtra le prix du poisson... Là, j'en ai une pleine cargaison à bord, alors on va faire un autre voyage pour ramasser ce qui a été fait à terre », dit Alex, et les deux hommes se dirigent vers l'entrepôt en conversant avec animation.

Quand ils voient que leur capitaine en a terminé avec cette affaire désagréable, les matelots débarquent et viennent bavarder avec Ned et Ben, occupés à décharger les prises du matin de l'embarcation.

Les enfants, qui semblent avoir déjà oublié Joe le Jeune, se chamaillent pour avoir la chance de tenir le minuscule labrador. Meg hésite, jette un regard vers la maison des Vincent, mais décide de laisser à Jennie la tâche de consoler Sarah. Elle se joint à Mary, à Lavinia et à Lizzie, qui ont déjà commencé à vider le poisson entassé sur le quai.

Chapitre 5

Les journées commencent à raccourcir de nouveau, la terre est dure et, les matins froids, l'eau de l'étang est gelée. Notre deuxième hiver dans cet endroit est presque là, et je m'ennuie toujours de la maison. Maman et Meg ne parlent plus jamais de Weymouth... je pense qu'elles l'ont complètement oublié.

Pendant que Lavinia écrit, séparée de sa famille par les gros barils qu'elle a mis là pour isoler le coin où elle dort, elle est entourée par les odeurs crues du cap : odeurs de mer et de poisson, de sève séchant dans les nouveaux murs, d'étoupe dont on se sert pour colmater les brèches, l'odeur acide de la confiture de graines rouges que Jennie a faite le matin même, l'odeur fade des légumes bouillis, l'odeur rance de la graisse dont les hommes frottent leurs bottes tous les soirs, et les odeurs de la sueur et de la poussière.

Aucune de ces odeurs n'est aussi réelle que celles dont elle se souvient. L'odeur de renfermé des rues sales de Weymouth, un mélange de bière et de nourriture combiné à des centaines d'années d'excréments de cheval et de fumée de charbon. Les odeurs merveilleuses de la Maison Ellsworth : le beurre et les œufs du garde-manger, la toile fraîchement repassée, le bois ciré. L'odeur de la chambrette au grenier qu'elle partageait avec Maud et Sally, le savon parfumé à la rose que les jeunes filles utilisaient, et l'arôme qui, les jours de chaleur, presque pareil à celui du pain en train de cuire, venait de la colle sous le papier peint fleuri.

Elle est allongée dans son lit et regrette ce qui a été laissé derrière — un monde de rues bondées, de murs couverts de papier peint, un monde d'amis. Un monde où elle avait un emploi, où elle gagnait de l'argent.

Lavinia oublie que, à Weymouth, elle remettait à sa mère la presque totalité de ses gages. Elle se rappelle seulement qu'elle pouvait s'acheter des bouts de ruban, des friandises, des gants de dentelle, le coupon de velours vert mousse toujours rangé dans son sac, parfois de petits cadeaux pour les enfants.

Ici, elle n'a pas d'argent. Personne n'en a. Et, d'après ce qu'elle peut voir, personne n'en aura jamais. Lavinia vient seulement de le découvrir. C'est arrivé à la fin de la saison de pêche, quand ils se sont tous réunis chez Thomas Hutchings pour faire leurs comptes.

Tout l'été, Thomas a consigné la quantité de poissons pêchée par les hommes, la quantité déchargée par les vaisseaux de Gosse et la quantité salée par eux. Quelques jours avant que le *Tern* vienne prendre le dernier chargement de poisson salé, il a demandé à tout le monde de venir à l'entrepôt pendant qu'il faisait les comptes.

Thomas Hutchings plaça une feuille du grand livre sur le sol et déposa soigneusement son encrier à côté. Puis il s'agenouilla et écrivit les noms de Josh Vincent, de Ben Andrews, de Ned Andrews et le sien au haut de la feuille. Tournant lentement les pages d'un petit calepin, il commença à énumérer des chiffres, expliquant chaque somme qu'il inscrivait sous l'un des noms.

Lavinia comprit que Thomas Andrews était convaincu qu'aucune des personnes réunies autour de lui ne savait lire. Elle avait vu son travail inscrit sous le nom de Ned, et celui de sa mère, sous le nom de Ben. Comme elle ouvrait la bouche pour protester, elle entendit Thomas dire : « Le travail de Sarah, d'Annic et de Mary, on va l'inscrire au compte de Josh Vincent. »

C'est alors que Lavinia vit une expression de fureur passer sur le visage de Mary.

Thomas la vit également. D'un geste délibéré, il remit sa plume dans l'encrier et regarda Mary dans les yeux. « Si quelqu'un a des questions sur ce que j'suis en train de faire, qu'il les pose. Comme vous le voyez, je crédite à chaque foyer le travail des femmes et des enfants qu'il va nourrir cet hiver », dit-il. Il fit une pause, comme s'il attendait des commentaires.

« À mon avis, il serait pas mal déconcerté si l'un de nous voulait que ce soit fait différemment », pensa Lavinia.

Mary baissa les yeux, mais Lavinia avait eu le temps de voir dans son petit visage rusé passer un vif éclair de compréhension et de quelque chose d'autre (quoi donc ? se demande-t-elle à présent).

Dès cet instant, Mary décida d'épouser Thomas Hutchings. Si elle ne pouvait rien ajouter à ses possessions sans un homme, alors, elle aurait un homme. Et comme c'était Thomas Hutchings qui semblait contrôler la répartition des crédits, eh bien, puisqu'elle ne pouvait pas avoir d'argent, elle aurait Thomas Hutchings.

Mary examina l'homme pendant qu'il écrivait les chiffres. Ben, Ned et Josh ont des visages qu'on dirait faits en cuir, mais celui de Thomas

Hutchings est encore plus basané. Ses cheveux noirs commencent à grisonner juste au-dessus des oreilles, mais ils paraissent épais et propres. Il a le nez trop long, trop étroit, et il a tendance à loucher comme s'il visait le long du canon d'un fusil. Il a l'air sévère et tendu, mais c'est peut-être mieux comme ça, pensa Mary, ajustant son désir à la réalité.

Il est presque aussi vieux que Josh Vincent, conclut-elle. Mais plus solide — on a l'impression qu'un coup de vent pourrait emporter Josh. Comme le décrit Sarah : «On l'a scié et martelé, mais il est dur comme un clou.» On pourrait dire la même chose de la plupart des hommes de la côte qui ont tous le corps cassant, une caractéristique venue de générations de surmenage et de malnutrition. Thomas est plus grand, plus grand et plus costaud que tous ces hommes.

Pendant les semaines qui ont suivi la nouvelle de la noyade de Joe le Jeune, Mary a observé Josh Vincent avec encore plus d'attention qu'auparavant. Le jour, c'est à peine s'il adresse la parole à sa femme, et ils ne se touchent jamais. Ils semblent vivre leur vie quotidienne sans communiquer. Mary a pourtant découvert que ce n'est pas le cas.

Nuit après nuit, à travers le demi-mur qui sépare le grenier, Mary a entendu Sarah pleurer, répétant qu'elle le saurait, si son fils était mort. Nuit après nuit, elle a entendu Josh la consoler dans un long murmure. La voix douce continuait à parler jusqu'à ce que Sarah soit endormie.

En fin de compte, quelles créatures secrètes sont les hommes ! pensait Mary. «Mon Dieu, ils sont plus hypocrites, plus dissimulés que les femmes… tous ceux qui ont des yeux pour voir sont capables de connaître les sentiments des femmes, mais qui aurait pu voir que Sarah avait tant d'importance pour Josh ?»

Elle avait renoncé à ce projet qu'elle avait ébauché de posséder (car c'est ainsi qu'elle concevait la chose) Josh. Après avoir évalué Ben, Ned et Thomas, elle était arrivée à la conclusion qu'ils ne valaient pas les problèmes qu'ils causaient.

«J'vais m'organiser mieux toute seule», résolut-elle et elle décida de gagner par elle-même sa vie au cap.

Elle planifia de construire une maison pour elle et Fanny le printemps suivant. Elle savait qu'elle aurait besoin d'aide. «Josh et Thomas ont aidé les frères Andrews à bâtir leur maison. Pourquoi ils ne m'aideraient pas, moi aussi ?» se disait-elle.

Elle aurait ses propres murs autour d'elle, regarderait par ses propres fenêtres et mangerait la nourriture qu'elle aurait elle-même gagnée. Ayant, après des jours et des jours de réflexion silencieuse, pris cette décision, elle cessa d'accorder de l'attention aux hommes de l'endroit.

Quand le poisson légèrement salé avait été déchargé du *Charlotte Gosse*, elle avait été ravie. «Comme ça, y a moyen de gagner de l'argent ici, même pour une femme. » Elle commença aussitôt à calculer, péniblement, car elle n'était pas très certaine de savoir additionner et n'entendait rien aux soustractions, combien de pièces de monnaie elle pourrait avoir dans son petit magot au printemps, quand on pourrait entreprendre la construction de sa maison.

Gardant cette idée en tête, Mary se déchaîna tout l'été, déterminée à travailler plus fort que toutes les autres femmes. De Sarah, elle apprit comment trancher la tête d'un poisson avec le côté de la main, comment le séparer de la gorge à la queue, comment le vider et l'étendre, elle apprit quand le temps était trop humide ou trop chaud pour le faire sécher, et une centaine d'autres choses concernant la préparation du poisson salé. Chaque matin, Mary était la première arrivée aux séchoirs, s'obligeant, dans la lumière blafarde qui précédait l'aube, à commencer à charroyer les poissons de l'entrepôt et à les étaler sur les vigneaux avant l'arrivée des autres. C'était elle qui avait trouvé le moyen d'empiler les poissons de haut en bas pour permettre à l'air de circuler entre les différentes couches, qui avait demandé à Ben de clouer des lattes ensemble pour faire un immense plateau qui permettrait aux femmes de transporter un quintal de poisson à la fois au hangar. Tout cela en pensant à son petit magot qu'elle verrait grossir lorsqu'on ferait les comptes.

Pendant qu'elle regardait Thomas Hutchings comptabiliser leur travail, elle comprit comme elle avait été folle de croire qu'elle pourrait posséder sa propre maison. Elle avait fait tout ce travail pour rien. Il n'y aurait pas de crédit inscrit à son nom sur le papier, pas de pièces de monnaie pressées dans sa main tendue. Le long de cette côte, les gens vivent et meurent sans jamais voir la couleur de l'argent... pourquoi ne s'en était-elle pas rendu compte ?

Même les hommes ne recevaient pas d'argent. On se contentait de tracer de petites marques à côté de leur nom, des marques indiquant la quantité de farine, de sucre, de pommes de terre (le sol acide n'avait produit que quelques tristes spécimens dans le nouveau jardin), la quantité de mélasse, de kérosène, de tissu, d'aiguilles, de thé et de sel, combien de paires de bottes et de matériel de pêche Caleb Gosse leur accorderait en échange de leur travail.

En saisissant cela, Mary fut glacée jusqu'au cœur. Mais, contrairement à Lavinia, elle n'avait pas de beaux souvenirs du passé et ne versa aucune larme. Dès qu'elle comprit qu'il n'y aurait pas d'argent et que Thomas Hutchings avait pratiquement tout le pouvoir en matière de crédit (« Car, pensa-t-elle, comment on pourrait savoir ce qu'il écrit sur ce bout de papier ? »), Mary résolut de conquérir Thomas.

Quand la famille Andrews a emménagé dans sa nouvelle maison, Thomas Hutchings a recommencé à aller souper chez les Vincent. Mary profite maintenant de cette occasion pour essayer d'attirer son attention. Comme elle est plutôt introvertie et qu'elle n'a pas de goût pour le flirt, ses tentatives de séduction sont plutôt bizarres et se résument à empiler plus de nourriture dans l'assiette de celui qu'elle convoite, à attacher plus coquettement ses cheveux sur sa tête et à s'arranger pour le bousculer dans les embrasures de porte ou dans les sentiers.

Elle poursuit ces petites manigances pendant des mois sans obtenir de résultat digne de mention. Thomas en vient à penser que la jeune femme souffre d'un handicap quelconque. On dirait qu'elle se cogne partout et elle le fixe d'un regard si étrange qu'il se demande si elle est simple d'esprit ou tout bonnement myope. Il l'évite chaque fois qu'il le peut.

Les mois passent et Mary se désespère. Elle ne songe aucunement à renoncer à son projet, mais elle sait qu'il est nécessaire d'agir. Elle envisage la possibilité de quitter sa couchette dans la mansarde chez les Vincent, de sortir dans la nuit pour se rendre à l'entrepôt et se glisser dans le lit de Thomas Hutchings. Une longue nuit solitaire, elle l'aurait peut-être même fait si son instinct ne l'avait pas avertie qu'un acte aussi éhonté répugnerait à Thomas qui, comme elle l'a observé, est plus tatillon que n'importe qui d'autre au cap en ce qui concerne sa personne, sa nourriture et son entourage.

On a recommencé à se réunir après le souper pour écouter Ned raconter ses histoires. À l'occasion, tout le monde s'assied auprès du feu chez les Andrews, mais la cheminée n'a jamais fonctionné correctement et, bien qu'on l'ait démolie et rebâtie, elle continue à envoyer des nuages de fumée dans la pièce quand soufflent certains vents. À cause de cela, les réunions nocturnes se tiennent habituellement au magasin de Thomas, tout comme l'hiver précédent.

On n'allume pas de lampe, mais on s'installe confortablement à la lueur du feu, et la noirceur reste dehors. Pendant que Ned raconte, les femmes tricotent et Ben taille des tolets, une patte de chaise ou une tête de poupée pour une des fillettes. Mary trouve encourageant de voir que Thomas ne passe plus ses soirées assis tout seul à son petit bureau.

Un soir de pleine lune, alors que les Vincent rentrent chez eux en faisant crisser la neige sous leurs pas, Mary et Sarah, portant chacune un bébé, marchent derrière les autres.

« Ça sert à rien d'avoir des vues sur Thomas Hutchings… cet homme devient aveugle quand il s'agit des femmes. » Sarah parle d'un ton posé sans tourner la tête pour regarder Mary qui marche sur ses talons dans l'étroit sentier.

Il n'était jamais venu à l'esprit de Mary que quelqu'un ait pu remarquer ses tentatives silencieuses pour séduire Thomas Hutchings. Elle ne pense jamais qu'on puisse l'observer avec autant d'attention qu'elle observe les autres. Elle se sent gênée et elle est contente que Sarah soit dos à elle.

Elle ne pense pourtant pas à nier ce que son aînée sait déjà. «Qu'est-ce que j'peux faire, alors ? J'veux avoir un toit sur la tête, un lieu pour moi et Fanny. J'peux pas passer ma vie avec vous et Josh. »

Préoccupée par son problème, Mary manque de bousculer Sarah qui s'est arrêtée pour appeler un de ses fils. «Peter Vincent ! Que j't'e voie pas aller à la batture à cette heure-ci de la nuit ! Rentre à la maison et couche-toi, sinon tu vas recevoir la fessée de ta vie ! » Sarah agite le poing en direction du gamin avant de se tourner vers Mary. «J'suis d'avis que tu ferais mieux de jeter ton dévolu sur Ned Andrews », reprend-elle calmement.

Mary est insultée. Si le sentier avait été plus large, elle aurait dépassé Sarah et serait allée se coucher sans répondre. Mais Sarah se tient devant elle comme un gros sac de pommes de terre touchant les congères des deux côtés.

«Ned Andrews ! Lui qui est toujours en train de faire des niaiseries, de rire comme un imbécile de ses blagues idiotes ! Comment vous pouvez penser que j'me marierais avec un type comme ça ? » Elle est ulcérée que Sarah ait si peu de considération pour elle. «J'veux davantage que c'que Ned Andrews peut m'donner. J'veux être aussi bien que vous avec Josh. »

En vérité, Mary se disait que lorsqu'elle aurait atteint l'âge de Sarah, elle ne voudrait plus dormir sur un lit de cordes dans un grenier ouvert, manger du poisson et des pommes de terre sept jours par semaine et ne jamais, d'une année à l'autre, poser le regard sur quelques pièces d'argent véritable. Elle voit Sarah sourire et se rappelle, trop tard, que cette femme peut lire dans ses pensées.

«Allons donc, Mary Bundle… toi et Thomas, vous seriez comme une paire de croque-morts. T'as besoin de quelqu'un qui est capable de s'amuser un peu. Quelqu'un comme Ned Andrews.

— C'est Thomas Hutchings que j'ai en tête, et c'est Thomas Hutchings que j'vais avoir ! » La voix de Mary est dure, et son menton, comme Sarah le décrira plus tard à Josh, «pointé en avant comme un foc».

«Fais à ta tête, ma fille, mais Thomas est un coriace. T'auras plus de mal à l'attraper qu'à tirer une brème sur le quai. » Pendant une minute, Sarah regarde la jeune femme du coin de l'œil dans le clair de lune. «Et plus de mal qu'à retrousser ta jupe par-dessus ta tête. »

Elles continuent à marcher vers la maison sans prononcer une autre parole et, pendant plusieurs jours, il y a un froid entre les deux femmes.

Les bourrasques de février fondent sur le cap. Pour économiser le bois et éviter de geler, tout le monde se couche de bonne heure. Les femmes font chauffer des galets dans le feu, les enveloppent dans des guenilles afin qu'il y ait un petit espace de chaleur dans les lits glacés. Personne ne dort seul. Peter se blottit contre le chien, Annie et Mary se serrent, creusant un nid entre elles pour Fanny et Charlie. Ces nuits-là, Mary reste allongée, le dos loin du mur froid, et elle pense à Thomas Hutchings tout seul dans son magasin avec l'océan qui bat sous lui.

Puis, vers la fin de février, ils se réveillent un matin et tout est d'un calme étrange, surnaturel. Avant même d'avoir ouvert les yeux, ils entendent ce silence, sentent la différence : l'air ne s'engouffre pas dans la gorge chaque fois qu'on inspire.

Les femmes traînent draps et couvertures dehors, ouvrent les portes pour aérer la maison. Les hommes et les garçons coupent plus de bois de chauffage et vérifient l'état des bateaux qui ont été enterrés pendant des mois. Aidant Sarah qui se démène pour étendre des couvertures humides sur la corde à linge, Mary voit Lavinia avec les enfants en train de faire ricocher des cailloux sur la batture. « Elle en a une vie, celle-là, stupide comme son frère, espèce d'empotée bébête qui se conduit comme un bébé ! » marmonne-t-elle.

Sarah observe le paysage qui goutte. Les rivières de neige fondue ont déjà transformé les sentiers en boue. « On va payer pour ça, vous pouvez me croire. Ça va être pire que jamais demain ou après-demain… » Puis elle se raidit, laisse tomber la couverture, pousse un cri et se met à courir vers la mer, glissant sur la glace et la boue en hurlant : « C'est Joe ! C'est Joe ! C'est Joe ! »

Et, en effet, Mary aperçoit un petit bateau qui se dirige vers la grève. Même avec son regard perçant, elle ne peut distinguer les personnes qui se trouvent à bord, mais elle ne doute pas un seul instant que Sarah ait raison. Elle se tourne pour appeler les autres puis se met à courir à son tour vers le quai.

Cinq minutes plus tard, tout le monde est là pour regarder l'étrange spectacle que constitue l'arrivée d'un bateau en février. Lorsqu'il approche, tous reconnaissent la barque d'Ezra Vincent avec sa voile de couleur rouille. Sarah est hors d'elle. Elle marcherait sur l'eau si Josh ne la retenait pas, secouant la tête et disant de sa voix tranquille : « Allons, ma fille, sers-toi de ta tête, comment le jeune Joe pourrait être sur le bateau d'Ezra ? »

Il y est pourtant. Pour les autres, le jeune homme efflanqué qui grimpe sur le quai offre peu de ressemblance avec le garçon ayant disparu à bord du *Tern* un an auparavant, mais Sarah se jette à son cou. « J'savions que c'était toi… j'le savions », dit-elle en sanglotant.

Se souriant mutuellement, touchant Joe pour s'assurer qu'il est bien réel, posant des questions tous à la fois, ils se dirigent en groupe vers l'entrepôt. Une fois à l'intérieur, ils entourent cet étrange jeune homme et le bombardent de questions. Les plus jeunes sont particulièrement ahuris devant le changement qui s'est produit chez Joe, lequel dépasse à présent de plusieurs pouces tous les autres membres de sa famille. Ses cheveux sont presque blancs et se dressent sur sa tête comme la paille d'un balai. Son visage est basané, étroit et long, et, se dit Lavinia, il exprime le même mélange de bonne humeur et d'obstination que les chèvres de Sarah.

La seule chose qui n'a pas changé chez Joe le Jeune, c'est son accoutrement. Le pantalon de molleton en lambeaux qui lui arrive aux genoux, l'épaisse veste qui appartenait à son père, aux manches également beaucoup trop courtes, Joe les portait le jour de sa disparition. Gauche dans son nouveau corps, il se traîne les pieds en tripotant la ceinture de corde qui retient son pantalon.

Voyant que les autres attendent qu'il explique sa longue absence, il prend son temps pour formuler ce qu'il va dire. Pourtant, lorsqu'il parle, il le fait d'une voix assurée, sans rien du débit hésitant de son père.

«Ben… ben… comment c'est arrivé, c'est que moi et Ted Fifield on était dans le bateau à tirer des lignes quand le brouillard est tombé… J'imagine que le capitaine Brennan vous l'a raconté.» Il fait une pause, comme s'il essayait de se rappeler un événement arrivé des années auparavant.

«On voyait plus rien du tout. Pendant un bout de temps, on a entendu la sirène du *Tern*, mais sans savoir d'où ça venait. Alors, on est devenus comme fous, et on s'est mis à ramer dans toutes les directions à la fois, jusqu'à ce qu'on perde un aviron. Y avait pas mal de vagues, mais j'avais déjà vu pire, et il faisait pas trop froid, alors on s'est dit que la meilleure chose à faire, c'était de se coucher au fond du bateau et de rester là jusqu'au matin.

«Au matin, le brouillard s'était levé, mais on a dérivé autour de Fox Harbour et jusqu'à Indian Harbour. Évidemment, à ce moment-là, on avait aucune idée de l'endroit où on était. Tout ce qu'on savait, c'est qu'il y avait aucun signe du *Tern*. On a été poussés par la marée et on a accosté dans une petite anse aussi bien découpée que si on l'avait creusée nous-mêmes. On a eu pas mal de chance, parce qu'il y avait plein d'endroits où on aurait pu s'écraser sur les rochers.»

Les garçons étaient restés plusieurs jours sur la plage. Ils avaient attaché une chemise à l'aviron qui leur restait dans l'espoir que le *Tern* passerait par là et verrait leur fanion. Il faisait un temps d'automne doux, et grâce à un ruisseau qui se jetait dans l'océan, ils avaient de l'eau potable. Il y avait trois morues dans le bateau, mais aucun moyen de les faire cuire. Le deuxième jour, ils avaient commencé à manger du poisson cru.

Après cinq ou six jours, ils avaient décidé de marcher le long de la grève, se dirigeant vers l'intérieur des terres quand c'était nécessaire, mais gardant toujours la mer en vue. Ils n'étaient pas trop inquiets, car ils se disaient que, tôt ou tard, ils finiraient par tomber sur des petits pêcheurs ou sur une goélette en provenance de Terre-Neuve.

« On a marché trois jours d'affilée, de plus en plus découragés et affamés. Les mouches étaient féroces, elles nous tourmentaient jusqu'à nous faire pratiquement mourir. On a survécu en mangeant les quelques baies qui étaient mûres et on a essayé de harponner du poisson, mais on a rien attrapé. On a vu toutes sortes d'oiseaux et des animaux sauvages. Ted disait que c'étaient des renards et des martres. On a même essayé de faire un piège avec la ligne, mais on a jamais réussi. J'vous assure qu'on était presque résignés à périr de faim, quand on a rencontré cette famille d'Esquimaux. Ils étaient en train de lever le camp pour retourner à l'intérieur des terres. »

Frustré par cette façon prosaïque de raconter les choses, Ned ne cesse d'interrompre Joe le Jeune, de lui demander de préciser certains points. Lavinia sait que son frère s'imagine déjà en train de raconter l'histoire, qu'il réfléchit aux détails qu'il pourrait ajouter pour embellir une telle aventure.

« J'suppose que ces Esquimaux ont été pas mal surpris de vous voir, eux aussi… à quoi ils ressemblent ? J'ai entendu dire qu'ils s'habillent comme des animaux, c'est vrai ? »

Joe le Jeune sourit et pointe le doigt vers ses chaussures inhabituelles. « Non, monsieur. C'est les gens les plus habiles de leurs mains que tu verras jamais pour faire des choses… regarde-moi ces bottes ! » Il se met à montrer à Ned comment la peau de phoque a été taillée et cousue avec de la fourrure à l'intérieur, sur la partie couvrant le pied et à l'extérieur le long des jambes.

Ezra Vincent dit à son neveu de garder cela pour plus tard. « Raconte juste l'essentiel, mon gars, sinon on est ici pour la semaine ! »

Les garçons avaient voyagé avec la famille esquimaude pendant près de quatre mois, se déplaçant sans se presser le long des terres basses au-dessous d'une longue chaîne de montagnes, se nourrissant de poisson et de gibier jusqu'au moment où, en novembre, le groupe avait rencontré cinq trappeurs. Ces hommes se dirigeaient vers un poste côtier où, disaient-ils, un vaisseau en provenance de Fogo était censé leur apporter ce dont ils auraient besoin pour l'hiver.

« On savait pas vraiment quoi décider. Ted faisait pas confiance aux trappeurs, mais comme ils avaient l'air de bien s'entendre avec les Esquimaux, ça m'a suffi, et on est retournés à Fox Harbour avec eux. Là, on a attendu seulement trois jours, et la brigantine *Little Ephraim* est arrivée. Le capitaine était Hezekiah Guy, et il a accepté de nous ramener à Fogo. Une fois là, ça nous a pris des semaines pour nous rendre jusqu'à Pond

Island, où j'suis resté depuis, chez grand-mère Vincent, à attendre de pouvoir rentrer chez nous. »

Le soir d'hiver est déjà tombé lorsque Joe termine son histoire, et son oncle, qui est resté assis calmement à la table avec les autres hommes, se relève alors.

« C'est ben beau, tout ça, et j'suis content qu'on ait ramené vot' gars à la maison, mais c'est pas pour ça que j'avions pris la chance de naviguer sur la côte en plein mois de février », annonce-t-il.

Personne ne fait attention à lui. Dans l'entrepôt, de petites conversations ont commencé. Les hommes veulent savoir à qui appartient le *Little Ephraim*. Si le capitaine Guy est le même homme qui pêchait à Cat Harbour l'année précédente. Avec quoi chassent les Esquimaux. Et les femmes, adossées au mur, se tournent l'une vers l'autre. « Dieu soit loué ! » soupirent-elles, et elles s'émerveillent de la chance qu'a eue Joe le Jeune. Une fois disparue leur timidité du début, les enfants veulent savoir si Joe a vu une maison de neige ou un ours polaire, ou s'il a ramené un autre chien.

Ezra tend la main derrière lui, saisit la baguette de fer et en donne un coup sur un tonneau. « Écoutez, vous autres, j'ai des affaires importantes à vous dire. Il faut qu'vous m'écoutiez maintenant. »

Tout le monde se tait. Le sentiment d'urgence qui transparaît dans sa voix a transformé en un instant l'atmosphère de jubilation qui régnait.

« Comme je l'ai dit, j'ai pas navigué le long de cette côte en hiver juste pour qu'on puisse entendre une bonne histoire ni même pour ramener Joe chez lui. Il aurait aussi bien pu revenir le mois prochain, ou même dans les mois qui suivent. Non, j'suis venu parce qu'il est arrivé une chose qu'on pense que vous devez connaître. »

Ezra leur raconte que, la semaine précédente, au milieu d'une violente tempête, onze personnes, dont deux femmes et trois enfants — et l'un d'eux n'est encore qu'un bébé —, sont arrivées en titubant à Davisport, le minuscule village situé juste de l'autre côté de Pond Island. À demi morts de faim et d'épuisement, ces gens marchaient depuis trois jours et ils avaient passé deux nuits dans la forêt. Ils étaient gelés et il semblait que la plus jeune des femmes, Ida Norris, allait devoir se faire amputer un pied. D'après Ezra, ils n'avaient survécu que par miracle.

Il n'y a à présent aucune question, seulement un silence consterné. « Ils venaient de Shamblers Cove. Leurs maisons avaient été brûlées par l'équipage d'une petite brigantine. Anglaise ou américaine, d'après un des hommes. Quoi qu'il en soit, ces pirates ont débarqué comme des barbares, ont saccagé tout le matériel, ont tout embarqué sur leur bateau, la farine, le sucre et même le poisson qu'ils gardaient... à peu près quinze hommes en tout avec des fusils et de longs bâtons. Après, croyez-le ou non, ils ont poussé les gens de Shamblers Cove dans la neige, ont mis le feu aux trois maisons et sont repartis. »

Si ces gens avaient survécu, c'était parce que le plus vieux d'entre eux, Lem Parsons, était un chasseur expérimenté et qu'il gardait un fusil dans un abri qu'il possédait dans les bois. Ils avaient réussi à abattre un renard et deux oiseaux. Lem les faisait se déplacer pendant le jour, construire des abris de branches et allumer un feu le soir. « C'est absolument incroyable qu'ils aient survécu ! dit Ezra. On pense que c'est des corsaires américains qui ont fait le coup. L'hiver dernier, j'ai entendu dire qu'il y en avait deux bandes raflant le poisson et les fourrures partout où ils le pouvaient le long de la côte », conclut-il.

Satisfait à présent de l'attention qu'on lui accorde, il regarde les visages qui l'entourent, croise les bras et ajoute : « J'ai pas l'impression qu'ils ont eu tout ce qu'ils voulaient, alors quand les gens de Davisport nous ont raconté l'histoire à Pond Island, on a commencé à dresser nos plans.

— Qu'est-ce qu'on va faire s'ils débarquent ? demande Sarah.

— Ben, les gens de Davisport ont empaqueté leurs affaires et ils arrivent aujourd'hui à Pond Island, avec les malheureux de Shamblers Cove. Ils sont six hommes là-bas, et on aura quelques bons fusils pour la chasse aux phoques et des harpons. Nous-mêmes, on a vingt et un hommes en bonne condition, et j'm'attends à c'qu'on puisse compter sur quelques femmes capables de se battre au besoin. J'imagine qu'on sera en mesure de les recevoir s'ils essaient de débarquer. » Ezra parle d'une voix douce et inexpressive comme son frère, mais Lavinia est convaincue que lui et vingt et un de ses semblables seraient capables d'affronter les corsaires, quel qu'en soit le nombre.

« Et vous autres, ici, qu'est-ce que vous avez ? Josh, Thomas, Ned et Ben… et à présent, Joe le Jeune, j'suppose. Disons cinq hommes plus quelques femmes et enfants, poursuit Ezra en secouant la tête. Et un vieux fusil. Vous aurez pas plus de chances de vous en tirer qu'une boule de neige dans le feu de l'enfer. »

Personne ne le contredit. Les habitants du cap sont restés des nuits éveillés à craindre la glace et le vent, les sauvages, les animaux de la forêt, mais jamais un seul instant personne n'a pensé que des êtres humains semblables à eux-mêmes pourraient débarquer pour leur voler le peu qu'ils possédaient.

Personne, sauf Sarah, qui prétend les avoir déjà avertis. « J'vous l'ai dit, j'vous l'ai répété au moins mille fois qu'on aurait dû bâtir nos maisons dans les bois, pas ici où n'importe quel Français qui passe peut nous voir comme en plein jour. »

Inutile de dire que personne n'a jamais entendu Sarah donner un tel avis. Inutile non plus de préciser que ce ne sont pas des Français qui ont pillé Shamblers Cove. « Quand on est gelé dans un banc de neige, réplique-t-elle, quelle différence ça peut faire qui nous a mis là, que ce soient des Anglais ou des Américains, des Français ou des Turcs, des brigantines ou des vaisseaux de pirates, des amiraux de pêche ou des officiers de la marine britannique, on gèle quand même, pas vrai ? »

Ezra interrompt le discours de sa belle-sœur : « Voilà pourquoi j'suis venu… on a pensé que, pendant que tout est calme, vous pourriez faire vos bagages et venir à Pond Island comme les gens de Davisport le font. Avec mon bateau et celui de Josh, on peut prendre pas mal de vos provisions et on pourrait revenir dans cinq ou six semaines. À ce moment-là, il y aura davantage de vaisseaux le long de la côte, et ces bâtards vont retourner d'où ils viennent. »

Ezra Vincent s'est levé pour parler, mais à présent il se rassied et regarde lentement les personnes qui l'entourent : son frère et Sarah, leurs enfants, l'air stupéfait, circonspect. Les visages des gamins se lèvent vers ceux des adultes, les femmes regardent les hommes et les hommes évitent les yeux des autres, chacun espérant voir son voisin prendre la parole. Thomas lui-même n'a pas envie de diriger la discussion.

Le silence se prolonge. Ezra recommence à décrire la situation désespérée des réfugiés de Shamblers Cove, dont même les bateaux ont été brûlés, comment leurs enfants sont malades et il leur répète que la jeune femme au pied gelé va peut-être mourir. N'obtenant pas de réponse, il s'adresse directement à Josh : « Will et m'man disent tous deux qu'il faut qu'vous veniez. M'man dit qu'elle supporte pas de savoir Sarah et les enfants ici au cap pendant que les Turcs sont en train de piller la côte. » Ezra regarde son frère d'un air dur, comme pour l'inviter à répondre. Mais il n'y a que le silence.

« Qu'ils aillent se faire foutre ! »

La voix, vive, claire et provocante, provient du cercle des femmes. Tout le monde se tourne pour regarder Mary Bundle. Elle se lève, bouche bée, aussi éberluée que les autres par les mots qu'elle vient de prononcer.

Puis Ned Andrews se met à rire, à rire de son grand rire dément. Il se met à danser autour de la table, en se tapant sur le genou.

Qu'ils aillent se faire foutre, qu'ils aillent tous se faire foutre,
Qu'ils aillent se faire foutre, les Anglais,
Qu'ils aillent se faire foutre, les Français,
Qu'ils aillent se faire foutre, les Américains,
Et qu'ils aillent se faire foutre, tous les autres !

Ned chante et danse encore et encore. Des sourires se dessinent sur les visages des enfants qui se mettent à danser derrière lui.

Lavinia, Annie et Lizzie se joignent à eux, zigzaguant entre l'attirail, les provisions et les personnes présentes, psalmodiant à tue-tête la chansonnette, virevoltant entre les adultes sidérés.

Au bout d'une minute, Meg reprend ses esprits. Une par une, elle attrape ses trois filles, les tire hors de la ronde et crie aux autres enfants : « Arrêtez ça ! Vous m'entendez, arrêtez ! Vous devriez être à genoux en train de prier au lieu de gambader comme une bande de sauvages païens ! »

Elle donne une petite tape à chaque enfant qui passe. Ils tombent sur une pile de filets et de cordages, et restent étendus là à glousser. Ned et Lavinia, qui ont mené le bal, font un autre tour de piste avant de s'effondrer à leur tour, hors d'haleine, et ils se sourient alors pour la première fois depuis des mois.

Ezra Vincent a contemplé en silence cette démonstration de bravade. Quand c'est fini, il se tourne vers Josh : « Ben, mon vieux, c'est à peu près c'que j'imaginais, même si j'me serais jamais attendu à c'qu'on en tire une chanson. J'l'avais ben dit à m'man que vous refuseriez de bouger. Mais elle tenait à ce que j'essaie. » Il adresse un petit sourire à sa belle-sœur. « Vous mangez pas, vous autres ? J'pensais que j'avais reconnu l'odeur du poisson qui cuisait quand on est entrés chez vous. »

Sarah est atterrée — elle n'a rien donné à manger à sa famille depuis tôt le matin ! Les femmes vont récupérer la nourriture qui était prévue pour le dîner, Thomas allume une petite lampe à huile et ils mangent bientôt du pain et du poisson.

Cette oisiveté est une chose si rare qu'elle donne à la journée un air de rêve et tout le monde est submergé par une sorte de gaieté détachée. Ils s'asseyent, ils prennent leur temps, ils mangent et bavardent. Le petit labrador gigote pour se libérer des bras de Joe le Jeune et court joyeusement entre lui et Peter qui lui donnent tous deux des bouchées de poisson. À l'intérieur de l'entrepôt, la scène paraît irréelle, aussi immatérielle que le bonheur, aussi précaire que le faux printemps dehors.

Comprenant qu'il est inutile d'essayer de les convaincre de partir, Ezra se détend, leur donne toutes les nouvelles de Pond Island, remarque combien Charlie a grandi, demande comment se portent les chèvres qu'il a apportées à Sarah l'été précédent et parle d'un gros chien qui est venu avec les gens de Shamblers Cove.

« Comme celui-ci, mais de la taille d'un petit poney. Il appartient au vieux chasseur dont j'vous ai parlé. Il raconte que le chien a mordu le derrière d'un d'ces pirates et lui a arraché son fond de culotte. Ils ont tiré sur lui et il s'est sauvé dans les bois. Lem pensait que le chien était parti pour de bon. Puis, ce soir-là quand ils se sont arrêtés pour dormir, il est sorti des bois en courant et il a manqué de faire périr de peur ces pauvres mortels qui l'ont pris pour un loup ou une autre créature sauvage. Lem et son chien habitent chez nous depuis ce temps-là, et j'ai l'impression que la grosse bête va dormir dans mon lit cette nuit. »

Ezra avale les dernières gouttes de son thé et se lève. «Eh ben, Sarah, ma fille, où c'est que je peux me coucher ? Dès qu'il va faire clair, j'm'en retourne chez nous. Personne sait quand va finir le beau temps, et j'risquerais de rester pris ici pour le reste de l'hiver avec ta bande de fous. »

Le lendemain matin, tous descendent pour le voir s'en aller, regardent la petite embarcation qui longe la grève puis est bientôt engloutie par la brume. Le temps est encore doux. Ils passent la journée à se préparer à se défendre sans jamais perdre de vue ni l'océan ni le ciel.

Le fusil est sorti, nettoyé et huilé ; prêt à être utilisé, il est rangé derrière la porte de l'entrepôt. Les femmes remplissent de nouveau le vieux coffre de bois. Cette fois, elles y enfournent une pièce de toile, des sacs de jute, du silex, de la morue salée, du pain, des courtepointes, un chaudron. Elles portent la malle, comme elles l'ont fait au printemps, jusqu'au jardin, à l'orée de la forêt. Dans le pire des cas, ils devront traverser l'isthme, longer la côte, contourner des gouffres profonds là où la mer s'infiltre, traverser des collines noires, avancer sur des tourbières et des marais gelés. Dans le coffre de marin, ils auront au moins de quoi se nourrir et allumer du feu.

Pendant qu'elles empilent des pierres autour et sur le dessus de la malle pour la protéger des bêtes sauvages, Sarah secoue la tête : «Pourvu qu'on soit capables de la retrouver si on en a besoin... mais j'en doute, surtout s'il neige cette nuit.

— Oh ! vous allez la trouver, Sarah. Vous allez savoir où elle est. Comme vous saviez que c'était Joe le Jeune dans le bateau, hier, comme vous saviez qu'il s'était pas noyé. » Mary a parlé sans lever la tête. L'air absorbée, elle se frotte les mains pour en retirer la boue, à demi effrayée par ce qu'elle vient de dire.

Sarah semble perplexe. «Qu'est-ce que tu racontes, ma fille ? J'dois avoir à peu près la même vue que toi. »

Mary jette un regard circulaire autour d'elle. Dans la pénombre croissante, c'est à peine si elle distingue Meg et Jennie à mi-chemin dans le sentier, et hors de portée de voix. Il lui faudrait peut-être attendre long-temps avant d'avoir une autre occasion de parler seule à seule avec Sarah.

Elle se penche en avant et agrippe la manche de son aînée. «Vous pouvez m'aider, il faut que vous m'aidiez. » Elle s'arrête et prend une grande inspiration. «Jetez un sort à Thomas Hutchings pour moi, Sarah... un sort pour qu'il veuille de moi.

— Un sort ! Ma pauvre fille, t'as perdu la tête ou quoi ? Moi, jeter un sort à Thomas Hutchings ? J'ai jamais entendu une absurdité pareille !

— Vous en êtes capable, vous en êtes capable ! Je sais que vous en êtes capable ! chuchote Mary avec une violence contenue. Écoutez, j'vous demande pas de le faire pour rien... j'sais que les sorcières font jamais rien pour rien.

— Les sorcières ! » Sarah est incrédule, ne sachant pas trop s'il faut éclater de rire ou se mettre en colère.

Mary plonge la main dans la poche de sa vieille veste et en sort quelque chose. « Regardez, regardez ce que j'ai. Vous pouvez l'avoir. Si vous m'aidez, j'vous le donne. » Elle s'accroupit à côté de Sarah, toujours agenouillée près du coffre de bois.

« Regardez, faites juste regarder, c'est pas une pure merveille ? C'est pas beau ? »

C'est à la fois beau et merveilleux. Les deux femmes, grises et usées dans la lumière mourante, se penchent pour contempler le petit cercle de pierres pourpres et bleues qui scintillent dans la main sale de Mary.

« Sûr que c'est beau, murmure Sarah en touchant respectueusement la broche avec un doigt. J'ai jamais rien vu de tel dans ce bas monde. »

Perdue dans sa contemplation, elle a oublié que Mary vient de la traiter de sorcière, oublié ce que Mary lui a demandé. D'une voix très posée, celle-ci poursuit : « Vous pouvez l'avoir pour vous... ou pour Annie, si vous préférez... faites juste jeter un sort à Thomas Hutchings. »

Sarah sort de sa rêverie. « J'peux pas, dit-elle en secouant la tête. J'sais pas comment faire ça. J'te dis que j'suis pas une sorcière. J'sais pas comment on jette des sorts...

— Oui, vous en êtes capable. Je sais que vous en êtes capable, j'vous ai regardée et j'le sais », et Mary (tout comme elle a vu quelqu'un le faire autrefois) se penche et épingle la broche à l'intérieur du manteau de Sarah.

« Voilà, maintenant c'est à vous, juste pour que vous la voyiez, juste pour que vous sachiez que vous l'avez. » Mary tapote l'endroit sous lequel le bijou est caché. « Quand on sera de retour à la maison, vous ferez un sort, un bon sort pour que Thomas Hutchings veuille de moi. » Elle se redresse et, sans ajouter un mot, elle commence à descendre le sentier.

Une minute plus tard, Sarah s'engage à sa suite.

La voix d'Annie, qui hurle, leur parvient au moment où elles approchent de la maison. Elles trouvent l'endroit rempli de fumée, la fillette en train de répandre de l'eau sur le feu et de crier des ordres à Peter qui semble cloué au sol derrière elle.

« Va chercher m'man ! Vas-y ! Va chercher m'man et Mary, vite ! »

Quand elle aperçoit sa mère, Annie laisse tomber le seau sur le sol. Elle éclate en sanglots et se met à frapper Peter en même temps. Une fois calmée, elle leur apprend que Joe pense avoir vu une voile dans le cap, au loin, que tout le monde est allé au bout du quai, mais que Thomas Hutchings les a envoyés, Peter et elle, éteindre le feu dans leur maison.

« Ben, c'est c'que t'as fait, fillette, dit Sarah en attirant sa fille contre elle et en essuyant la suie sur son visage avec un coin de son tablier, mais j'ai pas l'impression que Thomas va être très content en voyant le nuage de fumée que t'es en train d'envoyer par la cheminée. »

Lorsqu'elles arrivent au quai, il fait si noir qu'il est impossible de distinguer s'il y a ou non un bateau là-bas. Ned, qui est capable de reconnaître la silhouette d'une douzaine de vaisseaux, est sûr d'avoir vu la brigantine décrite par Ezra.

« J'en ai eu un bon aperçu quand elle a commencé à apparaître à l'horizon, et elle a le même gréement. C'est un gros vaisseau, plus gros que tous ceux que j'ai vus venir par ici.

— Peut-être qu'il approchera pas, dit Josh pour rassurer sa femme. Une personne qui a pas l'expérience du cap, faudrait qu'elle fasse très attention pour contourner ces récifs avec un bateau de c'te grosseur. » Il regarde Joe en secouant la tête lorsque celui-ci fait remarquer, presque avec espoir, que le navire pourrait être équipé de chaloupes pour venir à terre.

Thomas Hutchings se détourne de la mer. « On fait rien de bon en restant ici à spéculer. Ça va lui prendre des heures avant d'arriver jusqu'à nous, alors on ferait mieux d'essayer de se préparer. Vous deux, poursuit-il en montrant Joe et Peter du doigt, apportez autant de nourriture et de couvertures que vous pourrez chez moi. Cette nuit, tout le monde va dormir dans l'entrepôt. Les femmes peuvent apporter de l'eau et des seaux, d'autres vestes et des choses comme ça… Ils pourront rien faire brûler, puisqu'il y aura ni feu ni lampes. »

Tout en parlant, il jette un coup d'œil vers les maisons et, pour la première fois, il aperçoit le nuage de fumée blanche flottant au-dessus de la cheminée des Vincent.

« Doux Jésus, qu'est-ce que c'est, un signal ? » C'est la première et la seule fois qu'on l'entend jurer. Lavinia se réjouira de le consigner dans son journal.

« Ben et Ned, vous deux, vous allez finir l'abri qu'on a commencé à construire par ici, comme ça, on pourra faire le guet à tour de rôle cette nuit. Josh, toi et moi, on va apporter les affaires ici, le fusil, les harpons… et les torches qu'on a laissées l'été dernier. Si le bateau arrive, au moins on le saura et on pourra être prêts à les recevoir. Comme Ezra nous l'a dit, notre seule chance sera de les arrêter quand ils vont débarquer. »

La perspective n'a rien d'agréable, mais ils n'ont pas le temps de s'attarder à y penser pendant l'heure d'activité frénétique qui suit. Thomas crie des ordres et tout le monde se hâte d'aller et de venir, trébu-chant dans le noir les uns sur les autres.

C'est seulement plus tard, étendue dans l'entrepôt, pendant qu'elle essaie de s'endormir, que Lavinia prend conscience que toute cette agitation, tout ce déplacement d'objets n'étaient peut-être pas nécessaires. Thomas Hutchings n'a peut-être fait ça que pour les épuiser, pour les empêcher de penser à ce qui pourrait se passer cette nuit.

Sans lumière, sans chauffage, sans même les branches qui d'habitude font un coussin où poser leurs os, ils se blottissent sous des piles de couvertures sur le plancher du hangar à poissons. Ils tendent l'oreille pour entendre le signal qui les enjoindra de se précipiter vers le quai, prêts à tirer sur les étrangers, à les brûler ou à les repousser dans la mer. Lavinia s'endort en pleurant.

À l'exception de Mary Bundle, tout le monde finit par sombrer dans un sommeil agité. Mary se redresse chaque fois qu'elle entend la porte s'ouvrir ou se fermer, lorsque les hommes prennent leur tour de garde pendant la nuit. Elle ne voit rien. Le hangar, déjà sombre quand il fait soleil, est plongé dans les ténèbres.

Puis, à un moment au milieu de la terrible noirceur, Mary sent la main d'un homme tirer le bord de sa courtepointe, la main d'un homme glisser le long de son flanc et un long corps s'installer sous ses couvertures. Elle pousse un cri étranglé, mais un doigt touche ses lèvres, une main se glisse sous sa tête, et elle se détend.

« Ça a marché ! Le sort que Sarah Vincent a jeté à Thomas Hutchings a fonctionné ! » pense-t-elle, triomphante.

Elle se serre contre lui, répond avec une passion qui a davantage à voir avec la peur, avec la nécessité, avec le froid, qu'avec le plan sensé qu'elle a élaboré dans le grenier des Vincent. Elle roule sur l'homme et presse ses lèvres sur les siennes.

Tout s'achève très vite. Trop vite, pense Mary. Se promettant que ce sera mieux la prochaine fois, elle s'allonge sous lui et lèche une goutte de sueur dans le creux de son cou.

Il approche son visage, l'embrasse encore et, dans ce qui semble être un seul mouvement, il se détache d'elle, il sort du lit, il est parti.

Mary sourit et love son corps chaud autour de celui de la petite Fanny. Cela valait la peine de se séparer de la broche. Elle s'endort en pensant à la maison qu'elle va construire le printemps prochain avec Thomas Hutchings. Elle a déjà choisi l'endroit.

Au matin, exactement comme Sarah l'a prophétisé, l'hiver est revenu. Des bourrasques de neige frappent le hangar. Dehors, tout est blanc et la neige a rempli les sentiers, recouvert la boue de la veille.

Les hommes reviennent du quai en souriant ; ils secouent la neige de leurs vêtements, tirent sur les glaçons pris dans leur barbe et leurs cheveux.

« On est aussi en sécurité que des maisons », dit Ned, qui oublie déjà combien peu sûres sont les maisons. « Le vaisseau qui va essayer d'accoster avec ce vent va se fracasser sur les rochers. » Son teint est coloré et son visage, épanoui, comme s'ils venaient de remporter une grande victoire.

« On va continuer à faire du feu et prendre quelque chose de chaud avant de mourir de froid. » Seul Thomas a gardé son air sombre. Mary l'observe, attendant un signe de lui, mais il ne lui offre ni un regard ni un sourire.

Elle est consternée — ce qui s'est passé la nuit précédente ne signifie donc rien pour lui ?

Puis son regard tombe sur Ned Andrews. Il est assis, les jambes croisées, sur un baril, penché en avant comme une énorme gargouille, sa barbe et ses cheveux bouclés rougeoyant comme des branches frappées par la foudre autour d'un visage qui rayonne et déborde d'amour et de joie.

Mary prend Fanny et traverse le hangar pour, avec une modestie affectée, venir se placer à côté de lui.

Chapitre 6

Je dormais depuis quelques heures lorsque j'ai été réveillée par un raffut terrible... j'ai pensé que les pirates avaient fini par débarquer, qu'on était sur le point de se faire assassiner dans nos lits. J'imagine que Thomas Hutchings est maintenant au courant de toute l'histoire et qu'il pense que la famille Andrews est une bande de voyous en plus de tout le reste.

Morts de fatigue après avoir passé la nuit dans l'entrepôt glacial et la journée à ramener leurs biens chez eux en marchant dans la neige jusqu'aux genoux, les habitants du cap prennent leur souper dès la tombée du jour, puis vont directement se coucher. Dans son coin, Lavinia trouve la petite Jane, qui partage souvent son lit les nuits où il fait froid, profondément endormie sous la grosse pile de couvertures et de vêtements.

À cause de la barrière qu'elle a construite autour de son lit, Lavinia n'est pas réveillée par les premiers bruits. Le son de branches de bouleau qui frappent les barils, suivi d'un chapelet d'effroyables jurons vociférés par une voix féminine méconnaissable la réveillent en sursaut et la sortent à demi de ses couvertures, le cœur battant à tout rompre de frayeur.

Elle s'extrait des épaisses couvertures, enjambe sa nièce toujours endormie pour regarder par-dessus un baril, convaincue qu'elle va voir sa famille en train de se faire massacrer. Un autre spectacle s'offre à sa vue : son frère Ned est en train de poursuivre son fils autour de la pièce. Ned vocifère, et Isaac réplique par des hurlements à glacer le sang dans les veines.

Jennie et Meg, qui tient une bougie, sont sur les côtés. Elles appellent le gamin et tentent sans succès de l'attraper. Il les évite facilement, virevolte dans la pièce comme un chat échaudé, bondit dans tous les sens entre les membres de sa famille. Chaque fois qu'il passe à côté du tas de bois, il saisit une branche qu'il lance en direction de Mary Bundle. Mary tient le manche d'une louche de neige en train de fondre et jure comme un charretier tandis que les branches tombent autour d'elle.

Allongés sur le plancher, Ben, ses trois filles et Willie se tiennent appuyés sur leurs coudes et regardent le spectacle dans un état de stupéfaction silencieuse, esquivant les branches mal dirigées.

Mary Bundle et Ned Andrews sont tous deux nus comme des vers.

Lavinia se dresse derrière le baril à temps pour voir Mary se diriger vivement vers la boule de furie qui fonce vers elle. Arc-boutée, elle envoie le contenu glacé de la louche dans le petit visage cramoisi d'Isaac. Malheureusement, une grande partie de l'eau glacée éclabousse les parties intimes de l'homme en train de courir après son fils.

Ned et Isaac restent figés. On les entend reprendre leur souffle à l'unisson, puis c'est le silence. Absolu.

Avec une présence d'esprit admirable, Lizzie prend une couverture de l'endroit où elle dort, en enveloppe son cousin dégoulinant et épuisé, et le ramène dans le coin de Lavinia. Hors de la vue de son ennemie, Lizzie enfouit le visage de l'enfant sous son menton et commence à roucouler des paroles apaisantes pour l'endormir.

Ned et Mary plongent dans une pile de couvertures et se couvrent. Secouant la tête d'un air désemparé, incapable d'imaginer comment il faudrait réagir, Jennie se met à ramasser distraitement les branches. Puis, submergée de fatigue, elle abandonne son travail, retourne vers son lit et se faufile sous les couvertures, tirant les courtepointes sur sa tête grise ébouriffée.

Seule Meg reste là. Elle se dresse comme une déesse antique, grande, enceinte, dans sa longue chemise de nuit en flanelle, et contemple le champ de bataille. Pendant une ou deux minutes, elle paraît hésiter et Lavinia, qui observe la scène depuis sa cachette, s'attend à ce qu'elle souffle la bougie et reprenne sa place auprès de Ben.

Au lieu de cela, le visage rouge mais résolu, Meg se dirige à grands pas vers les amants (Lavinia ne parvient à voir que le sommet de la tête bouclée de Ned) et se met à leur faire, d'une voix claire, un exposé tout aussi clair de ce qu'elle pense.

« Jamais ! Jamais depuis le jour de ma naissance j'ai vu pareille exhibition... deux chats feraient pas mieux. J'ai jamais eu aussi honte, j'le jure, qu'une telle chose ait pu se produire dans cette maison ! Est-ce que vous pensez que parce qu'on vit au bout du monde, vous avez le droit de vous conduire comme des païens ? Est-ce que vous pensez que le Seigneur Dieu peut pas nous voir ? Il le peut ! Et ces enfants innocents... les miens et ceux de Ben... oui, et aussi les tiens, Ned Andrews, pauvres créatures sans mère ! Pas étonnant que ce malheureux petit Isaac ait été épouvanté ! Se réveiller et trouver une étrangère et son père en train de faire ça... et nus comme des vers, tous les deux ! T'apprendras donc jamais à te servir de ta tête, Ned Andrews... tu te fiches de tout, c'est ça ? Ça t'est complètement égal de nous ridiculiser ? »

Meg poursuit sur sa lancée pendant un moment, irradiant d'une juste colère. À la fin, elle tourne son attention vers Mary, recroquevillée auprès de Ned. «Et toi, Mary Bundle… écoute bien ce que j'vais te dire! J'supporterai pas de te voir couchée en état de péché mortel dans la même pièce que ces enfants! À présent, lève-toi, habille-toi et retourne immédiatement chez les Vincent… aussi vite que tes jambes vont te porter!»

Ned fait mine de se lever et proteste qu'on ne peut pas chasser sa bien-aimée d'un lit chaud pour l'envoyer dans la neige froide.

Mais Meg reste inflexible. «J'veux plus entendre un mot de toi, Ned Andrews! J'suis tellement en colère que j'ai failli vous mettre tous les deux dehors comme vous êtes… vous partagerez pas ce lit avant d'être mariés devant Dieu et devant les hommes! Et encore une chose, Mary Bundle, si jamais j'entends encore des mots comme ceux qui te sont sortis de la bouche ce soir, je jure de te la laver avec du savon.»

Ned et Mary ne disent plus rien. Meg se tient devant eux, imposante et blanche, et Lavinia, se rappelant de nouveau l'ange qui chassa les pécheurs du jardin de l'Éden, retombe sur sa paillasse encombrée et serre le coin d'une courtepointe entre ses dents pour étouffer son rire.

À son réveil, Lavinia se demande si elle n'a pas rêvé cette scène chaotique. Il n'y a aucune trace de Mary Bundle, d'eau renversée, de bois de chauffage éparpillé ou d'un ange brandissant une épée enflammée. Il n'y a que Meg, ses cheveux bruns sagement enroulés autour de sa tête, une Meg très ordinaire portant son vieux tricot noir, assise à la table avec Ben, Ned et Jennie. Comme tous les jours, ils sont tous en train de manger du gruau en parlant à voix basse pour ne pas déranger les enfants qui dorment encore.

«Sois raisonnable, Meg, où est-ce qu'on va trouver un pasteur pour nous marier dans ce coin perdu?» demande Ned d'une voix sereine au moment où Lavinia se dirige vers la table.

«Thomas Hutchings va vous marier… c'est un pasteur.» La réponse de Meg les prend tous au dépourvu et Lavinia en renverse du thé chaud sur sa main.

«Et toi, Ben, il faudra que t'arrêtes de travailler sur le bateau un bout de temps. Je veux qu'il y ait des cloisons dans cette maison avant les noces.»

Ni Thomas Hutchings qui affirme ne pas être membre du clergé, ni Mary Bundle qui déclare ne pas vouloir que «ces gens d'église disent des mots» à propos d'elle et de Ned, ni Ben qui refuse d'être arraché à son travail de construction d'un bateau ne parviendront à ébranler Meg.

L'automne précédent, après une seule saison sur l'eau, Ben Andrews est allé passer trois semaines à Pond Island pour se faire enseigner la menuiserie par Will et Ezra Vincent. De retour au cap, il a aussitôt fait la quille du bateau que lui et Ned désiraient avoir — une copie de la petite barque dans laquelle pêchent les frères Vincent. Une fois les joints de la maison tirés, la cheminée rapiécée de nouveau et le toit solidifié, Thomas Hutchings, Josh et Ned se sont joints à lui dans l'appentis rudimentaire pour travailler au bateau.

À Weymouth, tout ce que Ben avait fait comme travail de menuiserie se résumait à planter un ou deux clous pour que les femmes y suspendent des casseroles. C'est seulement depuis son arrivée au cap que ce talent insoupçonné s'est révélé. Ben, qui est incapable de garder la tête haute sur un bateau, finira par devenir le constructeur de bateaux le plus respecté de tout Bonavista.

Artisan méticuleux, il passe des heures à se promener dans les bois autour du cap, étudiant chaque arbre, cherchant ceux qui possèdent les longues lignes gracieuses d'un navire. Il cherche parfois pendant une semaine avant de trouver l'arbre qu'il désire, puis il en trouve souvent plusieurs ensemble. Toute une famille de troncs tordus. Il a fini par croire que dans ces endroits le sol contient quelque chose qui attire le vent de la mer, qui l'aspire dans les racines, formant des arbres adaptés à la mer. Lavinia tombe un jour sur Ben qui, debout devant un arbre au tronc noueux, semble tenir une conversation avec lui, et il lui confie timidement son idée.

« Si une personne fait attention, elle peut trouver au même endroit toutes les côtes et les planches qu'il faut pour faire un bateau, des arbres qui vont exactement dans un vaisseau et qui ont spécialement poussé au cap… mais j'imagine qu'il faudra qu'elle ait plus de talent que moi. »

Ce sont les seuls propos un peu fantaisistes qu'elle l'ait jamais entendu prononcer, et cela change la conception qu'elle a de lui. Lavinia se met à le regarder travailler, remarquant comment il glisse sa main le long d'un morceau de bois pour en sentir le grain. Elle constate que son canif, qui pèle de longues bandes de couleur crème, met vraiment à découvert la forme que Ben a devinée dans le bois.

Ben prend confiance en lui à mesure que son nouveau talent se développe et Josh et Thomas ont la surprise de se retrouver supervisés par leur ancien élève.

Pendant l'automne et l'hiver, les seules tâches qui distraient les hommes de la construction du bateau sont celles que les femmes et les garçons sont incapables d'accomplir — repriser les filets de pêche et chasser les oies blanches et les oiseaux de mer. Tout semble plus important que de bâtir des murs intérieurs ou fabriquer des lits et des étagères — ces frivoles préoccupations féminines —, et les membres de la famille Andrews ont continué à dormir sur le plancher de la grande pièce où ils vivent, mangent et font la cuisine pendant la journée.

Meg persiste pourtant dans sa détermination : elle veut des cloisons avant le mariage. Et les hommes finissent par céder. Ils cessent de fabriquer des planches pour la barque et se mettent à diviser en pièces distinctes la maison Andrews. Pourtant, Meg n'est pas encore satisfaite. Résolue à faire du mariage de Ned et de Mary une cérémonie mémorable, elle demande à Jennie de préparer un gâteau avec ce qui reste de mélasse et essaie même, par des cajoleries, de convaincre Sarah d'abattre sa dernière chèvre, la biquette qu'elle chouchoute depuis que les autres ont péri.

Comme ce sera bientôt la fin de ce long hiver et que les réserves de nourriture sont à la baisse, tous les esprits, sauf celui de la future mariée, se réjouissent à la perspective de cette noce. Les enfants fabriquent des bougies roses avec des morceaux de cire et du jus de graines rouges, et les jeunes filles repassent de la dentelle, des rubans et d'autres babioles, réussissant à confectionner à partir de ces restes un voile de mariée étonnamment présentable. Même Thomas Hutchings semble admettre que Meg est une force à laquelle nul ne peut s'opposer. Il accepte son plan et consent à apprendre les paroles que Meg et Sarah jugent nécessaire de prononcer au cours d'un mariage chrétien.

Seule Mary Bundle ne prend aucune part à ces préparatifs.

Quand Meg l'a jetée à la porte de la maison Andrews, Mary est retournée au grenier des Vincent au milieu de la nuit. Le lendemain matin, elle s'occupait du feu, faisait la cuisine et le ménage et prenait soin des bébés tout comme avant. Sauf le fait que Joe le Jeune a réclamé son lit dans la mansarde, ce qui oblige désormais Mary à dormir sur le plancher du grenier à côté d'Annie et de Peter, la vie a continué, pareille à ce qu'elle avait été pendant l'hiver.

Dans le débordement soudain d'activité précédant le mariage, Sarah est la seule à remarquer que quelque chose ne tourne pas rond. Mary est encore plus inexpressive que d'habitude, et Ned, qui se présente chaque jour à la porte des Vincent chargé de présents insolites et merveilleux — des coquillages violets enfilés sur un fil de pêche, une corbeille de jeune fougère cueillie sous la neige, un peigne taillé dans un os — ne reçoit de sa promise ni sourires ni regards aimants. Sarah décide d'avoir une conversation avec Mary.

« Quand on pense que tu vas avoir un homme comme Ned Andrews, tu devrais être en train de danser dans les airs ! Y a pas beaucoup d'hommes qui accepteraient de courtiser une femme avec un enfant », fait remarquer Sarah un matin que Ned vient de repartir sans avoir reçu un mot de remerciement pour son cadeau. Puis, pendant qu'elle étudie le visage assombri de Mary, une autre raison pouvant expliquer la tristesse de la jeune femme lui traverse l'esprit. « J'suppose que t'es pas déjà mariée, hein ? »

Interloquée elle-même d'y être allée aussi carrément, Sarah n'est ni surprise ni offensée lorsque Mary se détourne en marmonnant que les gens devraient se mêler de leurs affaires.

La cause de l'air désemparé et des longs silences de Mary Bundle est une chose que la jeune femme elle-même a du mal à déterminer, encore plus à verbaliser. Le bon sens lui dit que Sarah a raison, elle a de la chance. Des deux hommes mariables du cap, elle en a obtenu un, bien que ce ne soit pas celui pour lequel elle avait payé. (Elle pense demander à Sarah de lui rendre la broche, mais, après réflexion, décide qu'il est préférable d'avoir une sorcière en dette envers elle... et, comme ça, elle sait où se trouve le bijou.) Elle n'a pas eu Thomas Hutchings qui sait écrire, qui a un emploi et qui, Mary en est convaincue, aurait compris le marché qu'elle acceptait de conclure. Elle a Ned Andrews qui affirme que, pour elle, il serait prêt à marcher sur des charbons ardents, Ned qui, chaque matin, se tient à la porte avec des promesses, des chansons et des cadeaux. Lorsqu'elle le voit là, les mains tendues vers elle, un sourire éclairant son visage idiot, constellé de taches de rousseur, Mary sent en elle une poussée de tendresse et elle a peur.

Mariée docile, Mary est assise dans la cuisine des Vincent le jour de son mariage, et elle se demande encore si elle doit vraiment passer par cette cérémonie. Elle se soumet aux soins de Lizzie et d'Annie qui ont commencé à coiffer sa chevelure noire et drue en boucles soyeuses, ornées de rubans. Sarah brasse le contenu d'une grande marmite contenant les quelques morceaux de chèvre qui ne rôtissent pas déjà dans la cheminée de Thomas Hutchings. La pièce est pleine du bavardage de Lizzie et d'Annie, du fumet du ragoût et des plaintes marmonnées par Sarah à propos de ses deux fils aînés qu'on entend se chamailler dehors pendant qu'ils coupent du bois de chauffage.

Entre Peter et Joe le Jeune, les prises de bec fraternelles se sont transformées en guerre ouverte au fil des semaines ayant suivi le retour de l'aîné. Pendant l'année, alors qu'on croyait que Joe était mort, Peter avait joué avec délectation le rôle de fils aîné. Il adorait assister son père, devenait de plus en plus compétent sur l'eau, se sentait accepté par les hommes qui travaillaient sur le bateau, et il en était fier. Il avait presque oublié la brève rivalité qui l'avait opposé à Isaac Andrews, rivalité qui avait pris fin dès qu'il avait compris que les hommes considéraient le fils de Ned comme un enfant sans mère ayant besoin d'être consolé. Tout l'hiver, Peter avait aidé les frères Andrews à bâtir leur bateau et il s'était réjoui à la pensée que, l'été venu, il serait le partenaire de son père.

Puis Joe est revenu. Non pas noyé au Labrador, mais grand, aussi solide qu'un fouet, couvert des baisers et des larmes de sa mère et d'Annie. Joe, sûr de lui avec son nouveau rire et les œillades qu'il coule à cette idiote de Lizzie Andrews, Joe à qui son père et les autres hommes accordent une attention respectueuse quand il raconte comment les Esquimaux chassent, comment on fabrique des bottes en peau de phoque, à quoi ressemble Fogo ou comment ses oncles de Pond Island accomplissent certaines tâches.

Lorsqu'elle a vu la rancœur qu'éprouve son fils, Sarah lui a dit qu'il devrait se réjouir de voir son frère en vie. Mais c'est inutile. Peter ne sait qu'une chose : avant, il était heureux et, maintenant, il se sent misérable.

Cette haine des deux frères se focalise sur leur querelle à propos du chien. Peter aurait peut-être fini par oublier sa déception de ne pas être le prochain à pêcher avec son père, si les garçons ne s'étaient pas immédiatement mis à discuter sur ce point litigieux : à qui appartient le labrador que Peter a appelé Skipper.

Joe fait valoir que Skipper a d'abord été à lui, qu'il lui appartient toujours puisqu'il a donné sa boucle de ceinture à une Esquimaude en échange du chiot. Joe dit que le chien ne s'appelle pas Skipper, mais Unayok, car c'est le nom que lui ont donné les Esquimaux.

Le jeune chien, produit d'un croisement entre un husky et un terre-neuve, est devenu énorme et il ressemble davantage à un ours ébouriffé au pelage noir et blanc qu'à un chien. L'animal a passé la moitié d'une année à dormir avec Peter, à être nourri par lui et à le suivre partout. Unique chien au cap, Skipper a déjà appris à tirer un traîneau chargé de bois. Peter sait que le chien l'a aidé à faire sa place dans le monde des hommes, et il n'a pas l'intention de laisser Joe éloigner l'animal de lui.

Le retour de Joe a plongé la pauvre bête dans un état de confusion totale. Quelque chose dans les profondeurs de son cerveau de chien reconnaît le garçon qui l'a recueilli dans son manteau, l'a amené sur le bateau et l'a tenu au chaud contre sa poitrine pendant les premières angoissantes nuits loin de la fourrure du corps de sa mère. Mais Peter l'a nourri, c'est à la voix de Peter qu'il a appris à répondre et c'est avec Peter qu'il joue pendant des heures, flairant les traces de pas du garçon et le retrouvant là où il s'est caché.

Sarah passe son temps à servir de médiatrice entre ses fils. « Pour l'amour du ciel, laisse ce pauvre enfant garder c'te boule de poils… qu'est-ce que tu veux faire avec un chien ? » Elle essaie de faire changer Joe d'idée en le taquinant : « C'est sûrement d'une femme que t'auras besoin bientôt. »

Mais ces cajoleries n'ébranlent aucunement Joe, toujours résolu à reprendre le chien. Il serre les lèvres et regarde sa mère de la même façon qu'il le faisait le jour où il s'est embarqué clandestinement à bord du *Tern*.

« J'ai jamais vu une pareille tête de pioche, confie-t-elle à Jennie. Une fois que ce jeune s'est mis quelque chose en tête, il est aussi obstiné que Johnny Garrett[1]. »

Le jour du mariage de Mary et de Ned, les deux garçons se chamaillent depuis tôt le matin. Ils sont au billot, supposément en train de couper du petit bois pour leur mère, quand Joe laisse son travail, appelle le chien et se dirige vers l'entrepôt où les hommes causent en surveillant la chèvre en train de rôtir. En voyant Skipper sortir en courant de dessous la maison pour suivre Joe, Peter appelle à son tour le chien qui revient vers lui. Le manège dure plusieurs minutes, l'animal allant et venant frénétiquement entre ses deux maîtres.

Joe fait alors volte-face, marche vers son frère, l'attrape par sa veste et le secoue si fort que les pieds de Peter, qui est plus petit, sont littéralement soulevés de terre.

« Laisse la pauvre bête tranquille, elle est à moi et c'est avec moi qu'elle vient au mariage ! » Joe secoue une dernière fois son frère et le laisse retomber.

« Toi… toi… j'te déteste ! » Morve, larmes et fureur jaillissent tandis que Peter agite la hache sous le menton de son frère. « J'pourrais te tuer, j'le pourrais !

— Allez, Peter, t'es juste un pissou, le p'tit bébé à sa maman ! » Connaissant le point faible de son frère, Joe le nargue impitoyablement. « Allez, pissou, tu ferais pas de mal à une mouche. Regarde… regarde, j'te mets au défi, fais le, j'te mets au défi… »

Joe pose son index sur le billot. « Tiens, Peter, bébé à sa maman, j'te défie deux fois ! »

La hache s'élève et descend. De la main de Joe, le sang jaillit, éclaboussant les visages horrifiés des deux garçons. Le doigt coupé gît hideusement sur le billot, semblable à un gros asticot. En entendant le terrible hurlement de Joe et le grondement féroce de Skipper qui, à cet instant, a choisi son maître et qui a sauté sur Peter, Sarah se précipite hors de la maison, suivie par les autres.

Sarah tire le chien sauvage pour l'éloigner du visage de Peter et pousse son fils en direction de la cuisine. Se tournant vers Joe qui est penché et tient sa main mutilée, elle crie : « Bien fait pour toi, espèce de grande tête de mule idiote… tu vas perdre ta main et peut-être ton bras et t'empoisonner le sang, tu vas voir ! Et ça va être de ta faute ! »

Sarah pleure, la colère et la terreur font de sa voix un croassement. Elle voit déjà la main s'empoisonner, suppurer, devenir verte. Elle a vu

---

1. João Baptista de Almeida Garrett : écrivain et homme politique portugais (Porto 1799 — Lisbonne 1854), auteur d'un théâtre nationaliste et romantique, et dont la carrière politique fut un orage perpétuel. (N.D.T.)

des blessures plus bénignes que celle-ci causer la mort et, hors d'elle, elle essaie de penser à quelque chose qui pourrait éviter à son fils un sort pareil.

Annie et Lizzie courent dans la cour boueuse. Mary Bundle arrive à leur suite, les cheveux tombant en cascade jusqu'à sa taille, des rubans et des boucles dansant autour de ses épaules. Debout à côté du billot, elle contemple la scène comme si elle venait de se réveiller. Alors, comme elle le dira plus tard, elle entend la voix de sa mère qui dit : « … pis j'l'ai rafistolé avec de la résine… » Seulement ces mots, rien d'autre, mais clairs comme de l'eau de roche.

Mary saisit l'affreux doigt, fonce vers la maison et revient avec une cuiller. Elle se dirige vers les sapins baumiers récemment abattus, appuyés contre la maison, et racle un grumeau de résine sur un des arbres. Entraînant Joe derrière elle jusqu'à la cuisine, elle étale la gomme d'abord sur le doigt coupé, puis sur le moignon sanguinolent et recolle soigneusement les deux morceaux, «comme Ben quand il ajuste un bras à la poupée d'Emmie», écrira Lavinia.

Voyant ce que Mary est en train de faire, Sarah va chercher une aiguille et du fil, et demande à Lavinia de déchirer et de brûler légèrement des bandes de tissu blanc pour faire des bandages. Elle tient la main de son fils encore à demi évanoui, et Mary, aussi calmement que si elle reprisait une chaussette, se met à recoudre le doigt avec de grossiers points blancs.

«Bon Dieu, j'espère que j'ai fait c'qu'il fallait», dit-elle une fois que le doigt est bandé. Puis, se sentant un peu plus en train, elle se nettoie de son mieux, s'installe sur le tabouret qu'elle occupait plus tôt et ordonne aux filles livides : «Finissez de m'arranger, sinon Ned va se demander ce que je deviens.»

Le mariage est déjà célébré lorsque Sarah se rappelle le visage ensanglanté de Peter et part à sa recherche.

L'incident ne semble avoir aucune conséquence grave sur Joe le Jeune. Il restera aussi têtu qu'avant, et son doigt se recollera proprement, raide et crochu, de sorte qu'il ne tirera jamais aussi bien que son père ou que Peter. Autrement, cela ne l'a pas affecté. Et la vieille rancune entre les deux frères demeure.

On ne peut dire la même chose des autres protagonistes. C'est le pauvre Skipper qui subit les conséquences les plus immédiates. Triplement déclassé, il passe du statut d'animal de compagnie à celui de bête de somme, il est chassé de son coin auprès du feu et forcé de ramper sous la maison pour trouver un abri les nuits de grand froid.

L'événement a également un effet durable sur la vie de Mary Bundle. En plus d'avoir retardé son mariage d'environ une heure, le fait d'avoir recollé le doigt coupé de Joe Vincent l'établit comme femme docteur du cap. Avec sa connaissance des herbes, avec la poudre qu'elle gratte sur l'écorce des arbres, avec ses racines rôties, ses algues bouillies, Sarah a jusque-là occupé le poste de guérisseuse. Pourtant, même avec sa mousse et ses herbes, Sarah pousse de profonds soupirs et profère de lugubres prophéties au chevet des malades. Mary, elle, traitera toutes les personnes avec le même froid détachement, ne montrant pas davantage d'émotion lors des douzaines de naissances et de morts auxquelles elle présidera que lorsqu'elle a recousu le doigt de Joe le Jeune avec ses points rudimentaires. Mary finira par apprendre tous les remèdes de Sarah et en ajoutera des douzaines de son cru.

Mais, de toutes les créatures à deux ou à quatre pattes qui ont pris part à cette histoire du doigt coupé puis recollé de Joe, c'est Peter Vincent qui verra sa vie le plus transformée, même si le changement n'apparaît pas tout de suite.

Pour le moment, Peter est hostile et taciturne. Il repousse sa mère lorsqu'elle essuie la joue qui portera à jamais l'empreinte rouge des dents de Skipper, ne prend aucune part au repas, aux chants et aux histoires qui se poursuivent jusqu'à minuit. Il reste assis, sombre et vindicatif, en dehors du cercle éclairé par le feu, haïssant tout le monde et déterminé à le prouver un jour.

Chapitre 7

*M*aman *est fière comme un paon de la maison. Elle a fini par déballer tout son bric-à-brac — le coquillage peint que Ned avait acheté à un marin revenu des mers du sud, la vieille horloge qu'elle tenait de sa propre mère et tous les drôles d'oiseaux en plâtre que les gitans vendaient les jours de marché — ils ajoutent un peu de couleur à la grisaille. Je préférerais pourtant avoir les bottes et les vestes qu'elle a échangées contre les oiseaux. Maman m'a donné l'image du berger que j'ai toujours tellement aimée.*

Lavinia suspend l'image au mur près de son lit, mais de la voir là, près des planches grossières, semble sceller son échec. Après quelques jours, elle range l'image dans son sac et cesse pour toujours de parler dans son journal de Weymouth et de la rue Monk.

Les vêtements et les bottes apportés d'Angleterre sont usés et ne peuvent être remplacés, les aiguilles se sont brisées, les couteaux se sont émoussés, ont été aiguisés et leur lame est devenue toute mince. Au cap, on ne gaspille rien. On redresse les clous tordus, on récupère les restes de savon et les bouts de chandelle, on recueille les retailles de gras et les cendres du foyer, on accumule comme de l'or le fil, les épingles et les boutons. Les outils sont huilés et réparés, les bottes usées sont défaites en morceaux et utilisées pour réparer les bottes moins usées et, quand elles ne peuvent plus servir à rien, on en fait des lanières pour les raquettes ou des charnières de fortune pour les portes des barrières ou du hangar. Les vêtements sont rapiécés, rapiécés de nouveau, retournés, coupés, assemblés, les manches de l'un ajustées au corps d'un autre. Malgré tous ces soins, les choses se brisent, s'émiettent, rouillent, se désintègrent, se délavent, ternissent, jusqu'à ce que Lavinia ait l'impression que la vie elle-même a pris une teinte grisâtre. Elle rêve de voir de la couleur, de respirer quelque chose de vert, de goûter quelque chose de vert, et son impatience de revoir le printemps confine à la rage.

Les vents soufflent du nord, de l'ouest, puis du nord de nouveau, la glace avance et recule, les phoques arrivent, suivis par un printemps maussade, humide.

Pendant ce temps-là, Mary Bundle, car c'est toujours ainsi qu'on l'appellera, s'est glissée discrètement dans la vie de la famille Andrews, se déplaçant dans la maison surpeuplée d'une façon si efficace, si silencieuse, que Lavinia oublie parfois son existence.

Cette année-là, aussitôt que les glaces s'éloignent du rivage, Frank Norris arrive. Frank, sa femme Ida et leur petite fille font partie des gens dont la maison a été incendiée à Shamblers Cove. Pendant le terrible périple, la femme a eu les pieds gelés et tous trois ont passé l'hiver dans la famille de Frank à Pond Island.

« D'après lui, elle va mieux maintenant, mais elle veut plus jamais revoir Shamblers Cove… et j'peux pas dire que j'la blâme », confie aux autres femmes Sarah, qui est devenue la confidente de Frank Norris.

Frank et son aide, un cousin nommé Angus Hounsell, dorment chez les Vincent. Ils commencent tout de suite à faire les fondations de pierre d'une maison qui, affirme Sarah, comptera deux étages et des chambres à coucher. Les deux cousins ont un caractère affable, ils sont amicaux mais calmes, de belle apparence, costauds, capables de travailler dix-huit heures par jour.

Le bateau des Andrews n'est pas encore achevé, et, cet été, Joe le Jeune doit pêcher avec Josh. Ned et Ben ne savent pas par conséquent comment ils vont faire pour aller sur l'eau. Le problème est résolu lorsque Frank Norris leur suggère d'utiliser son doris en échange de l'aide qu'ils pourront lui apporter le soir.

Bientôt, tous les garçons et les hommes se rassemblent chaque soir pour travailler environ une heure à la maison des Norris. En juin, les murs sont déjà érigés quand un deux-mâts accoste au quai et décharge non seulement du bois d'œuvre, mais une extraordinaire variété de choses pour la maison : du feutre, du verre, du papier peint, des meubles, de la toile cirée, des draps, et même des tableaux, des lampes et de la coutellerie. Les gens du cap sont si ahuris par cette abondance qu'ils se cachent, préférant éviter Frank Norris. C'est seulement le soir que Thomas va lui donner un coup de main pour la maison.

Le lendemain matin, sans motif apparent, Angus, le cousin de Frank, va se promener jusqu'au bout du quai et reste là à causer à bâtons rompus avec les femmes qui sont en train de vider le poisson. Incapable de supporter cette oisiveté, Mary lui tend un couteau. « Reste pas là comme un empoté. Si t'as rien d'autre à faire, travaille, au moins. »

Il prend le couteau et, pendant l'heure qui suit, il tranche et vide les poissons tout en continuant à parler à voix basse avec Sarah Vincent qui travaille sans relâche à côté de lui. Lorsque Ned et Ben arrivent avec un autre chargement, Angus va les aider à transporter la morue sur le quai.

« T'es malade ou quoi, mon vieux ? » demande-t-il à Ben en se penchant pour regarder son visage livide.

Ben secoue la tête et continue à décharger le poisson sur le quai. Mais, content de rompre le silence gêné, Ned explique que son frère a un estomac délicat. « Y est comme une donzelle, complètement retourné à la vue de tous ces p'tits poissons morts… vomit tripes et boyaux chaque fois qu'on va en mer. »

Hochant gravement la tête, Angus observe Ben dont le visage a pris une couleur rouge betterave durant l'explication de Ned. « Y a rien de pire que le mal de mer, c'est sûr. Pourquoi on ferait pas un échange ? Toi, tu vas aider Frank, tandis que, moi, j'vas pêcher ici avec Ned. De toute façon, j'aime mieux être sur l'eau salée que de rester à terre à planter des clous, et j'ai remarqué que t'es plus habile que moi avec les clous. »

Ils changent aussitôt de place. Angus et Ned s'éloignent vers le large. Ben se hâte d'aller vers le marteau et les clous, et il ne mettra plus jamais les pieds sur un bateau.

Après le départ des hommes, il y a un bref silence, bientôt rompu par Jennie. « Eh ben, Sarah, si tu nous disais à propos de quoi vous vous faisiez aller la margoulette, Angus et toi ? » demande-t-elle.

Sarah fait craquer la tête d'un énorme poisson contre le bord de la table. « J'dirais, ma fille, qu'on s'est trompés sur le compte de Frank Norris. Les mères d'Angus et de Frank sont deux sœurs et, d'après Angus, ils sont tous aussi pauvres que des rats d'église. C'est Ida, la femme de Frank, qui vient d'une famille à l'aise. Ida était une Talbot de Bonavista. J'en ai entendu parler toute ma vie, des marchands, une bande qui se donne de grands airs. » Elle lance les foies de morue dans le baril de graisse.

« Ils ont envoyé la fille faire ses études à Boston, d'après Angus, et se sont jamais résignés au fait qu'elle ait épousé un pêcheur quand elle est revenue… ils étaient tellement fâchés qu'ils lui ont jamais plus adressé la parole. Mais là, ils ont dû entendre parler des problèmes que les pauvres ont eus l'hiver dernier. J'suppose qu'ils ont fini par les prendre en pitié. Après tout, le sang est plus épais que l'eau. Angus dit que Frank savait même pas que toutes ces affaires allaient arriver.

— J'propose qu'on aille toutes lui donner un coup de main après le souper », dit Meg, et les autres approuvent d'un signe de tête.

Toutes, sauf Mary Bundle qui fait entendre un petit hennissement dubitatif et demande à Sarah comment des gens comme les Talbot font pour devenir marchands.

« En achetant des entrepôts et des vaisseaux », répond sèchement celle-ci, et la conversation dévie rapidement vers l'intéressant sujet des mariages

— ceux que les familles ont approuvés et ceux à cause desquels des parents n'adressent plus jamais la parole à leur enfant.

« La seule raison que j'pourrais voir à ça, c'est quand un jeune épouse un escroc ou un fou... ou quelqu'un en dehors de l'église », dit Meg. Dans un chuchotement, elle demande à Sarah s'il est possible que la famille d'Ida Norris soit catholique.

« Oh! ça m'surprendrait! Y a personne de catholique le long de la côte du cap. D'après c'que j'en sais, le seul papiste que j'aie jamais vu, c'est le capitaine Brennan, et on penserait jamais ça de lui, pas vrai? »

Ce soir-là, tout le monde retourne aider Frank Norris à bâtir sa maison. Le travail progresse à une vitesse étonnante. Angus continue à pêcher avec Ned. Il passe également de plus en plus de temps en compagnie des femmes. Mary se plaint de ne pouvoir faire un pas sans tomber sur le jeune homme.

Ces deux dernières années, Lavinia ne s'est pas considérée comme faisant partie du monde adulte. Chaque fois qu'elle peut le faire, elle vagabonde dans la campagne derrière le cap ou effectue des tâches habituellement dévolues aux enfants, comme prendre soin des bébés avec Annie et Lizzie, aller puiser de l'eau à l'étang, arracher les mauvaises herbes ou chasser les mouches pendant le séchage du poisson.

Quand Meg dit : « J'suppose que t'es au courant qu'Angus Hounsell a un faible pour toi », Lavinia est choquée et terrifiée. Mais après avoir observé Angus pendant une journée, elle est forcée d'admettre que sa belle-sœur a raison.

Consternée, elle prend grand soin d'éviter de rester en sa présence. Ces précautions se révèlent efficaces jusqu'à un certain soir, au crépuscule, où, revenant du jardin, elle trouve le jeune homme sur son chemin, en train de l'attendre. Elle s'arrête à quelques pieds de lui. Pendant quelques instants, ils se dévisagent tous deux sans dire un mot. Il semble évident que quelles qu'aient été les paroles qu'Angus avait prévu dire, il les a complètement oubliées. Il reste pourtant là, souriant et plein d'espoir, convaincu que Lavinia va lire dans ses pensées et répondre à sa question informulée.

L'assurance du jeune homme rend Lavinia furibonde. Comme elle n'est pas prête à renoncer à la protection de l'enfance et qu'elle ne le veut pas, elle n'éprouve aucune patience devant cette déclaration muette.

« Je lui ai donné une bonne grosse poussée et il est tombé cul par-dessus tête dans les buissons, la bouche grande ouverte comme un poisson. Puis j'ai tourné les talons et je suis rentrée à la maison », écrit-elle ce soir-là dans son journal.

L'incident refroidit les ardeurs du jeune homme. Il cesse de rôder autour des sécheries, fuit la maison des Andrews et s'arrange pour éviter

Lavinia le reste de l'été. En juillet, quand la maison des Norris est finie et que Frank se rend à Pond Island pour chercher sa femme et sa fille, Angus quitte le cap sans dire au revoir à personne sauf à Ned.

Jennie et Meg, qui ont observé avec beaucoup d'intérêt le malheureux soupirant, réprimandent Lavinia d'avoir laissé échapper un aussi bon parti, et on continuera à répéter l'expression « transi d'amour comme Angus Hounsell » bien longtemps après que Lavinia et Angus seront morts et enterrés.

Les habitants du cap éprouvent une fierté de propriétaires envers la maison Norris. Ils ont tous apporté de l'eau au moulin, ils n'ont cessé d'y entrer et d'en sortir et ont suivi chacune des étapes de la construction. Bien que personne ne l'ait exprimé clairement, ils considèrent tous comme un bon présage le fait qu'on ait pu bâtir une aussi belle maison au cap. Sa permanence donne confiance aux hommes et rend les femmes heureuses et pleines d'espoir.

Vers la fin de l'automne, Ben commence à parler d'ajouter une pièce à la maison surpeuplée des Andrews. Même Josh Vincent se laisse emporter par le rêve. « Dans dix ou douze ans, j'suis convaincu que cet endroit va être plus gros que Pond Island », dit-il.

Bien entendu, Ned est d'accord avec lui. « Ici, les eaux grouillent de poissons, y en a assez pour faire vivre cent vies à cent familles… c'est une bonne idée de vivre ici où tous les hommes peuvent aller pêcher trois ou quatre fois par jour et revenir chaque fois chargés jusqu'au plat-bord… tu peux me croire, vieux, on a choisi le bon endroit ! » Il donne une claque dans le dos de Ben. « Allez, mon gars, construis une chambre, construis-en deux, trois si l'cœur t'en dit ! » Il assure à Mary que, dans à peu près un an, elle aura une maison aussi belle que celle des Norris.

Le jour où Frank Norris doit amener sa femme et sa fille au cap, Sarah, Jennie et Meg prennent une décision sans précédent. Elles vont s'accorder quelques heures loin des séchoirs et organiser une petite réception pour accueillir Ida Norris dans sa nouvelle maison. Mary n'est pas consultée et, si elle l'avait été, elle aurait fait remarquer qu'il n'y avait pas eu de réception d'accueil pour elle au cap. Mais l'idée de s'asseoir au milieu de l'après-midi et de prendre le thé comme une dame la séduit, elle aussi.

C'est donc au milieu de l'après-midi que les quatre femmes se rencontrent dans la cuisine des Norris. Elles étendent la nappe de dentelle de Jennie sur la table et passent une demi-heure agréable à disposer et à redisposer les assiettes de gâteau, de pain tranché ainsi qu'un bol de confiture de graines rouges autour d'un vase de fleurs de pois sauvages violets. Une fois que les trous de la nappe sont recouverts, elles reculent pour admirer l'effet général. Puis, après avoir mis l'eau à chauffer dans la bouilloire, elles font le tour de la maison, « juste pour s'assurer que tout est bien en place ».

Allant lentement d'une pièce à l'autre, les femmes poussent de petits cris admiratifs, effleurent les surfaces lisses des meubles polis, essaient le grand et moelleux lit de plumes, passent le doigt sur les enjolivures gravées dans les abat-jour. Comme dans un rêve, elles restent debout dans les embrasures de portes, suivent du doigt les dessins de roses, de myosotis et d'autres petites fleurs qui grimpent sur les murs, émerveillées par les planchers couverts de tapis et les plafonds blanchis à la chaux. La maison ne compte pas moins de six fenêtres en verre.

« Quand on pense que c'est un homme qui a fait ça », dit Mary en effleurant un rideau de dentelle comme ceux que Frank a suspendus à chacune des fenêtres.

Gorgées d'émerveillement, elles descendent au rez-de-chaussée, non pas par une échelle grossièrement assemblée, mais par un véritable escalier avec une rampe arrondie et des marches peintes, et s'installent dans la cuisine ensoleillée pour attendre l'arrivée de leur hôtesse. Chacune tient sur ses genoux un tricot auquel elle ne touche pas. Elles restent assises en silence, songeant à l'intérieur sombre et humide de leur propre maison et combien leur chambre leur paraîtra grossière et inachevée ce soir. Sarah, Jennie et Meg se sentent tristes ; elles se demandent si, en fin de compte, il n'aurait pas mieux valu qu'elles ne voient pas une maison comme celle-ci. Quant à Mary, elle pourrait pleurer de dépit, hurler devant l'esprit de contradiction du destin qui accorde tant à certaines femmes, et si peu à d'autres.

Presque comme si elle avait entendu ces pensées, Meg dit : « Les voies du Tout-Puissant sont étranges, et c'est pas à nous de les discuter.

— Ben moi, j'vais les discuter ! Ça m'est égal si j'meurs foudroyée pour ça ! » rétorque calmement Mary. Refusant de lever la tête et de regarder leurs visages consternés, elle prend son tricot, un vêtement gris et plein de bosses auquel elle a travaillé tout l'hiver.

Et les autres, feignant de ne pas avoir entendu ce blasphème, se mettent à se demander à quoi va ressembler la femme de Frank.

« J'me disais qu'avec son instruction, elle pourrait apprendre à lire aux enfants », annonce Meg.

Cette idée nouvelle coupe le souffle à Sarah. Elles en discutent quelques minutes avant de parler de l'état de santé d'Ida Norris.

« Angus m'a dit que la pauvre petite en a pleuré et gémi un coup quand ses pieds ont dégelé. Folle de douleur, qu'elle était. Après, un de ses pieds s'est mis à suppurer et est devenu noir comme du goudron. Il a dit qu'on a même parlé de l'amputer… un type de la côte a coupé le pied gelé de sa petite fille et elle a survécu.

— Mais qui aurait le sang-froid de faire ça ?» Jennie frissonne et murmure qu'on ne devrait pas tenir de tels propos devant Meg. Elle hoche modestement la tête en direction de sa bru, qui est enceinte.

Mais Sarah ne se laisse pas ébranler. Pendant une heure, elle relate d'autres opérations, moins fructueuses, dont elle a entendu parler et qui ont été faites dans des cas désespérés, et conclut que c'était peut-être mieux qu'on n'ait pas amputé le pied d'Ida Norris puisque, selon Angus Hounsell, après un bon bout de temps, elle s'est rétablie, la peau a repoussé et l'infection a séché. Angus a dit que maintenant elle est capable de marcher toute seule.

«J'imagine que, quand on y pense, elle a bien droit à un peu de confort après ce qu'elle a subi », dit Jennie. Meg et Sarah l'approuvent. Mary reste coite.

«J'ai pas le courage de penser à ce que les gens doivent endurer», soupire Sarah. Mais elles y pensent toutes, exposant en long et en large tous les maux qui sont dévolus à la chair.

Meg met fin à cette sinistre conversation en suggérant qu'elles récitent une petite prière pour la maison et la famille, particulièrement pour Ida Norris, afin qu'elle profite de son nouveau logis et qu'elle soit en bonne santé. Les femmes inclinent la tête pendant que Meg présente cette demande à la Providence.

Quelques minutes plus tard, Ida Norris fait son entrée dans la cuisine au bras de son mari. Elles comprennent aussitôt que leur prière ne sera pas exaucée. Les yeux de la jeune femme, brillants et bleus comme des billes dans son joli visage de poupée, fixent d'un air absent un point situé au delà des visages tournés vers elle.

«Ça m'a donné la chair de poule, confiera Jennie à Lavinia ce soir-là. C'était comme si elle était pas là du tout… comme si elle regardait à travers les murs quelque chose qu'on pouvait pas voir. »

Après être restée une minute devant elles, Ida prend la parole. D'une voix claire, guindée, la voix d'un enfant qui récite un boniment, elle dit : «Le voyage a été long et je vais aller me coucher. »

Après s'être détournée des femmes interdites, elle monte lentement, très lentement l'escalier, une de ses petites mains gantées agrippant le bras de Frank, l'autre cramponnée à la rampe. Son pied blessé, couvert par ce qui ressemble à un sac de cuir, traîne derrière elle comme un tronc d'arbre noueux.

Pendant les jours et les semaines qui suivent, elles voient rarement Ida Norris. Celle-ci passe apparemment la plus grande partie de son temps au lit et ne franchit jamais le seuil de sa propre porte. Lorsque les femmes lui rendent visite, comme elles le font au début, elles doivent se laisser guider par le son de la voix d'Ida qui se répercute dans la maison déserte. Elles la trouvent habituellement assise dans la chaise berçante à côté de son lit, en train de déclamer des bribes de poèmes parlant de tours, de chevaliers, de dames et de seigneurs. Les visites cessent, et il finira par se passer des mois et même des années sans que personne du cap pose le regard sur la femme à l'esprit dérangé.

Rose Norris, à trois ans, est tout à fait capable de se tirer d'affaire sans l'attention de l'un ou de l'autre de ses parents. Elle se présente à la table des Vincent ou des Andrews à l'heure des repas et elle est, selon Sarah, «délurée comme une négresse, sauvage comme une chèvre, et en même temps gâtée comme un chaton par la famille de Frank».

La fillette s'attache à la bande débraillée qui continue à se balader dans la colline et la vallée derrière Lavinia Andrews.

Frank ne parle jamais de sa femme ni de la vie qu'ils ont connue avant leur arrivée au cap. Secret à propos de ses affaires personnelles, il traite la bizarrerie d'Ida comme une aberration temporaire, un inconvénient qui passera avec le temps, et élude toutes les questions en disant : «Oh! Ida a juste besoin d'un peu de repos.»

Quand on aborde des sujets qu'il ne juge pas de nature privée, Frank Norris est un homme charmant et affable. Il poursuit l'arrangement conclu par Angus avec les frères Andrews et pêche désormais avec Ned, tout à la fin de la saison. Ben retourne pour sa part travailler au bateau des Andrews et oublie pour le moment sa résolution d'ajouter des pièces à leur maison.

Le poisson est abondant, cette année-là, et même à la fin du mois d'août, la mer en regorge. Les hommes disent que c'est un crime que de devoir dormir. On a à peine fini de trancher et de vider les poissons d'un chargement qu'un autre est débarqué sur le quai. Il fait inhabituellement chaud. Les femmes retirent autant de vêtements que la décence le permet. Et pourtant, sous les tabliers de toile cirée, leurs jupons et leurs longues chemises collent à leurs corps. Après une heure aux vigneaux, elles ruissellent de sueur.

Les enfants travaillent aussi fort que les adultes; même les petits, Isaac, Willie et Charlie Vincent, qui fait tout juste ses premiers pas, apprennent à retourner le poisson et à le couvrir lorsque le soleil devient trop brûlant. On prend quand même du retard, et les hommes doivent arrêter de pêcher pour venir aider les femmes. Cette situation rend tout le monde soupe au lait, car, comme le dit Sarah : «Qui sait s'il va encore y avoir des poissons demain… on peut jamais prévoir l'humeur d'une morue.»

«Ça s'rait moins dur si Son Excellence v'nait nous donner un coup de main!» persifle Mary un jour, indiquant de la tête la maison Norris. Elle ne baisse pas le ton, même si Frank se trouve à côté d'elle à la table à trancher. Le travail se poursuit, personne ne s'arrête, mais il y a un silence pendant lequel tous attendent la réaction de Frank.

«Pour une fois, Mary a raison, pense Lavinia. C'est injuste, elle là-bas dans son lit pendant que nous autres on est ici à travailler comme des chiens. » Elle sait néanmoins que Mary n'aurait pas dit une telle chose si Ned avait pu l'entendre. Ned ne tient jamais aucun compte de ce qu'on lui doit, ni de ce que lui-même doit aux autres. Aucun des hommes ne semble le faire. Lavinia réfléchit à cela pendant qu'elle racle avec le dos d'un couteau les viscosités grises qui adhèrent à ses mains. Elle se demande si les hommes sont plus généreux que les femmes ou s'ils ont une façon bien à eux de calculer qu'elle ne connaît pas.

Frank prend son temps pour répondre, faisant soigneusement re-monter sa lame sur le ventre blanc d'une morue avant de regarder Mary dans les yeux. «Eh ben, ma fille, j'admets que ça va prendre un bon bout de temps avant que tu puisses voir Ida capable de faire ce genre de travail. »

Sans manifester le moindre regret, Mary le dévisage à son tour et attend qu'il ajoute quelque chose.

«Oui... oui, j'suppose que t'as raison, dit alors Frank. J'vais te dire quelque chose. Pour ce qui est de nos prises, j'vais pas donner à ton Ned juste une part de pêcheur dans mon bateau... on va partager cinquante-cinquante. Qu'est-ce que tu dis de ça ? »

Satisfaite de l'arrangement, Mary hoche la tête. Comme le remarque Lavinia, l'idée qu'ils font tous une partie du travail d'Ida ne semble pas lui avoir traversé l'esprit.

Deux jours plus tard, au milieu de la journée la plus chaude de l'année, une journée où la mer paraît avoir recouvert d'un miroir le pay-sage et particulièrement les rangées de poissons salés, de sorte que tout scintille et flotte dans l'air chaud, Meg Andrews se plie soudain en deux et se met à avoir des haut-le-cœur.

Elle confiera plus tard à Jennie qu'elle avait commencé à avoir des contractions tôt ce matin-là, mais qu'elle n'avait pu se résoudre à s'allonger pendant que tous les autres avaient tant de travail à faire. On a à peine le temps de l'emmener, la traînant et la portant à la fois, jusqu'au magasin de Thomas Hutchings avant qu'elle donne naissance à un garçon.

«Ça y est, ma fille, t'as finalement réussi, t'as donné un frère au petit Willie... j'sais maintenant qu'il aura pas le nez cassé ! » dit Jennie en gloussant, tapotant la joue de sa bru tout en déposant le minuscule bébé dans les bras de Meg.

Moins d'une heure plus tard, ayant laissé Lizzie au chevet de sa mère, les femmes sont de retour aux vigneaux.

Pendant la nuit, Meg se met à délirer. Sachant que c'est par la chaleur qu'on vient à bout de la fièvre, Mary et Sarah viennent à tour de rôle s'asseoir dans le hangar étouffant. Elles entretiennent le feu, changent les draps mouillés, replacent les couvertures que Meg ne cesse de repousser, épongent son visage brûlant et tentent de faire couler des cuillerées de thé des bois entre ses lèvres craquelées. Mais la fièvre ne tombe pas et, à l'aube, Meg divague complètement, récitant des bribes de cantiques, réclamant Ben bien qu'il soit là, penché sur elle.

Jennie est folle d'inquiétude. Elle passe près de la malade chaque minute où elle peut s'éloigner des vigneaux. Le deuxième matin, elle prend Sarah et Mary à part. «J'ai peur qu'elle soit en train de mourir, on va la perdre comme on a perdu Hazel. On doit pourtant pouvoir faire quelque chose?»

Sarah secoue la tête. «J'me tue à essayer de m'rappeler quelque chose. C'est les fièvres puerpérales, et j'en ai vu plus d'une mourir de ça... ma propre cousine Mena Lush de Pinchards Island...»

Jennie l'interrompt. «Quand j'étais petite, j'me souviens que quelqu'un était venu saigner ma mère...» Elle n'ose suggérer qu'on tente de saigner Meg. Comme elle n'obtient aucune réponse de Mary et de Sarah, la vieille femme retourne au chevet de sa bru et pleure sans bruit.

Meg geint et s'agite. Son visage habituellement serein est déformé, ses cheveux ébouriffés collent à sa peau moite. La chambre est humide et dégage une odeur douceâtre, écœurante — l'odeur de la mort, pense Mary.

«J'trouve que ça a aucun sens de retirer du sang à quelqu'un qui en a déjà perdu autant que Meg», déclare-t-elle. Mary est étonnée de voir que Jennie et Sarah se sont tournées vers elle, comme si elles attendaient qu'elle leur dise quoi faire. «J'regrette qu'on ait plus de chèvres. Au moins, on aurait pu nourrir le bébé.»

La fièvre a tari le lait de Meg et le nourrisson ne peut garder le mélange de biscuits de marin et d'eau qu'elles font bouillir, puis filtrent à travers un linge. Mary décide qu'il faut qu'il y ait une ou deux chèvres au cap avant la naissance de son propre bébé.

Bien qu'elles ne puissent rien faire, les trois femmes passent la nuit au chevet de Meg. Le matin, Sarah et Mary retournent chez elles pour à peu près une heure, laissant Jennie auprès de la malade. Lorsque Mary revient à l'entrepôt, Jennie est encore là, comme si elle n'avait pas bougé. Son visage ruisselle de larmes, mais elle sourit.

«Elle va mieux, la fièvre est tombée. Elle a ouvert les yeux et m'a reconnue, mais elle dort, maintenant.» Jennie est étourdie de soulagement et d'épuisement. Bien qu'elle n'ait pas fermé l'œil depuis trois nuits et qu'elle porte encore la robe raidie, tachée d'entrailles de morue qu'elle avait le jour de l'accouchement, Jennie refuse de retourner chez elle se reposer. La vieille femme passe l'heure qui suit à essayer de verser quelques cuillerées d'eau entre les lèvres bleuies du nouveau-né.

Le bébé meurt avant le coucher du soleil, mais personne ne peut pleurer, ni même éprouver beaucoup de chagrin, tant on est soulagé que Meg soit guérie. Lorsqu'elle se réveille et apprend la mort de son enfant, Meg éclate en sanglots hystériques et insiste pour que Thomas Hutchings baptise la pauvre petite créature et lui donne un nom.

Suivant les instructions de sa mère, Lizzie dépose le bol à fleurs rempli de l'eau de l'étang sur un linge blanc qu'elle a déployé sur le bureau de Thomas. Pendant que Meg contemple la scène depuis son lit, Thomas prend le petit corps, trempe ses doigts dans le bol, fait tomber quelques gouttes d'eau sur le front plâtreux et, au nom du Père, du Fils et du Saint-Esprit, il déclare que l'enfant se nomme John Benjamin Andrews et qu'il fait partie de la communauté des saints.

Meg est satisfaite. « J'sais pas c'qu'on ferait sans vous, Thomas. Vous avez été un tel réconfort pour nous tous. »

Elle les laisse aller enterrer le bébé et se rendort. Jennie effleure la joue de sa bru. « J'pense qu'elle va aller bien, maintenant. J'vais aller me laver un peu et faire un petit somme avant de retourner aux vigneaux. »

Malgré la mort du bébé et la maladie de Meg, malgré la présence d'une démente, un sentiment de satisfaction envahit le cap, cet automne-là.

Quatre barils d'huile de morue de bonne qualité, dix barriques de harengs marinés et dix-huit cuves remplies de baies de gaulthérie attendent d'être emportés par Alex Brennan, en plus des grosses piles de morue salée. Thomas admet qu'ils seront en mesure de rembourser toutes les dettes contractées l'année précédente si Caleb Gosse parvient à obtenir un bon prix pour les prises de cette année.

Ils ont également en réserve une bonne provision de poisson. Deux douzaines de gros saumons ont été salés, on va récolter les pommes de terre, les oies grises vont apparaître d'un jour à l'autre dans le ciel et des milliers d'oiseaux plus petits vont se poser chaque soir sur l'étang. Ils ont de nouveau des chèvres dans le hangar derrière la maison des Vincent, et les marais sont rouges de baies.

« Comme j'l'ai toujours dit, on sera tous riches, un jour », déclare Ned. Il presse Ben de travailler à la maison Andrews. « Comme ça, on va avoir deux maisons côte à côte. Tu sais, juste une, mais avec deux portes d'entrée… comme la maison Ellsworth. Qu'est-ce que tu dis de ça, m'man ? » Ned donne un petit coup de coude à sa mère et sourit. « On va l'appeler la Maison Andrews. » Il demande à Lavinia d'écrire « Maison Andrews » sur un morceau de bois de qualité, et commence à brûler les lettres.

Ces jours-là, Ned a retrouvé son humeur exubérante d'autrefois. Confiant en l'avenir, il plaisante, il chante, il raconte des histoires extravagantes. « C'est vrai, regardez-nous. On possède déjà une maison et un bateau, et c'est juste un début. »

Il ne peut passer à côté de sa femme sans danser autour d'elle ou poser un gros baiser sonore sur sa bouche sérieuse. Bien que Mary pousse de petites exclamations désapprobatrices devant ces démonstrations, Lavinia la surprend à sourire à Ned quand elle pense qu'on ne la regarde pas. À mesure que son ventre prend de l'ampleur, le visage de Mary s'arrondit, les angles aigus s'adoucissent et elle parle davantage. Cet automne-là, Mary Bundle a plusieurs raisons de se sentir heureuse. L'une de ces raisons est un secret qu'elle n'a confié à personne.

Un jour qu'elle rentrait à la maison après être allée cueillir des baies, Mary a remarqué un croissant de terre noire et humide juste derrière l'étang où les habitants du cap vont puiser de l'eau. Elle avait dû passer à côté de cet endroit une centaine de fois sans le voir, mais, ce jour-là, une lame de lumière automnale lui a montré que ce qu'elle avait pris pour une tourbière était en réalité un bout de terre noire. Elle a déposé ses bleuets sur le sol et a fait lentement le tour de cet endroit sans cailloux, elle l'a arpenté, a essayé de calculer combien de travail il faudrait consacrer pour y planter quelque chose.

Mary se souvenait vaguement d'avoir vu sa mère penchée pendant des heures sur son jardin. Elle-même n'avait aucune idée de ce qu'il fallait faire pour faire pousser des légumes, mais le bon sens lui disait que cette terre noire contenait quelque chose dont manquait la grossière argile grise du jardin qu'elles avaient dégagé à l'orée de la forêt.

Elle garde son secret tout l'hiver, n'en parlant à personne. Le printemps suivant, elle prend la moitié d'un sac de pommes de terre en morceaux et elle les plante clandestinement dans un coin de ce qui, elle l'a décidé, sera son jardin. Pendant tout l'été, elle continue de surveiller leur croissance, découvre qu'elle n'a pas besoin de beaucoup désherber et que ses pommes de terre poussent beaucoup plus vite que celles qui sont plantées dans le potager plus haut.

Pour la première fois de sa vie, Mary se sent suffisamment contente pour planifier son avenir. Le premier enfant qu'elle a eu de Ned, un garçon appelé Henry, est né durant l'hiver et il se développe bien. Fanny a fini par descendre des bras de sa mère et par se joindre aux autres enfants. Bien qu'il continue à suivre Ned comme son ombre pendant la journée, Isaac les laisse au moins tranquilles la nuit, et une des chèvres, qu'elle et Sarah ont cajolées comme des bébés tout au long de l'hiver, a ajouté deux petits au troupeau.

Au début du mois d'août, incapable de se contenir, Mary arrache quelques-unes de ses pommes de terre et elle a la satisfaction de voir qu'elles sont propres, rondes et d'une bonne grosseur. Elle estime qu'elle va cultiver tout son jardin le printemps suivant. S'ils peuvent troquer des légumes, Ned et elle pourront s'organiser pour que Ben commence à ajouter des pièces à la maison, comme il en parle tout le temps.

Mary en a assez de vivre si près de la famille de son mari. Bien qu'elle ne se querelle pas avec Meg ou avec Jennie, ses rapports avec les autres femmes manquent de chaleur. Cela ne dérange pas Mary, en fait, c'est à peine si elle a conscience des liens étroits qui unissent Meg et sa belle-mère. Elle est de nouveau enceinte et se concentre sur la question de savoir comment loger et nourrir les enfants qu'elle et Ned vont probablement avoir année après année, comment s'assurer qu'ils ne seront jamais dans le besoin et qu'ils ne seront jamais soumis aux volontés d'un maître.

Mary meurt d'envie de posséder ce petit croissant de terrain. Elle l'adore. Un instinct transmis par d'innombrables générations de paysans lui dit qu'il existe quelque chose d'encore plus précieux que l'argent. Chaque fois qu'elle en a la possibilité, elle se rend à l'étang pour dorloter son petit lopin de terre. Puis, inquiète à l'idée que quelqu'un remarque comme elle va souvent chercher de l'eau, elle se limite à une visite par semaine.

Le lopin de terre est plus grand qu'elle ne l'avait pensé au début, et ses plants n'en occupent qu'une petite partie. Elle rêve de l'entourer d'une clôture pour qu'il devienne vraiment à elle, mais elle sait qu'elle ne peut le faire sans attirer l'attention. Au lit, elle reste éveillée à côté de Ned à retourner le problème dans sa tête. Pour finir, elle s'arrange pour prendre subrepticement quatre troncs grêles dans la réserve de bois des Andrews, et les plante dans la terre meuble à chaque coin de son terrain.

Même à Ned, Mary ne parle pas de sa terre. C'est de nouveau la haute saison de pêche et, de nouveau, ils sont tous abrutis de travail, et ils s'effondrent dans leurs lits, trop épuisés pour parler. Il n'est donc pas question d'aborder des sujets aussi passionnants.

Il est maintenant admis que Ben reste à terre. Comme le dit Ned : « Ben a jamais eu les nerfs assez solides pour venir sur l'eau, et ça aurait pas de sens de faire un mauvais pêcheur d'un bon menuisier. »

Cette année, Ned pêche dans sa propre barque et il a pris Peter Vincent avec lui. Toujours maussade, vif et efflanqué, Peter a tendance à frapper sournoisement Isaac qui les accompagne dans le bateau. Malgré cela, sur l'eau, il est aussi efficace qu'un homme, et il est fier d'être le partenaire de Ned avec qui il s'entend mieux qu'avec les membres de sa propre famille.

Pendant l'été, Ben est occupé à bâtir une pièce destinée à la salaison du poisson dans l'entrepôt de Thomas et à achever le grenier chez les Vincent. Thomas, Josh et Ned ont tous trois accepté de porter une partie de leurs prises au crédit de Ben. Surveillant étroitement les opérations financières de plus en plus compliquées réalisées au cap, Mary se dit que si elle parvient à faire pousser suffisamment de pommes de terre, et peut-être même d'autres légumes, ils n'auront pas besoin d'en faire venir autant de Saint John's, et qu'elle aussi aura du poisson crédité à son nom.

Ces jours d'été, on connaît une frénésie d'activité, comme c'est toujours le cas lorsque Alex Brennan vient chercher la dernière cargaison de morue salée. Même si les hommes vont continuer à pêcher jusqu'en octobre, les prises sont à présent moins importantes, ce qui laisse aux femmes le temps de cueillir des baies, de faire mariner le poisson et de récolter les pommes de terre et les choux plantés dans le jardin en haut.

C'est le jour où elles commencent à déterrer les pommes de terre que les autres femmes découvrent la duplicité de Mary. Plutôt que de les accompagner au potager sur la colline, Mary emprunte le chemin de l'étang avec sa pelle et son sac de jute. Éberluées, Sarah, Jennie et Meg s'arrêtent pour suivre Mary des yeux tandis qu'elle se dirige vers l'autre côté du point d'eau. Elles remarquent pour la première fois les plants vert foncé — plus hauts d'au moins six pouces que ceux qu'elles sont sur le point de déterrer — et les bâtons fluets marquant chaque coin du territoire. Elles regardent en silence Mary se pencher et, retournant les plants de pommes de terre, commencer à remplir son sac.

Voyant à leur expression que Meg et Jennie sont aussi surprises qu'elle-même par ce que Mary est en train de faire, Sarah Vincent marche vers le nouveau jardin, se rend à chacun des coins et, se servant de toute sa force, elle jette un à un par terre les quatre poteaux. Puis, sans prononcer une parole, elle fait volte-face et monte seule le sentier escarpé jusqu'au jardin qu'elles ont dégagé ensemble.

Jennie Andrews regarde longuement sa nouvelle bru et secoue la tête avant de suivre Sarah. Lorsqu'elle arrive au champ de pommes de terre, Sarah est déjà penchée en train de retourner les plants. Bien que son visage soit à demi caché dans l'ombre de son bonnet de coton délavé, Jennie voit bien que Sarah pleure et elle sait qu'elle se sent trahie. Elle fait un pas vers son amie, mais Sarah s'écarte et continue à travailler.

Jennie pousse un soupir. Se demandant ce qu'elle pourrait dire pour consoler Sarah, elle va vers le gros tas de pierres qu'elles ont arrachées à la terre. Comme cela lui arrive souvent depuis un certain temps, la pensée que quelque chose en elle s'est usé lui traverse l'esprit. Elle se dit qu'elle devient chaque année plus molle, plus malléable, et qu'à présent c'est à peine s'il reste quelque chose de ce qu'elle a déjà été.

De là où elle se trouve, elle voit tout ce qui entoure le point où un grand demi-cercle de mer bleue miroite sous un ciel sans nuages. Derrière elle, le jaune des bouleaux et des sorbiers éclabousse l'ensemble vert foncé des conifères. De l'autre côté du petit bois, il y a un marécage où l'herbe et les buissons sont à présent mordorés, où les canneberges poussent au ras du sol et où de petites flaques d'eau peu profonde reflètent le ciel. De là, Jennie ne peut voir ni le marais, ni les tourbières, ni l'isthme. Elle ne voit pas non plus les collines derrière l'isthme où elle-même n'est jamais allée, où les hommes vont couper du bois en hiver. Elles l'ont déjà inquiétée, ces collines noires, mais maintenant elle aime penser qu'elles sont là, elle aime penser à tous ces arbres sombres, serrés les uns contre les autres, formant comme un rempart entre elle et le monde.

Tout cela se trouve dans son dos. En face d'elle, il y a la mer et le ciel et le petit étang dans lequel se mirent les buissons rouges et dorés, dans lequel se reflète aussi Mary qui fouille la terre brune comme si elle ne se savait pas observée par Meg, tout près.

Depuis le monticule de pierres devant elles, Jennie Andrews peut apercevoir les deux femmes à côté de l'étang, et plus encore. En bas, dépassé l'étang, à proximité des maisons, elle peut voir Ben en train de mettre une porte au niveau afin de l'adapter à la cabane pour les chèvres, et elle voit la jeune Annie Vincent qui étend des couvertures sur la corde à linge. Sur la plage, elle voit son fils Ned qui, avec Thomas Hutchings, gratte le fond du bateau de ce dernier. Elle ne peut voir Josh Vincent ni son fils aîné, Joe, mais elle sait qu'ils sont en train de pêcher à la faux le long des bancs, comme elle sait que, de l'autre côté de l'isthme, Peter Vincent et Frank Norris traînent du bois sur la plage. Les enfants sont quelque part aux alentours en compagnie de Vinnie. Jennie croit distinguer l'écho de leurs voix dans les arbres derrière elle. Dans les arbres, elle entend également bêler une chèvre qu'il leur faudra retrouver avant la nuit.

Tout cela, Jennie Andrews le sait, le pense, l'imagine et le voit pendant qu'elle est là et regarde en bas, respirant l'odeur de la mer et des bois, entendant les bruits que font les enfants, les animaux et les oiseaux. Une grande bouffée de bonheur la submerge soudain.

« Mais j'ai dû être heureuse avant aujourd'hui ! » Bien sûr, elle a été heureuse dans sa jeunesse, quand elle vivait sous le pont avec Will Andrews, quand les enfants étaient petits, quand elle-même était une enfant… elle doit avoir connu le bonheur.

Et pourtant, elle ne peut se rappeler avoir été heureuse, l'avoir été et en avoir été consciente comme elle l'est en ce moment, tellement que cette sensation l'occupe tout entière, lui fait oublier ses jambes doulou-reuses, l'autre douleur qui tenaille sa poitrine, lui fait désirer remercier un dieu dont elle a toujours secrètement douté. Elle voudrait que Richard Ellsworth puisse la voir, qu'il puisse savoir quelle faveur il leur a accor-dée en les chassant de Weymouth.

« J'suis tellement contente, pense Jennie, que Ned nous ait amenés ici. » Elle décide de le lui dire le soir même.

Puis elle aperçoit Sarah et se rappelle pourquoi elle se tient là comme ça, et la colère balaie sa joie. Sans réfléchir, peut-être parce qu'un vague souvenir de Richard Ellsworth avec sa canne lui est revenu à l'esprit, Jennie saisit une longue branche et, d'un pas décidé, elle descend le sentier pierreux beaucoup plus vite qu'elle ne l'a gravi, plus vite que personne ne l'a vu faire depuis plusieurs années.

«Toi... toi... Mary Bundle, oui, toi... viens ici tout de suite... j'ai une ou deux choses à te dire, ma fille!» Jennie a commencé à parler avant même d'être arrivée à l'endroit où Meg se tient toujours et la regarde avec stupéfaction foncer vers elle en agitant le bâton au-dessus de sa tête et en posant lourdement chacun de ses pieds à terre comme s'ils ne l'avaient jamais fait souffrir un seul instant.

Jennie passe à côté de Meg sans lui accorder un regard et se rue vers Mary, qui se redresse. Les deux brus ne seraient pas plus ahuries si le chien Skipper était soudain apparu et s'était mis à leur donner des ordres. Jennie grommelle bien parfois, mais jamais elle ne commande, ne crie ou ne prend une décision.

«Viens ici, toi!» Jennie s'arrête et donne un coup de pied sur un des poteaux que Sarah a arrachés.

L'air maussade, Mary Bundle va au bord de son jardin et reste là, le menton pointé, s'arc-boutant comme si elle était prête à affronter sa belle-mère dans un combat corps à corps.

«Pas question que j'tolère ça, tu m'entends? Pas question! vocifère la vieille Jennie. Tu comprends ça, Mary Bundle, tu comprends ça... cette femme, là-bas...» D'un geste, Jennie indique Sarah qui est toujours penchée sur ses plants sans même regarder dans leur direction. «... si elle nous avait pas aidés, on serait morts de faim ou de froid une douzaine de fois. Elle a partagé avec nous tout c'qu'elle avait, c'est ça qu'elle a fait, Sarah, et maintenant tu t'en vas clôturer un jardin dans son dos!»

Lancée dans la première tirade de sa vie, Jennie Andrews découvre le plaisir de hurler des mots qui jaillissent, libres, forts et rapides, de l'esprit en colère. Elle poursuit ainsi pendant dix bonnes minutes, lâchant des sons qui résonnent sur l'étang et rebondissent sur les rochers.

Elle crie encore, la tête rejetée en arrière, les pieds écartés, agitant son bâton comme si elle était un chef d'orchestre dément en train de diriger des mouettes, lorsque, en l'espace d'une fraction de seconde, tout mouvement cesse. Tous les bruits cessent aussi. Jennie Andrews s'effondre sur le sol, immobile comme une pierre.

Elle est morte avant que Meg et Mary ne parviennent jusqu'à elle.

Avant l'hiver, mais non sans discussion, le jardin sera divisé en cinq lots. Mary et Ned obtiendront la section où le croissant est le plus profond, une concession accordée parce que Mary a fait valoir que personne n'aurait pensé à planter quoi que ce soit dans le marais. La partie de Ben et de Meg se trouvera à côté de celle de Mary. Les Vincent auront un terrain de l'autre côté. L'une des extrémités triangulaires appartiendra à Frank Norris et l'autre, à Thomas Hutchings, qui ne la cultivera jamais.

Mais tout cela, le partage de la terre fertile, l'installation des clôtures, la construction de greniers pour entreposer les légumes qui pousseront là, fait encore partie de l'avenir. Personne n'y songe pendant qu'on allonge le corps devenu soudain tout petit de Jennie Andrews sur la porte et qu'on la transporte dans la maison dont elle a été si fière. Incapables de parler, ils sont anéantis par la soudaineté de cette mort, la première pour laquelle ils éprouvent tous du chagrin.

Chapitre 8

*O*n était dans la clairière en train de ramasser des copeaux quand Ned et les autres sont apparus. Pour commencer, les chiens se sont mis à aboyer, ils reconnaissaient l'odeur des hommes. Nous aussi, on l'a reconnue avant de les voir... c'était une odeur indescriptible, un mélange de sang séché et d'huile de phoque.

On attend le retour des hommes depuis une semaine. Le temps doux et un vent soufflant du littoral ont repoussé les glaces et libéré les eaux, de sorte qu'ils devront marcher depuis Pond Island à travers le marais et les bois.

Comme ils ne reconnaissent pas les silhouettes qui avancent lentement et d'une démarche raide à travers les bois, les enfants se figent, flairant l'air comme des bêtes sauvages prêtes à s'enfuir. Chacun des visages, même ceux des garçons plus âgés, conserve cet air de suspicion, de respect craintif et de peur contrôlée qui, comme l'a remarqué Lavinia, est leur première réaction devant quelque chose d'inconnu.

Les hommes qui se dirigent vers eux portent les mêmes vestes et les mêmes pantalons qu'ils portaient plusieurs semaines auparavant, couverts de plusieurs couches de dépôts gluants et grisâtres, à présent durcis, de sorte que leurs vêtements semblent faits d'un métal terne qui craque à chacun de leurs pas maladroits. Leurs visages aussi sont gris, et leurs cheveux, enduits d'une croûte de crasse, sortent, hirsutes, de sous leurs tuques. Lavinia peut comprendre l'appréhension des enfants. Les créatures qui avancent dans les bois n'ont pas l'air d'être faites de chair et de sang, mais elles ressemblent à des rochers de forme humaine grossièrement sculptés.

Tous ont un air lugubre, à l'exception de Ned qui arbore un sourire montrant ses lèvres sanguinolentes et craquelées. Ned et Joe le Jeune soutiennent Josh entre eux pour le faire avancer. Frank Norris ferme la marche, portant la carabine, les gaffes, les cordes et quatre sacs de toile qui contenaient des chaussettes de laine, des mitaines, des sous-vêtements propres et de la nourriture lorsque les hommes ont quitté le cap.

Les chiens reconnaissent les hommes, et ils dansent autour d'eux en aboyant et en sautant de joie, lèchent leurs mains, foncent sur leurs pieds qui se meuvent lentement. Tout à coup, Isaac pousse un cri, s'élance et se précipite sur Ned, le faisant presque tomber ainsi que les deux Vincent.

« C'est p'pa… espèces d'imbéciles, c'est p'pa qui rentre d'la chasse au phoque ! » Isaac, qui a maintenant treize ans, paraît beaucoup plus jeune, courant ainsi entre ses demi-frères et Ned.

Encore intimidés, les enfants se dirigent à tour de rôle vers les hommes. Chacun prend un sac ou une gaffe. Seul Charlie, le plus jeune fils de Josh et de Sarah, reste à côté de Lavinia, ses yeux bleus de myope fixés sur son père, qui est affaissé sans énergie entre Joe et Ned. L'enfant semble sur le point d'éclater en sanglots.

« Qu'est-ce qui se passe, Charlie ? » demande Lavinia en passant un bras autour de ses épaules. Le gamin vient juste de se rétablir de la toux et du mal de gorge qu'il attrape tous les hivers. Lavinia sent sous sa main les os de l'enfant, délicats comme ceux d'un oiseau, elle perçoit sa respiration haletante. Une bouffée de terreur la submerge lorsqu'elle réalise soudain la fragilité de l'enfant, la fragilité de l'être humain en général. Elle pousse Charlie. « Vite, cours et va dire à ta mère que ton papa et ton frère sont revenus… aussi crasseux que la dernière fois… et pleins de poux aussi, j'imagine. »

C'est la huitième année que les hommes du cap vont chasser sur les banquises. À présent, chacun sait qu'on va passer le reste de la journée à porter de l'eau, à nettoyer les corps, à frotter les vêtements et à épouiller les cheveux. Du porche arrière, les baignoires en bois, fabriquées avec des tonneaux, seront traînées à l'intérieur, et les femmes, dans un désir frénétique de se débarrasser de toute cette saleté, vont laver les hommes à la brosse. Les vêtements trop usés et dégoûtants pour être nettoyés seront brûlés dans un feu que les fils aînés auront allumé dehors. On frottera le cuir chevelu des hommes avec un âcre mélange de térébenthine, de vinaigre et de liniment réchauffé dans des soucoupes fêlées, et on enveloppera leur tête dans des guenilles. Une fois qu'on sera sûr que chaque pou et chaque lente ont expiré, on dénouera les guenilles et on les jettera au feu, puis on lavera les cheveux avec un savon confectionné à l'aide de cendres et de graisse de baleine. Ned maintient que ce traitement explique pourquoi tant d'hommes de la côte sont chauves comme des œufs. Pour sa part, il a conservé sa tignasse rousse et bouclée. Chaque année, Mary menace de lui raser la tête avant qu'il aille sur les banquises.

Quand ils seront lavés et revêtus de vêtements propres, les hommes seront finalement autorisés à s'asseoir et à manger jusqu'à ce qu'ils s'endorment, leurs têtes tombant sur les tables. Les femmes et les garçons les porteront dans leurs lits où ils dormiront pendant des heures. Après le coucher du soleil, ils auront toutefois suffisamment récupéré pour se lever et raconter l'expédition de cette année. Mais, en regardant les yeux fermés et le visage hagard de Josh, Lavinia se dit qu'il faudra plus qu'un bon repas et quelques heures de sommeil pour le remettre en forme.

Ils ont déjà parcouru la moitié du sentier lorsque Lizzie, à présent mariée avec Joe le Jeune, arrive en courant vers eux avec le bébé sur sa hanche. Sarah est juste derrière elle.

« J'te l'avais dit, est-ce que j'te l'avais pas dit, Josh Vincent, que c'était de la folie pure d'aller sur la glace à ton âge ? Ça va être ta mort, c'est ça que ça va être… » Sarah arrive en rabâchant les mêmes reproches et elle continue de leur rebattre les oreilles tout en glissant son épaule sous le bras de son mari, ce qui permet à Joe le Jeune de rentrer chez lui avec Lizzie. Josh, totalement inerte, semble n'avoir absolument aucune conscience de ce qui se passe autour de lui, et Ned demande à Sarah où se trouve Peter.

« Y a que l'bon Dieu qui pourrait te dire où il est parti, celui-là. Pour c'que j'en sais, il pourrait aussi bien être sur les Funks… et j'suis sa mère ! Vous étiez pas partis depuis trois jours qu'il s'en allait au Muddy Hole. C'est du moins c'qu'il a dit. Il était dans un tel état parce que son père l'avait laissé ici. Il était décidé à aller passer l'été aux Wadhams… il a même pas attendu que j'fasse tirer le doris. C'est Thomas et Charlie, le cher enfant, qui l'ont gratté, même si Charlie était malade. J'vous dis que le printemps a été dur… » Sarah continue à bavarder pendant qu'ils se dirigent, en une lente procession, vers les maisons.

Le bruit familier des jérémiades de sa femme réveille Josh. Il n'ouvre pas les yeux, mais une ombre de sourire se dessine sur sa bouche et il hoche et hoche sa tête ballottante comme s'il était au milieu d'un rêve heureux.

Une fois chez les Vincent, on allonge l'homme à demi conscient sur le canapé de la cuisine. Meg est déjà en train de faire bouillir de l'eau et elle a envoyé Emma et Patience en chercher d'autre à l'étang.

Ned et Frank Norris, avec Rose accrochée à sa main, suivis par les enfants et les chiens, se rendent chez les Norris, où Annie Vincent dort depuis le départ de Frank, afin de veiller sur Ida et Rose. Comme la procession s'approche de la maison, ils aperçoivent Annie sur le seuil de la porte. Elle descend le sentier et prend un des sacs de Frank. Il y a quelque chose de si instinctif, de si « conjugal » dans le geste que Lavinia lève les yeux vers les fenêtres, mais le rideau crasseux n'a pas bougé. Il n'y a aucun signe de la présence d'Ida Norris, bien que Lavinia soit sûre que la folle observe en ce moment le retour de son mari. Rien de ce qui se passe au cap n'échappe à l'œil d'Ida. On voit parfois apparaître son visage lorsqu'elle se déplace d'une fenêtre à l'autre, suivant les activités de la journée. Les enfants parlent en chuchotant de la mère de Rose et ils passent toujours en courant près de la maison Norris.

Flanqué d'Isaac d'un côté, et du Willie de Meg de l'autre, Ned poursuit son chemin jusqu'à la maison Andrews. Ses plus jeunes fils, Henry, Alfred et George («les trois rois», comme les surnomme Ned), et Rose, une enfant futée qui ne rentre chez elle que pour dormir, caracolent tout autour, se bousculent et se taquinent en une parade endiablée. Lavinia et Fanny ferment la marche, ne faisant pas tout à fait partie de la bande joyeuse qui remonte le sentier jusqu'à la double maison dotée de deux portes d'entrée identiques.

Ben est debout devant sa propre porte et sourit au retour triomphal de son frère. Jane, la fille aînée de Ned, qui est devenue une jolie jeune femme au visage rond et à la bouche boudeuse, est devant l'autre porte et tient Moses, son nouveau demi-frère, dans ses bras.

Il n'y a aucune trace de Mary Bundle et, l'espace d'un instant, Ned paraît inquiet. «Mary!» appelle-t-il. Puis, derrière l'épaule de Jane, il la voit en train de verser de l'eau dans un baquet, et un sourire de pur bonheur éclaire son visage.

Depuis qu'elle est mariée avec Ned, Mary Bundle a subi deux fausses couches et elle a mis quatre fils au monde, mais, aux yeux de Lavinia, elle n'a pas changé d'un poil depuis le jour où elle est descendue du *Tern* en portant Fanny dans un bras et ses possessions terrestres dans l'autre. Sa mâchoire et son menton sont aussi volontaires qu'avant et bien que ses angles s'adoucissent brièvement pendant chacune de ses grossesses, la rondeur de ses joues et de sa poitrine disparaît dès que l'enfant est né. Il n'y a chez elle aucun excédent de graisse, il n'y a rien qui s'affaisse, et jamais l'aspect d'urgence qui donne aux plus simples de ses gestes une telle détermination ne se détend. Elle est toujours silencieuse sauf dans ses rares accès de colère, qui sont devenus légendaires. Elle est toujours vive et dure comme un paratonnerre, chargée d'une énergie qu'elle ne gaspille jamais tout en travaillant sans relâche.

Elle est entourée de vapeur, ses cheveux noirs ont glissé de son chignon ébouriffé, sa robe de couleur sombre est chiffonnée et son tablier est de travers. Elle s'agenouille et met son coude dans l'eau pour en tester la température, aussi concentrée que si elle était en train de préparer une mixture pour donner naissance à des dragons ou ressusciter un mort. Elle ne jette même pas un regard à ceux qui entrent dans la pièce. Ned se précipite vers elle, la prend par la taille et la soulève littéralement de terre.

Debout, indécise, tout près de la porte, Lavinia voit le visage pris au dépourvu de Mary se rejeter en arrière tandis que Ned approche des siennes ses lèvres sanguinolentes. Autour d'eux, la pièce est envahie de vapeur, de chaleur, de cris d'enfants, d'aboiements de chiens et du grand rire exubérant de Ned.

Lavinia se sent indescriptiblement blessée par cette scène. Elle vit depuis des années à l'écart, séparée des autres femmes par le mur invisible de sa propre indifférence. La joie qu'exprime le visage renversé de Mary la touche et la déconcerte. C'est la deuxième fois ce jour-là qu'elle éprouve cela. La même émotion, un sentiment de perte, aussi évanescent que si un parfum flottant depuis un autre monde était parvenu jusqu'à elle, l'a submergée lorsqu'elle a regardé Annie Vincent prendre le sac sur l'épaule de Frank.

Lavinia saisit deux seaux vides et sort en trombe de la pièce.

Tout est calme près de l'étang. Elle essaie de se calmer en regardant l'eau limpide couler en tournoyant dans les seaux. Elle se demande où est Thomas Hutchings. À l'exception d'Ida, bien sûr, Thomas est la seule personne qui ne soit pas venue accueillir les hommes. Pendant l'hiver, il vient souvent chez les Andrews pour parler à Ned, mais, chaque printemps, lorsque les hommes partent pour les banquises, il se retire de la vie des femmes et des enfants. Ils vivent là depuis presque douze ans, et pourtant Lavinia ressent toujours l'attitude distante de l'homme comme une insulte, un refus muet d'admettre la présence de toutes ces personnes sur son cap.

Absorbée par ses pensées et à demi hypnotisée par le mouvement tourbillonnant de l'eau, Lavinia sursaute lorsqu'elle entend un petit bruit. Il y a quelqu'un juste à côté d'elle.

« Bonté divine, Fanny ! T'as failli me faire mourir de peur ! »

Lavinia regrette aussitôt ses paroles. Sûre que Fanny s'amuse à rôder furtivement, puis à surgir comme un spectre derrière un buisson ou un rocher, elle essaie toujours de camoufler sa surprise lorsque la fillette apparaît. Fanny se déplace aussi silencieusement que sa mère, mais tandis que, chez Mary, le silence vous fait oublier sa présence, dans le cas de Fanny, il semble attirer l'attention sur elle. L'enfant est menue et elle a le teint basané de sa mère, mais elle préfère porter des couleurs plus vives. Fanny a récupéré les vestiges de l'ancienne vie de Lavinia et elle s'est confectionné une garde-robe avec tout ce qui avait été laissé dans le baril de vêtements.

Aujourd'hui, la fillette porte une robe coupée qui pend autour de ses chevilles. Par-dessus la robe, elle a drapé un bout de tulle qui a dû être blanc un jour, mais que le temps et la moisissure ont rendu vert flétri. Évoquant les ailes brisées d'un papillon de nuit, le tulle flotte autour de ses frêles épaules, s'entortille avec une ficelle rouge tressée dans ses cheveux et s'emmêle dans son dos.

Sarah Vincent maintient que Fanny a été égarée, comme une fille qu'elle a connue à Pinchards Island, kidnappée par les fées et métamorphosée. Lavinia pense que Sarah a peut-être raison. Manifestement, la petite créature qui se tient actuellement à côté d'elle en souriant ressemble davantage à l'enfant d'une fée qu'à la fille de la rude et prosaïque Mary Bundle.

Le silence de Fanny, son sourire béat irritent Lavinia. «Le chat t'a mangé la langue?» demande-t-elle.

Fanny secoue la tête. Elle va s'asseoir sur une pierre et tapote le sol à côté d'elle sans quitter Lavinia des yeux. Celle-ci, un peu contre son gré, s'assied et se penche vers la fillette.

«Qu'est-ce qui se passe?

— Tu sais, quand on était en train de ramasser du bois ce matin, juste avant que les hommes arrivent?

— Oui, oui», fait Lavinia en acquiesçant d'un signe de tête. Toutes deux parlent en chuchotant.

«J'ai vu quelqu'un qui me regardait, et j'pense que c'était le roi des gitans.

— À quoi il ressemblait?» demande Lavinia d'une voix rauque. Puis, se secouant, elle ajoute sèchement: «Oh! pour l'amour du ciel, Fanny, le roi des gitans vit en Angleterre! C'est la vieille histoire de Ned que tu continues à raconter. Y a personne d'autre que nous sur le cap!

— C'était pas une personne, Vinnie... ça ressemblait à personne que j'aie jamais, jamais vu... mais il avait l'air gentil, il avait l'air de vouloir que j'aille dans les bois avec lui», explique la fillette dont le petit visage bronzé est tout plissé par la gravité de son propos.

Se peut-il qu'elle parle sérieusement? Lavinia voudrait la prévenir de quelque chose... mais de quoi?

«Allons, Fanny, prends un de ces seaux. Ta mère va faire une crise si elle manque d'eau pendant qu'on est en train de jaser ici.»

L'enfant reste immobile. «Et s'il me le demande, est-ce que je dois aller avec lui, Vinnie?

— Oui, ma fille. Faut jamais dire non à un roi. Maintenant, viens-t'en!» Lavinia dépose les deux seaux et envoie une giclée d'eau sur la tête de la fillette. Des gouttes scintillantes éclaboussent le tulle, semblables à de petites pierres précieuses.

«Peut-être qu'elle est la princesse des gitans et que son père la cherche, pense Lavinia. Elle est si belle.» Ennuyée d'avoir ce genre de pensée romantique, elle attrape la main de l'enfant. «Allez, Fanny, on rentre à la maison. Ned va être changé en pruneau à force d'attendre de l'eau propre.»

Mais la fillette retire sa main, et Lavinia la laisse là, semblable à une moule exotique qui aurait poussé sur le rocher.

À la maison, c'est tout un spectacle. Dans un geste symbolique de décence, Mary a étendu des couvertures sur les dossiers de chaises pour dresser un écran incertain autour du baquet avant de déshabiller son mari. Elle jette les vêtements récupérables dans l'eau qui bout dans la marmite de fer et passe ceux qui sont trop raidis par la crasse au bout d'un long bâton, par-dessus les têtes des enfants rassemblés, aux garçons qui entretiennent un feu dans la cour avant.

Chaque fois qu'elle retire un vêtement sur le corps de Ned, Mary fait des commentaires sur son état ou celui de son mari. Il se tient humblement devant elle, souriant au-dessus des couvertures aux enfants rangés le long du mur.

« C'est la fin de cette bonne veste de laine que ta pauv' mère avait tricotée… » Un objet non identifiable, autrefois de couleur vive et à présent d'un gris sale, est destiné au feu.

« Regardez-moi ces côtes ! On dirait une vache malade ! » Une chemise en lambeaux, dégoûtante, est lancée dans la marmite de fer.

« Regarde-toi, Ned Andrews… fier comme un paon, comme si tu te pensais intelligent… et cette bonne culotte est fichue. » Et Mary lance le pantalon puant par la porte.

« Oh ! allez, mon amour, c'était rien qu'une vieille paire de culottes que Tom Toe avait jetée dans la charrette de Ben il y a cent ans. » Ned sourit par-dessus la tête de sa femme. « Maintenant, fais attention à la prochaine couche. T'as pas envie d'abîmer les bijoux de famille ? »

Mary donne une grosse claque sur ses fesses nues en lui retirant ses sous-vêtements gris qu'elle jette dans le chaudron bouillonnant.

Voilà que chaque enfant entoure le cercle et se régale du spectacle de la peau pâle et parsemée de taches de rousseur de cet efflanqué de Ned Andrews en train de se faire déshabiller. Cela l'amuse aussi et il leur adresse des grimaces tout en dansant une petite gigue, un pied dans le baquet et l'autre sur le sol.

Lavinia est émerveillée en regardant son frère. Comment peut-il repousser le terrible épuisement qu'elle a vu sur son visage un peu plus tôt ? Elle rit avec les enfants lorsqu'elle voit Mary le poursuivre autour du baquet, lui assenant des coups de serviette mouillée pour finalement le pousser dans l'eau. Il se redresse comme un diable d'une boîte à surprise, fait une horrible grimace à travers les couvertures, et Mary, à bout de patience, les jette tous dehors, puis claque et verrouille la porte derrière eux.

Lavinia, qui accepte depuis longtemps d'être traitée comme une des enfants, reste quelques minutes à contempler le feu, puis elle se rend chez Ben et Meg. Bien que, vues de l'avant, les maisons paraissent identiques, le côté de Ben est plus spacieux parce qu'il a construit deux autres pièces à l'arrière, l'une au-dessus de l'autre. Depuis que Lizzie a épousé Joe Vincent, Lavinia partage la chambre arrière du rez-de-chaussée avec Emma et Patience.

Seul dans la cuisine, Ben est en train d'attiser le feu sous deux marmites, l'une qui contient un ragoût de poisson, et l'autre, un canard eider. Il dit à Lavinia que Meg et les filles sont allées donner un coup de main à Sarah.

« Y avait pas mal de grabuge à côté… pendant un moment, j'ai pensé que l'mur allait me tomber dessus », ajoute-t-il en souriant.

Elle jette un regard circulaire autour d'elle, se demandant si elle peut faire quelque chose pour aider Ben, mais elle ne voit rien. La pièce est impeccable ; la longue étagère au-dessus du foyer et les bancs de bois de chaque côté luisent grâce à l'huile avec laquelle Meg les a frottés. Il y a des carpettes crochetées sur le plancher blanc parfaitement récuré, et des coussins en patchwork sont posés sur les sièges. Même le châle tricoté est plié bien proprement sur le dossier d'un sofa que Ben a fabriqué contre le mur. Lavinia remarque pour la première fois combien la pièce est confortable. Ben étant un habile menuisier et Meg, une bonne maîtresse de maison, ils ont la plus belle demeure du cap.

« Tu peux peler une couple de patates, si ça te tente », dit Ben en pointant le tisonnier vers la table, et Lavinia apporte le sac et un couteau auprès du feu.

Il lui arrive rarement de se trouver seule avec son frère aîné, et elle pense soudain qu'elle aimerait parler avec lui. Elle se demande à qui Ben ressemble. À leur père peut-être, qui est mort avant sa naissance.

« Ben, est-ce que tu crois aux fées ? »

Ben est un homme circonspect. Ses cheveux grisonnants et son habileté en menuiserie lui ont donné un air de dignité qui lui faisait défaut dans sa jeunesse. Il touille le ragoût, pendant qu'il réfléchit gravement à la question de sa sœur, la première qu'elle lui ait jamais posée.

« J'sais pas, ma Vinnie. J'avions entendu Ned raconter de ces histoires de fées, et j'me pose des questions à ce sujet. Il y croit, lui, ou du moins il y croit quand il en parle. Quant à Sarah, j'ai l'impression qu'elle y croit tout le temps… j'l'ai vue éparpiller des miettes de pain dans les bois pour les fées. Pour ma part, j'sais pas. Avant d'venir ici, j'croyais à rien. Là-bas, quand maman et Meg allaient à cette petite église de la ruelle Handley, j'ai jamais fait de commentaires, mais j'y suis jamais allé. Tout compte fait, depuis qu'on vit ici, j'ai moins tendance à dire que les choses existent pas juste parce qu'on peut pas les voir. »

Ben se tait un instant, réfléchissant à ce qu'il est sur le point d'ajouter. « Tu sais, bien des fois, j'suis tout seul dans la place. Quand les autres hommes sont en mer, les femmes dans les jardins et que tu te promènes quelque part avec les jeunes, moi, j'suis juché sur un des toits ou en arrière en train d'travailler à une remise ou autre chose, et… » Il s'arrête de nouveau, comme s'il était embarrassé. « … tu sais, j'ai parfois cette sensation bizarre, comme s'il y avait quelque chose dans les parages, des fées ou des anges ou n'importe quoi d'autre en quoi croient Ned ou Meg… et, tu sais, Vinnie, c'est pas désagréable comme sensation. Peu importe c'que c'est, c'est quelque chose de bon, j'le sens. »

Comme elle s'était attendue à ce qu'il réponde par une dénégation rapide à sa question, Lavinia reste sans voix. D'un air songeur, elle épluche les pommes de terre, enlevant les parties pourries et les mettant de côté, avec les pelures, pour les chèvres. Ils restent tous deux silencieux jusqu'à ce que Ben retire des cendres le canard rôti dans sa marmite. Après avoir entouré la poignée brûlante d'une vieille mitaine, il s'en va, expliquant à Lavinia que Meg lui a demandé d'apporter l'oiseau chez les Vincent pour leur souper.

Lavinia s'assied devant le feu. On est au cœur de l'après-midi, et une espèce de calme solennel est tombée sur la maison. À présent, les quatre hommes sont endormis, les enfants ont été envoyés jouer dehors loin des maisons, et les femmes, Mary, Sarah et Lizzie dans leurs maisons respectives et Annie chez les Norris, suppose Lavinia, remettent de l'ordre dans leurs cuisines. Dans la cour des Andrews, le feu est presque consumé, mais l'odeur de la graisse de phoque, épaisse et huileuse, continue de flotter dans l'air.

Lorsque le soir tombe, les enfants commencent à faire le tour des maisons. C'est une nouvelle coutume, lancée seulement l'année précédente quand les hommes sont revenus de la chasse au phoque, mais les enfants n'ont pas l'intention de l'oublier. Les hommes ne l'ont pas oubliée non plus. Dans chaque maison, ils attendent. Même Josh Vincent, qui sera des mois sans pouvoir marcher, se redresse sur le sofa, un sac de bonbons à la main.

Lavinia ne se demande pas lequel des hommes, dans les rues étrangères et bondées de Saint John's, a pensé aux gamins restés au cap. Lequel s'est aventuré le premier dans une boutique. Elle devine que c'est sans doute Ned, elle l'imagine en train de pousser les autres à affronter un hautain commis et à dépenser quelques-uns de leurs sous durement gagnés pour acheter des friandises aux enfants.

Cette année encore, on trouve au fond du sac de chacun des hommes un sachet de papier brun contenant les mêmes bonbons durs que les enfants appellent « bonbons forts » et dont ils se souviendront toute leur vie : pour eux, rien au monde n'aura jamais meilleur goût.

Soixante ans plus tard, Charles Vincent, un distingué missionnaire qui reviendra d'un séjour aux Indes, évoquera ces bonbons quand un journaliste de Boston l'interrogera sur les événements mémorables de sa vie.

« Je les revois encore, racontera-t-il, mon père et les autres hommes, fouiller dans le sac taché de graisse et tendre trois bonbons à chacun des enfants. Je revois la main, calleuse et fendillée par les cordes, avec des ampoules et parfois des engelures, les gros doigts épais et noueux formant une coupe pour les trois bonbons, toujours trois, toujours les mêmes. C'étaient des bonbons blancs avec des rayures rouges, vertes et jaune pâle comme des lignes tracées à la plume. Ils sentaient l'huile de phoque qui avait imprégné le sachet de papier brun. Rien depuis ne m'a jamais mis l'eau à la bouche comme ce moment où je tendais la main vers ces bonbons. »

Lorsque les enfants arrivent chez Ned, les adultes y sont déjà rassemblés. La conversation tourne uniquement autour des phoques, des bateaux pour la chasse au phoque, des capitaines de ces vaisseaux et des catastrophes qui arrivent pendant la chasse au phoque. Dans la pièce, chacun des garçons est décidé à aller un jour lui aussi chasser le phoque, à trouver le moyen de se rendre à Saint John's, à signer un contrat avec l'un de ces grands capitaines, à naviguer vers le nord et à marcher sur les banquises au milieu de hordes aussi denses que le sable sur la plage et à revenir avec du vrai argent dans ses poches et des bonbons à offrir à d'autres enfants.

«J'ai presque douze ans, et oncle Ned dit qu'il y a des garçons pas plus vieux que moi qui vont chasser... j'vais y aller l'an prochain», annonce à sa mère Willie, qui est resté le seul fils et le plus jeune des enfants.

Meg fait la moue, mais, sagement, elle préfère se taire. Rose Norris donne cependant un coup de pied à Willie. « T'iras pas, Willie Andrews, à moins que j'y aille, moi aussi. » Rose porte une vieille salopette de Willie et, avec ses cheveux courts que Frank taille autour d'un bol, elle ressemble à un garçon.

Isaac, qui a trois ans de plus que Rose, répond que les filles ne vont pas à la chasse au phoque. Elle bondit sur lui et se met à le bourrer de coups de poing jusqu'à ce que son père la repousse.

Ned, qui fait sauter Moses sur ses genoux, est ravi de l'attitude de Rose. «Peut-être que quand t'auras l'âge, fillette, les femmes aussi iront chasser le phoque. Peut-être que tu seras une aussi bonne chasseuse que ton père. Nous, les hommes du cap Random, on est les meilleurs sur la glace, même les Barbour et les Blackwood sont de cet avis. »

Ignorant les regards sombres que Meg lui lance, Ned est en pleine envolée; il raconte à Rose comment son père traque les phoques sur des milles de glace, comment il rampe sur les crevasses noires, comment il pousse des cris derrière les grandes montagnes de glace, comment il découvre les phoques en flairant leur piste.

Pour sa part, Frank reste silencieux. Lavinia remarque qu'il a la tête enveloppée dans des guenilles, qu'il est aussi propre que les autres hommes, et elle se demande si c'est Annie qui l'a lavé. Elle jette un regard rapide à la jeune fille qui est assise à côté de Josh, tenant sur ses genoux le pied enflé de son père. Depuis que Lavinia connaît Annie, elle l'a toujours vue se dévouer pour les autres. Calme et digne de confiance, elle veille sur ses trois frères, son père et, semble-t-il à présent, sur Frank Norris.

Lorsque Ned a terminé son histoire, les enfants regardent Frank avec des yeux ronds. Et Charlie Vincent, qui a été calme toute la journée, déclare qu'il ira lui aussi à la chasse l'an prochain. « Si on peut trouver une place sur un bateau, moi et Peter et Isaac et Willie, on ira toute la bande… Oncle Ezra va s'occuper de nous trouver des places. Il connaît tous les capitaines des bateaux de chasse au phoque.

— Non, mon gars, tu feras pas ça ! » déclare Josh Vincent en secouant la tête avec une fermeté inhabituelle.

« Moi et mes gars, on retournera plus jamais sur les banquises… non, même si on meurt de faim. C'est très bien pour Ned de raconter de belles histoires, mais la vérité, c'est que ça convient pas à un être humain de vivre des jours et des jours de thé à la mélasse et de biscuits de marin. Y a des années où la glace est tellement épaisse qu'on est obligés de se tailler une piste, de sortir avec nos scies et de tailler une piste, puis de haler le vaisseau avec des cordages. On scie et on hale, on scie et on hale jusqu'à ce qu'on arrive à l'eau libre… c'est un travail dangereux, brutal ! » Le visage pâle de Josh est devenu cramoisi.

Au bord des larmes, Annie tapote sa main en ne cessant de répéter : « Papa, papa, papa. »

Mais il ne l'entend même pas. « Pis t'arrives au milieu de la meute et tu débarques du vaisseau. Mort de faim, avec le blizzard qui souffle, les pieds et la face gelés et là, à moitié aveuglé, tu sautes au-dessus de l'eau. Des fois, tu dois te mettre les mains dans une carcasse de phoque pour les dégeler, oui, et tu manges une bouchée du cœur ou du foie, crus, tellement t'as faim. Pis tu reviens au bateau complètement crevé et tu dors sur les grosses piles de peaux qui puent la charogne. Et pour finir, tu reçois une quinzaine de livres pour ta peine. Non, mon gars, c'est comme pour ben des choses, ça a l'air ben mieux dans les histoires que ça l'est dans la réalité. T'iras pas, et Peter non plus. Pas tant que j'aurai voix au chapitre. »

Le choc les réduit au silence. C'est Josh, lui qui prononce rarement plus de deux mots d'affilée, qui a débité cette tirade, qui a dit ces choses dont les hommes n'ont jamais parlé, qui les a dites de sa voix merveilleusement douce et lente. Le silence est enfin rompu lorsque Ned commence à fredonner.

Joe le Jeune sort de sa poche un harmonica qu'il a échangé avec un autre chasseur contre une paire de mitaines. Après que les enfants ont examiné l'étrange objet, Joe le met entre ses lèvres et accompagne la vieille chanson.

Ned se lève aussitôt et plante Moses sur les genoux de Meg. Il attrape le coupon de calicot rouge qu'il a acheté à Saint John's, en drape la tête et les épaules de Mary Bundle et se met à faire danser sa femme dans la pièce bondée. Avec la taie d'oreiller nouée comme un turban autour de sa tête pour piéger les lentes, le visage de Ned, bronzé après ces semaines de vent, de soleil et de glace, est aussi foncé que celui de Mary. Cramponnés l'un à l'autre, ils tournent dans la lueur du feu.

Regardant danser son frère et Mary, Lavinia pense qu'ils ressemblent à des gitans, à ces gens dont Fanny parlait, et, une fois de plus, elle éprouve cette sensation sourde, comme si elle languissait après quelque chose qui est passé et qu'elle n'a su attraper.

Puis c'est Fanny qui bondit à son tour, qui s'accroche au bras de Ned, arrache le morceau de tissu rouge de la tête de sa mère et se met à danser avec son beau-père. Le charme est rompu. Mary hausse les épaules, prend la main de Lavinia et la tire de sa chaise, et, tandis que les autres frappent dans leurs mains, elles dansent elles aussi entre les chaises et les gens.

Cette nuit-là, Lavinia ne trouve pas le sommeil. Dans la chambre qu'elle partage avec ses nièces, elle reste étendue, complètement réveillée, se demandant pourquoi les événements de la journée l'ont bouleversée à ce point : Joe le Jeune, si heureux de s'en aller avec le bébé et Lizzie (Lizzie, qu'elle avait toujours considérée comme une enfant, à présent une épouse), Annie qui attendait Frank Norris au bout du sentier, et le visage de Mary devenu soudain si beau lorsque Ned s'est penché pour l'embrasser.

Elle se sent peut-être seule — mais il y a longtemps qu'elle connaît ce sentiment ; en réalité, elle a choisi la solitude. Se disant qu'elle doit concentrer son esprit sur autre chose, elle essaie de compter les bruits qu'elle peut entendre — un vieux truc grâce auquel elle parvient habituellement à s'endormir. Cette nuit, on n'entend ni hurler le vent ni siffler la neige. Il n'y a que la calme respiration de Patience et d'Emma et, dehors, le doux tintement des doris au bout de leur amarre, le chuintement de la mer et le gargouillis des galets qui roulent sous l'eau. On n'entend rien d'autre.

Et pourtant, Lavinia n'arrive pas à dormir. Il y a comme un vide en elle, quelque chose de lancinant, presque une douleur. Elle se lève et va s'asseoir sur le perron. Rien ne bouge, et la seule lumière est celle qui luit dans le magasin de Thomas Hutchings. Mais, grâce au clair de lune, Lavinia voit tout aussi distinctement qu'en plein jour : les formes duveteuses des deux chiens couchés en boule à côté de la clôture, une carpette mise à sécher sur la corde à linge, et même les cendres pâles du feu allumé aujourd'hui par les garçons. Plus haut, contre la paroi de la falaise, les montants de pin de la maison que Peter a commencé à bâtir, puis qu'il a brusquement abandonnée, se dressent et brillent, tout blancs, contre le ciel. Pourquoi Peter Vincent bâtirait-il une maison ?

C'est une nuit chaude pour cette période de l'année, mais pas suffisamment pour rester pieds nus dehors. Sortant de sa méditation parce qu'elle prend soudain conscience qu'elle a oublié d'enfiler les bottes en peau de phoque qu'elle porte depuis l'automne précédent, Lavinia rentre dans la maison et songe à retourner se coucher. Elle décroche plutôt du clou au-dessus de son lit le sac contenant ses possessions. Puis, toujours pieds nus, elle retourne à pas feutrés dans la pièce principale.

Installée sur le sol auprès du feu, elle fouille dans le sac et en sort ses bottes de cuir, les bottes qu'elle portait à Weymouth. Elle les a conservées longtemps parce qu'elle marche pieds nus quand il fait chaud et qu'elle porte, en hiver, les bottes en peau de phoque fabriquées par Meg et Sarah. Les bottes en phoque sont chaudes et sèches quand il fait très froid, mais Lavinia trouve qu'elles manquent d'élégance et qu'elles ne protègent pas de l'humidité. À partir de maintenant, elle devra peut-être les porter tout le temps, car ses bonnes bottes sont tombées en morceaux pendant l'hiver.

Elle tâte les bouts de cuir noir usé et fond en larmes. Elle pleure comme une Madeleine en essayant de faire le moins de bruit possible. C'est la première fois qu'elle pleure depuis des années. Elle sent que c'est stupide de verser des larmes pour une paire de semelles moisies, pour des lacets et des empeignes en lambeaux, et pourtant elle ne peut s'arrêter. La pensée lui vient qu'elle ne se rappelle pas avoir pleuré depuis la mort de sa mère. Elle pleure comme s'il lui fallait compenser toutes ces années sans larmes.

Tout est sans espoir, sans espoir et usé comme les bottes. Il n'y a aucun moyen de les remplacer, aucun moyen de remplacer quoi que ce soit. Son travail aux vigneaux est crédité au compte de Ben — ce qui, après tout, est tout à fait justifié, puisqu'elle vit dans sa maison et mange à sa table. Ben et Meg sont probablement les gens les mieux nantis de l'endroit, et pourtant ils ne possèdent pas d'argent.

Et Ned, avec sa bande d'enfants, n'est certainement pas en mesure de lui venir en aide. Elle a vu ce qu'il avait rapporté à la maison aujourd'hui, un sachet d'épingles et cinq verges de tissu rouge pour Mary, une paire de bottes calfatées en cuir pour lui, et les bonbons. Lorsque Mary lui a reproché d'avoir acheté le calicot, il a répondu avec bonne humeur qu'il lui restait encore sept livres de crédit sur son compte avec Caleb Gosse. Passant la main sur le tissu de couleur vive, Mary avait déclaré d'une voix égale : « On va finir pauvres comme des rats. »

« Il me reste juste à aller pieds nus comme les enfants », pense Lavinia tout en jetant au feu les lambeaux de bottes.

Le feu se ranime et elle reste assise, regardant les bottes devenir rouges, se tordre et être réduites en cendres.

Une heure plus tard, lorsque Meg, pieds nus, sa croupe rebondie recouverte de flanelle, descend de la chambre au grenier qu'elle partage avec Ben, Lavinia est en train d'écrire dans son journal intime. C'est la première fois qu'elle écrit depuis dix ans.

« J'ai dit à Ben que j'avais entendu quelque chose en bas. J'pensais qu'un des chiens était entré. » Meg traverse la pièce, s'assied sur un coin de la courtepointe dans laquelle Lavinia s'est enveloppée et tend ses pieds vers la chaleur.

Elle aperçoit la forme carbonisée dans les cendres rouges et demande : « Qu'est-ce que t'as fait ? T'as brûlé des bottes ?

— Elles étaient fichues, ma fille, elles ont complètement pourri pendant l'hiver. J'essayais d'imaginer c'que j'allais porter à partir de maintenant. » Lavinia ferme son cahier et le glisse dans son sac.

« T'es bonne en écriture, pas vrai, Vinnie ? Des fois, j'te vois sur le sable, en train de montrer les lettres aux enfants. »

Lavinia hoche la tête et attend la suite. Meg parle rarement pour ne rien dire. Lorsque Lizzie a épousé Joe, c'est Meg qui a suggéré que Lavinia vienne s'installer dans la chambre de ses filles. Lavinia ne s'est pourtant jamais sentie proche de la femme de Ben. Elle a toujours l'impression d'être une enfant en présence de Meg.

« J'ai jamais eu un seul ami depuis Ned… pas un seul depuis qu'on est arrivés au cap », pense Lavinia, et la tristesse s'abat de nouveau sur elle comme un brouillard. Il n'y a vraiment personne pour elle, elle sera peut-être toujours seule. Elle retourne cette idée dans sa tête, se demandant si elle pourra supporter toute une vie de solitude.

« … et le révérend McDowell… le pasteur de l'Église d'Angleterre qui est venu sur la côte il y a deux étés… » Meg lève les yeux et se rend compte que Lavinia ne l'écoutait pas. « Oh ! Vinnie, tu sais de qui j'parle, le prédicateur qui a baptisé les garçons de Ned et qui a marié notre Lizzie avec Joe Vincent. »

Lavinia se souvient d'un homme de haute taille affligé d'une toux terrible.

« Un véritable érudit, cet homme… on aurait jamais pu deviner que son père était mineur en Angleterre. Quand on y pense, le père mineur et le fils pasteur ! »

Meg semble émerveillée par cette bribe d'information, mais Lavinia ne sait ce qu'il faut en penser. Elle se demande comment Meg a fait pour découvrir un tel renseignement sur le digne homme d'Église qui est resté au cap à peine le temps d'administrer les sacrements.

Meg se rassied sur ses talons et sourit en attendant une réaction. Bien qu'elle ait épaissi à la taille et aux hanches, l'épouse de Ben est encore une belle femme avec ses pommettes hautes et sa peau qui demeure lisse même quand elle travaille aux vigneaux.

Ses joues se colorent légèrement pendant qu'elle demande à Lavinia d'une voix insistante : « Tu crois pas que c'est une bonne idée, Vinnie ? Tu penses que notre Willie pourrait devenir un érudit ? »

Seule la gravité de sa belle-sœur retient Lavinia d'éclater de rire. Meg considère Willie comme la prunelle de ses yeux. Elle raffole de cet enfant et s'attend à ce que ses trois sœurs le dorlotent autant qu'elle. La plupart du temps, elles le font, et l'attention dont il est l'objet de la part de toutes ces femmes a, selon Lavinia, fait de Willie un peureux. Seules les fréquentes raclées que lui administre Rose Norris, plus jeune mais plus costaude que lui, ont empêché que Willie ne soit complètement gâté.

« J'présume que Willie pourrait apprendre s'il faisait des efforts », dit Lavinia tout en songeant que le fils de Meg n'est pas le quart aussi brillant que Charlie Vincent, qui est déjà capable de déchiffrer tous les mots qu'elle écrit sur le sable.

« Oh ! pour apprendre, il apprendra vite une fois que vous aurez commencé ! On va le laisser tranquille pendant l'été, mais, dès l'automne, j'vais voir à c'qu'il s'y mette sérieusement. »

Meg a déjà longuement réfléchi à ce à quoi elle veut en venir. « Explique-moi donc, Meg, c'que tu as planifié.

— L'école, ma fille, l'école ! Pour Willie, et pour tous les autres aussi, s'ils en ont envie. C'est toi qui vas être la maîtresse, et dès qu'il va pouvoir, Ben va commencer à construire une grande salle dehors, d'un côté de la maison. Une salle de classe, avec une porte extérieure pour que les enfants puissent entrer et sortir sans passer par la maison. On va la bâtir de c'côté-là. On aura aussi besoin d'une cheminée, pas vrai ? »

La cheminée est un problème que Meg ne semble pas avoir encore résolu, mais il ne constitue pas une priorité pour elle. « Ben va nous arranger ça… et j'vais demander à Thomas de commander un livre, peut-être deux. Ben et moi, on en a discuté et on va trouver un moyen pour les payer. Ben pense que Thomas aimerait peut-être qu'il lui construise un grenier pour les cordages au-dessus de l'entrepôt. »

Lavinia est atterrée à l'idée d'enseigner. « Écoute, Meg, tu m'as vue sur le sable en train de montrer les lettres aux petits, mais ils m'écoutent parce qu'ils prennent ça comme un jeu. Ils accepteront jamais que j'sois une vraie maîtresse d'école ! De toute façon, j'connais rien à c'métier. C'est à peine si moi-même j'suis capable de lire… j'suis seulement allée à l'école du dimanche pendant deux hivers.

— Oh ! allons, Vinnie, si t'es capable de lire, t'es capable d'enseigner… après tout, c'est dans les livres, tout ça. T'as juste à prendre de l'avance sur les jeunes. Moi-même, j'le ferais si j'savais lire », dit Meg, réfutant toutes ses objections.

« Pis pour ceux qui vont continuer, comme notre Willie, quand tu lui auras montré tout c'que tu sais, peut-être que Thomas Hutchings pourrait prendre la relève. Thomas écrit très bien, et, tu sais quoi, Vinnie, un jour j'l'ai entendu dire des mots dans une langue étrangère ! Oh ! Vinnie, tu penses pas que ta pauvre maman serait fière de savoir que son petit-fils est devenu un prédicateur ? »

Le chat est enfin sorti du sac ! C'est donc ça, le rêve de Meg : voir son fils devenir prédicateur ! La vocation la plus élevée qu'elle puisse imaginer pour son petit chéri. Lavinia regarde sa belle-sœur se bercer d'avant en arrière en cajolant son idée, rayonnante de fierté à la pensée de Willie en membre du clergé.

« Tu vas m'aider, hein, Vinnie ?

— J'présume que j'peux essayer. » Et comme, devant tant de joie, la réponse paraît être donnée de mauvaise grâce, Lavinia ajoute : « J'vais faire de mon mieux. »

Contre toute attente, Meg l'embrasse, et Lavinia se rappelle une autre scène nocturne émotive, elle se souvient aussi que le lendemain matin Meg était redevenue Meg. Elle se dit que peut-être, tous les neuf ans, la femme de Ben est la proie d'un tumulte intérieur qui ne dure qu'une seule nuit. Peut-être qu'au matin elle aura oublié cette histoire d'école et qu'elle n'en reparlera plus jamais, tout comme elle n'avait plus jamais fait allusion à la morale de Ned et de Mary après la harangue de minuit qu'elle leur avait administrée.

Intérieurement, quelle femme étrange est la femme de Ben ! Pendant qu'elle observe sa belle-sœur, Lavinia se demande s'il lui arrive parfois de se sentir seule. Devenant soudain pleine de sollicitude, elle lui tapote le genou. « J'vais faire c'que j'peux », répète-t-elle.

Meg se lève brusquement et se dirige vers les caisses fabriquées par Ben et qui servent de sièges de chaque côté du foyer. Le large banc qui leur fait face est toujours rempli de brindilles, mais Meg soulève le couvercle de la plus petite caisse, qui est son espace de rangement privé.

Elle en sort plusieurs balles de laine, une brassée de retailles de tissu pour les courtepointes, une carpette à moitié fichue, puis une petite cruche de porcelaine en forme de vache, avec de grands yeux bleus et une queue en ruban. La vue de cette petite vache de porcelaine, que Jennie considérait comme l'une de ses plus précieuses possessions, arrache un sourire à Lavinia.

« J'la garde pour Willie, explique Meg en secouant la vache puis en la remettant dans la boîte. Tiens, voilà, j'ai quelque chose pour toi… ça a pas de sens de rester ici à pleurer pour des bottes usées quand il y en a une bonne paire juste sous ton nez », dit-elle en passant à Lavinia un sac de tissu.

Dans le sac, il y a une paire de bottes de femme presque neuves, encore lustrées, qui se ferment par des boutons sur le côté plutôt que par des lacets. Lavinia passe respectueusement le bout de son doigt autour de l'orteil. « Mais d'où sortent-elles ?

— Elles appartenaient à la pauvre Hazel, répond Meg en fixant le feu mort. Ç'aurait été fou d'enterrer de bonnes bottes… j'les gardais pour une des filles.

— C'est à Jane qu'elles reviennent de droit. » Jane aura besoin de bottes, pense Lavinia. Elle se demande si Meg sait que sa fille Emma et la Jane de Ned parlent depuis des années de quitter le cap ; l'automne précédent, elles ont même demandé à Alex Brennan s'il pouvait les aider à trouver du travail à Saint John's.

« Jane a les pieds aussi gros que des flétans. Elle pourrait pas entrer dans ces bottes, dit Meg.

— J'ai pas envie de me promener dans les reliques de la pauvre Hazel », répond Lavinia, mais sans conviction. Ça lui est plutôt égal que les bottes aient appartenu à Hazel, morte depuis si longtemps que l'inscription sur le monument de bois est déjà presque effacée. Ça lui est même égal de savoir que ces bottes devraient de droit revenir à Jane. Il lui passe par l'esprit que peut-être tout le monde est aussi avide que Mary, mais que Mary est la seule à ne pas essayer de le cacher.

« Que Jane gagne ses propres bottes, moi, j'vais gagner celles-ci », se dit-elle. Elle enfile les bottes et les boutonne, ayant pleinement conscience qu'elle est en train de sceller une espèce de pacte.

« Faudra que tu dises au jeune Willie de m'écouter… si j'lui fais la classe, il va falloir qu'il cesse de passer ses journées à rigoler avec Rose et Isaac », reprend Lavinia qui se demande pourquoi Meg lui adresse un sourire désabusé.

« T'en fais pas pour Willie, j'vais avoir une bonne conversation avec lui une fois qu'on en aura fini avec le poisson. Pis quand Alex Brennan sera là, j'vais faire commander les livres. » Satisfaite du travail qu'elle a accompli cette nuit, Meg se tourne et grimpe l'échelle jusqu'à son lit.

Le feu s'est éteint, le ciel commence à s'éclairer, mais Lavinia reste assise, se demandant si elle regrettera un jour le marché qu'elle vient de conclure.

Chapitre 9

On a complètement ignoré le révérend Eldridge la première fois qu'il est venu. Quand j'y repense à présent, je peux à peine y croire. J'imagine qu'on était tellement absorbés par le bateau des Gill et par les frères de Sarah qu'on n'a même pas remarqué le bon vieillard et qu'on l'a laissé assis dehors au froid, sans lui adresser ni la parole ni même un signe de tête.

Meg et Sarah ont particulièrement honte de ce manquement aux devoirs de l'hospitalité. Elles mettront une telle énergie à réparer cette erreur que le vieux pasteur en viendra à considérer le cap comme son deuxième foyer. « Un refuge, une aide sûre et certaine au moment de la tempête », ainsi le révérend Eldridge décrira-t-il le cap dans un cahier qui finira par se retrouver à Londres, aux archives de l'Église méthodiste.

Le bateau des Gill, un bon petit bateau de pêche à une voile, suffit à vous donner chaud au cœur. Le matin de son arrivée, Thomas Hutchings, avec les femmes et les enfants, se trouve sur la batture. Un feu est allumé sous la marmite de goudron. Toujours estropié à la suite de son expédition sur les banquises, Josh Vincent est assis sur un tonneau renversé, en train d'épisser deux bouts de corde neuve pour fabriquer une balançoire. Rose et Willie sont accroupis en face de lui et observent comment ses mains tressent magiquement les torons. On se sent à peine réconforté par le pâle soleil et l'odeur âcre du goudron chaud dont Thomas se sert pour réparer son bateau par ce matin de printemps.

Sarah reconnaît le bateau de son frère à un mille de distance. « Ça, c'est Calvin et Clyde qui s'en vont vers Black Tickle… ils ont dû couper du bois là-bas l'hiver dernier… ils vont le ramener avant la noirceur. »

Sa voix est triste. Ses frères ne se sont arrêtés au cap qu'une seule fois depuis qu'elle et Josh ont quitté Pond Island.

« C'est dur de passer une année sans avoir de nouvelles de m'man ni de mes sœurs. Mais on peut pas s'attendre à c'que les hommes comprennent ça », dit-elle à présent comme elle l'a dit tant de fois auparavant.

« C'est un beau p'tit bateau », dit Josh. Il éprouve un grand respect pour les frères de sa femme.

La famille Gill, qui vit à Pinchards Island, est loin d'avoir les deux pieds dans la même bottine. Le long de la côte, les gens disent que Calvin et Clyde Gill ne ferment pas l'œil de mai à octobre. Josh n'en doute pas. De ce côté-ci de la baie de Bonavista, on chercherait en vain de meilleurs pêcheurs. Josh ne leur trouve aucun défaut. Il aimerait pourtant qu'ils viennent plus souvent rassurer Sarah à propos de sa famille. C'est à cela qu'il est en train de penser lorsque le bateau commence à tirer des bordées.

« On dirait qu'ils s'en viennent par ici », dit-il.

Une expression horrifiée envahit le visage de sa femme. « C'est qu'il est arrivé quelque chose chez nous… il est arrivé quelque chose à m'man. »

Sarah sait que Mary et même Meg parfois se moquent de ses prédictions pessimistes, mais elle ne peut s'empêcher de les faire. « C'est m'man, j'pense que m'man est morte, Josh », conclut-elle avec une résignation lugubre, puis elle fond en larmes.

« Est-ce que les hommes s'attendent à voir les femmes brailler lorsqu'ils font accoster leurs bateaux ? se demande Lavinia. À quoi d'autre pourraient-ils s'attendre ? Personne ne va faire le trajet expressément pour apporter de bonnes nouvelles, et comme les femmes ne vont nulle part, il faut que les mauvaises nouvelles viennent à elles. » Lavinia ne se considère pas comme faisant partie de ce groupe qui, pour elle, est celui des femmes.

Avant de venir s'installer au cap, Sarah avait l'habitude de voir ses frères tous les étés quand ils venaient à Pond Island chercher du matériel de pêche. Lavinia se rappelle l'avoir entendue dire qu'ils lui apportaient toujours un colis de Pinchards Island.

« Un petit quelque chose que m'man avait fait… une paire de culottes pour Joe le Jeune quand il était petit, des sacs de tisane ou le baume avec lequel elle arrêtait le sang. Elle m'a envoyé cette carpette crochetée que j'ai encore, celle avec les chatons et les roses, et c'est elle qui m'a donné ces lilas. Chez nous, là-bas, m'man avait toujours des lilas plantés tout le long de la clôture. Et une fois, quand j'étais enceinte de Peter, elle m'a envoyé de la viande de caribou en conserve. »

Devant la tombe de Jennie, Sarah avait embrassé Lavinia. « C'est dur, ma fille, quand ta mère est plus là. J'connais ça. J'ai été avec des étrangers toute ma vie de femme mariée », avait-elle dit.

À présent, elle déplore à voix haute de ne s'être jamais arrangée pour que Josh l'amène à Pinchards Island. « On aurait pu y aller… c'est pas si loin par bateau… pas si loin par bateau… » Elle ne cesse de répéter la même phrase.

Josh hoche la tête d'un air absent tout en regardant Clyde et Calvin contourner adroitement les bancs. Travaillant parfaitement à l'unisson, ils baissent la voile, s'approchent de la rive et amarrent leur vaisseau.

C'est tant mieux que Sarah se soit préparée, car ses frères ne font pas grand-chose pour atténuer l'impact de la nouvelle. Ils esquissent tous deux une sorte de révérence devant leur sœur, un geste saccadé qui ressemble à l'amorce d'un baiser, mais qui avorte à six pouces du visage ruisselant de Sarah. Ce sont des jumeaux aux cheveux cendrés, maigres et, comme la plupart des hommes de la côte, deux fois plus forts qu'ils ne le paraissent.

« On est désolés, ma pauvre… c'est arrivé juste avant la saison des Fêtes. »

Les larmes de Sarah redoublent lorsqu'elle apprend que sa mère est morte depuis des mois.

« Écoute, fais pas tant d'histoires… elle a eu une bonne vie et elle a été en forme pendant des années », dit un des frères, dans un faible effort pour la consoler.

« Elle avait cinquante-six ans, Calvin Gill… quinze ans de plus que moi ! » répond Sarah avec une amertume que Josh essaie de camoufler en demandant si sa belle-mère a été longtemps malade.

« Elle était pas dans son assiette depuis l'automne dernier, mais pas c'qu'on peut appeler malade, non, pas avant la toute fin », explique un des hommes — Lavinia n'arrive pas à les distinguer l'un de l'autre.

« Mme Lush est venue coucher à la maison quand elle a été trop mal, et, ben entendu, Bride et Greta étaient là. »

Les frères de Sarah parlent à tour de rôle. Chacun ne parvient à dire que quelques mots de suite. Ils ont une voix qui ressemble beaucoup à celle de Josh : douce et égale, comme s'ils n'avaient jamais eu à crier de leur vie.

Bien qu'ils fassent partie de la famille de Sarah, Lavinia trouve que de visage aussi ils ressemblent à Josh. Ce n'est pas une question de traits ou de couleur de peau, mais de quelque chose d'ouvert et d'innocent dans l'expression. Ils ont le même air candide.

Démunis devant les larmes de Sarah, les hommes se taisent. Puis ils se souviennent qu'ils sont aussi venus pour autre chose et s'animent un peu. « On a quelque chose pour toi de la part de m'man, quelque chose qu'elle voulait te donner. »

Ils retournent au bateau et, retirant la bâche qui le recouvre, ils dévoilent un grand buffet qu'avec l'aide de Thomas, de Willie et de Charlie, puis d'Annie, de Patience et de Lavinia, ils hissent hors du bateau. Le meuble est d'un noir luisant et orné de tant d'appliques, de volutes et de fioritures qu'il ressemble davantage à un autel d'église qu'à un meuble pour ranger de la vaisselle. On dirait que le quai va s'effondrer sous son poids, et Josh se demande si la chose pourra entrer dans leur maison.

« C'est un vieux machin que m'man avait reçu de grand-mère Loveys », explique Clyde — ou Calvin —, l'air de s'excuser, comme s'il voulait assurer au mari de sa sœur que ce cadeau ne visait pas à mettre en doute ses capacités de pourvoyeur.

« Ç'a toujours été transmis à la fille aînée, tu comprends ? ajoute l'autre frère.

— À la fin, m'man s'est mise à broyer du noir… elle s'inquiétait pour tout le monde.

— Elle nous a fait courir pendant des semaines pour donner toutes ses affaires. Elle a partagé sa vaisselle entre les filles.

— Un jour, c'était une pile de courtepointes à apporter chez la tante Edwina Hounsell. Une autre fois, Clyde a dû aller porter une brassée de petites morues séchées chez la vieille Mme Pike.

— Tu te souviens de Mme Pike ? Elle a habité pendant des années à côté de chez nous. Quand son mari s'est noyé, elle est allée vivre chez Lem et sa famille. »

Sarah a cessé de pleurer. Elle tend la main et touche chacun de ses frères. « J'sais que vous avez été de bons fils pour elle. Et j'vous remercie pour le buffet. Comment vont Greta et Bride… et la petite Sarah… et toute votre bande… comment ils vont ? »

Se sentant déchargés de leur lourde mission, les frères se détendent et se mettent à relater à tour de rôle les nouvelles concernant les fiançailles, les naissances, les décès et les mariages survenus à Pinchards Island.

« … et la moitié de la place a été sauvée… » Cette dernière nouvelle met brusquement fin à leur monologue conjoint. Leurs visages expriment tour à tour l'horreur, la culpabilité puis un amusement penaud.

« On a complètement oublié le vieux bonhomme… » Calvin se donne une tape sur le genou et est réduit au silence par son frère qui lui donne un coup de coude dans les côtes et annonce, après avoir toussé bruyamment : « On a le révérend Ninian Eldridge à bord. C'est un de ces prêcheurs wesleyens. »

Cette nouvelle est accueillie en silence. Les frères Gill commencent à marcher en direction du bateau, puis s'arrêtent, comme s'ils sentaient nécessaire de prévenir les gens sur le quai. « Ce prêcheur est un type bizarre, explique Clyde à mi-voix.

— C'est ton frère Ezra qui l'a accompagné de Pond Island, Josh. Il est arrivé il y a des semaines, quand il y avait encore de la glace. Depuis, il est resté à Pinchards Island où il tient ce qu'il appelle des assemblées pour le Renouveau de la foi.

— Oui, mon gars, le renouveau… ils sont tous devenus wesleyens, maintenant, toute la famille de Sarah, sauf moi et Calvin.

— Alors, si vous êtes pas décidés à sauver vos âmes dans les quinze jours, vous faites mieux de pas laisser le révérend descendre à terre.

— Comme j'ai jamais gaspillé mon âme, j'vois pas comment j'pourrais la sauver. De toute façon, qu'est-ce que ça veut dire, "sauver", et c'est quoi, toute cette histoire à propos des disciples de Wesley ? C'est-y ceux qu'on appelle des ranters [1] dont j'ai déjà entendu parler ? interrompt Sarah en fronçant les sourcils. Quoi qu'il en soit, nous autres, à Pinchards Island, on a toujours été de l'Église d'Angleterre, ajoute-t-elle.

— Plus maintenant. Greta et Bride, et Mary Jane aussi, toute notre bande a viré son capot de bord.

— Les Parsons et les Sainsbury aussi, et la tante Elsie Hounsell et sa famille.

— Qu'est-ce que dirait notre pauvre mère ? Elle qui est pas encore froide dans sa tombe ! » Sarah est bouleversée d'apprendre que sa famille a si vite abandonné l'Église établie. « J'arrive pas à comprendre c'qui vous est passé par la tête de suivre une espèce de fou quand on fait partie depuis toujours de l'Église d'Angleterre. »

Clyde fait un clin d'œil à son frère.

« Eh ben, mon vieux Calvin, on f'rait mieux de hisser la voile et d'amener le révérend à Cat Harbour ou à une autre place de païens.

— J'suppose que ça fait pas de différence pour lui. Pour sauver des âmes, une place en vaut bien une autre. »

Hochant la tête d'un air posé, tous deux font mine de retourner au bateau.

Mais Meg Andrews y est déjà. Tout le monde la regarde se diriger vers la poupe où le pasteur doit être assis, discret comme une souris et caché de la vue par la voile à demi attachée. On voit Meg se pencher en avant, dire quelque chose, puis tendre la main tandis que l'homme se lève. Il arrive à l'épaule de Meg. Elle prend son bras et le guide précautionneusement hors du bateau, comme s'il était l'un de ces prophètes aveugles d'autrefois.

Il est très vieux, voûté et ratatiné, et il porte un habit noir qui ne lui fait plus depuis très, très longtemps.

« Est-ce que c'est Dieu ? » chuchote Alfred, d'une voix rauque et terrifiée. Mary fait taire l'enfant en lui administrant une claque sur l'oreille, et le vieil homme regarde dans leur direction. Peut-être sourit-il, et peut-être que non. C'est impossible à dire, mais son visage se plisse en plus de rides encore.

---

1. Membres d'une secte protestante niant l'autorité de la Bible et du clergé ; méthodistes. (N.D.T.)

Comme Lavinia l'écrira par la suite : « D'après ce que je peux voir, il ressemble à un capelan rôti, mais on n'a pas eu le loisir de l'examiner longtemps, vu que Meg l'a conduit immédiatement à la maison. »

Ce soir-là, tous se rassemblent dans l'entrepôt pour la première réunion du révérend Eldridge.

Meg n'a pas ménagé ses efforts. Aidée par Annie et Lizzie, elle a repoussé contre les murs tout ce qui encombre la pièce, frotté les planchers à la brosse, tiré à l'avant la table à trancher le poisson qu'elle a recouverte d'une nappe blanche. Elle a improvisé un autel en déposant les chandeliers de cuivre de Jennie à chaque extrémité de la table.

Le vieillard est debout, ses mains crochues posées à plat sur la table comme pour lui servir de soutien. Il cligne des yeux et fait lentement du regard le tour de la pièce. La lumière qui filtre par l'unique fenêtre est suffisante pour lui permettre de voir son auditoire assis sur le sol en deux rangées irrégulières. Se penchant en avant, il prend le temps d'examiner chaque visage. Le silence s'éternise. Une mouche bourdonne autour de sa tête et pique pour atterrir sur le dos de sa main. Gênée, Fanny se met à glousser, mais elle s'arrête brusquement lorsque les yeux du pasteur se fixent sur elle.

Après avoir attentivement évalué chacun des visages, le pasteur retire ses mains de la table, se redresse et commence à parler. C'est alors que tout change. Éberlués, les gens qui se trouvent dans la pièce le voient devenir plus grand et plus jeune. Ses mains se transforment en couteaux qui fendent l'air, lançant les phrases familières qui s'écrasent autour de leurs têtes, faisant tournoyer la vieille, mystique et émouvante histoire d'un Christ opprimé par leurs péchés, qui s'est sacrifié à cause de leurs fautes, a pris sur lui leur culpabilité et s'est élevé, victorieux, jusqu'au ciel. Un Christ qui refuse que quiconque périsse, mais veut que tous, tous, chacun d'entre eux — sa voix s'enfle, il regarde chaque visage —, oui, que chacun d'entre eux soit amené à la gloire de sa miséricorde.

Les paroles résonnent dans une cadence roulante et les mains du pasteur les saisissent, les font tournoyer et les lancent de nouveau au milieu du cercle des visages blafards. Les ténèbres envahissent la pièce, mais personne ne bouge pour allumer les bougies. Personne ne bouge. Il parle pendant une heure, remplissant tout le cap avec le bruit et la fureur, l'amour et la miséricorde de son Dieu.

À la fin, il s'effondre, épuisé, sur la chaise et redevient le vieillard ratatiné qu'ils ont vu descendre du bateau des frères Gill.

Tous ensemble, ils soupirent, expirent. Moses pleurniche. Sans s'adresser la parole, sans parler non plus à l'homme assis derrière la table et qui, pour tout le monde, ressemble à un sac de jute chiffonné, ils sortent en se traînant les pieds.

La saison de la pêche n'ayant pas encore commencé, des assemblées ont lieu tous les soirs pendant une semaine. Lorsqu'il n'est pas en chaire, le révérend Eldridge ouvre à peine la bouche. Il passe ses journées à lire la Bible ou reste accroupi à regarder quelqu'un travailler. Le vieil homme peut demeurer des heures dans la même position, sans cesser d'observer les gens occupés à quelque tâche banale, comme fabriquer un filet, carder, tailler un objet, scier du bois. Peu lui importe qu'il s'agisse d'un travail de femme ou même d'un travail d'enfant. Tout travail le fascine. Comme il le leur dit un soir, le travail est une sorte de prière.

Le révérend Ninian Eldridge, né en Chine de parents quakers, a parcouru le monde, et sa théologie est un extraordinaire amalgame d'hindouisme, de bouddhisme et de christianisme, n'ayant que fortuitement rapport avec les enseignements de John Wesley. Bien que ses auditeurs ne comprennent que la moitié de ce qu'il prêche, ils sont tous sous son charme. À la troisième assemblée, la plupart d'entre eux sont en voie d'être convertis.

Sarah a été complètement séduite par les sermons du vieil homme. Elle se réjouit lorsque Josh et Charlie, Joe le Jeune et Lizzie sont sauvés, ne cesse de harceler Annie jusqu'à ce qu'elle se joigne à eux, et prie jour et nuit pour le retour de Peter.

« Vos paroles feraient grand bien à ma tête de mule de fils, révérend », confie-t-elle au saint homme, lui arrachant la promesse qu'il essaiera de retrouver Peter pendant ses voyages sur la côte.

À part Ida Norris, que personne ne compte, seules trois personnes n'assistent pas aux réunions pour le Renouveau de la foi : Ned, Mary et Thomas Hutchings.

Dès le début, Mary a déclaré de façon catégorique qu'elle n'avait pas l'intention de participer. « J'ai rien à faire avec les prêcheurs. J'confierais pas ma chemise à un seul d'entre eux, alors encore moins mon âme, en supposant que j'en aie une. »

Malgré cela, elle accepte que ses enfants assistent aux réunions nocturnes. « Allez-y, pour l'amour de Dieu, dit-elle. J'suis bien aise de pas vous avoir dans les pattes pendant un bout de temps... et amenez Moses avec vous. Jane ou Vinnie pourront le ramener s'il devient tannant. » Elle dit même à Ned d'y aller. « Si t'es assez simple d'esprit pour ça. »

Ned aimerait bien assister aux réunions. Il éprouve une grande curiosité à l'égard de la religion, de toute la brillante structure de rituel tissée par les hommes pour tenir en échec leurs craintes les plus sinistres. Lorsque Ned écoute, il croit, car il n'est pas seulement un parfait raconteur, il est aussi un auditeur idéal pour les histoires. Les voix vociférant au sommet des montagnes, le feu du ciel, les bêtes monstrueuses à tête humaine, la foudre qui déchire le ciel. Ned, qui entend, qui voit, captivé par tout cela, reconnaît en Ninian Eldridge une âme sœur.

À contrecœur, il décide toutefois que son devoir est de tenir compagnie à Thomas Hutchings qui, ayant été mis à la porte de son entrepôt sans même un mot d'avis, se réfugie chaque soir chez Ned et Mary.

L'absence de ces derniers aux assemblées ne préoccupe pas beaucoup Meg, mais elle éprouve des remords à l'idée que Thomas ne trouve pas convenable d'y assister. « Mary va toujours faire le contraire de c'qu'on attend d'elle, et Ned est comme un morceau de caramel entre ses mains… mais Thomas… mon Dieu, Vinnie, c'est lui qui a enterré ta mère et la pauvre Hazel, et qui a marié Ned et Mary », confie-t-elle à Lavinia.

Meg ne se résigne toujours pas à mentionner le nouveau-né que Thomas a baptisé et enterré. Mais elle s'en souvient, et elle est bouleversée par l'antipathie de Thomas envers le révérend Eldridge et son message. À Weymouth, Meg fréquentait la chapelle méthodiste avec Lavinia et Jennie. Tandis que les deux autres considéraient les offices comme à peine plus qu'un divertissement hebdomadaire, Meg ressentait chaque sermon comme une révélation et, à la fin, elle avait été la seule à se convertir. Elle est convaincue que ce sont ses prières qui ont amené le pasteur au cap Random, et elle est mystifiée par ce qui ressemble à de la désapprobation de la part de Thomas.

« J'suppose qu'il est un de ces fidèles stricts de l'Église d'Angleterre et qu'il pense que c'est un péché que d'avoir des rapports avec les dissidents », conclut Sarah après beaucoup de discussion, et, l'air un peu honteuse, elle ajoute : « Tu sais, ma fille, j'me sentais comme ça, moi aussi, la première fois que Clyde et Calvin nous ont parlé de lui, mais, mon Dieu, on voit clairement que l'Esprit Saint sort de cet homme ! »

Les assemblées ont lieu depuis une semaine lorsque le *Tern* arrive avec la cargaison de sel du printemps. Le révérend Eldridge annonce qu'il doit poursuivre sa route le long de la côte et qu'il va s'embarquer sur le vaisseau le lendemain.

Fervent catholique, le capitaine Brennan accepte avec une certaine répugnance de débarquer l'homme de Dieu dans une autre communauté. « Mais, pas de danger, ça va être une paroisse de l'Église d'Angleterre », dit-il à Thomas ce soir-là alors que, assis dans la cuisine de Ned et de Mary, ils boivent du thé noir. Alex Brennan y a ajouté une giclée de rhum de la flasque qu'il a sortie de la poche de sa veste.

Il fait bon dans la cuisine. Ayant laissé mourir le feu, ils ont ouvert la porte. Les lueurs du soleil couchant s'infiltrent à l'intérieur, de même qu'une petite brise qui balaie l'odeur surette de l'hiver. Ils sont tous confortablement installés, n'écoutant qu'à demi Alex parler de politique, des gens qui, dans la lointaine ville de Saint John's, tentent de former un gouvernement.

« Comment ils peuvent parler de former un gouvernement pour l'île quand y a des gens comme nous coincés dans des endroits dont ils ont jamais entendu parler ? » demande Thomas seulement pour se montrer poli. Même pour lui, de tels événements semblent irréels, sans rapport avec ce qui se passe au cap.

Mary n'entend pas un mot de la conversation des hommes. Assise un peu à l'écart, elle sirote son thé aromatisé au rhum tout en tranchant des pommes de terre à moitié pourries pour planter dans son jardin. Elle essaie de penser à un moyen d'empêcher les pommes de terre de pourrir. Chaque printemps, ce problème occupe son esprit. Elle se souvient vaguement d'avoir vu des tranches de pommes mises à sécher sur des cordes devant un feu, et elle se demande si cela fonctionnerait dans le cas des pommes de terre. Elle pourrait peut-être également essayer de les faire mariner comme les choux. Elle réfléchit au problème tout en savourant son grog et en profitant du moment de calme que lui procure l'absence de ses chahuteurs d'enfants.

Ned a approché son siège de la porte, afin d'entendre la musique qui provient de l'entrepôt. Il essaie de saisir les paroles et regrette de ne pas être là à écouter le message du pasteur. Les bribes de sermons dont il entend Meg et Sarah discuter le mettent au supplice.

En plus des habitants du cap, plusieurs matelots du *Tern* se sont rendus à l'entrepôt. Il y a donc une trentaine de personnes assises par terre devant le révérend Eldridge. La pièce est à présent surchauffée, et des mouches ivres bourdonnent au-dessus des barils disposés le long des murs où des grains de poussière voltigent dans la lumière du crépuscule.

L'homme prêche depuis deux heures. Il ne s'est interrompu que le temps d'un cantique :

Vous, les vents, soufflez son histoire,
et portez-la, vous, les flots sages,
jusqu'à ce que, telle une mer de gloire,
d'un pôle à l'autre elle se propage.

Et pourtant, ils restent assis, émerveillés, le souffle coupé, les yeux rivés sur le prédicateur qui se dresse devant eux. Avec le chuintement de la mer sous le plancher, les seuls bruits qu'on entend dans la pièce sont le bourdonnement des mouches, les « amen » murmurés par Meg et le léger ronflement de Mattie, qui s'est endormie dans les bras de sa grand-mère. Même Lavinia, qui, pendant la première heure, était restée debout près de la porte et songeait à se faufiler dehors pour rejoindre les mécréants dans la cuisine de Ned, s'est laissée silencieusement glisser sur le sol et elle est à présent assise, penchée en avant, tandis que le sermon atteint son paroxysme.

Le bras incroyablement long et noir se lève toujours plus haut, les doigts en forme de griffes se tendent comme s'ils voulaient arracher le

Seigneur à son trône céleste et le tirer jusqu'à l'entrepôt pour qu'il leur fasse face. La voix forte, si juvénile, si profonde, si vibrante, si opposée à l'apparence de l'homme, s'élève et retombe. Puis la voix s'arrête, et tout s'arrête. Lavinia pourrait jurer que même la mer sous eux devient silencieuse.

Ensuite, les bras s'abaissent. « Que chacun d'entre vous se repente et soit sauvé… que chacun soit sauvé pour le salut de son âme. Car la colère de Dieu est grande et elle ne sera pas déniée, elle a déjà atteint les grottes et le fond des abîmes, elle a atteint les endroits les plus reculés de la terre, elle a même atteint le lieu où le soleil tombe, elle a atteint le lieu où la mer gèle, et là où les lunes sont changées en sang ! » La voix faiblit jusqu'à devenir un chuchotement. « Mais Sa miséricorde, ah ! mes amis, Sa miséricorde est éternelle. Éternelle, elle pardonne tout, elle embrasse tout. »

Les mains reviennent se poser sur la table, mais doucement, cette fois. On entend un bruissement, la mer s'écrase sous l'entrepôt, les mouches se mettent à bourdonner et le prophète Jérémie est redevenu un vieillard desséché.

À l'instant où le révérend se tait, Joe le Jeune porte l'harmonica à ses lèvres et commence à jouer, de façon plaintive et monotone, un chant qui demande miséricorde et qui est repris par la voix claire de Meg. Un par un, tous les autres se mettent à chanter.

Et même si je possédais
Tout le royaume de la nature,
Ce tribut ne suffirait jamais ;
Pour cet amour divin, cet amour infini,
Je dois donner mon âme, je dois donner ma vie.

Ce cantique exprime à la perfection cette espèce d'attente lancinante de quelque chose qu'ils éprouvent tous. Chaque fois qu'il approche de la fin de son sermon, le prêcheur, d'un mouvement presque imperceptible de la tête, signale à Joe de le jouer une fois de plus.

Les larmes ruissellent sur les joues parcheminées du vieillard. C'est la dernière soirée qu'il passe avec eux, et il est résolu à arracher leurs âmes aux griffes du démon.

Fanny est la première à se lever. En sanglots, elle se dirige en titubant vers l'avant, se jette devant l'autel improvisé et essuie ses yeux avec un coin de la meilleure nappe de Meg. Lavinia, qui essaie de rester en dehors de ces émanations malsaines, regarde la fillette basanée et se dit que Fanny aura désormais de nouveaux fantasmes à ajouter aux anciens. Bientôt, presque toutes les personnes présentes dans la pièce — même les « trois rois » — se sont avancées. Les fils de Ned semblent étrangement pâles et penauds. Lavinia reste en arrière, à côté de cinq matelots du *Tern*, un peu mal à l'aise.

Les chants se poursuivent interminablement. Lavinia voudrait croire, mais de nombreux doutes — et, oui, sa lâcheté à la pensée que Ned va la taquiner — l'empêchent de bouger. Elle garde les yeux fixés sur ses mains qu'elle a soigneusement croisées sur ses genoux, consciente que les hommes qui l'entourent se sont levés et qu'ils sortent calmement. Consternée lorsqu'elle voit des larmes tomber sur ses genoux, elle se lève brusquement et se dirige à son tour vers la porte. Mais Meg, qui n'a pas cessé de chanter, les bras écartés, le visage radieux comme celui d'une jeune mariée, vient vers elle. Lavinia est vaincue. Elle prend les mains de Meg et se laisse conduire à l'avant. Tout en s'agenouillant, elle se rend compte qu'une autre voix, plus forte, plus sonore, plus assurée que celle des autres, s'est jointe au chant.

« Pour cet amour divin, cet amour infini, je dois donner mon âme, je dois donner ma vie », chante à tue-tête Ned qui entre dans la pièce, la traverse et se rend directement à l'avant où il tombe à genoux. Entourant de son bras les épaules de sa sœur, il hurle : « Dieu soit loué ! »

Personne ne reste assis. C'est la fin du cantique, le révérend Eldridge se penche sur les convertis, touche chaque tête inclinée. Il récite une prière pour eux et, d'un seul coup, les accepte tous au sein de l'Église méthodiste. Avant de les laisser sortir de l'entrepôt, il inscrit chacun de leurs noms — trente et un au total — dans son livre, et cela constitue la première reconnaissance officielle que d'autres personnes que Thomas Hutchings vivent au cap Random.

Des larmes coulent de presque tous les yeux le lendemain lorsqu'ils font leurs adieux au vieil homme. Il leur promet de revenir et charge Meg et Sarah d'organiser les offices du dimanche. Lorsqu'on le voit s'engager, tout tremblotant, sur la passerelle, il paraît impossible qu'il n'ait séjourné que huit jours au cap, et encore plus impossible qu'un tel homme ait pu rester une heure dans le bateau de pêche des frères Gill sans qu'on remarque sa présence.

Après la visite du prédicateur, Lavinia se met à vivre dans un monde de signes et de merveilles, un monde sans rapport avec sa propre transformation. Elle est envahie par une sensation de vertige, un peu semblable au mal de mer. Cette sensation durera tout l'été et se poursuivra pendant l'automne.

C'est pourtant un printemps semblable aux autres. Comme chaque année, les capelans viennent, suivis par les morues. Le poisson est préparé comme tous les étés : on l'éventre, on le vide, on le lave, on le sale, on le retourne, on l'empile, on le fait sécher ; c'est la grande course contre l'hiver, une course qui draine toutes les énergies et qui consiste à rassembler la nourriture, à la faire mariner et bouillir, à la rôtir et à la fumer, à la mettre dans des barils et dans des pots, à l'entreposer dans des caves et des greniers.

Les journées sont longues, longues, et les nuits sont courtes, heureusement courtes, car, pour Lavinia, elles sont peuplées de rêves. Tout à fait différents des terreurs du froid et de la faim qui la tenaient réveillée, qui la hantaient durant ses premiers hivers au cap, ces cauchemars tombent sur elle comme un linceul dès qu'elle est endormie. Elle rêve de champs couverts de pierres qu'elle doit transporter toute seule, qu'elle doit poser, l'une par-dessus l'autre, pour ériger des murs qui sont abattus par une force ricaneuse chaque fois qu'elle se tourne pour aller chercher d'autres pierres. Ce rêve, s'il s'agit d'un rêve, se répète nuit après nuit. Elle se réveille en sanglotant, trempée de sueur, éprouvant un terrible sentiment de culpabilité qu'elle n'arrive pas à comprendre.

Sarah Vincent prétend que c'est la Vieille Sorcière qui se manifeste, et elle fait infuser de la camomille sauvage qu'elle donne à boire à Lavinia avant de se coucher. Mais les cauchemars persistent. Lavinia finit par avoir peur de s'endormir et elle reste souvent assise, exténuée, gribouillant jusqu'à l'aube des phrases décousues dans son journal.

Lavinia n'est pas la seule à avoir des songes. Sarah raconte qu'Annie passe ses nuits à se retourner dans son lit en pleurant, et la jeune Rose Norris a rêvé trois fois que le cap entier avait disparu, une vague géante l'ayant aspiré dans la mer.

« C'est parce qu'on a été sauvés. Comme l'a dit le révérend Eldridge, Lucifer est parmi nous en train de chercher qui il peut dévorer », leur dit Meg, qui a une très bonne mémoire et est déjà capable de citer des passages de la Bible en précisant le chapitre et le verset.

Elle décide que la construction de la salle de classe peut attendre. Comme elle le dit, si les hommes ont du temps de reste, ils doivent, pour le salut de leurs âmes, commencer à travailler à bâtir une église. Sans argent ni expérience, il semble décourageant d'envisager une telle entreprise, mais Meg sait qu'avec l'aide de Dieu et sous la direction de Ben, la chose est possible.

« J'saurais même pas par où commencer, Meg. T'as besoin de matériel spécial et d'outils pour faire ce genre de chose », proteste Ben, mais elle répond que Dieu leur fournira un moyen.

Les hommes, affectés eux aussi par cette atmosphère étrange, acceptent de commencer à bâtir une église dès la fin de la saison. Eux aussi ont eu des visions. Frank a vécu une rencontre terrifiante avec un énorme monstre marin qui a enroulé ses tentacules autour de sa barque. Il lui a échappé en tranchant la chose, et il est rentré tremblant de peur, avec un des affreux tentacules du monstre qui flottait, gris et spongieux, dans l'eau de cale. Quelques jours plus tard, Joe le Jeune est arrivé à terre avec seulement une demi-cargaison. Il leur a déclaré qu'un calme si surnaturel, une lumière verdâtre si étrange étaient soudain descendus sur l'eau qu'il avait cru que la fin du monde était venue.

« J'ai tiré les lignes et j'me suis mis à ramer vers la grève. Si c'est le second avènement du Messie, j'veux être avec les miens pour l'affronter », leur a-t-il expliqué en grimpant sur le quai, surpris de voir les femmes en train d'étendre le poisson comme d'habitude.

Meg et Sarah se sont aussitôt mises à prier, elles se sont préparé une tasse de thé et ont attendu. Comme rien ne se passait, elles sont retournées au travail, et Joe, un peu honteux, mais persistant à affirmer qu'il avait senti l'étrange immobilité de toute chose et vu la lumière irréelle, est retourné dans son bateau et a passé le reste de la journée à pêcher à proximité de la terre ferme.

Les enfants sont bien entendu les pires de tous. Pendant l'été qui suit leur conversion, ils rapportent tous les jours des histoires d'événements insolites : ils ont vu des elfes, des pirates, des Indiens, des anneaux autour du soleil, des lunes diurnes, des chiens à deux têtes et des étrangers — toujours des étrangers. L'étranger constitue leur crainte la plus tenace.

Chacun des enfants du cap a vu l'étranger et peut le décrire avec force détails. Fanny et Rose parlent encore du jour où, en compagnie de Lavinia, elles ont regardé les maisons vides du cap, affirmant à présent qu'elles ont vu l'étranger ce jour-là. Son visage est long et sombre, disent-elles, et des cornes pointues sortent de sa tête d'animal. L'étranger porte une longue cape noire.

Même si, désormais, ils essuient souvent une rebuffade, les enfants continuent à se confier à Lavinia. Elle qui, depuis qu'ils sont tout petits, a passé ses journées à échanger des histoires, à participer à leurs jeux et à se blottir avec eux dans la cachette peu profonde, leur ordonne à présent avec irritation de cesser de raconter des bêtises à propos de monstres et de fantômes, d'arrêter de parler d'étrangers. Les plus jeunes enfants, suivis des plus vieux, s'éloignent d'elle. À la fin de l'été, elle dérive dans les limbes, ni enfant, ni adulte, échouée sur un chemin écarté qu'elle aurait dû dépasser depuis longtemps.

Fanny est la dernière enfant à abandonner Lavinia. À présent âgée de treize ans, elle devrait elle aussi faire son entrée dans le monde des adultes. C'est une fillette étrange qui s'entend mal avec sa mère depuis le jour où elle a été repoussée des genoux de Mary pour laisser la place à Henry, son premier demi-frère.

Habituellement, elle vagabonde toute seule autour du cap, mais, cet été, elle aussi se sent craintive et elle s'accroche à Rose, Willie, Charlie et Isaac, qui ont tous à peu près son âge. Ils ne veulent pas d'elle. Les secrets qu'elle ne cesse de chuchoter, son caractère véhément et son petit visage grave d'elfe les ennuient — en réalité, ils ont un peu peur de

Fanny. Ils la repoussent, se cachent d'elle et, parfois, lorsqu'ils se sentent braves, ils essaient de l'effrayer. Lorsque cela se produit, la fillette va chercher Lavinia qui, elle aussi, lui manifeste de plus en plus d'impatience.

Cet été-là, Fanny ne trouve refuge qu'auprès de Jane et d'Emma. Ces jeunes filles ont de grands projets et elles sont toujours prêtes à se faire prédire l'avenir. Mais même cette distraction est parfois refusée à Fanny, car Meg et Sarah sont résolument contre le fait de prédire l'avenir. Elles appellent cela «converser avec le Malin», et dispersent les trois filles en leur faisant de terribles remontrances.

À mesure que la saison de pêche avance, les adultes et les enfants sont trop fatigués pour avoir peur et l'on cesse de raconter des événements mystérieux. Fanny retourne errer toute seule dans les bois.

Comme la Vieille Sorcière ne s'assied plus sur sa poitrine la nuit, Lavinia ne s'intéresse qu'à ce qu'elle peut sentir et toucher : le cristal grumeleux de la morue séchée, les entrailles molles et gluantes qui flottent dans l'eau sous le quai, les éclats gris argent du quai lui-même, les grains de sable multicolores — corps écrabouillés de millions de créatures marines. À chaque minute, des détails de la vie quotidienne bondissent dans le champ de vision de Lavinia. Pour la première fois de sa vie, elle commence à entendre les tranquilles conversations que les femmes tiennent entre elles — parlant de la fièvre d'un enfant, de ce que leurs mères ont dit à propos de ceci ou de cela, de la façon de prévenir les fausses couches, de ce pour quoi elles prient, de leurs maux de dos, de la période de leurs règles, de la venue des baies sauvages ; elles ressassent la question du péché, parlent de ce qui est en train de mijoter sur leurs feux. Lavinia attrape des bribes de vie aussi variées que les grains de sable.

Si c'était possible, si on la laissait en paix, s'il n'y avait pas toujours un autre tas de poissons à éventrer et à vider, Lavinia aimerait s'arrêter, s'asseoir, laisser ses pieds se balancer par-dessus le bord du quai. Elle a tellement envie de contempler quelque chose, n'importe quoi, le dos de sa main, une feuille, une goutte d'eau, l'écaille d'un poisson, de contempler quelque chose pendant des heures en laissant le doux bavardage des femmes tomber autour d'elle comme une brume. Même s'il ne semble rien se passer, même si l'été a l'air d'un été comme un autre, elle a l'impression que trop de choses arrivent. Lavinia veut que le temps s'arrête, elle veut le tenir immobile jusqu'à ce qu'elle puisse l'étudier, comprendre son dessein.

Un jour, vers la fin de l'été, lorsque les poissons sont un peu moins abondants, Meg suggère que Jane, Emma, Patience et Lavinia amènent les jeunes passer la journée à cueillir des baies aux marais derrière le cap. Bien que les baies constituent un ajout nécessaire à leur régime d'hiver et qu'elles soient les seuls fruits qu'ils ont l'occasion de manger, leur cueillette est considérée comme une activité de vacances, non comme un véritable travail. Les enfants, et parfois les femmes, passent des journées entières avec des seaux et des chaudières, s'estimant chanceux de profiter de toutes ces heures dans les marais ou dans la forêt automnale, loin des séchoirs à poissons.

Ce matin-là, lorsqu'ils arrivent sur les lieux de la cueillette, Lavinia, comme d'habitude, se promène un peu à l'écart des autres. Elle aime cueillir toute seule les petits fruits, heureuse d'entendre les faibles sons des bois aux alentours, les voix lointaines des enfants qui s'interpellent, heureuse de sentir le soleil sur ses épaules et sur sa nuque. Les sons finissent par se mêler, puis s'estompent. Elle entre dans une espèce de transe, consciente uniquement de la chaleur, du bruit monotone des baies tombant dans le seau, du rythme de sa main qui bouge d'avant en arrière. Le temps n'est plus marqué que par le niveau sans cesse croissant des petits fruits dans son seau.

Vers midi, Patience commence à donner des coups sur son seau, signalant ainsi aux autres qu'il est temps de se rassembler pour un piquenique de lait de chèvre et de pain à la mélasse. Après avoir mangé, ils se séparent de nouveau. Lorsque Lavinia retourne à son coin de la clairière marécageuse, Fanny la suit. L'adolescente se tient tout près de Lavinia et reste silencieuse tandis qu'elles se déplacent d'un buisson à l'autre.

« J'ai revu l'étranger, dit-elle enfin d'une voix grave, neutre. Il était par là-bas en train de nous regarder.

— Arrête tes histoires, Fanny. T'es toujours en train de voir des choses. » Lavinia ne quitte pas des yeux les petits fruits de couleur bourgogne, qu'elle fait habilement tomber dans sa main tendue en coupe.

Bien que Sarah maintienne qu'ils sont fous de laisser les enfants errer tout seuls dans les bois, Lavinia s'est, pour sa part, toujours sentie en sécurité à l'intérieur des terres, loin de la mer. Certes, la forêt est sombre et peuplée d'ombres, et même les jours les plus clairs, seuls de très minces rayons de soleil parviennent à se faufiler entre les troncs chétifs serrés les uns contre les autres, certes, il y a des renards et des lynx, des chats sauvages et, d'après Sarah, des ours dans les bois. Pourtant, Lavinia et les enfants ont exploré des milles de forêt autour du cap sans jamais voir aucun gros animal, sans jamais tomber dans des trous cachés, sans dégringoler des falaises, sans se faire enlever par les fées — toutes ces choses contre lesquelles Sarah ne cesse de les mettre en garde.

« Quand on tente la Providence, les choses finissent par arriver tôt ou tard, vous pouvez me croire. »

Repensant à cela, Lavinia se sourit à elle-même, lorsque Fanny murmure : « Il est là, Vinnie, il est là-bas dans les bois en train de nous regarder. »

160

Un nuage passe devant le soleil, et Lavinia frissonne d'appréhension, car elle sait, avant même de lever la tête, qu'elle va voir quelque chose.

Et elle voit. Au milieu des ombres profondes et secrètes à l'orée de la forêt, un visage désincarné, aux yeux fixes, la contemple. Lavinia se redresse lentement, s'oblige à ne pas crier. Gardant les yeux sur le sinistre visage, elle tâtonne pour trouver la main de Fanny et, lorsque cette main se glisse dans la sienne, Lavinia siffle : « Vite ! », et entraîne l'enfant loin du cercle des arbres.

L'étranger dans l'ombre des bois ne bouge pas. Lavinia sent son regard dans leur dos pendant qu'elles courent. Les baies se renversent sur le sol, les seaux heurtent douloureusement leurs jambes, et elles se ruent vers le groupe de l'autre côté du marécage.

« Dis-leur jamais ce qu'on a vu ! » Pour rendre cet ordre plus véhément, Lavinia serre le bras de Fanny juste avant qu'elles rejoignent Jane et Emma. Attrapant les manteaux, les restes de nourriture et les seaux, elle crie aux autres enfants de revenir : « Il commence à y avoir des nuages, il va pleuvoir à verse dans cinq minutes. »

Si Patience et les plus jeunes suivent docilement, réduits au silence par une intonation dans la voix de Lavinia, Jane et Emma se conduisent comme de sales gamines, objectant que leurs seaux ne sont qu'à demi remplis. « Il va pas pleuvoir, Vinnie Andrews ! Tu penses vraiment tout savoir, hein ?

— Pas un mot de plus, vous deux ! Descendez tout de suite de cette colline ou j'vous jure que j'vais vous écorcher vives ! » Lavinia parle d'une voix qu'elles n'ont jamais entendue auparavant. Sans rien ajouter, elles obéissent.

Le petit groupe a déjà descendu la moitié du chemin escarpé de la colline qui surplombe le cap lorsque Lavinia remarque que Fanny chuchote quelque chose à ses compagnons aux yeux écarquillés. Une seule enfant paraît sceptique. « T'es toujours en train de raconter des menteries, Fanny Bundle », dit Rose en donnant une poussée à l'autre fillette.

« Est-ce que c'est vrai, tante Vinnie, que vous avez vu un étranger noir dans les bois ? » demande Isaac.

Fanny est ravie d'être, pour une fois, le centre d'attraction. Elle sourit à Lavinia, sûre d'elle car, pour une fois, elle a un témoin pour prouver la véracité de son histoire.

« Faites pas attention à elle, elle arrêtera jamais d'inventer. » Lavinia lance un regard sévère à l'enfant qui se met à gémir devant cette trahison inattendue.

Plus Fanny crie fort, et plus Rose et Willie se moquent d'elle. Charlie et Isaac finissent par la prendre en pitié et se mettent à donner des coups de poing à ses bourreaux. La procession devient de plus en plus désordonnée à mesure qu'ils se rapprochent de la maison. Lavinia en a à peine conscience. Elle est plongée dans ses pensées, essayant de se rappeler à quoi ressemblait ce visage immobile.

Elle ne parle à personne de l'étranger de la forêt et tente de se convaincre qu'elle a imaginé le visage sombre. Se pourrait-il que la lumière lui ait joué un tour en tombant sur un tronc d'arbre marqué de cicatrices ? Et pourtant, ce soir-là, elle écrit dans son journal : « Les enfants ont raison, il y a bien un étranger dans les bois, et je ne pense pas que ce soit le diable. »

Chapitre 10

Depuis qu'il a commencé à faire froid, on a des leçons tous les jours. Meg fait asseoir Willie à la table avec moi. Rose Norris vient lui tenir compagnie, mais ils n'apprennent pas grand-chose. Les jeunes de Ned entrent et sortent quand ça leur chante. Charlie et Patience sont les seuls qui montrent un certain intérêt. Meg a trouvé un livre laissé par le capitaine Brennan, intitulé Dix batailles décisives de l'Histoire de l'Empire. *Même Charlie Vincent ne le lira pas. J'en ai vraiment assez d'entendre les gens me dicter ma conduite.*

Cette dernière phrase est soulignée d'un trait noir. Il ne se passe pas une journée sans que l'un des adultes vienne voir Lavinia avec une nouvelle idée sur ce qu'elle devrait enseigner aux enfants. Ben pense que les garçons devraient pouvoir mesurer des planches et dessiner des plans sur une feuille. Sarah affirme qu'il leur serait utile à tous d'apprendre la Bible par cœur et Mary veut que ses fils sachent faire les comptes en ce qui concerne le poisson, et compter l'argent. Et comme les cours se donnent dans sa cuisine, Meg ne cesse d'apporter des suggestions.

C'est toutefois Ned que Lavinia trouve le plus agaçant. Chaque matin, son frère interrompt la classe. Se plantant à côté des élèves, il attend impatiemment l'occasion de poser quelque question idiote : Comment les étoiles sont-elles placées dans le ciel à différentes époques de l'année ? D'où viennent des noms comme Andrews et Vincent ? Comment une personne peut-elle évaluer la quantité d'eau que contient un baril ? Où vont les capelans en hiver et est-ce que ce sont les mêmes qui reviennent au cap d'une année à l'autre ?

Après avoir posé son énigme, Ned attend, futé, l'air innocent, la réponse de Lavinia. Inutile de lui dire qu'elle ne la connaît pas, car il se contente alors de hocher la tête, l'air attristé, et de s'en aller. Le lendemain, il est de retour avec une nouvelle question. Même si, avec les enfants, Lavinia se montre brave, elle sent sa confiance en elle diminuer à mesure que l'hiver avance.

Le jour où Ned entre dans la cuisine, le sourire aux lèvres, pour lui demander de nommer tous les océans du monde, Lavinia renonce au décorum. Jetant les *Dix batailles décisives* sur la table, elle fonce sur son frère. « Et comment tu veux que j'sache ça, Ned Andrews ? T'es complètement cinglé ! Doux Jésus, toi-même qui as passé vingt ans à naviguer sur les océans, est-ce que tu connais leurs noms ? » hurle-t-elle. Elle a la satisfaction de voir Ned temporairement pris au dépourvu.

Il se reprend aussitôt, se met à énumérer des noms qui peuvent ou non être ceux des océans, adresse un clin d'œil aux élèves ravis et sort d'un air fanfaron.

Lavinia met les enfants à la porte et se tourne vers Meg, en proie à une rage puérile : « J'le déteste, ce Ned ! C'est pas juste de me tourmenter comme ça… et j'peux plus supporter d'enseigner ! »

Meg lui jette un regard amusé. « Tu t'en fais trop, Vinnie. Ned s'amuse un peu, c'est tout… vous, les Andrews, vous accordez trop d'importance aux paroles.

— J'sais plus quoi faire… ils veulent tous quelque chose de différent. Ça me rend malade ! Comment j'peux enseigner des choses que j'connais même pas ?

— J'vais mettre fin aux folies de Ned, fais-moi confiance. Entre nous, on va apprendre aux enfants à lire et à écrire, sans se préoccuper de ce que les autres veulent. »

Puis, constatant que ses paroles ont quelque peu apaisé Lavinia, Meg ajoute : « Mais, Vinnie, tu dois plus jamais invoquer en vain le nom du Seigneur. Te fais pas de mauvais sang, ma pauvre. Une fois que t'auras pris le tour d'enseigner, tu vas voir que ça vient tout seul. »

« Moi et Rose, on va s'enfuir au Labrador si vous continuez avec cette histoire d'école », annonce alors une voix neutre dans l'embrasure de la porte.

Meg se précipite vers son fils, le saisit par l'oreille et le tire dans la pièce. « Non, j'doute que t'ailles au Labrador, Willie Andrews ! En tout cas, pas tant que j'aurai un souffle de vie ! » Elle jette un regard courroucé à Rose, qui se tient, hésitante, sur le seuil, les autres enfants rangés derrière elle. « Laisse-la aller, celle-là, si elle en a envie. J'imagine que c'est elle qui t'a mis cette idée de fou dans la tête. Maintenant, retournez à vos places, sinon vous allez voir de quel bois j'me chauffe ! »

Au printemps, le journal de Lavinia prend un ton un peu plus optimiste : « Les pieds de Josh Vincent sont presque guéris et, cette fois, Lizzie et Joe ont eu des jumeaux. Le printemps est là ; aujourd'hui, Fanny a rapporté un petit bouquet de ces fleurs blanches que Sarah appelle des "étoiles tombées". »

Puis, quelques jours après Pâques, elle écrit : « Je pensais avoir acquis un peu de bon sens, cet hiver, mais après ce qui s'est passé à Turr Island aujourd'hui, je n'en suis plus certaine. Je devrais sans doute cesser de parler contre Fanny quand j'ai moi-même des fantasmes aussi bizarres. »

Turr Island est à peine plus qu'un récif émergeant de la mer à environ deux milles du cap. C'est Sarah Vincent qui, l'année après l'arrivée des Andrews, a instauré la coutume d'aller y chercher des œufs. Depuis, les femmes et les enfants y vont tous les ans dès le premier beau jour.

Le grand-père de Sarah était un grand ramasseur d'œufs qui les amenait, elle et ses frères, sur les îles au large. Les hommes du cap Random ne considèrent toutefois pas la cueillette des œufs comme une tâche virile. S'ils chassent les oiseaux de mer autour des falaises de Turr Island et pêchent parfois le long de son rivage abrité, ils ne condescendent cependant pas à aller y ramasser des œufs.

« C'est un méchant travail que d'voler les œufs des pauvres p'tits oiseaux… j'comprends pas que des chrétiennes aient le cœur de faire ça… vous êtes vraiment une bande de barbares », les taquine Ned en les aidant à pousser deux barques vers le large.

« Mais tu vas en manger ta part à notre retour, pas de doute ! » riposte Sarah. Elle et Meg, accompagnées de Willie, d'Emma et de Patience, sont dans le doris où rament Annie et Isaac. Lavinia et Charlie rament dans l'autre barque où sont assis Mary Bundle, Fanny, Jane, Henry et Rose Norris.

Le matin est calme et ensoleillé, sans un souffle de vent. Le temps est si clair qu'ils peuvent même distinguer le coin de verdure au sommet de Turr Island. Les femmes et les enfants sont merveilleusement de bonne humeur. Tandis que les barques s'éloignent, ils crient et agitent la main en direction du rivage où Alfred, George et Moses se tiennent, renfrognés, à côté des hommes. Lizzie qui, elle aussi, reste à terre, ne peut leur envoyer la main, car elle porte ses jumeaux, Elias et William, dans ses bras tandis que la petite Mattie s'accroche à sa jupe. Mattie perce des dents, et la main qui ne tient pas celle de sa mère est fourrée dans sa bouche dégoulinante de bave.

« La pauvre Lizzie va avoir du pain sur la planche aujourd'hui », fait remarquer Meg.

Dans les bateaux, les femmes hochent la tête. Elles éprouvent une grande pitié pour la jeune maman, mais aucune ne s'est proposée pour rester avec elle.

« C'est pas facile de les avoir si rapprochés… j'espère qu'elle va pas partir pour la famille avant un bout de temps. Y a pas mal de jumeaux dans notre famille, y a Calvin et Clyde, pis m'man en a eu deux autres qui sont morts, ils étaient minuscules et tout bleus… »

Sarah est interrompue dans sa description de cette naissance tragique par Mary Bundle qui se lève brusquement en hurlant : « Ned, Ned, regarde ce p'tit imbécile ! Attrape-le vite avant qu'il se noie ! » Elle montre du doigt le jeune Moses, déjà dans l'eau jusqu'aux genoux mais qui continue résolument à avancer vers sa mère.

« Retourne là-bas, espèce de petit démon ! J'vous jure que cet enfant a peur de rien ! » Mary agite son poing en direction du bambin qui ne lui accorde aucune attention.

Thomas Hutchings s'avance, attrape l'enfant par sa culotte et, à la surprise générale, continue à marcher. Il grimpe dans la barque la plus proche.

« Tiens, prends-le avant qu'il parte pour l'Angleterre », dit-il en passant l'enfant à Mary par-dessus sa tête. Puis il s'assied, retire ses bottes et les vide par-dessus bord. Charlie lui demande s'il désire être ramené au rivage.

« Non, non, mon gars. J'pense que j'vais m'accorder un petit congé… de toute façon, si on retourne là-bas, on va finir par être obligés de prendre les deux autres petits diables de Ned avec nous. » Et, avec un sourire béat, Thomas s'installe à la poupe.

Assise en face de lui avec Charlie sur le siège des rameurs, Lavinia pense que Thomas Hutchings a l'air très content de lui, plus heureux qu'elle ne l'a jamais vu auparavant.

Plus tard, elle écrira : « C'était étrange de le voir sauter dans le bateau, puis de s'asseoir là en se souriant à lui-même comme un chat qui vient de laper de la crème. Il a juste enlevé ses bottes, roulé le bas de son pantalon et s'est assis avec ses longues jambes allongées sous notre banc. »

Elle a baissé les yeux, cessant de regarder le visage de Thomas pour examiner ses pieds. Ils sont maigres et bruns même si tôt dans la saison, et de petits poils piègent les gouttes d'eau salée qui sèchent sur sa peau. Contempler ainsi les pieds de Thomas semble soudain plus indiscret que regarder son visage. Lavinia se demande s'il est en train de l'observer. Elle lève les yeux et regarde au-delà de lui en direction du cap qui semble s'enfoncer dans la mer.

Le cap doit être une grande montagne qui émerge de l'océan, pense Lavinia, qui imagine des sentiers, des bosquets et des rochers sous l'eau. Si l'on arrivait à retenir son souffle assez longtemps, on pourrait marcher sur ces sentiers depuis le cap jusqu'à Turr Island.

Au-dessus et autour de l'île, le ciel grouille d'oiseaux de mer. Une douzaine d'espèces de marmettes, de macareux et de mouettes crient et tournoient comme des démons. Ils piquent vers les barques comme s'ils allaient s'écraser sur les visages levés, puis, au dernier instant, ils remontent en spirale, leurs ailes transparentes contre le ciel.

Les oiseaux volent en cercles, planent, s'alignent le long des bateaux, puis plongent, répétant à l'infini les mêmes figures. Les enfants crient, pointant des fusils imaginaires, hurlant : « Bang, bang ! » Les falaises perpendiculaires sont striées de blanc. À l'occasion, les oiseaux laissent échapper des excréments dans le bateau, ce qui ajoute encore à la joie des enfants.

Turr Island est une île minuscule aux rives escarpées, surmontée d'un petit plateau verdoyant où il y a un étang peu profond et trois sapins baumiers rabougris. On ne peut accoster l'île qu'à un seul endroit, une anse pas plus grande qu'une courtepointe, offrant à peine suffisamment de place pour deux embarcations.

Tandis qu'ils grimpent sur les saillies jusqu'à la crête verte de l'île, Sarah ne cesse de prodiguer ses conseils : « Pour l'amour du ciel, Annie, attache les cordons de ton tablier au lieu de les laisser traîner derrière comme ça… Tout le monde reste regroupé, maintenant, oubliez pas qu'on a vu des lumières sur l'île… Pis rappelez-vous que ces rochers sont glissants, vous savez comment Rose a failli se rompre le cou, le printemps dernier ! »

C'est presque vrai. Rose s'était, en réalité, cassé le poignet, le printemps précédent. Elle n'avait pas parlé de la douleur avant le lendemain quand sa main et son bras avaient tellement enflé qu'ils ressemblaient à un tonnelet de mélasse.

« Josh raconte qu'il a vu un ours ici, une fois qu'il passait en bateau. L'était assis sur un récif et mangeait des œufs, l'air aussi inoffensif que n'importe quel chrétien. Écoutez, maintenant, mettez du pain dans vos poches pour éloigner les fées. »

Sarah continue à les prévenir de dangers réels ou imaginaires, jusqu'à ce que Mary l'interrompe : « Ça va, ma fille, arrête ton radotage… y a pas plus de fées qu'il y a de sorcières. » Elle lance à Sarah un regard dur que cette dernière ne semble même pas remarquer.

Au sommet de l'île, ils font un gros tas avec la nourriture, le pain, le poisson salé et les bouteilles de thé ainsi que les vêtements supplémentaires apportés au cas où le vent virerait, couvrent le tout d'une pièce de toile assujettie avec des pierres. La première fois qu'ils sont venus sur l'île, quand ils sont retournés au coin de verdure, ils ont découvert que, pendant qu'ils cherchaient des œufs, les oiseaux avaient renversé les paniers de nourriture, défait les paquets et dévoré le pain et le poisson salé sans en laisser une miette.

Une fois les provisions en sécurité, tout le monde est divisé en groupes de trois ou quatre. Au moins un adulte va avec chaque groupe d'enfants. Meg leur fait alors son discours habituel sur l'obéissance, les avertit de se surveiller mutuellement, de ne pas s'aventurer trop près du bord et de laisser un œuf dans chaque nid. Elle leur fait entendre comment résonne la corne de chèvre qu'elle porte attachée autour du cou.

« Si vous entendez ça, revenez ici aussi vite que possible, à moins qu'il pleuve. Dans ce cas, vous allez aux bateaux. »

La pièce de toile, la corne de chèvre, la division en groupes et le discours de Meg sont les mêmes chaque année. Au cap, lorsqu'une chose est faite une fois et trouvée utile, elle devient un rituel.

Réfléchissant à cette façon qu'ont les femmes de tisser de petites cérémonies autour de chaque saison, Lavinia suit distraitement Thomas, Fanny et Rose sur la pente vers une saillie où Fanny a déjà repéré un nid. Rose bougonne, fâchée de faire partie d'un groupe aussi docile, alors qu'elle s'était attendue à se retrouver avec ses semblables, Willie et Isaac.

« Pour l'amour du ciel, tais-toi, Rose. Si tu travailles bien, peut-être qu'on récoltera plus d'œufs que les garçons », dit Lavinia.

Elle a à peine fini de parler que Rose se met à se tortiller sur une aiguille de rocher qui semble suspendue dans l'espace. Lavinia saisit les chevilles de la jeune fille et les retient pendant que Rose prélève quatre œufs dans un grand nid et les fait adroitement passer un à un par-dessus son épaule. Le fait de porter un vieux pantalon de Willie donne à Rose un extraordinaire avantage sur les autres femmes. « Quel dommage que toutes les femmes ne puissent se débarrasser de leurs jupes et de leurs jupons pour venir à Turr Island », songe Lavinia pendant qu'elle regarde Rose revenir en rampant.

Deux heures plus tard, ayant rempli d'œufs leurs paniers et leurs poches, Fanny, Rose, Thomas et Lavinia sont redescendus à l'endroit où les barques sont amarrées. Ils rangent les œufs dans une boîte à appâts, entre des couches de sable mouillé. Rose insiste pour que Lavinia puis Thomas comptent les œufs, et elle est très satisfaite d'apprendre qu'à eux quatre, ils en ont recueilli trente-sept. Lançant un cri de joie, elle entraîne Fanny dans le sentier pour aller en chercher d'autres.

« Lorsqu'on a recommencé à monter vers le sommet, la bonne humeur de Thomas (il était à peu près aussi jovial que Ned le serait une journée où tout a été de travers) était passée. C'est à peine s'il a prononcé un mot de toute la matinée. Je n'arrivais pas à comprendre pourquoi il était venu, c'était comme traîner un banc de brume autour de nous. Mary Bundle lui demande tout le temps si c'est un crime dans sa religion que d'esquisser un sourire. J'avais vraiment envie de lui poser la même question… mais je n'en ai pas eu le courage », écrira Lavinia par la suite.

Parce que Thomas et son mari sont de bons amis, Mary le traite avec une sorte d'impertinence effrontée comme personne n'ose le faire. Par le passé, Lavinia a deviné que cette façon de plaisanter à demi couvrait l'aversion que Mary éprouve à l'égard de l'ami de Ned.

Lavinia a souvent vu son frère et Thomas causer tard dans la nuit, auprès du feu, chez Ned. Autant Thomas est avare de paroles et de sourires, ne parlant jamais de lui-même, autant Ned lance vérités et mensonges à tout venant, souriant et chantant, aimant tout le monde et racontant n'importe quoi à n'importe qui. Parfois, quand il se fait tard, Mary donne une poussée à Thomas en lui disant : « Allez, rentre chez vous, mon gars... moi et Ned, on veut faire des bébés. »

La première fois qu'elle a entendu Mary dire ça, Lavinia a pensé qu'elle allait mourir de honte. Thomas était devenu cramoisi, lui avait lancé un regard, avait bondi sur ses pieds et s'était dirigé à grandes enjambées vers la porte. Mais Ned l'avait rattrapé et, sans cesser de parler, il l'avait raccompagné jusqu'à l'entrepôt.

Depuis, Lavinia a entendu sa belle-sœur répéter ces paroles une douzaine de fois... et une douzaine de fois elle a regardé les deux hommes sortir de la maison et marcher lentement dans la nuit, plongés dans leur conversation. Lorsqu'ils sont seuls, Thomas semble aussi loquace que Ned.

Grimpant l'étroit sentier derrière Thomas Hutchings, Lavinia s'interroge sur ce que les hommes peuvent trouver à se dire année après année.

« Meg me dit que t'es en train de devenir une vraie maîtresse d'école. »

Plus tard, Lavinia essaiera d'évaluer combien de temps s'est écoulé avant qu'elle ne réalise qu'il lui avait adressé la parole. Une minute ? Deux minutes ? Trois ? Elle vit près de cet homme depuis qu'elle est arrivée au cap, à dix-sept ans. Pendant tout un hiver, ils ont dormi dans la même pièce, mangé à la même table, et son visage lui est aussi familier que celui de ses frères. C'est pourtant la première fois qu'il lui fait directement une remarque. Lorsqu'elle comprend enfin qu'il lui a vraiment parlé et qu'elle n'avait pas prévu son commentaire, il lui faut encore quelques secondes pour repasser les paroles dans sa tête, cherchant si elles ne contiennent pas quelque ironie cachée.

Il ne s'est pas retourné, mais continue à marcher directement devant Lavinia, se faufilant autour d'un coude étroit dans le sentier. En avant d'eux, Rose leur crie : « Dépêchez-vous ! Y a des milliers et des milliers d'œufs ici, dans la grotte. »

Sa voix se répercute au-dessus de leurs têtes : « Des milliers d'œufs... des milliers d'œufs... dans la grotte... dans la grotte... »

Il s'arrête et se retourne. Ils sont soudain face à face, séparés par seulement quelques pouces. Les yeux de Lavinia sont fixés directement devant elle... sur la bouche de Thomas. Elle regarde plus bas la poche de sa chemise, se concentre sur cette poche. Elle contient une boîte de tabac égratignée et sa pipe. La chemise est d'un bleu délavé, et un coin de la poche a été reprisé. Lavinia examine les points, les compte. Il y en a quinze, plus réguliers que ceux qu'elle aurait elle-même pu coudre, mais Thomas a utilisé du fil noir, de sorte que la reprise est bien visible.

Le fracas de la mer qui se jette au loin sur les falaises, les cris perçants des oiseaux qui tournent en cercles au-dessus d'eux, les voix excitées de Rose et de Fanny en avant, tout cela se mêle, tout semble si lointain, si irréel. Seul est réel le tissu délavé à quelques pouces de son visage. Elle ne lèvera pas les yeux.

La touche-t-il ? Pose-t-il un instant ses doigts sur sa joue ? C'est ce qu'elle croit… elle en est presque sûre. Mais, plus tard, elle n'est plus sûre de rien. Lavinia sait quels tours l'imagination peut jouer.

La poche disparaît. Il fait volte-face et recommence à monter en direction des voix.

Elle se sent mal, si étourdie qu'elle pourrait dégringoler dans la mer. Elle se penche et pose la tête contre la falaise humide, ferme les yeux, contente de sentir la solidité du roc, sa fraîche humidité. Une minute plus tard, elle se remet à grimper lentement.

« Il doit me prendre pour une parfaite imbécile ! Même pas capable de dire un mot. Toute une maîtresse d'école, vraiment ! J'aurais pu répondre quelque chose, lui poser des questions à propos de livres pour les enfants. »

Elle marche en trébuchant le long du sentier, en même temps qu'elle pense à des douzaines de choses intelligentes qu'elle aurait pu dire, de questions qui l'asticotent depuis longtemps et qu'elle aurait pu lui poser. Sa tristesse est interrompue par le bruit de pierres qui glissent, par le bruit sourd des pieds de Thomas lorsqu'il saute dans le trou en face de la grotte, par la voix de Rose qui se met à crier si fort que tous les oiseaux de l'île s'envolent dans un grand bruissement d'ailes.

Tandis qu'elle se dirige vers le bord, Lavinia entend Thomas Hutchings dire : « Non ! » d'une voix qui ne peut venir qu'en face de la mort. Elle pense aussitôt que Fanny a dû être victime d'un terrible accident.

Mais lorsqu'elle se laisse tomber à son tour sur le triangle d'herbes et de buissons visqueux à l'entrée de la caverne, elle trouve Fanny et Rose saines et sauves. Elles sont debout dos à elle, juste à l'intérieur de l'ombre dans l'entrée de la grotte. Lavinia regarde par-dessus leurs épaules à l'intérieur de la gueule sombre de la grotte, et voit alors ce qu'elles sont en train de regarder fixement.

Un homme qui était assis s'est affalé sur le côté. Un homme mort depuis longtemps. L'homme de la forêt ? Sans réfléchir, elle se penche légèrement en avant et regarde son visage. Et là où le visage aurait dû être, les oiseaux sont venus. Lavinia se retourne vivement vers le soleil, s'éloigne en titubant et se met à vomir dans les buissons.

« J'aurais dû crier pour t'avertir », dit Thomas Hutchings, debout à côté d'elle. Il parle d'une voix froide, neutre. Il a la courtoisie de détourner son regard lorsqu'elle se redresse et s'essuie la bouche avec le bord de sa jupe.

« Je pense qu'il doit y en avoir un autre… un peu plus loin… sinon c'est un tas de haillons. Y a encore quelque chose à l'intérieur. » Il regarde en direction de la grotte, voit Fanny et Rose se diriger vers le cadavre et leur crie de revenir. « Approchez pas, surtout ! Pour ce qu'on en sait, cet homme pourrait aussi bien être mort de la peste ! »

Les filles s'éloignent, mais elles n'éprouvent aucun scrupule à remplir leurs paniers avec les œufs qu'elles trouvent dans les nids éparpillés dans les crevasses entourant la caverne. Thomas revient s'agenouiller à côté du cadavre.

Lavinia s'assied bien à l'écart de la gueule béante de la grotte et attend. La scène qui se déroule devant elle — l'homme agenouillé dans la lumière du soleil à l'entrée de la grotte sombre, les filles en train de piller les nids, Rose pieds nus et en salopette, Fanny dans ses haillons criards, les oiseaux enragés qui plongent en criant — lui paraît étrangement familière.

Elle est incapable de rester près de la grotte. À peine consciente de ce qu'elle fait, elle se tourne et grimpe rapidement vers le plateau où elle s'assied dans l'herbe, la tête sur ses genoux. Elle n'a jamais été gravement malade de sa vie, mais le tremblement qui secoue son corps et la sueur froide qui inonde son front la terrifient.

« J'vais mourir », dit-elle à voix haute, puis, sachant qu'elle est en train de dramatiser, elle ferme les yeux et met toute son énergie à contrôler ses tremblements, à ne pas penser aux choses qui se sont passées en si peu de temps depuis qu'ils ont rangé les œufs chauds entre des couches de sable frais. Elle pense au sable, à la plage qui entoure le cap et à la façon dont la mer la balaie chaque jour. Au bout d'un moment, elle commence à se sentir mieux.

Lorsqu'elle lève les yeux, Thomas Hutchings est debout près d'elle et la regarde. Il fouille sous la pièce de toile, verse du thé fort et froid dans une tasse et la lui tend.

« Ça m'étonne pas que tu sois malade », dit-il. Sans cesser de la regarder, il désigne d'un geste la falaise derrière lui, là où on peut entendre les filles, mais non les voir.

« T'en fais pas pour ce que j'ai dit à propos de la peste… c'était juste pour empêcher ces deux vautours d'entrer dans la grotte. Elles sont allées chercher les garçons… Elles ont tellement hâte de dire à tout le monde qu'il y a un homme mort sur l'île. »

Il s'assied à quelques pieds de Lavinia. Tous deux font face à la mer qui s'étale tout autour, vaste et chatoyante sous le soleil. Les îles éparpillées évoquent de minuscules éclats de craie. En direction de la terre, vers le cap, de grandes crinières d'écume blanche courent le long des bancs, soulignant leur propre plage.

« Autrefois, les hommes croyaient que des dieux vivaient dans des endroits comme celui-ci », dit Thomas. Ils sont assis en silence, prisonniers entre la mer et le ciel, et regardent les oiseaux descendre en piqué puis remonter vers le ciel, formant des arcs gracieux au-dessus et au-dessous d'eux.

Un instant plus tard, ils entendent Sarah qui parle en gravissant la falaise en compagnie de Mary et de plusieurs enfants. Lavinia s'imagine que les femmes les regardent d'un drôle d'air, elle et Thomas, mais elles ne font aucun commentaire. Thomas ne parle pas du mort. Mary souffle dans la corne de chèvre, et bientôt les autres apparaissent dans le sentier.

Les enfants, que la macabre découverte a mis en émoi, sont incapables de se laisser distraire, même pour comparer le nombre d'œufs qu'ils ont récoltés. Moses tombe aussitôt endormi dans les bras d'Annie, on l'enroule dans une veste et on le couche dans la mousse tandis que les autres s'asseyent et mangent, parlant toujours de l'homme dans la grotte.

« Penses-tu que ça peut être un pirate venu enterrer son or ? » demande sérieusement Patience à Lavinia.

« C'est peut-être un Peau-Rouge, tu sais, toutes les flèches qu'on a trouvées dans… » Willie est sur le point de parler de la cachette secrète des enfants, mais Rose Norris lui donne un coup de coude dans les côtes. « Ben oui, imbécile, c'est ça… Et comment un Peau-Rouge ferait pour arriver jusqu'ici ? »

Willie maintient que son père lui a raconté que les Indiens construisent leur propre type de bateau dans des arbres qu'ils creusent. « C'est pas vrai ! » proteste Rose, et tous deux commencent à se marteler de coups de poing, puis roulent dans la mousse.

Meg tend le bras, les sépare et leur donne de petites tapes sur la tête. Elle fait cela deux ou trois fois par jour. C'est un réflexe automatique, qui n'interrompt pas sa conversation avec Sarah. « D'après moi, ça doit être un pauvre pêcheur surpris par la tempête et qui a échoué ici.

— Ce feu qu'on a vu sur la grève, une fois, c'était probablement eux qui brûlaient leur bateau, dans l'espoir d'être vus par quelqu'un… J'vous avais dit qu'il y avait des lumières sur l'île !

— J'suppose qu'on en aurait entendu parler si quelqu'un avait disparu le long de la côte », fait Annie. Mais ils ne peuvent en être sûrs. Parfois, une petite nouvelle concernant quelque chose qui s'est passé à seulement quelques milles prend des mois à leur parvenir.

La pensée que le mort puisse être un pêcheur réduit les femmes au silence. Elles finissent de manger pendant que les enfants font le compte des œufs ramassés.

Thomas prend la pièce de toile et retourne dans la grotte. Il revient une demi-heure plus tard et leur dit qu'il y a en fait deux hommes.

« L'autre est complètement au fond et, d'après c'que j'peux voir, il a dû mourir le premier. On dirait que quelqu'un a essayé d'empiler des pierres autour du corps comme pour faire un tumulus. Y a une ligne, un harpon à morue et une écope sur une saillie à l'entrée de la grotte. Y a rien qui indique d'où ils viennent, mais j'dirais que c'étaient des Blancs.

— Un des matelots du *Tern* nous a raconté que, des fois, y a des serviteurs qui s'enfuient, et qu'ils errent en bandes dans les bois. C'était peut-être ça qu'ils étaient », suggère Charlie.

Meg arrête de ramasser les affaires. « On va pas les laisser ici sans leur donner une sépulture chrétienne ? demande-t-elle en regardant Thomas.

— J'vais en parler aux hommes et on viendra probablement demain. On va les enterrer ici ou bien au cap, parce que j'doute qu'on arrive à creuser une tombe dans ce rocher… On ferait mieux de rentrer, maintenant, ajoute-t-il en se relevant. Il va bientôt faire noir. »

Ils repartent, contournant par le nord la grotte. Même les garçons ont la nausée en pensant aux cadavres. Seules Fanny et Rose, désireuses de tirer toute la gloire possible de leur découverte, en parlent encore en embarquant dans les bateaux.

« Pour l'amour du ciel, allez-vous vous taire toutes les deux ! Comptez vos œufs, regardez la mer, dormez ou, s'il faut absolument que vous parliez, eh bien, changez de sujet ! » Thomas, qui adresse rarement la parole aux enfants, a parlé d'une voix sèche et impatiente. Les deux filles n'ouvrent plus la bouche pendant tout le reste du trajet.

Lavinia laisse Isaac ramer à sa place. Elle se penche à la proue du doris. Tournant le dos aux autres, elle regarde la mer, à demi hypnotisée par les rides qui se forment à partir de la barque glissant sur une eau rose saumon. Dans l'autre barque, Meg se met à chanter et les autres se joignent à elle. C'est une complainte triste dont la douzaine de couplets se terminent par : « Mon bel amour s'en est allé, roulent les vagues à l'infini, mon bel amour s'en est allé, à jamais il est parti. »

Les paroles de la chanson voguent sur les flots calmes. Ils approchent du cap ; ses maisons écrasées, aux toits pointus et aux porches inclinés, paraissent des endroits sûrs et douillets. Lavinia distingue les étroits sentiers, elle voit même des chèvres sur la corniche, là où les femmes vont bientôt planter des pommes de terre. Elle voit les hommes qui attendent devant l'entrepôt d'une teinte argenté pâle, lequel, comme tout le reste —

les clôtures, les chèvres, les appentis, les hommes eux-mêmes —, baigne à présent dans la lumière pêche, légèrement nacrée, du crépuscule. C'est un moment privilégié et Lavinia, somnolant à la proue du doris, oublie l'espace d'un instant le froid et la faim, et elle commence à faire la paix avec l'endroit.

Elle est la première à débarquer. Sans attendre que les autres commencent à raconter les événements de la journée, elle marche d'un pas rapide, contourne l'entrepôt, gravit le sentier, dépasse la maison des Vincent et entre dans celle, vide, des Andrews. Elle va directement à son lit et, après avoir tiré la courtepointe par-dessus sa tête, elle s'endort au bout de cinq minutes. Elle se réveille quelques heures plus tard, prend son journal et sort paisiblement de la maison.

Là-bas, sur la plage, dans le blanc clair de lune, elle s'assied, le dos contre le gros rocher, et elle écrit un compte rendu décousu de la journée.

Chapitre 11

Voilà, Emma et Jane sont parties. À mon avis, on ne les reverra jamais. Même si elles affirment aller à Saint John's pour trouver du travail et gagner de l'argent, la vérité pure et simple, c'est qu'elles sont parties pour se chercher un mari. Mais moi, je suis contente de rester ici.

Lavinia est bien plus que contente, cet été-là. Elle se sent merveilleusement, déraisonnablement heureuse mais, après avoir bridé pendant tant d'années sa flamboyance naturelle, elle ne peut se permettre d'exprimer sur le papier un sentiment aussi extravagant.

L'été a été radieux — des jours sans vent se sont suivis, remplis de soleil avec une petite pluie qui tombait doucement au crépuscule ou juste avant l'aube chatoyante. Une saison généreuse où les poissons ont été abondants à se prendre dans les filets, les jardins fertiles, les arbrisseaux lourds de baies, et le lait des chèvres si onctueux qu'on ne peut s'empêcher d'en faire la remarque à chaque gorgée. Un été si splendide qu'il restera à jamais gravé dans les mémoires et servira d'étalon d'après lequel comparer tous les autres à venir.

C'est une saison sensuelle où les femmes touchent leurs visages, leurs bras, sentent leur peau pour la première fois depuis leur jeunesse ; une saison où les hommes depuis longtemps mariés ont des pensées libertines ; une saison où Lavinia devient belle, plus belle qu'elle ne le sera jamais. Les longues journées de soleil donnent de l'éclat à son teint et des reflets cuivrés à ses cheveux roux. Elle les coiffe en un chignon mais ils refusent de se laisser emprisonner et glissent constamment des épingles qui les retiennent, pour boucler autour de ses oreilles et sur sa nuque.

Cet été-là, les enfants plus âgés, devenus grands, accomplissent des tâches d'adultes aux vigneaux et dans les barques ; ils prennent soudain conscience de leurs corps — et de celui des autres —, des hanches, des cuisses, des poitrines, des odeurs, des sourires, des regards. La mer est assez chaude pour qu'on s'y baigne et, à l'insu des autres, deux âmes courageuses le font, dansant sur la plage, aussi blancs que des esprits marins dans le clair de lune.

C'est un été où tout semble possible. Un été où le bateau de Ned, depuis si longtemps attendu, doit sûrement être prêt ; où le pied de Josh Vincent, estropié depuis deux ans, guérit ; où les jumeaux de Lizzie, oscillant depuis leur naissance entre la vie et la mort, deviennent ronds, bronzés et bruyants ; où Peter Vincent tue deux cents oiseaux de mer d'un seul coup de fusil. Un été où les plants de pommes de terre poussent, verts et lustrés, hors du sol rocailleux, où le poisson saute dans les barques, où des arbres énormes sont abattus d'un seul coup de hache.

Les hommes sont capables de tout, cet été-là. Ils bâtissent une salle de classe le long de la cuisine de Meg, traînent de lourds troncs d'arbre depuis Indian Bay jusqu'à la grève, étayent le quai et parlent même, après la deuxième visite du révérend Eldridge (ramenant Ned, retombé dans le doute, au siège de la miséricorde), de jeter les fondations d'une église avant que le sol ne gèle.

Un soir d'été, Meg parvient, à force de gentillesses, à convaincre les autres de l'accompagner pour voir le site qu'elle a choisi pour l'église.

Lorsqu'ils y arrivent (c'est assez loin derrière, en direction de l'isthme), Ben dit, en pointant le doigt vers un énorme rocher de granit, presque plat et parsemé de taches roses et grises : « Comme la façade sera le long de ce rocher, on aura de bonnes fondations. »

Sarah proteste : en hiver, il faudra marcher trop longtemps pour se rendre à l'église, et Mary, qui participe à contrecœur à cette expédition, déclare que, de toute façon, elle ne voit pas en quoi ils ont besoin d'une église. « On est complètement idiots d'être venus jusqu'ici pour parler de s'esquinter au travail à bâtir ça. »

Faisant fi de toutes leurs objections, Meg décrit l'église qu'elle a en tête : petite et blanche, ce sera une copie en bois de la chapelle de pierre qu'elle et Jennie fréquentaient à Weymouth.

« Et les bateaux qui passent vont pouvoir la voir des deux côtés du cap, voir sa flèche à des milles et des milles de distance, ajoute Ben.

— Tu veux dire qu'on pourrait allumer un signal en haut si quelqu'un était pris dans une tempête en mer ? » demande Mary, que cet aspect pratique de la chose apaise un peu.

Ils restent là, la tête rejetée en arrière, louchant vers la flèche blanche imaginaire, ravis à l'idée que les vaisseaux qui passeront chercheront à voir apparaître le sommet de leur église dans l'océan.

Meg prend le bras de son mari. « Y a seulement deux choses que j'attends dans ce bas monde, dit-elle d'une voix douce. Voir une église dans cet endroit, et notre Willie œuvrer pour le Seigneur. » Puis lorsqu'elle constate que Lavinia a entendu ses paroles, elle ajoute : « Évidemment, c'est entre les mains de Dieu… on va réciter une petite prière avant de s'en aller. »

Comme elle a souvent entendu Meg révéler ce que son cœur désire si ardemment, Lavinia sourit en regardant la tête inclinée de sa belle-sœur, aux cheveux bien tirés. Meg a considérablement changé depuis leur arrivée au cap. Elle n'est plus cette femme malléable qui se satisfaisait de passer sa vie aux côtés d'un colporteur.

Pendant l'été, regardant les choses avec une conscience neuve, Lavinia a vu Meg lever les yeux de quelque tâche ménagère pour contempler, l'air heureuse, les tables et les chaises qu'elle avait polies jusqu'à les rendre lisses et lustrées, les étagères garnies de pots de confiture, de sacs de savon, de bougies, de flacons d'huile, de miches de pain, les murs solides de la maison construite par son mari. Après cette inspection, Meg dit invariablement : « Le Seigneur s'est montré bon envers nous. » Ces mots la protègent, ils constituent comme un charme contre le péché d'orgueil, contre le péché d'avarice, contre la satisfaction de savoir qu'elle et Ben sont les gens les plus prospères du cap.

Une fois le site de l'église choisi, les hommes décident de consacrer une journée par semaine à bûcher du bois. C'est une longue marche à travers l'isthme jusqu'aux collines, là-bas, où croissent les grands arbres. Laissant les arbres abattus sur place pour les traîner sur la neige l'hiver prochain, ils délimitent l'emplacement de l'église et creusent les fondations selon un plan que Ben a gravé dans un morceau de bois.

Personne d'autre que Mary ne demande comment ils pourront faire face au coût d'une église, comment ils vont payer les clous, la peinture et le mastic, la couverture bitumée et le goudron. Toutes ces choses, ainsi que les derniers ornements de verre et de cuivre, devront être achetés à Saint John's, petit morceau par petit morceau, année après année, selon ce que leur permettra leur crédit auprès de Caleb Gosse — un procédé qui semble possible dans le merveilleux climat de confiance que leur procure cet été.

À mesure qu'elle quitte l'enfance, Lavinia recommence à vouloir assortir, cataloguer et organiser les choses. Des listes de toutes sortes remplissent page après page son journal : personnes, lieux, noms de chiens, de bateaux, de fleurs, de feuilles, d'oiseaux, types de coquillages. Lorsqu'elle ne connaît pas un nom, elle l'invente. Elle semble être en train de créer un monde, de l'immobiliser, de le rendre permanent.

Elle aimerait écrire le nom de tous les endroits aux alentours. Si seulement elle pouvait voir une carte du cap, de Terre-Neuve, une carte montrant exactement où elle se trouve dans le monde. Une carte indiquant le nom de chaque anse, de chaque baie. Mais il n'existe pas de carte du cap, ni, du moins dans l'esprit de Lavinia, d'image représentant le monde.

Elle n'a aucune idée des continents, des océans, aucune image des Amériques avec leur île en forme de triangle, aussi grande que l'Irlande, détachée à sa partie supérieure. Elle sait seulement qu'avant elle vivait à Weymouth, en Angleterre, et que maintenant elle habite de l'autre côté du monde — et s'imagine cramponnée au bord d'un sombre arrière-pays inconnu en face d'une mer infinie.

Lavinia croit qu'elle se sentirait rassurée si elle pouvait voir tout cela sur une carte. Elle sait que ce genre de chose existe et se rappelle vaguement avoir épousseté des cartes encadrées chez les Ellsworth. Elle essaie de s'en souvenir, mais ne parvient qu'à évoquer les images de monstres marins ou de chérubins à queue de poisson qui en ornaient les coins. Elle interroge Ned et, comme il ne lui est d'aucun secours, elle se demande si Thomas Hutchings pourrait lui dessiner une carte. Elle songe à le lui demander, mais n'en a pas le courage.

Bien qu'il n'y ait au cap aucune carte en papier ou en toile cirée, Lavinia commence à comprendre qu'il existe d'autres cartes invisibles. Meg et Sarah en possèdent : les images verbales du paradis du révérend Eldridge, apprises par cœur, qui montrent les dimensions exactes d'une ville aux murailles de jaspe, de saphirs et d'émeraudes ; cet endroit est la destination des deux femmes, elles y aspirent avec une foi inébranlable, résolues à l'atteindre et à y amener leurs maris et leurs enfants. Mary Bundle a d'autres destinations en tête, plus terre à terre, mais non moins définies.

D'après ce que Lavinia imagine, les hommes ont des cartes de continents engloutis où gisent des navires naufragés et des marins noyés. Ils ont aussi des diagrammes précis de chaque contour, de chaque falaise, de chaque canal, de chaque courant sous-marin, de chaque écueil, de chaque récif entourant le cap à des milles à la ronde. Tout au long de l'année, les hommes retiennent derrière leurs yeux (Lavinia en a vu les reflets) des images de sentiers aquatiques où des millions de morues, s'élevant et retombant entre des algues qui ondulent, nagent dans des courants d'eau chaude et d'eau glacée.

Quant aux cartes des enfants, elle les connaît depuis toujours. Elles consistent en un réseau de chemins qui s'entremêlent sur le cap, au-dessus de la tourbière, contournent le marais et l'étang, traversent les dunes de sable et les landes. Des sentiers de chèvres tracés à même les flancs des collines, des sentiers vers les abris des hommes là-bas au cœur des bois, des sentiers cachés menant à des endroits secrets et les étranges sentiers irréels sur lesquels personne ne marche jamais, mais qui sont toujours là… usés par quoi ?

Puis il y a les autres sentiers, les plus intrigants de tous, ceux qui relient le monde des enfants à celui des adultes. Des sentiers invisibles et impossibles à voir jusqu'à ce que, dans la plénitude du temps, leur connaissance soit accordée à l'enfant.

Lavinia a vu cela se produire, elle a vu comment, un jour, une fille lève sa tête pour écouter, comme si c'était la première fois de sa vie, les pleurs d'un enfant, le bruit d'un aviron qu'on tire, la voix d'un homme, le grincement d'une scie qui s'enfonce dans un tronc d'arbre, la remarque qu'une femme peut faire. En l'espace d'une semaine, cette fille sera capable de dire où précisément, à n'importe quel moment du jour ou de la nuit, se trouve tout être vivant de l'endroit. Ensuite — du moins Lavinia l'imagine-t-elle, car cela ne lui est jamais arrivé —, un matin, avant l'aube, avant que cette fille soit réveillée, une carte, nouvelle et totalement différente, sera imprimée derrière ses paupières closes.

Le cadeau viendra, la fille se réveillera et entendra les bruits du matin — les sabots des chèvres résonnant sur les pierres, le tintement des bateaux à l'ancre, évoquant celui d'une cloche, le clapotis de l'eau —, et la carte de sa journée, de sa vie, sera déployée devant elle. Ce jour-là, la fille ne sortira pas avec les enfants, elle ne sautera plus jamais à la corde, ne jouera plus à la mère, ne collectionnera plus des coquillages et des tessons de porcelaine. Elle sera mystérieusement devenue une femme, possédant des cartes secrètes qui prédisent les phases de la lune, les mouvements des marées et du sang.

C'est déjà arrivé à Lizzie et à Annie et, cet été-là, en observant attentivement Jane et Emma, Lavinia voit le processus se produire chez ses nièces. Elle passe ce merveilleux été et l'automne à attendre, à se demander quand de telles révélations lui seront données.

Seule Mary est surprise lorsque, vers la fin de cet été, Emma, la fille de Meg et de Ben, et Jane, celle de Ned, annoncent qu'elles partiront pour Saint John's quand le *Charlotte Gosse* viendra. Les deux cousines n'ont pas d'autre sujet de conversation depuis des années, mais Mary, absorbée par ses propres préoccupations, n'a rien entendu ou n'y a pas prêté attention.

Si elle éprouve quelque regret à l'idée du départ d'Emma, Meg ne le laisse pas paraître. Elle se met immédiatement à découdre le gros manteau de Ben pour le retourner et le tailler afin que sa fille n'arrive pas à Saint John's attifée comme une pauvresse. Un jour, elle suggère même à Patience de partir avec sa sœur et sa cousine.

« T'es sérieuse, toi, Patience, tu pourrais surveiller ces deux têtes de linotte. Tu connais ta sœur Emma… et j'fais pas très confiance à la Jane de Ned. »

Meg a toujours été tenaillée par un sentiment de malaise à l'égard de sa fille aînée. Emma a hérité la haute taille et les cheveux roux de Lavinia, et un étroit visage de chouette de quelque ancêtre inconnu. Comme Meg le confie à Sarah : « Patience et Lizzie sont des femmes d'intérieur comme moi, elles ont le cœur incliné vers le Seigneur, mais j'dois dire que j'suis moins sûre de notre Em. Elle ressemble plus à Vinnie, elle est pas faite pour ce monde-ci. »

Selon Sarah, Emma, qu'elle a observée en train de couler des œillades languissantes à Peter, s'en tirera à merveille dans le vaste monde.

« C'est une hypocrite et j'ai jamais entendu de jeune fille parler de façon plus effrontée. J'suis pas fâchée de la voir partir », dit-elle à Josh. Mais, devant Meg, elle se contente de hocher la tête. « J'sais ben c'que tu ressens, ma pauvre. J'ai passé plus de nuits réveillée à m'ronger les sangs pour notre Annie que pour nos trois garçons réunis. » Le soupir qu'elle pousse contient tout l'amour impuissant et la déception sans espoir que les mères éprouvent à l'égard de leurs filles.

Comme Patience refuse de quitter le cap, Meg doit se contenter d'arracher à Emma la promesse de demander du temps libre pour aller à l'église.

« L'église, y a pas de meilleur endroit pour les jeunes filles. À l'église, elles peuvent trouver un mari respectable. Et puis, si Emma arrive à s'installer à Saint John's, ça pourrait être plus facile pour Willie quand le temps sera venu pour lui d'y aller. Pour continuer ses études, tu sais, quand t'auras fini de lui faire entrer tout ce que tu sais dans la caboche », explique-t-elle à Lavinia.

Celle-ci ne peut s'empêcher de demander à Meg à quel moment on saura que la tête de Willie est pleine. « Tu sais, Meg, une tête, c'est pas comme un seau, on peut pas la voir déborder.

— Souris pas comme ça, Vinnie, sinon tu vas devenir aussi moqueuse que Ned. Si le bon Dieu envoie un signe à ces vieux Israélites, j'suis sûre qu'il va m'en envoyer un à moi aussi. Il garde l'œil sur cet endroit, et sur Willie aussi. Ça fait partie de Son plan que Jane et Emma aillent à Saint John's, tu peux me croire… et toi aussi, Il te regarde, Vinnie. »

Devant une telle foi, Lavinia reste muette. « Si le Seigneur a un plan à mon sujet, alors j'aimerais vraiment qu'Il se dépêche de me le faire connaître », écrit-elle dans son cahier ce soir-là.

La pêche continue d'être fructueuse pendant l'automne. Les hommes apportent encore des cargaisons de poisson lorsque le *Charlotte Gosse* vient chercher celui qui a déjà été salé. Comme le poisson est abondant tout au long de la côte, Alex Brennan s'attend à revenir avant l'hiver. On ne parvient toutefois pas à persuader les deux jeunes filles d'attendre son retour éventuel, et elles insistent pour partir tout de suite avec lui.

La veille du départ du *Charlotte Gosse*, une fête est organisée pendant la soirée dans la salle de classe. Ben vient tout juste de la terminer. Adjacente à son côté de la maison Andrews, la pièce est un appentis à plafond bas qui contient une couchette encastrée pour Lavinia, une longue étagère, un banc et un bureau en forme de boîte à l'avant. Jusqu'à présent, il n'y a ni cheminée, ni fenêtre, mais la pièce a deux portes, l'une pour aller dehors et l'autre ouvrant sur la cuisine de Meg.

La nouvelle salle ne peut héberger tout le monde, mais il fait chaud, ce soir-là, et les femmes sortent et se tiennent sur le carré de gazon à côté de la maison pour regarder les hommes qui ont allumé un feu de camp et font griller du poisson et des pommes de terre nouvelles. La fumée bleue, âcre et exhalant l'odeur du poisson en train de rôtir, flotte dans la salle de classe où les femmes ont disposé de la nourriture sur le bureau. On y trouve un gros chaudron de *fish and brewis* [1], des plateaux de truite et de saumon, un oiseau de mer rôti farci de chapelure et de sarriette, des bols de purée de pommes de terre, de navets et de chou nouveau, des pains et des gâteaux, des tartelettes à la confiture, des cruches de lait de chèvre et des pots de thé.

Après avoir joliment disposé chaque plat, elles reculent, les mains croisées sur leurs tabliers, pour admirer leur œuvre. De voir la table ainsi chargée donne à Meg et à Sarah un tel sentiment de sécurité qu'elles voudraient ne jamais cesser de la regarder. Une inexplicable envie de pleurer les submerge, mais elles la refoulent et invitent tout le monde à entrer et à prendre place autour de la table. Meg prononce une homélie de reconnaissance, puis elle demande à Thomas de réciter le bénédicité.

Une fois qu'ils sont rassasiés, un air de fête envahit la place. Plein d'entrain, Ned place tous ceux qu'il peut en deux cercles, l'un à l'intérieur de l'autre, autour du feu. Il leur montre comment faire la ronde, les cercles se déplaçant dans des directions opposées, comment frapper dans leurs mains en tournant et en chantant.

Verts cailloux, verts cailloux,
Comme il est vert le gazon fou,
Comme les filles ont les yeux doux...

La chanson, que la mélancolie et l'espoir rendent plus vivante encore, flotte avec la fumée vers l'ombre des collines et le chemin d'argent que la lune trace dans la mer.

Avec chacune dans leurs bras un des jumeaux de Lizzie, Meg et Sarah s'asseyent sur le seuil de la porte et regardent la danse en battant du pied la mesure de la vieille mélodie. Elles pensent toutes deux à Jennie Andrews et regrettent qu'elle ne soit pas là. Comme Jennie aurait été émerveillée à la vue de toute cette nourriture, comme elle aurait aimé les entendre chanter, et tenir dans les bras les bébés endormis qui sont ses

---

1. *Fish and brewis* : plat de morue salée et de biscuits de marin trempés dans l'eau, puis frits et garnis de lard salé.

arrière-petits-enfants. L'un après l'autre, Josh, Ben et Alex quittent la ronde et viennent s'asseoir auprès des femmes.

Sarah finit de raconter à Alex l'extraordinaire été qu'ils viennent de passer, et Meg ajoute : « C'est la première fois depuis notre arrivée ici que j'suis pas épouvantée à l'idée que l'hiver s'en vient. »

Ben glisse un bras autour des épaules de sa femme. « Le pire est passé, la mère, et ça va être ben plaisant de vivre ici maintenant qu'on a de bons bateaux et des jardins. » L'air presque aussi confiant que Ned, il essaie d'évaluer ce que vont leur rapporter leurs prises de l'été.

« À Saint John's, on dit que les Espagnols veulent beaucoup de poisson cet hiver… et les Espagnols ont de l'or. Peut-être ben que cette année, le prix va être intéressant et le poisson abondant en même temps, dit Alex.

— L'année dernière, il fallait quatre quintaux de poisson pour un baril de farine… Ça serait bien si l'or des Espagnols pouvait changer ça, fait remarquer Sarah, l'air maussade.

— Imagine, ajoute Josh d'une voix empreinte de mélancolie, imagine comment ça serait si on pouvait payer toutes nos dettes. »

Ils essaient de se figurer combien il leur faudrait de poisson pour rembourser tout ce qu'ils doivent, ou même, extraordinaire pensée, d'en pêcher suffisamment pour payer à l'avance les provisions de l'année suivante.

Regrettant d'avoir mentionné l'or espagnol, Alex tente de les ramener sur terre. « Y a beaucoup de choses qui entrent en ligne de compte dans le calcul du prix du poisson, mon vieux… le prix des affaires comme le sel et l'équipement qu'il a fallu importer des vieux pays, les tempêtes qui ont retardé les bateaux, les vaisseaux perdus en mer… beaucoup de choses que nous, on voit pas. Je doute que Caleb Gosse lui-même puisse vous dire ce qu'on va obtenir pour les prises de cette année. »

Lavinia ne participe pas à la ronde. Elle est assise dans l'herbe, à proximité, elle écoute, regarde les mains qui se joignent, les silhouettes qui caracolent autour du feu. Ned, Mary, Frank Norris et, oui, même Thomas Hutchings sont encore en train de danser avec les jeunes. Lavinia se demande si Alex Brennan a passé sa petite flasque à la ronde. Elle n'a rien vu qui lui permette d'en être sûre, mais les hommes paraissent anormalement puérils.

La conversation tourne à présent autour du voyage des filles à la ville. Alex assure à Meg que sa femme est en train de leur chercher de bonnes places et qu'elle va en trouver. À ce moment-là, comme si elles avaient entendu leurs noms, Jane et Emma arrivent et se laissent tomber dans l'herbe à côté de Lavinia.

« Pourquoi tu viens pas à Saint John's avec nous, Vinnie ? » Jane pose son menton sur les genoux de Lavinia et répète sa question. « T'étais servante dans une grande maison avant de venir ici, c'est sûr que t'aurais aucun problème à te placer. »

La pensée de les accompagner n'avait même pas effleuré Lavinia. Elle se demande pourquoi.

« Voyons, Jane, tu sais ben que Vinnie a le béguin pour quelqu'un, insinue Emma en jetant à Lavinia un de ses regards sournois, hostiles. On pourrait aussi bien demander à Annie Vincent de venir avec nous. » Elle donne un coup de coude à Jane et toutes deux éclatent de rire.

Ce n'est pas la première fois que Lavinia entend Jane et Emma faire des réflexions sur la relation qui existe entre Annie Vincent et Frank Norris. Personne d'autre au cap n'en a jamais parlé à voix haute, mais ces deux-là y reviennent sans arrêt. Lavinia se demande si elles parlent d'elle de la même façon.

« Vous êtes aussi stupides que deux vieilles chaussettes, vous deux. Peut-être qu'Annie et moi on va partir, nous aussi. Mais nous, on va aller plus loin que Saint John's. » Elle espère que les imaginer, elle et Annie, partant pour chercher fortune ailleurs va déconcerter les deux filles.

« Allez, Vinnie, tu devrais venir avec nous… c'est sûr qu'il y a personne ici sur qui jeter ton dévolu… sauf Thomas Hutchings, évidemment. » Emma s'arrête un instant, et son silence est lourd de sous-entendus. Elle se penche pour regarder Lavinia dans les yeux. « Il t'a pas embrassée, l'autre jour, à Turr Island ? Sarah Vincent a dit à m'man que vous aviez l'air bizarres, tous les deux, quand elle est tombée sur vous, ce jour-là. »

Lavinia est soulagée de voir que les personnes assises sur le seuil de la porte causent toujours entre elles, elle est contente que la noirceur camoufle sa confusion. Elle aimerait gifler le visage malveillant qui se trouve à quelques pouces du sien.

« J'ai à peine dit deux mots à Thomas Hutchings de toute ma vie, réplique-t-elle sèchement, et j'ai rien vu d'autre que l'arrière de son crâne de tout l'été. Vous devrez apprendre à tenir votre langue, vous deux, si vous êtes pour travailler dans une grande maison. J'vous le dis, dans ce genre de maison, les maîtresses veulent pas de servantes qui font des commérages.

— Lizzie dit que vous trois, Annie, Pash et toi, vous allez rester vieilles filles », déclare Emma avec une grande satisfaction.

Jane est plus gentille. L'heure du départ approche et elle a peur. Elle aimerait vraiment que sa tante les accompagne à Saint John's. « On va avoir de nouvelles robes, Vinnie… et des souliers, et des chapeaux… et le capitaine Brennan dit qu'il y a un théâtre à Saint John's… imagine, Vinnie, un théâtre !

— Fais attention à c'que tu dis, jeune fille ! Si Meg t'entendait parler de théâtre ! Quand on pense que ton âme est sauvée ! » Lavinia est stupéfaite de ses propres paroles. Un an plus tôt, elle aurait été incapable de les prononcer. « Lizzie a peut-être raison. Je suis en train de devenir une tante vieille fille », pense-t-elle.

Une vague de découragement la submerge, aussitôt suivie du désir d'en mettre plein la vue à ses nièces, de leur donner un sujet de conversation pendant leur séjour à Saint John's. Brave tout à coup, Lavinia bondit sur ses pieds, après avoir repoussé la tête de Jane posée sur ses genoux, et elle court se glisser dans la ronde entre Thomas Hutchings et Frank Norris.

Thomas lui adresse un petit sourire avant de se tourner pour dire quelque chose à Fanny, qui est de l'autre côté. Lavinia est très consciente de la main de Thomas tenant la sienne, de son bras avec la manche de sa chemise roulée au-dessus du coude, de son épaule qui parfois touche ses cheveux pendant qu'ils tourbillonnent.

Puis elle a l'agréable surprise de sentir également des fourmillements dans son autre main, celle que tient Frank Norris. Frank est un peu moins grand qu'elle, il est râblé, mais beau avec son visage large et franc et ses cheveux noirs et drus qui bouclent autour de ses oreilles et dans son cou. Frank est vraiment plus séduisant que Thomas, pense Lavinia. Elle se sent d'humeur libertine et heureuse.

De l'autre côté du feu, des visages flous défilent rapidement : Annie, Isaac, Lizzie et Jo, Charlie, Willie, Rose et Patience. Le rythme de la chanson s'accélère et la ronde est de plus en plus endiablée. Lavinia rejette la tête en arrière et regarde les étoiles tournoyer comme des éclats de miroir dans le ciel noir. Ses cheveux volent autour de son visage, sa jupe ondule, ses pieds touchent à peine le sol instable. Le mouvement et une sorte de fièvre qu'elle n'a jamais éprouvée auparavant lui donnent le vertige. C'est seulement parce que Thomas et Frank la maintiennent fermement qu'elle ne se met pas à virevolter comme une étincelle jaillie du feu, comme Élisée dans son chariot, à tournoyer dans le firmament devant les regards ébahis de Jane et d'Emma.

Quelqu'un rit et rit encore. C'est Lavinia Andrews.

Cette nuit-là, étendue sur la couchette encastrée dans le mur de la salle de classe, elle dort seule pour la première fois ; elle désire tant que quelqu'un vienne, elle imagine entendre la porte s'ouvrir facilement, des pas traverser la salle vide jusqu'à son lit. Elle attend quelqu'un et cette attente est douloureuse, elle attend Thomas ou Frank, n'importe qui, elle attend, mais personne ne vient.

Le lendemain matin, sur le quai, juste avant que le *Charlotte Gosse* lève l'ancre, elle entend Alex Brennan prononcer son nom. Elle s'avance, car elle espère follement qu'il l'invite à monter à bord, qu'il lui dise de faire vite, d'aller chercher ses affaires et de venir avec Jane et Emma, maintenant appuyées au bastingage, qui les regardent de haut en leur adressant des sourires froids, déjà détachées de ceux qu'elles laissent derrière.

« Désolé, ma belle, j'avais oublié que j'avais ça… y a ton nom écrit dessus », dit Alex en passant un colis à Lavinia. Le paquet est enveloppé dans de la toile cirée et attaché avec de la grosse corde. Son nom, Mlle Lavinia Andrews, est écrit sur une carte attachée à la corde. Comme c'est merveilleux, pense-t-elle : une personne dans une ville qu'elle n'a jamais vue a trempé une plume dans un encrier et a écrit si soigneusement son nom. Elle glisse son doigt sur les boucles et les volutes. Le colis contient des livres. Elle sent les pourtours rigides des reliures à travers l'emballage. Serrant le paquet contre sa poitrine, elle recule du bord du quai et agite la main pendant qu'on largue les amarres et que le *Charlotte Gosse* s'éloigne du cap.

« D'ici, je ferai bien souvent des adieux. » Cette pensée, si semblable à l'une des prophéties de Sarah, la fait frissonner.

« Qu'est-ce qui se passe, Vinnie ? Tu as froid ? » Meg, qui n'a versé aucune larme au départ de sa fille, tend la main vers le paquet, le soulève, évaluant son poids comme si cela pouvait lui indiquer la quantité d'instruction qu'il contient.

« Eh ben, ma fille, pas d'erreur, t'es maintenant une vraie maîtresse d'école. Ben va avoir pas mal de clous à enfoncer pour payer ça. »

Lavinia s'attend à ce que Meg prenne les livres, mais sa belle-sœur lui rend le paquet sans l'avoir ouvert. « C'est pour toi… À ton avis, ça va prendre combien de temps avant que Willie soit passé au travers ? »

« Une vie… deux vies », a envie de répondre Lavinia. Mais elle hausse les épaules et dit seulement : « J'sais pas, Meg. À peu près un an, j'imagine. Ça dépend de sa concentration. » Elle se sent excessivement froide, déjà fatiguée.

Ce soir-là, quand elle se retrouve seule, Lavinia déballe les livres : une grosse Bible en anglais, le même abécédaire qu'elle se rappelle avoir vu à l'école du dimanche de Weymouth, et un exemplaire épais et très usé des œuvres de William Shakespeare, dont elle n'a jamais entendu parler. Elle se demande qui les a choisis. Est-ce que Thomas Hutchings a donné une liste à Alex Brennan, est-ce un obscur libraire qui a sélectionné ces titres, ou encore la femme d'Alex Brennan, cette inconnue dont ils sont venus à dépendre et qui leur a déjà accordé tant de faveurs ?

Assise sur sa couchette, Lavinia commence à feuilleter le livre inconnu, mais les caractères sont trop petits pour qu'elle puisse les lire à la chandelle. Elle range les trois volumes sur l'étagère que Ben a clouée juste au-dessus de son lit. La lueur de la flamme se reflète sur les reliures, qui confèrent à la pièce un air achevé.

Elle farfouille dans son vieux sac et en sort plusieurs objets, une image autrefois suspendue au mur dans la cuisine de la maison de la rue Monk, un coquillage blanc et violet et trois cailloux. Elle dispose le coquillage, ramassé sur la plage le jour de leur arrivée au cap, et les cailloux — un éclat de silex noir et brillant en forme de flèche trouvé dans la cachette secrète et deux palets ovales tachetés d'orange ramassés à Turr Island — de chaque côté de l'image. Le cadre de plâtre est sévèrement écaillé, mais l'image est restée la même : des moutons à la toison rouille et un berger en blouse ample rentrent chez eux par un chemin herbeux bordé de fleurs et d'arbres majestueux. La douce campagne anglaise paraît irréelle, différente de l'Angleterre dont Lavinia se souvient. Elle étudie attentivement l'image et se demande pourquoi elle a déjà pleuré en la regardant.

Les objets placés sur son étagère font de la pièce la sienne : elle les dispose et les redispose plusieurs fois avant d'être satisfaite. Ensuite, se sentant rassérénée, elle souffle la bougie. Avant de s'endormir, elle pense : « J'ai déjà gagné une paire de bottes, trois livres et une chambre à moi comme institutrice. Finalement, j'ai peut-être pas fait un si mauvais choix en ne partant pas avec les filles. »

Le temps ne change pas, mais Meg insiste pour que l'école commence malgré le soleil. Bien que Lavinia soit l'institutrice, Meg se considère comme en charge des cours. Le premier matin, elle fait aux écoliers mécontents un sermon sur les méfaits de la paresse.

« Avant tout, vous allez venir ici chaque matin, sauf le dimanche, évidemment, et vous allez y rester jusqu'à ce que Ben rentre pour dîner. Prenez garde, s'il y a un problème, j'vais être de l'autre côté de cette porte ! » Elle leur montre un jouet spécial fait de ramilles reliées par une lanière de cuir et elle indique à Lavinia comment s'en servir si un enfant s'avisait de désobéir.

Si elle englobe tous les enfants dans ses admonestations, Meg ne quitte toutefois pas des yeux son fils bien-aimé. Assis à côté de Rose Norris, Willie semble aussi déprimé que peut l'être un individu de nature optimiste comme lui. Meg agite l'instrument de torture devant eux, le suspend à un clou près de la porte, puis, après un dernier avertissement, elle disparaît dans sa cuisine, laissant institutrice et écoliers dans un état d'abattement profond et silencieux.

Lavinia et les enfants s'asseyent en cercle sur le plancher. La pièce est fraîche et très peu meublée. Elle ne comprend qu'un bureau carré, un banc sans dossier et le lit couvert d'une courtepointe composée de losanges de couleurs vives que Jennie avait assemblés dans leur logement de la rue Monk. Cette courtepointe fait comme une gerbe de couleurs dans la pénombre. Lavinia inspire profondément et regarde ses élèves. Ils sont au nombre de huit, neuf si l'on compte Moses, qui est vraiment trop jeune pour apprendre.

Lavinia ouvre la bouche et s'aperçoit qu'elle n'a aucune idée de ce qu'elle doit dire, aucun concept de ce qu'un professeur doit faire, aucun plan. Il ne s'agit plus de simplement tracer des lettres dans le sable humide ou même de lire, assis autour de la table de la cuisine, chez Meg. Non, aujourd'hui, la situation est totalement différente. Pour camoufler sa confusion, Lavinia se dirige vers la porte et l'ouvre toute grande.

La pièce est aussitôt envahie de lumière et de chaleur. « On va commencer par écrire cette lettre », dit-elle en leur montrant l'abécédaire. « A comme Adam… »

Seul Willie possède une ardoise conventionnelle pour écrire. Il a même apporté des bâtons de craie grise et cassante, un chiffon et une petite bouteille d'eau. Lavinia se demande, comme elle se l'est déjà demandé par le passé et se le demandera encore dans l'avenir, comment il se fait que Meg sache toujours exactement ce qu'il faut faire, avoir, dire ou même vouloir. Un jour, elle a ri en entendant Mary Bundle dire à Ned que Sarah Vincent était une sorcière. S'il y a une sorcière au cap, Lavinia pense que ce doit être Meg — une sorcière calme et douce, une sainte sorcière.

Les autres enfants ont apporté un assortiment d'objets conçus pour leur permettre de tracer leurs lettres. Leur utilité dépend du degré de créativité de chacune des familles. Quelques-uns ont des pierres plates et des éclats de roche évoquant des morceaux de craie, Charlie Vincent écrit sur la partie arrondie d'une pelle cassée, Rose Norris n'a rien apporté et Fanny Bundle ne s'est tout simplement pas présentée.

Ce sont les « trois rois » qui semblent avoir montré le plus d'imagination pour trouver des produits de remplacement. Henry, George et Alfred arrivent avec une plume d'oiseau et une assiette en métal dont le fond est couvert d'une couche de farine. Ils montrent à Lavinia comment la plume leur sert à tracer des lignes dans la farine. Le seul inconvénient, c'est que lorsqu'ils soufflent pour effacer ce qui est écrit, des nuages de farine s'élèvent et se déposent sur leurs visages. À mesure que s'étire la matinée, les fils de Ned découvrent que le mélange de farine et de salive forme des petites boules très utiles comme projectiles.

Ne sachant plus quoi faire pour passer le temps qui, selon son estimation, doit être de trois heures mais lui paraît un mois, Lavinia ignore leurs bouffonneries.

Le deuxième matin, comme il tombe une bruine légère, Lavinia garde la porte fermée. Il n'y a plus que sept écoliers, Isaac ayant décidé qu'il est trop vieux, et Moses, trop jeune, pour entreprendre des études. La pénombre et le fait qu'ils sont moins nombreux rendent la petite assemblée encore plus mélancolique que la veille. Mais, ce matin, comme elle est restée éveillée une partie de la nuit, Lavinia a un plan. Pour commencer, elle demande aux enfants de mémoriser et de réciter un verset des Saintes Écritures.

« Souviens-toi maintenant de ton Créateur au temps de ta jeunesse, afin que ne viennent pas les jours et les années où tu diras : Je n'y trouve plus aucun plaisir » est le verset étudié ce matin-là. Les enfants mettent près d'une heure à l'apprendre. Ils n'ont pas encore tous fini de le réciter qu'on entend frapper avec insistance à l'extérieur.

Tout d'abord, parce qu'ils croient que c'est Ben qui travaille à une partie de sa maison qu'il ne cesse d'améliorer, ils ne prêtent pas attention au bruit. Les enfants n'ont jamais su, et Lavinia l'a oublié, que, dans des endroits plus civilisés, les gens ne se contentent pas d'ouvrir une porte et d'entrer. On continue de frapper encore plusieurs minutes, puis la porte s'ouvre et Thomas Hutchings fait son entrée.

Les élèves renfrognés le regardent avec l'espoir qu'ils seront peut-être autorisés à sortir. Rougissante, Lavinia se lève et époussette sa jupe, un vêtement si usé que rien ne pourrait en améliorer l'apparence.

Elle est aussi surprise que les enfants par l'arrivée inopinée de Thomas. Depuis cette journée à Turr Island, il y a déjà des mois, il ne s'est plus jamais approché d'elle. Elle a passé l'été à l'observer, à attendre de sa part un geste, un regard qui aurait pu indiquer un intérêt particulier, mais rien ne s'est produit. Elle a même commencé à penser qu'il l'évitait.

Se rappelant que, selon Jane et Emma, elle est une institutrice d'âge mûr, vieille fille de surcroît, elle attend, avec ce qu'elle espère être une attitude digne et calme, que Thomas parle.

« On aura pas besoin de ça pour les prochains mois… et j'ai… ah… j'ai pensé que ça pourrait peut-être vous être utile », dit-il en tendant la petite ardoise dont il se sert pour faire le compte des chargements de poisson pendant la saison de pêche.

« Merci », répond-elle en hochant la tête.

Debout côte à côte, ils contemplent les enfants éparpillés dans la pièce. Charlie Vincent a pris l'abécédaire et il est en train de l'étudier. Les autres restent assis, le visage levé, la bouche ouverte, dévisageant Thomas comme s'ils ne l'avaient jamais vu auparavant.

« Est-ce qu'il y en a un qui sait écrire ? » demande Thomas.

Lavinia réprime un mouvement d'impatience. Ce qui l'agace le plus chez cet homme, c'est qu'il donne toujours l'impression de prendre les autres pour des sourds, des imbéciles et ainsi de suite. Il pourrait aussi bien être en train de parler d'une cargaison de poissons ou d'un troupeau de chèvres. Lavinia se demande s'il connaît les enfants par leur nom.

« Oh oui ! On a un peu travaillé à ça l'hiver dernier dans la cuisine de Meg. Le jeune Char lit et écrit aussi bien que moi. Patience lit un peu et elle sait écrire son nom. Isaac faisait des progrès, mais maintenant il est parti avec Ned et je doute qu'on le revoie beaucoup. Rose et Willie

connaissent la plupart de leurs lettres… et les "trois rois" aussi…»
Lavinia entend sa voix haut perchée et elle s'interrompt.

Seule la nuit, elle s'est entraînée à prendre une voix autoritaire, à imiter le ton que Mme Ellsworth utilisait avec les servantes et qu'elle n'a jamais oublié. Après un bref silence, elle teste cette voix auprès de Thomas Hutchings.

«Eh bien, comme vous savez, ça fait juste un jour qu'on a commencé l'école… et vraiment, je crois pas qu'on puisse s'attendre encore à de grands résultats, n'est-ce pas ?»

Elle est extraordinairement satisfaite de son petit discours. Repassant chaque mot dans sa tête, elle ne trouve pas une seule chose à redire à aucun d'eux. Elle le regarde fixement et son plaisir est encore intensifié par le choc et la surprise qu'elle lit sur le visage de Thomas.

«Oh! j'avais pas l'intention de critiquer. Je pensais juste… je me demandais si je pouvais apporter une aide quelconque.»

Il attend pendant une minute et comme Lavinia, muette de stupeur, ne répond rien, il ajoute : «Ma foi, tu peux y réfléchir… à l'aide que j'pourrais apporter, je veux dire. Je vais m'en aller, maintenant.»

Il se retourne avec raideur, sort et referme la porte derrière lui. Puis il l'ouvre de nouveau, passe la tête et dit : «Tu pourrais leur donner une petite leçon sur l'utilité de cogner aux portes.»

Il revient le lendemain, vers le milieu de la matinée.

Les enfants ont appris par cœur un verset de la Bible, récité leur alphabet et ont fait des exercices avec six mots de trois lettres : bon, don, mon, non, son, ton.

Willie et Rose ont déclaré qu'ils sont sur le point de mourir. «M'man va être très fâchée contre toi, Vinnie. J'ai entendu dire qu'il y a des gens qui meurent parce qu'ils bougent pas», explique Willie d'un ton de reproche.

Exaspérée, Lavinia envoie ses élèves dehors. Debout à la porte, elle surveille les gamins déchaînés qui jouent à colin-maillard, se disant que Meg peut apparaître à tout moment et les renvoyer au travail, lorsqu'elle aperçoit Thomas qui arrive dans le sentier menant de l'entrepôt à l'école. Il contourne la bande d'enfants tapageurs comme s'il s'agissait d'animaux sauvages.

Lavinia observe attentivement Thomas Hutchings qui avance vers elle, et elle essaie de décider ce qu'elle doit penser de cet homme. Il s'habille comme les autres hommes de l'endroit, porte les mêmes vestes et les mêmes pantalons usés à la corde. Mais il ne leur ressemble pas, et elle se demande ce qu'il a de différent. D'abord, il est plus soigné, ses cheveux semblent bien peignés et sa barbe est carrée et toujours impeccablement taillée. Il est plus grand, aussi, un peu plus grand que Ned et qu'elle-même, et il a les épaules un peu plus larges que Frank ou que les Vincent. Il a le teint foncé comme un Turc, et les traits de son visage semblent taillés au couteau. Sa bouche a un air fermé et amer, comme s'il gardait pour toujours de terribles secrets.

Il ouvre le livre qu'il tenait jusque-là sous le bras et le feuillette tout en marchant. «J'ai pensé que cette histoire plairait peut-être aux plus vieux. Je l'aimais bien quand j'étais enfant.»

L'image de Thomas Hutchings enfant éloigne du livre l'esprit de Lavinia. Son imagination tâtonne pour essayer de la rendre plus claire : elle voit un frêle garçon aux cheveux noirs, vêtu d'un habit noir, à des funérailles, peut-être les funérailles de sa mère. Mais elle est incapable de mettre un fond à l'image, d'imaginer un pays, une ville. Elle baisse les yeux sur le livre qu'il tient ouvert devant elle et voit des chevaux ailés, des hommes en armure, des châteaux avec des tours d'où l'on agite des drapeaux — les histoires de Ned —, mais les mots du livre ne sont pas écrits en anglais. «Mais… mais il faut que les enfants apprennent l'anglais, dit-elle stupidement.

— Oh! j'ai pas l'intention de leur faire lire ce livre. C'est moi qui vais le leur lire. Juste un petit moment chaque jour, pour les intéresser à la littérature. Si tu es d'accord, je vais prendre les élèves plus avancés pendant que tu vas faire la classe aux petits. Après quelque temps, on pourra commencer à lire Shakespeare… tu as un livre de Shakespeare, je pense?»

Patience s'est emparée du Shakespeare le lendemain du jour où Lavinia l'a reçu. Cette dernière l'a vue se jeter dessus, contempler pendant des heures les dessins à la plume représentant des hommes vêtus d'habits étranges et des femmes au long cou avec des cascades de cheveux. Pour sa part, Lavinia n'a pas encore lu un mot du volumineux bouquin.

«Ah oui! répond-elle à Thomas Hutchings. On a le Shakespeare.

— Bien, alors je vais prendre Charlie et Patience, et on va faire une demi-heure de lecture dans ce livre et une demi-heure de poésie pendant que tu vas enseigner aux autres les lettres.»

«Comme tout ça est facile quand on sait quoi dire!» pense-t-elle tandis qu'ils se mettent d'accord.

Les premiers jours, la présence de Thomas Hutchings intimide les enfants. Quand il est dans la pièce, ils refusent de lire ou de réciter le verset qu'ils ont appris. Même Rose, la plus effrontée des enfants, ne répond pas aux questions en présence de Thomas. «Comment on est supposés l'appeler?» chuchote-t-elle à Lavinia à sa troisième visite.

Ayant le même problème, Lavinia ne trouve rien à répondre à la fillette. Au cap, les enfants appellent tous les adultes «Oncle» ou «Tante». Seul Thomas n'a jamais été promu au rang de parent honoraire. Elle renvoie Rose à sa place sans avoir répondu à sa question.

Habituellement, Thomas s'attarde quelques minutes après le départ des enfants et, rassemblant tout son courage, Lavinia lui demande le lendemain comment il aimerait que les enfants l'appellent.

La question semble le prendre autant au dépourvu qu'elle-même. Il y réfléchit un instant avant de demander : « Et toi, comment ils t'appellent ?

— Comme ils m'ont toujours appelée : Vinnie.

— Alors, pourquoi ils m'appelleraient pas Thomas ? »

Cette suggestion choque Lavinia. Même les adultes, même Josh Vincent, qui est sûrement son aîné, l'appellent rarement Thomas. La plupart du temps, ils l'appellent par son nom au complet, ou parlent de lui en lui donnant le surnom de « Capitaine ». Mais elle hoche la tête et dit : « Thomas. » C'est la première fois qu'elle prononce son prénom à voix haute. Cela lui donne du courage. « Est-ce que vous étiez professeur, avant ?

— Si t'apportes le Shakespeare, j'vais demander au jeune Charlie d'en lire un passage à voix haute, demain », dit-il comme si elle ne lui avait pas posé de question.

Le lendemain matin, elle dit à ses élèves d'appeler Thomas Hutchings par son prénom. Ils mettent beaucoup de temps à y parvenir, mais une fois que c'est fait, tout le monde semble se détendre et commencer à aimer le livre étranger. Son héros vaillant et fou rappelle tant son frère à Lavinia qu'elle se retrouve nouée d'appréhension en écoutant le récit de ses exploits. Il est difficile de se concentrer sur l'orthographe qu'elle est censée enseigner aux plus jeunes pendant ce que les élèves appellent le « temps de l'histoire ».

Contre toute attente, Thomas se révèle être un excellent conteur. Lorsqu'il lit, son visage se détend, ses yeux perdent leur expression méfiante, il sourit. Il connaît par cœur une douzaine de poèmes et de ballades. Parfois, ces textes parlent d'amour et d'honneur, et parfois ils parlent de guerre et de dieux étranges. Lavinia n'est pas certaine que Meg et Sarah les apprécieraient si elles les entendaient. Au fil des semaines, Thomas leur parle d'hommes qui défendent des villes contre l'assaut d'armées entières, d'hommes debout tout seuls sur des ponts, d'hommes naviguant vers des terres sauvages et sans lois et qui deviennent des saints ou des rois, d'hommes qui sauvent des femmes ravissantes, d'hommes qui combattent des monstres, qui se tiennent sur le pont d'un navire en flammes, sur le sommet d'une montagne, sur un rocher au milieu de l'océan, d'hommes qui crient aux dieux des paroles sonores. Des hommes, toujours des hommes. Lavinia se demande pourquoi.

Et pourtant, les poèmes tournent à l'infini dans sa tête, elle les entend avant de s'endormir et quand elle se réveille. Elle commence à connaître des strophes entières, puis des poèmes entiers. Elle les récite à voix haute quand elle est seule. Ces lignes, ainsi que les versets de la Bible qu'ils apprennent chaque matin, sont les premiers des centaines d'extraits d'œuvres littéraires qu'elle finira par mémoriser, et auxquels elle se cramponnera aux heures sombres de sa vie.

Thomas continue de s'attarder après ces séances, pour répondre aux questions de Charlie, et à celles de Lavinia aussi, au sujet des livres d'où il tire ses lectures. Elle ne l'interroge plus jamais sur son passé, mais sa curiosité devient si grande qu'un jour qu'elle se trouve seule avec Ned, elle lui demande quel est selon lui l'âge de Thomas.

Ned reste vague : une quarantaine d'années, peut-être un peu plus, peut-être un peu moins. Lavinia insiste, essayant de lui tirer les vers du nez au sujet de son ami. D'où vient Thomas ? Comment s'est-il retrouvé au cap ? Pourquoi travaille-t-il pour Caleb Gosse ? En quelle langue son livre est-il écrit ? Est-il riche ? Combien Gosse le paie-t-il ?

Son frère habituellement très volubile reste sur la réserve. « J'sais pas d'où il vient, ma fille… et j'suppose qu'il est pas beaucoup plus riche que la plupart d'entre nous. D'après ce que j'en sais, Caleb est un vieux bougre d'avare. Thomas crédite le poisson qu'il pêche aux Vincent en échange de ses repas. J'imagine qu'il doit être payé en argent, parce que les seules pièces de monnaie que j'ai vues ici sont celles qu'il donne à Ben… Évidemment, personne les voit jamais, parce que Meg met tout de côté pour Willie », ajoute-t-il en lui faisant un clin d'œil.

Et, avec autant d'adresse qu'un avocat maritime d'expérience, Ned change de sujet de conversation. « D'après toi, est-ce que le jeune Willie a des chances de devenir prêcheur ? J'arrive pas à imaginer ça, notre Willie avec un col romain. Tu penses que ça va arriver un jour ? »

Il glisse dans une longue histoire à propos d'un pasteur qu'on a chassé de Pond Island parce qu'il prêchait la mauvaise sorte de religion. « … un métier dangereux, si tu m'demandes mon avis. Meg f'rait mieux d'en faire un bon menuisier, comme Ben… même si j'crois pas qu'il soit assez brillant pour ça… »

Comme Lavinia insiste, car elle veut savoir de quoi lui et Thomas parlent au cours de ces longues conversations qu'ils ont depuis des années, Ned lui répond sèchement : « Qu'est-ce qui te prend, Vinnie ? J'pensais qu'tu l'avais jamais aimé. J'te revois encore, la première année, en train de le dévisager d'un air bête de l'autre côté de la table, comme si t'allais t'étrangler à chaque bouchée que t'avalais. T'as changé d'avis, c'est ça ? J'ai remarqué qu'il passe du temps avec les enfants chaque matin… t'as un œil sur le vieux Thomas, avoue ! » Et Ned se met à improviser une chanson d'amour.

Se maudissant d'avoir interrogé Ned, Lavinia lui demande d'arrêter. « Les enfants vont entendre et ils vont me faire tourner en bourrique. J'ai assez de problèmes comme ça avec eux. »

Mais Ned continue à chanter jusqu'à ce qu'elle comprenne que si on ne le fait pas taire, tout le monde va parler d'elle et de Thomas Hutchings avant le soir.

«J'ai toujours trouvé Thomas Hutchings froid comme une morue en plus d'être prétentieux, et j'le pense encore. Tu peux me croire, Ned Andrews, si jamais j'veux un homme, j'vais le chercher ailleurs qu'ici!» déclare Lavinia de sa voix de digne maîtresse d'école.

Son frère devient soudainement sérieux. «Faudra que t'ailles loin, ma fille, ben ben loin avant d'en trouver un comme Thomas Hutchings! Ça m'est égal, d'où il vient, mais c'est un homme bon!» dit Ned avant de reprendre son travail — courber des tiges de bois d'après un modèle pour fabriquer des raquettes —, un travail fastidieux.

Lavinia l'observe tandis qu'il fait soigneusement passer les tiges parées entre des chevilles qui leur donneront une forme d'arc. Elle songe à toutes ces choses bizarres qu'ils ont appris à faire depuis leur arrivée au cap et se demande s'il est possible qu'ils aient oublié d'autres choses. Elle, par exemple, elle n'est plus capable de parler à ce frère qu'elle avait l'habitude d'adorer. Elle s'éloigne avec un sentiment de tristesse qu'elle n'a pas ressenti depuis des mois.

À l'automne, Lavinia tombe un jour sur Mary Bundle assise à l'orée d'un champ, oisive. Mary est enceinte de quelques mois. Au début de sa grossesse, une brève période d'indolence ralentit habituellement son ardeur, mais même cela ne peut expliquer qu'elle soit ainsi assise en plein jour, ne faisant rien d'autre que contempler un champ de chaume et des chèvres.

L'endroit est certes ravissant, pense Lavinia. Les enfants l'appellent le «pré du marais». L'herbe longue et bleu-vert qui y pousse fournit l'unique foin du cap. «Les chèvres sont dans le jardin!» «Les chèvres sont dans le pré!»: voilà les exclamations qu'on entend tout au long du printemps et de l'été, alors que chacun garde l'œil sur la précieuse verdure. Cette année, on a fauché trois fois le foin du pré, et les chèvres sont à présent libres d'en brouter autant qu'elles le désirent.

Debout derrière Mary, Lavinia s'aperçoit que la jeune femme est complètement absorbée dans sa tâche qui consiste à trier deux piles de cailloux blancs posés sur ses genoux et qu'elle regarde tour à tour les chèvres et les galets lisses.

Lorsque Lavinia touche son épaule, Mary bondit sur ses pieds. «Lavinia! Les gens pourraient avoir une attaque quand t'arrives à l'improviste comme ça!

— J'suis pas arrivée à l'improviste. C'est ton genre à toi, ça, pas le mien... De toute façon, veux-tu bien me dire ce que tu fabriques, tu joues aux billes ou quoi?» Lavinia montre du doigt les cailloux ronds et blancs à présent éparpillés dans l'herbe et elle se demande pourquoi le visage de Mary arbore une telle expression de confusion.

Mary soupire, fronce les sourcils et dit d'un ton accusateur : « Après tout ce temps, t'aurais pu me montrer à compter. »

Lavinia est sidérée. « À compter ? Compter quoi ?

— Compter n'importe quoi, les cailloux, les arbres, compter les nuages… compter les chèvres », répond Mary en agitant la main, à mesure qu'elle les nomme, vers toutes ces choses non comptées et dont la vue l'offense.

« Très bien, alors, je vais te montrer, maintenant. » Lavinia ramasse les cailloux. « Assieds-toi, pour l'amour du ciel ! Qu'est-ce que tu veux compter ?

— Les chèvres. » L'air encore maussade, comme si Lavinia la forçait à faire quelque chose contre son gré, Mary s'assied et désigne de la tête le petit troupeau qu'elle et Sarah ont élevé avec tendresse. « J'peux compter jusqu'à dix, et retenir deux fois dix dans ma tête, mais, après ça, j'y arrive plus. »

Lavinia mettra des années à deviner ce que cet aveu coûte à Mary. Ce jour-là, elle se contente de compter les chèvres et de dire : « Vingt-trois, il y a vingt-trois chèvres.

— Doux Jésus, ma fille, j'veux pas que tu les comptes… j'veux les compter moi-même ! »

En moins d'une heure, en jouant aux billes, un jeu d'enfant, avec les cailloux, Lavinia a appris à Mary à compter jusqu'à cent ainsi qu'à additionner et à soustraire. Cela, qui constitue la totalité de ses connaissances en arithmétique, l'institutrice de l'école du dimanche de Weymouth avait mis des semaines à le communiquer aux enfants de sa classe.

« Mary, t'es une excellente élève ! » Lavinia considère avec admiration cette femme qu'elle croit beaucoup plus âgée qu'elle mais qui a en réalité exactement le même âge. « J'pourrais peut-être t'apprendre aussi à lire.

— Laisse faire la lecture, les vieilles affaires des livres m'intéressent pas du tout. J'veux seulement compter, dit Mary qui désire mettre sur-le-champ ses connaissances en pratique. On a vingt-trois chèvres ici et assez de foin pour dix ou douze. Ça veut dire qu'on peut en abattre douze ou treize pendant l'hiver et qu'on aura encore beaucoup de lait l'été prochain ! »

Enchantée de sa découverte, Mary se relève d'un bond et se met en route. Puis elle s'arrête et se retourne vers Lavinia. « Merci, Vinnie, c'est la meilleure chose que j'aie jamais apprise… c'est sûr que maintenant j'peux compter aussi bien que Thomas Hutchings ! Sais-tu qu'avec tout le poisson qu'on a pris l'été dernier, le capitaine Brennan a dit à Sarah qu'on pourrait avoir de l'or ? »

Grave tout à coup, Mary louche vers Lavinia comme si elle comptait les étincelles dans ses yeux. « À ta place, j'y ferais pas confiance, ma fille. Écoute bien ce que j'te dis : y a quelque chose de louche chez Thomas Hutchings, quelque chose de noir ! »

Lavinia pense que Ned a dû parler de leur conversation à sa femme. Elle a eu beau affirmer ne pas aimer Thomas, la perspicace Mary n'a pas été dupe.

« Toutes les femmes du cap doivent me surveiller comme des faucons », écrit-elle dans son journal.

Dans la classe, la division des tâches n'a pas eu les résultats escomptés par Thomas et Lavinia.

« Pourquoi on viendrait en classe s'il faut qu'on reste dans un coin à étudier de vieux mots jusqu'à en avoir le visage bleu pendant que Patience et les autres sont là en train de se faire raconter des histoires ? » demande Rose Norris, et Lavinia doit admettre qu'elle n'a pas complètement tort.

Tous les élèves moins avancés l'approuvent : comment peut-on se concentrer sur « mon », « ton » et « son » quand, à six pieds de là, la bataille fait rage, que des démons sont mis en pièces et des armées, chassées de châteaux ? La deuxième semaine, ils sont tous assis en cercle, penchés en avant, captivés par l'histoire que Thomas est en train de leur lire.

De façon inexplicable, bien que les journées raccourcissent, il ne semble pas faire plus froid. C'est comme si un été éternel s'était installé au cap. Chaque matin, avant de commencer sa lecture, Thomas ouvre la porte. La pièce est soudain envahie de lumière, des odeurs et des bruits venus de l'extérieur, le claquement des vêtements sur la corde à linge, les cris des mouettes et le son assourdi des marteaux en provenance de l'isthme où les hommes travaillent à ériger le premier mur de l'église.

Meg affirme que le beau temps et l'abondance du poisson sont dus au fait qu'ils ont commencé à construire une église. À l'appui de sa théorie, elle récite un verset de la Bible : « Prouve-moi maintenant, dit le Roi des Cieux, si Je n'ouvrirai pas les portes du Ciel pour déverser sur toi tant de bienfaits qu'il n'y aura pas suffisamment d'espace pour les recevoir. »

Assise sur le sol poussiéreux pendant que la voix de Thomas Hutchings remplit la salle, Lavinia se dit que Meg a peut-être raison, elle s'imagine qu'elle voit les bienfaits — un long et étroit rayon de lumière, comme de la moutarde noire se déversant sur le cap. Ils sont sur la Terre promise.

Chapitre 12

Je n'ai pas vu Ida Norris ce jour-là, il y a des années, quand Frank l'a amenée au cap Random, mais je me souviens que maman nous a raconté à quoi elle ressemblait — jolie comme une poupée de porcelaine et prononçant les mots ainsi que le font les gens bien élevés. Maintenant, il est difficile de penser à Ida de cette façon. La vérité, c'est que, jusqu'à récemment, nous ne pensions pour ainsi dire jamais à elle. C'est presque comme si elle était morte, comme la pauvre Hazel.

Depuis des années, Meg, Sarah et Annie vont à tour de rôle chez les Norris pour changer les draps sales, laver la démente et lui mettre des vêtements propres. Entre ces visites, Frank et Rose s'occupent d'elle. On n'a jamais entendu Annie Vincent, qui va le plus souvent chez les Norris, parler de la femme de Frank. Mais, selon Meg et Sarah, Ida est désormais complètement silencieuse. Sa seule occupation consiste à déchirer des bandes de papier peint dans toutes les pièces à l'étage. Heure après heure, Ida choisit les motifs fleuris et, avec ses ongles sales, elle pèle soigneusement le papier mural en longs rubans qu'elle laisse flotter, de sorte que les chambres poussiéreuses où l'on n'entre jamais ont l'air d'être en train de s'effilocher.

Ce doit être une drôle de vie pour Frank et Rose, pense Lavinia, ce doit être comme vivre avec un fantôme. Pour le reste des habitants du cap Random, la démente n'est qu'un visage grisâtre aperçu de temps à autre à l'une des fenêtres de l'étage de la maison Norris, un nom que les enfants murmurent pour s'effrayer les uns les autres les soirs d'été, lorsqu'ils sont restés trop longtemps dehors.

Puis, un beau matin, Frank Norris enfile ses bottes et s'aperçoit que, pendant la nuit, quelqu'un les a remplies de mélasse. Le lendemain, lorsque lui et Rose arrivent pour souper, ils découvrent deux chèvres enfermées dans la cuisine. Puis c'est le tabac de Frank, le seul luxe qu'il se permet, qui a été mélangé à un baril de farine. Les mauvais tours continuent ; chaque jour, Rose chuchote à l'oreille de Willie une nouvelle anecdote qui démontre la malveillance de sa mère. Après quelque temps, chacun sait que la maladie d'Ida a pris un aspect étrange. C'est dérangeant, virulent, comme si quelqu'un qui était mort depuis longtemps s'était levé et exigeait qu'on s'occupe de lui.

Sarah Vincent comprend aussitôt que les frasques d'Ida ont quelque chose à voir avec la relation qui s'est nouée entre sa fille et Frank. Elle sait depuis longtemps qu'ils sont amants, elle a pleuré secrètement à cause de cela, elle a sermonné Annie le jour et prié la nuit pour elle sans jamais en souffler mot à personne, même pas à Meg. Prenant les actions d'Ida comme un avertissement de Dieu, Sarah redouble d'efforts pour persuader Annie de cesser de commettre le péché d'adultère avec Frank.

« On ne se moque pas de Dieu… sois sûre que tu vas être démasquée pour tes péchés », répète-t-elle matin et soir à sa fille… sans résultat.

Un soir, après le souper, le désespoir amène Sarah à confier ses craintes à Josh. « J'suis sûre qu'Ida Norris sait que son mari et notre Annie ont un comportement de gens mariés. » Bien qu'ils soient seuls, Sarah devient rouge comme une pivoine et jette un regard circulaire dans la pièce.

Josh baisse les yeux ; examinant chacun de ses doigts, il frotte sans parler ses épaisses jointures.

« J'te le dis, Josh, j'suis en train de devenir folle, tellement ça me tourmente… Je prie et j'y pense depuis si longtemps que j'sais plus de quel côté me tourner. Tout compte fait, j'pense qu'il faut agir. » Sarah voit son mari déglutir péniblement et, consternée, elle réalise qu'il est au bord des larmes. « J'suis désolée, Josh… J'pensais que t'étais au courant », murmure-t-elle.

Il secoue la tête sans lever les yeux. Puis il se lève, prend sa casquette accrochée derrière la porte et sort.

Le lendemain, Sarah se confie à Meg. « Il avait le cœur brisé, le pauvre, le cœur brisé. J'étais sûre qu'il savait… J'pensais que tout le monde ici le savait… c'est évident comme le nez dans le visage depuis si longtemps. J'peux pas m'empêcher de me faire des reproches… J'aurais dû être capable de mettre fin à ça. »

Les deux femmes sont agenouillées sur le quai en train de frotter les carpettes nattées des maisons Andrews et Vincent. Juste sous le quai, Mary trempe, depuis le côté d'une barque, d'autres carpettes dans la mer.

« Pour dire vrai, ma pauvre, j'étais au courant, et Ben aussi, répond Meg d'une voix posée. J'voulais t'en parler, mais j'attendais que t'abordes le sujet la première. En fin de compte, j'y ai réfléchi, et, ma foi… » Meg hésite.

Elle jette un regard vers Mary, mais sa belle-sœur est penchée au-dessus d'un côté du doris de Thomas Hutchings et semble complètement indifférente à la conversation qui se tient juste au-dessus de sa tête.

«Tu sais ce que le révérend nous a dit : "Si on confesse nos péchés, Il va se montrer loyal et juste et nous pardonner nos offenses et nous laver de tout ce qui est mal." J'pense qu'on devrait se mettre tous ensemble et organiser un office spécial… même une saison de prière et de pardon.»

Sarah est perplexe. «J'sais pas. J'imagine qu'Annie voudra même pas venir. D'ailleurs, qui va le faire ? Toi et moi, on peut diriger la prière dans nos maisons le dimanche, mais, pour ce genre de chose, il faut un prêcheur.

— Le révérend Eldridge a dit qu'on devait se confesser mutuellement et prier ensemble pour demander un esprit de miséricorde et la grâce de Dieu. Il a dit que c'est juste les papistes qui ont besoin d'un mortel pour les confesser.» Meg a préparé ce discours depuis quelque temps. Elle parle d'une voix douce, attentive à ne pas blesser son amie.

«J'déteste l'idée que tout ça sorte au grand jour. Les gens vont penser qu'on est pas meilleurs que ceux de Cat Harbour. Et pour Josh, ça sera pas facile.» Sarah passe sa brosse sur le savon et, pendant plusieurs minutes, elle frotte furieusement un agneau vert entouré de roses roses. «Mais j'suppose que t'as raison, il faut le faire. C'est un très grand péché et ils ont été sauvés tous les deux.

— Annie a toujours eu bon cœur, j'suis sûre qu'elle est là-bas, maintenant, en train d'enlever les courtepointes. On a pensé qu'il fait encore assez chaud pour qu'elles sèchent dehors», dit Meg en indiquant de la main la maison des Norris.

Autrefois la plus belle du cap, cette demeure est à présent grise et délabrée. Frank Norris passe le plus de temps possible loin de la maison qu'il avait bâtie avec tant d'amour. Un morceau de corniche pend du toit, et la porte d'entrée a une charnière cassée. Les rideaux de dentelle que les femmes avaient admirés ne sont plus que des loques crasseuses qui pendent aux fenêtres ternes. La clôture qui entourait la petite cour s'est effondrée et les chèvres ont dévoré jusqu'au dernier brin d'herbe. Il n'y a pas d'appentis, de poulailler ou de corde à linge, pas de fleurs ni de bosquets devant le seuil. Même à présent, dans le soleil du matin, la maison a une apparence froide et sombre qui fait frissonner Meg.

«J'ai dit à Annie que, dans la situation, elle devrait s'abstenir d'y aller, mais c'était son tour et elle a tenu à faire son travail. Elle a dit que j'me faisais des idées.»

Après s'être confiée à Meg, Sarah se sent déjà mieux. «J'crois pas que la pauvre femme soit vraiment méchante. Après tout, on va toutes les trois dans cette maison depuis des années.»

Meg et Sarah s'asseyent sur leurs talons et examinent la maison Norris.

« J'présume qu'on devrait aussi prier pour Ida… Tu sais, j'ai parfois l'impression qu'on aurait dû en faire plus pour elle pendant toutes ces années », reprend Sarah d'un ton songeur.

Mary Bundle renifle et jette les carpettes mouillées sur le quai, les éclaboussant toutes trois d'eau salée. Mary a toujours maintenu qu'Ida n'est pas malade mais fainéante et elle se justifie ainsi de ne pas faire sa part en ce qui concerne le ménage de la maison Norris.

« C'est d'un bon coup de pied au derrière qu'elle a besoin, celle-là. On est tous trop coulants avec elle, c'est ça, le problème, tous en train de la dorloter et de faire tout son travail de maison à sa place. Moi, je dis : qu'est-ce que ça peut bien faire que Frank et Annie prennent un peu de bon temps ? Cette femme, qui feint d'être malade depuis toutes ces années, mérite pas un homme comme Frank. Ça aurait été ben mieux pour lui s'il l'avait traînée dehors et l'avait obligée à travailler ! »

Bien qu'elles passent toutes trois des heures ensemble, c'est surtout Meg et Sarah qui font la conversation, car Mary n'est pas portée à ce qu'elle appelle le « jacassage ». Mais le gaspillage et la paresse sont deux sujets qui éveillent son éloquence : « Si Ida Norris est assez vaillante pour faire toutes les niaiseries qu'elle a faites dernièrement, alors elle doit l'être assez pour travailler. En plus, j'ai dit à Frank… » Elle est interrompue par un bruit de verre cassé.

Un pot de chambre, son contenu tourbillonnant à travers la cour, vole d'une fenêtre de la maison Norris et s'écrase sur les rochers. Au même instant, la porte branlante s'ouvre et Annie apparaît, hésitante, dans l'entrée sombre. Elle regarde autour d'un air affolé, aperçoit les femmes et se rue vers elles. Elle tient une main sur son épaule et sanglote en criant : « Maman, maman, maman » comme une petite enfant.

Une grosse cuvette en porcelaine puis un bol au motif identique dégringolent à leur tour et ratent de peu la tête d'Annie. Puis, depuis la fenêtre brisée, une voix horrible, éraillée, stridente, hurle : « Harlot ! Putain de Babylone ! Jézabel ! »

Lavinia et les enfants, qui jouaient aux anneaux à l'extérieur de la salle de classe, entendent le vacarme et se hâtent vers la rive ; en passant à toute vitesse à côté de la maison Norris, ils se protègent la tête de leurs mains. Ils arrivent sur le quai au moment où Annie se jette dans les bras de sa mère.

« Oh ! Maman, elle m'a fait mal, elle m'a poursuivie avec un couteau… », sanglote Annie.

Des gouttes de sang coulent sur Sarah tandis qu'elle tend les bras pour prendre sa grande fille et lui tapoter le dos en faisant entendre de petits sons réconfortants.

Mary éloigne Annie de sa mère et défait les boutons du haut de sa robe. «C'est pas profond… ça m'a l'air d'être juste une égratignure. Pour l'amour de Dieu, arrête de renifler, ma fille», dit-elle, mais sans méchanceté. Puis, repoussant Annie vers Sarah, elle se tourne vers le cercle d'enfants ébahis. «Qu'est-ce que vous faites là à bâiller aux corneilles, vous autres?» demande-t-elle, et n'obtenant pas de réponse, elle ajoute: «Le chat vous a mangé la langue, c'est ça?

— C'était elle, hein?» demande Rose Norris, l'air effrayée. L'enfant pointe un doigt en direction de sa maison redevenue silencieuse, avec sa fenêtre brisée, noire et vide.

«Évidemment que c'était elle. Bougre d'imbécile, jeter de bons pots à pisse comme ça par les fenêtres!» Mary est dégoûtée. Elle a longtemps convoité ce service en porcelaine.

«Ta mère est malade, Rose. Mary et moi, on va aller là-bas voir ce qui se passe.» Meg regarde Mary et se dit que cette dernière a beau être menue, elle est tout à fait capable d'affronter la démente.

À présent que Mary a déclaré que la blessure d'Annie n'est pas mortelle, un flot de paroles a remplacé les murmures compatissants de Sarah. «J'te l'avais dit, ma fille… j'te l'ai répété des centaines de fois! Le mal appelle le mal, le Seigneur acceptera pas qu'on désobéisse à Ses commandements ni qu'on se moque de Ses paroles.» Sans s'interrompre, elle fait signe à Lavinia d'approcher, et toutes deux conduisent Annie vers la maison des Vincent.

Après avoir fait quelques pas, Meg songe à quelque chose et revient vers le quai où sont massés les enfants. «J'veux pas qu'on parle de ça, dit-elle. Pas de blagues, pas d'histoires. Pas un mot là-dessus, c'est pas un sujet qui regarde les enfants. Vous ouvrez pas la bouche sur c'qui s'est passé, vous m'avez bien entendue?»

Aucun des gamins n'a compris le sens des paroles qu'ils ont entendues, mais les malédictions stridentes d'Ida résonnent dans leurs têtes comme la voix du malheur. Les enfants ainsi tancés acquiescent de la tête et continuent d'acquiescer lorsque Mary ajoute ses propres menaces aux admonestations de Meg: «Si vous obéissez pas à Meg, j'vais dire au bonhomme Sept Heures de vous trancher la langue comme si vous étiez des morues. Et pis, poursuit-elle en les dévisageant, allez me laver ces carpettes sinon vous vous passerez de dîner.»

Les enfants restent immobiles en continuant de hocher la tête tandis que Meg et Mary remontent le sentier en direction de la terrible maison.

«Tout au long du chemin jusque chez elle, Sarah n'a cessé de marmonner des versets de la Bible. Il y en avait que je n'avais jamais entendus auparavant. Je me demande comment elle et Meg, qui sont incapables de lire un seul mot, font pour apprendre par cœur tous ces versets », écrit Lavinia ce soir-là.

« Elle en répétait sans cesse quelques-uns : "La concupiscence entraîne le péché, et le péché entraîne la mort et la damnation éternelle", et : "La lascivité est un mal turbulent, rempli de poison mortel, mais la paix et la joie sont les fruits d'une conduite honnête." Il y en avait d'autres, mais je ne me souviens que de ceux-là et, une fois que l'épaule d'Annie a été nettoyée et bandée, j'en récitais, moi aussi. La seule différence, c'est que mes versets parlaient davantage de récompenses et de paradis, parce que nous n'avons étudié en classe aucun verset sur la concupiscence. À tour de rôle, Sarah et moi, nous faisions peser un fardeau sur la pauvre Annie qui continuait à brailler comme si elle n'allait jamais pouvoir s'arrêter. »

Submergée par l'esprit qui règne à ce moment-là, Lavinia se retrouve à genoux dans la cuisine des Vincent, à prier avec Sarah, à supplier avec Annie pour que s'éloignent d'elle le désir et l'obscénité, pour qu'elle soit pardonnée, qu'elle résiste à la tentation et qu'elle accepte son sort. Elle est elle-même à demi hypnotisée par ces paroles.

Après avoir passé ce qui paraît des heures sur le sol nu et plein d'échardes, Annie avoue son péché. Son visage rond habituellement jovial est à présent transformé par la tristesse ; elle demande pardon à Dieu et promet à sa mère de ne plus jamais se compromettre avec Frank Norris « Même si tu peux pas savoir à quel point je l'aime, m'man. »

La jeune femme cache son visage humide de larmes contre l'épaule de sa mère. Toutes deux sont encore à genoux et pleurent ensemble lorsque Lavinia sort de la maison.

Si, tard le soir auprès du feu, on parle à voix basse de l'idylle de Frank et d'Annie, des malédictions d'Ida et de l'attaque subie par Annie, si maris et femmes en discutent au lit en chuchotant, cela ne devient cependant jamais un sujet de conversation au cap, et l'histoire n'atteint jamais la famille de Sarah à Pinchards Island ou celle de Josh à Pond Island. Il est presque certain que jamais Alex Brennan ni même le révérend Eldridge n'en ont entendu parler. C'est un secret et, ainsi que tant d'autres, il est gardé au cap.

Comme Meg le dit à Lavinia : « Le Seigneur le sait, Il leur a pardonné ; Sarah et Josh leur ont pardonné aussi, alors j'trouve que ça regarde personne d'autre… on a pas envie que cet endroit soit cité en exemple de toutes ces choses le long du cap. »

Lorsque Meg et Mary reviennent de chez les Norris, elles disent seulement qu'Ida est allée se coucher et qu'elle dort comme un nouveau-né. Ida cesse ce jour-là de jouer ses tours bizarres. Elle retourne à son mutisme et se remet à peler le papier peint des murs. Lorsqu'elle mourra des années plus tard, les jeunes gens du cap auront tout simplement oublié son existence.

On reste une semaine sans voir Annie. Puis elle réapparaît et se met à travailler toute seule à des tâches inhabituelles dont personne n'a le courage de lui dire qu'elles ne conviennent pas à une jeune femme. L'été suivant, elle enfilera une salopette et un ciré appartenant à son père, et elle deviendra l'associée de son frère. Elle pêchera avec les hommes, se vêtira comme eux et acquerra la réputation d'être un chasseur de poissons — une de ces personnes mystérieuses qui ont le pouvoir de sentir la présence des poissons et de les attirer hors de leurs cachettes.

D'après ce que tout le monde peut voir — et ils sont nombreux, y compris Lavinia, à les observer de près —, pendant toute cette période, Annie Vincent et Frank Norris ne s'approchent plus jamais l'un de l'autre. Le lendemain de l'enterrement d'Ida, Annie, devenue une femme costaude de trente-huit ans, brûlera ses cirés, endossera son unique robe, réservée auparavant à l'office du dimanche, se rendra jusque chez Frank Norris et lui proposera de l'épouser.

Lavinia n'a certes pas ces choses en tête lorsqu'elle se relève péniblement et sort de la cuisine des Vincent. Elle réfléchit aux passages des Écritures qu'elle et Sarah ont ressassés, à tous ces commandements à propos de pensées impures et d'actions immodestes et se met elle-même en garde contre Thomas Hutchings — ce qui est quand même insolite vu qu'il ne lui a jamais fait la moindre avance.

Elle n'a pas conscience de son avenir, ni de celui d'Annie. Elle ignore qu'en ce moment même Thomas Hutchings est debout au milieu de la classe vide, en train de se demander où l'institutrice et les élèves ont bien pu aller, et que, bien malgré lui, il contemple le lit où elle dort.

Insouciante Lavinia! À la fois triste et spirituellement comblée, elle retourne, songeuse, vers le quai où elle passe l'après-midi à nettoyer des carpettes et à les suspendre aux vigneaux pour les faire sécher.

Avec le recul, Lavinia en viendra à la conclusion que le jour où elle a prié avec Sarah et Annie a marqué la fin d'un été de pur bonheur. Après ce jour-là, malgré le soleil qui continue de briller, malgré les baies qui continuent de mûrir, malgré les chèvres et les enfants qui continuent de gambader dehors, commence une période de doutes et de soupçons.

Le lendemain matin, Thomas Hutchings ne se présente pas pour sa période de lecture. Assise sur le pas de la porte, comme tous les jours, Lavinia l'attend tout en surveillant les jeux des enfants pendant la récréation. Réfléchissant toujours aux événements de la veille, elle ne s'aperçoit pas que les enfants sont dehors depuis longtemps jusqu'à ce qu'elle voie que le soleil s'est déplacé et qu'il se trouve à présent à l'autre coin de la maison.

L'heure où Thomas emprunte habituellement le sentier pour la rejoindre est largement dépassée. Elle reste assise à l'attendre en se rendant compte que tout son temps est désormais organisé autour de cette partie de la journée. Tôt le matin, elle attend l'heure où Thomas va venir lire. Quand il s'en va, le présent n'existe plus et elle passe le reste de la journée à se rappeler toutes les choses qu'il a dites, toutes les fois où il a regardé dans sa direction, à analyser chacun de ses gestes, jusqu'à ce que le soir vienne et qu'elle puisse enfin se coucher et penser au lendemain quand il viendra de nouveau. Et tout cela se passe en elle, à l'intérieur de la Lavinia qui marche et qui parle, qui enseigne l'orthographe, qui mange, qui dort, qui écrit dans son journal.

Elle reste assise à la porte en ruminant toutes ces choses étonnantes ; elle entend, comme si elles venaient de très loin, les voix hautes et caverneuses des enfants, et regarde les ombres ramper vers elle dans l'herbe de la cour.

Elle met beaucoup de temps avant d'admettre que Thomas ne viendra pas et de faire rentrer les enfants dans la classe. Elle les fait asseoir en cercle comme d'habitude, ouvre au hasard le livre de Shakespeare et commence à lire. Les mots n'ont aucun sens. Elle ne cesse de jeter des regards vers la porte et de perdre sa ligne sur la page. Charlie Vincent prend le livre et se met à lire à son tour. Lavinia arpente la pièce. Les yeux pleins de désarroi, les enfants suivent chacun de ses mouvements. Elle se fâche, leur ordonne avec colère d'écouter Charlie, puis elle va s'asseoir derrière le pupitre où elle se tient immobile, essayant de calmer la Lavinia désemparée qui s'agite à l'intérieur d'elle.

La pensée que l'absence d'une seule personne puisse lui causer tant de souffrance la fait bondir. « Mon Dieu, depuis cette journée à Turr Island, j'ai vécu dans un monde de rêve, à imaginer des choses qui ne sont pas plus réelles que les anciennes folies de Ned. »

Une carte de l'Europe et du Nouveau Monde est clouée au mur à côté du bureau. Thomas l'a grossièrement dessinée sur le papier brun dans lequel les livres étaient emballés. Lavinia la contemple et se souvient de sa résolution de trouver ses propres cartes, des cartes d'adulte.

« Au lieu de ça, je me suis hypnotisée moi-même avec des rêves éveillés. Je me suis complu dans des visions de moi et de Thomas Hutchings, de nous deux vivant ensemble, possédant une maison avec des fenêtres, avec des tasses et des soucoupes, un jardin, des horloges qui font tic-tac… des enfants. Sans routes, sans poteaux, sans sentiers ni ports, sans rien de réel. » Elle sort lentement de la brume de ses rêves pour entrer dans la réalité de ce qui existe.

Puis, car pendant tout ce temps une partie d'elle a gardé espoir et a continué à écouter, elle l'entend venir. La lecture s'arrête et, en silence, toutes les têtes se tournent vers la porte.

Il entre sans frapper comme il le fait rituellement. Pour la première fois depuis qu'elle le connaît, Thomas Hutchings semble confus, terrifié, même. Il s'adosse à la porte et, sans dire un mot, il fait des yeux le tour de la pièce, comme quelqu'un qui viendrait d'émerger d'un profond sommeil.

« Est-ce que Fanny Bundle vient ici, des fois ? »

La question est si inattendue, si différente de ce à quoi Lavinia était en train de penser qu'elle ne la comprend pas. Elle fait elle aussi du regard le tour de la pièce, comme si elle cherchait Fanny.

« As-tu vu Fanny ce matin ? Je veux le savoir. » Il parle avec colère, d'une voix impatiente, et ses yeux semblent ne pas voir les enfants.

« Elle est pas venue depuis au moins une semaine… elle est venue juste une ou deux fois au début. » Pourquoi pose-t-il des questions au sujet de Fanny ? Lavinia est surprise qu'il puisse distinguer Fanny de Rose.

En fait, Lavinia a interrogé Mary à propos de l'absence de sa fille à l'école. « Fais pas attention à celle-là… c'est une écervelée, elle voit des choses qui sont pas là et elle voit pas celles qui sont là. Elle ressemble à ma mère, Fanny… elle était derrière la porte quand on a distribué le bon sens. Elle a pas besoin d'aller à l'école, elle apprendra jamais à rien faire », a répondu Mary.

Quelques minutes ont passé, et Thomas est toujours adossé à la porte. S'adressant à lui comme elle le ferait à un jeune enfant, Lavinia lui demande ce qui ne va pas. En elle, un serpent s'éveille, elle sent remuer sa queue.

Elle répète sa question, mais Thomas ne répond pas. Elle dit aux enfants de rentrer chez eux, mais aucun ne bouge et elle doit les houspiller pour les faire sortir, écartant Thomas de la porte comme s'il s'agissait d'un bloc de bois. Elle suit les enfants et reste un instant dehors, pour fixer ce jour dans sa mémoire, aussi chaud qu'en juillet et sans un nuage. Elle rentre ensuite dans la pénombre de la classe et referme la porte derrière elle.

« Il y a quelque chose qui va pas, Thomas ? » Malgré son inquiétude, elle constate que c'est la première fois qu'elle suit ses instructions et l'appelle par son prénom. Cette pensée la déconcerte un moment, mais pas assez longtemps pour ne pas remarquer l'air désemparé qui assombrit le visage de Thomas.

« Qui va pas ? Qui va pas ? » Il répète les mots comme s'il ne les avait jamais entendus avant.

« Comment une personne peut-elle savoir si une chose ne va pas ? demande-t-il. Comment savoir si une chose est bien ou mal ? » Et il se répond à lui-même dans ce qui semble à Lavinia une langue étrangère.

« Il est devenu fou ! songe-t-elle. Quelque chose est arrivé. Il a perdu l'esprit comme ces gens dont parle Sarah, qui deviennent fous, dont les cheveux blanchissent en l'espace d'une nuit après qu'ils ont vu quelque chose d'effrayant. »

« Lavinia, je pense qu'on devrait peut-être parler de quelque chose... » Il s'interrompt, comme s'il essayait de décider comment le lui dire, combien lui dire.

« Oui, répond-elle. Oui, Thomas. De quoi s'agit-il ? »

C'est alors que Meg ouvre la porte donnant sur sa cuisine. « Tu laisses partir les enfants trop tôt, Vinnie ! » Elle se tait en les voyant tous deux face à face près de la porte.

Thomas jette un regard à Meg. Il se redresse, son visage se ferme, il redevient sur ses gardes, aux aguets. Devant Lavinia stupéfaite, il redevient immédiatement l'ancien Thomas, sûr de lui et distant.

« Je crois que c'est ma faute, Meg. J'voulais dire à Lavinia que j'irai demain à Pond Island s'il fait toujours aussi beau. J'voudrais prendre d'autres barils pour notre poisson et j'ai pensé que j'pourrais acheter aussi les clous dont Ben a besoin pour l'église.

— Vous allez à Pond Island à cette époque de l'année ?

C'est inhabituel de quitter le cap à la fin de l'automne et, un peu désemparée, Meg se met à passer en revue ce qu'ils pourraient bien troquer, parmi leurs possessions, avec les gens de Pond Island. Elle suit Thomas dans sa cuisine ; Lavinia reste toute seule dans la pièce vide et sombre, à se demander ce qu'il avait été sur le point de lui confier.

« J'dois être simple d'esprit, ou comme ces gens incapables de différencier les couleurs, sinon j'aurais su ce qu'il voulait me dire. Y a pas une seule femme ici qui resterait plantée là sans savoir si un homme éprouve un sentiment pour elle ou non ! »

Refoulant ses larmes, Lavinia va s'asseoir sur son lit, prend son journal et l'ouvre à une page vierge où elle écrit : *Les choses dont je suis sûre au sujet de T. H.* Sous ce titre, elle marque :

1. Il n'est pas né dans ce pays.

2. Il travaille pour Caleb Gosse.

3. Personne ne sait rien de lui, ni Ned, ni Alex Brennan, ni Josh.

4. Quelque chose le bouleverse à propos de Fanny.

5. Il peut cacher ses sentiments, changer de visage quand il le veut.

Elle étudie ce qu'elle vient d'écrire et ajoute :

6. D'après Mary Bundle, on ne peut pas lui faire confiance.

Cette liste ne lui apprend rien.

« Se peut-il qu'il y ait quelque chose entre Thomas et Fanny, quelque chose comme ce qui s'est passé entre Frank et Annie Vincent ? » Lavinia peut difficilement y croire. Fanny n'est qu'une enfant de quatorze ou à peine quinze ans et, comme le dit Mary, elle a une cervelle d'oiseau.

Assise sur son lit, Lavinia réfléchit. À la façon d'une écolière, elle se met à écrire deux autres listes, sur deux colonnes. Sur l'une, ce sont les fois, très rares, où elle a vu Fanny et Thomas ensemble, et sur l'autre, les fois où tous deux étaient absents. Lavinia barbouille les trois listes, mais, avec de la patience et un bon éclairage, on peut encore arriver à les lire.

Pour les autres habitants du cap, cette saison de douceur et de contentement se prolonge jusqu'en décembre. On a empilé suffisamment de bois pour deux hivers à côté des maisons et dans les hangars, et deux douzaines de barils de harengs ont été salés. Tous les montants de l'église sont en place. Lorsque Thomas revient de Pond Island avec des clous, chacun se met à l'œuvre et, en trois jours, les planches d'un mur sont assemblées. C'est alors seulement, trois jours avant Noël, que le sol gèle, devenant sec comme du caramel dur et cassant qui craque agréablement lorsque les enfants sautent dessus. On arrête de travailler à la construction de l'église.

«C'est le temps de fermer les écoutilles», se disent-ils les uns les autres. Ils tirent les bateaux, réparent les portes des greniers et empilent des branches autour des maisons.

Thomas continue de se présenter à l'école tous les matins pour faire la lecture, mais il a repris son attitude guindée. Bien qu'il fasse de plus en plus froid dans la classe, et bien qu'elle ait résolu de renoncer à ses rêveries, Lavinia retarde le moment d'envoyer les élèves dans la cuisine de Meg, parce qu'elle sait qu'il cessera alors de venir.

Les enfants finissent par apprendre quelque chose. Les «trois rois» sont à présent capables d'écrire leurs noms, Henry Benjamin Andrews, George Frederick Andrews et Alfred Thomas Andrews, une réussite qui leur procure, à eux et à Lavinia, une grande satisfaction. Leur petit frère Moses peut réciter l'alphabet au complet, ce qu'il fait sans arrêt, au point que Mary menace de lui coudre la bouche pour qu'il se taise. Patience lit bien, et Charlie Vincent a depuis longtemps largement dépassé les enseignements de Lavinia. Willie et Rose peinent sur l'abécédaire. Il y a des semaines qu'on n'a pas vu Fanny dans la classe.

Noël, que l'on considérait auparavant comme un dimanche supplémentaire, est célébré différemment, cette année. À la suggestion de Meg, s'ajoutera aux dévotions habituelles un spectacle donné par les écoliers. Les enfants sont heureux de montrer ce qu'ils ont appris et, le soir fixé, ils se lèvent à tour de rôle pour réciter les versets qu'ils ont mémorisés. Patience déclame cependant un long poème sur Vénus qui choque Meg et l'amène à avoir une petite conversation avec Lavinia après le spectacle.

Pour la plupart d'entre eux, c'est le meilleur Noël dont les habitants du cap se souviennent, sans les appréhensions qu'ils ont éprouvées les autres années. On parle souvent d'Emma et de Jane. Tous se demandent comment elles se tirent d'affaire à Saint John's, se disent que les filles manquent un beau Noël. Frank et Annie semblent s'être résignés à leur séparation, et Peter Vincent a l'air de se sentir mieux dans sa peau. Le jeune homme a commencé à bâtir une maison bien qu'il n'ait encore, d'après ce qu'on peut voir, aucune perspective de mariage. Les hommes sont tous à la maison, et on a de bonnes réserves de nourriture.

Seule Lavinia se sent misérable. La veille de Noël, pendant une fête de *fish and brewis* chez Ned, elle ne peut s'empêcher de surveiller Thomas Hutchings. Suivant des yeux chacun de ses gestes, elle constate que lui-même fait la même chose avec Fanny.

La tête dans les nuages comme d'habitude, celle-ci ne semble pas s'apercevoir que Thomas l'observe, elle ne semble d'ailleurs même pas avoir conscience de sa présence. Quelque part dans les buissons à demi gelés, elle a trouvé une rose minuscule et l'a piquée dans ses cheveux. Vêtue de ses loques multicolores, elle glisse d'une personne à l'autre, car elle veut absolument leur faire partager sa nouvelle passion : prédire l'avenir. Comment lui est venue cette idée, nul ne le sait. Lavinia regarde la jeune fille faire le tour de la pièce, prendre des mains, examiner des paumes. Charlie parvient à s'esquiver, Willie et Rose pouffent de rire et retirent leurs mains. Fanny se dirige vers Isaac Andrews, prend sa main et la laisse retomber après y avoir jeté un regard, mais Patience se soumet et écoute, en état de transe, l'avenir long et compliqué que Fanny prévoit pour elle. Lorsque Fanny arrive près de Peter Vincent, Lavinia est étonnée de voir le jeune homme habituellement renfrogné sourire et tendre la main. Penchant ensemble leurs deux têtes, celle de Peter, presque blanche, et celle de Fanny, noire comme le jais, ils étudient la paume du jeune homme.

« Tu vas vivre avec une belle princesse dans la tour que t'es en train de bâtir, t'auras beaucoup d'enfants et tu vas devenir un vieux grognon avec une longue barbe », lui dit-elle, son visage espiègle plein de rires.

Thomas est assis à côté de Peter, mais Sarah se précipite avant que Fanny ait touché sa main. « Arrête tout de suite tes folies, tu me donnes la chair de poule. Mary, tu peux pas la faire arrêter ? »

Comme Mary ignore sa demande, Sarah tente de rendre ses objections encore plus convaincantes. « J'avais une cousine au deuxième degré qui avait coutume de prédire l'avenir avec les cartes quand elle avait ton âge. Un soir, elle a vu le diable en personne dans les cartes. Après ça, elle a toujours été bizarre. »

Voyant son fils esquisser un petit sourire narquois, elle se tourne vers lui : « Arrête de sourire de cet air niais, Peter Vincent. Trompe-toi pas : prédire l'avenir, c'est l'œuvre du Malin. La Bible dit qu'on doit pas connaître le jour ni l'heure. »

Lavinia a envie de demander à Sarah pourquoi elle fait continuellement des prédictions, si c'est un péché, mais Ned a déjà commencé à raconter l'histoire d'un marin de sa connaissance qui jouissait d'une double vue et qui a fini par devenir immensément riche grâce à ce don.

L'histoire se poursuit, le marin est transformé en pirate, puis en prince ; Josh somnole et les jeunes enfants tombent endormis dans les bras de leurs mères ; le feu se transforme en cendres rouges, et Mary annonce que c'est la dernière théière qu'elle va préparer ce soir. À un moment au milieu de l'histoire, Lavinia remarque que Thomas et Fanny ont tous deux disparu.

Lorsque l'histoire prend fin, c'est déjà le matin de Noël. Les gens se lèvent, les membres gourds, enfilent leurs paletots, enroulent des foulards autour de leurs têtes et sortent en titubant dans l'air limpide et frais. Il n'y a toujours aucune trace de Thomas ni de Fanny.

Une fois tout le monde parti, Lavinia se couche et, bien que ce soit une époque de « bonne volonté », elle s'abandonne aux affreuses visions qu'elle a de Thomas et de Fanny en train de rouler ensemble sur le lit de Thomas dans l'entrepôt de poissons.

Avec la nouvelle année, le sentiment d'angoisse que Lavinia a été la seule jusque-là à éprouver se répand comme un brouillard et les envahit tous. Les collines chauves, les arbres squelettiques, l'herbe gelée qui fait entendre un bruit d'aiguilles entrechoquées dans le sable, l'absence de toute couleur sous le ciel d'un blanc surnaturel, tout cela donne l'impression d'une saison que le temps a prise au piège. Le paysage désolé rend tout le monde irascible. Les couples ont des prises de bec pour des peccadilles, Ben commence à penser qu'ils ont fait une erreur en choisissant le site de l'église, et Mary se querelle avec Thomas parce qu'il a laissé Peter, qui a disparu dans la forêt au cours d'une de ses longues équipées, emporter le fusil.

« On était déjà pas en sécurité avec ce vieux machin, et maintenant on a plus rien ! Espèce d'imbécile, tu vois pas qu'on est sans défense comme des bébés si quelque chose arrive ! » lui crie-t-elle en le regardant dans les yeux.

Les sombres prophéties de Sarah se multiplient au point que même Meg l'évite, les hommes tirent les barques de plus en plus loin sur la plage pour contrecarrer les catastrophes qu'elle prédit, et Mary marmonne des incantations contre le mauvais œil. Les enfants se souviennent des choses épouvantables qu'ils avaient coutume d'imaginer et refusent d'aller seuls puiser de l'eau à l'étang ou de s'aventurer dans leur propre cour pour chercher du bois après la tombée de la nuit. Ils dérangent les femmes en étant constamment dans leurs jambes.

La classe devient si froide que Lavinia est obligée de déménager dans la cuisine de Meg. Comme il fallait s'y attendre, cela met fin aux visites de Thomas, qui dit à Pash et à Charlie de venir suivre leurs cours à l'entre-pôt. Laissée avec les enfants plus lents, Lavinia parle d'une voix chaque jour plus stridente et les enfants sont de plus en plus mécontents.

« Le monde est détraqué », déclare Charlie Vincent. Lavinia l'entend et copie les mots dans son cahier. Elle découvrira des années plus tard qu'ils n'étaient pas de lui.

Puis, un matin vers la mi-janvier, Josh Vincent, sans sa veste et pas rasé, se présente avant le petit-déjeuner à la porte des Andrews. « Sarah va pas bien », annonce-t-il à Meg d'une voix oppressée.

En regardant sa belle-sœur qui se hâte de suivre Josh, Lavinia comprend que ce qu'ils avaient appréhendé est arrivé.

Quelques jours plus tard, le tiers des habitants du cap sont à l'article de la mort. Dans le choix fortuit des victimes, seule la famille Norris a été épargnée. Dans tous les autres logis, quelqu'un est alité, gémissant ou inconscient. La cause de la maladie est un mystère. Les gens se réveillent trop faibles pour se lever et, après quelques heures, ils se mettent à éprouver de terribles douleurs, vomissent et ont la diarrhée avant de sombrer finalement dans le coma.

Le quatrième jour, Sarah Vincent est à l'agonie. Annie soigne sa mère en se déplaçant autour de Josh qui reste assis au chevet de sa femme et lui tient la main. Chaque fois qu'elles peuvent laisser un instant leurs propres familles, Meg ou Mary viennent remplacer Annie pour lui donner la possibilité de se reposer. À bout de patience, Mary chasse Josh de la pièce en lui ordonnant d'aller chercher quelque chose à manger pour lui et Charlie, qui erre devant la porte de la chambre de sa mère comme une âme en peine. Moins d'une demi-heure plus tard, l'homme est de retour. Il reprend la main de Sarah dans la sienne et garde les yeux rivés sur son visage immobile.

Chez Meg et Ben, Patience et Willie sont tous deux malades et, pour la première fois, Meg accorde autant d'attention à l'un qu'à l'autre ; murmurant des prières pour ses enfants, elle court d'un lit à l'autre. Toutes les personnes capables de marcher sont recrutées pour apporter de l'eau, couper du bois, verser des cuillerées de soupe dans la bouche des malades, laver les corps et les couvertures. Lorsque Lizzie et Joe Vincent sont à leur tour trop malades pour s'occuper de leurs trois enfants, Mary délègue Lavinia sur les lieux pour prendre soin de la famille.

Mary Bundle est la personne la plus affairée du cap. C'est elle qui donne les ordres, les aboie plutôt, le plus laconiquement possible. En plus de soigner Ned, Moses et Isaac, elle va d'une maison à l'autre pour frictionner les gorges, elle fait bouillir des branches d'épinette et des herbes dans de grosses marmites, frotte les poitrines avec de l'onguent, marmonne des incantations ou des formules magiques, se parle toute seule, se demandant ce qu'elle doit faire. Sarah lui manque énormément ; elle aimerait pouvoir consulter son aînée. Qu'est-ce qui serait utile ? A-t-elle oublié quelque chose, une racine ou une herbe, une invocation ? Son visage devient gris et émacié, on dirait que son nez allonge, jetant une ombre sur son petit menton pointu. Elle a vraiment l'air d'une sorcière tandis qu'elle court d'un côté et de l'autre avec des chaudrons fumants et des sacs, mais ses potions ne se révèlent pas plus efficaces que les prières de Meg.

Le problème de l'heure, c'est de garder les malades propres. On n'arrête pas d'aller puiser de l'eau à l'étang et de la faire bouillir avant de pouvoir laver les corps et la literie. Il faut jeter des seaux de vomissure et d'excréments. Thomas et Frank creusent un trou dans lequel on jette ces déchets horribles qu'on recouvre de couches de chaux, de sable et de gravier. On charge les garçons d'aller chercher le bois et de garder jour et nuit des feux allumés. Mary croit que la fumée et la chaleur pourront peut-être tuer les vapeurs qui transportent la maladie. Ben, avec l'aide relative de Rose et de Fanny, doit faire cuire des marmites de soupe et de bouillon qui nourriront les malades comme les bien-portants. Les quelques enfants qui ne sont pas malades sont envoyés dehors, et ils restent près des portes, trop effrayés pour jouer ou même pour s'éloigner des maisons où leurs parents, leurs frères et leurs sœurs luttent contre la mort.

Dans tout ce branle-bas, deux nuits passent sans que personne pense à donner un répit à Lavinia qui s'occupe de Joe et de Lizzie. Le troisième jour, rendue folle de fatigue et d'anxiété, lorsqu'elle entend Peter Vincent empiler du bois de chauffage dans le porche arrière, elle l'entraîne dans la maison et le pousse sur la chaise à côté du lit où gisent ses deux malades.

« Tu restes ici et tu les surveilles. J'ai pas fermé l'œil depuis deux nuits, tellement j'avais peur qu'ils trépassent pendant que j'étais là. » Mari et femme ne donnent qu'un seul signe de vie : c'est le son rauque et bas que l'on entend chaque fois qu'ils respirent.

« Surveille aussi les enfants », poursuit Lavinia en pointant le doigt vers le berceau où les jumeaux sont couchés. Elle ajoute que Mattie est installée près du feu dans l'autre pièce.

« S'ils ont l'air d'aller plus mal, appelle Mary ou Meg. Moi, il faut que j'aille dormir un peu. » Elle sort en titubant et remonte le sentier jusqu'à sa propre chambre glacée où s'effondre sur son lit et dort jusqu'au soir.

Lorsqu'elle se réveille, elle se lave le visage, prend un cruchon de soupe préparée par Ben et se hâte de retourner chez Joe et Lizzie. Peter est toujours assis là où elle l'a laissé. Ni lui ni les deux autres, couchés dans le lit, ne semblent avoir bougé. Mais les jumeaux crient de faim et Lavinia envoie Peter chercher du lait de chèvre.

La chambre des malades dégage une odeur épouvantable. Après avoir bloqué la porte grande ouverte à l'aide d'une cale, Lavinia s'arc-boute et commence à retirer les couvertures. Une fois que les patients sont propres et apparemment à l'aise, elle nourrit les bébés à la cuiller en leur donnant le mélange de lait, de thé et de sucre envoyé par Meg.

C'est seulement à ce moment-là qu'elle se souvient de Mattie. La petite repose toujours dans le paquet de manteaux près du feu. Lavinia se penche, touche sa joue et comprend aussitôt que la fillette est morte. Prenant dans sa main le joli visage à la peau encore brunie par le soleil de l'été, Lavinia est trop épuisée pour pleurer. Elle reste à genoux, les yeux secs, regrettant ce qui ne pourra jamais être, et rassemble son courage pour annoncer à Ben, à Meg et à Josh (on n'aura pas besoin, pense-t-elle, d'informer Sarah) la mort de leur petite-fille. Elle est sûre que si elle était restée dans la maison, Mattie aurait vécu.

« Je t'aurais gardée en vie, j'aurais trouvé le moyen de te garder en vie », dit à l'enfant morte Lavinia, qui est encore assez jeune pour y croire.

D'autres décès suivent. Moses, le benjamin de Ned et de Mary, le chouchou de l'endroit depuis qu'il sait marcher, devient soudain tout bleu et étouffe dans les bras de sa mère qui arpente la pièce. Puis, au moment où Sarah paraît revenir à la vie, Josh Vincent attrape la maladie. Il meurt le lendemain.

Quand Lavinia lave les corps émaciés de Lizzie et de Joe, quand elle nourrit et change les jumeaux, qui semblent immunisés contre la maladie, elle se sent terrifiée à l'idée qu'ils vont peut-être tous mourir. Elle imagine quatre maisons silencieuses, vides, où il ne reste que des cadavres qui vont geler et rester là tout l'hiver comme du bois. Elle a entendu dire que ce genre de chose arrive dans ce pays, que des hommes comme Alex Brennan accostent dans un endroit au printemps pour ne trouver que des corps — ou des os si des bêtes se sont aventurées dans les maisons.

Elle a tour à tour chaud et froid. Elle a des haut-le-cœur, elle est incapable de manger et elle est convaincue d'avoir attrapé la maladie. La douce rondeur qu'avait récemment prise son visage disparaît, et sa beauté de l'été n'est plus. Elle s'étonne des vaines pensées qui remplissaient sa tête seulement quelques semaines auparavant, force son esprit à se concentrer sur les tâches odieuses qui occupent ses mains et se dit qu'elle est enfin devenue une adulte.

« Si le temps dure... » — une expression de Sarah qui vient souvent à l'esprit de Lavinia en cette période — « ... si le temps dure, j'vais finir par apprendre à me protéger contre les rêves. J'vais devenir comme Mary Bundle », jure-t-elle.

Il y a tant à faire pour les vivants qu'il ne reste plus beaucoup de temps pour s'occuper des morts. Josh et Mattie sont enterrés sans cérémonie, sans qu'on leur accorde plus qu'une prière récitée à la hâte. Ned se rétablit suffisamment pour arriver à s'asseoir. Il passe ses journées au chevet d'Isaac, dont l'état semble aller en se détériorant. Le pauvre garçon est devenu presque transparent, et même Mary a peur de le laver.

Puis une semaine s'écoule sans qu'on ait à déplorer de nouveaux décès, puis encore une sans que personne d'autre tombe malade. Willie et Sarah sont tous deux capables de sortir de leurs lits. Semblables à de maigres épouvantails, ils restent assis auprès du feu, le dos appuyé au dossier de leur chaise.

Un matin, à l'aube, tout le monde est réveillé par des cris affreux. Patience a repris conscience et elle hurle qu'elle ne voit plus rien, que tout est noir. Son père et sa mère, ainsi que Lavinia et Mary, qui est accourue de chez elle, se rassemblent autour de son lit pour tenter de réconforter la jeune fille hystérique.

Mais il est impossible de la consoler. Elle reste assise toute la journée, les yeux grands ouverts, et fixe la pièce d'un regard vide en cherchant à distinguer une étincelle de lumière sans cesser de gémir. Tard ce soir-là, lorsqu'il devient évident que personne ne pourra dormir si les gémissements continuent ainsi, Mary entre et ordonne à la jeune fille de se taire.

«On a les tympans fatigués de t'entendre brailler. Ned et Isaac, à côté, ont besoin de sommeil.» Voyant que ses paroles ne produisent aucun effet, Mary lève la main et gifle Patience.

Les cris cessent comme si quelqu'un venait de fermer brusquement une fenêtre. Puis, parlant d'une voix douce, Mary se met à masser les paupières de la jeune fille avec un baume vert.

«Là, comme ça, là, ça va te faire tout le bien possible. C'est des racines de lis d'eau blancs qui poussent sur l'étang, tu te rappelles, Patience? Tu sais à quoi ils ressemblent en été, couchés là comme du suif sur l'eau…» Mary continue de parler tout en enroulant une pièce de tissu autour de la tête de Patience pour lui bander les yeux. Quand c'est fini, Patience, épuisée par cette journée de terreur, retombe sur son oreiller et s'endort avant que Mary ait quitté la maison.

Bien qu'il n'y ait plus de morts, le microbe met du temps avant de disparaître. Lizzie, Joe et Willie se rétablissent lentement. Ned semble aller mieux tout de suite, mais chez Isaac, la maladie s'attarde. Le jeune homme paraît à présent plus vieux que son père. Il a perdu ses cheveux, ses yeux sont enfoncés et bordés de cercles noirs, et ses membres sont si faibles qu'il marche en se traînant les pieds et en s'accrochant aux tables et aux chaises.

Ned soutient son fils et lui fait faire chaque jour un certain nombre de fois le tour de la maison. Avec son couteau, il entaille une planche à l'arrière de la maison chaque fois qu'ils passent devant. Il trace profondément ses marques afin de donner à Isaac le temps de récupérer avant d'insister pour qu'ils fassent le tour de la double maison Andrews quelques fois de plus chaque jour. Les coches noircies dans le bois rappelleront toujours cette épidémie à Lavinia. Elle frémira chaque fois qu'elle les verra et elle se souviendra de Ned soutenant tendrement son fils tandis qu'ils avançaient lentement, péniblement, autour de la maison.

Ils finissent par s'habituer à entendre Patience pleurer chaque matin lorsqu'elle se réveille et prend conscience de sa cécité. Comme le martèlement des sabots des chèvres sur le sentier ou le bruit des portes des toilettes extérieures qui se ferment, ces sanglots deviennent un son indiquant le commencement de la journée au cap.

Il n'y a pas encore de neige, mais le temps se rafraîchit. Le froid s'insinue dans chaque fissure, chaque crevasse, et ils se rendent compte à quel point la neige qu'ils ont pourtant toujours maudite peut isoler les maisons. Frank, Ben et Thomas traînent des conifères de la forêt et les empilent autour des murs extérieurs. Les femmes suspendent des courtepointes devant les portes et mettent des couches de vêtements sur les lits. Malgré tout cela, les piles de bois de chauffage qu'ils avaient cru suffisantes pour deux hivers commencent à baisser de façon alarmante.

Les corvées communes cessent. Personne ne bouge ; l'endroit est calme comme un cimetière, chaque famille se repliant sur elle-même, soignant ses blessures, essayant de comprendre ce qui s'est passé. Meg n'a pas le courage de diriger les offices du dimanche et, sans eux, le temps se dissout et s'estompe, les jours deviennent d'une épuisante monotonie.

Plutôt que de partager le lit de Patience, Lavinia continue à dormir dans la salle de classe non chauffée. Elle réchauffe des pierres dans le feu, les enveloppe dans de vieux chiffons et les dépose dans son lit. Parfois, juste avant de s'endormir, elle pense qu'elle est morte et qu'elle a été enterrée, que les journées surnaturellement calmes ne sont qu'un rêve qu'elle fait dans sa tombe. Elle n'éprouve aucun soulagement à la pensée que la maladie est passée, convaincue qu'une menace plane encore au-dessus d'eux.

Dans son journal, elle écrit ce dicton qu'elle a entendu dans la bouche de Sarah Vincent :

Jamais un sans deux, froid et faim sont chez eux,
Jamais deux sans trois, mort et chagrin viennent à toi.

Chapitre 13

« Le cœur d'un homme est plus trompeur que toute chose, et déses-
pérément méchant, qui peut le connaître ? » — Si le bon Dieu Lui-
même ne peut connaître le cœur des hommes, alors je ne peux m'attendre
à y parvenir.

Après la maladie, Thomas Hutchings s'est retiré de la communauté.
Il n'a plus donné de cours à Charlie et à Patience, n'est plus venu chez les
Vincent prendre son repas du midi. Malgré le froid glacial, il s'est, de
façon inexplicable, mis à faire de longues promenades solitaires, et n'a
plus jamais pris place auprès du feu chez Ned, comme, les hivers précé-
dents, il l'avait fait presque chaque soir.

« Ce type aurait au moins pu continuer à enseigner à Charlie et à
Patience, comme il avait promis de le faire », écrit Lavinia. Elle est
incapable de comprendre les motivations de Thomas, et elle se sent trahie
chaque fois qu'elle pense à lui, ce qui, malgré toute sa bonne volonté, se
produit souvent.

Comme elle ne se sent pas à l'aise avec les autres femmes, elle essaie
de se rapprocher de Lizzie, mais, absorbée par son mari, ses bébés et le
chagrin d'avoir perdu sa fille, celle-ci n'a pas de temps à lui consacrer.
Lavinia voudrait de tout son cœur être encore acceptée dans le groupe des
enfants, une chose mystérieusement impossible. Se résignant à son rôle
solitaire d'institutrice, l'air lugubre, elle rassemble de nouveau ses élèves.

Elle les énumère dans son journal selon l'ordre où ils sont assis autour de la table de Meg : William Andrews, Rose Norris, George Andrews,
Henry Andrews, Alfred Andrews, Charles Vincent. Chaque matin, elle
met une petite coche à côté du nom des enfants présents. Elle ne prend
pas même la peine d'inscrire le nom de Fanny Bundle.

La vraie salle de classe, adjacente à la maison et sans chauffage,
devient insupportablement froide et Lavinia est obligée de dormir chez
Ben, où elle partage le lit de Patience. Les pleurs terrifiés de l'aveugle ont

cessé, mais elle refuse de se joindre aux élèves de Lavinia et passe son temps assise sur le sofa. Parfois, elle n'en bouge pas pendant des jours, y prenant ses repas et, le soir venu, s'y couchant sous une couverture.

Un soir qu'elles sont seules dans la cuisine, Lavinia lève les yeux et aperçoit Patience avec le livre de Shakespeare sur les genoux. L'espace d'un moment, elle se réjouit à la pensée que les prières de Meg ont été exaucées. Elle va s'asseoir à côté de sa nièce : la jeune fille regarde fixement le livre, et son visage est si tendu que les petits os de chaque côté de son front pressent sa peau.

« Qu'est-ce qui se passe, Patience ? Qu'est-ce que tu fais ? »

Patience, qui n'avait pas senti la présence de Lavinia, pousse un petit cri étranglé. « J'essaie de voir les images », répond-elle comme si elle avouait une chose honteuse.

« Et... en es-tu capable ?

— Oh ! Vinnie ! Tu sais bien que non ! J'aimais tellement ces images que j'ai cru que si j'essayais vraiment fort, j'les verrais. Mais j'peux pas, j'peux pas ! » Elle se met à pleurer à chaudes larmes.

Le gros livre est sur le point de tomber. Lavinia le rattrape et constate qu'étrangement il y a une illustration sur la page que Patience regardait. Alors, ne trouvant pas d'autre moyen de faire cesser les pleurs, elle dit : « Là, je vais te montrer l'image. »

Elle prend une des mains de la jeune fille sur son visage mouillé de larmes et, portant l'index sur la page, elle lui fait suivre les lignes tracées à l'encre. « Juste ici, au milieu, t'as ce p'tit personnage noir, vêtu seulement de feuilles. J'me demande comment il arrive à les faire tenir ensemble, Patience. Il est comme penché au-dessus d'une femme, une reine, j'suppose. Elle a vraiment pas l'air dans une position confortable avec sa tête sur un rocher et ses cheveux, de beaux et longs cheveux frisés, qui tombent jusqu'à terre. Malgré tout ça, elle dort comme un bébé, avec une main qui retombe sur l'herbe, la paume en l'air... et y a cette espèce de grenouille ou de crapaud ou une bête de ce type-là assise dans sa main. Pour dire la vérité, c'est dur de savoir ce que tout ça veut dire. »

Patience a cessé de pleurer. Elle écoute, transportée par la façon dont Lavinia lui décrit l'image. « Qu'est-ce qu'il y a d'autre ? Y a encore quelque chose, Vinnie.

— Eh bien, dit Lavinia en se penchant sur la page, oui, tout autour, y a cette drôle de forêt et on voit des visages entre les feuilles. C'est des visages incroyablement laids, et ils regardent tous le garçon noir et la reine. » Elle hésite, car elle se souvient du visage qu'elle et Fanny ont vu dans les bois, mais Patience la presse de continuer.

« Y a cette bordure autour de la grande image et, à chaque coin de la bordure, y a une petite image », poursuit Lavinia en traçant les dessins, l'un qui représente des fées, l'autre, une tête de cheval, un autre, un garçon vêtu d'un costume élégant avec des frisons à l'encolure et aux poignets, et le quatrième, une main gantée tenant un crâne. Elle décrit chaque détail, le tissu vaporeux des frisons de l'habit du garçon, les yeux ronds et sauvages du cheval, la lettre gravée dans le gant.

À la vue de l'illustration, Lavinia éprouve une sensation bizarre et inquiétante qui n'est pas désagréable. Elle comprend la fascination de Patience et essaie de faire comprendre à sa nièce combien les visages dans les arbres sont diaboliques, combien menaçante est la lumière qui tombe sur la belle endormie.

L'exercice a pris plus d'une heure et a totalement absorbé Lavinia et Patience.

« Fais le reste, Vinnie, y a encore deux images, une au début de chaque chapitre… fais les deux qui restent, implore Patience.

— Non, on va les garder pour une autre fois. Écoute, Patience, si tu viens dans la classe avec nous demain, on passera chaque soir du temps à regarder les images ensemble. »

Ainsi font-elles. Chaque soir, elles découvrent quelque chose qu'elles n'avaient pas vu avant. Lavinia trouve dans ce passe-temps insolite autant de satisfaction que Patience. Le fait de passer le doigt sur les lignes noires lui permet de sentir qu'il existe d'autres expériences, d'autres endroits, d'autres vies en dehors du triangle de sable et de roches où elle habite.

Un soir, Charlie Vincent entre dans la cuisine pendant qu'elles sont penchées sur le livre. Il écoute la description de Lavinia, puis il tend la main. « Pourquoi on lirait pas quelque chose, tous les trois ? Patience et moi, on a fait la pièce de Hamlet avec M. Hutchings. Si on faisait une des autres ? » Il tourne les pages et lit les titres jusqu'à ce que Patience arrête son choix sur *A Winter's Tale*.

Après cela, Charlie vient chaque soir leur faire la lecture à voix haute. Fanny se joint bientôt au groupe ; venant de la maison voisine, elle se glisse sans bruit dans la pièce. Elle ne s'installe pas près d'eux sur le sofa, mais s'assied dans le coin le plus chaud, le dos contre les pierres de la cheminée. Elle écoute chaque mot, puis repart, aussi furtivement qu'elle est venue.

Lavinia trouve que Fanny a perdu sa beauté. La peau brune de la jeune fille, qui resplendissait comme de l'or ce jour-là à côté de l'étang, est devenue jaunâtre. Avec sa bouche boudeuse et ses parures défraîchies, elle rappelle à Lavinia un oiseau malade que les enfants avaient un jour trouvé sur la plage.

Lorsque Lavinia demande à Meg ce qui ne va pas chez Fanny, Meg renifle et dit : « Y a rien qu'un bon nettoyage et quelques bonnes claques pourraient pas guérir. »

Un soir, Ned vient emprunter un outil quelconque à Ben et, comme un poisson par une ligne, il est tiré à travers la pièce jusqu'au sofa.

«Y a de sacrées bonnes histoires là-dedans, Charlie», s'exclame-t-il après que le garçon a refermé le livre. «J'savais pas qu'il y avait des choses comme ça dans les bouquins. J't'assure, quand on court sur les mots, c'est comme quand on glisse devant les bancs de poissons un jour de beau temps.»

Il saute sur une chaise et se met à déclamer : «Nous rompons, nous rompons ! Adieu, ma femme et mes enfants, adieu, mon frère, nous rompons, nous rompons, nous rompons !»

Ignorant Mary, qui est sortie en trombe de chez elle, et Meg, qui lui ordonne d'enlever ses bottes cloutées de la chaise, Ned récite les vers trois autres fois, les yeux agrandis d'horreur, ses doigts fourrageant sa tignasse rousse. Puis : «Ça, c'est des grands mots !» s'écrie-t-il en sautant de la chaise.

Par la suite, Ned fait lui aussi partie du public et, pendant une heure chaque soir, ils sont tous transportés : Charlie, courbé sur le grand livre, avec Patience et Lavinia de chaque côté de lui sur le canapé, Ned, assis à califourchon sur une chaise directement en face de lui, le menton posé sur le dossier et le visage vis-à-vis de celui du garçon. Même Fanny, blottie auprès du feu et qui entoure ses genoux de ses bras maigres, partage ces instants magiques. Lavinia est émerveillée de voir que les mots suffisent à leur faire oublier, même brièvement, tous leurs malheurs.

«Là, ça, c'est un bon passage, mon Char... lis-le encore une fois», ordonne Ned à deux ou trois reprises chaque soir, et il parvient ainsi à mémoriser une collection hétéroclite de phrases. Dans ces phrases, il choisit, apparemment au hasard, des mots sonores qu'il déclame d'une voix tonitruante pendant la journée.

«Un cheval ! Un cheval ! Mon royaume pour un cheval !» hurle-t-il parfois, dès l'aube. Ou encore, lorsqu'il se sent d'humeur moins joyeuse : «J'suis une plume pour chaque vent qui souffle !»

«Déplore les dégâts et laisse glisser les chiens de la guerre !» vocifère-t-il lorsque Mary le gronde, ou : «Encore une fois, encore une fois dans la brèche, mes amis», répète-t-il tout en traînant le pâle Isaac autour de la maison.

Ned cite Shakespeare à peu près de la même façon que Meg et Sarah citent la Bible. Comme elles, il ne se gêne pas pour changer des mots ou mêler deux lignes sans rapport entre elles pour expliquer quelque chose ou améliorer l'original.

Lavinia tire un grand plaisir de la rhétorique de Ned — même s'il dit des choses terrifiantes ou parfois dénuées de sens. Elle a le cœur en joie chaque fois qu'elle l'entend crier ces répliques. «Y a vraiment rien à son épreuve », pense-t-elle. Le sentiment de rancune qu'elle éprouvait depuis des années à l'égard de son frère s'est évanoui.

Les lectures de Charlie et les monologues de Ned contribuent également à éclairer la noirceur dans laquelle vit désormais Patience. Elle commence à trouver un intérêt aux cours de Lavinia et elle laisse Meg lui montrer à tricoter, à carder la laine et à faire du pain. Bientôt, on ne remarque plus que la jeune fille est aveugle ; elle apprend à se déplacer dans les deux maisons Andrews et, l'été venu, elle s'aventurera dehors. Elle finira par pouvoir marcher partout sur le cap, par contourner les rochers et grimper si vite sur les vigneaux que sa cécité passerait inaperçue aux yeux d'un étranger.

La neige arrive finalement, accompagnée d'un vent qui souffle avec rage toute la nuit. À l'aube, des congères de six pieds de haut se dressent contre les fenêtres et les portes, les toits sont couverts et des nuages de neige s'accrochent aux troncs empilés autour des murs, ce qui donne aux maisons des formes grotesques. Les habitants du cap ont à peine le temps de creuser à l'extérieur des portes, de déblayer un chemin et de pelleter la neige sur les tas de bois qu'une nouvelle tempête, aussi violente que la précédente, s'abat sur eux. Les tempêtes se suivent tandis que des rafales de vent soufflant du nord-est balaient ce point non protégé du cap, font surgir d'immenses vagues qui gèlent par couches et emprisonnent les rochers, les vigneaux, le quai et les barques dans une croûte de glace étincelante.

Pendant l'une des brèves accalmies entre les tempêtes, Ben découvre que les murs de l'église se sont effondrés sous le poids de la neige. Il rentre déprimé à la maison. « On a été fous de croire que des gens comme nous seraient capables de construire une église tout seuls. C'est un travail pour des gens qui savent ce qu'ils font, de vrais charpentiers », confie-t-il tristement à Meg.

L'hiver semble aussi interminable que l'été qui l'a précédé, mais on finit par voir des signes de l'arrivée du printemps : les banquises qui dérivent, la bande de terre mouillée qui s'assèche et la neige accumulée contre les maisons qui fond un peu plus chaque jour, les filets qu'on ravaude, la pêche qui redevient un sujet de conversation.

« J'me tourmente à propos de Sarah et de sa famille… Comment ils vont faire pour joindre les deux bouts à présent que Josh est plus là ? » dit Meg à Ben et à Lavinia un soir qu'ils profitent des dernières lueurs du jour pour étendre les filets récemment enduits de résine.

« Tu t'en fais pour la moindre petite chose. » Lavinia jette le filet noirci qu'elle tient dans ses bras sur la clôture du jardin et l'étend soigneusement entre les poteaux. « Après tout, la famille Vincent compte encore deux hommes adultes.

— Joe a maintenant sa propre famille, et puis, il peut pas pêcher tout seul. Pis tout le monde sait comment est Peter ! » Voyant que Lavinia a déjà oublié les Vincent, Meg regarde son mari.

« C'que j'sais, c'est que Joe le Jeune va avoir besoin de quelqu'un pour l'aider dans le bateau pour tirer les poissons qu'il pêchait avec le pauvre Josh... Dommage que Peter soit pas plus fiable », conclut Ben en hochant la tête.

« C'est le plus loin que Ben ira jamais pour dire du mal de quelqu'un, écrit Lavinia dans son journal intime, ce soir-là. N'empêche qu'ils ont tous deux raison : nous dépendons tous de la pêche et, cet été, seulement Ned et Isaac, Joe, Frank et Thomas Hutchings pourront aller en mer... cinq hommes pour vingt-quatre bouches à nourrir ! »

Deux jours plus tard, Sarah annonce que son Annie ira pêcher avec Joe.

« Annie ! Une femme qui va pêcher ! » Malgré toute l'affection qu'elle porte à son amie, Meg ne peut cacher sa désapprobation.

Sarah a vieilli ; la peau de son visage et de son cou est flasque et ses mains, auparavant si habiles, tremblent en faisant passer un crochet à carpette à travers la jute. Elle a mis du temps à accepter le décès de son mari. Après sa maladie, elle est restée assise de longues semaines auprès du feu, levant les yeux chaque fois que la porte s'ouvrait parce qu'elle s'attendait à voir entrer Josh portant, comme il avait coutume de le faire, un oiseau, un poisson ou une brassée de bois.

La pauvre Annie, déjà épuisée d'avoir soigné ses parents, devait répéter continuellement à sa mère que Josh était mort. Chaque fois, Sarah fondait en larmes, demandait des détails sur la façon dont il était mort et sur son enterrement. Puis, à peine quelques heures plus tard, elle disait à Annie : « Fait presque noir, va donc au pont voir si ton père s'en vient. »

Ned a l'idée de célébrer un office du dimanche spécial, une sorte de service funéraire en retard au cours duquel on fait l'éloge de Josh et on prie pour le repos de son âme, et cela semble apaiser Sarah. Elle ne se résignera jamais à la mort de Josh (vers la fin de sa vie, elle tiendra de longues conversations avec lui), mais elle cesse au moins de harceler Annie en lui posant des questions au sujet de son absence.

Lorsqu'elle justifie l'étrange décision de sa fille, Sarah paraît retrouver son ancienne vitalité. « Moi-même, j'en suis restée bouche bée. J'savais pas quoi dire... aller en mer, une femme ! avoue-t-elle à Meg.

— Est-ce que Peter a protesté ? » demande Meg. Elle n'a jamais fait confiance au deuxième fils de Sarah depuis qu'il a tranché à la hache le doigt de son frère.

« Comme, bien sûr, c'est Peter qui devrait être avec Joe dans la barque, j'm'attendais à ce qu'il mette le holà, mais il en a rien fait.

D'après c'que j'peux voir, les agissements d'Annie, ça lui est parfaitement égal. Il parle de rester à Saint John's cette année quand il sera revenu des banquises. Il dit que, comme ça, il va pouvoir se faire un peu de vrai argent. J'présume que c'est un péché de souhaiter que le pauvre garçon s'en aille, mais j'sais que Peter et Joe vont passer leur temps à se chicaner s'ils pêchent dans le même bateau. Alors, ça m'a l'air que c'est Annie qui va être l'associée de Joe, cette année.» Sarah s'interrompt et pousse un de ses profonds soupirs. «J'suppose, ma fille, qu'on peut pas toujours leur dicter leur conduite.»

Pourtant, lorsque Charlie a annoncé à sa mère qu'il voulait lui aussi aller sur les banquises cette année, sa mère a réagi de façon bien différente. «Ton pauvre père a juré qu'aucun de vous irait jamais plus à la chasse au phoque!» a-t-elle protesté.

Contrairement à ses frères, Charlie, qui était auparavant si maigre, est devenu un garçon solide, presque costaud. De tous les enfants, c'est lui qui ressemble le plus à Sarah. Bien qu'elle ne le dorlote pas comme Meg le fait avec Willie, Sarah s'est toujours sentie plus proche de lui que de ses autres fils, et même de sa fille Annie.

«Mon oncle Ned et mon oncle Frank y vont tous les deux, a fait valoir Charlie. Ils pensent qu'ils pourraient me réserver une place maintenant que j'ai quatorze ans... D'ailleurs, Joe et Peter y sont allés à quatorze ans, et ils y vont encore.

— Peu importe, j'peux pas contredire Joe, vu que c'est un homme marié, et le diable lui-même pourrait pas arrêter Peter quand il s'est mis une idée en tête... Mais à toi, j'peux et j'vais dire une chose: tant que j'aurai un souffle de vie, t'iras pas sur la glace.»

En racontant tout cela à Meg, Sarah regarde son amie d'un air perplexe. «Penses-tu que j'ai eu raison, Meg? C'est sûr que quand j'ai vu mon Char debout là avec son air boudeur, j'ai pensé qu'il parlait pas sérieusement... qu'il se croyait juste obligé de dire ça. Pourtant, j'avais pas besoin d'me montrer aussi dure avec lui, mais j'savais qu'il voulait que je le prenne au sérieux.

— J'suis contente que tout soit réglé, répond Meg, mais ça va faire drôle de voir une femme partir en mer», ne peut-elle s'empêcher d'ajouter.

Pendant qu'elle écoute les femmes bavarder, Lavinia trouve qu'elles font tous ces projets d'une manière un peu hésitante, comme si elles n'étaient pas sûres que le printemps allait revenir. Même l'arrivée des phoques et le «Nous, nous les vaillants, nous, les frères!» que crie Ned en bondissant d'une plaque de glace à l'autre ne peuvent ramener le sentiment de confiance exubérante des années passées. Il y a quelque chose de craintif dans la façon dont les hommes suivent Ned, posent timidement le pied sur la glace, testent les plaques flottantes comme si elles allaient mordre les gaffes. En dépit du bon sens, Lavinia se met à souhaiter que revienne leur flamboyant mépris du danger.

Seuls Frank Norris et Joe le Jeune vont chasser le phoque, ce printemps-là. Peter a disparu, et Ned, malgré leur besoin d'argent, décide de rester à la maison avec Isaac. Contre toute attente, Mary est d'accord avec lui. « Ned est pas encore au mieux de sa forme, et à quoi ça sert de gagner de l'argent si on perd sa santé ? » dit-elle, faisant valoir que, l'année prochaine, Ned et Isaac pourront y aller tous les deux.

Lorsqu'elle relatera les événements de ce printemps-là, Lavinia essaiera de dire avec précision à quelle date Ned a mentionné pour la première fois le gros ours. Elle décidera que cela avait dû être vers la fin du mois de mars, même s'il y avait encore un pied de neige sur le sol.

Ned raconte que l'ours est blanc et aussi gros qu'un cheval — une comparaison qui ne signifie rien pour ceux qui n'ont jamais vu de cheval. N'empêche que, après avoir entendu la description de Ned, tous sont capables d'imaginer l'énorme bête à fourrure. Au cap, on ne parle plus que de cette créature et, pourtant, il n'y a que Ned qui la voit. Il se met à raconter des histoires à propos de l'animal, comment il est venu sur les glaces flottantes, comment il a dérivé sur l'eau noire devant Naskaupi, devant Cartwright, Comfort Bight, Cape Charles, Belle Isle, comment il s'est rendu jusqu'à Griquet et Saint-Julien, comment il a ensuite contourné les Horse Islands jusqu'à Deadmans Point, comment il est passé devant North Bill et Middle Bill. Ned, qui a passé deux saisons au Labrador, adore énumérer les noms des lieux.

Il aime imaginer son ours, dressé sur une plaque flottante comme un capitaine sur son vaisseau, en train de naviguer au large des baies, des hautes falaises abruptes, des forêts silencieuses couvertes de neige, poursuivant son périple jusqu'à ce qu'il arrive en vue du cap. « Oh ! brave nouveau monde ! » s'écrie le monstre hirsute qui se hisse hors de son bateau de glace et se dirige en nageant vers la grève.

L'ours est réel, insiste Ned. « Y a plus de choses dans ce monde qu'on peut l'imaginer, toi et moi, Vinnie », dit-il à sa sœur lorsqu'elle remet en question l'existence de la bête.

« J'doute qu'il y en ait plus que, toi, t'en as imaginé, Ned Andrews, réplique-t-elle. T'as la tête tellement bourrée de bêtises que tu serais capable d'hypnotiser même le bon Dieu. Si t'avais été là pour Le conseiller le jour de la création, j'crois que le monde serait rempli de bêtes barbares, avec des ailes et une queue et deux têtes, et colorées comme des fleurs ! »

Elle et Ned sont redevenus des amis, et ils rient, contents de penser à des créatures ailées aux couleurs vives planant au-dessus du cap Random.

Seul Ned parvient à lui faire oublier ses appréhensions, et elle prend la résolution de ne plus jamais se fâcher contre lui.

« C'est vrai, j'ai toujours imaginé des chevaux volants… jamais compris pourquoi le Tout-Puissant en avait pas créé, dit Ned d'un air songeur. Est-ce que ça serait pas merveilleux ? On pourrait s'asseoir sur leur dos et s'envoler jusqu'à Pond Island quand on en aurait envie. On volerait au-dessus des collines, on regarderait en bas et on verrait le cap. Quelle vue on aurait, Vinnie ! »

En le regardant, Lavinia se rappelle ce que Ben a dit à propos de Ned : « Il croit aux histoires qu'il raconte. » Ned voit le cheval ailé, et il se voit lui-même perché sur son dos, en train de caracoler à travers les nuages de tempête très haut au-dessus du cap.

Elle lui donne un petit coup de coude dans les côtes, comme elle le faisait dans leur enfance. « Oublie pas de mettre tes culottes de laine, Ned, quand ton cheval volant arrivera ! » dit-elle, et il promet très sérieusement de ne pas l'oublier.

Trois jours après le départ des hommes pour la chasse aux phoques, Thomas Hutchings entre chez Ben et Meg pour la première fois depuis des semaines. C'est l'après-midi, les écoliers sont partis, mais Lavinia et Willie sont assis à la table, car Meg insiste pour que son fils ait des cours supplémentaires. À l'autre bout de la table, Ben trace sur l'ardoise de Willie un nouveau plan de l'église. Toutes les deux ou trois minutes, il interrompt le cours pour demander à Lavinia ou à Willie de faire une addition.

En entendant Thomas cogner à la porte, Lavinia tressaille comme si on l'avait frappée. Il pénètre dans la pièce et, sans même jeter un regard dans sa direction, il s'assied à côté de Ben et se met à lui parler d'une réparation qu'il désire faire faire au quai.

« C'est ainsi que Patience se sent tous les matins quand elle s'éveille et se rappelle qu'elle est aveugle, se dit Lavinia. Elle n'est plus en colère, mais elle est triste… triste et usée et vieille. »

S'adressant à Willie en prenant garde que sa voix ne chevrote, elle demande au garçon de terminer les additions qu'elle lui a données à faire. Elle met le vieux châle de laine autour de sa tête et sort dans l'intention de marcher jusqu'à la batture. Mais il fait si froid dehors qu'elle se contente d'entrer dans la maison voisine. Chez Ned, elle pourra attendre jusqu'à ce qu'elle entende Thomas s'en aller.

Il n'y a que Mary et Isaac dans la maison. De nouveau enceinte, Mary est penchée au-dessus d'un bac en bois en train de frotter des chaussettes et des mitaines. Assis auprès du feu, Isaac taille un bateau dans un petit morceau de planche. Mary dit à Lavinia que Ned et les « trois rois » sont allés sur la grève sortir le bateau de la neige. « Avec toute cette neige et cette glace, Ned a peur qu'il soit défoncé », explique-t-elle avant de retomber dans son mutisme habituel.

« Allons les regarder, Vinnie. J'en peux plus d'être enfermé dans la maison, et p'pa va être pas mal content de voir que j'suis sorti sans lui. » Isaac dépose le petit bateau sur l'étagère au-dessus du feu et recule pour admirer son œuvre.

Il est encore pâle, pourtant le programme d'exercices que lui fait suivre Ned a donné des résultats. Il est à présent capable de marcher tout seul et il reprend davantage de forces chaque jour. Il a retrouvé sa chevelure rousse et sa bonne humeur, et son visage ne ressemble plus à celui d'un squelette.

« J'avais envie de te parler de quelque chose... de te demander quelque chose... » Il hésite et coule un regard vers sa belle-mère.

« Eh bien, mon petit Isaac, de quoi avais-tu tellement envie de me parler ? » demande Lavinia une fois qu'ils sont sortis de la maison.

Il déglutit et elle voit sa pomme d'Adam remuer dans sa gorge. « Parles-en pas à p'pa ni à Mary, j'veux pas qu'ils le sachent maintenant, mais j'pense à... à... » Il avale de nouveau sa salive et se lance : « ... à demander Rose Norris en mariage. »

Lavinia est tellement abasourdie qu'elle met plusieurs secondes à répondre. « Allons, mon gars, dit-elle. Rose est juste une enfant, et pis, c'est une vraie barbare !

— J'veux pas dire qu'on doive se marier tout de suite... pas avant que j'aie commencé à bâtir ma maison... Mon oncle Ben va me montrer comment faire, et, comme on va être beaucoup à travailler, ça devrait être fini quand Rose aura quinze ans. Alors, on pourrait se marier. »

Lavinia est convaincue que la perspective d'avoir Rose comme bru ne plaira pas à Mary, mais il lui paraît inutile de le dire. Elle se rappelle combien Ned avait été résolu quand il avait courtisé ses deux épouses et elle se demande si Isaac n'a pas hérité du caractère romantique de son père. C'est probablement le cas, car il se met à brosser un portrait de sa dulcinée en lequel Lavinia est incapable de reconnaître Rose.

« Tu la prends pour une tête de linotte juste parce qu'elle traîne derrière Char et Willie. Char connaît rien d'autre que ce qui est écrit dans les livres. Quant à Willie, il est pas plus brillant qu'une vieille chaussette. Quand elle est pas avec eux, Rose a autant de bon sens que toi et moi... et tu sais que c'est pas peu dire ! » conclut Isaac en faisant un grand sourire à sa tante. Malgré son visage amaigri et ses cheveux en brosse, il ressemble beaucoup à Ned.

C'est une journée maussade. Une grande partie de la neige a fondu, mais les sentiers sont encore couverts d'une croûte de glace dure. Ils marchent lentement, tandis qu'Isaac explique à Lavinia comment il compte courtiser sa bien-aimée. Ses biens semblent pitoyables — des bateaux taillés au couteau et des fleurs, et l'attrait des histoires de son père — si on les compare à la compagnie de Willie et à la cuisine de Meg.

« À l'automne, j'vais commencer la maison. Prends Peter, ça fait deux ans qu'il travaille à sa drôle de maison et il a pas encore trouvé l'élue de son cœur. »

Ils sont encore loin de la grève, mais ils entendent pourtant des craquements, comme des coups de fusil : Ned et les garçons frappent la glace pour la décoller de la barque. Isaac continue à parler de ses projets mais, ayant compris que son neveu sera un amoureux aussi tenace que son père, Lavinia ne l'écoute plus.

« D'abord Joe et Lizzie, à présent Isaac et Rose, ils vont tous finir par se marier ou ils vont s'en aller comme Jane et Emma. Et moi, qu'est-ce que je vais devenir ? » Ses pensées retournent à Thomas, à son visage austère, à sa froideur qu'elle a pu sentir quand il est entré dans la pièce.

« C'est étrange qu'on puisse perdre quelque chose qu'on n'a jamais possédé. Si j'avais davantage ressemblé à Ned et à Isaac, j'aurais couru après Thomas quand il venait à l'école, je lui aurais fait comprendre ce que j'éprouvais. Ç'aurait peut-être été encore pire… si quelque chose peut être pire que de les soupçonner ensemble, lui et Fanny ? » « Ensemble » est le mot qu'elle utilise quand elle pense à Thomas et à Fanny, car son esprit refuse d'analyser ce que cela veut dire.

« Est-ce que t'as vu Fanny ? demande-t-elle.

— Fanny ? » Interrompu au milieu d'une phrase, Isaac regarde Lavinia d'un air intrigué. « J'comprends pas pourquoi les gens sont tout le temps en train de la chercher. Elle, c'est une vraie écervelée ! On peut pas savoir ce qu'est une tête de linotte avant d'avoir vécu sous le même toit que Fanny… même sa propre mère sait pas c'qu'elle fabrique la moitié du temps. Pourquoi ? »

Elle ignore la question et Isaac retourne à son rêve. « Si j'vais aux phoques le printemps prochain, j'aurai assez d'argent pour acheter des clous et du papier goudronné. »

Lavinia est sur le point de lui demander à quel moment il prévoit parler de ses projets à Rose, mais elle n'en a pas le temps.

Un bruit étrange et inhumain monte de la plage au-dessous d'eux. À moitié hurlement, à moitié gémissement étranglé, le bruit nage dans la brume grise, horrible mélange de désespoir, de terreur et de détresse. Puis c'est le silence. Lavinia et Isaac restent figés sur place pendant un instant, puis, sans un mot, ils se mettent à courir vers la mer le long de l'étroite et glissante crevasse. Isaac fonce, dépasse Lavinia, sans même se retourner lorsqu'elle trébuche, se relève péniblement et se rue à sa suite.

Parvenus à l'angle sous le magasin, ils voient, sur la grève, un spectacle si effroyable qu'ils sont tout d'abord incapables de comprendre ce dont il s'agit. Un animal d'un blanc sale se dresse sur ses pattes postérieures, son imposante silhouette cachant à demi l'homme qu'il est en train d'attaquer. Tous deux sont enlacés dans une étreinte muette et fatale, Ned se cramponnant de toutes ses forces à l'énorme patte de la bête et essayant d'éloigner les griffes de son visage.

À quelques pas, Henry, George et Alfred, silhouettes sombres, sont aussi immobiles que les monceaux de glace qui les entourent. Tout est noir, blanc et gris. Dans ce tableau gelé, Lavinia reconnaît son plus terrifiant cauchemar.

Puis, l'animal abat sa patte libre en un arc qui déchire. Un jet de sang rouge foncé jaillit de l'épaule de Ned. Il tombe en arrière en se protégeant la tête de son bras.

« Il est en train de tuer Ned, il est en train de tuer Ned ! » Lavinia croit qu'elle crie mais, en réalité, elle ne fait que chuchoter. Deux des garçons accourent vers elle. Isaac se précipite en titubant vers son père sur la plage et crie par-dessus son épaule : « Va chercher le fusil… va chercher le fusil… vite, va chercher le fusil ! »

Lavinia hésite. Doit-elle suivre Isaac ? Aller chercher Henry qui semble figé de terreur ou courir chercher de l'aide ? George et Alfred se précipitent vers elle, avec de petits gémissements, la peur irradiant de leurs corps.

Soudain, Lavinia ne pense qu'à une chose : il faut qu'elle aille chercher Thomas. Elle fait volte-face, relève sa jupe avec ses deux mains et court vers la maison de Ben où elle entre en trombe en hurlant : « Y a quelque chose en bas en train de tuer Ned ! Vite, vite Thomas, quelque chose est en train de déchiqueter Ned ! »

Elle n'a pas encore fini de parler que Ben et Thomas se précipitent vers elle. Elle se tourne et entre en collision avec Mary, qui a bondi hors de chez elle, une hache à la main. George et Alfred se cramponnent à leur mère, mais elle repousse ses fils en sanglots et, bien que sa grossesse la rende moins agile, elle dépasse de loin Lavinia tandis qu'ils courent vers la plage. Ils voient Thomas attraper un harpon lorsqu'il disparaît de leur vue à l'angle de l'entrepôt.

« La batture n'était plus grise et blanche, mais rouge. Rouge partout, comme si quelqu'un avait lancé de la confiture de graines rouges dans la neige, rouge et pourpre et rose… et, au milieu de tout ce rouge, ils étaient tous deux couchés sur le sol. Ned, sur le dos, avec un bras à moitié arraché, et Isaac, sur le côté, replié sur lui-même tandis que la bête s'acharnait encore sur lui, avec des grognements de chien en train de déchiqueter un morceau de viande », écrira plus tard Lavinia.

Mary se précipite devant Ben et Thomas et, courant toujours, elle plante sa hache dans le dos large et pelucheux du gros ours.

«Mary! Reviens!» crie Thomas tandis que l'ours, la hache toujours plantée dans son dos, se tourne et vacille vers Mary qui glisse et tombe sur le sol.

Thomas s'avance et enfonce le harpon dans la poitrine de l'animal. Celui-ci se balance au-dessus de Mary qui s'est à moitié relevée et hurle des injures à sa face hideuse. L'espace d'une seconde, la femme et l'ours semblent se dévisager, puis la créature secoue sa grosse tête, hésite, tourne le dos et s'enfuit à une vitesse stupéfiante. Laissant des traces rouges dans la neige, l'ours grimpe sur la rive et disparaît.

Mary se relève et, furieuse, elle se tourne vers Thomas. «Où est le fusil, espèce de maudit salaud?»

L'ignorant, il se dirige vers Ned et le prend dans ses bras comme s'il était un enfant. Avec Mary qui, d'un côté, soutient le bras blessé, Thomas transporte son ami vers l'entrepôt.

Ben et Lavinia retournent doucement Isaac sur le dos. Le garçon a la poitrine ouverte, ses os luisent à travers la chair et le sang. Lavinia sent tout devenir noir. Elle se retient contre un rocher gelé et ferme les yeux. Elle ne s'évanouit pas et, lorsque la lumière revient, elle voit Ben qui a pris une poignée de neige et tente d'essuyer le sang sur le visage de son neveu.

«Il est mort, Vinnie.» Ben la regarde pour évaluer son état. «J'vais rester ici, toi, va chercher Meg, elle est en train de nourrir les chèvres. Apporte une pièce de toile… et dis à ces enfants de rentrer tout de suite à la maison», ajoute-t-il en indiquant du doigt George, Alfred, Willie et Rose debout en une file serrée à mi-chemin de la plage.

Lavinia ne répond pas. Elle essaie de retourner en arrière, elle veut retourner en arrière. Juste une heure, juste une demi-heure, ce n'est pas une si grande faveur à demander à Dieu.

«Allez, Vinnie, va chercher Meg», insiste Ben d'une voix douce. Il retire la main que sa sœur a posée sur le visage froid d'Isaac. «Va chercher Meg et fais rentrer ces enfants.»

C'est alors qu'elle pense à Henry. «Le petit Henry était ici… il était ici tout à l'heure…» Elle se redresse, cherche des yeux parmi les monceaux de glace flottante. «Il est mort, la bête a tué Henry aussi!» Elle court d'un endroit à l'autre. Il existe des centaines de lieux où le corps d'un enfant peut être tombé.

Ben la saisit à bras-le-corps, la tourne en direction de la maison et répète d'une voix forte: «Va chercher Meg… et dis à ceux-là de se mettre à la recherche de Henry», ajoute-t-il en hochant la tête vers les enfants, toujours immobiles.

Lorsque Lavinia revient avec sa belle-sœur, Henry a été retrouvé. L'enfant est sain et sauf. Accroupi derrière un bloc de glace, il refuse absolument de bouger. Meg décolle ses doigts agrippés à la glace, le prend dans ses bras et, poussant les autres enfants devant elle, elle retourne vers la maison sans avoir jeté un regard au corps déchiqueté de son neveu.

Ben et Lavinia déposent Isaac sur la toile. Ben pleure en silence et Lavinia s'aperçoit que son propre visage est mouillé de larmes et de morve, que son corps est trempé de sueur, que ses mains et ses vêtements sont rougis par la neige ensanglantée.

« On va l'apporter chez nous, Vinnie. Comme ils vont pas bouger Ned de l'entrepôt, on fait mieux de pas y amener ce pauvre enfant. »

C'est seulement à ce moment-là que Lavinia pense que Ned est peut-être encore en vie. Ils transportent lentement Isaac jusqu'à la maison. Il est étonnamment léger. En chemin, ils croisent Meg qui transbahute des chaudrons remplis d'eau. « Les jeunes sont enfermés chez Mary. Va les surveiller, Vinnie », dit-elle avant de se hâter vers l'entrepôt.

Ils allongent le corps enroulé dans la toile sur la table de Meg. Ben marmonne qu'il faudra commencer à fabriquer un cercueil et il s'en va, laissant Lavinia et Patience seules avec le cadavre d'Isaac. Patience veut absolument savoir ce qui s'est passé sur la plage, mais Lavinia, que le choc et la douleur ont rendue incohérente, est incapable de le lui raconter. Et c'est ainsi que, en pleurant, elles lavent Isaac, bandent les plaies les plus horribles et l'habillent d'une chemise et d'un pantalon propres.

« J'étais hors de moi en pensant à tout ce gaspillage — comme nous avons pris soin de lui quand il était petit, le temps que Ned a consacré à lui faire retrouver la santé et ses forces, ces beaux projets qu'Isaac faisait à propos de lui et de Rose, tout ce gaspillage. Ç'aurait été préférable qu'il meure dans son lit l'hiver dernier que succomber d'une mort aussi barbare », écrira Lavinia dans son journal.

À la tombée du jour, Thomas vient leur annoncer que Ned est toujours vivant et que son état semble stationnaire. Il avertit Patience et Lavinia de ne pas s'aventurer dehors ce soir-là : l'animal rôde toujours aux alentours. Il fait un geste comme pour sortir, puis se ravise, regarde attentivement les deux jeunes femmes assises de chaque côté du corps d'Isaac. « Depuis combien de temps êtes-vous ici comme ça ? »

Comme elles ne répondent pas, il reprend : « J'viens de voir Annie entrer à côté avec une marmite de quelque chose. Vous voulez pas aller manger ? J'vais rester ici. » Il s'affale sur le sofa, ferme les yeux et appuie sa tête contre le mur.

Sur le seuil de la porte, Lavinia se retourne pour regarder Thomas. Il a perdu du poids pendant l'hiver, et ses vêtements, tachés par le sang de Ned, flottent autour de lui. Toute son arrogante assurance s'est envolée et il s'affaisse, comme s'il était submergé par le désespoir. Avec ses yeux fermés, son visage paraît aussi mort que celui d'Isaac.

La compassion, la tristesse et l'angoisse fondent sur Lavinia. Elle avance d'un pas dans sa direction. Puis, lorsqu'elle prend conscience de ce qu'elle est en train de faire, elle recule et suit Patience dehors.

« Tu vas à côté, Patience. Moi, j'veux aller voir comment va Ned », dit-elle.

Dans l'entrepôt, son frère est étendu, les bras en croix, sur la grande table à trancher le poisson. Il est inconscient. Une lanterne suspendue à une poutre se balance ; au-dessous d'elle, Sarah et Mary s'affairent frénétiquement à étancher le sang qui coule, en gargouillant, de la poitrine déchirée de Ned chaque fois qu'il respire. Pendant que Lavinia contemple la scène, Meg surgit d'un coin sombre, les mains couvertes de toiles d'araignée. Elle les étale comme un filet gris sur la plaie béante et recouvre le tout d'un linge brûlé. Sarah entasse aussitôt de la mousse sur le tissu. Mary est en train de changer les bandes de tissu avec lesquelles ils ont bandé le bras et l'épaule de Ned.

Il ne fait pas de doute que les femmes répètent ces gestes depuis des heures. Le sol est jonché de mousse et de lambeaux de tissu souillés de sang que Lavinia ramasse et va jeter dans une pile de lambeaux semblables derrière la porte.

Elle est incapable de penser à faire autre chose et reste en retrait, à observer les femmes qui réchauffent des couvertures, retirent les tampons détrempés et en pressent de nouveaux. À tour de rôle, elles frictionnent les pieds et les jambes glacés de Ned et versent des cuillerées d'une mixture chaude entre ses lèvres. Elles travaillent en silence. À un moment, Sarah conseille à Mary d'aller chez elle prendre un peu de repos, mais elle se tait devant le regard brûlant de mépris que lui jette Mary.

Mary n'a pas prononcé une parole après les injures furieuses dont elle a abreuvé Thomas Hutchings. Elle concentre toute son énergie sur Ned, pour le garder en vie, bien que les autres femmes aient compris que c'est une chose impossible.

En la regardant se déplacer sous la lanterne, Lavinia s'étonne que sa belle-sœur ne soit pas en train de psalmodier des incantations, d'allumer des bougies, d'appeler des démons pour marchander la vie de Ned. Et elle devine que, quelque part dans un recoin sombre de son âme païenne, Mary fait toutes ces choses : elle veut que son mari continue de respirer, que son sang cesse de s'écouler, qu'il vive. Lavinia pense au bébé prisonnier dans ce corps si dense — comment parvient-il à avoir de l'air ?

Un peu avant l'aube, Ned se met à gémir doucement, puis à marmonner. Il tente de s'asseoir et les femmes doivent le maintenir couché. Puis il ouvre les yeux et voit Mary penchée sur lui.

«J'pensais que j'avais vu entrer Isaac. Où est Isaac ? Est-ce qu'il est gravement blessé ? » demande-t-il de façon tout à fait claire.

Mary secoue la tête, elle arrive même à sourire. C'est un grand sourire amoureux que Lavinia ne lui avait encore jamais vu. « Isaac va bien, lui et Ben sont à la maison avec les jeunes. Ned, est-ce que t'as mal, Ned ? » Puis son visage se plisse et elle commence à pleurer sans bruit.

«Non, ma belle, t'en fais pas pour moi. » Il tente de lever son bras valide pour toucher le visage de Mary. « Ah ! Mary, t'es une gentille femme », dit-il, puis il meurt pendant que Mary, penchée au-dessus de lui, hurle : « Respire, respire ! »

Voyant qu'il ne lui obéit pas, elle le soulève de l'oreiller. « Meurs pas, Ned Andrews, que j'te voie pas mourir, j'te l'défends ! »

Mais il est mort, que cela plaise ou non à Mary. Elle le comprend, laisse retomber la tête de Ned et se rue dehors où les autres l'entendent vociférer des blasphèmes au ciel.

Pendant deux jours et deux nuits, elle erre sur le cap, arpente la grève parsemée de glace comme un grotesque oiseau noir, marche à grandes enjambées dans le marais et les broussailles. Sans se soucier de la boue, de la neige fondante ou du vent qui fouette sa jupe déchirée et ses cheveux fous, elle va d'un endroit à un autre sans voir personne, sans rien entendre.

Meg et Sarah la suivent à tour de rôle, la supplient de penser à l'enfant qu'elle porte, à ses fils. C'est comme si elles ne disaient rien. Mary poursuit sa marche furibonde, à la recherche de quelque chose ou de quelqu'un sur qui jeter sa haine. Pour finir, un peu effrayées d'entendre les choses étranges qu'elle marmonne, les deux femmes renoncent à la convaincre et la laissent tranquille.

« J'ai l'impression que si elle tombe sur cet ours, elle va le tuer de ses mains nues », confie Sarah à Annie et à Lavinia.

Le troisième jour, exténuée, ses imprécations réduites à un rauque croassement, mais toujours aussi enragée, Mary arrive sur l'isthme à proximité des murs effondrés de l'église et aperçoit Fanny. La jeune fille semble être la proie d'une de ses transes et elle regarde fixement en direction des collines, à l'intérieur des terres. Les yeux bordés de rouge de Mary se dessillent pour la première fois depuis des jours et elle observe sa fille pendant plusieurs minutes. Ensuite, sans dire un mot, mais le dos soudain raidi, elle fait volte-face et se dirige calmement vers sa maison.

Le chagrin de Mary est passé, du moins dans ses manifestations extérieures. À partir de ce jour, elle ne parlera plus jamais de la mort de Ned ni de la façon dont elle est survenue.

Trouvant sa maison déserte, Mary retire ses vêtements sales et déchirés. Elle se lave, enfile des vêtements propres et va dans la chambre à l'arrière de la maison où elle et Ned avaient coutume de dormir. À l'aide d'un gros couteau, elle soulève une planche du sol et prend un paquet gris de poussière ; c'est le baluchon de tissu qu'elle avait avec elle le jour où elle est descendue du *Tern* il y a maintenant presque quatorze ans. Il est à présent plus petit, car l'orange n'est plus là depuis longtemps, le chaudron et le silex sont près du feu dans la pièce voisine, et la broche pourpre — qui, selon elle, lui appartient toujours — est en la possession de Sarah depuis plusieurs années.

Dans le paquet, il y a trois pièces d'or et les deux peignes de nacre qu'elle a portés le jour de son mariage. Elle met les peignes de côté, prend les pièces d'or et les observe attentivement pendant qu'elle les retourne dans sa main. Puis elle crache sur le visage poupin du roi, frotte les surfaces usées avec son tablier et remet les pièces dans le chiffon qu'elle renoue et replace dans le trou sous le plancher.

Mary Bundle met les peignes dans ses cheveux et va à la maison à côté, où Patience et Lavinia sont assises sur le sofa, un livre ouvert entre elles.

Silencieuse comme un chat, Mary traverse la pièce et vient se placer debout devant Lavinia. Elle ne pose aucune question à propos de son mari, de son beau-fils ou de leurs funérailles. Elle ne pose aucune question à propos de ses enfants, ne demande pas qui a pris soin d'eux pendant qu'elle arpentait le cap, ni pourquoi les maisons sont si étrangement désertes. Elle reste là, immobile, un air de mépris terrible sur son visage.

Mary paraît vieille. Lavinia n'a jamais vu personne vieillir aussi vite. La chevelure ébouriffée semblable à du fil noir est à présent striée de blanc, relevée, tressée, nouée et attachée sur la nuque et elle semble tirer la peau tannée sur son petit crâne, de sorte que le visage paraît encore plus anguleux qu'auparavant. Le nez et le menton de Mary ressortent comme les boursouflures brunes qui poussent sur le tronc des arbres. Sous la tête minuscule, son corps gros d'un enfant semble énorme.

Lavinia commence à expliquer qu'à l'instant même on est en train d'enterrer Ned et Isaac sur la pointe, mais Mary lui coupe la parole. « T'es au courant à propos de Fanny ? » chuchote-t-elle d'une voix enrouée, comme si cela lui faisait mal de parler.

Lavinia craint que cette féroce vieille debout si près d'elle ne leur arrache le livre qu'elles tiennent sur leurs genoux. Mais Mary se contente de rester là, les bras croisés, et de les dévisager de ses yeux étroits.

« T'es tellement intelligente, Lavinia Andrews, avec tes livres et tes écritures, t'es tout le temps en train d'épier tout le monde… c'est sûr que t'es au courant à propos de Fanny… tu sais qu'elle attend un bébé ! »

Lavinia se sent transpercée par une aiguille de glace : une aiguille si acérée, si froide, que Patience, assise à côté d'elle, la sent elle aussi et frissonne.

La femme dans le livre marche, les bras étendus, comme si elle aussi était aveugle. Elle marche vers un escalier de pierre qui monte en tournant dans le noir. Lavinia n'a pas besoin de regarder en bas, elle n'a pas besoin de détourner ses yeux du visage de Mary, l'image s'infiltre par le bout de ses doigts. Quelle chose effroyable est cachée en haut de l'escalier? L'image et les paroles de Mary se confondent — Fanny attend un enfant. Lavinia le sait depuis toujours... quelque part dans les ténèbres de son esprit, elle le savait... et elle savait que l'enfant était celui de Thomas Hutchings.

Le silence prolongé rend Mary impatiente. «Tu l'sais, pas vrai, Lavinia Andrews? Tu sais tout c'qui se passe ici, tu sais aussi qui est le père, j'en suis sûre et certaine», dit-elle à voix basse.

Lavinia hoche la tête. La glace a raidi son cou, elle peut à peine remuer sa mâchoire, pourtant elle répond: «Thomas.» Seulement cela. Rien d'autre. À côté d'elle, Patience inspire bruyamment et Lavinia, en se tournant vers elle, voit l'incrédulité dans les yeux aveugles.

«Ah!» Mary pousse un petit cri, et ce bruit exprime tant de satisfaction, et même de jubilation, que Lavinia ferme les yeux. Elle entend la porte se refermer derrière Mary.

Elle et Patience restent assises sans bouger, sans parler, jusqu'au moment où l'un des jumeaux se met à pleurer. Lavinia traverse alors la pièce et ramène l'enfant à Patience. Elle voudrait sortir de la maison, mais où aller? Rien ne pourra apaiser sa douleur, ni la mer, ni la solitude, ni le temps. Elle reste auprès de l'aveugle.

Lorsque Meg et Lizzie reviennent des funérailles, elles apportent des nouvelles de Mary. Elles l'ont vue en revenant de la pointe. Elle attendait Thomas Hutchings.

«Mary a attrapé le pauvre homme et l'a traîné dans l'entrepôt. Elle avait pas son air dément, mais n'empêche qu'elle avait un comportement bizarre... elle a juste traîné Thomas Hutchings sans dire un mot», raconte Lizzie à Patience et à Lavinia, sans remarquer comme elles sont étrangement calmes.

«J'pense qu'elle est encore enragée contre lui parce qu'il a laissé Peter prendre le fusil. J'présume que c'est bon signe qu'elle soit en colère comme ça... ça lui ressemble plus.» Meg sourit presque en nouant un tablier de jute autour de sa taille.

Lavinia et Patience ne lui disent pas qu'elles ont vu Mary.

Les gens du cap ne sauront jamais ce qui s'est passé entre Mary et Thomas Hutchings ce jour-là. Mais la semaine n'est pas terminée qu'ils ont la stupéfaction d'apprendre, par Mary, que Thomas a accepté d'épouser sa fille. Cette nouvelle les sidère. Fanny n'est guère plus qu'une enfant et, en réalité, elle a plus d'un quart de siècle de moins que Thomas, l'homme qu'ils ont toujours considéré avec tant de respect.

Le dimanche fixé par Mary comme date du mariage, il pleut à verse lorsqu'ils se réveillent. Quand ils se rassemblent chez Meg et Ben pour l'office du matin, on a dû placer des casseroles et des seaux aux endroits stratégiques pour recueillir l'eau qui goutte du toit. Malgré tous les efforts déployés par Meg, l'atmosphère est oppressante, la pièce est humide, privée de lumière. Il faut garder la porte fermée pour retenir à l'intérieur la maigre chaleur diffusée par un feu morose, et l'humidité semble raviver les odeurs aigrelettes de l'hiver.

Assis sur des chaises, des tabourets et des barils retournés, ils écoutent mélancoliquement la brève homélie de Meg, marmonnent les prières et font seulement semblant de chanter les cantiques qu'ils avaient, un an auparavant, coutume d'entonner avec tant d'enthousiasme.

Les dévotions terminées, Meg annonce qu'ils doivent rester pour servir de témoins à la cérémonie du mariage. Les familles Vincent allaient sortir, mais elles reviennent à leurs places et sont à peine assises que Thomas et Fanny font leur entrée. Mary les accompagne, elle qui vient pour la première fois à l'office du dimanche.

Comme elle sait ce qui va se passer, Lavinia est restée assise sur un tabouret bas près de la cheminée. Elle ne lève pas les yeux, mais regarde fixement le feu où, à l'occasion, des boules de suie, délogées par le déluge, tombent dans les cendres et envoient des bouffées de fumée noire dans la pièce.

Thomas et Fanny se dirigent à l'avant de la pièce et, d'une voix monocorde, ils répètent les promesses de mariage composées par Meg et lues par Charlie Vincent. Le visage de Thomas semble de pierre, et Fanny assiste à la cérémonie comme s'il s'agissait d'une procédure fastidieuse sans aucun intérêt pour elle. Une fois que les paroles ont été prononcées, il y a un silence prolongé, et on entend le raclement des pieds sur le plancher.

Meg a toujours ardemment défendu Thomas, et elle est à présent blessée et choquée par la grossesse de Fanny. C'est elle qui, avec Mary, a insisté pour que le mariage se fasse tout de suite, sans attendre l'arrivée d'un pasteur. Elle ne parvient pas à rompre le silence contraint en félicitant poliment les nouveaux mariés et en offrant une tasse de thé. Quelques minutes plus tard, les Vincent s'en vont et seule Sarah salue Thomas et Fanny d'un petit signe de tête.

Quand la porte est refermée, Mary va vers Thomas et, parlant comme si elle traitait d'affaires, elle dit : « Bon, alors, vous deux, vous pouvez déménager à côté… vous pouvez prendre notre chambre. J'vais m'installer près du feu en attendant que Ben me bâtisse un endroit pour dormir. »

Elle attend et, vu qu'elle n'obtient pas de réponse, elle poursuit, comme si c'était un jour pareil à un autre : « Va falloir tirer le bateau, Thomas. Les garçons vont nous donner un coup de main pour le redresser avant que la saison commence. »

Elle est sur le point d'exposer ses projets pour l'été, mais Thomas l'interrompt, une étincelle de colère faisant momentanément disparaître l'expression neutre de son visage. « En souvenir de Ned, j'vais faire tout c'que j'peux pour toi et les garçons. Je l'aurais fait de toute façon… sans ce… ce… » Il fait un geste désespéré, car il refuse d'appeler « mariage » ce qui vient de se dérouler.

Pendant qu'elle se dirige à reculons vers la porte, Lavinia s'arrête pour écouter. L'espace d'un instant, leurs yeux se croisent et elle voit la froide accusation qu'expriment ceux de Thomas, comme s'il savait le rôle qu'elle a joué dans sa déchéance.

« Je te remercie, mais Fanny et moi, on va vivre là où j'ai toujours vécu. Dans l'entrepôt. Et imagine-toi pas, Mary Bundle, que t'as trouvé un esclave pour t'obéir au doigt et à l'œil. »

Il a parlé d'une voix si sévère, si catégorique, que Mary recule de plusieurs pas. Elle n'ajoute rien. Il jette un regard sur les visages taciturnes, les accuse tous, les rejette tous. Puis il prend la main inerte de Fanny et, comme une enfant, il lui fait traverser la pièce pour sortir de la maison.

« Ils ressemblaient à des gens qu'on voit en rêve, le genre de personnes dont on se souvient à moitié, comme s'ils ne faisaient pas partie du même monde que nous », écrit Lavinia ce soir-là, qui tire quand même un certain réconfort du fait que Thomas et Fanny ne dorment pas de l'autre côté du mur.

Chapitre 14

Hier soir, quand tout le monde dormait, je me suis rendue jusqu'à la batture et je me suis assise, adossée contre un gros rocher. Que le cap est noir et solitaire les nuits sans lune ! Je me suis assoupie et quand je me suis réveillée, la mer sifflait autour de mes pieds... l'espace d'un instant, j'ai cru qu'on était toujours le premier jour : que maman, Ned et tous les autres, nous étions sur le quai en train de quémander un endroit pour dormir, que ce cahier était sur le sable à côté de moi, qu'il n'y avait encore rien d'écrit sur ses pages à l'exception des chiffres concernant les inventaires des Ellsworth. Puis tout m'est revenu. Je me suis alors dit qu'il serait si facile de m'en aller, de laisser la mer se refermer sur moi et de continuer à marcher. Je pourrais peut-être trouver ce chemin sous l'eau menant à Turr Island.

Le jour, Lavinia s'arrange pour paraître calme, paisible et plus sérieuse qu'elle ne l'a jamais été. Attribuant cette gravité au chagrin que la mort de Ned lui a causé, Meg tente de lui changer les idées en la complimentant sur son travail d'institutrice et lui promet un nouveau livre au retour d'Alex Brennan.

Personne ne se doute que, la nuit, seule dans l'appentis qui abrite la salle de classe, Lavinia est malheureuse comme les pierres. Elle passe des heures à écrire dans son journal, puis elle barbouille des pages entières. Elle relit ce qu'elle a écrit l'été précédent et rature toutes les lignes où le nom de Thomas Hutchings est mentionné. Pendant ces longues nuits sans sommeil, elle prend l'habitude de frotter la paume de sa main le long d'une planche qui borde sa couchette. La planche devient lisse et la peau de Lavinia se déchire et saigne, mais elle continue son manège parce que ce mouvement répétitif l'apaise et qu'elle finit par s'endormir. Une zébrure qu'elle emportera dans sa tombe se forme à travers la paume de sa main gauche.

Si elle fait de grands détours pour éviter de croiser Thomas ou Fanny, elle ne peut toutefois éviter d'entendre parler d'eux. Il y a quelque chose de si étrange dans ce couple que chacun les observe pour trouver un indice qui expliquerait leur insolite relation.

Après la cérémonie, le ventre de Fanny semble se boursoufler du jour au lendemain. On a l'impression qu'elle et sa mère vont accoucher en même temps. Le bébé de Mary arrive toutefois le premier. C'est une fille, blême et décharnée, mais Mary la met au monde avec son efficacité habituelle.

Après l'accouchement, Mary délaisse le bébé, et son indifférence est telle que l'enfant périrait certainement si Meg ne le confiait pas à Patience comme s'il s'agissait d'un chaton. La jeune aveugle passe des heures à dorloter la pauvre petite créature, à faire couler au compte-gouttes du lait de chèvre chaud entre ses lèvres bleuies.

Le printemps est déjà bien avancé lorsque Frank Norris et Joc le Jeune reviennent de la chasse au phoque. Ils sont stupéfaits d'apprendre la mort de Ned et d'Isaac et le mariage de Thomas et de Fanny. Les pauvres sont épuisés et démoralisés. Leur bateau est resté prisonnier des glaces pendant des semaines, et la plupart des phoques étaient partis lorsqu'ils sont enfin arrivés à leur lieu de rassemblement. Une fois que l'armateur a eu pris sa part, il n'est plus resté que trois livres pour chacun des chasseurs. Peter Vincent est resté à Harbour Grace dans l'espoir de trouver une place sur une goélette en partance pour le Labrador l'été prochain.

La neige, qui est venue si tard, finit par disparaître, même dans les recoins sombres et froids sous les arbres. La première petite touffe de verdure, qui évoque le souvenir des feuilles, apparaît sur les bouleaux et sur les aulnes, et les gens du cap commencent à surveiller l'arrivée d'un bateau.

Depuis leur entretien après la cérémonie du mariage, Mary ignore Thomas Hutchings. Comme les autres, elle s'affaire à réparer les bateaux et le matériel de pêche, et c'est un travail considérable cette année, les terribles vents de l'hiver ayant causé d'énormes dommages.

« Si Annie Vincent peut aller pêcher, moi aussi, j'peux y aller. Henry est assez vieux pour travailler sur un bateau, il a juste besoin de quelqu'un pour garder l'œil sur lui ! » déclare Mary, qui a toujours réussi à cacher sa peur et sa haine de l'eau à Meg et à Ben.

Elle se montre impitoyable envers elle-même et envers ses fils. Ne laissant à Henry, à Alfred et à George aucun répit, elle est du matin au soir sur leur dos, leur fait ravauder les filets, enduire les cordages de résine, creuser la terre dans le jardin, réparer les clôtures, rouler l'étoupe, couper du bois. Aussitôt que les garçons ont terminé un travail, elle leur en assigne un autre.

Lavinia s'accroche à la routine des cours, elle fixe des objectifs pour que les enfants aient du travail jusqu'à ce que commence la saison de la pêche, et elle se prépare à affronter Mary pour qu'elle permette à ses enfants de fréquenter l'école.

« J'te croyais plus intelligente, Mary Bundle », dit-elle en abordant un jour sa belle-sœur, après que ses fils ont été absents trois matins d'affilée. « Toi-même, tu m'as demandé de l'aide quand t'as voulu apprendre à compter.

— Oh ! j'ai rien contre le calcul. C'est une bonne chose pour un pêcheur d'être capable de s'apercevoir si on l'a roulé. C'est pas moi qui va parler contre ça. Mais en bout de ligne, le calcul a rien à voir avec toutes ces bêtises que tu fais faire aux enfants. Regarde comme Charlie Vincent est devenu cinglé… il sait pas distinguer entre son cul et son coude. J'suis d'avis que Sarah devrait jamais accepter ça ! En tout cas, pour le moment, l'école est finie pour l'été. »

Comme elle craint l'été, Lavinia fait valoir que les cours devraient se poursuivre jusqu'à ce que la pêche commence. Mais, la plupart du temps, seulement trois élèves, Rose Norris, Willie Andrews et Charlie Vincent se présentent à l'école le matin, et Lavinia continue à débattre de la question avec Mary chaque fois qu'elles se rencontrent.

« T'as sûrement envie qu'ils soient aussi ignorants que tout le monde sur cette grève ? » persifle-t-elle un jour. Elle relève la tête et les épaules devant sa belle-sœur, mais elle n'est pas de taille à affronter Mary.

« Apprendre à pêcher est plus important qu'apprendre à lire de vieux bouquins… et ça va être foutrement plus important quand on s'ra rendus au milieu de l'hiver, Ça s'mange pas, c'que t'apprends dans les livres ! » lance Mary, qui tourne le dos et s'éloigne.

Elles finissent pourtant par conclure un arrangement qui plaît davantage à Mary qu'à Lavinia. Henry, George et Alfred vont assister aux cours à tour de rôle. Mary promet d'en laisser un venir à l'école chaque matin. « T'as seulement trois livres, pour l'amour du ciel… tu dois les avoir usés à la corde à force de répéter toujours la même chose », lui explique-t-elle.

Absorbée par son travail, Mary semble avoir complètement oublié sa fillette. Elle a l'air interdite lorsque Meg lui demande quel nom il faut donner à l'enfant.

« Bonté divine, Mary, dis-moi pas que t'as oublié que t'as eu un bébé ! Tu pourrais pas t'en préoccuper un peu ? »

À ce moment-là, c'est Patience qui veille jour et nuit sur l'enfant, elle la fait même coucher dans son lit mais, comme dit Meg : « On peut quand même pas toujours appeler cette pauvre petite chose "bébé". Toi et le malheureux Ned, vous aviez pas choisi un prénom de fille ?

— Tessa, répond Mary avec un sourire amer. J'vais l'appeler Tessa. »

C'est ainsi que, sans cérémonie ni explication, la dernière enfant de Mary reçoit le nom de Tessa et qu'elle devient dès sa naissance davantage la fille de Patience que celle de Mary. L'aveugle passe des heures dans la cuisine de sa mère ou, quand le temps se réchauffe, dans le jardin et sur la plage, avec Tessa dans ses bras, parlant au nourrisson et le câlinant. Ce printemps-là, Patience est la seule adulte du cap qu'on voit sourire. Des années plus tard, Tessa Andrews affirmera être la seule chose à laquelle sa mère ait jamais renoncé.

Sous la direction de Thomas, Ben construit les murs d'une chambre de fortune dans l'entrepôt. Meg chuchote à Patience et à Lavinia que Fanny dort là toute seule.

« On se demande comment Meg peut savoir ça. En dépit de tout, elle tient à son idée que Thomas Hutchings est une sorte de saint », écrit Lavinia.

Fanny semble vivre comme elle a toujours vécu : elle évite tout travail et disparaît pendant des heures. Depuis la guérison de Sarah, Thomas a recommencé à prendre son repas du midi chez les Vincent et, à présent, Fanny l'accompagne. C'est seulement à ces moments-là qu'on les voit ensemble.

« Dans mon temps, j'ai vu de drôles de moineaux s'accoupler, mais ces deux-là dépassent tout ! » laisse un jour échapper Sarah dans la cuisine de Meg. « Fanny et Thomas... » Roulant un tricot entre ses doigts, Sarah essaie de trouver les mots pour exprimer ce qu'elle ressent. « Fanny et Thomas... c'est comme s'ils étaient ensemble, mais séparés... comme s'ils se voyaient pas. Thomas Hutchings a jamais été bien bavard. Pourtant, tout le monde se sentait à l'aise en sa compagnie, surtout Josh. Josh pensait beaucoup de bien de Thomas. C'est différent maintenant. Pour dire la vérité, si on avait pas besoin de la farine et de la viande qu'il nous donne, j'aimerais autant qu'ils aillent vivre ailleurs. »

Ayant commencé à regretter le rôle qu'elle a joué dans cet étrange mariage, Meg prend la défense de Thomas. « On est loin de tout savoir de cette histoire... y a quelque chose que personne sait... sauf peut-être Mary Bundle. Quelque chose est allé tout de travers... tout a changé... tout est différent !

— J'espère que le révérend Eldridge va venir bientôt. J'aurais l'esprit plus en paix s'il mariait Thomas et Fanny avant... avant la naissance du bébé. » Sarah chuchote ces derniers mots en jetant un coup d'œil vers Lavinia qui travaille à proximité.

Comme toujours, elles en viennent à parler de Fanny. « J'serais pas du tout surprise de voir la pauvre petite devenir une autre Ida Norris », dit Meg.

L'air égaré que Fanny a depuis sa tendre enfance l'enveloppe à présent comme un brouillard que personne ne semble avoir envie de traverser. Malgré son gros ventre, qui grossit à mesure que fond le reste de son corps, la jeune femme passe de longues heures à vagabonder seule dans les bois comme elle l'a toujours fait.

« J'trouve qu'elle le porte depuis pas mal de temps, ce bébé... si c'était une Vincent, ça fait longtemps qu'elle aurait accouché. J'ai l'impression qu'elle va avoir des jumeaux », remarque Sarah en poussant un long soupir, puis elle ajoute : « J'doute qu'elle mette au monde un enfant vivant et, qui sait, ce sera peut-être mieux comme ça. »

Lavinia devient folle à entendre sans cesse parler de Fanny et de Thomas. Elle commence à chercher du travail qu'elle peut faire toute seule et passe de plus en plus de temps plongée dans les livres. À part Patience, Charlie est la seule personne dont elle arrive à supporter la compagnie. Il lit beaucoup mieux qu'elle et c'est vraiment lui qui devrait être le professeur l'hiver prochain.

L'hiver prochain ! Rien que d'y penser, Lavinia se sent anéantie. Ned lui manque cruellement. « J'aurais pu endurer n'importe quoi si seulement j'avais eu Ned auprès de moi ! » pense-t-elle, regrettant encore une fois de ne pas être allée à Saint John's avec Jane et Emma.

Puis le *Charlotte Gosse* arrive et la première personne à débarquer, c'est Jane. Elle descend sur le quai, fière et jolie, coiffée d'un bonnet qui, écrit Lavinia, « est fait d'un nid d'oiseau au milieu duquel est assis un petit canard eider, d'après ce que je peux voir. Il a de petits yeux semblables à des billes noires qui regardent le nez de Jane. »

Jane est suivie d'un mari qui est accueilli avec plus d'approbation que le chapeau de la jeune femme. « Elle vient d'épouser Dolph Way, un des matelots des vaisseaux de Gosse. Il est venu ici une douzaine de fois, bien que personne ne se rappelle l'avoir entendu dire un seul mot, mais il a quand même l'air très gentil. Tout ce que je sais, c'est qu'entre Jane et Mary, le pauvre va avoir du fil à retordre. »

Dolph est un jeune homme aux joues roses avec le visage rond et l'air candide d'un gamin de cinq ans. Il rougit en suivant sa jeune femme hors du navire et il préférerait de toute évidence être en train d'aider ses camarades à décharger le navire que faire cette entrée triomphale.

Mary accueille sa belle-fille en lui touchant l'épaule, le geste le plus chaleureux qu'elle ait jamais eu envers elle. Jane lisse ses vêtements et, pendant qu'elle tripote une plume autour de son cou, elle scrute les gens rassemblés sur le quai : elle s'attend à voir son père surgir derrière quelqu'un.

« Où est p'pa ? » demande-t-elle. Puis, constatant qu'aucun sourire n'éclaire les visages autour d'elle, elle répète d'une voix où monte la panique : « Où est p'pa ? Et Isaac, où sont Isaac et le petit Moses ? »

Debout derrière elle, Dolph porte ses bagages, une malle de bois entourée d'une corde et un des deux petits coffres que Ben avait fabriqués pour sa fille et sa nièce lorsqu'elles sont parties pour Saint John's. Dolph hésite, ne sachant pas comment réagir devant l'inquiétude de sa femme. Il dépose la malle par terre et vient se placer à côté d'elle.

Mary pousse Meg en avant. « Va lui expliquer, toi ! dit-elle d'une voix rauque. Pis toi, poursuit-elle en faisant un geste vers Dolph, suis-moi à la maison. J'vais te montrer où ranger ces affaires. »

Lorsqu'elle voit le jeune homme trottiner derrière Mary d'un air consciencieux, Lavinia se dit que celle-ci a trouvé exactement le gendre qu'il lui faut. Du coin de l'œil, elle aperçoit, un peu à l'écart des autres, Thomas Hutchings qui converse calmement avec Alex Brennan.

On garde un silence respectueux pendant que Meg apprend à sa nièce le décès de son père et de son frère ainsi que la maladie et la mort de Moses, de Mattie et de Josh Vincent.

« J'suis désolée, ma belle, de t'apprendre des nouvelles pareilles au moment de ton retour. Je t'assure que l'hiver a pas été facile pour nous autres. » Meg entoure de son bras les épaules de sa nièce en larmes.

Après quelques minutes, le bourdonnement des conversations reprend. Le bruit se fait de plus en plus fort à mesure que les matelots lancent des cordages au-dessus du quai, descendent des caisses et font rouler des tonneaux sur la passcrelle du navire, tout cela en criant à tue-tête.

Seule Sarah Vincent voit Peter arriver sur la colline. Elle regarde son fils s'arrêter, regarder fixement le *Charlotte Gosse* puis reprendre sa route d'un pas rapide. On n'avait pas revu Peter depuis son départ pour la chasse au phoque, mais ses arrivées et ses départs erratiques sont devenus si courants qu'on ne les remarque même plus. Lorsqu'il rejoint les gens sur le quai, quelques personnes le saluent d'un signe de tête, Joe lui parle des canards gris enfilés sur une corde que Peter porte sur l'épaule, et sa mère lui reproche doucement l'état de ses vêtements et de sa barbe en broussaille. Elle lui tapote le bras d'un air presque distrait et, tout en continuant à regarder le déchargement des marchandises, elle commence à lui raconter la mort de Ned et d'Isaac et le mariage de Thomas et de Fanny.

Tout à coup, laissant Sarah bouche bée, son fils s'écarte brusquement d'elle, lance ses canards et se rue vers Thomas en vociférant : « Toi, espèce de vieux bouc… j'le savais ! J'le savais l'été dernier que t'avais l'œil sur elle… et pas mal plus que l'œil, d'après c'que je vois ! »

Toutes les conversations s'arrêtent. Une poche de farine se balance au-dessus d'eux sans qu'on y prête attention tandis que, les yeux ronds, les marins regardent Peter écarter Alex Brennan, bondir sur Thomas et le saisir par le cou comme s'il était résolu à l'étrangler. Rouge de fureur, il hurle des injures et enfonce ses pouces dans la gorge de Thomas. Celui-ci ne fait aucun effort pour se défendre ni même pour repousser l'enragé.

« J'pense que Thomas serait resté planté là à se laisser assassiner si les hommes n'avaient pas repoussé Thomas », écrira Lavinia.

Maintenu d'un côté par Alex Brennan et de l'autre par son frère aîné Joe, Peter continue de vociférer, traitant Thomas de suppôt de Satan, de turc, de séducteur et de proxénète jusqu'à ce que Sarah s'approche de lui et lui assène une grande claque sur la bouche.

« Amenez-le chez nous et attachez-le, s'il le faut », dit-elle à Alex et à Joe. Sous le choc et humiliée par toutes les choses terribles dites par Peter — devant des étrangers —, elle éclate en sanglots.

« J'suis désolée, Thomas, j'aurais jamais voulu voir une scène pareille pour tout l'or du monde. J'suis absolument mortifiée et j'vous demande pardon », dit-elle avec dignité avant de se tourner pour suivre les hommes qui traînent Peter à la maison.

Dans le silence effrayant qui suit, tout le monde regarde Thomas Hutchings. Il reste là, debout, la tête légèrement inclinée et une main devant les yeux comme un homme qui prie.

Mary, qui, en compagnie de Dolph, est revenue au quai à temps pour entendre les dernières insultes de Peter, jette un regard froid à Thomas et persifle : « Bien fait pour toi ! » Puis, se tournant vers son deuxième gendre, elle ajoute : « J'suis bien contente de pouvoir compter sur toi, Dolph… l'autre m'aide pas beaucoup. » Elle lui explique alors comment elle prévoit agrandir la maison.

On recommence à décharger le navire, et les conversations reprennent. Lavinia observe Thomas qui fait volte-face et s'éloigne. Fanny reste assise sur une barque retournée, et son visage a une expression à la fois vide et perplexe.

Lorsque le *Charlotte Gosse* lève l'ancre le lendemain, Dolph Way n'est pas à bord. Il a descendu ses possessions à terre et, avec sa jeune épouse, il s'installe dans la chambre où Ned et Mary avaient coutume de dormir. Mary a persuadé le capitaine de prendre son fils de onze ans, Henry, à la place de Dolph pour ce voyage jusqu'à la côte du Labrador.

« Ça va te faire beaucoup de bien, un été en mer… ça va faire un homme de toi », dit-elle à son aîné.

Ayant hérité de sa mère sa peur de l'eau, Henry disparaît à la dernière minute, mais Mary parvient à le débusquer sous les vigneaux et le force à monter sur le vaisseau.

Tout semble très tranquille après le départ du *Charlotte Gosse*. Il n'y a aucune trace de Peter Vincent. Sarah ne mentionne jamais son nom, mais Annie confie à Meg et à Lavinia qu'il est retourné dans les bois. « D'après c'qu'il dit, il remettra jamais les pieds au cap, mais j'ai l'impression qu'il va avoir suffisamment de jugeote pour rentrer à la maison quand il va commencer à faire froid », conclut-elle calmement.

Dolph s'adapte à la vie du cap comme s'il y était né. Les autres découvrent en effet qu'il a vu le jour à une quinzaine de milles seulement, à Turk's Head, et que sa mère est une parente éloignée de Sarah Vincent. Celle-ci est conquise par le mari de Jane au point qu'on l'entend demander s'il n'aurait pas un frère de l'âge d'Annie.

L'arrivée de Dolph résout le problème de savoir qui va pêcher dans le doris de Ned. Le jeune homme a bientôt fini de gratter le bateau, de le calfater et de le goudronner — en fait, jamais Ned n'a réussi à le maintenir en si bon état.

Jane parle très peu de son séjour à Saint John's jusqu'au jour où les femmes, qui sont en train de fabriquer du savon, commencent à la questionner sur la façon dont elle a fait la connaissance de Dolph. Jane n'a jamais cherché de travail, mais elle est allée habiter chez une tante de Dolph au-dessus d'une minuscule boutique dans une petite rue du faubourg de la ville. Dolph est parti presque aussitôt sur un bateau de Gosse en partance pour la Barbade avec un chargement de sel en vrac. Jane donnait un coup de main à la boutique et s'aventurait rarement dehors, sauf pour accompagner la tante Cass aux assemblées de prières. Ils se sont mariés dès le retour du bateau.

Meg et Sarah, Lavinia, Annie, Lizzie et Mary, puisant des seaux d'eau dans l'étang afin de faire tremper la lessive fabriquée avec les cendres qu'elles conservaient depuis des mois, sont sidérées par la façon terne dont Jane répond à leurs questions. La fabrication du savon est une tâche difficile, il fait très chaud avec les feux allumés dans la maison et dans la cour où il faut surveiller les bacs à lavage remplis de lessive et d'huile de phoque et brasser le mélange jusqu'à ce qu'il épaississe. Elles avaient cru que Jane pourrait leur raconter quelques bonnes histoires de Saint John's pour rendre la journée moins pénible, mais la jeune femme est loin d'avoir le talent de raconteur de son père.

« J'présume que tu peux au moins me dire si t'as vu ma fille ? demande Meg à sa nièce d'une voix sèche.

— Au début, Emma avait coutume de venir chez tante Cass passer son après-midi de congé mais, après un bout de temps, elle a complètement arrêté ses visites. La dernière fois que je l'ai vue, elle était avec cette Rowena Crocker. »

Juste au ton de sa voix, on comprend que Jane n'aime pas Rowena Crocker, mais lorsque Meg la presse de questions, elle est incapable d'expliquer pourquoi. « C'est une fille de la ville… elle pense tout savoir », dit-elle.

La veille de leur mariage, elle et Dolph se sont rendus à la maison où travaillait Emma. « C'était une de ces grosses maisons du faubourg, près du moulin. On a rien trouvé de mieux à faire que d'aller frapper à la grande porte. J'imagine qu'on serait entrés directement si Thomas Hutchings m'avait pas appris qu'il faut frapper. » Jane adresse un sourire à Lavinia et se remet à brasser l'huile de phoque.

« Eh bien, ma fille, continue ! Qu'est-ce qui s'est passé ensuite ? demande Sarah.

— On nous a dit d'aller derrière et Emma est sortie pour nous parler quelques minutes. Elle a dit qu'elle pouvait pas assister au mariage. Elle nous a dit aussi qu'on était fous de partie au cap. Elle aime ça, Saint John's, elle dit que c'est pas comme ici, qu'il y a toujours quelque chose à faire. Ensuite, elle est rentrée chercher quelque chose qu'elle voulait que je rapporte à sa mère. »

Jane prend soudain un air coupable. « Oh ! mon Dieu, j'suis tellement désolée, tante Meg. Ça m'était complètement sorti de l'esprit ! »

Elle court vers la maison et revient avec un paquet. « J'espère que c'est une de ces jolies lampes comme j'en ai vu en ville, dit-elle en le tendant à Meg.

— C'est pas assez gros pour être une lampe. D'ailleurs, j'doute qu'Emma ait eu le bon sens d'envoyer quelque chose d'aussi utile », dit Sarah sans mettre de gants blancs. Elle n'a jamais apprécié la fille cadette de Meg et a passé d'innombrables heures à se ronger les sangs de crainte que cette petite garce effrontée ne jetât son dévolu sur Peter.

« Vous courez à la catastrophe, vous deux ! » C'est ainsi que Sarah avait grondé Peter un jour où elle les avait découverts en train de batifoler autour de la maison qu'il construisait sur la colline. Mais Peter s'était contenté de rire et lui avait dit qu'elle n'avait pas à s'inquiéter. Maintenant, bien sûr, elle sait que c'était pour Fanny qu'il la construisait.

Sarah pousse un profond soupir. « Les choses tournent vraiment pas rond. Quel dommage que Peter et Patience ne s'entendent pas ! Même aveugle, Patience est plus fiable qu'Emma et deux fois plus travailleuse. »

Prenant son temps pour déballer le colis, Meg feint de ne pas avoir entendu cette insulte à sa fille absente. Elle lisse soigneusement le papier brun et le plie, puis elle enroule la ficelle autour de ses doigts avant d'ouvrir la boîte de bois oblongue et d'en sortir l'objet le plus ravissant qu'aucune d'entre elles ait jamais vu : un éventail en ivoire et en dentelle de couleur crème.

Meg ouvre l'éventail et l'étale sur la planche où sont posés les chaudrons de savon.

L'ivoire de l'éventail a été taillé de telle façon qu'on voit à peine où il finit et où commence la dentelle. La partie large est faite de soie sur laquelle on a peint une image. Il s'agit d'une scène dans un jardin avec une escarpolette suspendue à un arbre. Des roses grimpent sur les cordes de la balançoire et se rejoignent au sommet. Sur la balançoire, où s'enroulent des roses, une femme est assise. Il s'agit plutôt d'une jeune fille portant une robe rose qui se gonfle. Sous la robe, on aperçoit le bouillonnement de jupons bleus et blancs. Des pieds minuscules chaussés de mules roses jaillissent des jupons. De la dentelle mousseuse bouffe autour des coudes de la jeune fille et juste au-dessus de la chair rosée de sa poitrine. La merveilleuse robe est retenue autour de la taille par un large ceinturon bleu. Dans sa chevelure, une masse de boucles blondes, des rubans bleus et des fleurs s'entremêlent.

Toutes les femmes, même Mary, contemplent fixement l'éventail pendant un moment qui paraît une éternité, envoûtées par la femme qui se balance sur l'escarpolette.

« Est-ce qu'elle pleure, est-ce qu'elle va aux toilettes, est-ce qu'elle saigne, est-ce qu'elle mange, est-ce qu'elle aime quelqu'un ? » se demande Lavinia. Elle n'a jamais vu personne qui ressemble à cette femme. Même Mme Ellsworth, assise dans son fauteuil de peluche et comptant ses biens, n'était pas à moitié aussi ravissante.

Les femmes mettent du temps avant de remarquer un jeune homme en habit bleu allongé dans l'herbe sous les pieds de la dame de l'éventail et qui tourne le dos aux spectateurs pour regarder avec adoration, semble-t-il, le visage rose et crème.

« J'aimerais qu'il se retourne pour qu'on voie de quoi il a l'air », dit mélancoliquement Lizzie.

Pendant qu'elle parle, les femmes entendent un petit cri étranglé, et une larme tombe sur la petite main serrée autour de la corde dorée. Interloquées, elles lèvent les yeux et voient le visage ruisselant de larmes de Meg. Atterrée elle-même de sa propre faiblesse, elle essuie ses joues mouillées avec le dos de sa main et tamponne l'éventail avec le coin de son tablier. Puis, très soigneusement, elle replie le ravissant objet et le replace dans son écrin de bois. On entend un soupir lorsque le couvercle glisse pour se fermer.

« Aussi stupide que mon cul, ton Emma », marmonne Mary, puis, jetant à Meg un regard à demi honteux, elle ajoute : « T'en fais pas, ma pauvre, elle va avoir un peu plus de plomb dans la tête quand elle va avoir été mariée deux fois. »

Meg apporte la boîte chez elle et la range sur le manteau de la cheminée, à côté de la petite vache en porcelaine contenant les pièces de monnaie qu'elle réserve pour les études de Willie. Elle pense à la chance qu'elle a d'avoir un mari et quatre enfants vivants et bien portants si l'on excepte la cécité de Patience. En retournant à ses pots de graisse, elle demande à Dieu de lui pardonner son péché d'envie.

Cette nuit-là, allongée dans son lit, Lavinia pense à la femme de l'éventail. Le sentiment de perte et de désir qui l'envahit est si intense qu'il dépasse celui qu'elle éprouve à l'égard de Thomas. Est-ce que de telles femmes vivent sur terre ? Existe-t-il vraiment un pays où les femmes se bercent sur des balançoires avec des hommes transis d'amour à leurs pieds ? Lavinia languit après un tel endroit comme les anges doivent languir après le ciel.

Elle a trente-deux ans. Elle ne possède pas une seule jolie chose ; elle n'a jamais entendu un seul être humain, homme ou femme, lui dire qu'il l'aimait ; elle ne se rappelle pas une seule journée où elle n'a pas été obligée de travailler. Elle pense à sa vie et à celle des autres femmes du cap et décide qu'elle va partir à l'automne. Comme Emma, elle va aller à Saint John's, ou peut-être même retourner en Angleterre. Cette idée la remplit d'une telle tristesse, d'un tel désespoir qu'elle s'endort en pleurant.

Lorsque les capelans arrivent, on oublie l'école. L'odeur du capelan qui fume, qui sèche, qui pourrit, imprègne l'air. Tout le monde s'agite à finir toutes les corvées avant l'arrivée de la morue.

Fanny est devenue si disgracieuse que les femmes grimacent en la voyant se déplacer aux alentours. « À sa façon de patauger, la pauvre créature me fait penser aux phoques quand ils s'aventurent sur la terre ferme… J'voudrais bien qu'elle s'habille convenablement et qu'elle finisse par avoir ce bébé », dit Meg avec mauvaise humeur.

Mais le bébé de Fanny ne vient pas. Ni la morue. Il n'y a que le capelan, qui roule sur la plage en vagues d'argent.

Il y a une pause, un hiatus dans le temps. Le printemps est fini, mais ce n'est pas encore l'été. Lavinia tentera plus tard de se rappeler ce qui s'est passé entre le jour de la fabrication du savon et celui où l'Indien est venu. Elle n'y parviendra pas, et son journal ne lui sera d'aucune aide. Cette période restera à jamais vide.

Dans sa *Brève histoire du méthodisme au cap Random* (dans laquelle ni Meg Andrews ni Sarah Vincent ne sont mentionnées), le révérend Enoch Atkinson écrit : « Malgré toutes les histoires de rencontres avec des autochtones, je n'ai trouvé des preuves que pour une seule occasion où des paroissiens furent attaqués par des Peaux-Rouges qui fréquentaient cette côte.

« Une petite bande d'Indiens, dirigée par un sauvage d'une taille et d'une agressivité impressionnantes, tomba un jour de printemps sur un groupe de femmes et d'enfants qui pêchaient le capelan sur la plage. Les hommes essayèrent de capturer une mère et son bébé, mais ils furent repoussés grâce à l'action héroïque d'un jeune homme nommé Peter Vincent qui est fortuitement retourné dans les bois à ce moment-là. »

Dans une entrevue accordée à la presse au moment de son retour des Indes, Charlie Vincent fera lui aussi allusion à cet événement. Lorsqu'on lui demandera pourquoi il est devenu missionnaire, il répondra : « Quand j'étais enfant, j'ai vu un sauvage attaquer une des femmes de notre hameau et essayer de l'entraîner avec lui. Ce jour-là, Dieu m'a confié une mission et j'ai résolu d'apporter Sa parole aux païens. »

C'est peut-être la vérité. Il est sûr que, après l'apparition de l'Indien, plus personne au cap ne s'est plus jamais senti innocent et, bien que l'événement soit devenu de plus en plus confus chaque fois qu'il était raconté, c'est à partir de ce jour-là que tous les événements à venir allaient être datés.

Dans son journal, Lavinia a raconté en détail ce qui s'était passé, presque comme si elle savait que cette chose extraordinaire allait devenir l'objet d'interminables spéculations.

« Ben, Joe Vincent et Frank Norris étaient à l'isthme en train de travailler à la construction de l'église dont ils essayaient d'ériger de nouveau les murs. Thomas Hutchings et le jeune Willie étaient quelque part en bateau. Après son dernier esclandre sur le quai, Peter était parti avec le fusil et on ne l'avait pas revu. Annie Vincent et Dolph Way faisaient le ménage des greniers à légumes.

« Nous étions tous les autres sur la batture. Toutes les mains étaient plongées dans le capelan ; on enfilait les poissons sur des cordes pour les faire sécher, on en transportait des seaux pour engraisser les jardins. Seule Patience était assise sur le gros rocher avec les jumeaux de Lizzie et le nouveau-né de Mary. Le temps était si doux que nous avons décidé, juste pour le plaisir, de pique-niquer sur la plage. Le jeune Char a allumé un feu et a commencé à faire griller des capelans. Cela sentait merveilleusement bon.

« Je me rappelle avoir entendu quelqu'un rire. C'était la première fois depuis des mois que j'entendais ce bruit. C'est extraordinaire de penser comment des choses comme la nourriture qui cuit et le soleil qui réchauffe sont importantes même après tous les malheurs de l'hiver dernier. Elles le sont pourtant. Et d'y penser faisait que je me sentais mieux. Je me disais que, malgré tout, malgré ma solitude et le décès de Ned, malgré tout ce qui arrive à des gens comme nous, le capelan revient chaque printemps, puis la morue, puis c'est l'été. À ce moment-là, j'ai eu l'impression que cela devait être suffisant, et même plus que suffisant pour rendre les gens heureux.

« Nous étions tous affairés. Nous ne jetions aucun regard aux collines derrière nous… c'était la mer que nous regardions. Sauf Sarah, qui passait son temps à chercher Peter des yeux. Et pourtant, le Peau-Rouge était déjà à côté de nous sur la plage avant même que Sarah l'ait aperçu. »

❏

L'Indien n'est pas à plus de dix verges de distance, et il avance à grands pas vers l'endroit où Patience est assise avec le nourrisson de Mary dans les bras et les bébés de Lizzie endormis sur la couverture à côté d'elle.

«Dieu du ciel!» dit Sarah dans un chuchotement rauque. Ils perçoivent tous la peur exprimée dans le ton de sa voix, et tout s'arrête.

L'Indien marche d'un pas ample et sautillant, un boitillement en réalité, tout en étant calme et rapide. Il traverse la plage comme s'il savait exactement où poser ses pieds. Comme si l'endroit lui appartenait. Il est grand, plus grand que tous les êtres humains qu'ils ont jamais vus, et le panache — fabriqué dans une tête de chevreuil avec des bois — le fait paraître encore plus grand. Sa peau est de «couleur rouille», comme Lavinia la décrira par la suite.

Dans une main, il porte un long bâton. Le plus terrifiant de tout, ce sont les chiens qui marchent silencieusement à côté de lui — alors que, habituellement, les chiens aboient même quand une mouette se pose sur le sable.

«Jamais deux sans trois», dit Mary Bundle. Elle tend la main pour attraper Fanny qui s'est mise à courir en direction de Patience et des bébés. «Reste ici. Même un sauvage fera pas de mal à une aveugle.»

Patience sent que quelque chose d'épouvantable est en train de se produire, et elle tâtonne autour d'elle à la recherche des bébés en criant: «Qu'est-ce qu'il y a? Qu'est-ce qui ne va pas?»

Rose Norris hurle: «Sauve-toi! Sauve-toi! Sauve-toi!» sans s'arrêter.

Un des bébés commence à pleurer.

L'Indien ne regarde ni à droite ni à gauche. Il passe à quelques pouces de la couverture de Patience et continue à marcher directement vers Mary et Fanny, qui a presque l'air de l'attendre. Le visage de la jeune femme n'exprime aucune terreur, même lorsque l'homme l'a pratiquement rejointe. Lavinia est sûre d'avoir vu Fanny faire un pas en avant.

Mary saisit un bâton dans le feu. Elle l'agite sous le menton de l'Indien lorsque celui-ci tend la main et tire Fanny vers lui. Le bâton brûlant dévie sur la main de Fanny. Elle pousse un cri étouffé, mais ne s'écarte pas de l'homme.

Alors, tandis que tout le monde a les yeux rivés sur eux, ils se tournent et se mettent à marcher rapidement vers les collines basses qui surplombent la plage.

Étrangement, la jeune fille et l'homme forment un couple harmonieux — Fanny, trapue et gauche dans ses loques multicolores, et l'Indien géant, avec sa tête de chevreuil, auraient tous deux pu sortir d'une des folles histoires de Ned. Ils ne courent pas, mais avancent d'un pas digne, comme si un défilé de créatures semblables marchaient derrière eux.

Pendant une seconde, les autres hésitent. Ils auraient probablement laissé l'étrange couple s'en aller si Peter n'était pas apparu au bout du rivage. Le jeune homme bondit sur la plage. Il porte le fusil et il met aussitôt un genou à terre pour viser avec la vieille arme à feu. Son fusil est levé, il pourrait aisément abattre l'Indien sans le groupe de femmes et d'enfants rassemblés juste derrière lui.

Fanny et l'Indien ne s'arrêtent pas, ils continuent de marcher en direction du rivage. Vers Peter qui, voyant qu'il ne peut se servir du fusil, le jette par terre à côté de lui et part en courant dans leur direction, hurlant quelque chose que personne ne réussit à comprendre.

Le bruit fait sortir les femmes de leur état de stupeur. Mary, qui tient toujours le bâton brûlant, se met elle aussi à courir après l'Indien. Elle et Peter atteignent leur proie en même temps. Peter attrape l'homme et le tire pendant que Mary le frappe dans le dos avec le bâton tout en saisissant Fanny de son autre main. Elle perd l'équilibre, mais réussit à faire reculer Fanny et toutes deux tombent sur le sable.

Peter et l'Indien luttent pour le bâton que l'Indien tient dans ses mains. L'étranger est plus grand et plus fort que Peter, mais il est handicapé par les efforts qu'il fait pour relever Fanny. Tandis que les hommes font sauter le bâton entre eux, Lavinia s'aperçoit qu'il s'agit de l'outil dont ils se sont tous servis pour toutes sortes de travaux, le bâton que Thomas avait trouvé emmêlé dans son filet des années auparavant.

Peter s'empare du bâton de fer et, le balançant de toutes ses forces, il en assène un coup dans le visage de l'Indien, juste sous ses yeux. L'Indien vacille, mais il reste debout et se retourne vers les femmes. À demi couchée sur le sable, Fanny gémit à voix haute et répète toujours le même mot : « Toma, Toma, Toma… »

Malgré le sang qui ruisselle sur son visage, l'homme la voit et s'avance vers elle. Mais Peter balance de nouveau le bâton et frappe l'Indien, en travers des jambes, cette fois. Une seconde, l'homme reste immobile. Lavinia pense qu'il est sur le point de tomber, mais il fait volte-face et, titubant et courant à la fois, il s'enfuit sur la plage, jusqu'au rivage où il disparaît.

Peter jette un regard aux femmes, puis, sans même s'arrêter pour prendre le fusil, mais tenant toujours le bâton, il se lance à la poursuite de l'Indien. Derrière eux sur la grève, les gémissements de Fanny deviennent une sorte de mélopée funèbre.

Tout cela n'a duré que quelques minutes et c'est à peine si les gens ont eu le temps de comprendre ce qui se passait. Mary Bundle fait quelques pas comme si elle voulait suivre Peter, puis lorsqu'elle se rappelle Fanny, elle s'arrête, se retourne et vient regarder sa fille en détresse.

La jeune femme n'accorde aucune attention à sa mère. Assise courbée sur sa main brûlée, elle continue à faire entendre le même son pitoyable. Mary remplit un seau d'eau de mer, le rapporte et plonge la main de Fanny dans l'eau glacée. Celle-ci se met à geindre à voix basse.

Alors seulement, Lavinia prend conscience que c'est Rose Norris qui fait le plus de bruit. Figée sur place, elle pousse de petits cris, «comme un huard perdu», dira plus tard Sarah.

Puis Thomas Hutchings apparaît, enfonçant son bateau dans le sable. Il est suivi de Willie, qui semble malade de terreur. Personne ne s'occupe d'eux. Lizzie tente de calmer les jumeaux tandis que Meg s'agenouille à côté de Patience et tapote la main de sa fille tout en parlant doucement au bébé, Tessa. Charlie ramasse le pain, les capelans et le bois éparpillés par terre. Jane, qui est restée avec George et Alfred, glousse sans raison tout en essuyant le nez des garçons et le sien avec le bas de sa robe.

«Qu'est-ce qui se passe? Quelqu'un est blessé? Qu'y a-t-il?» demande Thomas à Lavinia qui tente sans succès de faire taire Rose. Comme personne ne lui répond, il répète sa question. Il passe à côté de Mary et va vers Sarah, agenouillée sur le sable à côté de Fanny. «Est-ce qu'elle va accoucher? On entendait Rose à trois milles de distance... Pour l'amour de Dieu, Sarah, est-ce qu'elle est en train d'accoucher?

— Thomas... Dieu merci, c'est vous! Je sais pas, elle arrête pas de brailler... c'est peut-être le bébé...»

Lorsqu'elle réalise tout à coup que c'est peut-être pour ça que Fanny fait entendre ce miaulement si pathétique, Sarah se penche, passe ses mains sur le corps boursouflé de la jeune femme et s'écrie d'une voix étranglée : «Mary, Mary, elle va avoir le bébé maintenant!»

Mary est restée debout près de sa fille et l'observe froidement. Elle contemple le corps de Fanny, puis regarde le demi-mille de plage déserte qui les sépare de l'entrepôt.

«Vite!» insiste Sarah.

Mary se précipite et arrache la courtepointe sur laquelle Patience est assise. Avec l'aide de Thomas, elle y allonge la jeune femme en larmes. Tandis que Lavinia et Jane errent comme des âmes en peine, un jet de liquide rosé inonde les jambes nues et sales de Fanny.

«Bonté divine», dit l'un des garçons d'un ton respectueux, et Lavinia s'aperçoit soudain que les enfants sont là, les yeux ronds. Elle essaie de les repousser en dehors du cercle qui entoure Fanny. Charlie recule aussitôt, mais George, Alfred et Rose, si étonnée qu'elle a cessé de hurler, refusent de bouger jusqu'à ce que Thomas se tourne vers eux et leur aboie l'ordre de déguerpir.

Pendant qu'ils s'éloignent, Mary appelle Jane et lui dit d'aller chercher un drap, de la ficelle, un couteau. «Et un chaudron d'eau chaude, ajoute-t-elle, et du savon, et ce sac attaché avec une guenille rouge... celui qui est suspendu à la porte d'en arrière... et dépêche-toi!»

Jane se hâte vers la maison. Lavinia et les enfants suivent lentement. Ils n'ont pas fait la moitié du chemin sur le long croissant de sable lorsqu'ils entendent Sarah pousser un cri triomphant et, presque en même temps, vagir un nouveau-né, petit son semblable au piaulement d'une mouette. Fanny reste muette.

Lavinia et les enfants s'arrêtent et se tournent pour regarder le nœud serré de silhouettes au loin sur la plage aride. Thomas Hutchings est à genoux à côté du cercle formé par les femmes. Puis Meg se redresse et se retourne. Ils voient un mouvement flou en noir et blanc lorsqu'elle relève sa jupe et retire son jupon. Thomas lui tend le bébé, elle l'emmaillote et vient vers eux.

Tout semble se passer lentement, comme les poissons se déplacent sous l'eau, songe Lavinia. Même les vagues qui roulent sur le long arc de la plage paraissent lasses, sans énergie, comme si toute la violence déployée pendant ces dernières minutes avait drainé le mouvement, et même la couleur, du monde. Meg met une éternité à les rejoindre.

Elle va poursuivre son chemin, mais Lavinia l'arrête de la main. « Qu'est-ce qui s'est passé ? Le bébé va bien ? Et Fanny ? »

Meg s'arrête. Elle baisse les yeux vers le visage plissé et tout rouge entouré de flanelle blanche.

« Le bébé a l'air d'aller assez bien… c'est un garçon… mais Fanny a des problèmes. Ça serait pas une mauvaise idée que vous récitiez une prière pour elle, toi et Char… et toi aussi, Rose. »

Meg se remet à marcher, puis elle fait volte-face et revient. Son visage habituellement serein a une expression troublée. « Je crois, Vinnie, qu'on a tous commis des méchancetés, ces dernières semaines », dit-elle avant de repartir vers la maison.

Les garçons plus jeunes la suivent, mais Rose et Charlie restent avec Lavinia. Ils s'asseyent sur la dune de sable doux, observent ce qui se passe et attendent. Les heures s'écoulent sans qu'une parole soit prononcée. Lavinia n'a pas conscience de la présence des deux enfants à ses côtés, ni des allées et venues de Jane portant des couvertures et des seaux d'eau.

Réfléchissant plus intensément qu'elle ne l'a jamais fait, Lavinia Andrews reste sur le sable et essaie de réunir les pièces du terrible puzzle, de distinguer la vérité du mensonge, de comprendre qui est à blâmer. Mais chaque question en suscite une autre, et une autre encore. Pourquoi Thomas a-t-il épousé Fanny ? L'aimait-il ? Qui est le père de l'enfant de Fanny ? Est-ce qu'elle-même, habituellement si raisonnable, a fait ce dont elle a si souvent accusé Ned, a-t-elle déformé ses propres lubies jusqu'à ce que le faux devienne vrai ?

Lavinia ne connaîtra jamais les réponses à certaines de ses questions ; des années passeront avant qu'elle découvre les réponses des autres. Mais, pendant ces heures où elle laisse son regard errer au loin tandis que Fanny agonise, Lavinia comprend que Meg a raison, qu'ils ont tous été complices d'une mauvaise action. Elle se dit qu'ils sont tous coupables, avec leurs spéculations, leur incessant commérage… et elle se dit que Mary Bundle est la plus coupable de tous. Mais elle n'en est pas convaincue. Sans cesse, elle revient à sa propre trahison — quand elle a prononcé le nom de Thomas le jour de l'enterrement de Ned.

La journée de soleil s'en est allée, le crépuscule est là, et des ombres grises frissonnent dans le sable devant les gens qui entourent Fanny. Thomas Hutchings remonte la couverture sur le visage de sa femme, puis il la prend dans ses bras et se dirige lentement vers Lavinia. Mary et Sarah marchent derrière lui. Voyant s'approcher le cortège, les trois personnes assises sur le sable se lèvent. Lavinia sait qu'ils devraient tourner le dos, ne pas regarder, mais il faut qu'elle regarde, qu'elle attende, qu'elle observe. Il faut qu'elle voie le visage de Thomas.

Et pourtant, lorsque passe la procession silencieuse, ce n'est pas à Thomas que Lavinia pense, à Thomas dont le visage semble de pierre. Non, c'est à Fanny, la morte qu'il porte dans ses bras. Lavinia pleure, se rappelant l'enfant-elfe qui s'était assise sur le rocher à côté de l'étang un jour qui semble à présent si lointain. Fanny était si belle ce jour-là, belle et basanée, avec des gouttes d'eau brillant dans ses cheveux et sur ses ailes en tulle déchiré, tandis qu'elle bavardait joyeusement, affirmant qu'elle était une princesse.

Le cortège poursuit sa route et les spectateurs le suivent. Lavinia veut courir en avant, elle veut se tourner et lui faire face devant le corps de Fanny, elle veut implorer son pardon. Mais est-ce que cela aussi serait un mensonge, peut-être même dicté par un sentiment de jalousie envers Fanny qu'il enlace si tendrement?

Au lieu de cela, elle presse Charlie et Rose dans le sentier et les fait entrer dans la classe où elle parvient à les retenir par la seule force de sa volonté et leur fait répéter tous les versets de la Bible qu'ils ont appris. «Car mille ans à Vos yeux sont comme hier lorsqu'ils sont passés, et comme une veille dans la nuit… au matin, ils fleurissent et croissent, le soir venu, ils sont fauchés et blanchis… car tous nos jours sont passés dans Votre colère, nous passons nos années comme une histoire qui est racontée… avant que les montagnes ne se soient dressées, ou avant même que Vous n'ayez créé la terre et le monde, dans les siècles et les siècles, Vous êtes Dieu… »

Elle leur fait redire sans cesse les mêmes paroles, encore et encore, jusqu'à ce qu'elles n'aient plus ni fin ni commencement, jusqu'à ce que la faim donne aux enfants le courage de sortir et de la laisser seule, avec les mots pour unique protection: «Car mille ans à Vos yeux sont comme hier quand ils sont passés, et nous passons nos années comme une histoire qui est racontée… »

Toute la nuit, seule dans le noir, elle chuchote les versets de la Bible. Ils ne veulent rien dire, ils n'ont aucun sens, pourtant ils la soulagent, rendent son désespoir moins aigu.

Lorsque la lumière commence à pénétrer dans la pièce, Lavinia prend son journal et écrit ce qu'elle croit être un compte rendu véridique des événements de la journée. C'est, croit-elle, la dernière fois qu'elle écrit dans ce cahier.

Deuxième partie

Thomas Hutchings

Chapitre 15

« Les choses finissent par se placer, mon fils, faites confiance au Seigneur, laissez au Seigneur un peu de temps. »

Combien de fois le père Francis m'a-t-il répété ces paroles ? Mais je n'en ai pas tenu compte, j'ai ignoré ses conseils et, encore une fois, j'ai porté dans mes bras un corps qui, sans mon intervention, aurait pu courir et respirer, et sourire, et voir le ciel.

Fanny est morte. Encore une fois, j'ai marché sur une plage avec la mort dans mes bras, et les paroles du père me sont revenues en mémoire… les choses se placent.

Pendant les années que j'ai passées au cap Random, j'ai minutieusement consigné tout ce qui devait être consigné, non seulement ce qui concernait les affaires de Caleb Gosse, la quantité de sel, de clous, d'outils, de farine, de mélasse donnés à l'avance en échange du poisson, mais j'ai également noté les vents et les marées, j'ai mesuré la neige, l'imperceptible recul de la ligne du littoral, j'ai décrit le cycle annuel de la fonte des glaces, du gel et du nouveau dégel, j'ai inscrit toutes les dates — celles des naissances et des morts, de l'arrivée des bateaux et de la venue des phoques, du vol des oies grises, des arcs-en-ciel, des tempêtes, du brouillard, de la grêle —, j'ai inscrit toutes ces choses et des milliers d'autres encore. J'ai tenu un registre précis et exact de tout. Tous les faits, sans jamais m'approcher de la vérité. Ce soir, pour la première fois, je vais essayer d'écrire la vérité sur Thomas Hutchings — dont même le nom est un mensonge.

Mais où donc commence la vérité ? Quand je marchais sur la plage en portant Fanny dans mes bras ? Ou quand je marchais sur cette autre plage, en Irlande, portant un autre corps ? Ou dans le pays de mon enfance, dont je me souviens à peine ?

Je suis né en Espagne, en 1796. Mes souvenirs d'enfance sont aussi disparates que des morceaux de verre tombés des vitraux de cathédrales en ruine, des fragments de couleurs, de bruits et d'odeurs : des ailes d'oiseaux entrevues devant le flanc d'une colline brune, un bruit d'eau éclaboussée et de linge qu'on bat sur les roches, la chaleur du soleil sur des murs de pierre, l'odeur propre de l'atelier de mon père, les éclats de bois et la fumée, et celles de la maison, le pain qui cuit, la poussière tiède, les poulets et les enfants enfermés à l'intérieur de murs où ils sont en sécurité. En sécurité. Et pourtant, même quand je pense à ces choses, semblables à des tessons aux contours bien précis, je sais que ce n'est pas la vérité, mais le vernis brillant dont j'ai recouvert la réalité de mon enfance.

Pour découvrir la vérité, je dois commencer par mon père, Michael Angus Commins, qui est parti d'Irlande pour aller en Espagne à la recherche de son oncle Thomas, son seul parent vivant. Mon père avait huit ou neuf ans et il était seul, car ses parents, une sœur plus jeune et ses trois frères étaient morts de faim après avoir été chassés du lopin de terre que la famille cultivait depuis trois générations. Quelque part entre l'Irlande et le port de Vigo, la chance de mon père tourna. Un prêtre irlandais, en route vers le sanctuaire de Saint-Jacques-de-Compostelle, prit en amitié l'enfant à demi affamé. Avant de poursuivre son périple, ce prêtre, qui s'appelait Hutchings, s'arrangea pour que mon père soit mis en apprentissage chez un tonnelier dans le village d'Albino.

À l'époque de ma naissance, trente-cinq ans plus tard, mon père était bien établi dans la communauté. Il avait épousé la fille unique du tonnelier, une jeune fille au physique ingrat qui devint une belle femme, un fait que mon père déclara avoir prévu dès le début. Ma mère était restée à la maison pour s'occuper de ses parents longtemps après que ses neuf frères se furent établis ailleurs pour exercer d'autres occupations. J'étais le benjamin, le deuxième fils dans une famille qui comptait six filles. Lorsque je suis né, mon père était le propriétaire de la tonnellerie et, selon les critères d'Albino, c'était un homme prospère.

Michael Angus Commins était un homme de petite taille. Ma mère le dépassait d'une bonne tête. Lorsqu'ils n'étaient pas d'accord, ce qui se produisait souvent, mon père ne disait rien. Il dansait autour d'elle, frappant dans ses mains, la tourmentant, de sorte qu'elle devait continuer à tourner pour le voir, ce qui aiguisait encore davantage sa fureur. Dans toutes les autres circonstances, avec ses clients, ses voisins, ses beaux-frères, et même avec ses enfants, mon père — qui n'a jamais maîtrisé l'étrange dialecte de la région, un mélange d'espagnol et de portugais — se montrait un homme affable qui écoutait chacun avec un air grave et réfléchi. Il avait une seule grande haine, laquelle englobait tout ce qui était anglais, et deux amours : ma mère et l'Église catholique d'Irlande. Selon lui, l'Église d'Espagne accordait trop d'importance aux fêtes, aux processions, elle dansait trop et faisait trop sonner les cloches. Il aspirait au réconfort austère d'une foi comportant davantage de gravité.

Je fus baptisé Manuel en l'honneur de notre curé, et Thomas comme cet oncle que mon père n'a jamais retrouvé. Je fus destiné au sacerdoce dès ma naissance, non, même avant ma naissance. Comme mon père me l'a souvent répété, il avait juré sur la sainte relique ensevelie sous l'autel de notre village que s'il avait un deuxième fils, celui-ci deviendrait prêtre. Souvent, le soir, avant le rosaire récité en famille, il nous parlait de ce serment et nous racontait l'histoire du bon père Hutchings qui, en plus de lui avoir sauvé la vie, l'avait conduit jusque chez notre mère. Nous nous retirions ensuite dans nos chambres. Quand j'étais encore tout jeune et que je pouvais à peine comprendre le sens de ses paroles, mon père me prenait sur ses genoux et me disait qu'un jour je retournerais en Irlande et que je serais un homme instruit, un prince de l'Église.

« Le père Thomas Commins, le père Thomas Commins... ou peut-être, oui, peut-être même monseigneur Commins », chuchotait-il à mon oreille.

La maison de mes parents, celle-là même où ma mère avait grandi, se trouvait aux limites d'Albino. Elle était petite et basse, bâtie à même le flanc de la colline, et comprenait une petite cour où chiens, chats, poulets et enfants jouaient ensemble. Il me semblait qu'il y avait toujours des querelles, entre les enfants et les animaux, ou entre ma mère et mes sœurs qui faisaient constamment des esclandres pour les rituels quotidiens les plus triviaux. Je détestais cette agitation continuelle que je considérais comme le produit d'esprits mesquins, féminins. Lorsque j'y repense aujourd'hui, je m'étonne que même un enfant ait pu ne pas voir le fil d'amour et de plaisir qui se faufilait derrière tous leurs échanges.

Lorsque j'eus l'âge de marcher, mon frère Philip travaillait depuis plusieurs années à la tonnellerie avec mon père. Je désirais ardemment être avec eux et j'errais parfois jusqu'au hangar délabré où ils passaient leurs journées à fabriquer des barils et de petits tonneaux. Mais mon père n'aimait pas me voir là, et il m'arrachait souvent les outils des mains. Je n'ai jamais appris à former des cerceaux sur l'établi, à fabriquer des chevilles ou même à tirer avec adresse la plane à travers le bois propre, pour peler de longues boucles comme le faisait Philip. Mon père et mon frère travaillaient en silence, chacun paraissant savoir à quel moment l'autre avait besoin d'un outil, quand laisser tomber les cerceaux au-dessus des douves et jusqu'où faire tourner le tour qui les assujettissait. J'adorais les regarder, particulièrement à la fin, quand mon père jetait des raclures de bois dans le baril, le faisait pivoter sur le côté, puis le tournait d'un petit mouvement rapide pour faire jaillir le feu. Cela ne prenait qu'un instant, et c'était comme de la magie, l'éclat de la flamme, la rotation rapide, puis le baril redressé qui n'était plus blanc mais brun et sentait le bois brûlé.

Les seuls moments où je me rappelle avoir senti que je faisais partie de cette intimité, c'était quand ma mère et mes sœurs desservaient la table les soirs d'été. Mon frère, mon père et moi, nous allions alors nous asseoir sur un banc que mon père avait fabriqué contre le mur, dans la cour désormais tranquille. Je pense (ou est-ce que je l'imagine?) que l'air embaumait la douce odeur d'une fleur qui ne pousse pas ici. Nous restions souvent assis en silence, le dos contre les pierres chaudes, à écouter le murmure des voix et le bruit assourdi de la vaisselle entrechoquée dans la maison, les petits gloussements des poules dans leurs nids et les roucoulements mélodieux des pigeons qui s'installaient pour la nuit sous les avant-toits de la maison.

Ces soirs-là, mon père nous parlait parfois de l'Irlande, de ce beau pays brumeux qui, disait-il, avait été ravagé et presque réduit à néant par les Anglais. Il nous disait que le peuple avait été privé de tous ses droits jusqu'à ne plus pouvoir posséder ni même un cheval ou une maison, qu'il ne pouvait plus avoir ses écoles religieuses où former ses propres prêtres. À cause de cela, me disait-il, je serais obligé d'aller étudier dans l'une des grandes villes espagnoles avant de retourner en Irlande servir l'Église. En écoutant ses projets, j'avais l'impression de faire partie de la famille qui, le reste du temps, me paraissait m'entourer pour me protéger tout en m'excluant.

À sept ans, je fus envoyé chez le père don Manuel qui ajoutait à ses multiples tâches celle de tuteur d'une douzaine de garçons qui, en raison de leur naissance ou des légers signes d'intelligence qu'ils avaient donnés, étaient considérés comme dignes de son attention. Le vieux prêtre était respecté et aimé, et la perspective que je pourrais occuper un jour une position aussi élevée que la sienne me conféra un certain statut. Mes sœurs, mes cousins plus jeunes et mes innombrables tantes se mirent à me traiter avec un mélange d'indulgence, de curiosité et de respect craintif, comme si j'avais été élu pour devenir un saint.

Le pauvre père Manuel était certes un saint homme, mais il était sévère avec ses élèves. Au prix de grands efforts, il réussissait à inculquer un peu de latin et des passages du droit canon choisis de façon erratique aux garçons qu'il devait instruire. Je marchais joyeusement jusqu'à l'école, heureux d'échapper au monde bruyant des femmes de la maison et de la cour, ravi d'être considéré comme l'enfant instruit de notre village. Je croyais à l'époque éprouver un grand amour pour l'étude — mais ce que j'aimais en réalité, c'était de pouvoir impressionner les garçons plus âgés qui avaient l'habitude de m'écarter de leurs jeux.

Quand vint le temps pour moi d'entrer au séminaire, le prêtre et mon père décidèrent de ne pas m'envoyer dans une des grandes villes d'Espagne mais à Lisbonne. C'était en partie parce que le père Manuel connaissait vaguement l'évêque de ce diocèse, mais surtout, je pense, parce que je pourrais ainsi voyager gratuitement jusqu'à Porto avec un charretier qui venait tous les ans, au mois de septembre, acheter des barils à mon père. Les arrangements pour mon admission au séminaire de Corpo Santo prirent plus d'un an et engloutirent presque toutes les petites économies que mes parents et mes grands-parents avaient accumulées depuis deux générations.

Je me sentis rempli d'allégresse quand je grimpai dans la longue charrette où les barils étaient empilés très haut, et qui était tirée par quatre ânes tandis qu'un cinquième était attaché à l'arrière. Je me réjouissais de ne plus avoir à subir l'embarras des larmes et des tendres adieux qui avaient précédé mon départ. J'avais l'impression que ce matin-là, en plus de ma mère et de mes sœurs, presque toutes les femmes d'Albino m'avaient serré contre leur poitrine couverte d'étoffe noire et exhalant une odeur de renfermé. Je n'essayai même pas d'avoir l'air triste mais agitai joyeusement la main tandis que la charrette s'éloignait lentement en faisant entendre de petits sons grinçants et que des nuages de poussière se levaient autour de ma famille rassemblée sur la route, vêtue pour l'occasion de ses habits noirs du dimanche. J'avais quatorze ans. Je regrette aujourd'hui d'être parti aussi froidement. J'espère seulement que la nouvelle de ma disgrâce n'est jamais parvenue jusqu'à eux.

Une fois au séminaire, j'ai vite compris que le rêve de mon père avait peu de chances de se réaliser. J'avais eu beau lire tous les livres du père Manuel et m'astreindre à tous les exercices de latin qu'il nous imposait soigneusement, je n'avais jamais entendu parler des penseurs importants de l'époque, je n'avais aucune connaissance en mathématiques, en astronomie, en philosophie et encore moins en théologie. À Corpo Santo, plusieurs des séminaristes étaient les fils cadets de maisons nobles dont les familles, depuis des générations, possédaient des bibliothèques, fréquentaient des gens d'Église, étaient courtisans ou diplomates. Bien que, grâce à une intelligence supérieure ou au prix d'efforts considérables, il fût parfois possible à un fils de simple artisan ou de petit propriétaire terrien de surmonter ses piètres débuts et de s'élever à une position d'influence au sein de l'Église, je sus d'emblée qu'il me manquait à la fois l'intelligence et la volonté nécessaires pour faire partie des élus. Cela ne m'attrista pas, ne m'étonna même pas. Je m'en étais peut-être toujours douté.

Je n'avais cependant jamais soupçonné le nombre effarant de religieux en Espagne et au Portugal. D'innombrables prêtres, frères et moines déambulaient dans les rues de Lisbonne. Aux marchés où l'on envoyait les novices acheter la nourriture pour les cuisines et autour des cathédrales où l'on nous demandait parfois de servir la messe, il semblait y avoir autant de religieux que de laïcs. L'influence de l'Église était visible partout, non seulement dans les monastères comme le nôtre, mais aussi dans les hôpitaux, les universités et les hospices. Les prêtres administraient également de vastes étendues de terre cultivable qui appartenaient à l'Église et qui se trouvaient autour de la ville, et ils possédaient des parts dans les marchés, les moulins, les entrepôts et d'autres commerces. Ils étaient engagés à titre de chapelains pour répondre aux besoins spirituels des familles riches, et par l'État dans une grande variété de postes. Malgré cela, les membres du clergé n'étaient pas tous occupés. Des centaines de prêtres, qui n'étaient attachés à aucune paroisse ni domaine, semblaient dériver d'une église à l'autre, et je me disais que leurs services auraient été bien utiles au pauvre père Manuel.

Mes propres projets, bien humbles, ne m'empêchèrent pourtant pas d'être heureux durant toutes ces années. L'austère tranquillité des corridors peints à la chaux, le son assourdi des voix à la chapelle, des psaumes récités, des cloches, des prières récitées à intervalles réguliers, les heures de contemplation et d'étude, et même les murs, plus hauts et plus frais que ceux qui entouraient la maison de mes parents, me donnaient une impression non pas d'enfermement, mais de liberté. Pour la première fois, je vivais dans un espace qui n'était pas encombré par les émotions. J'avais la paix, le silence, l'ordre et cela, décidai-je, constituait l'essentiel de la liberté. Même le travail, qui consistait au début à aller acheter les légumes au marché et, plus tard, à tenir les comptes pour les magasins et la cuisine, semblait avoir une précision bien différente du climat toujours théâtral entourant chez moi la préparation des repas. J'adorais la bibliothèque, où je lisais pendant des heures, et ma petite chambre meublée seulement d'un lit, d'une chaise et d'un lavabo. Je commençais à penser que j'allais toujours rester là, comme d'autres dominicains à Corpo Santo, que je passerais ma vie à traduire des textes, à faire des recherches en droit canon ou à étudier d'obscurs points de théologie.

Au lieu de cela, après quatre années, on m'annonça que je devais quitter Corpo Santo et aller poursuivre mes études au collège Saint-Patrick, dans le comté de Kildore. Ces ordres venaient de l'extérieur. Je supposai que mon père avait, d'une façon ou d'une autre, entendu parler du séminaire récemment fondé en Irlande et qu'il avait envoyé un message à l'évêque par le biais du père Manuel. Je partis donc sans être parvenu à me distinguer d'aucune façon, mais cela me rendait triste, car j'avais été très heureux dans cet endroit. Cette fois, la seule personne à me faire ses adieux fut le père Pedro, le responsable du cellier, qui m'avait permis d'exploiter mes dons pour tenir des comptes exacts des provisions dont nous avions la responsabilité. Il me reprocha d'avoir utilisé quelque influence jusqu'ici inconnue pour être transféré ailleurs que sous son autorité.

C'est ainsi que, sans avoir aucunement le sentiment ni d'être investi d'une mission ni de rentrer au pays, je traversai la mer d'Irlande et me rendis directement au séminaire de Maynooth, qui était très différent de celui de Lisbonne.

Fondé par un groupe de prêtres qui avaient échappé à la Révolution française, le collège Saint-Patrick luttait pour s'établir sur le sol rocailleux de l'Irlande. Je trouvai l'endroit plus froid, le travail plus ardu, les heures de prière plus longues, et les règlements appliqués de façon plus rigoureuse qu'au Portugal. Mais la paix était toujours là, et je finis par m'habituer à l'ordre nouveau. Je passais autant de temps que possible à la bibliothèque, beaucoup plus pauvre que celle que j'avais connue, j'améliorai mon anglais, appris à parler un peu français et découvris, à mon grand plaisir, que j'étais capable de me servir d'un rabot et d'un marteau presque aussi bien que mon frère.

Je fus ordonné prêtre un an et demi après mon arrivée en Irlande. J'avais à peine vingt ans. Durant toutes ces années passées au séminaire, je n'avais lié aucune amitié, je n'avais eu aucune vision, n'avais reçu aucun don de l'esprit, mais j'avais appris, je pense, à me soumettre à l'autorité et j'avais remplacé l'impatience fébrile de mon enfance par une sorte de sérénité. À Maynooth, je vis un peu les démunis de l'Irlande, mais, malgré la passion de mon père, je ne me sentis aucune affinité avec eux et avec leur cause. Je me prosternai pour recevoir la bénédiction de l'évêque de Dublin et, le lendemain, je quittai le froid silence de ma chambre pour me rendre à la chaleureuse maison du père Francis Ewen. Je devais lui servir d'assistant dans la petite ville de Borriswater, à moins de cent milles du lieu de naissance de mon père.

On m'avait laissé entendre, avant mon départ du séminaire, que j'allais trouver en mon supérieur un homme facile à vivre, plus laxiste qu'un prêtre se devait de l'être à cette époque. C'était la vérité. Le père Francis était gentil, replet, il avait la mémoire courte et avait tendance à pardonner aux riches comme aux pauvres avec la plus grande latitude permise par notre sainte mère l'Église.

Tous les aspects séculiers de sa vie étaient réglés par Mme Griffins, sa ménagère, qui semblait connaître chacun des fidèles, non seulement à Borriswater, mais également à Durnford, une ville plus importante, et qui était en communication constante avec la plupart d'entre eux.

Je ne parvins à trouver la paix que j'avais laissée derrière moi nulle part — ni dans la maison de Mme Griffins, dans l'église du père Francis, ni dans la campagne. Il n'y avait nulle part une niche où me retirer, un lieu où me reposer. J'errai pendant des mois, accomplissant de petites tâches inutiles autour de l'église ou traduisant un vieux parchemin que j'avais trouvé derrière la crypte. Un homme plus exigeant n'aurait pas manqué de se plaindre de moi auprès de l'évêque, mais le père Francis n'avait pas l'air de remarquer que je n'avais ni tâche ni responsabilité particulières.

En même temps que croissait mon égocentrisme, je me mis à voir la terre et le peuple dont mon père m'avait si souvent parlé. Autour de Borriswater et de Durnford, des Anglais possédaient de vastes domaines et louaient des lopins de terre en échange d'une part des récoltes, récoltes qui devenaient chaque année plus petites. La charmante campagne avec ses prés vallonnés et ses forêts était réservée aux Anglais pour les promenades à cheval et pour la chasse, et elle servait de pâturage à leur précieux bétail. Seule une minime partie de la terre surexploitée était cultivée.

Les gens étaient aussi surmenés que la terre ; les femmes étaient trop frêles pour mettre au monde les enfants qu'elles portaient année après année, et les enfants, trop faibles pour survivre aux infections les plus bénignes. À force de se courber sur le sol rocailleux, tout le monde était trop exténué pour réfléchir un instant à la cause de sa misère. Après l'âge de neuf ou dix ans, avoir les dents cariées, le scorbut et le dos voûté était considéré comme quelque chose de normal. Les hommes et les femmes de l'âge de mes parents ressemblaient à des vieillards.

Je ne me rappelais pas avoir vu des choses semblables à Albino. Je me demandais s'il était possible que je n'aie tout simplement pas vu ce qui m'entourait en Espagne ou si, à cause du climat et du caractère espagnol, la pauvreté y semblait moins criante que dans les taudis humides entourant notre paroisse. Très différents des gens avec lesquels j'avais grandi, ces Irlandais sur leurs mornes petits lopins de terre étaient taciturnes, éternellement déprimés, ils s'attendaient toujours au pire, ils étaient soupçonneux et renfrognés, et pourtant étrangement désireux de plaire aux étrangers comme moi.

Moins d'un an après mon arrivée, et même si je ne pouvais entrer sans être pris de nausée dans leurs huttes puantes, même si je ne connaissais pas une seule personne assez bien pour l'appeler par son prénom et n'aurais, pour tout l'or du monde, pu tenir une conversation de cinq minutes avec eux, je me considérais moi-même comme une autorité en ce qui concernait la condition de la classe pauvre en Irlande. Presque trois ans passèrent avant que je découvre que d'autres personnes dans la paroisse réfléchissaient plus profondément et depuis plus longtemps que moi sur le sujet.

C'était un beau jour du milieu de l'été, aux funérailles de Sally Whitty et de son nouveau-né. Couchés dans le même cercueil, la mère et son bébé évoquaient pour moi d'anciennes gravures de la Madone et de l'Enfant que j'avais vues dans des niches d'église en Espagne : pâles et affligés, les os de leurs visages et de leurs mains transparaissant sous la peau. Cette vision me donna mal au cœur. Je sortis du cimetière pendant que le père Francis récitait les prières pour les défunts devant le cercueil d'acajou qui avait un couvercle à glissière et servait pour toutes nos funérailles.

Tandis que je sortais de l'église, je fus soudain envahi par un sentiment de rage — celle de mon père — comme si un abcès venait de se rompre dans ma bouche. Je sentais le poison descendre dans ma gorge, et la nausée me submergea lorsqu'il atteignit mon estomac.

Essayant d'apaiser ma colère, je m'arrêtai près de la tombe derrière deux vieillards dont l'un marmonnait une prière de deuil qui m'était devenue familière, fournissant de petits détails sur la vie et la mort des gens qui reposaient autour — comment on les avait connus, comment ils étaient morts, qui ils laissaient derrière eux. « Mais on dirait que c'est plus dur de les voir partir en été », conclut-il.

« Elle serait pas morte, et le bébé non plus, si on avait réussi à tenir sur la récolte de l'an dernier. Mais ç'a été une mauvaise année, quatre morts depuis Noël », ajouta l'autre homme en qui je reconnus Toby Carroll, le père de Sally.

L'homme qui avait parlé le premier regarda dans la tombe et dit calmement : « Il est peut-être temps qu'on commence à écouter ce dont Mike Tracey nous parle depuis cinq ans. »

Puis Toby Carroll m'aperçut. Il rentra ses joues et secoua la tête. « C'est un mystère, un grand mystère, vous trouvez pas, mon père ? »

Je hochai la tête et décidai de découvrir ce que je pouvais à propos de Mike Tracey. Mais après avoir fureté pendant des mois, je n'avais encore pratiquement rien appris.

Mike était ce que les Irlandais appellent une « vieille âme ». Son visage était si buriné par la poussière et le soleil que ses traits étaient cachés, et toutes les rides, remplies. Je n'aurais su dire s'il avait trente, soixante ou même quatre-vingt-dix ans. Il vivait, miraculeusement, semblait-il, en dehors de la ville dans une hutte de tourbe bâtie contre une grotte. Personne ne savait quels étaient ses moyens de subsistance et un jour, exaspéré, je demandai au père Francis si Mike était, comme les saints, nourri par les corbeaux.

« Pas que je sache… bien que ce soit possible, je suppose », répondit le prêtre, comme s'il se disait que les corbeaux pouvaient vraiment apporter du pain et du poisson à Mike dans sa hutte près du marais.

Il m'arrivait de penser que le père Francis se moquait de moi, mais je n'en étais jamais sûr. Il me demanda ce que je pouvais bien avoir à faire avec Mike Tracey et, très franchement, je lui répondis que je le soupçonnais d'être engagé dans un mouvement visant à aider les fermiers à garder une plus grande part de leurs récoltes.

Pour la première fois depuis mon arrivée à Borriswater, je vis une expression de mécontentement passer sur le visage du père Francis. Le travail d'un prêtre, me dit-il, était de s'occuper de l'âme des hommes et non de leur ventre. « Ne vous mêlez pas de choses que vous ne comprenez pas, mon fils. Occupez-vous de leur bien-être spirituel et laissez Dieu se charger du reste. »

Mais j'avais déjà commencé à me douter que le bien-être physique était tout aussi important que le bien-être spirituel, et je continuai à observer Mike Tracey. Après quelques mois, j'arrivai à la conclusion que l'homme était un braconnier et probablement un voleur, dont les affaires marchaient très rondement.

C'est alors qu'un soir, sur le chemin derrière le village, en revenant d'administrer l'extrême-onction au vieux Hegerty (ce qui se produisait fréquemment, car cet homme avait passé sa vie à agoniser), je croisai Mike qui se promenait allègrement comme si on était en plein jour. Nous nous saluâmes d'un signe de tête et il me dit que j'étais sage d'être dehors par une nuit pareille.

« Les gens ont pas idée de ce qu'ils manquent en restant couchés dans leurs lits par une nuit aussi splendide », continua-t-il en agitant la main vers la route qui, sous la lune, avait pris une teinte argentée, vers les prés soyeux et vers la vallée au-dessous, qui baignait dans une clarté lunaire.

J'acquiesçai. Fixant d'un air interrogateur le gros sac qu'il portait à l'épaule, je lui demandai ce qu'il faisait sur cette route.

« Ah ! mon père, j'vous demande pas quels douloureux mystères vous avez dans ce petit coffret que vous portez sous le bras, alors cherchez pas à connaître les secrets qui sont dans mon sac… mais peu importe, avant la fin de la nuit, j'aurai apporté autant de réconfort au pauvre Liam que vous l'avez fait vous-même. »

Je supposai qu'il avait raison et nous nous mîmes à bavarder. Après quelques minutes, nous nous assîmes sur un rocher au bord de la route et bûmes tour à tour le liquide contenu dans un flacon que Mike avait sorti de son sac. Puis je fis mine de m'en aller en murmurant que Mme Griffins allait s'inquiéter.

En entendant ce mensonge, Mike renifla. « Vous connaissez la Ligue de la Terre, mon père ?

— Non », répondis-je en me rasseyant. D'autres endroits, moins reculés que Borriswater, avaient déjà leur Ligue de la Terre, m'apprit-il. « Et c'est ça qui va sauver l'Irlande, ajouta-t-il, parce que tant que les gens qui travaillent la terre en retireront pas quelque profit, on n'aura pas une vie convenable dans ce pays plongé dans les ténèbres. »

Notre conversation dura des heures. C'est-à-dire que Mike parla. Il fit un résumé de l'histoire de l'Irlande, un pays qui, me dit-il, était déjà civilisé quand les Anglais adoraient encore les arbres et se peignaient le corps en bleu. « Mais il fallait qu'ils nous fassent passer pour des barbares, qu'ils nous ravalent au rang des animaux, pour se justifier de nous traiter comme ils le faisaient. »

Il me raconta, étape par étape, tous les événements qui avaient conduit mon père et ses voisins à se faire déposséder des terres qu'ils cultivaient depuis des siècles. Son exposé était très différent des histoires que j'avais entendu mon père raconter d'une voix vibrante d'émotion.

Mike Tracey n'était pas un révolutionnaire enragé. Il s'exprimait d'une voix posée ; réfléchissant depuis longtemps au sujet, il comprenait par quelles étapes l'Irlande était passée pour arriver à sa condition actuelle, et la marche à suivre pour réparer les dommages. Il n'était probablement pas beaucoup plus âgé que moi mais, je le sais à présent, il était beaucoup plus intelligent. Il voyait l'énormité de son projet de former une Ligue de la Terre à Borriswater, alors que, moi, je considérais cela comme une simple étape, une étape que tout le monde allait sûrement trouver acceptable.

Cette nuit-là, assis sur le rocher en train de boire du whisky volé, j'éprouvai un grand sentiment de satisfaction, me sentant accepté, conversant avec Mike Tracey (que, Dieu me pardonne, j'imaginais comme « un homme du peuple ») comme j'avais rêvé de parler un jour avec mon père. J'étais enchanté de voir les problèmes de l'Irlande et leurs solutions exposés devant moi d'une manière raisonnable. Fier d'être parvenu à gagner la confiance d'un tel homme — et encore davantage quand je compris à travers mon ivresse qu'il ne me demandait pas seulement de faire partie de la Ligue de la Terre, mais de contribuer à la mettre sur pied. Quand je repense maintenant à cet orgueil que j'éprouvais, je brûle de honte. Si nous ne nous étions pas rencontrés ce soir-là, si je n'avais pas aussi ardemment adhéré à sa cause, Mike aurait peut-être fini par obtenir ce qu'il souhaitait, mais à son heure, à l'heure choisie par Dieu.

Par la suite, nous nous rencontrâmes régulièrement. Il me présenta à d'autres hommes, à Jake Lucas, l'homme le plus grand de Borriswater, aux frères Brian et Kevin Reilly, au jeune Matt Carroll qui, malgré sa réputation, avait une tête solide sur les épaules.

Nous nous réunissions dans la petite pièce derrière l'autel les soirs où je savais que le père Francis irait dire la messe au couvent du Sacré-Cœur de Durnford. Nous passâmes tout un hiver à dessiner les cartes de toutes les propriétés aux alentours de Borriswater. Nous indiquâmes chaque lopin de terre, chaque cour, chaque grange, chaque poulailler et chaque masure, dressâmes la liste des locataires, comptâmes les enfants, les vieillards et les femmes dont ils étaient les soutiens. Nous calculâmes ce qu'avait été la récolte de chacune des petites terres louées les trois années précédentes et déduisîmes la portion qui revenait au propriétaire. Et cela, comme chacun pouvait le constater, était la preuve que, peu importe avec quel acharnement les locataires travaillaient, ils ne pourraient jamais gagner suffisamment pour joindre les deux bouts. Nous écrivîmes finalement des lettres, en choisissant soigneusement nos mots, que nous envoyâmes au registre des propriétés à Londres pour demander de rencontrer des représentants des domaines les plus importants.

Mme Griffins finit bien sûr par nous découvrir et nous dénonça au père Francis. Celui-ci nous interdit de nous servir de l'église dans ce but.

Puis il me fit venir dans son bureau pour avoir une conversation qui fut probablement plus pénible pour lui que pour moi. Comme le père Francis me le dit d'un air grave, j'avais dû, à un certain moment de ma formation, avoir été en contact avec certaines idées subversives qui, ces dernières années, s'étaient infiltrées dans les enseignements prodigués dans les séminaires. Il faisait évidemment allusion aux prêtres français de Maynooth dont il se méfiait profondément.

« Il ne fait pas partie du plan de Dieu que ses serviteurs sèment la discorde. L'Église vient juste de sortir d'une terrible époque dans ce pays, et même maintenant nos difficultés perdureraient sans l'intercession des catholiques qui ont du pouvoir en Angleterre. Prenez garde, Thomas, vous ignorez ce dans quoi vous trempez. Il suffirait d'une étincelle pour amener la ruine sur nous tous », m'avertit-il.

Mais il me donnait ce conseil trop tard.

Moins de quinze jours plus tard, nous apprîmes que quatre des propriétaires à qui nous avions écrit se rendaient ensemble à Kerry pour assister aux courses, et qu'ils s'arrêteraient à Westerland, le domaine de Lord Edmund à mi-chemin entre Durnford Head et Borriswater. Cette halte serait de courte durée. Ils devaient arriver à la fin de la journée, souper et repartir le lendemain matin pour Kerry.

Nous connaissions tous les détails car Bloss, l'intendant de Westerland, avait embauché une douzaine de femmes pour nettoyer la maison, aérer les couvertures et polir l'argenterie et la porcelaine qui n'avaient pas servi depuis des années. On avait demandé à Tomsey, le maréchal-ferrant, de se libérer pour s'occuper des chevaux de ces messieurs. Il devait se rendre là-bas dès que les hommes arriveraient à la grande maison.

Comme on n'avait jamais accusé réception de nos lettres, et qu'on n'y avait évidemment pas répondu, cela nous paraissait une occasion miraculeuse de présenter nos requêtes aux propriétaires terriens, et je pressai notre petit groupe d'entreprendre cette action. Seul Mike Tracey protesta. Il croyait qu'il serait préférable d'aborder ces hommes séparément afin de leur donner le temps de réfléchir à nos propositions avant de se retrouver ensemble. Mais, moi, je disais que, au rythme où les choses allaient, cela pourrait prendre des années, et les autres semblaient être de mon avis.

J'avais alors acquis une grande confiance en la justice de notre cause ; j'étais convaincu que les propriétaires ignoraient simplement la situation et qu'ils accepteraient de faire les changements qui s'imposaient lorsqu'ils auraient vu l'inventaire et pris connaissance de nos idées. Je n'avais sûrement pas bien écouté les histoires que m'avait racontées mon père.

C'est ainsi que, deux heures après avoir vu Tomsey partir pour Westerland, sept d'entre nous, munis des papiers sur lesquels nous avions décrit la situation critique du pays, se mirent calmement en marche sur l'allée bordée d'arbres menant chez Lord Edmund. Nous nous sentions moins hardis que nous ne l'aurions souhaité car, malgré tout ce que nous affirmions, nous étions intimidés par la masse grise de la maison qui se découpait contre l'arrière-plan sombre du ciel.

Bien qu'il se fût déclaré contre notre action, Mike Tracey ouvrait la marche avec moi. J'avais mon bréviaire à la main et, dans ma tête, la folle conviction que, après avoir expliqué la situation, nous pourrions dialoguer et que je pourrais peut-être réciter une prière avant de repartir. J'avais même marqué une page que je croyais appropriée à la circonstance.

Nous hésitâmes devant l'escalier menant à l'imposante porte d'entrée, et un homme que nous n'avions jamais vu auparavant sortit et nous demanda ce que nous voulions. C'est moi qui aurais dû répondre, mais je restai muet. Mike me lança un regard et, d'une voix qui exprimait exactement le respect nécessaire, il dit : « On est venus au sujet des chevaux, monsieur. On nous a demandé de venir voir Son Excellence à propos des chevaux. »

Le jeune homme, sans doute un serviteur venu de Londres, eut l'air perplexe. Après nous avoir examinés une minute, il fit un geste pour nous inviter, Mike et moi, à entrer.

« Vous deux, suivez-moi. Les autres, vous restez ici. Lord Edmund et ses invités se reposent. Ils n'ont pas envie de voir toute votre bande envahir la maison. »

Il semblait plutôt sympathique, mais comme nous avions décidé de rester regroupés, les autres nous suivirent dans le hall d'entrée quand nous nous avançâmes. À l'intérieur de la maison, la clarté nous éblouit — la lumière d'une douzaine de lampes se reflétait sur les parquets, les cadres rouges des portes et les miroirs. Un bruit de rires et une odeur de cigares nous parvenaient, à peine filtrés par deux portes en bois de rose, à notre gauche. Honteux d'avoir réagi si lentement dans l'escalier, je pris une profonde inspiration, mis une main sur le loquet de bronze et ouvris les portes.

En face de nous, dix hommes en habit de soirée étaient assis autour d'une table circulaire, en train de jouer aux cartes. Tous les visages tournés vers nous exprimèrent le même ennui hautain. Au fond de la pièce, deux serviteurs, de chaque côté d'un buffet, préparaient des rafraîchissements. Ils se figèrent comme des gargouilles à notre entrée.

Nous ne nous avançâmes pas dans la pièce, mais restâmes dans l'embrasure de la porte, trois de front, Mike et le grand Jake Lucas de chaque côté de moi. Tandis que nous les dévisagions, je vis l'expression d'ennui se transformer en prudence, puis en inquiétude. Pour la première fois, je me sentis parcouru par un frisson de crainte, comme un pressentiment de ce qui était sur le point de se produire.

Je fis un pas en avant. J'avais l'intention de dire : « Non… écoutez-moi seulement », mais je ne suis pas sûr d'avoir parlé, je n'ai peut-être rien dit du tout. Je vis le serviteur le plus proche de la cheminée tendre le bras derrière lui et tirer un cordon de peluche qui pendait contre le mur. Après cela, tout sembla se passer en même temps. Même si je comparaissais devant une cour de justice, je serais incapable de jurer dans quel ordre exact se déroulèrent les événements.

J'entendis des pas précipités dans le corridor, et l'homme qui était derrière moi me bouscula dans la pièce. Avant que quiconque ait eu le temps d'ouvrir la bouche, j'entendis un coup sourd résonner derrière moi. Je pivotai et vis l'homme qui nous avait accueillis à la porte assener un coup de bâton à Matt Carroll, qui s'effondra. Une carafe en verre taillé se fracassa à nos pieds, et le parquet fut éclaboussé d'alcool lorsque l'un des serviteurs lança la bouteille qu'il avait à la main. Bloss, l'intendant, était entré dans la pièce par une autre porte, et il courait vers nous avec un tisonnier. Mike luttait à mains nues avec un type barbu, et quelqu'un se battait dans le couloir avec l'homme qui avait frappé Matt.

À côté de moi, Jake leva un bras, pour se protéger, je pense, et un autre homme en habit de soirée porta alors la main à l'intérieur de sa veste et en tira quelque chose qui ressemblait à un jouet. Il le pointa sur le visage de Jake et tira. Il y eut une explosion de chair et de sang, et je lançai de toutes mes forces mon bréviaire sur l'homme de l'autre côté. Le tranchant du livre l'atteignit à la gorge. La tête la première, il tomba sur Jake comme une pierre.

Une vingtaine d'hommes se battaient alors dans la pièce. Les serviteurs et les joueurs de cartes lançaient des cannes et des bouteilles brisées. Deux de nos hommes se servaient de deux chaises pour détruire tout ce qu'ils pouvaient. Quelqu'un me donna un terrible coup sur la tête et, l'espace d'un moment, je crus que j'allais m'effondrer. Je crois avoir entendu un autre coup de feu. Je saisis Mike par le bras et hurlai que nous devions partir avant de nous faire tous tuer. Mike gesticula et cria et, tenant deux chaises devant nous, nous reculâmes vers la porte, enjambâmes les deux cadavres, sortîmes précipitamment dans le couloir et replaçâmes le verrou de bronze. Nous relevâmes le jeune Matt et, le soutenant entre nous, nous réussîmes à sortir dans le noir pendant qu'on enfonçait les portes derrière nous. Lorsque nous atteignîmes l'ombre des arbres, nous entendîmes des hommes dévaler l'escalier en jurant, en s'interpellant, en criant de faire de la lumière, d'amener des chevaux.

Traînant Matt, nous traversâmes les bois en courant et en rampant à la fois vers une gorge qui séparait Westerland du rivage. Nous aurions pu facilement nous faire prendre, mais nos poursuivants étaient des étrangers tandis que Mike, qui nous guidait, connaissait comme le fond de sa poche chaque colline, chaque vallon, chaque rocher et chaque ruisseau à des milles à la ronde.

En moins d'une heure, nous nous étions repliés à l'intérieur des terres et nous trouvâmes un abri temporaire en nous blottissant derrière les murs en ruine d'une vieille tour. Il s'était mis à pleuvoir très fort, et nous nous assîmes en silence contre les anciennes murailles couvertes de mousse ; essayant de retrouver notre souffle, nous prîmes lentement conscience de nos blessures, de nos souffrances et de ce qui venait de nous arriver.

« On est faits comme des rats », murmura Brian Reilly et il se mit ensuite à tousser de façon spasmodique. Il porta la main à sa bouche pour assourdir le bruit jusqu'à ce que ce hoquet se transforme en sanglots. Kevin, le frère de Brian, manquait à l'appel. Méditant sur ce qui pouvait être advenu de lui, nous restâmes immobiles, incapables de prononcer une parole de réconfort, en même temps que nous cherchions à distinguer à travers le bruit de la pluie et des sanglots de Brian celui des chevaux ou des chiens.

Nous étions blessés, et nous étions tous en état de choc. Nous savions que Jake Lucas était mort et pensions que Kevin l'était probablement aussi. Nous avions vu l'Anglais qui nous avait accueillis à la porte étendu dans le couloir non loin de Matt — était-il mort ? Et l'homme que j'avais frappé ? Je fouillai dans ma poche et touchai le livre de prières ; je me demandai si j'avais pu tuer un homme avec. Nous avions sans doute laissé quatre cadavres derrière nous. Aucun de nous, pas même Mike, n'avait imaginé qu'une chose aussi effroyable pût se produire. Nous n'avions aucun plan pour nous enfuir, car nous n'avions jamais pensé que nous pouvions en avoir besoin.

Matt était toujours inconscient. Nous le soutenions à tour de rôle, essuyant le sang et la pluie sur son visage. Après un certain temps, Mike chuchota qu'il allait jeter un coup d'œil aux alentours. Il revint deux heures plus tard avec de mauvaises nouvelles. Il avait marché trois milles le long de la rivière jusqu'à la ferme la plus proche, dont il s'était suffisamment approché pour voir que des constables avec une charrette étaient déjà là et attendaient.

Juste avant le retour de Mike, Matt avait succombé dans mes bras. Lorsque je l'annonçai aux autres, Mike dit qu'il serait préférable d'enterrer le garçon sur place, sous les pierres de ce qui avait autrefois été un lieu sacré. Il voulait que, pendant qu'il faisait encore noir, nous commencions à traverser le marécage afin d'atteindre les Killduns avant l'aube. Il connaissait des endroits dans les collines où nous pourrions nous cacher pendant des mois, peut-être même des années.

Je n'étais pas d'accord avec lui. Je voulais que nous retournions tous là-bas et implorions toute la pitié qu'on pourrait nous accorder. Brian toussait toujours et crachait le sang, et Dan avait une main broyée. Je ne croyais pas que nous ayons beaucoup de chances de survivre dans les collines.

À la fin, nous nous séparâmes. Tous les autres partirent avec Mike. Portant le corps de Matt, je traversai lentement la forêt et marchai le long du rivage jusqu'à l'arrière de l'église. Il faisait encore noir lorsque je débouchai sur la grève de galets. Je camouflai le cadavre de Matt sous une barque et, accroupi, je traversai en courant la cour de l'église. J'y entrai et trouvai le père Francis qui priait dans le noir, sans même avoir allumé une chandelle.

Quelques heures plus tôt, des garçons étaient venus frapper à sa porte pour lui raconter ce qui se passait. On tirait des hommes, des femmes et des enfants hors de leur lit pour les interroger. On avait battu deux hommes qui avaient opposé de la résistance et on les avait amenés à la ville pour les emprisonner. Toutes les huttes étaient saccagées à des milles à la ronde. Quand il ferait clair, on poursuivrait les recherches le long de la rivière et sur la grève.

Le bailli était également venu. Après avoir fouillé l'église, il avait informé le prêtre des conséquences qui en découleraient s'il s'avisait d'héberger un des hommes impliqués dans l'affaire. Il avait mon nom et celui de Mike Tracey. Un meurtre avait été commis, dit-il au père Francis, et il jura qu'il saurait le nom de tous les hommes qui y avaient pris part avant le lever du jour.

« La tragédie suit toujours quand on place les désirs de l'humanité avant la gloire de Dieu, mon fils. Nous avions été envoyés ici pour nous occuper des âmes, dit le père Francis. Mais je suppose que vous avez eu le temps de réfléchir à la question cette nuit. Nous allons devoir vous faire partir et nous ferons de notre mieux pour sauver les autres… Mais laissez-moi d'abord entendre votre confession. »

Il s'agenouilla et je m'agenouillai à côté de lui ; je me demandais dans combien de temps je verrais de nouveau l'intérieur d'une église et recevrais l'absolution.

Au lever du soleil, grâce aux tranquilles efforts du père Francis et de Mme Griffins, je me trouvais à des milles au large dans un coracle [1], pour attendre le bateau qui devait m'amener vers ma nouvelle vie. Avant de me confier au pêcheur, le père Francis n'avait pas ménagé ses paroles.

---

1. Canot à carcasse d'osier utilisé par les pêcheurs en Écosse et en Irlande. (N.D.T.)

«Vous avez entrepris quelque chose de mal, Thomas. D'autres personnes seront tuées, pendues et battues, et plusieurs vont probablement mourir de faim à cause de ce qui s'est passé hier soir. Quel que soit l'endroit où vous irez, et je ne le connaîtrai jamais, je vous demande de changer de nom et de manières. L'Église a le bras long, mais ses ennemis aussi. Cela nous causerait beaucoup de tort, à l'Église et à moi-même, si vous étiez amené à Londres et accusé du meurtre d'un propriétaire terrien anglais.»

Il me donna un baiser sur la joue. «Adieu, Thomas. Que Dieu vous protège. Apprenez à patienter, mon fils, apprenez à faire confiance à Dieu.»

Avant que j'embarque dans le petit bateau, il me mit dans les mains un paquet enveloppé dans de la toile cirée. Il resta sur le rocher à me regarder, aussi longtemps que je pus le voir.

J'ai souvent pensé à lui. Je pense à lui ce soir, et je me demande ce qu'il a dû affronter lorsqu'il est retourné à son église. Combien d'hommes a-t-il été obligé d'enterrer, combien a-t-il pu en cacher, combien a-t-il pu en sauver? Combien de femmes et d'enfants est-il parvenu à protéger de la vengeance des propriétaires terriens? À quelles questions venant de Londres, de Maynooth, d'Espagne a-t-il dû répondre?

Chapitre 16

Je me souviens de toutes les émotions que j'ai éprouvées, ou que je n'ai pas éprouvées, ce matin-là, assis dans le bateau de pêche juste au large de Durnford Head. Je n'éprouvais pas de peur, de chagrin, de honte ou de soulagement, mais seulement un terrible sentiment de vide. Les visages apparaissaient et disparaissaient comme s'ils avaient été éclairés par une bougie qu'on déplaçait : celui, affligé, du père Francis au moment des adieux, les visages méprisants des hommes qui jouaient aux cartes autour de la table, le visage mort du jeune Matt Carroll couvert de sang dilué par la pluie, les visages pétrifiés des hommes qui se terraient à présent dans les collines brumeuses, le visage soudain vide de toute expression de l'homme que j'avais frappé. Toutes ces images semblaient dénuées de sens et n'avoir aucun rapport avec le passé ou l'avenir, ni même avec moi à présent affalé dans le coracle à côté d'un homme taciturne qui appâtait ses lignes et attendait. Je ne me demandais même pas ce qu'il attendait ainsi.

C'était un matin clair, je m'en souviens. La tempête avait cessé et, lorsque le soleil réapparut, la mer prit une teinte rosée et chatoyante. À l'intérieur de la baie, sous la protection des collines, seule une lente ondulation, comme un souffle doux sur l'eau, indiquait les marées et les courants qui bougeaient au-dessous.

Je me glissai au fond de la barque et, mollement bercé, je m'endormis. Je fus réveillé par le pêcheur qui me secoua sans ménagement et me poussa vers un siège en forme de panier qui se balançait devant mes yeux. La barque, évoquant une sorte de bol, pencha dangereusement tandis que je grimpais dans le panier. On me hissa le long d'un vaisseau qui avait dû quitter le port derrière nous. Le propriétaire du coracle, qui n'avait pas prononcé une parole tout le temps que nous avions été ensemble, se remit à ramer et s'éloigna sans un regard ou un geste d'adieu.

Mon apathie ne fut même pas ébranlée lorsque j'entendis l'homme qui m'aidait à m'extraire du panier s'exprimer en espagnol. Je ne lui posai aucune question, et n'en posai pas non plus au grand gaillard de marin qui me fit descendre en vitesse. Je supposai, sans vraiment m'attarder à y réfléchir, que je me trouvais à bord d'un des navires marchands qui faisaient souvent escale au port de Durnford pendant leur traversée vers les territoires espagnols du Nouveau Monde. Ma destination m'importait peu. Je descendis et me rendormis.

La journée avait passé et il faisait de nouveau noir quand je m'éveillai et partis à la recherche du capitaine. Celui-ci, le capitaine Lorca, était un homme étonnamment jeune et cultivé. Lorsque je lui demandai à quel titre je me trouvais sur son vaisseau et comment je devais rembourser mon voyage, il me répondit que le voyage avait été payé.

«Vous pouvez profiter de la traversée qui, selon les vents, prendra de trois à cinq semaines.» Il fit une pause. «À l'occasion, vous pourrez peut-être célébrer la messe pour nous.»

Je secouai la tête. «Je ne suis pas un prêtre.»

C'est seulement alors que la honte vint. J'eus honte d'avoir conduit les hommes au-devant d'un tel danger, d'avoir trahi l'Église, honte d'avoir forcé le père Francis à payer mon évasion en puisant dans les maigres ressources qui auraient pu servir à nourrir les femmes et les enfants des hommes que j'avais acculés à la ruine. Le fardeau de la culpabilité tomba sur moi et je me mis à éprouver de tels remords que je songeai à mettre fin à mes jours. Ce ne fut pas la peur, je pense, ni même les enseignements de l'Église qui m'empêchèrent de le faire, mais cette terrible lassitude qui rendait toute décision impossible à prendre. Il m'arrivait souvent de ne pas me lever, même pour manger ou pour me laver.

Dès ma première conversation avec le capitaine Lorca, je me présentai comme Thomas Hutchings; j'avais pris, pour des raisons que je n'ai jamais comprises, le nom du prêtre qui s'était lié d'amitié avec mon père lorsque celui-ci avait fui l'Irlande.

Après cet échange, j'adressai à peine la parole au capitaine ou aux membres de l'équipage. Broyant du noir, je m'étais isolé, sans aucune conscience de la vie à bord du bateau, sans m'intéresser d'aucune façon aux plaisirs ou aux trépidations des hommes qui dormaient et mangeaient dans la même pièce que moi.

Je sais maintenant que chaque bateau a sa propre atmosphère, une ambiance qui ne vient pas seulement de l'âge ou de la condition du vaisseau lui-même, mais aussi du caractère du capitaine et des premiers officiers, du succès ou de l'échec des traversées précédentes, de la durée du service et de la personnalité des matelots, de l'humeur des vents et de la mer que ce navire a connue et connaît actuellement. C'est une chose étrange et indéfinissable, très semblable à l'équilibre qui se crée au sein d'une famille.

Bien que je n'en eusse pas conscience, j'eus la chance de faire la traversée sur le *Seven Sisters* plutôt que sur l'un des lougres à moitié pourris qui empruntent cette route. C'était sûrement l'un des meilleurs navires marchands en mer, bien entretenu, et avec un record de cinq traversées effectuées sous la direction des mêmes officiers et avec presque toujours le même équipage. Chacun des hommes à bord avait confiance en son capitaine, un homme juste, courtois, très différent de bien des capitaines de bateau qui sont souvent brutaux et autocrates.

Mais si le capitaine Lorca était l'esprit du vaisseau, le navigateur, signor Boito, en était le cœur. Cet Italien y naviguait depuis le premier jour et il était l'un de ces hommes dont les marins disent qu'ils peuvent sentir leur chemin en traversant l'Atlantique. De tels hommes étaient considérés comme des sorciers. Chacun possédait ses propres instruments étranges, son cahier et des cartes contenant l'expérience accumulée au cours de sa vie, et celle qu'il avait réussi à soutirer ou à voler à d'autres. D'humeur fantasque et jaloux de leur savoir, ces navigateurs d'autrefois étaient traités avec déférence par le capitaine et l'équipage. Il arrivait fréquemment qu'un bateau soit mis en panne pendant quelques jours, à attendre le moment opportun, jusqu'à ce que le navigateur estime que la lune, les étoiles et les marées étaient propices à la navigation.

Le capitaine Lorca maintenait un bel équilibre entre ses propres méthodes modernes et les méthodes à l'ancienne de son premier officier. Mais le signor Boito détenait l'entière autorité sur toutes les choses reliées à la navigation. Le *Seven Sisters* avait les livres de bord du capitaine et un compas, mais même des courants connus peuvent entraîner un bateau à des milliers de lieues de son itinéraire, et les aiguilles du gouvernail peuvent commettre des erreurs. Dans de telles circonstances, les hommes d'équipage et le capitaine faisaient confiance au vieil Italien pour ramener le navire sur sa route.

Enveloppé dans mon nuage de culpabilité et d'apitoiement sur moi-même, je n'avais conscience de rien. J'ignorais que le signor Boito avait été victime d'un grave malaise et qu'il gisait sur sa couchette, sans savoir si c'était le jour ou la nuit. Vers la fin de la semaine, je sentis que les hommes qui dormaient sur les couchettes autour de moi étaient irritables, qu'ils étaient plus bourrus et moins loquaces qu'avant. Le joueur de pipeau était silencieux, et je n'entendais plus rien des plaisanteries qui étaient parvenues jusqu'à mes oreilles durant mes premières nuits en mer.

Un matin, avant l'aube, un marin apparut à côté de ma couchette et me dit d'un ton bref que le capitaine avait ordonné qu'on me fasse lever, laver et manger, puis qu'on m'amène à sa cabine. Il fallut une bonne heure avant que je puisse me présenter, et j'étais alors si faible que j'eus besoin de l'aide de quelqu'un pour grimper au château avant.

Sans me donner d'explication, le capitaine Lorca commença à m'interroger sur mes connaissances en mathématiques et en astronomie. Lorsqu'il découvrit que je possédais quelques rudiments sur les deux sujets, il m'informa qu'à l'avenir je devrais lui faire un rapport à chaque sonnerie de cloche pour l'aider à établir notre route.

Après cela, nous passâmes plusieurs heures par jour ensemble à faire des calculs. Nous prenions des lectures à l'aide d'un loch et d'un sablier, vérifiions le compas, et, la nuit, nous observions la lune et prenions en note la position des étoiles. Dans l'intervalle, je me plongeais dans les notes du signor Boito, en italien, écrites en pattes de mouche et dont l'encre avait pâli avec le temps. Je recommençai à manger, cessai de dormir et passai des heures à arpenter le pont du navire, à contempler les algues, à renifler l'air, à essayer de me pénétrer de la magie du vieillard.

Les matelots ne retrouvèrent pas leur confiance joyeuse d'avant, mais ils ne sombrèrent pas dans le désespoir et ne se mirent pas à se battre entre eux comme cela arrive souvent sur les navires mal dirigés. Même après la mort et l'immersion du navigateur (avec son astrolabe dans ses bras, car ni le capitaine ni moi n'avions aucune idée de la façon de nous en servir), les marins continuèrent à effectuer leurs tâches, car ils sentaient apparemment que nous nous dirigions vers notre destination, laquelle, selon ce qui transpira, était Saint John's, à Terre-Neuve, où notre cargaison de vin de Porto et de cordage allait être échangée contre de la morue et de l'huile de phoque.

Quand le port de Saint John's fut en vue, je fus de nouveau submergé par un sentiment de tristesse. Pour me distraire, je descendis et j'ouvris le colis que le père Francis m'avait donné. Il contenait des vêtements de rechange — dont j'avais vraiment besoin — et deux livres : les écrits de saint Augustin et un roman espagnol de Cervantès que je lisais le jour où j'avais conduit les hommes à cet affrontement avec les propriétaires terriens. Reconnaissant envers le père Francis pour cette dernière manifestation de sa bonté, je me lavai, me rasai et revêtis une tenue respectable avant de remonter sur le pont regarder le navire louvoyer entre les imposantes falaises qui gardent Saint John's.

J'avais à peine eu le temps de remarquer la beauté des collines où se faufilaient de petites rivières qui se jetaient dans l'océan, lorsque l'air fut déchiré par un bruit assourdissant qui se répercuta encore et encore entre les falaises. Quelque chose plongea dans l'eau à la proue de notre navire. À mon grand étonnement, cela n'inquiéta aucunement nos matelots, qui éclatèrent de rire en agitant la main devant un rocher qui se dressait très haut devant nos mâts.

Lorsque j'observai de plus près, je vis quatre canons montés au sommet d'une plate-forme bâtie dans une crevasse de la colline. Les fusils étaient pointés directement sur nous. Les marins firent des simulacres de salut en baissant la voile et en jetant l'ancre d'un côté. Quelques minutes plus tard, un sloop de guerre de la marine britannique se dirigea vers nous depuis la ville et nous signala, sans que ce fût nécessaire, de mettre le bateau en panne.

Apparemment, on s'attendait à la venue de cette section d'abordage. Notre capitaine envoya un des hommes me chercher pour me conduire à sa cabine, où je le trouvai en train de verser du bon brandy dans des verres disposés sur un plateau d'argent.

« Prenez un verre, Thomas… et restez ici. Vous êtes sur le point d'apprendre comment les Anglais mènent leurs affaires. »

Il me fut impossible de poser une seule question, car il se tourna aussitôt pour accueillir trois hommes élégamment vêtus, accompagnés par un officier de la marine britannique, qui venaient de pénétrer dans la cabine sans même avoir frappé à la porte.

« Tirer sur ses vieux amis, c'est une façon très impolie de souhaiter la bienvenue, messieurs. Qu'est-il advenu de la chaîne ? » Le capitaine Lorca était passé sans problème à l'anglais, et il souriait tout en tendant un verre à chacun des hommes.

« Vous vous rappellerez, capitaine, que la chaîne était un arrangement plutôt encombrant qui n'a pas très bien fonctionné. Nous trouvons que les canons répondent mieux à nos besoins. » Le plus grand des quatre, un géant que son col raide et sa cravate de soie avaient l'air d'étrangler, vida son verre et tendit la main pour en avoir un autre.

Après quelques échanges semblables, les hommes commencèrent à discuter sérieusement d'affaires. En moins d'une heure, ils possédaient la totalité de notre cargaison. L'homme appelé Caleb Gosse acheta toute notre corde. Le vin de Porto que nous transportions fut divisé en trois parties entre Gosse, Willie Johnson — un Écossais — et le gros homme qui s'appelait George Stripling. En échange, le capitaine, qui ne manquait manifestement pas d'adresse à ce genre de jeu, acheta différentes quantités de morue salée (à l'époque, les poids ne signifiaient rien pour moi) et plusieurs barils d'huile de phoque et d'huile de baleine. Après une discussion animée, le capitaine Lorca admit que le poisson et l'huile valaient légèrement plus que les cordages et le porto et leur promit d'apporter dès le lendemain le montant en souffrance en lingots d'or à leurs bureaux respectifs.

Au cours des négociations, je compris que l'arrêt à Chain Rock était une pratique depuis longtemps établie, conçue par les plus importants marchands de Saint John's en collusion avec la marine, laquelle pratique leur donnait la première option sur toute la marchandise qui arrivait. À la fin du marchandage, tous jurèrent avec toute la bonne foi du monde qu'ils avaient été plus malins les uns que les autres, finirent de boire le brandy, puis nous montâmes sur le pont où nous regardâmes les hommes d'équipage hisser soigneusement trois barils de porto à bord du bateau de la marine. Celui-ci s'éloigna aussitôt, laissant les trois Anglais à bord du *Seven Sisters* pour nous diriger vers leurs bureaux.

Ayant déjà raconté à ses visiteurs les problèmes que nous avions connus pendant la traversée, le capitaine Lorca s'informa des possibilités de trouver un nouveau navigateur pour le voyage de retour. J'entendais à peine la conversation, car toute mon attention était concentrée sur le port de Saint John's, qui est le genre de mouillage dont rêvent les marins. Nous longeâmes une longue vallée pour arriver dans un bassin bondé de vaisseaux de toutes sortes : de minuscules chaloupes, un navire de guerre de cinquante canons, des frégates, des baleiniers, des brigantines, de gros voiliers aux étranges voilures, et des douzaines de goélettes de pêche.

Tandis que le *Seven Sisters* manœuvrait pour se frayer un chemin entre la forêt de mâts, j'entendis le capitaine Lorca qui disait : «... il faudra que vous demandiez ça à Thomas. Il ne fait pas partie de mon équipage, vous savez. »

Je tendis l'oreille et m'aperçus que les trois marchands rivalisaient pour savoir qui serait le premier à m'offrir du travail.

« N'acceptez pas trop vite les offres de ces bons gentlemen, Thomas. Vous avez déjà compris que ce sont de fieffés coquins. Ici, on manque d'hommes capables de lire, d'écrire et de compter. Avant demain, vous aurez reçu une douzaine de propositions, dont certaines seront légales », me précisa le capitaine en souriant d'un air amusé.

Pendant que le vaisseau se dirigeait vers les quais qui émergeaient de l'eau comme des doigts en train de se putréfier, j'écoutai d'une oreille distraite la description des postes que ces hommes pensaient me confier.

Tout à coup, je sentis l'odeur de Saint John's, un effroyable mélange d'huile rance, de déchets humains et d'entrailles de poissons qui pourrissaient dans l'eau stagnante, sous les quais, le tout dominé par celle de la fumée et de la puanteur des gens vivant tassés les uns sur les autres.

La ville qui, de loin, paraissait si agréablement située, présentait un aspect très différent quand on la voyait de près. Derrière la respectable façade de brique et de pierre des firmes commerciales qui bordaient le port, j'aperçus les bicoques délabrées et les ruelles boueuses où s'entassaient gens et bêtes.

L'apparence de l'endroit, combinée avec la puanteur, évoquait quelque chose de maléfique. Si je restais là, je sombrerais dans le désespoir, je ramperais dans une des masures et je mourrais. Cette prémonition était si effrayante, si vivante que je me tournai et acceptai sur-le-champ l'emploi offert par l'homme qui parlait lorsque le bateau toucha le quai.

Cet homme était Caleb Gosse. Il m'offrait un poste dans quelque région éloignée du pays, loin de Saint John's, dans un lieu appelé cap Random. Me jaugeant comme si j'étais un cheval au marché, il me dit que j'avais l'air d'un jeune homme en parfaite santé, capable d'assumer une bonne journée de travail.

C'était la vérité. Même si j'étais démoralisé, j'étais en forme. Le fait d'avoir arpenté le pont nuit et jour m'avait redonné ma vigueur et j'étais probablement en meilleure condition physique que je ne l'avais jamais été depuis mon entrée au séminaire. Je possédais deux livres, mon bréviaire, les vêtements que je portais, et ce qui me semblait une grosse somme d'argent — le salaire que le capitaine Lorca avait insisté pour me payer. Me disant que la vie me traitait avec davantage de bonté que je n'en méritais, je me concentrai sur ce que Gosse me disait.

« ... dans un an ou deux, vous aurez amassé un petit magot suffisant pour vous acheter un bon terrain sur le front de mer... ce que vous ne pourrez pas trouver ici, cependant. » Il agita la main en direction des quais brinquebalants.

Willie Johnson renifla. « Pour ça, il a raison. Vous ne trouverez aucune terre par ici. Par les temps qui courent, il faut monter jusqu'à Riverhead pour trouver ne serait-ce qu'un jardin à vendre. Mais en fin de compte, mon vieux, ne quittez pas la ville si vous voulez devenir riche. Nous autres, on a tous fait fortune ici, certains même légalement, malgré ce qu'en pense le capitaine. Vous feriez mieux de venir travailler dans mon bureau que de laisser ce vieux grippe-sou vous envoyer dans quelque coin perdu où vous verrez jamais aucune créature civilisée, et où, dans des années, vous posséderez rien d'autre que les habits que vous avez sur le dos. »

Caleb Gosse ne jeta même pas un regard à l'Écossais, mais il m'observa attentivement, devinant, je pense, que je fuyais quelque chose et que j'étais sans doute disposé à accepter un emploi dans un coin reculé.

Caleb Gosse était — et il est encore, je suppose — un gros porc. Quelques mèches de cheveux raides et pâles, plaquées sur son crâne chauve, s'étaient décollées et retombaient sur son visage poupin et rose. Il était vêtu plus négligemment que les deux autres hommes : sa veste paraissait légèrement verdâtre et le col de sa chemise était sale et effiloché. Au premier abord, il avait l'air d'un type jovial mais, une fois que je l'eus bien examiné, je vis que ses sourires n'étaient que des rictus esquissés au hasard pour désarçonner son interlocuteur. Il était toutefois content que j'aie accepté son offre et il commença à me parler de ce poste à l'endroit qu'il appelait simplement « le cap ».

« J'ai laissé deux jeunes là-bas tout l'été pour faire le poisson. Une fois qu'on aura été les chercher, l'endroit va être vide de nouveau — c'est désert presque toute l'année — et c'est ça qui m'inquiète. J'suis sûr que les Peaux-Rouges arrêtent pas de me voler dès que j'ai le dos tourné, qu'ils prennent du sel et du matériel, et qu'ils vont probablement brûler le quai et l'entrepôt l'hiver prochain. Ils sont inoffensifs, bien entendu», se hâta-t-il d'ajouter en esquissant un de ses sourires fantasques et négligents.

«Un peu simplets, d'après ce que j'ai entendu dire, comme la plupart des sauvages. Vous courez aucun danger en passant l'hiver là-bas et en restant pour superviser les choses pendant les mois d'été. Vous aurez pas beaucoup de travail, mais j'vais vous verser un salaire, ou vous payer en parts… je vous conseille de prendre des parts… »

M. Johnson renifla de nouveau, mais Caleb Gosse ne lui accorda aucune attention. «J'ai un bateau qui part à midi demain pour aller chercher les hommes et ce qu'il reste de poisson.» Sans attendre une autre forme d'acceptation de ma part, il descendit du bateau, et aboya des ordres aux garçons loqueteux qui débarquaient la cargaison de corde qu'il avait achetée.

«J'ai fait du commerce dans des coins bizarres du monde, mais je n'ai jamais rencontré des types plus avares et malhonnêtes que ces marchands de Saint John's», me confia le capitaine Lorca le lendemain matin avant que je quitte le navire.

«Certains doivent sûrement être honnêtes, répondis-je.

— J'imagine qu'un sur vingt peut être à moitié honnête, mais la plupart dépouilleraient leur propre mère… et comme c'est la marine britannique qui agit pour eux à titre de juge et de bourreau, à votre place, je ferais attention à ne pas mettre les pieds n'importe où. J'en ai connu plus d'un qui ont débarqué ici et dont on n'a jamais plus entendu parler par la suite ! »

Le capitaine précisa que Caleb Gosse était considéré comme un individu imprévisible et dénué de principes, même selon les critères locaux. «Il est parfaitement capable d'abandonner un homme et de le laisser périr de faim dans quelque petite crique s'il n'a plus besoin de ses services. Prenez votre salaire en argent, mon ami, plutôt que dans une partie des profits qu'il vous promet. Ne lui faites jamais confiance ! Je ne sais pas ce que vous avez fait, Thomas», continua-t-il en étudiant mon visage, «mais je n'ai pas l'impression que ce soit quelque chose de foncièrement mauvais. Pourquoi ne retournez-vous pas en Espagne avec nous… ou même au Portugal ? Nous déchargeons une grande partie de notre huile à Porto. Je pourrais vous débarquer là à l'insu de tout le monde. »

J'eus inexplicablement le mal du pays. Pour la première fois, j'eus envie de retourner en Espagne, à la tonnellerie, à la maison basse en pierre, à ma mère et à mes sœurs. Mais je me souvins des avertissements du père Francis. Même si je n'avais été qu'un prêtre sans importance dans une petite paroisse irlandaise, l'histoire de mon projet et de ses conséquences avait dû voyager d'église en église, entre les séminaires, les couvents et les cloîtres de toute l'Europe plus vite que sur n'importe quel navire. Je secouai la tête, remerciai le capitaine et, sans poser le pied sur la terre ferme, je sautai d'un bateau à l'autre jusqu'au vaisseau de Gosse qui m'amena à cet endroit appelé cap Random.

Avant de quitter le cap, les hommes de Gosse me donnèrent un coup de main pour renforcer les murs et goudronner le toit du magasin qui était le seul abri sur place. Ce magasin n'était qu'une grande pièce sans cloisons conçue pour entreposer le sel, les lignes, les filets et les autres engins de pêche. On avait construit une couchette contre le mur. À côté, il y avait une cheminée en mortier et en brique de qualité.

Du bois mis à sécher était empilé devant trois murs, et mes provisions se trouvaient le long du quatrième : barils de pommes de terre et de navets, un tas de poisson séché, une tonnelet de bœuf mariné, un baril de farine. Une centaine de choses étaient accrochées aux murs : du silex, un palan, des collets, une douzaine d'outils inconnus ainsi que deux marteaux, une hachette et une scie, de la corde, des sacs de clous et des morceaux disparates de toiles de voilure. Il y avait des bacs de lard, une jarre d'huile, une boîte de thé, un panier de bougies, des avirons, deux habits en toile cirée et des poches de jute remplies de plumes. Je disposai et redisposai le tout plusieurs fois et réempilai le bois de façon à former une clôture autour de la cheminée et me créer un espace où dormir et manger.

Un fusil difficile à manier, qu'on charge par le canon, était appuyé derrière la porte de l'entrepôt. Avant de repartir, Alex Brennan, le capitaine du *Tern*, m'amena sur la plage où il me donna un cours sur la façon de charger et d'amorcer cette arme antique, et me montra comment tirer avec. Il me semblait peu probable d'avoir un jour l'occasion de me servir du fusil et, quand je le dis au capitaine, celui-ci eut l'air de partager mon opinion.

« On prétend qu'en hiver les Indiens se déplacent tous à l'intérieur des terres. Quoi qu'il en soit, je doute qu'ils vous embêtent. Ralph et Ab ont jamais vu aucun sauvage, et ils ont passé tout l'été ici. »

Je lui demandai s'il avait déjà vu des Indiens.

« La seule fois que ça m'est arrivé, c'était il y a des années, sur les Funks. J'étais un jeune sans expérience et j'travaillais pour Perkins à Fogo. On était en train d'embarquer des oiseaux, ceux qu'on appelle « pingouins » par ici, quand on a aperçu deux sauvages qui ramaient dans leurs canots en peau. J'trouvais qu'ils avaient pas l'air bien dangereux, mais le capitaine a ordonné aux hommes de tirer sur eux, et il a même ri quand les pauvres brutes se sont noyées. »

S'il n'y avait pas d'Indiens autour du cap, alors pourquoi Caleb m'avait-il embauché ? demandai-je.

Alex haussa les épaules. «Qui sait... il doit avoir ses raisons. Il y en a qui pensent qu'il a des araignées au plafond, mais ça fait douze ans que je travaille pour lui, et j'vous assure que si j'avais ce genre d'araignées, j'serais un homme riche. Vous verrez pas de Peaux-Rouges, mais vous rencontrerez peut-être des Indiens blancs... ou vous aurez peut-être besoin du vieux fusil pour abattre quelque animal sauvage sortant des bois pendant l'hiver. »

Il me jeta un long regard perplexe, puis il me demanda si j'avais une idée de l'endroit où je me trouvais. Quand je lui répondis que non (car nous avions pénétré dans une douzaine de petites anses pour prendre le poisson et avions tiré des bordées contre le vent si souvent que je savais seulement que nous étions très au nord de Saint John's), il prit un bâton et dessina une carte rudimentaire de l'île de Terre-Neuve sur le sable mouillé.

«On est juste ici», dit-il en mettant une pierre sur la partie la plus éloignée qui s'avançait dans l'océan, «et Saint John's est à peu près là. »

Il se redressa et m'indiqua du doigt un haut rocher qui sortait de l'eau derrière le cap. «Voilà votre poste de guet. Si vous le dépassez, si vous traversez la tourbière, les marais et les bois, de l'autre côté des collines, en longeant la côte plein sud, vous arriverez à l'endroit le plus proche où vivent des gens. C'est Pond Island, je pense. Mais j'sais pas comment on peut s'y rendre à moins de savoir marcher sur la glace. »

Je hochai la tête sans comprendre ce qu'il voulait dire, et jetai un coup d'œil à la carte avant qu'une vague roule sur elle et l'efface. Je retins mon envie de lui demander de quelle région de l'Irlande il venait.

«Rappelez-vous, si vous voulez rencontrer d'autres personnes par ici, ne vous éloignez pas de la côte. Si vous allez vers l'intérieur, vous êtes sûr de vous perdre», dit-il. De toute évidence, il lui déplaisait de me laisser là et il n'était pas certain que je comprenais à quel point j'allais me retrouver seul une fois qu'il aurait quitté la baie.

Il n'aurait jamais deviné, et je devrais avoir honte de l'écrire, que je fus dans un état d'exaltation pendant des jours après le départ du *Tern*.

C'était l'automne, l'époque de l'année où tout, au cap, paraît trempé dans une teinture qui rend toutes les couleurs plus riches, plus vives. Quand je sortais de l'entrepôt le matin, je restais immobile à humer l'air, pur et salin, à m'en abreuver dans le cercle de mon univers depuis le ciel bleu jusqu'aux collines vert foncé, aux buissons aux teintes éclatantes qui bordaient la plage pâle, jusqu'au frison blanc ourlant la mer azurée qui se mêlait au ciel.

Je ne pourrais donner le nom de bonheur à ce que j'éprouvais ; c'était quelque chose de plus fragile, comme une fausse confidence faite entre la sobriété et l'ivresse, quand tout doute paraît insignifiant ; tout rêve, possible.

Je ne trouvais pas les journées longues. Je coupai davantage de bois et commençai à réparer, avec beaucoup de soin, une petite barque que j'avais tirée de sous l'entrepôt. J'avais demandé au capitaine Lorca de me donner du papier et de la poudre d'encre et, tout d'abord, je tins un registre des températures, des marées hautes et des marées basses, de la direction des vents. Je comptais les jours dans le livre, mais je n'avais aucun moyen de compter les heures. Je n'avais cependant pas besoin de les compter, puisque je me levais et me couchais avec le soleil.

Quand les jours devinrent plus courts, je me mis à lire après le souper à la lueur de la plus primitive des lampes : une mèche dans un bol d'huile. Chaque soir, je lisais dans l'un des livres que le père Francis avait emballés avec mes vêtements ; je ne me permettais de lire que deux ou trois pages par soir. Puis je lisais des passages dans mon livre de prières et, quand j'avais les yeux fatigués, je récitais le chapelet. Je dormais, sans attente, sans regret, sans inquiétude à propos de la journée suivante.

Au début, je trouvai la neige agréable. L'immobilité et la simplicité de ce monde couvert de blanc me rappelaient les couloirs du séminaire. J'avais trouvé mon cloître et il me convenait très bien. Je priais et méditais, et je pensais être en train de devenir un homme meilleur.

Je crois que je commençai à ressentir de l'appréhension lorsque je vis la mer gelée. Ensuite, la neige s'accumula en congères contre la porte et les murs du hangar. En décembre, il ne fit plus jamais clair pendant la journée. Je vivais dans un univers où résonnaient constamment les bruits de la glace et du vent. J'avais toujours conscience de ces bruits, et j'étais certain que les vagues glacées que j'entendais gronder sous l'entrepôt étaient assez puissantes pour aspirer la bâtisse par sa base et la jeter à la mer. La nuit, je ne dormais qu'à moitié et, le jour, je n'étais qu'à demi éveillé.

Sans en avoir conscience, je passais de plus en plus de temps allongé sur ma couchette, jusqu'à ce matin où je me réveillai convaincu, j'ignore comment, d'avoir raté une journée entière. Cette idée m'épouvanta. Je pourrais m'endormir pour ne plus jamais me réveiller dans cette pénombre crépusculaire et, au printemps, Alex Brennan découvrirait dans mon lit mon corps décomposé. Le temps devint une de mes préoccupations ; et je tentai d'inventer des moyens de mesurer son passage : j'observai un glaçon qui s'allongeait à l'extérieur de la fenêtre de six pouces sur six, un morceau de bois humide qui se consumait debout dans le feu, une goutte d'huile qui tombait d'un bout de corde. L'idée de somnoler et de me réveiller sans savoir combien de temps j'avais dormi me plongeait dans le désarroi, mais je n'étais pas un homme de science et aucune de mes méthodes ne s'avéra satisfaisante.

J'essayai de m'occuper en divisant la journée en tâches à accomplir. Je m'obligeai à écrire les déclinaisons de verbes latins et les bribes de droit canon que le père don Manuel m'avait enseignées. Je récitais de la poésie, dessinais les étoiles et essayais de les nommer. Je marchais de long en large dans le hangar, ce qui me permit de découvrir que je couvrais sa longueur en trente-deux pas, et sa largeur, en quatorze.

J'entrepris de tailler un crucifix, ce qui m'occupa pendant quelque temps, puis je m'aperçus qu'il était affreusement laid et le jetai au feu. Je m'attelai ensuite à la tâche de fabriquer un bureau, ce qui était sans aucun doute une façon plus fructueuse de passer le temps. Ce bureau, bien que de fabrication grossière, se révéla être un meuble utile qui me servit pendant plusieurs années.

Mais je passais la plus grande partie de mon temps à contempler le feu en ressassant le passé. Je tentais de revoir en pensée le visage de mes sœurs, de mon frère, de mes parents, du garçon qui, après la messe, m'avait poursuivi jusque chez moi lorsque j'avais six ans, de la vieille femme qui vendait des fagots de porte en porte. Je passai ma vie en revue, me rappelai chaque visage jusqu'à ce que j'arrive à ceux des gens de Borriswater et que je finisse par m'obliger à penser à chacun d'eux. Je priai pour eux, et je le fais encore, même maintenant, alors que je suis incapable de prier pour moi-même.

Janvier et février s'écoulèrent ainsi, et je sus que nous devions être en mars, même si le sol était toujours couvert de neige, et la mer, de glace. La glace commença à se rompre, et Alex Brennan n'arrivait pas. Je m'inquiétai. Et s'il se passait ce contre quoi le capitaine Lorca m'avait mis en garde ? Était-il possible que Caleb Gosse ait trouvé un endroit plus avantageux et me laisse mourir de faim ici ? J'essayai de me rappeler la carte qu'Alex Brennan avait dessinée dans le sable, mais tout ce que je parvenais à voir, c'était le caillou blanc posé sur un endroit représentant le cap.

Comme les vieux navigateurs, je me mis à chercher des signes ; je décidais un jour d'emballer ce qui restait de nourriture et de me mettre en route vers l'agglomération la plus proche dont je ne pouvais me rappeler le nom ; le lendemain, je décidais d'attendre. Je partirais dès que je verrais de la mousse apparaître sous la neige, quand la lune serait pleine, quand je verrais les premiers bourgeons, quand une certaine étoile atteindrait le point le plus haut au-dessus de la colline.

C'est alors que les Vincent firent leur entrée dans ma vie.

Chapitre 17

J'étais sur le quai, en train de regarder une plaque de glace dériver vers le large, et je me demandais s'il s'agissait du signe que j'attendais pour m'indiquer que le moment était venu de quitter le cap, lorsque je vis quelque chose approcher dans ma direction. C'était une petite embarcation, si enfoncée dans l'eau que je la pris d'abord pour une épave ou un cadavre d'animal marin. Quand je compris ce que c'était, je fus submergé par un tel sentiment de joie que je sus que je ne voudrais plus jamais vivre complètement isolé du genre humain.

Les Vincent faisaient penser à une famille de bohémiens flottants, à Noé sans sa ménagerie. Leur bateau était plein à ras bord : enfants, barils, outils, couvertures, seaux, chaudrons, pots, un gros coffre de menuisier, un rouleau de papier goudronné, un tonneau de clous et une cage en fer contenant un coq et trois poules.

Josh et son fils aîné avaient beau ramer de toutes leurs forces, leur barque n'avançait que lentement et disparaissait parfois complètement dans le gonflement des vagues. Pendant que j'attendais sur le quai, souriant béatement, j'eus le temps d'observer les occupants de l'embarcation. Les deux rameurs étaient de toute évidence le père et le fils, bien que ce dernier eût l'air en meilleure santé, plus costaud que le père ne l'avait sans doute jamais été.

Josh Vincent avait la peau rugueuse et tannée après des années passées en mer, mais ses yeux d'un bleu délavé et sa barbe et ses cheveux pâles lui donnaient un air fragile, et son corps paraissait perdu sous sa veste et son épais pantalon. Ses fils ont les mêmes cheveux blonds, le même nez mince et les mêmes yeux clairs, mais avec leur voix forte et leurs mouvements énergiques, ils semblent tenir de leur mère, une femme robuste et fortement charpentée. L'aînée, Annie, était à l'époque une adolescente élancée, et blonde comme son père, mais elle dépassait déjà sa mère d'une tête. Lorsqu'ils atteignirent la grève, l'homme laissa tomber ses avirons et se leva. Je le vis déglutir avant d'ouvrir la bouche pour parler.

«On est… hum… les Vincent de Pond Island. J'm'appelle Josh Vincent, et voici ma femme, Sarah, une des Gill de Pinchards Island. Ça fait au moins cinquante ans que les Vincent pêchent au large de Pond Island, mais… » Il s'interrompit, comme s'il avait oublié ce qu'il était sur le point de dire.

« Il commence à y avoir trop de monde », continua la femme. Elle fit un signe de tête à son mari et, après une minute, il reprit la parole.

« C'est ça… difficile de trouver une bonne place de pêche. Alors, on pense en trouver une ici pour moi… et pour Joe le Jeune et Peter quand ils vont se mettre à leur compte. »

Je me dis que cet homme était un nigaud au caractère affable qui avait décidé d'aller au premier endroit ayant l'air habité. Il avait sans doute prévu chasser quiconque vivait là. Je me rappelai la remarque qu'Alex Brennan avait faite à propos des Indiens blancs.

Je ne pouvais pourtant m'empêcher d'être ravi d'entendre une voix humaine et je trouvais celle de Josh Vincent particulièrement attrayante. Elle résonnait doucement, un peu comme une voix d'enfant, ce qui obligeait ses interlocuteurs à avancer la tête pour saisir chaque mot.

« Mais, monsieur Vincent, dis-je, cet endroit est exposé vers la mer et il n'y a pas de port, c'est à peine s'il y a un terrain plat, et tout ce qu'il y a appartient à Caleb Gosse. On m'a dit que la seule forêt véritable se trouve bien à l'intérieur des terres… vous mettrez des jours à traîner du bois pour construire quelque chose. » J'essayais de m'exprimer avec une certaine autorité, car je croyais avoir une bonne connaissance de la région après mes longues randonnées de l'automne précédent.

« Vous avez ben raison, m'sieur, ben raison. C'est un endroit terrible, des fois, concéda la voix agréable, mais vous voyez, là, après ces récifs ? Les bancs de poissons viennent autour, ils font un grand cercle, c'est le meilleur lieu de pêche de tout Bonavista. Depuis ma jeunesse, j'ai pêché presque partout à Bonavista, et j'vous assure que c'est le meilleur endroit de la côte. » Il agita la main en direction de l'océan comme s'il croyait que j'avais la faculté de voir sous l'eau.

« Mon père et moi, on a accosté ici des milliers de fois, ben avant d'avoir entendu parler de Caleb Gosse, poursuivit-il d'une voix égale. Et il y a un étang d'eau douce plus loin derrière, et beaucoup de baies à cueillir, et un terrain en haut de la colline pour faire un jardin si le cœur nous en dit. On va transporter tout le bois dont on a besoin le long de la côte. Moi et Sarah, ça fait un an qu'on discute de ça. Cet hiver, quand on a appris que quelqu'un vivait ici, on s'est dit que le temps était venu pour nous de déménager. Ce cap est le meilleur endroit qu'un homme puisse trouver sur la terre du bon Dieu, m'sieur, et si vous y voyez pas d'incon-vénient, on pense rester. »

À ma connaissance, ce fut le plus long discours jamais prononcé par Josh Vincent. Quand je finis par le connaître, je compris qu'il avait dû passer chaque minute du voyage depuis Pond Island à le composer. Mais, avant même qu'il ait terminé sa tirade, je savais déjà que sa voix douce et ses manières puériles étaient une façade. L'agent de Caleb Gosse aurait pu lui opposer n'importe quel argument, cet homme avait résolu de vivre au cap. C'est par simple politesse qu'il me présentait sa requête, puisqu'il n'avait jamais douté une seconde de son droit de s'installer là où il le voulait le long de cette côte.

Je le regardai, émerveillé : j'avais enfin devant moi un paysan qui n'était pas asservi à la terre !

Les Vincent attendirent, me considérant calmement au milieu de leur bric-à-brac : l'homme restait impassible, sa femme se mordait nerveusement la lèvre, ses yeux pleins d'appréhension, mais son large visage prêt à s'éclairer d'un sourire si je disais oui, et leurs trois enfants, deux garçons et une fille, aussi réservés et inexpressifs que leur père.

Ils représentaient une telle force, debout là dans leur petit bateau, en train d'attendre ma réponse ! Quand on pense qu'un homme pouvait prendre sa vie et l'emballer comme ça, toute sa vie, femme, enfants, poulets, travail, et l'apporter là où il en avait envie, la déposer par terre et la déployer autour de lui comme une couverture ! Pour la première fois de mon existence, j'éprouvais un véritable respect… et une véritable envie. La sensation était si forte, si envahissante que je reculai d'un pas depuis l'extrémité du quai pour camoufler ce qui devait transparaître sur mon visage.

De la main, je leur fis signe de descendre à terre. Ai-je souri ? Je ne crois pas — encore une chose que je regrette. La femme hocha la tête et m'adressa un grand sourire avant de se tourner vers sa famille.

« Branle-bas de combat ! J'veux que tout ça soit à l'abri avant qu'il commence à pleuvoir. »

Quelques minutes plus tard, tous leurs biens étaient empilés sur le quai et je m'entendis leur dire d'apporter leurs choses dans l'entrepôt. « Il vous faudra dormir là en attendant d'avoir un autre abri. » Les mots étaient sortis de ma bouche avant même que j'aie eu le temps d'y réfléchir, et je me demandai aussitôt combien de temps je pourrais supporter un tel arrangement.

Les frères de Josh Vincent arrivèrent au cours de la semaine. Ils apportaient son attirail de pêche dans une barque et halaient un doris rempli de chaux, de briques, de goudron et d'outils. Ils repartirent le même jour avec Josh et Joe le Jeune et revinrent deux jours plus tard, traînant du bois d'œuvre derrière trois barques pleines de bois sec.

Will et Ezra restèrent un mois. Je n'avais jamais vu personne travailler comme les Vincent. En quelques jours, ils avaient jeté les fondations de la maison, érigé les murs et commencé à mortaiser la cheminée. La partie arrière de la maison fut posée sur un rocher plat. Les trois enfants et leur mère, enceinte de plusieurs mois, transportèrent des pierres et bâtirent un mur sous les poutres autour des côtés ouverts et à l'avant de la maison pendant que les hommes clouaient les planches du toit et du plancher. Ils fabriquèrent les portes et découpèrent une fenêtre unique sur laquelle ils étirèrent un boyau d'animal quelconque, après quoi ils posèrent des volets à l'intérieur et à l'extérieur tandis que les enfants les suivaient en calfeutrant les joints.

Une fois le revêtement du toit installé, les hommes l'enduisirent de goudron et colmatèrent les brèches au sommet avec une couche de tourbe. Les trois frères étaient des hommes menus. On aurait pu croire qu'un coup de vent les aurait balayés et, pourtant, quand je travaillais auprès d'eux, je me laissais toujours distancer.

Ils ne savaient que faire de moi, mais s'en souciaient peu. Je leur dis seulement que je représentais Caleb Gosse, et même s'ils devaient s'interroger au sujet de mon passé, ils ne posèrent aucune question. En fait, il se passa un certain temps avant qu'ils commencent à se parler en ma présence et à se moquer timidement de mes travaux rudimentaires de menuiserie.

Sarah Vincent était moins gênée et je lui confiai bientôt ce qu'il me restait de nourriture et commençai à prendre la plupart de mes repas avec eux. Cela ne les empêcha pas de continuer à m'appeler « monsieur Hutchings ».

Lorsque Will et Ezra repartirent pour Pond Island, les Vincent disposaient d'une solide maison de deux pièces surmontée d'un grenier. En juin, ils étaient bien installés et Sarah, avec une désinvolture étonnante, mit au monde son quatrième enfant, un autre garçon. Il s'appelait Charles, me dit-elle. Entouré de toute la famille Vincent, j'inscrivis son nom dans mon registre et indiquai qu'il s'agissait du premier enfant à voir le jour au cap Random.

Lorsque le *Tern* arriva, Alex Brennan déchargea mes provisions et une petite montagne de gros sel sans faire de commentaire à propos de la nouvelle maison. Il connaissait déjà Josh Vincent et, manifestement, tous deux s'appréciaient et se faisaient mutuellement confiance. Ils me parlèrent de poisson et de bateaux comme si j'en connaissais autant qu'eux sur le sujet. Je trouvai cette expérience très valorisante et finis par comprendre presque tout ce qu'ils disaient.

Alex disait que le *Tern* était une « goélette ». Il m'apprit qu'elle avait une quille de quarante-deux pieds et un barrot de douze pieds. Elle avait une grand-voile, une voile aurique, un foc et une autre voile carrée pour naviguer avec le vent en poupe.

« Cette goélette flottait comme un bouchon quand on l'a eue il y a dix ans, mais elle est imbibée d'eau maintenant... elle va moins vite. J'suppose que dès que Caleb Gosse en aura la chance, il va s'en débarrasser en la vendant à un pauvre bougre dans le grand nord, ou à un nègre dans un de ces endroits chauds où il expédie du poisson. Mais elle va rester avec nous encore une ou deux saisons, pas vrai, ma vieille ? » Il donna une petite tape au bateau comme j'avais vu des hommes le faire avec des chevaux.

Alex allait poursuivre sa route le long de la côte. Son équipage pêcherait avec des harpons et des filets jusqu'à ce qu'ils aient deux ou trois cents quintaux à bord, après quoi ils ramèneraient le poisson au cap.

« Comme vous avez Josh et sa famille avec vous, j'ai pas besoin de vous laisser autant d'hommes pour préparer le poisson », dit-il. Je hochai la tête d'un air entendu.

J'appris que mon employeur possédait quatre autres vaisseaux comme le *Tern*. Ils passaient l'été à pêcher, laissant le poisson à des postes situés le long de la côte et le ramassant à l'automne pour l'amener, salé et empilé, à Saint John's. Selon Alex Brennan, en temps de paix, le poisson de Saint John's nourrissait la moitié de la planète. C'était encore plus profitable en temps de guerre, puisqu'on fournissait les armées des deux camps.

Caleb Gosse ne me payait pas un salaire élevé, mais je doute de l'avoir même gagné pendant le premier printemps et le premier été que je passai au cap. De la même manière que j'avais observé les oiseaux et les bêtes l'année précédente, j'observais à présent les Vincent. Je les observais parfois de près, par-dessus l'épaule de Josh lorsqu'il vidait les poissons, ravaudait les filets, abattait des oiseaux de mer ou mettait les appâts à ses hameçons. J'essayais de l'imiter, mais j'en savais bien moins sur ces sujets que ses enfants. Même la fille, Annie, était capable de manier des avirons ou de traiter le poisson.

Il m'arrivait de grimper au sommet de la colline pour les contempler. De là-haut, je distinguais les sentiers que nous tracions : Josh, des vigneaux à sa maison quand il allait se chercher une tasse de thé entre ses tâches, et Sarah, de la maison à ses poules. Je voyais même mon propre sentier entre l'entrepôt et la maison des Vincent. De mon poste d'observation, je remarquais les petits gestes qui m'échappaient quand les gens étaient près de moi : Sarah qui donnait une petite poussée amicale à Josh quand ils passaient l'un près de l'autre, Annie, assise sur le pas de la porte, le nouveau-né dans les bras, passant les lèvres sur sa tête blonde. Une fois, je vis Josh et Joe le Jeune assis ensemble pendant des heures à tailler une paire de rames sans prononcer une parole. Cela me rappela comment Philip et mon père avaient coutume de travailler.

Auparavant, je n'avais jamais trouvé les êtres humains intéressants, mais j'étais envoûté par les Vincent — et ils semblaient l'être par moi. Il m'arrivait souvent de lever les yeux quand j'étais en train d'effectuer une tâche, avec sans doute une incroyable maladresse, et de voir l'un des enfants, Joe le Jeune, ou Peter, ou Annie avec le bébé sur sa hanche, m'examiner avec un intérêt solennel.

L'arrivée de la famille Andrews mit fin à cet ordre tranquille. C'était la fin de l'automne. Alex Brennan avait fait son dernier voyage de la saison. Il nous avait laissé nos provisions pour l'hiver et était reparti avec les employés de Gosse et le poisson que nous avions salé et fait sécher.

« Eh ben, voilà… c'est le moment de fermer les écoutilles », avait dit Sarah en voyant disparaître le *Tern* à l'horizon.

Et c'est ce que nous avions fait : nous avions employé les dernières journées clémentes pour cueillir des baies, couper du bois et attraper un peu plus de poisson. Josh avait tué deux grosses oies grises que Sarah avait fait cuire avec des épices et entreposé dans des pots de terre en prévision de l'hiver.

Il avait déjà commencé à neiger lorsqu'un capitaine français, stupidement et peut-être illégalement, fit débarquer les Andrews au cap. Au premier abord, je les considérai comme de drôles de moineaux : la vieille femme trop amicale au visage jovial, arborant une tenue de deuil, ses fils, l'un rouquin et rieur, l'autre taciturne avec des cheveux brun foncé, leurs épouses, une pauvre créature agonisante et une femme imposante appelée Meg, aussi ignorante que les autres, mais avec un port de reine. Une bande hétéroclite d'enfants de tous les âges les accompagnaient, à partir d'un bambin à peine capable de marcher, jusqu'à une grande jeune fille bondissante aux cheveux orangés qui me lançait des regards assassins chaque fois que nous nous croisions, comme si j'étais d'une façon ou d'une autre responsable de sa disgrâce.

Au total, ils étaient douze. Je fus obligé de partager mon logement avec eux et, en fin de compte, ma nourriture aussi, puisqu'ils avaient été assez imprévoyants pour venir sans provisions — une négligence qui faillit nous coûter la vie.

Même aujourd'hui, je n'arrive pas à m'expliquer pourquoi leur arrivée me dérangea à ce point. Ce n'était pas seulement parce qu'ils étaient venus sans nourriture, sans outils et sans aptitudes au travail (Ben Andrews pouvait à peine se tenir debout sur le quai sans avoir le mal de mer, et Ned était si maladroit qu'il semblait parfois le faire exprès). Ce n'était pas non plus que leur arrivée menaçait de quelque façon que ce fût mon autorité.

Mon orgueil était-il si grand que j'avais cru pouvoir créer un monde idéal dans ce trou perdu, tout en sable et en roc ? Je pourrais jurer n'avoir jamais eu une telle pensée. J'ai néanmoins appris qu'au cœur de chaque être humain, dans quelque recoin sombre, se cachent de terribles ambitions dont nous n'avons l'intuition que dans nos cauchemars. Peut-être la famille Andrews, avec son insouciance et son désordre, mettait-elle fin à quelque rêve secret d'une communauté parfaite et ordonnée, d'un monde peuplé de gens propres et travailleurs comme les Vincent, des gens que je considérais comme sûrs, responsables, dignes de confiance.

Une chose est sûre, c'est que les Andrews mettaient fin à ma solitude. Cet hiver-là, je connus de nouveau la promiscuité, le fait de vivre si près les uns des autres que chaque mot prononcé semblait destiné à mettre quelqu'un dans l'embarras. Je me retrouvai en train de revivre mes chagrins d'enfant, quand paroles et rires volaient autour de moi sans que j'y prenne jamais part. Longtemps après que la famille Andrews eut été acceptée par les Vincent, longtemps après qu'ils se furent considérés eux-mêmes comme membres à part entière du cap, je les voyais encore comme des intrus et souhaitais les voir repartir vers l'endroit misérable d'où ils s'étaient enfuis.

Pendant ces premières années au cap, un sentiment de tristesse m'envahissait lorsque je pensais à la vocation à laquelle j'avais renoncé, à mes parents qui s'étaient appauvris pour moi, à Borriswater et aux gens que j'avais laissés derrière moi. Quand cela m'arrivait, j'avais coutume d'aller me réfugier dans un lieu que j'avais découvert dans les collines derrière la grève, un trou en forme de coupe entouré d'herbe haute, un lieu où je me sentais complètement seul. Parfois, je priais, d'autres fois, je me contentais de contempler la mer infinie jusqu'à ce que mon esprit soit vide.

Mais ces périodes de remords se firent de plus en plus espacées, ainsi que les moments que je consacrais à la prière et à la méditation, jusqu'à ce que ma conscience cesse enfin de me troubler. Je cessai de compter les jours, les mois et les années qui s'étaient écoulés depuis que j'avais reçu l'ordination, célébré la sainte messe ou fait ma propre confession. Je me souvenais brièvement de ces choses chaque fois que Meg me pressait d'agir comme pasteur.

Nous travaillions comme des paysans. Je commençai à comprendre pourquoi les paysans ne pensent guère à autre chose qu'au travail, à la nourriture et au sommeil. Je dormais bien, comme on dit que dorment ceux qui ont la conscience en paix.

Sauf quand je rêvais.

Pendant ces premières années, je ne fus attiré par aucune des femmes du cap. Je les considérais comme mes sœurs, comme ma mère ou comme les femmes du village qui nous rendaient visite lorsque j'étais enfant. Elles étaient aussi différentes des femmes de mes rêves que les poules le sont des mouettes. Mais une fois que Ned eut épousé Mary Bundle, mes rêves se transformèrent. Dans ces rêves, les femmes se confondirent en une seule femme, une femme qui avait le visage de Mary Bundle.

Ned, le rouquin de la famille Andrews, était notre ménestrel et notre conteur. Si jamais j'ai eu un ami dans ce monde, ce fut Ned. Nous n'avions rien en commun. Il ne savait ni lire ni écrire, n'était jamais entré de bon gré dans une église, ne distinguait pas les anges des fées, des démons et des fantômes qui, tous, peuplaient les histoires qu'il nous racontait. Il était vaniteux et souvent étourdi, parfois paresseux et totalement dénué de ce morose sens du péché originel qui semblait hanter les autres membres de sa famille. J'ai entendu plusieurs fois sa belle-sœur Meg le réprimander pour son oisiveté ou pour sa façon de « traiter la vérité avec négligence », comme elle disait, ce qu'il faisait certainement.

Mais il aimait les gens, et son imagination était aussi vaste que l'océan qui entourait le cap. Son esprit était étonnant. Ned était capable de cerner une nouvelle idée, de la saisir, de l'examiner, de la tourner et de la retourner puis de la tenir dans la lumière jusqu'à ce qu'on voie quelle chose scintillante c'était.

Je le surpris un jour agenouillé dans la forêt en train de contempler une toile d'araignée sur laquelle brillaient des gouttes de pluie. C'était un pur miracle, dit-il. Il voyait le monde comme un lieu rempli de miracles et considérait que tout était possible. Je l'ai déjà entendu discuter de la probabilité de voguer vers la lune aussi sérieusement que s'il parlait de dépasser les récifs dans une barque.

Ned était l'âme de l'endroit. Il équilibrait quelque chose en nous tous, particulièrement en moi. Il me faisait voir le côté ludique de choses que j'aurais eu tendance à prendre trop au sérieux, m'aidait à ne pas tomber dans les pièges que je concevais moi-même. S'il était en vie, ce soir je ne serais pas sur la mer en train de voguer loin du cap.

Mary Bundle ne ressemblait certes pas à la femme-mouette de mes rêves, ni à aucun autre oiseau. Elle était beaucoup trop taciturne pour ça. Elle évoquait davantage une souris des champs — petite, brune et tranquille, sauf quand elle était en colère. Une souris des champs se faufile dans votre maison et vous n'avez même pas eu le temps de vous en apercevoir qu'elle a fait son nid et l'a rempli de bébés sous les poutres.

Quel malheur l'avait fait échouer au cap ? Je ne l'ai jamais su et ne me suis jamais soucié de le découvrir. Au début, quand elle est arrivée, je l'ai trouvée quelconque, idiote même. Elle avait une étrange façon d'apparaître à l'improviste et de se tenir dans les coins, silencieuse tout en ayant l'air dans l'expectative. Après son mariage avec Ned, j'ai commencé à venir chaque soir m'asseoir auprès de leur feu, où j'écoutais

Ned, mais la regardais, elle, et, pour la première fois de ma vie, je me suis retrouvé en train de désirer une femme vivante, la femme de mon ami.

Après son mariage, Mary changea. Elle perdit son air soupçonneux, à moitié affamé, devint gracieuse et sûre d'elle. Les angles de son visage et de son corps s'arrondirent, et elle se mit à répliquer et à rire aux plaisanteries de Ned. Elle était parfois si obscène que je me demandais si elle savait que je restais éveillé, la nuit, souhaitant sa présence dans mon lit. Durant ces mois, je fus si tourmenté par mon désir pour Mary que j'étais incapable de dormir. Souvent, je grimpais sur la colline et je contemplais le cap. C'était un endroit superbe au clair de lune — les maisons tranquilles, la longue plage déserte, le chatoiement de la mer.

C'est au cours d'une de ces nuits que j'acquis la conviction que d'autres personnes vivaient au cap. Je remarquai que l'herbe et les broussailles avaient été froissées autour du trou et, tout d'abord, je crus que ma présence dérangeait de petites bêtes et des oiseaux qui nichaient là. Puis, un soir, j'eus soudain la certitude que les yeux qui me fixaient n'étaient pas ceux d'un oiseau ou d'un animal.

Je restai assis très longtemps, immobile comme les pierres, les yeux rivés sur la masse sombre des bosquets qui se détachaient dans la lumière de la lune. Je n'avais pas peur. Je savais que quiconque se trouvait accroupi là en train de m'épier avait laissé passer d'innombrables occasions de me faire du mal. Plus encore, je ne sentais aucune menace, aucune impression de danger ou de quoi que ce soit de mauvais.

Après, je retournai plusieurs fois à cet endroit, mais je ne vis rien, tout en sentant toujours une présence à proximité. Je ne fis part de mes soupçons à personne jusqu'à ce jour où, plusieurs semaines plus tard, alors que nous coupions du bois pour l'hiver, je demandai aux hommes s'ils avaient déjà vu des traces d'Indiens. Mais personne n'en avait vu.

Josh Vincent nous raconta que son père parlait souvent des Indiens et se souvenait du temps où les sauvages avaient coutume de visiter cette grève. Apparemment, ils faisaient le trajet depuis l'arrière-pays tous les printemps pour tuer des phoques et fabriquer des têtes de flèche avec le silex qu'on trouvait aux alentours. Le père de Josh avait connu un homme de Trinity Bay qui disait que quelqu'un là-haut possédait un Peau-Rouge. Il l'avait capturé environ dix-sept ans auparavant lorsqu'il avait abattu une Indienne qui s'enfuyait avec l'enfant dans ses bras.

« J'en ai personnellement jamais vu, poursuivit Josh, et j'ai pas l'impression qu'il en reste. J'aimerais bien en voir un. Le capitaine Brennan m'a dit qu'il y a pas mal de gens, à Saint John's, qui offrent une bonne somme d'argent à quiconque peut leur ramener un Indien vivant. » Josh, l'un des meilleurs hommes que j'aie jamais rencontrés, ne considérait pas les Indiens comme des êtres humains. « D'après mon père, ils sont sales et sentent mauvais, et ils hésiteraient pas à vous arracher les yeux de la tête », conclut-il.

Quand je leur confiai que je croyais avoir vu quelqu'un sur la colline (je ne leur dis pas que j'avais seulement senti une présence, car je pensais qu'ils réfuteraient de telles créations de mon imagination), Josh répondit que cela devait être quelque pauvre serviteur qui s'était échappé, un homme ayant signé un contrat qui le livrait pieds et mains liés pour venir en ce pays et qui avait fini par vivre comme un esclave, de plus en plus endetté chaque année.

« Des fois, ils s'enfuient, prennent la poudre d'escampette. J'peux pas dire que je les blâme... on les traite d'une façon barbare. Des fois, la marine les retrouve et les ramène, mais, la plupart du temps, j'imagine que les pauvres types trouvent la mort. »

Il nous raconta qu'une fois un de ces hommes, à moitié mort de faim et en plein délire, arriva en titubant à Fox Harbour. Une famille le recueillit et le cacha. Quand cela ne sembla plus nécessaire, il se mêla à la communauté et finit par épouser une Vincent.

« Le meilleur homme du monde, mais j'doute que même Hannah pourrait vous dire comment il s'appelait vraiment », termina Josh.

Je me demande combien d'entre nous portent dans ce pays le nom qu'ils ont reçu à leur naissance. En écoutant les histoires et les chansons de Ned, on aurait pu croire que l'île entière était peuplée de flamboyants pirates, de fils cadets de familles nobles et de princesses, mais je n'ai pas l'impression que ces gens-là existent dans la réalité — et s'ils existent, qui le saurait ? Pendant toutes les années que j'ai passées au cap, personne ne m'a jamais interrogé sur mon passé, et je n'ai pour ma part posé aucune question à personne.

Au cours de notre sixième ou septième année au cap, j'ai vu l'Indien que je soupçonnais de m'épier.

Les femmes avaient arraché des pommes de terre et allumé un grand feu pour brûler les mauvaises herbes et les broussailles, et aussi pour se réchauffer car le fond de l'air était frais. Lorsque les hommes rentrèrent de la forêt au crépuscule, le feu était encore haut. Je me portai volontaire pour rester assis à côté jusqu'à ce qu'il s'éteigne tandis que les autres s'en allaient souper. Je savais que Sarah me garderait quelque chose à manger et, après avoir passé la journée à abattre des arbres, j'étais content de rester assis tout seul à regarder les flammes en fumant ma pipe.

On éprouve une grande satisfaction à rassembler les choses et à les ranger sous un toit en prévision de l'hiver. Je me souviens de m'être senti très heureux tandis que j'étais assis là à penser aux pommes de terre, aux choux, au poisson et au bois que nous avions à présent mis en sûreté dans les caveaux à légumes, les cours et les greniers.

C'est alors que, derrière moi, dans la ligne des arbres décharnés, j'entendis un bruit de chute, comme si un gros animal était en train de tomber, cassant de petites branches lorsqu'il toucha le sol. J'entendis un sourd gémissement, très humain. Seulement un, mais je savais d'où il était venu et je courus vers cet endroit, juste à l'orée du bois. Je pensais que l'un des enfants était tombé, ce qui se produisait avec une fréquence inquiétante, mais qui, jusqu'à présent, n'avait pas eu de conséquence grave en matière de blessures.

Mais il ne s'agissait pas d'un enfant. La personne qui gisait sur le sol était un homme — un homme comme personne n'en avait jamais vu. Même allongé comme il était, sur le côté avec une jambe remontée sous son menton, il était plus grand que la plupart des hommes. Je pensai qu'il était jeune, mais on m'a dit que de telles choses sont difficiles à évaluer. Il était imberbe et presque nu, ne portant qu'une espèce de jupe courte en cuir. Il y avait une fourrure et un sac par terre à côté de lui. Sa peau paraissait foncée, très foncée, mais c'était peut-être dû à la poussière ou à la boue rougeâtre avec laquelle, comme je l'appris plus tard, les Indiens frottaient leur peau. Il se mordait si férocement la lèvre inférieure qu'un filet de sang coulait sur son menton.

En me voyant, il tenta de se relever, mais n'en fut pas capable. Il tourna la tête et se mit à vomir, puis il dit quelque chose, une malédiction, de toute évidence. Je soupçonnai qu'il se maudissait lui-même de sa négligence.

Après cela, il parut se résigner à son sort, quel qu'il fût. Il m'aida de son mieux lorsque je le traînai sur le sol rugueux jusqu'au feu, où je pus voir luire l'os qui traversait le côté de sa jambe juste au-dessous du genou.

Tout en étant persuadé qu'il ne pouvait pas me comprendre, je lui dis que j'allais aller chercher de l'aide, là-bas, précisai-je en pointant le doigt vers les maisons. Puis je me redressai.

Je savais qu'avec leurs onguents et leurs herbes, Sarah Vincent et Mary Bundle seraient mieux en mesure que moi de venir en aide à l'inconnu. Mais il refusa de me laisser aller. Tendant sa grande main, il agrippa ma cheville et la maintint comme dans un étau. Il cracha quelques paroles entre ses dents et secoua la tête.

Je n'avais aucune idée de la façon de m'y prendre pour replacer un os, mais je lui fis comprendre que c'était ce que j'allais faire. Je cherchai autour de moi des branches raisonnablement lisses, retirai ma chemise, toute sale et tachée de sueur, et la déchirai en bandes. L'Indien observait chacun de mes mouvements. Je crois que, malgré la douleur, il se serait levé et m'aurait arrêté si j'avais fait mine de me diriger vers le sentier.

Je restai agenouillé un long moment à examiner sa jambe, la chair déchiquetée, les petites fibres de tendon, l'os qui ne ressemblait à rien que j'eusse déjà imaginé se trouver à l'intérieur d'un corps humain. Cela évoquait un coquillage, propre et nacré. Je glissai finalement la fourrure sous sa jambe que je plaçai droite. Lentement, les mains tremblantes, je commençai à remettre les os en place, essayant de mon mieux d'en faire coïncider les bords.

J'avais déjà vu Mary Bundle suturer des coupures avec du fil et une aiguille et j'aurais voulu avoir au moins ces objets sous la main. J'essayai de lui dire que j'en avais besoin, et qu'il me fallait également de l'eau pour laver la blessure couverte de sang et de poussière. Mais il me grogna quelque chose, montra sa jambe et me frappa la poitrine avec son doigt. Il avait le visage luisant de sueur et moi aussi, j'en suis sûr, tandis que je me penchais sur lui et donnais de petits coups aux éclats d'os pour les réunir.

Cela me prit beaucoup de temps, mais il n'émit pas un son. Quand j'eus terminé et bandé sa jambe avec mon épaisse chemise de travail, soutenu le tout avec des branches et bandé de nouveau, j'eus le sentiment d'avoir fait un bon travail, bien que sa jambe fût aussi grosse qu'un tronc d'arbre. Je touchai son pied qui sortait de cet arrangement disgracieux et constatai qu'il était encore chaud. Je savais que c'était bon signe. Le sang continuait à circuler dans la jambe cassée et il était possible que l'Indien puisse marcher de nouveau. Mais, à mon avis, pas avant plusieurs mois.

Je tentai une fois de plus de lui dire qu'il fallait l'amener aux maisons. Je me demandai par la suite pourquoi j'étais si certain qu'il était seul, qu'il n'avait personne de sa race vers qui se tourner. Lorsqu'il m'eut clairement fait comprendre qu'il voulait rester là, je l'installai aussi confortablement que possible ; je pensais qu'au matin il aurait changé d'idée et m'accompagnerait aux maisons. Je lui apportai, près du feu, son sac de peau et une cruche d'eau potable que les femmes gardaient dans leur coffre à outils. Alors, cherchant des yeux quelque objet pouvant lui être utile, j'aperçus le long bâton de fer que nous utilisions pour fouiller dans les pierres et pour une douzaine d'autres tâches. Je le pris et le lui tendis, pour lui prouver que je n'avais pas l'intention de profiter de la nuit pour lui faire du mal. Il eut l'air de comprendre, hocha la tête et se recoucha sur sa couverture de fourrure. Lorsque je le quittai, il était en train de passer la main le long de la baguette de fer, qu'il approchait de son visage et examinait comme s'il n'avait jamais vu un tel objet. Avant que je me tourne pour m'en aller, il me regarda et me dit quelque chose. Je hochai la tête, sachant que j'acceptais de ne pas le trahir.

À l'aube, je revins au jardin. Le feu n'était plus qu'un tas de cendres blanches, et l'Indien avait disparu. Le seul signe qu'il avait déjà été là, c'était la cruche vide posée près du coffre à outils. Je jure qu'il avait même balayé le sol pour effacer l'empreinte de son corps. Je traversai le bois — il ne s'agissait en réalité que d'un cercle d'arbres — et parvins au marais de l'autre côté sans voir aucune trace de lui. Je marchai dans le marais, parmi les longues herbes, jusqu'à l'isthme, regardant autour de moi sans vraiment m'attendre à voir l'Indien. Je savais qu'un homme ayant réussi à ne pas laisser entendre un son pendant que je manipulais sa peau et son os fracturé ne serait pas évanoui avant d'être hors de vue du cap.

Ce ne fut que le lendemain, lorsque je demandai à Sarah si elle avait vu la baguette de fer, que je compris qu'il avait dû l'emporter comme bâton de route. Pour une raison quelconque, le fait de savoir qu'il l'avait me procura un certain plaisir ou, du moins, un réconfort. Cet hiver-là, tandis que la neige tombait sur le cap en rafales hurlantes, je pensai souvent à lui, silhouette solitaire en route vers l'arrière-pays noir et blanc, et j'espérai qu'il avait réussi à retrouver son peuple.

Chapitre 18

Comment une personne peut-elle se réveiller un matin et découvrir un monde complètement différent de celui qu'elle a quitté la veille ? Comme si les yeux avec lesquels on regarde n'étaient plus ceux qu'on a fermés la veille. Les arbres et les rochers se dressent toujours aux mêmes endroits, mais ils paraissent étrangers, les ombres tombent différemment, les gens ne sont plus les mêmes, leur apparence et leurs gestes sont étrangement modifiés, et même l'air et l'océan ont été transformés — mais on ne parvient à donner un nom à aucun de ces changements. Ils ne sont rien, ils sont la somme de mille choses, ils sont tout.

Je me souviens d'un dicton qui circulait au séminaire : « Les maris et les prêtres deviennent fous à quarante ans. » C'est peut-être alors quelque chose qui arrive à tous les hommes, lorsque la vieillesse pose sur leur nuque ses doigts glacés.

C'était l'un de ces printemps soudains que nous connaissons parfois lorsque le vent tourne vers le sud-ouest et que l'hiver disparaît du jour au lendemain. La veille, j'avais retourné mon doris et j'avais commencé à le gratter. Ce matin-là, je devais poursuivre le travail et calfater avec de la nouvelle étoupe les endroits où les planches s'étaient séparées et où le bois avait gauchi. Cette tâche me plaisait. J'aimais l'odeur âpre de l'étoupe, sa couleur rouille et la façon dont, en faisant attention, on peut la tasser dans les fissures de sorte que, une fois goudronné, le bateau se retrouve aussi robuste qu'au jour de sa construction. Mais quand je regardai mon doris ce matin-là, défiguré par des années de goudronnage, vieux et sans espoir de rédemption, je me demandai pourquoi je n'avais pas depuis longtemps demandé à Ben de m'en construire un autre. Je le laissai là et allai me promener sur la batture où deux embarcations remplies de femmes et d'enfants se préparaient à partir pour Turr Island récolter des œufs.

Deux ou trois autres hommes se tenaient là, observant avec un tranquille amusement les efforts déployés par les femmes et les jeunes garçons pour manœuvrer les barques surchargées et les écarter du rivage. Tandis que les bateaux s'éloignaient, Moses, le plus jeune des enfants de Ned, se mit à gémir et s'avança dans l'eau, parce qu'il voulait rejoindre sa mère. L'enfant, qui se trouvait directement devant moi, ne mesurait pas plus de deux pieds. Avant que nous ayons eu le temps de nous en rendre compte, il était déjà dans l'eau jusqu'au cou. Je le suivis, pataugeant péniblement, le froid me piquant douloureusement les jambes, et l'attrapai par les bretelles de sa salopette. Puis, plutôt que de retourner vers la plage comme j'en avais eu l'intention, je continuai à marcher et roulai gauchement dans l'embarcation la plus proche.

Les occupants du bateau furent aussi éberlués que moi. Ils cessèrent de ramer et me proposèrent de faire demi-tour, mais je les enjoignis de continuer et tendis à Mary son fils terrifié. Elle prit le gamin, le secoua comme une chatte secoue son petit, le traitant de « bougre de petit imbécile ». Elle était la seule femme du cap à utiliser un tel langage.

À l'époque, Ned et Mary avaient quatre fils. Ned cajolait, taquinait et câlinait sa femme, mais Mary ne changea jamais, sauf pendant de brèves périodes au début de chaque grossesse, alors que son caractère semblait s'adoucir. J'étais depuis longtemps revenu de mon béguin pour cette femme nerveuse et terre à terre ; je l'avais presque oublié. J'avais peut-être même commencé à détester Mary : elle n'avait certainement pas de temps à me consacrer, ne laissait jamais passer une occasion d'insinuer que je trichais peut-être en créditant les familles Vincent et Andrews pour leurs prises de l'été. Elle avait pourtant toujours le pouvoir de me mettre mal à l'aise, et elle le faisait souvent par des allusions à mon célibat et à l'exubérance de sa vie sexuelle avec Ned.

En sécurité dans la barque, Moses souriait béatement en entendant sa mère le réprimander. Il tira sur son châle et s'en couvrit le visage, puis se blottit dans les bras de Mary. Je retirai mes bottes pleines d'eau et m'adossai à l'arrière du bateau, espérant que le soleil sécherait mes vêtements.

Avais-je déjà changé à ce moment-là ? J'ai l'impression que oui, et que les gens dans la barque me paraissaient différents. Ils avaient l'air plus frustes, plus bruyants, plus dépenaillés que la veille, et pourtant infiniment plus humains, plus vulnérables. Je remarquai que l'on voyait le crâne rose de Sarah à travers ses cheveux grisonnants, que, sur le visage de madone de Meg, de petites rides se creusaient de son nez à sa bouche. Les enfants, dont certains étaient déjà pieds nus, semblaient tous sous-alimentés. Assis sur le banc en face de moi, Lavinia Andrews et Charlie Vincent ramaient de toutes leurs forces. Les poignets du garçon, sortant des manches effilochées de son chandail, étaient maigres comme des branches, mais ses mains qui tenaient fermement les avirons étaient aussi efficaces que des mains d'homme, et son visage rayonnait de fierté tandis qu'il ramait et parlait aux occupants de l'autre barque en criant à tue-tête.

À part moi, tout le monde était d'excellente humeur à la perspective de passer une journée sans travailler. Même Mary gloussa lorsque Sarah lui chuchota quelque chose à l'oreille, et les enfants, surexcités, ne cessaient de remuer. Il faut si peu pour être heureux. Je me demandai pourquoi Dieu n'accorde pas plus souvent un tel bonheur.

Juste avant que je m'endorme, mes yeux se posèrent sur Lavinia Andrews. Elle était assise un peu en avant, entre moi et le soleil, et ce dernier faisait flamboyer ses cheveux roux, tachetait son visage déjà parsemé de taches de rousseur. Je contemplai ce visage : je ne m'étais encore jamais aperçu à quel point il était remarquable. Elle intercepta mon regard et je fermai les yeux, mais l'image qui resta imprimée derrière mes paupières était celle de ses mamelons que l'on devinait sous sa blouse de coton tandis qu'elle tirait sur les rames.

Je dormis jusqu'à ce que le bateau accoste, et le choc m'arracha à un rêve dans lequel Lavinia Andrews, sa chevelure rougeoyante tombant en avant, se penchait au-dessus de moi, complètement nue.

Toute la journée, je suivis les autres, grimpai d'une saillie à l'autre, volai des œufs aux oiseaux frénétiques qui poussaient des cris et plongeaient sur nous, s'approchant si près que nous pouvions voir leurs yeux rouges. C'est ce jour-là que nous trouvâmes les deux hommes, morts de faim et de froid et à moitié dévorés par les oiseaux. À mon avis, ils étaient tous deux plus jeunes que moi. Ils reposent maintenant dans notre cimetière, au cap, et l'écriteau de bois fabriqué par Ben Andrews ne porte aucun nom, seulement les lettres RIP et l'année de leur décès, que j'y ai gravées.

Après la découverte des cadavres, je grimpai au sommet de l'île et trouvai Lavinia toute seule, assise comme si elle pleurait, la tête sur ses genoux. Ned m'avait affirmé un jour que sa sœur et Mary avaient le même âge, mais lorsque je la vis ce jour-là, je me dis qu'il avait dû se tromper. Mary était une femme de sept ou huit ans seulement plus jeune que moi, mais elle montrait déjà des signes de l'âge, alors que la jeune fille assise dans l'herbe paraissait à peine plus qu'une enfant. Ses cheveux avaient glissé vers l'avant, ce qui exposait sa nuque. Je dus faire appel à toute ma volonté pour me retenir de tendre la main et de toucher la douce courbe.

Je m'assis à quelques pieds d'elle ; je cherchais quelque chose à dire sans vraiment avoir envie de parler. J'avais l'esprit comme la mer un jour où l'eau est si limpide qu'on peut voir des bancs de poissons nager au-dessous et au-dessus les uns des autres, et plus loin encore les vagues mouvantes d'algues et les galets étincelants sur le sol de l'océan. Je pensais à tant de choses, j'éprouvais tant de sensations, et toutes me paraissaient à la fois plus claires et plus complexes que tout ce que j'avais déjà pensé ou éprouvé auparavant. Pourquoi ne l'avais-je jamais vue ? Pourquoi ne lui avais-je jamais parlé ? Je me dis que ses cheveux cuivrés auraient été si beaux répandus sur la mousse verte ; j'imaginai comment cela aurait été d'être allongés, nus, dans cette mousse, avec les oiseaux tournoyant au-dessus de nous, et la mer tout autour ; je vis la merveille de la vie. La merveille d'être là, assis ensemble au sommet de Turr Island, pensant aux hommes morts dans la grotte plus bas. Je me dis que nous avions si peu de temps pour profiter de la terre avant d'être enseveli sous elle, et je pensai à tous ces hommes, à toutes ces femmes qui se retrouvent dans leur tombe sans avoir jamais connu rien d'aussi simple que le plaisir de faire l'amour sur de la mousse un jour de soleil.

Ces pensées se pressaient dans ma tête aussi naturellement que les prières m'étaient un jour venues. Je n'eus pas le temps de me demander pourquoi elles me venaient ni où elles me conduiraient, car les femmes et les enfants arrivaient déjà en criant au sommet de la colline, réclamant du thé et du pain à la mélasse, voulant connaître les détails les plus horribles à propos des deux morts.

Au cours de l'été qui suivit cette excursion à Turr Island, je vécus comme dans un brouillard de désir. Les Grecs, d'après ce que j'avais lu un jour, croyaient que lorsqu'un homme a raté une étape de sa vie, il doit y revenir et la revivre pendant sa vieillesse, ce qui expliquerait pourquoi certains vieillards se conduisent comme des enfants et pourquoi des vieilles ratatinées ont parfois une attitude de vierges effarouchées. C'est peut-être vrai… et, pendant cet été et cet automne-là, je devins certainement l'écolier transi d'amour que je n'avais jamais été dans ma jeunesse.

Je voyais Lavinia partout. Auparavant, j'aurais pu passer des semaines ou des mois sans remarquer sa présence. À présent, elle était constamment devant mes yeux. Je ne veux pas dire qu'elle faisait exprès de croiser mon chemin, qu'elle choisissait d'être avec moi. C'était plutôt le contraire : elle disparaissait souvent pendant des heures d'affilée, ce qui me rendait presque fou. Elle semblait avoir la faculté de se glisser hors d'une pièce ou de s'éloigner des vigneaux sans que personne s'en aperçoive. Je voulais savoir où elle se trouvait à chaque minute, même lorsque je ne pouvais pas la voir, je voulais la visualiser dans la cuisine de quelqu'un, ou en train d'étendre du poisson, de marcher seule le long de la grève.

Je la suivais, l'épiais, organisais mon travail de façon que nous nous trouvions aux mêmes endroits, que je puisse passer des heures dans sa classe ou travailler à côté d'elle aux séchoirs de poissons. Je la voyais souvent écrire dans un grand livre qu'elle gardait dans son sac. J'avais beau mourir d'envie de connaître ses pensées, l'idée de lui voler son cahier ne m'a jamais traversé l'esprit. Elle n'avait aucun talent pour la couture ou pour la cuisine, pour aucune tâche domestique en fait, mais elle travaillait aussi dur que les autres femmes au bout du quai à éventrer le poisson, à le vider et à le saler. Mary n'a jamais accusé Lavinia d'être paresseuse, comme elle en accusait d'autres. Lavinia passait une grande partie de son temps avec les jeunes, et elle pouvait, d'un seul regard, les calmer lorsqu'ils se chamaillaient. Les enfants venaient lui confier leurs problèmes, particulièrement Fanny, la fille de Mary, qui accourait vers elle chaque fois que sa mère la grondait.

Cela peut sembler incroyable mais, pendant ce long été que je passai lié à Lavinia Andrews par un fil invisible, personne n'a jamais remarqué dans quel état je me trouvais. Je travaillais côte à côte avec les autres hommes, parfois avec elle. Il émanait d'elle une odeur particulière, très différente de celle des autres femmes qui sentaient le pain, le lait, la sueur et le poisson. Lavinia dégageait un parfum évoquant celui des pommes ou du bois de rose en train de brûler, quelque chose d'à la fois doux et piquant, comme l'odeur emprisonnée dans les volutes roses des petits coquillages. Je ravaudais des filets, je halais le poisson, j'effectuais des réparations à l'entrepôt, je tenais le compte de nos prises, en un mot je faisais mon travail habituel, et personne, pas même Meg Andrews, qui était pourtant capable parfois de lire dans mes pensées, ne s'aperçut que je n'avais plus toute ma tête. J'avais une réputation solidement établie d'homme sévère, distant et raisonnable et, comme je l'ai souvent observé, une fois que les gens ont décidé qu'on est ainsi fait, on peut agir de façon complètement différente sans que personne le remarque.

Me suis-je trop attardé à décrire les sentiments que j'éprouvais, cet été-là? J'essaie peut-être de retarder le moment d'écrire ce qui doit suivre... mais ce fut l'été le plus long, le plus charmant que j'aie jamais vécu. Je passais des heures à marcher, surtout au crépuscule et à l'aube. Je ne le faisais pas seulement quand je pensais avoir la possibilité d'apercevoir Lavinia, mais même quand je savais qu'elle était en sécurité dans son lit. Dans ces moments-là, je me permettais de rêver à ce qui aurait pu être... et parfois, oui, d'avoir des pensées lubriques à propos de la jeune femme qui ignorait tout de mon obsession.

Je déteste devoir écrire ce qui s'est passé plus tard cet été-là. Ce qui a mis fin à ce qui aurait pu être, ce qui a marqué le début de ce qui est.

J'ai l'impression qu'en Angleterre la famille Andrews devait faire du théâtre ou travailler dans des carnavals ou des foires itinérantes. Ned avait sans aucun doute un talent de comédien. De plus, ils avaient apporté (pensant je ne sais quoi à propos de l'endroit où ils allaient débarquer) un gros baril de soie, de satin, de cordons et de bijoux dorés, de vieux costumes de tulle et de velours. Comme, au cap, rien ne se perd, on s'est arrangé pour utiliser ces choses bizarres d'une façon ou d'une autre. Le tulle a été utilisé pour faire des rideaux, le velours a été séparé en pièces pour servir de couvre-lits, les retailles de fourrure et de peluche, cousues sur les manteaux et les chapeaux, et les vieux morceaux d'étoffe ont servi pour rapiécer les vêtements ou nattés pour faire des carpettes. Fanny, la fille de Mary, s'est emparée de tous les restes, les bouts de dentelle sale et les minces rubans de soie, pour se confectionner un costume qui, selon ce que j'ai entendu Sarah dire une fois, aurait fait fuir les oiseaux. Et c'est vrai que cette enfant avait l'air d'un maigre épouvantail avec ses jambes et ses bras semblables à de minces piquets de bois ornés de rubans effilochés, de plumes et de fleurs flottant à chaque brise.

Au cours des années où j'ai vécu au cap, bien que j'aie passé de nombreuses heures assis auprès du feu chez Ned et Mary, j'ai rarement vu Fanny. Elle et sa mère n'étaient pas en bons termes, et quand Mary entrait dans une pièce, sa fille en sortait aussitôt. Elle semblait mieux s'entendre avec Ned, qui n'était que son beau-père. Je l'ai souvent vu la taquiner, et je les ai vus danser ensemble dans la pièce quand il était d'humeur exubérante. À plusieurs égards, les rapports que Ned entretenait avec les jeunes ressemblaient à ceux que sa sœur avait avec eux. Les enfants semblaient croire que Ned et Lavinia occupaient un genre d'univers entre l'enfance et l'âge adulte.

Un matin du début de l'automne — le prolongement, en fait, de ce long été —, alors que je me promenais dans les dunes derrière la plage, je rencontrai Ned. Habituellement, quand cela arrivait, nous retournions ensemble chez lui où je prenais un deuxième petit-déjeuner avant d'entreprendre ma journée de travail. Ce matin-là, pourtant, Ned fit à peine attention à moi. L'air très surpris et, comme je le pensai plus tard, coupable, il passa près de moi en se contentant de me saluer d'un signe de tête. Il n'avait jamais agi de cette façon. Je poursuivis ma route en me demandant ce qui avait bien pu lui arriver.

Lorsque j'atteignis le trou dans la colline qui avait été mon refuge, mais que les enfants considéraient désormais comme leur repaire secret, je grimpai au sommet, écartai les rosiers sauvages qui emmêlaient leurs branches autour du bord et jetai un coup d'œil à l'intérieur du trou.

Au-dessous de moi, une femme ravissante était agenouillée, complètement nue, dans un tourbillon de couleurs. Elle avait des cheveux de jais, et sa peau cuivrée semblait luire dans la claire lumière du matin. De là où je me trouvais, je ne pouvais voir son visage, mais seulement le sommet de sa tête, ses seins parfaits et ses jambes adorables. Elle passait ses doigts dans sa chevelure emmêlée et gloussait — un son qui me rappela le roucoulement des cygnes, en Espagne.

Elle semblait incarner l'essence de mes fantasmes les plus sensuels, de tous mes rêves nocturnes, de toutes mes rêveries diurnes. Si semblable aux êtres exotiques qui peuplaient mon monde secret : femmes ayant la faculté de se transformer en oiseaux, femmes ailées, au long cou, femmes qui volaient. Je restai là, m'attendant à ce que la créature au-dessous de moi déploie ses ailes colorées et disparaisse.

Elle se leva alors, ramassa ses vêtements et commença à s'habiller. Et, si rapidement que je faillis prononcer son nom, elle prit la forme de Fanny Bundle.

En voyant qui c'était, je reculai et m'éloignai sans faire de bruit dans le sable doux. J'étais si convaincu que Ned et Fanny avaient été ensemble que je les voyais presque s'étreindre avec fougue, que je voyais tourner leurs jambes et leurs bras, leurs vêtements aux couleurs vives s'emmêler.

Confus et pris de nausée, sans aucune idée de ce que je devais faire, je marchai pendant des heures avant de retourner au cap. Quoique Meg m'eût déjà considéré comme le chef spirituel de l'endroit, elle avait depuis récemment commencé à assumer ce rôle. Le cap était désormais en sécurité sous l'aile méthodiste, ce qui, comme je finis par le conclure, me déchargeait de toute responsabilité.

Pendant les jours et les nuits qui suivirent, j'essayai d'oublier ce que j'avais vu, mais la pensée de Ned et de Fanny ne me quittait pas. Leur péché souillait tout ce que je faisais. J'évitai Ned, cessai d'aller chez lui et de faire la lecture aux enfants dans la classe. J'essayai de cesser de penser à Lavinia.

Je ne parvenais pourtant pas à chasser de mon esprit le sentiment qu'il me fallait faire quelque chose au sujet de l'adultère de Ned. Peu importait qu'il ne fût pas catholique, peu importait que je fusse un prêtre déshonoré, je ne pouvais fuir devant le fait que lui et Fanny commettaient un péché mortel, non seulement un péché contre la chasteté, mais un péché contre Mary, qui était l'épouse de l'un et la mère de l'autre. Lorsque je pensai à cela, je compris que Ned et Mary étaient véritablement mariés aux yeux de l'Église et que, comme c'était moi qui avais célébré ce sacrement, j'avais en quelque sorte le devoir d'amener Ned à se repentir.

L'euphorie de l'été disparut totalement. Je recommençai à lire saint Augustin et à réciter mes prières tous les soirs. J'avais honte de voir à quel point je m'étais éloigné de mes vœux.

« Les serviteurs du Seigneur ne doivent pas frayer avec les femmes, car, de tous les péchés qu'un prêtre peut commettre, celui de la luxure est le plus sévèrement puni sur terre. C'est la luxure qui causa la déchéance des anges et le déluge, qui fut la source du feu et du silex qui détruisirent Sodome et Gomorrhe. » Je lus ces mots, remerciai Dieu de n'avoir pas rompu mon vœu de célibat dans les faits, et demandai pardon de l'avoir rompu dans mes pensées.

Je me remis à éprouver l'aversion que j'avais ressentie au premier abord envers les membres de la famille Andrews et, dans la mesure du possible, je m'arrangeai pour éviter de me trouver en leur compagnie. Je résolus de quitter le cap dès le printemps. Je trouverais une communauté catholique au sein de laquelle, si je ne pouvais être prêtre, je vivrais au moins dans le réconfort de l'Église.

Je regretterai toute ma vie de ne pas avoir eu le courage, ni comme prêtre ni comme ami, d'affronter Ned afin de lui faire comprendre le danger qu'il courait et d'essayer de le ramener à l'état de grâce. Ce fut là mon péché, et il était peut-être encore plus grave que le sien.

La terrible maladie qui suivit n'eut rien pour me surprendre. Elle avait poussé comme une plante maligne, sa croissance favorisée par les miasmes du mal qui était tombé sur le cap. Je ne veux pas dire que je l'accueillis avec joie, que je ne priais pas pour qu'elle s'en aille, que je ne souffrais pas de voir les autres souffrir, mais seulement qu'elle me semblait faire partie de cette atmosphère de péché et de tristesse qui m'environnait.

Cet hiver-là, je me sentis plus seul que jamais auparavant, plus seul que je m'étais senti pendant mon premier hiver solitaire au cap. Je fis ma part des tâches navrantes qui nous incombaient, nettoyai les déjections, enterrai les morts, versai de la chaux sur les cadavres et, comme les autres, je déplorai les décès, particulièrement celui de Josh Vincent, dont le savoir et la bonté nous avaient si souvent sauvés.

Au cours de cette épouvantable saison, je fus une seule fois sur le point de demander à Ned de penser à son âme immortelle. Un jour que je passais devant la maison des Andrews, je tombai sur lui qui faisait faire à son fils Isaac le tour de la cour. Ils étaient tous les deux maigres comme des squelettes et ils avaient le visage couleur de cendre. Le garçon s'accrochait à son père, et tous deux se traînaient autour de la maison avec une lenteur pénible à voir, semblables à des spectres qui se seraient réveillés d'entre les morts. Je me sentis submergé par une vague de compassion. Je fis quelques pas vers Ned, mais il était si absorbé par sa tâche de faire avancer Isaac et de l'aider à se tenir droit qu'il ne me vit pas. Je fis volte-face, mais la scène me perturba : se pouvait-il qu'il y eût chez le même homme à la fois tant de vilenie et tant d'empathie ?

J'avais beau me tenir à l'écart des autres, j'entendis quand même parler de l'ours. Charlie Vincent, qui était devenu une sorte d'érudit et venait parfois me poser des questions, me raconta que Ned avait vu un animal de la taille d'un petit cheval surgir sur la glace. Je n'accordai aucune importance à cette histoire, et lui conseillai d'en faire autant.

Quelques jours plus tard, je me rendis chez Ben Andrews dans l'intention de lui demander de remplacer quelques supports sous le quai. Lorsque j'entrai, Lavinia était assise à la table, mais elle se leva précipitamment et, s'écartant de moi comme si j'avais la peste, elle sortit de la maison.

Ben me regarda d'un air perplexe. « J'suppose que c'est pas de mes affaires, Thomas, mais est-ce que Vinnie et toi, vous êtes en mauvais termes ? Et qu'est-ce qui se passe entre toi et Ned ? Il y a longtemps que je t'ai pas vu chez lui. »

Je me contentai de hocher la tête, et nous nous mîmes à dresser la liste de ce dont il aurait besoin pour réparer le quai. Un moment plus tard, la porte fut ouverte à toute volée et Lavinia entra en hurlant que l'ours blanc était en train de tuer Ned.

Et qu'est-ce que je fis ? Rien ! Je restai figé, à regarder la bête qui déchirait les deux corps, et je laissai une femme courir devant moi. Je laissai Mary Bundle essayer de chasser l'animal.

Jamais je n'oublierai ça, jamais je ne cesserai de revoir la scène en rêve, de revoir cette bête blanche et sale se dresser contre le ciel, les corps saigner dans la neige, et de revoir ma propre image figée dans le temps, attendant, espérant me réveiller.

Et Ned mourut. Il mourut en état de péché, laissant Mary, sa veuve, avec une maison pleine d'enfants, enceinte d'un autre, avec sa fille Fanny également enceinte, d'un enfant que Mary déclara être le mien.

J'appris cela tout de suite après les funérailles de Ned et d'Isaac, lorsque Mary m'accula au pied du mur après être entrée en trombe dans l'entrepôt et m'avoir regardé comme si elle avait l'intention de me tuer. Mary n'est pas une femme subtile, et ses colères sont terrifiantes, mais une fois qu'elle a obtenu ce qu'elle veut, elle revient au silence et à la raison. Comme Meg l'a dit souvent, chez Mary, il n'y a pas de petite porte.

« J't'ai jamais fait confiance, Thomas Hutchings, envahissant comme pas un, feignant d'être l'ami de Ned... t'es comme tes semblables, amical juste quand ça fait ton affaire. Où t'étais pendant tous ces derniers mois ? Où t'étais quand Ned a eu besoin de toi ? Et où était ce maudit fusil que je t'avais dit de laisser ici ? Stupide et lâche, par Dieu, voilà ce que t'es ! Ned est mort par ta faute, oublie jamais ça. En tout cas, moi, je l'oublierai pas ! » Elle me cracha ces insultes avant même d'avoir refermé la porte. Puis, s'adossant à celle-ci, elle m'accusa d'avoir violé Fanny et de lui avoir fait un enfant.

Je voyais remuer les lèvres de Mary, mais j'étais en état de choc et les mots ne traversaient plus mon esprit. Vêtue de noir, Mary était à demi camouflée dans les ombres de l'entrepôt, et son visage anguleux luisait, livide de haine. Elle ressemblait à un de ces spectres venus de l'enfer et je n'avais pas besoin d'entendre ses paroles pour connaître le sort qui m'attendait.

Elle me dit que Fanny avait parlé de ma lubricité à Lavinia et que Lavinia lui avait répété cette confidence. « Et j'suis venue te le dire. Tu dois payer... tu dois te charger de l'enfant, Thomas Hutchings, et de Fanny aussi. Dieu sait que, moi, j'peux pas, j'en ai assez comme ça sur les bras ! »

Ainsi, Dieu avait le sens de l'humour, me dis-je. Je me l'étais souvent demandé.

Je dus esquisser un sourire, car les lèvres de Mary cessèrent de remuer. Elle leva la main et me gifla de toutes ses forces.

« Ris tant que tu veux, on verra bien qui rira le dernier. Il y aura pas de bâtard chez moi, Thomas Hutchings. Tu vas épouser ma fille, et au plus vite !

— Oui », répondis-je. Tout était si facile, si clair, si simple, presque comme si cela avait été planifié par Dieu. Et j'étais si fatigué.

J'épousai Fanny. Nous vécûmes six semaines ensemble dans l'entrepôt. Nous cohabitions comme l'auraient fait un père et sa fille peu habitués l'un à l'autre. Jamais je ne la touchai, et nous nous adressions à peine la parole.

Je me demandais pourquoi elle m'avait désigné comme le père de son enfant, mais je ne lui posai jamais la question. Elle vivait comme avant, errant sur la plage, dans les bois et au marais. Je crois qu'elle était heureuse d'être libérée de l'emprise que sa mère exerçait sur elle. J'aimerais penser qu'elle a connu un peu de bonheur pendant les dernières semaines de sa vie.

Je portai le corps de Fanny jusqu'à la maison de sa mère. Il me semblait que c'était ce que je devais faire. Meg avait déjà débarrassé la table et l'avait couverte d'un drap blanc. La pièce était remplie de femmes : Mary elle-même, Annie Vincent et sa mère, Jane, la fille de Ned, et Patience, assise avec le bébé de quelqu'un dans les bras, ses yeux fixant le vide tandis qu'elle berçait l'enfant et fredonnait. C'était le seul son que l'on entendait. J'allongeai le corps de Fanny sur la table, me retournai et sortis de la pièce. Lavinia n'était pas là.

Je n'avais pas vu l'Indien mais, d'après la description que m'en firent Meg et Sarah, je devinai que c'était l'homme dont j'avais soigné la jambe. Sarah me dit que Peter était devenu enragé et qu'il s'était lancé comme un forcené à sa poursuite.

« Il a même pas ramassé le fusil qu'il avait laissé tomber, mais je pense qu'il va faire son affaire à l'Indien s'il l'attrape », ajouta Sarah en me jetant un bref regard ; elle espérait, je pense, que je dirais un mot d'approbation. Mais je restai coi.

Le soir tombait lorsque je m'éloignai de la maison de Mary Bundle. Jamais, même au cœur de l'hiver, je n'avais vu l'endroit aussi immobile. Rien de vivant n'était en vue, ni animal, ni enfant, ni même les oiseaux qui, au crépuscule, ont coutume de planer en cercle au-dessus du cap. À ce moment-là, j'étais sûr que Peter avait rattrapé l'homme blessé. Ils avaient dû se battre, et l'un des deux devait être étendu, mort, dans le sable ou dans le marais quelque part derrière le cap.

Je marchai jusqu'à la grève mouillée où la marée montante était en train d'effacer les traces de ce qui s'était passé ce jour-là. Plus haut, dans les dunes, je vis des traces de pas et de sang et, plus tard, un endroit où l'Indien était tombé et où il avait perdu son panache. Je le ramassai et l'emportai en suivant une piste qui, je le savais, menait à la vieille cachette sur la colline.

Il était là. Étendu face contre terre dans les galets noircis par la fumée, du sang coagulé dans le sable autour de sa tête, le long bâton de fer que je lui avais un jour donné posé en travers de son crâne fracassé.

Je restai immobile au bord du cratère, à scruter les collines sombres, les dunes qui m'entouraient et le long croissant de la plage au-dessous de moi. Seule la mer bougeait. Une main en porte-voix, je criai le nom de Peter Vincent. Aucun bruit, aucun mouvement ne me répondirent. Je n'appelai pas Peter une deuxième fois.

Je descendis dans le trou et touchai l'Indien, mais je savais déjà qu'il était mort. Je le retournai sur le dos, mais ne pus me résoudre à fermer ses yeux, qui étaient d'un bleu stupéfiant, fixant le ciel noir.

J'avais les mains couvertes de sang, visqueux et encore tiède. Je ramassai le bâton et refis le chemin jusqu'à la mer où je le lavai, ainsi que mes mains.

Je trouvai Dolph Way qui aidait Ben dans le hangar, et je leur demandai de m'accompagner à la colline. L'Indien avait été un homme costaud — maigre, mais dur et musclé. Le fardeau était lourd, même pour trois hommes. Nous emportâmes son corps dans l'entrepôt et le déposâmes sur des planches de bois entre deux des chevalets de Ben. Je disposai l'étrange panache sur sa poitrine, de la même manière que j'avais vu le faire pour des évêques et des cardinaux.

Une nuit et un jour passèrent, et Peter Vincent demeurait invisible. Tard hier soir, je me suis rendu jusqu'à la maison qu'il avait commencé à bâtir, car je pensais qu'il y dormait peut-être. C'est une maison sans toit, avec de grands trous dans les murs. Je me souviens de sa rage le jour où il revint et apprit que j'avais épousé Fanny. C'était sans doute pour elle qu'il avait construit cette maison.

Comme son père et son frère aîné, Peter est un véritable homme des bois. Il peut vivre pendant des mois loin des terres sans jamais s'approcher d'une agglomération. Contrairement au reste de sa famille, il a toujours été irascible et solitaire. À présent, il vient de commettre le premier meurtre du cap. J'ai l'impression que cela deviendra l'un des secrets que nous sommes si habiles à garder.

Hier soir, Meg Andrews, la femme de Ben, est venue me voir. Pour la première fois depuis que je la connais, elle a frappé à ma porte. Meg a toujours pris mon parti et, malgré toutes les fois où je l'ai nié, elle n'a jamais cessé d'espérer que je sois un pasteur de quelque secte protestante acceptable.

Meg est une femme forte, à sa manière aussi forte que Mary Bundle, mais moins directe que Mary, et moins égocentrique. Bien qu'elle l'ignore, Meg s'est donné pour mission de civiliser l'endroit. C'est grâce à ses encouragements que l'école a été créée, et sous sa direction qu'on finira par construire l'église. C'est Meg qui déclare qu'elle fera de son fils Willie un prédicateur, ce qui est la position la plus élevée qu'elle puisse concevoir.

Le sang des rois et des reines d'autrefois coule quelque part dans les veines des ancêtres de Meg. Son apparence est complètement différente de celle des autres femmes du cap, qui ont toujours l'air de porter des vêtements arrachés à la hâte au clou où ils étaient suspendus. Mais les jupes de Meg tombent bien, son visage est toujours propre et ses cheveux, toujours soigneusement enroulés autour de sa tête en un rouleau épais. Elle ressemble à l'une de ces grandes femmes qui soutiennent les coins des édifices : des déesses tenant la lune et le soleil entre leurs mains.

Je l'ai fait entrer et j'ai attendu pendant qu'elle restait là, les paumes pressées devant son tablier propre, comme une enfant qui se prépare pour une récitation. «Je crois qu'on devrait faire une petite prière, Thomas», a-t-elle dit.

Nous nous sommes alors agenouillés sur le sol de mon entrepôt, sur les planches sales qui avaient rarement été récurées ou même balayées, et Meg Andrews a prié pour moi et pour elle-même, et demandé pardon pour tous les torts qu'elle avait pu me causer. Puis elle a prié pour Fanny, pour l'Indien et pour Peter, et demandé à Dieu de veiller sur lui.

Lorsque nous nous sommes relevés, elle m'a regardé avec moins d'embarras. Elle avait retrouvé son assurance. «Thomas, a-t-elle dit, j'espère que vous serez capable, dans votre cœur, de nous pardonner… Thomas, a-t-elle continué, qu'est-ce que le bébé va devenir ? »

Cela a dû prendre une minute avant que la question ait une résonance en moi. Le bébé. Il y avait un bébé, bien sûr, quelque chose était né là-bas sur la plage. J'avais vu Meg l'emmailloter dans un linge blanc et l'emporter dans ses bras. Je n'y avais plus repensé.

«On pense… du moins, moi, je pense, que l'Indien est le père de l'enfant… mais c'est quand même le petit-fils de Mary », a-t-elle poursuivi.

J'étais incapable de répondre. M'efforçant de garder à l'esprit l'idée qu'il existait un enfant vivant, un enfant que j'avais cru celui de Ned, je ne saisissais pas ce qu'elle me disait à propos de l'Indien.

L'Indien était le père de l'enfant de Fanny ? Tout le blâme que j'avais fait reposer sur Ned, toute l'amertume que j'avais éprouvée à son égard, tout cela n'était fondé sur rien ? Était-ce possible ? Ou bien — et cette pensée m'est venue, aussi limpide que le cristal —, était-ce fondé sur le reflet de ma propre lubricité ? Cela, je ne pouvais pas l'affronter, je ne pouvais pas y penser. Je ne le peux toujours pas.

« Je quitte le cap, ai-je dit. J'attends un bateau de Gosse d'ici une quinzaine de jours, et je vais partir avec lui.

— Mary a dit que ce serait probablement ce que vous feriez, a répondu Meg en hochant la tête. Vous savez, Thomas, Mary est bizarre, encore plus depuis la mort de Ned. Elle ne s'occupe même pas de la petite fille qu'elle a mise au monde. C'est notre Pash qui l'a tout le temps, jour et nuit. Ce nouveau-né, on peut pas le confier à Mary. »

Elle a attendu ma réponse avant de poursuivre. « Le bébé va porter votre nom, vous savez ça, Thomas. » Sa voix n'avait aucun ton particulier, elle énonçait simplement un fait : cet enfant serait considéré comme mon fils, il porterait le nom de Hutchings.

Nous avons réglé la question avant qu'elle rentre chez elle. Avec l'aide de sa fille aveugle, Meg prendrait soin de l'enfant de Fanny. J'ai pris tout l'argent que Caleb Gosse m'avait versé en salaire au fil des ans et, ne gardant que la somme nécessaire pour payer mon passage jusqu'à Saint John's, j'ai tendu le reste à Meg. Elle a pris les pièces de monnaie, les a mises dans un mouchoir qu'elle a noué et enfoui dans la poche de son tablier.

« J'vais faire de mon mieux pour l'enfant, Thomas… Y a encore une chose, une chose que Mary veut que j'vous demande…

— Depuis quand Mary Bundle a-t-elle besoin d'un porte-parole ? » Je me suis senti soudain fatigué d'eux tous, même de Meg. Je voulais en avoir terminé avec eux. J'avais hâte de retourner, ou d'aller, vers une vie rangée, plus simple.

Meg souriait. « Je sais, a-t-elle dit, mais même le culot de Mary a ses limites… Eh bien, ce qu'elle veut… ce qu'elle veut, c'est votre emploi. Le travail pour lequel Caleb Gosse vous paie.

— Mais Mary ne sait même pas lire ni écrire. » Je n'ai pas ajouté : « Et c'est une femme », car je savais Mary Bundle aussi compétente que n'importe quel homme, même si Caleb Gosse ne serait peut-être pas d'accord.

« Elle dit qu'elle sait compter. C'est Vinnie qui le lui a enseigné et Vinnie pourra aider Mary quand elle sera en panne. Mary dit que Caleb Gosse a pas besoin de savoir que vous avez quitté le cap. De toute façon, il vient jamais ici. J'vous demande pas de tromper cet homme, Thomas, juste de ne pas lui dire que vous vous en allez. En Mary, il va trouver quelqu'un qui travaille bien, et vous savez qu'elle a beaucoup de bouches à nourrir. »

J'ai accepté à contrecœur de ne pas informer Caleb Gosse de mon départ. J'ai même promis de demander à Alex Brennan de ne pas lui en parler.

C'est ainsi que j'ai quitté le cap. Sans cérémonie. Sans faire mes adieux à qui que ce soit, sauf à Meg Andrews, sans le dire à mon employeur, sans échanger une seule parole avec Lavinia Andrews, sans même jeter un regard à l'enfant qui porterait mon nom.

Nous avions depuis longtemps dépassé les récifs, j'étais appuyé au bastingage et je contemplais le lieu où j'avais investi plus de quinze années de ma vie. Un petit endroit plutôt miteux où une demi-douzaine de cabanes s'accrochaient tant bien que mal aux rochers nus — et c'était là le seul signe que l'être humain y avait posé le pied. Pendant que je restais là à réfléchir aux piètres résultats de tous mes soins et de mon labeur, Alex Brennan s'est approché de moi et m'a tendu un paquet emballé dans du papier brun.

« Voilà, on m'a demandé de vous remettre ça quand on serait sortis du cap. » Il avait parlé d'une voix rude, et il s'est détourné sans rien ajouter.

C'était son journal — le cahier que j'avais eu envie de voler. Assis là dans la coquerie d'un vaisseau qui s'éloignait lentement du cap, j'ai lu tout ce qu'elle avait écrit. Comment Dieu avait-il pu créer un homme aussi aveugle que je l'avais été ?

Ma vie au cap est terminée. Dans quelques jours, je serai à Saint John's. De cette ville, je ne me rappelle rien d'autre qu'une rangée de bâtisses posées de guingois et la puanteur du port. Je vais trouver une église catholique et j'irai me confesser, je recevrai l'absolution et ferai la pénitence que l'on m'imposera. Je demanderai à être réadmis au sein du clergé. Je retournerai en Irlande et affronterai les conséquences de ce qui s'est passé là au mitan de ma vie.

Chapitre 19

Les émanations fétides de l'huile rance et des ordures planaient toujours sur le port de Saint John's, mais, tout en me dirigeant avec Alex Brennan vers la chapelle catholique située au sommet de la colline, je parvins à reconnaître une foule d'odeurs distinctes : celle, familière, du poisson, la senteur propre du bois de l'atelier d'un ébéniste, la puanteur d'une tannerie, les effluves agréables des greniers à cordages et des boulangeries, celle d'une échoppe de cordonnier, celle des chevaux, de l'avoine, et l'odeur des alcools forts s'échappant des tavernes que l'on trouvait à chaque coin de rue. Il n'était pas encore midi, et ces établissements étaient pourtant déjà bondés. Des ivrognes, hommes et femmes, se pressaient sur les marches et dans les rues boueuses.

Le premier portrait de Victoria que j'aie jamais vu était affiché au mur de l'un de ces pubs, et je m'arrêtai pour l'examiner. La nouvelle reine est à peine plus âgée qu'une enfant et elle ne sera sans doute guère plus brillante que ses oncles. Je demandai à Alex si, à son avis, la disparition de l'Empire britannique serait une bonne chose. En homme circonspect, il parla pendant dix bonnes minutes sans me donner de réponse.

Malgré l'aspect sordide des rues et la pauvreté des gens, une rude énergie se dégageait de la ville grouillante de vie, vibrante de bruits. Des charrettes à bras et des chariots tirés par des chevaux passaient en grinçant et en grondant. Tout autour de nous, on entendait résonner le bruit des marteaux et des scies, celui du marteau sur l'enclume dans la lueur rougeoyante des forges, les aboiements des chiens et les cris des gamins des rues qui colportaient des bonbons à la mélasse, des sifflets peinturlurés, des jouets à hélice et d'autres objets moins attirants.

« Achète tout de suite, monsieur, sinon tu vas te faire rouler par les voleurs de la ruelle Maggoty », cria un de ces jeunes au visage sale en poussant vers moi un plateau de sucreries pas très ragoûtantes et, lorsque Alex lui ordonna de décamper, il ajouta : « Vous êtes rien que des maudits salauds de papistes ! »

Je demandai s'il existait des frictions entre protestants et catholiques à Saint John's, et Alex se mit à rire. « D'habitude, non, répondit-il, même si on entend beaucoup d'injures de cet acabit. Ça ne va pas tellement plus loin, à moins que l'animosité ne soit ranimée par des marchands qui cherchent de la main-d'œuvre à bon marché, ou par des politiciens qui veulent dresser un groupe contre l'autre pour des raisons personnelles. »

À l'intérieur de la chapelle, une bâtisse de bois à peine plus solide que les maisons qui l'entouraient, nous rencontrâmes une religieuse solitaire en train d'étaler sur l'autel un linge immaculé. Alex me la présenta comme sœur Xaverius, l'une des sœurs de la Présentation qui avaient fondé un couvent dans un ancien café situé à proximité.

« Vous ne trouverez personne ici avant le soir, mon père. Ils sont tous derrière, en train de travailler à la nouvelle église de l'évêque. » Le doux accent de l'Irlande me troubla tant que je ne m'aperçus qu'une fois dehors qu'elle m'avait appelé « mon père ».

L'air légèrement embarrassé, Alex se hâta de m'indiquer du doigt l'édifice de l'autre côté de la cour, et il commença à m'en expliquer le plan. « Là, c'est le palais épiscopal où vivent l'évêque et les gens qui travaillent pour lui, mais il sera lui aussi au nouvel emplacement. C'est de ce côté-ci, adjacent à la chapelle, qu'habite le père Fitzgerald, l'homme que vous devriez rencontrer, j'imagine. C'est lui qui est chargé de l'administration quotidienne de la paroisse, de superviser le travail des prêtres, des choses comme ça. Pourquoi vous venez pas à la maison pour vous laver et manger un morceau ? On pourrait revenir plus tard quand le père Fitzgerald sera chez lui. »

J'insistai pour qu'Alex aille retrouver sa femme. Je lui dis que je laisserais mes bagages dans le porche de la chapelle et que je trouverais tout seul le chemin vers le chantier de construction. Ébranlé par le plaisir que j'avais éprouvé en voyant la ville et en entendant ses rumeurs, je craignais, si je m'écartais du chemin que je m'étais tracé, de me laisser entraîner ailleurs, de faire des détours encore plus longs que celui qui m'avait amené à l'endroit que je venais tout juste de quitter.

Quatre garçons qui nous avaient suivis depuis la route se tenaient près de la barrière, tendant ouvertement l'oreille pour capter chacune de nos paroles. Alex appela l'un d'eux et lui ordonna de me conduire au chantier de construction de l'église, dans l'ancienne cour à bois de la garnison.

« J'vais revenir avant d'appareiller, Thomas, pour voir comment vous vous tirez d'affaire », me dit Alex. Je perçus une hésitation dans sa voix lorsqu'il prononça mon nom et, quand je lui serrai la main, j'eus l'impression de perdre mon dernier ami sur terre.

Comme Alex m'avait dit que l'on comptait environ huit mille catholiques à Saint John's, je m'attendais à ce que l'on soit en train de bâtir une église de dimensions modestes. Mais lorsque nous atteignîmes la colline, je vis un vaste trou au milieu de plusieurs acres de terre retournée, entouré de poteaux de bois hâtivement plantés, et dont certains étaient déjà en train de tomber. Des centaines de personnes travaillaient dans ce gouffre fangeux.

Je dis au garçon que je n'avais rien à lui donner, mais cela n'eut pas l'air de le déranger et il partit à la recherche du père Fitzgerald tandis que je restais là, bouche bée, totalement fasciné par la vue de tous ces gens et de toutes ces bêtes de somme qui travaillaient dans ce qui m'apparaissait comme le chaos. La plupart de ces gens labouraient le sol au pic et à la pelle, mais d'autres, des hommes, des femmes et même des enfants, transportaient des seaux et poussaient des brouettes remplies de pierres et de terre qu'ils déversaient en tas, formant comme un mur autour du gigantesque trou.

Certains des hommes qui creusaient étaient debout dans une eau noirâtre qui leur arrivait aux genoux, et chaque coup de pelle envoyait une volée de boue sur les gens qui s'activaient à proximité. À l'intérieur de cet espace clôturé, tout et tout le monde étaient couverts de boue. La boue couvrait les visages, les mains, les vêtements, les outils et les piles de blocs de pierre que l'on déchargeait un par un des chariots boueux tirés par des chevaux boueux. Sur la plupart des surfaces, le limon, en séchant, avait pris un aspect de gravier gris et terne. La scène évoquait pour moi des tableaux bibliques représentant les esclaves en train de construire les pyramides, sauf que, dans ces œuvres, les artistes avaient ajouté du soleil et de la couleur. Ici, tout était d'un gris terreux.

L'unique touche de couleur venait des flammes d'un feu allumé en plein milieu de l'excavation, probablement à l'endroit où l'on allait ériger l'autel. Des femmes s'affairaient autour d'un chaudron de fer suspendu au-dessus du feu, versaient dans des bols des louches de je ne sais quoi, déchiraient des quignons de pain dans des miches entassées dans un seau et tendaient cette nourriture à des hommes qui l'avalaient en vitesse avant de retourner au travail.

Je ne m'étais pas rendu compte que j'étais debout dans l'une des allées où l'on avait étalé du gravier pour empêcher que les chariots ne s'embourbent, jusqu'au moment où quelqu'un me donna un petit coup sur le coude et me demanda sévèrement si je n'avais rien de mieux à faire que de bloquer la route à ceux qui voulaient travailler.

Je me tournai et croisai le regard d'un homme un peu plus grand que moi, un homme maigre au visage si long, si étroit et si avancé qu'il me fit penser à un cheval très intelligent. Un visage sans âge, exprimant un profond ennui. Il portait une capote en toile cirée qui le couvrait entièrement, et il était aussi éclaboussé de boue que les autres ouvriers. Il tenait à la main une corde qui stabilisait une imposante pile de blocs de pierre tirée par deux bêtes exténuées. Un homme que je ne voyais pas tenait la corde de l'autre côté du chariot, et il encourageait les chevaux dans une langue que je reconnus comme étant du gaélique.

Je mis du temps à répondre, ce qui n'eut pas l'heur de plaire à l'homme au visage chevalin. Il m'ordonna de m'enlever du chemin. « Ou plutôt, restez là, et prenez cette corde, se reprit-il. Faites attention, mon vieux ! Tenez-la bien et suivez le chariot jusqu'au coin, là-bas, là où il y a le long fossé. »

Il me tendit la corde et se tourna pour aller vers le chariot suivant, mais il cria par-dessus son épaule à mon partenaire invisible : « Prends garde, Danny, y a un nouveau de ce côté-ci. Veille à ce que les blocs soient alignés, maintenant, jette-les pas en pile. »

Je travaillai tout l'après-midi, aidant les hommes avec des chariots à descendre le chemin glissant entre le portail et le bord de l'excavation, à disposer des blocs de granit en rangée à côté des trous où seraient posées les fondations. Après plusieurs de ces allers et retours, je commençai à distinguer un certain ordre dans ce qui se passait autour de moi, à apercevoir dans ma tête comme l'ombre d'une grande église dans la disposition des blocs gris.

Avant la tombée du jour, les travailleurs commencèrent à s'en aller : hommes avec des outils, femmes portant des paniers de nourriture et des bébés, qui appelaient de jeunes enfants, en attrapaient un par le bras et, après avoir craché dans leurs tabliers, nettoyaient les visages sales. La majorité de cette foule dépenaillée habitait au pied de la colline dans les maisons délabrées que j'avais vues plus tôt, mais certains avaient des logis encore plus misérables. Je les regardai se faufiler dans des cabanes que j'avais prises pour des tas de papier goudronné, de toile et de planches pourries empilés à l'extérieur de la clôture.

Tandis que j'hésitais, me demandant si je pourrais retrouver le chemin de la chapelle où j'avais laissé mes livres et mes vêtements, le père Fitzgerald vint à ma rencontre.

« Vous devez être l'étranger qui voulait me voir, d'après ce que m'a dit le jeune Tim. » Il se pencha en avant et m'examina à travers les verres de ses lunettes. « Je peux voir que vous avez mérité votre souper, continua-t-il. Alors, venez avec nous. Nous causerons plus tard. »

Le père Fitzgerald est un homme trapu qui a dépassé la quarantaine. Il semble toujours un peu essoufflé et il a un air surpris, en partie à cause de ses lunettes qui agrandissent ses yeux et les font ressembler à deux billes rondes dans son visage lunaire, et en partie parce qu'il n'en revient pas de se retrouver, lui, un érudit formé pour traduire des manuscrits médiévaux, au bout du monde en train d'administrer une paroisse de paysans irlandais analphabètes.

Tandis que nous nous éloignions de l'excavation, je vis trois hommes qui marchaient lentement autour des périmètres des trous des fondations. L'homme au visage de cheval que j'avais rencontré plus tôt menait la marche et il avait l'air de donner des ordres aux deux autres, un commis portant un rouleau de dessins et un prêtre qui prenait des notes dans un calepin. Je demandai au père Fitzgerald qui était le grand homme.

«C'est Mgr Fleming, mon fils, Michael Anthony Fleming, évêque de Carpasia et ici vicaire de l'Église catholique romaine.»

Les yeux myopes du père Fitzgerald se posèrent mélancoliquement sur son évêque de l'autre côté de la gigantesque excavation. «Un saint homme très intelligent et déterminé... un franciscain.»

Pendant que nous descendions la colline à la suite de cinq jeunes prêtres, je priai pour que l'évêque ne se souvienne pas de moi la prochaine fois que nous nous rencontrerions.

Personne ne parlait. Nous étions tous crottés et trop épuisés pour plaisanter. Nous atteignîmes la cour de la chapelle, et le père Fitzgerald me dit : «Comme vous êtes un étranger à l'intérieur de nos murs, je devrais vous offrir de prendre un bain dans l'eau que Mme Tobin n'a certainement pas oublié de faire réchauffer à mon intention, mais je suis trop fatigué, trop vieux et trop égoïste pour consentir à un tel sacrifice.»

Une fois dans le vestibule, je vis enfin le visage du prêtre. Là où il avait essuyé la poussière, sa peau était pâle comme celle d'un mort, et sa main, qui se tendait vers la rampe, tremblait.

«Ce n'est pas grave, me rassura-t-il. Je ne suis pas fait pour le rôle qu'on me demande de jouer, mais il ne fait aucune doute qu'après un bain chaud et avec l'aide de Dieu, je serai en mesure d'accomplir n'importe quelle tâche... même travailler comme contremaître en enfer. Allez avec le père Dowling, il vous montrera une façon ingénieuse de vous nettoyer.»

Quand nous fûmes enfin propres — grâce à un procédé longuet qui consistait à nous tenir tous les six, à tour de rôle, sous un petit ruisseau que l'on faisait passer par un canal en bois et qui jaillissait dans un coin clôturé de la cour —, nous mangeâmes ensemble à la longue table. Le réfectoire était une pièce agréable occupant toute la longueur du deuxième étage. Il y avait trois fenêtres donnant sur les rues plus bas et sur le port.

Baigné et vêtu d'une soutane impeccable, le père Fitzgerald avait une bien meilleure apparence. Il me présenta, comme je lui avais demandé de le faire, sous le nom de Thomas Commins. Les autres n'eurent pas l'air le moindrement curieux. J'appris par la suite que le père Fitzgerald leur avait demandé de ne pas m'interroger.

Nous parlâmes du travail de la journée, des propos aigres-doux échangés entre l'évêque et M. McGrath, l'architecte, au sujet d'une modification que l'évêque voulait apporter aux plans. Le père Fitzgerald parla de la santé de Mgr Fleming. La sœur de l'évêque était inquiète et avait demandé au père de l'aider à persuader son frère de prendre quelques jours de congé dans son domaine à l'extérieur de la ville.

« Il n'est pas facile de convaincre notre évêque de faire quelque chose contre son gré », dit l'un des prêtres.

La conversation languissait et nous mangeâmes en silence jusqu'à ce que le père Fitzgerald se mette à me parler de la ville qui, dit-il, avait une population flottante : des soldats de la forteresse, des marins débarqués de navires étrangers, des matelots de la marine et, pendant la saison de pêche, des centaines de pêcheurs arrivés depuis peu, ainsi que des filous, des tire-laine, des chercheurs de fortune et les fils cadets débauchés de familles riches, venus de tous les pays d'Europe. Tous ces gens, continua le prêtre, s'attaquaient continuellement aux démunis et profitaient d'eux le plus possible avant de disparaître par les Narrows, comme on appelle l'entrée du port.

Quand je l'interrogeai sur le passé de l'Église catholique à Saint John's, il me narra une histoire semblable à celles que le père Francis me racontait en Irlande : pendant des années, on fut proscrit, emprisonné, fouetté et déporté pour avoir dit la messe.

« À présent, tout cela a changé, naturellement, ajouta le père Fitzgerald. C'est en grande partie grâce au travail de l'évêque que nous comptons désormais des amis parmi les personnes les plus influentes de la ville. Au moins la moitié des douze mille habitants de Saint John's sont catholiques, et il y en a encore plus dans les ports éloignés. »

Croyant que je venais d'arriver à l'île, les autres se mirent à me parler de la dureté du climat et de l'isolement des ports éloignés. Je gardai le silence pendant la presque totalité du repas, mais je me demandais ce qu'ils penseraient de moi le lendemain. Si, comme je l'espérais, je pouvais être réadmis au sein du clergé, il fallait au moins que je raconte au père Fitzgerald l'histoire de ma vie.

« J'aimerais vous parler seul à seul, mon père », lui dis-je quand nous nous levâmes de table.

Il hocha la tête et me répondit que nous devions d'abord nous rendre à la chapelle pour les vêpres.

« Je ne peux pas, mon père… je dois d'abord me confesser », protestai-je. Mais il me dit de les accompagner pour les prières, et je le suivis dans le corridor qui joignait la résidence à la chapelle que j'avais vue plus tôt.

Il y faisait à présent plus sombre, et elle me parut plus belle que je ne l'avais trouvée dans la lumière crue du jour. Des poutres nues, polies avec amour, formaient une voûte au-dessus de l'autel, lequel n'était qu'une simple table recouverte de la longue nappe que nous avions vu la nonne lisser de la main. Les chandeliers de bronze jetaient des ombres rougeâtres sur le crucifix d'ébène suspendu au mur derrière l'autel.

Le parfum familier de l'encens et de la cire des bougies, le terrible symbole de la croix et de l'homme crucifié, et même le son feutré des pieds qui avançaient sur le sol nu des allées, tout cela me fit m'arrêter brusquement juste après être entré. Je restai immobile, essayant de contrôler ma respiration, non préparé à affronter cette vague de joie qui me laissa sans force. Les autres prêtres bougeaient autour et à côté de moi. Je me glissai sur le banc le plus proche, tout au fond, contre le mur, je fermai les yeux et laissai les anciennes paroles exercer sur moi leur pouvoir.

«Nous vous en prions, Seigneur, déversez Votre grâce dans nos cœurs, afin que l'incarnation du Christ, Votre Fils, parvenue jusqu'à nous par l'intercession d'un ange, que Sa passion et que Son calvaire nous mènent à la gloire de Sa résurrection, par le même Christ notre Seigneur. Amen.»

Je restai assis là longtemps après la fin de l'office, envahi par un sentiment de paix, consolé, convaincu, avant même d'avoir parlé au père Fitzgerald, que j'étais enfin rentré chez moi.

❑

Malgré ma résolution, je n'ai rien écrit dans ce cahier depuis le soir de mon arrivée. Il serait ennuyeux de lire le compte rendu des fastidieuses étapes par lesquelles mon cas est passé dans les divers tribunaux de la bureaucratie ecclésiastique à Québec — ce qui, je l'espère, le mènera à la curie romaine. J'avais toutefois pensé consigner officieusement les progrès de la construction de la cathédrale de Mgr Fleming, mais je n'ai pas trouvé le temps de le faire, même si j'étais chaque jour témoin d'une centaine de choses dignes d'être racontées.

Je suis, de par ma nature, un clerc. C'est le genre de travail que j'accomplis le mieux, et Mgr Fleming, qui discerne vite les talents susceptibles de se révéler utiles à la construction de sa cathédrale (d'autres pourront l'appeler une église), me désigna pour vérifier les fournitures qui arrivent des vaisseaux ou des entrepôts des marchands. Lorsque le compte est inférieur au nombre facturé, je dois me rendre directement aux bureaux de l'entreprise et m'assurer que nous recevions pleine mesure, et même un peu plus pour compenser les ennuis causés par ce manque. Dans le cas contraire, je dois en prendre note et veiller à ce que des prières spéciales soient dites pour l'âme de notre bienfaiteur.

Sur le chantier de construction, seuls sont payés les contremaîtres, les artisans spécialisés et les commerçants et ouvriers qualifiés que l'on n'a pu convaincre d'offrir bénévolement leurs biens et services. Les pauvres, eux, travaillent en échange de leur repas du midi — ce qui montre bien à quel point ils estiment tous l'évêque.

Il est également remarquable de constater combien ils respectent peu le père Fitzgerald qui, si c'était à lui de décider, vendrait chaque pierre, chaque clou et chaque brique pour leur offrir abri et nourriture. Ils se moquent de sa détresse et, dans son dos, ils le traitent de « doigts de plume » parce qu'il tremble chaque fois que ses mains touchent la poussière.

Mgr Fleming est également un gentleman. Comme dit le père Dowling, le prêtre qui lui sert de secrétaire : « Impossible d'en douter. Il suffit de l'entendre parler de vins au Parlement. »

Et pourtant, quand il travaille, l'évêque se salit autant que n'importe quel creuseur de tranchée, et cela lui plaît. Il adore entendre les hommes vociférer, le bruit des outils résonner, et cela l'enchante de superviser l'installation des assises, l'arrivée et le départ des chariots, l'érection des échafaudages. Mgr Fleming connaît tous les travailleurs par leur nom, et il sait qui était leur père — ce que la moitié d'entre eux ignore. Il sait de quel comté, et même de quelle paroisse en Irlande ils sont originaires, peut réciter le nom de leurs parents et pense à demander des nouvelles de ces derniers quand ses voyages l'amènent à proximité de chez eux. À cause de cela, les gens lui pardonnent tout, même les dîners de rôti de porc, arrosés de vin et pris à la lueur des chandelles chez le gouverneur Harvey.

Le travail au chantier, les intrigues politiques, les journaux locaux que le père Dowling nous apporte, les bruits et les rumeurs de la ville, où l'on construit des routes dans toutes les directions, et l'arrivée fréquente de navires apportant des nouvelles de l'Angleterre, du Portugal, de l'Italie, de l'Amérique et du Québec, me donnent l'impression de me trouver au centre d'un tourbillon — où j'ai une vie si différente de celle du cap que j'ai peine à croire que je suis dans le même pays.

Il me faut faire de grands efforts pour repenser à eux, là-bas, en train de pêcher, d'effectuer toutes les tâches estivales, de manger, de dormir, de marcher et de vivre dans un univers si petit qu'il entrerait presque dans le grand trou que nous creusons pour asseoir les fondations de l'église. Les années que j'ai gaspillées au cap Random sont en train de s'estomper de ma mémoire. Lentement, je retourne vers la certitude de la foi que je connaissais avant de mener des hommes à leur mort, dans cette allée bordée d'arbres, là-bas, en Irlande.

❏

Je n'ai pas eu le temps d'écrire. L'évêque affirme qu'il pourrait mettre mille bons travailleurs à l'œuvre sur sa cathédrale et qu'il n'y en aurait pas un seul de trop. Comme il ne dispose pas de mille bons ouvriers et qu'il doit se contenter de nous, il se montre impitoyable. Impossible de nous asseoir sur une pierre, de contempler les échafaudages ou de laisser notre regard errer vers le port que le voilà, nous tendant un niveau, une scie, une corde, une pelle ou, dans mon cas, me suggérant de compter quelque chose pour m'assurer que nous ne nous sommes pas fait rouler.

Après une telle journée de travail, je n'ai pas la tête à l'écriture. C'est pourquoi, l'hiver dernier et cet été, le journal de Lavinia est resté sur l'étagère au-dessus de mon lit de camp dans le dortoir du grenier où nous dormons parmi les barils de pommes et de pommes de terre. Je ne l'ai pris qu'aujourd'hui, après avoir rencontré Emma.

En la voyant sur le chemin, en bas, j'ai d'abord cru que c'était Lavinia, une Lavinia affreusement maigre et déguenillée, sale et débraillée, portant un seau dans une main et tirant de l'autre un enfant à l'air affamé. Il n'est pas rare de voir de telles scènes à Saint John's où les veuves vont de boutique en taverne, pour supplier qu'on les laisse faire le ménage en échange de nourriture. Mais, comme Lavinia, cette femme marchait à grands pas assurés, et ses cheveux roux, bien que plus foncés que dans mon souvenir, flamboyaient dans les dernières lueurs du jour. Mon estomac se serra, comme si l'on m'avait jeté dans de l'eau glacée. Je l'appelai, mais elle ne m'accorda aucune attention et je restai là à la regarder s'éloigner dans la poussière et la confusion de la rue. Je me lançai alors à sa poursuite.

Elle s'arrêta et se tourna pour me regarder, faisant tourner l'enfant en même temps. Elle sut tout de suite qui j'étais. « Monsieur Hutchings… qu'est-ce que vous faites en ville ? »

Dès qu'elle ouvrit la bouche pour parler, je la reconnus : Emma, la fille de Meg et de Ben qui avait quitté le cap avec Jane pour se trouver du travail à Saint John's. Jane s'était mariée et elle était revenue au cap, mais je ne parvenais pas à me rappeler que qui que ce soit, même pas Meg, ait jamais dit ce qu'il était advenu d'Emma.

Elle était enceinte de plusieurs mois, et son gros ventre faisait remonter sa jupe en avant, ce qui exposait ses jambes bleuâtres et ses pieds sales. Le gamin était également pieds nus, bien qu'on soit en automne et que les rues boueuses commencent déjà à geler.

Après l'avoir arrêtée ainsi, je ne trouvai rien à lui dire. Nous restâmes à nous dévisager comme les animaux le font parfois, d'une façon plutôt stupide. Je lui demandai comment elle allait. Puis je m'aperçus qu'elle et l'enfant grelottaient. Avant qu'elle ait le temps de répondre — mais j'avais eu, moi, le temps de discerner un éclair de dérision sur son visage —, je la pris par le bras et l'entraînai vers le pub le plus proche, un établissement de réputation douteuse appelé le Black Dog.

L'endroit était presque désert. Nous prîmes place à la longue table de bois occupée à l'autre extrémité par un marin qui dormait comme un bébé, la tête sur la table et les bras pendouillant sur les côtés. Une fois assise, Emma eut l'air mal à l'aise et elle se mit à passer les doigts dans ses cheveux emmêlés.

Je ne porte pas ce qu'on appelle ici un col romain, mais je crois avoir un air ecclésiastique, dégager « l'odeur de l'encens et du porto », comme le définit le père Dowling. Lorsque le tenancier, qui a la réputation de receler ou de vendre des marchandises volées dans les navires et les entre-pôts, s'approcha, il m'observa des pieds à la tête. « Eh ben, Em, tu m'as l'air d'avoir pêché un drôle de poisson, cette fois ! »

Elle l'ignora, et je demandai s'il était possible de se faire servir à manger. Il laissa entendre que la femme en arrière était en train de faire cuire un ragoût, disparut et revint avec trois bols fumants qui auraient fait honneur à la table de l'évêque.

« Comment vont m'man et p'pa ? Et comment va Lizzie ? J'sais que sa petite fille, et aussi Isaac et oncle Ned ont attrapé c'te maladie que vous avez eue. Mais ça fait des mois que j'ai pas entendu parler d'eux. »

Elle semblait avoir reçu des nouvelles plutôt déformées des événements qui s'étaient produits au cap. Je me demandai qui les lui avait données. Elle était assise et se réchauffait les mains sur le bol de ragoût, mais le gamin avait levé le sien et il en avalait de grosses bouchées à grand bruit. Emma lui arracha le bol, le posa brusquement sur la table, prit une cuiller d'étain et lui en donna un petit coup. « Tiens, espèce de petit sauvage, t'es pas capable de manger comme un humain ? »

Le garçonnet, qui devait avoir à peu près trois ans, lui lança des coups de pied sous la table et ils se mirent à se bagarrer comme s'ils étaient deux enfants. Il était difficile d'imaginer que Meg Andrews était la mère et la grand-mère de ces deux gamins des rues. Après cet intermède, je ne savais toujours pas ce qu'il fallait dire à Emma.

Je pointai le doigt vers le bol de ragoût auquel elle n'avait pas encore touché, et nous mangeâmes en silence tandis que je m'efforçais de mettre de l'ordre dans mes pensées. De toute évidence, elle ignorait que j'avais quitté le cap, et elle n'avait pas l'air de savoir comment Ned avait trouvé la mort. Était-elle au courant du décès de Fanny et de ce qui l'avait précédé ?

« Tes parents se portaient bien au moment de mon départ, il y a déjà quelque temps. Je suppose que tu es au courant, pour Patience ? Je ne crois pas qu'elle recouvrera jamais la vue, mais elle se tient occupée. On dirait qu'elle a adopté le dernier bébé de Mary. »

Et l'autre bébé ? Je me demandai qui l'avait adopté. Tout à coup, toutes les personnes que j'avais laissées derrière moi se remirent à vivre dans ma mémoire, je voyais leurs visages, leurs mains, leurs gestes. Les collines et les maisons, la mer, les galets sur la plage, les gens, des gens à qui je n'avais pas pensé depuis seize mois, ils affluèrent tous dans mon esprit aussi distinctement que s'ils avaient été dans la même pièce que nous.

« Et comment ça se passe entre Jane et son mari ? » J'entendis la voix d'Emma et pris conscience qu'elle me regardait avec une grande curiosité, surprise, peut-être, de mon long silence.

« Jane va bien... elle allait bien... Dolph a l'air de s'adapter... il travaille dur et ça fait l'affaire de Mary Bundle. Ils habitent, ou du moins ils habitaient, avec Mary.

— Et vous, qu'est-ce que vous faites en ville ? »

C'était la question qu'elle m'avait posée au départ. Je lui dis que je vivais maintenant à Saint John's, que j'avais quitté le cap pour de bon et que je travaillais pour l'église. C'est ce que je lui dis : « pour l'église ». Je me rappelai comment sa mère avait toujours affirmé que j'étais un homme d'Église, et comment elle m'avait obligé à baptiser l'enfant mort qui aurait été le frère d'Emma.

Je tentai de détourner son attention en lui demandant s'il lui arrivait de rencontrer Alex Brennan.

« Non... Là où j'habite, on a pas souvent affaire aux gens respectables. » Elle sourit, et j'eus l'impression de voir les pommettes de sa mère et sa bouche charmante. Emma aurait été jolie si elle n'avait pas été aussi crottée, aussi émaciée.

Elle finit de manger son ragoût et resta assise à examiner sa cuiller, la tournant et la retournant comme si elle n'en avait jamais vu de semblable auparavant. Puis, sans me regarder, elle dit : « J'suis mariée avec Peter Vincent maintenant... mais il va plus au cap.

— Ça alors ! » m'exclamai-je, mais je ne trouvai rien d'autre à dire.

Je pensai à l'Indien avec le crâne fracassé, me rappelai comment Peter avait tranché le doigt de son frère et comment il était devenu comme fou le jour où il avait appris que j'avais épousé Fanny. Je regardai la jeune femme assise en face de moi et me demandai quelle devait être sa vie avec un homme comme Peter Vincent.

« Comme vous dites, ça alors ! » fit-elle en se moquant de moi, et elle glissa la cuiller dans la poche de sa jupe. « C'est sûr que j'le vois pas ben souvent. Il a toujours été du genre à disparaître. Il est pas stable, mon Peter, et ça m'étonnerait qu'il change. Mais... il revient toujours en hiver. » Elle fit du regard le tour de la taverne déserte, comme si elle s'attendait à le voir surgir du plancher.

Après un autre long moment de silence, elle se leva d'un bond et mit sur ses pieds l'enfant qui somnolait. « À la prochaine, mon père », dit-elle en souriant d'un air espiègle. « Ou peut-être qu'il y aura pas de prochaine fois. Si vous croisez le capitaine Brennan, demandez-lui de dire à m'man que j'vais bien et que j'vais aller la voir quand mon bateau sera là. »

Elle agrippa le seau et sortit vivement pendant que je payais le tavernier. Quand j'arrivai dans la rue, il n'y avait plus aucune trace d'elle.

Le brouillard était revenu avec la tombée du jour. Je gravis la colline en écoutant l'appel des cornes de brume et le bruit assourdi des sirènes de bateaux dans les Narrows. Je pensais à Emma et je me rappelai que sa mère avait été une bonne amie, peut-être ma seule amie à part Ned.

Sa fille avait manifestement besoin d'aide, et je me demandai si je pourrais lui trouver du travail, peut-être comme femme de ménage pour le père Fitzgerald ou pour donner un coup de main à l'école des religieuses. C'est peu probable. Il nous arrive chaque jour un flot de nos propres gens qui recherchent ce genre d'emploi. Il faudra pourtant que je découvre où elle habite. Saint John's n'est pas une grande ville, mais, comme elle dit, on n'y rencontre que nos semblables — et encore, pas tous. Je n'ai vu Alex Brennan qu'une seule fois depuis mon arrivée.

❏

C'est de nouveau le printemps, et l'évêque est rentré de ce que son secrétaire, le père Dowling, appelle « sa tournée de quête auprès des hauts placés ». En plus des promesses de dons importants, l'évêque a ramené de Cork un nouveau contremaître et deux maîtres maçons pour superviser la taille de la pierre.

Le trou caverneux est de nouveau rempli de bruit et de confusion, exactement comme lorsque j'ai débarqué à Saint John's. Les piliers angulaires sont à présent en place. De partout en ville, on peut voir, dressés contre le ciel, les échafaudages et le grand palan de bois. Les soirs d'été, avant la noirceur, les gens sortent de chez eux pour regarder la scène et s'émerveiller des dimensions de l'édifice en train d'émerger de ce tas de gravats et de poussière. Les catholiques en sont très fiers. Les autres semblent divisés, les uns maintenant que l'évêque est fou de bâtir cette gigantesque église si loin du centre de la ville, les autres considérant comme déshonorant que les catholiques disposent d'un édifice de cette taille alors que l'Église d'Angleterre continue de tenir ses offices dans la chapelle décrépite de la garnison.

Ces propos ont engendré une soudaine recrudescence d'activité dans le domaine de la construction, ce qui, indirectement, a rendu notre travail plus onéreux. La location des chevaux, par exemple, a doublé de prix. Délégué pour aller enquêter sur la cause de cette augmentation, j'ai découvert qu'ayant entendu dire qu'on prévoyait construire un parlement et une cathédrale anglicane, un certain Timothy Drew s'était arrangé pour acheter tous les chevaux et toutes les charrettes possibles. Après avoir âprement discuté avec un employé de M. Drew, je suis enfin parvenu à conclure à un tarif d'après moi exorbitant des arrangements pour la location de charrettes.

J'ai vu pour la première fois ce dénommé Drew le jour où il est venu rencontrer l'évêque. Court, le teint jaunâtre, M. Drew est vêtu d'habits impeccables, il prise du tabac dans une élégante tabatière sertie de pierres précieuses et ne cesse de consulter un gros oignon en or accroché à une chaîne posée sur son ventre rond. Le père Dowling raconte que cet homme a pendant longtemps exploité un commerce très lucratif de marchandises endommagées et usagées, qu'il a récemment épousé une veuve bien nantie et qu'il investit maintenant dans d'autres domaines.

Nous sommes chaque jour de plus en plus préoccupés par les chariots que nous louons à M. Drew et par le fait qu'il n'envoie qu'un homme pour les conduire et garder en même temps les chargements instables en équilibre. La tâche est presque impossible lorsqu'on grimpe la colline, et c'est encore pire lorsqu'on descend la pente escarpée jusqu'à l'excavation. Cela n'a pas été long avant que le père Fitzgerald et le père Dowling viennent me raconter des histoires de chariots renversés et d'hommes et de bêtes blessées.

Lorsque j'abordai l'évêque en lui disant que je devrais obliger l'agent de Drew à envoyer deux hommes avec chaque chargement, il m'ordonna de n'en rien faire. «Drew nous a fixé un bon prix, dit-il, et nous ne pouvons certainement pas nous permettre de payer pour un homme supplémentaire. Envoyez un de nos ouvriers pour aider à stabiliser les chargements une fois qu'ils sont sur notre terrain... ou chargez-vous-en vous-même. Je crois me souvenir que vous faisiez bien ça», conclut-il sans l'ombre d'un sourire.

Lorsque le père Dowling revint me voir pour se plaindre des charrettes, je lui répétai les instructions de l'évêque.

Il poussa un juron très peu en accord avec son état de prêtre. «C'est parce que la femme de Drew a promis un vitrail pour l'église, et qu'on ne l'aura peut-être pas si on dérange son mari.»

Le jeune prêtre jeta un regard circulaire sur les murs qui se dressaient lentement et sur les énormes piles de pierres posées un peu partout. «Avez-vous déjà entendu parler de la maladie de la pierre, Thomas? Je crains que notre évêque ne l'ait attrapée.» Il secoua la tête et poursuivit à voix basse: «Et nous allons sans doute en mourir.»

Le père Dowling a peut-être raison, mais c'est l'évêque qui va le plus probablement mourir. Il monte là-haut dès les premières lueurs du jour et reste là, tout seul, attendant impatiemment notre arrivée. Il passe la journée à se démener au milieu de la poussière et du vacarme, à se frayer un chemin dans le fouillis des treuils, des charrettes et des cordages, à ramper sous les échafaudages, à arpenter les fondations. C'est épuisant de le regarder.

Craignant de le voir mourir de faim, sa sœur se présente au chantier tous les jours aux environs de midi. Elle apporte un panier et elle le suit en lui tendant des petits morceaux de pain et de fromage, des tasses de thé. Il mange parfois d'un air distrait, et d'autres fois il lui rend la nourriture, lui ordonnant sans trop de ménagement de retourner s'occuper de son mari.

❏

À mesure qu'avançait l'été, je commençai à voir une autre raison au nombre croissant d'accidents.

Nos ouvriers s'étaient mis à célébrer l'érection de chaque nouveau pilier. Une fois la dernière pierre posée, ils attachaient des branches de conifère aux colonnes et fêtaient autour d'un feu.

Au début, Mgr Fleming accepta de bonne grâce la tenue de ces cérémonies, mais lorsqu'on s'aperçut que les hommes, et les femmes aussi, ajoutaient du rhum à leur thé, il se mit à leur faire la morale sur les méfaits de l'alcool. Puis, comme il l'avait prédit, il y eut un accident mortel. Un jeune homme trébucha sur une passerelle élevée et alla s'écraser sur une pile de blocs de granit.

L'évêque découvrit qu'on s'était passé un flacon d'alcool dans un recoin sombre sous l'échafaudage. Il entra dans une rage terrible, fracassa la bouteille et jura d'excommunier la prochaine personne qui apporterait des boissons fortes dans l'enceinte du chantier.

Le lendemain matin, je m'attendais à trouver le chantier déserté. Au lieu de cela, encore plus d'ouvriers que la veille se présentèrent pour travailler. J'ai acquis la conviction que la plupart des gens passent leur existence à attendre une grande cause, un chef qui leur inspirera confiance, donnera un sens à leur vie. Ils ont trouvé cet homme dans la personne de Mgr Fleming. Je me demande s'il continuera à les tenir sous sa coupe une fois sa cathédrale finie… si jamais elle est finie un jour.

Chapitre 20

Depuis le début de l'hiver, je suis retourné plusieurs fois au Black Dog, où j'avais bavardé avec Emma Andrews — désormais Emma Vincent, selon ses dires, bien que je sois incapable d'imaginer Peter en train d'échanger des promesses de mariage devant un quelconque ministre du culte. Je n'ai jamais revu Emma. Le tavernier m'a appris qu'on ne l'avait pas vue depuis des mois, bien qu'elle soit venue régulièrement récurer les planchers l'année dernière. Je lui ai laissé trois shillings, en lui demandant de les remettre à Emma si jamais elle se présentait dans son établissement. Je doute que l'homme soit digne de confiance, mais c'est le seul moyen que j'ai trouvé pour soulager ma conscience.

Nous sommes en décembre, mais le travail à la cathédrale ne s'arrêtera pas cet hiver comme cela s'est produit l'an dernier pendant l'absence de l'évêque. Sous sa direction, une partie du transept a été recouverte de planches et de toile, de sorte que nous avons un atelier plus grand avec un trou au centre où nous pourrons garder un feu allumé tout l'hiver.

À mesure que le travail avance, notre besoin d'ouvriers qualifiés devient de plus en plus pressant. L'évêque a donc réussi à convaincre un maçon et deux tailleurs de pierre de passer l'hiver ici afin d'enseigner les règles de leur art à nos gens. Comme ces hommes sont issus de familles œuvrant depuis des générations à la construction de cathédrales en Angleterre et en Irlande, qu'ils font partie de sociétés secrètes et qu'ils ont probablement juré de ne transmettre à personne leurs connaissances, l'évêque a dû faire appel à tout son pouvoir de persuasion pour leur faire accepter sa proposition. Ils insistent toutefois pour avoir le droit de choisir leurs apprentis et d'en limiter le nombre à trois chacun.

« C'est sûr qu'on est au bout du monde ici et que vous allez pas nous voler nos emplois à Dublin », a dit le maçon pour se justifier devant ses compagnons tandis que je fixais le montant de leur salaire pour les mois d'hiver.

Résolu à tirer le maximum possible de l'argent qu'il est obligé de verser pour garder ici les hommes de métier, l'évêque m'a enjoint de prendre des notes, de faire la liste de tous les outils utilisés et d'écrire tout ce que je pouvais à partir de ces cours.

Le premier jour, je restai là, tenant une plume et une feuille de papier tandis qu'un tailleur de pierre montrait à ses élèves à reconnaître la ligne invisible le long de laquelle une pierre va se fendre. En voyant ce que j'étais sur le point de faire, il se fâcha et menaça de partir. Mais comme, à l'instar de la plupart des artisans, il était incapable de résister au plaisir de faire la démonstration de ses talents devant un public intéressé, il continua à parler tandis que je m'abstenais d'écrire. Depuis, je me contente de regarder et d'essayer de retenir suffisamment de choses pour pouvoir les consigner le soir venu.

Quelques-uns de nos ouvriers se présentent chaque jour, mais il n'est pas facile de leur trouver du travail en hiver. Nous leur faisons habituellement trier les gravats, poncer de la pierre à chaux et entretenir le feu.

En hiver, Saint John's devient un lieu silencieux et figé. La neige s'amoncelle dans les rues et les chemins, et les hommes qui reviennent de la forêt parlent de meutes de chiens errants — des loups, peut-être. Il n'y a aucun navire dans le port, la pêche et la construction des routes sont arrêtées. Les nantis vont en Angleterre ou dans leurs domaines aux Antilles, et disparaissent avec eux tous les projets politiques et les projets de construction, toutes les activités sociales et toutes les discussions sur ce qui se passe en dehors de l'île. L'activité, les projets, presque la vie elle-même, tout reste en suspens dans l'attente du retour du printemps. Pour les miséreux, la seule occupation consiste à survivre jusqu'à ce qu'on ait de nouveau besoin d'eux.

Notre atelier manque de lumière. Les jours de grand vent, les murs de toile se gonflent et claquent comme des voiles de navire, et les jours froids, tout est couvert du givre produit par notre souffle gelé. Les gens viennent malgré tout à l'excavation parce qu'ils trouvent ici un peu de chaleur et, habituellement, un bol de nourriture.

Le père Fitzgerald affirme que cent cinquante-trois familles, dont la plupart comptent au moins cinq enfants, vivent à présent dans l'agglomération d'abris de fortune qui entoure la cathédrale. Dans ce labyrinthe grisâtre, les minuscules maisons s'appuient les unes contre les autres au point qu'une femme sur le seuil de sa porte peut tendre la main et passer quelque chose à sa voisine dans la maison d'à côté. Pour ainsi dire, aucune de ces bicoques ne possède une cheminée adéquate, et ce qui passe pour être une allée entre les maisons n'est rien d'autre qu'une rigole par où s'écoulent les eaux usées.

Le père Fitzgerald ne cesse de répéter que les conditions de vie dans ces taudis d'une seule pièce conduisent les gens à commettre toutes sortes de péchés et que, depuis l'arrivée des temps froids, la peur du feu est devenue une nouvelle source d'inquiétude. Le pauvre homme va chaque jour avertir les femmes qu'une casserole de charbons brûlants renversée ou une étincelle dans de la paille pourraient suffire à embraser la ville entière.

Il m'arrive de croiser Alex Brennan et son épouse à la messe. Je n'ai pas encore fait la connaissance de cette dernière, mais c'est une jolie femme qui arrive à l'épaule de son mari, et qui a l'air d'une dame. Mère Bernadette m'a confié que Mme Brennan laisse des colis de nourriture à la porte du couvent et que l'on peut compter sur elle quand il y a un enfant malade ou un décès dans une de nos familles.

Je m'étais habitué à ce qu'Alex Brennan me salue d'un simple signe de tête un peu distant, comme si nous ne nous étions que rencontrés brièvement et que nous ne nous appréciions guère. Je fus donc étonné lorsque, ce matin, après la messe, je le vis laisser sa femme causer avec le père O'Connor et venir à l'avant de la chapelle où j'étais en train de fermer l'armoire à clé.

Il me demanda comment je me portais, je lui répondis que j'allais bien et lui demandai de ses nouvelles. Quand nous en eûmes terminé avec ces formalités d'usage, il ne parut plus savoir quoi dire, puis, comme s'il se rappelait soudain pourquoi il était venu me voir, il me demanda si j'avais eu des contacts avec Caleb Gosse depuis mon arrivée ici.

Je répondis que non. «Naturellement, ajoutai-je, j'ai entendu prononcer son nom, et nous avons même conclu quelques marchés avec sa firme… il doit être l'un des plus gros commerçants de la ville. Mais je me suis arrangé pour éviter son bureau, et je n'ai pas l'impression qu'il soit catholique.»

Alex éclata de rire, puis, lorsqu'il prit conscience de l'endroit où il se trouvait, il mit brusquement ses mains devant sa bouche. «Non, non, il est pas catholique… En fait, il fait partie de ces gens qui aimeraient bien nous faire tous déporter en Irlande.

— Et pourtant, il vous emploie.

— Ah oui! il laisse jamais son cœur gouverner sa tête. Catholiques ou non, les hommes de ma valeur courent pas les rues. Il sait que je suis honnête avec lui. Comme ça, vous avez pas eu de nouvelles de son commerce?»

Je secouai la tête et sentis mes muscles se raidir comme d'habitude lorsque je pense au cap.

Alex vit mon inquiétude. «Oh! j'pense pas que ça puisse vous affecter… Gosse est parti… Il a emballé son or et il est parti. Il a déjà vendu sa grande maison en dehors de la ville. On raconte que c'est le gouvernement qui l'a achetée et qu'il l'a payée une fortune. Les bureaux de Gosse sur les quais et tout ce qu'il possède, même ses vaisseaux, sont à vendre.

— Où est-ce qu'il est allé ? » Cela m'était égal, mais ce fut la première question qui me passa par la tête.

« Il est retourné dans le Devon, d'après ce que j'ai compris. Il paraît qu'il possède un manoir là-bas. Ses affaires marchaient bien, vous savez. Mais il devenait de plus en plus toqué avec les années. Son fils avait aucun intérêt à Terre-Neuve. Il passait tout son temps aux Bermudes, dans le domaine de son père.

— Et qu'est-ce que cela signifie pour le cap ?

— J'imagine que quelqu'un va reprendre l'entrepôt, et la place à Pond Island aussi… de même que le droit de ramasser le poisson tout le long de la côte, s'ils trouvent assez vite la personne qui convient. Il faudra qu'on attende de voir comment le nouveau propriétaire mène ses affaires… Peut-être qu'il va vouloir apporter des changements au contrat qu'il a avec vous… avec Mary Bundle à présent, j'présume. En tout cas, on verra. »

Il attendit, la tête inclinée d'un côté, passant la main dans sa barbe ; il me regardait avec l'air d'attendre que j'ajoute quelque chose. Comme je ne parlais pas, il dit : « Bon, ben, c'est ça. J'vais y aller. Ma femme doit être en train de périr de froid.

— Avez-vous vu Emma, la fille de Meg ? » lui demandai-je au moment où il s'éloignait.

Apparemment, il ne s'attendait pas à cette question. Il me regarda d'un air médusé, et je dus lui rappeler qui était Emma.

« Non, répondit-il. Je l'ai pas vue. Elle était venue avec l'autre jeune fille, c'est bien ça ? Nous ont rendu visite à quelques reprises après que ma femme leur a trouvé des emplois, mais il me semble pas l'avoir vue depuis deux ans… probablement pas depuis que Jane est retournée au cap. En fait, j'suis même pas sûr que j'pourrais la reconnaître. »

Il me regarda d'un air songeur, me salua d'un signe de tête, descendit l'allée et sortit dans le jour froid et ensoleillé, où je vis sa femme qui l'attendait. Je ne lui avais pas demandé de nouvelles des gens du cap, je ne lui avais pas demandé de nouvelles de Lavinia Andrews… j'en étais incapable.

Alex et sa femme allaient rentrer dans leur maison étroite et bien entretenue. Je la connais, c'est l'une des plus solides maisons qui bordent la route, au-dessous du couvent. Un feu serait allumé, de la nourriture serait en train de mijoter. Ils prendraient place l'un en face de l'autre, causeraient, peut-être. Il lui dirait qu'il m'a parlé, il lui raconterait peut-être des événements qui se sont produits au cap. Ils poursuivraient leur conversation en parlant de la venue du printemps, lui se demanderait pour qui il allait travailler maintenant, à quel moment il allait appareiller. Peut-être qu'elle tricoterait, et ils parleraient peut-être de ce qu'elle allait planter l'été prochain dans le potager en pente derrière la maison. La scène était si vivante, avec tous ses détails (je voyais même un soulier de porcelaine sur le manteau de la cheminée, le chat gris couché sur le tapis natté), que j'en fus effrayé.

C'était la première fois que je vivais une telle expérience. J'étais encore là, tenant à la main la clé de fer de l'armoire des vêtements liturgiques lorsque le père O'Connor entra pour verrouiller la porte de la chapelle. Quand il m'aperçut, il me demanda si j'allais manger. Je lui répondis que je ne me sentais pas bien et je montai à cette chambre du grenier vide qui nous sert de dortoir.

Cette pièce ressemble à la cale d'un gros navire, avec des couchettes le long des murs et une longue table d'étude au centre. C'est là que je vis depuis presque deux ans. Je pourrais y passer le reste de ma vie, car le père Fitzgerald espère que je vais rester ici si l'Église accepte de me réintégrer au sein du clergé. C'est une pièce vide et froide. Elle exhale des odeurs de corps d'hommes, de bois nu, auxquelles se mêle celle des navets et des haricots blancs entreposés sous les avant-toits. Elle sent la solitude.

❑

Des mois se sont écoulés depuis la dernière fois que j'ai écrit dans ce cahier. À présent que je sais ce qui va m'arriver, je vais écrire mes derniers mots dans le journal de Lavinia.

Le jour où j'ai reçu des nouvelles de Rome, il faisait chaud, si chaud que nous avions roulé la toile des murs pour que le soleil sèche la moisissure dans les coins de notre atelier. Tout le monde était de bonne humeur. Le soleil qui déversait sur nous sa chaleur était comme une bénédiction. L'évêque décréta que le moment était venu pour le maçon et les tailleurs de pierre de cesser d'enseigner à leurs apprentis et de rentrer chez eux accomplir leurs propres tâches. Il me demanda de lui remettre toutes les notes, tous les diagrammes que j'avais faits à partir de leurs cours. Le père Ryan, le nouveau secrétaire de Mgr Fleming, les recopierait au propre dans un cahier destiné aux apprentis. Nous étions tous contents des progrès que nos hommes avaient accomplis, mais l'évêque voulait les tester avant de les faire travailler à demi-salaire sous les ordres du maître maçon.

À la fin de la journée, j'apportai mes notes au père Ryan à la résidence de l'évêque. Le secrétaire m'informa que Son Excellence désirait me voir et il me conduisit aux appartements privés de l'évêque pour cet entretien que j'attendais depuis longtemps.

L'évêque ne me laissa pas longtemps sur les charbons ardents. Il m'annonça tout de go qu'il avait reçu des nouvelles de Rome par l'intermédiaire du séminaire de Maynooth et que rien ne s'opposait à ce que je reprenne mes activités de prêtre. Il n'y avait qu'une contrainte : je ne devais pas retourner en Irlande. À part cela, mon avenir reposait entre les mains de Mgr Fleming.

Il leva les yeux vers moi et me sourit — c'était la première fois qu'il me souriait. «Eh bien, Thomas... père Commins... qu'est-ce que vous comptez faire maintenant ?

— C'est sûrement à vous de décider, mon père.

— Sans doute, mais qu'est-ce que vous souhaiteriez, si vous aviez le choix ?»

Je savais que je souhaiterais un jour retourner en Espagne, et peut-être entrer dans un ordre cloîtré. Mais qu'est-ce que je voulais faire pour le moment ?

«Je crois, dis-je, que j'aimerais rester ici jusqu'à ce que votre église soit terminée.

— Mon église ?» Son sourire s'effaça. «Ce n'est pas mon église, père Commins !»

J'avais touché un nerf sensible. Seulement deux jours auparavant, il y avait eu un autre accident — celui que nous craignions. Une charrette remplie de blocs de granit avait glissé, dégringolé la pente et s'était renversée sur deux hommes. Lorsqu'on avait enlevé les pierres, un des deux hommes respirait encore. Pensant le sauver, le père Dowling l'avait fait transporter jusqu'à l'hôpital de la ville — un endroit qui a si mauvaise réputation que la femme du blessé avait essayé de le tirer hors de la charrette.

Plus tard le même jour, fatigué et furieux, le père Dowling était revenu au chantier et il s'était querellé ouvertement avec l'évêque. Les témoins racontaient qu'il avait demandé pourquoi on dépensait des sommes aussi astronomiques pour construire une église dans un endroit où les gens mouraient au milieu des ordures, sans recevoir de soins. Il avait accusé l'évêque de favoriser son propre avancement et d'alimenter son propre orgueil aux dépens des démunis, puis il était parti. On n'avait pas revu le jeune prêtre depuis. On pensait qu'il s'était peut-être embarqué sur un navire en partance pour l'Angleterre.

En me rappelant cet incident, je regrettai de ne pas avoir choisi mes mots avec plus de circonspection. «Je suis désolé, mon père, m'excusai-je. J'aurais évidemment dû dire "notre" église.

— Mais est-ce que vous le pensez, ou bien croyez-vous, comme le père Dowling, qu'on bâtit cette église pour moi ?»

J'avais beau avoir souvent réfléchi à cette question, je n'étais pas préparé à y répondre. « Je ne sais pas, dis-je. Je suppose qu'on la bâtit pour les pauvres… pour tous les gens de la paroisse… Pour qui au juste, mon père ? » Je fus moi-même abasourdi d'avoir posé la question aussi crûment.

« Les pauvres, ah oui ! les pauvres. Les pauvres après lesquels vous soupirez, vous et le père Fitzgerald… et aussi le père Dowling… les pauvres sur lesquels vous pleurez… et pour lesquels vous éprouvez de la répulsion. »

Je voulus protester, mais il secoua la tête. Il porta à ses lèvres ses doigts repliés, comme je l'avais souvent vu faire en chaire quand il réfléchissait à un point de doctrine.

« L'Église », reprit-il, d'une voix forte cette fois, « est responsable d'elle-même, et c'est sa plus grande responsabilité. Notre devoir est de la servir d'abord et avant toutes les choses terrestres. Croyez-vous, mon fils, qu'en dépensant tout ce que nous avons pour nourrir les indigents, soigner les malades et vénérer en même temps Dieu dans les taudis, nous servirons l'Église, les indigents ou les malades ? Relisez l'histoire de l'Église. Regardez autour de vous dans cet endroit où nous avons eu des prêtres depuis près de cent ans, des hommes parfois bons, mais pauvres et ignorants. Aussi pauvres et ignorants que ceux qu'ils servaient. Et qu'est-ce que nous avons gagné, comment avons-nous fait progresser notre sainte mère l'Église ? Nous avons été ridiculisés, méprisés, chassés, privés du droit de pratiquer notre religion même de façon rudimentaire… voilà comment les doux et humbles de cœur servent l'Église ! »

Il parlait à présent d'une voix tonitruante. Je me demandai comment il se faisait que le père Ryan, qui était dans la pièce à côté, n'accourait pas.

« Non, mon fils. Le premier devoir des serviteurs de Dieu est de bâtir des églises qui témoigneront à jamais et devant tout le monde que le Seigneur est grand et tout-puissant et que son peuple ne doit pas être méprisé. De telles églises sont la cour de Dieu et la porte du ciel. »

Ce n'était pas à moi qu'il s'adressait, il ne me voyait plus, debout, rempli de confusion, devant son bureau. Il se leva, se dirigea vers la fenêtre et baissa les yeux vers le port.

« Regardez seulement cet endroit. Voilà où nous sommes, comme un pivot entre deux mondes, assis au bord d'un bol gigantesque rempli de nourriture », poursuivit-il en faisant un geste vers la mer, « et juste à côté de nous se trouvent les Amériques. Le monde viendra à notre porte, il doit venir, pour troquer et pour acheter. Dans une centaine d'années, quand Saint John's sera l'une des plus grandes villes du Nouveau Monde, notre cathédrale témoignera de la dévotion de notre peuple, de la persévérance de la foi catholique ! Les prochaines générations ne pourront plus nous empêcher de pratiquer notre foi, de commercer, de faire de la politique, de devenir juges, marchands, gouverneurs, tout ce que nous voulons ! Ne doutez jamais que l'église que nous sommes en train de construire fera davantage pour les pauvres et les malades que n'importe quel hospice, hôpital ou asile que nous bâtirions ! »

Il y eut un long silence. Je n'étais pas convaincu, mais je m'efforçai de trouver une réponse, une façon honnête de lui présenter mes excuses pour toutes les choses qu'il savait que j'avais pensées.

Mais il parla le premier. « Pardonnez-moi, père Commins. J'ai eu deux jours pour penser à la réponse que j'aurais dû donner au père Dowling, et c'est vous, je le crains, qui en avez porté le poids. »

Il retourna à son bureau, reprit la lettre et la relut, par pure bonté, je crois, afin de me donner le temps de reprendre contenance.

« En ce qui concerne l'Église, votre ordination n'a pas été interrompue. Comme vous n'avez jamais cessé d'être prêtre, il n'est donc pas nécessaire de réitérer vos vœux. Toutefois », continua l'évêque en me regardant au-dessus de ses doigts repliés, « nous pouvons, si vous le souhaitez, faire un service de reconsécration. »

Je hochai la tête. « Je le souhaite », répondis-je. J'étais troublé d'apprendre que j'étais resté prêtre pendant toutes ces années passées au cap.

« Je pense que nous attendrons après Pâques. » Mgr Fleming tourna les pages de son calendrier liturgique. « Nous tenons toujours des services spéciaux pendant les rogations, pour implorer le ciel de bénir notre travail terrestre. Votre service pourra avoir lieu pendant l'une de ces journées. Cela me semble un moment approprié. »

Il me donna sa bénédiction et me congédia sans rien ajouter. Je traversai la cour et entrai dans la chapelle pour rendre grâce à Dieu. Les doutes qui avaient envahi mon esprit depuis des mois avaient disparu. Ce soir-là, je me sentis en paix.

Le lendemain matin, l'une des religieuses, qui était allée acheter de la nourriture, me dit que le propriétaire de la taverne en face de la forge désirait me parler. Elle me regarda d'un air songeur ; elle se demandait manifestement ce que je pouvais bien avoir à faire avec ce receleur.

Dès que ce fut possible, je me hâtai de descendre la colline pour me rendre au Black Dog. Le tavernier me reconnut aussitôt. « Em est venue et elle veut vous voir. Elle dit qu'il faut qu'vous alliez la rencontrer sur les quais quand le *Godspeed* va arriver. Elle dit qu'il y a des gens que vous aimeriez voir sur le bateau. »

Quand je demandai quel bateau était le *Godspeed* et comment j'allais le reconnaître, il eut l'air éberlué.

« Le *Godspeed*, mon vieux ! Le *Godspeed* ! Bon sang, c'est un des meilleurs navires qui ait jamais navigué dans les Narrows ! Vous connaissez donc rien, vous autres, là-bas, avec vos calottes et vos châles rouges ? C'est un trois-mâts, il appartient aux Gilbert. Le printemps passé, c'est le premier qui est revenu des banquises. Fallait voir sa cargaison ! Il paraît qu'avec ce seul voyage les Gilbert avaient récupéré toute leur mise de fond. »

Et lorsque je voulus savoir quand il serait de retour, il se montra plus vague. « Oh ! d'un jour à l'autre… d'un jour à l'autre. Ce sera probablement le premier à arriver, même si on dit que c'est une année difficile là-bas et que j'ai pas l'impression que le rendement va être aussi bon, cette fois. N'empêche qu'y en a quelques-uns qui ont misé sur lui. »

Il passa un linge d'une propreté douteuse sur un gobelet qu'il remplit de rhum brun. « Ça va faire un shilling », dit-il en le poussant dans ma direction.

Le prix était exorbitant et, juste à respirer son odeur, je savais que je serais incapable d'avaler ce rhum, mais je payai, car j'avais compris que cela faisait partie de notre marché.

« J'enverrai un gamin vous avertir quand le *Godspeed* sera dans les Narrows… j'veux dire si j'en trouve un qui a pas peur d'être changé en bouc. » Il ponctua sa plaisanterie d'un rire tonitruant et il m'envoya joyeusement la main lorsque je sortis de son tripot.

À partir du moment où la religieuse m'avait apporté le message du tavernier jusqu'à celui où je pénétrai dans la chapelle ce soir-là, je n'avais pas eu une seule pensée pour l'état de prêtre qui était de nouveau le mien. Que de déloyauté dans le cœur et l'esprit d'un homme ! Comment s'étonner que le Seigneur perde patience avec nous ! Je demandai pardon et fis pénitence. N'empêche que, dans les semaines qui suivirent, je passai beaucoup de temps à surveiller les Narrows et à attendre le garçon qui devait venir m'avertir du retour du *Godspeed*.

Si, depuis mon arrivée à Saint John's, j'avais évité les quais, y allant uniquement par affaires, les choses avaient changé au cours des dernières semaines. Je m'étais mis à hanter cet endroit chaque fois que j'avais une chance de m'échapper. Les soirées allongeaient, et j'eus la surprise de découvrir que c'était là que la plupart des gens de la ville se rassemblaient.

Chaque soir, après le souper, les ruelles qui descendent vers le port sont bondées de monde. Assis dans leurs carrosses, les bien nantis regardent de haut la scène bigarrée, tandis que ceux qui sont à pied vont d'un bassin à l'autre et visitent chacun des quais le long de l'allée inférieure. Au bout de chaque quai, ils se rassemblent et contemplent les Narrows, et ils comptent les mâts des navires qui sont parfois si serrés les uns contre les autres qu'une personne pourrait traverser le port en sautant d'un pont à l'autre. On voit là des barques et des brigantins, des bateaux venus s'approvisionner en eau douce avant de partir pour le Groenland, des vaisseaux équipés pour une saison au Labrador, des navires marchands américains et des bateaux portant le pavillon d'une douzaine de pays européens.

Les citadins qui se pressent sur les quais, et les marins qui se penchent au-dessus du bastingage de leur navire semblent tous participer à une même pièce de théâtre dans laquelle figurent aussi des prostituées, des mendiants et une vieille diseuse de bonne aventure, assise à la même place chaque soir. Il y a des marins étrangers qui bottent un ballon ou qui sautent d'un navire à l'autre dans le fouillis d'amarres où sont mises à sécher d'invraisemblables lessives ; il y a des hommes de la baie à la recherche d'une place sur un bateau pour la saison ; il y a des soldats de la forteresse et des hommes de la Marine royale, des marchands accompagnés de leurs dames qui soulèvent leurs jupes et marchent sur la pointe des pieds dans le limon, des matelots espagnols vendant d'étranges vins rouges et verts et des Hollandais qui troquent des étoffes et des épices quasi introuvables dans les boutiques locales.

Et les bruits… une espèce de cacophonie évoquant la tour de Babel ! Un vendeur de capelans grillés s'époumone, un marin joue du flûtiau, des garçons vendent des marionnettes. Des gens baragouinent en français, en espagnol et en portugais, commentant les dernières nouvelles et les potins tant de Londres, de Madrid, de Lisbonne et de Paris que des ports plus proches — Halifax, Québec, Boston. Des hommes d'affaires marchandent le poisson qui nage encore dans la mer, on parle du fort et de la ville, on discute politique avec ardeur, on spécule sur ce que la chasse au phoque va rapporter, on se raconte toutes sortes d'anecdotes sur ce qui s'est passé pendant l'hiver dans des centaines d'anses et de ports éloignés. Tout ce bavardage remplit les soirées printanières et leur confère une sorte de fébrilité grisante qui est presque tangible.

Je me demandais pourquoi de père Dowling ne m'avait pas fait connaître cette expérience, ou s'il en avait eu lui-même connaissance. Nulle part dans cette foule je n'avais aperçu un prêtre ou un religieux. Peut-être les ruelles voisines du port sont-elles considérées comme offrant de trop grandes tentations à ceux qui ont le cœur pur. Peut-être en offrent-elles.

Le faux printemps disparut et, ce matin-là, l'air était redevenu froid lorsque le gamin, regardant autour de lui comme s'il se trouvait dans un camp ennemi, me toucha le bras et me dit que le *Godspeed* était arrivé dans les Narrows. Je quittai mon travail sans dire à personne où j'allais et dévalai les collines jusqu'au port en me demandant qui serait sur le bateau.

Frank Norris et Joe Vincent, sans doute : ils avaient souvent participé à la chasse au phoque. Charlie aussi, peut-être. Le plus jeune des Vincent était maintenant assez âgé pour les accompagner, de même que Willie. Mais je ne pouvais imaginer Meg laissant aller son fils chéri sur les banquises.

Je n'avais demandé aucune information au garçon, mais à mi-descente, je m'aperçus qu'une foule m'entourait. Lorsque nous atteignîmes le bassin, c'était comme si la moitié de la population de Saint John's était déjà là.

Même à l'intérieur du port, la mer était agitée, et le *Godspeed* avançait lentement, montant et descendant dans les vagues qu'il coupait. Je contournai la foule pour essayer d'apercevoir Emma, et je finis par la trouver, adossée à un embarcadère en haut duquel son fils était assis. Elle portait un bébé dans ses bras et m'envoya la main au-dessus des têtes des gens autour d'elle. Elle paraissait de meilleure humeur. Lorsque je m'approchai, elle sourit et m'indiqua du doigt ses chaussures et celles du garçonnet.

« Merci pour l'argent, monsieur Hutchings. Vous savez qui est à bord du *Godspeed* ? » Ses joues étaient roses d'excitation et elle n'attendit pas ma réponse.

« Mon Peter et son frère Joe sont tous les deux à bord. C'est censé être un bateau chanceux, c'est fou la cargaison qu'ils ont rapportée l'an passé. Frank Norris devait s'embarquer lui aussi, mais il a dû prendre une place sur un autre vaisseau, j'sais pas lequel. Peter s'est embarqué en premier, alors il va gagner plus d'argent, il dit que les premiers obtiennent toujours un meilleur prix pour les peaux et les nageoires. Lui et moi, on va s'bâtir une maison derrière la toundra… là-bas, on peut s'installer sur un bout de terrain sans plus de cérémonie. Peter dit qu'à partir de maintenant, il va se trouver du travail à terre… »

Emma continuait à bavarder, elle semblait avoir surmonté la timidité et la rancœur qui l'avaient gardée si renfrognée à notre première rencontre. Pour ma part, je me sentais toujours aussi intimidé en sa présence. Avec ses manières vulgaires, sa voix criarde et son fort accent de Saint John's, elle était si différente de ses parents que j'avais l'impression de me trouver en présence d'une parfaite étrangère.

Quand elle fut à court de sujets de conversation, je lui demandai comment s'appelait le bébé. Avant qu'elle eût le temps de me répondre, une sorte de grondement se fit entendre dans la foule pressée autour de nous, et tout le monde se mit à parler en même temps. Comme ni moi ni Emma ne savions ce qui s'était passé, je m'informai auprès d'un vieil homme tout près.

« R'gardez, l'bateau envoie des signaux », dit-il en pointant le doigt vers le navire, qui était toujours dans le chenal, mais qui s'avançait en se présentant par le travers, de sorte que nous pouvions voir un message affiché. Un silence glacé tomba sur le quai et quelqu'un commença à déchiffrer lentement le message. «Quatre morts à bord, deux disparus, un blessé. Chargés à ras bord.»

Tandis que le message était lu, le navire s'approcha à notre hauteur. Plutôt que de tourner, il poursuivit sa route dans le chenal. La foule se mit alors à courir vers la rue. J'attrapai le gamin et nous nous hâtâmes à sa suite. La foule avançait au rythme du bateau, que nous pouvions apercevoir à travers les interstices entre les édifices jusqu'à ce qu'il s'engage dans le bassin de Rankin.

Le visage d'Emma n'était plus du tout radieux. «Peter va être un de ces morts. Quand y a des problèmes, on peut être sûr que Peter y est mêlé.»

Je ne tentai même pas de la rassurer. J'étais sûr qu'elle avait vu juste.

Lorsque nous atteignîmes le bassin de Rankin, nous vîmes que le quai était entouré d'un cordon de sécurité et que des soldats de la garnison avaient été appelés pour empêcher les gens de passer. Le *Godspeed* n'avait pas fini d'accoster, mais on avait déjà descendu un brancard de toile le long de son flanc. La calèche du médecin passa à côté de nous et les soldats lui ménagèrent un passage vers le quai. Avant qu'ils aient refermé les rangs, la foule se rua et se dirigea vers l'extrémité de l'embarcadère, juste sous le navire.

Emma et moi, nous fûmes emportés dans le mouvement jusqu'à ce que nous pûmes, nous aussi, lever les yeux vers les hommes d'équipage. Ils nous regardaient du haut du bateau, et certains agitaient parfois la main lorsqu'ils reconnaissaient un ami ou un membre de leur famille sur le quai, mais la plupart d'entre eux avaient le regard vide, ils étaient sombres et ne souriaient pas. Ces hommes venaient de l'extérieur de la ville. Ils allaient devoir marcher pendant des jours avant de revoir leur famille. Emma et moi rejetâmes la tête en arrière pour examiner chacun des visages, mais il n'y avait aucun signe de Peter ni de Joe.

Ceux qui étaient derrière virent la chose avant nous. Nous entendîmes grincer le cabestan et remarquâmes que les hommes au-dessus se tournaient vers quelque chose qu'on remontait de la cale du navire. Puis le mât de charge oscilla et nous vîmes, oscillant au-dessus de nos têtes, quelque chose qui ressemblait à un énorme morceau de charbon tailladé, entouré d'une corde. J'entendis une femme crier. C'était sans doute Emma. Au même instant, je compris que ce qu'on descendait vers nous, c'étaient les corps noirs et gelés de deux hommes, deux hommes debout, penchés l'un vers l'autre, enlacés.

Lentement, très lentement, la forme grotesque descendit, puis elle se mit à planer au-dessus de nous, en se balançant légèrement. Et nous restions là, transformés nous-mêmes en statues, les yeux rivés sur les visages gelés de Peter et de Joe Vincent. Il ne me vint même pas à l'esprit d'empêcher l'enfant dans mes bras de regarder le visage noir, le visage mort de son père.

Quelqu'un vint, attrapa les cordages et nous repoussa pour laisser passer une charrette. Cet homme y guida la chose grotesque, un autre la couvrit d'une voile, et la charrette s'éloigna pour laisser sa place à une autre.

Ce fut Emma, claquant des dents, qui eut la présence d'esprit de demander au conducteur où il emportait les corps.

« Là où on les amène toujours… à la veuve, au bout de la ruelle Lime Kiln. » Il aurait aussi bien pu parler d'une charge de bois de chauffage.

Emma voulut suivre la charrette, mais je la retins. Elle s'arrêta et resta là, le bébé dans les bras, à attendre qu'on lui dise quoi faire. Je regardai autour de moi, espérant vivement apercevoir un visage connu, cherchant, je crois, quelqu'un qui m'indiquerait la conduite à suivre.

Qu'est-ce que j'aurais donné, alors, pour qu'un miracle se produise et que je voie apparaître Mary Bundle ou Meg Andrews ! Une de ces femmes qui enlèvent toujours les choses qu'on ne peut supporter de voir, qui les emportent pour les laver, les soigner, les enduire de baume inutile, puis, quand il ne reste plus rien d'autre à faire, les enveloppent dans de jolis linceuls qu'elles ont taillés, avant de demander aux hommes de venir accomplir les rituels nécessaires. Comme j'espérais voir une de ces femmes capables de faire passer ces minutes intolérables !

Nous restions là, Emma et moi, hésitants, au premier rang de la foule. Il y avait encore des choses à voir, d'autres corps à sortir de la cale gelée, des phoques à décharger sur le quai, des nageoires à échanger. La charrette qui transportait les corps de Peter et de Joe avait disparu. Je fermai les yeux et priai pour que la sagesse me vienne. Quand je les rouvris, Emma était toujours à mes côtés. Son visage était de pierre. Elle attendait.

Il y avait plusieurs calèches dans la rue et je vis que l'une d'elles était conduite par un boulanger chez qui il m'arrivait d'acheter du pain. J'entraînai Emma vers lui et je lui demandai d'avoir la bonté de nous amener au couvent qui se trouvait à l'emplacement du Rising Sun, un ancien pub.

Il savait où c'était et il nous laissa à la porte du couvent, mais il refusa la pièce de monnaie que je lui offrais. Toutefois, lorsque je frappai à la porte et que sœur Bernhard vint nous ouvrir, Emma ne voulut pas entrer. Elle pointa un doigt vers la religieuse et se mit à hurler. Cette dernière tendit la main vers elle, mais Emma recula brusquement et se mit à courir, son bébé dans les bras, dans le sentier. Elle se serait probablement enfuie s'il n'y avait eu son fils qui, debout dans l'embrasure de la porte, se cramponnait à ma main et chialait aussi fort que sa mère. Je le poussai dans le vestibule et me lançai à la poursuite d'Emma. J'étais si exaspéré par sa conduite que j'avais envie de la gifler. Je saisis plutôt son bras libre et la tirai sans trop de ménagement dans le chemin. J'eus besoin de toute ma force pour l'obliger à entrer dans le couvent.

L'aspect banal de l'intérieur qui, bien que nettoyé et ciré, a gardé quelque chose de l'ancien café, parut réconforter cette idiote. Elle s'assit bientôt sur le banc le plus proche et, la tête penchée sur son bébé, elle se mit à pleurer en silence. Deux autres religieuses apparurent, dont l'une tenait une tasse de lait chaud pour l'enfant. Il prit place auprès de sa mère et but son lait en regardant fixement les religieuses vêtues de noir comme s'il s'agissait d'étranges oiseaux capables de lui arracher les yeux d'un instant à l'autre.

Je racontai aux religieuses ce qui s'était passé et leur expliquai qu'il me fallait retourner là-bas voir quels arrangements nous allions pouvoir faire. Pendant que je parlais, sœur Bernhard ne cessait de tapoter le dos d'Emma et de murmurer de petits mots doux pour la réconforter. Lorsque je pris congé, elle conduisait Emma dans le corridor en lui disant : « Il faut qu'vous vous reposiez un peu, ma pauvre petite, sinon vous allez pas pouvoir survivre. »

Je restai immobile sur le chemin devant le couvent, inspirai à grandes goulées l'air frais, étonné de constater que c'était toujours le matin. Il faudrait encore des heures avant que la cargaison du *Godspeed* ne soit déchargée. Ensuite, je pourrais peut-être parler au capitaine. J'avais besoin de temps pour réfléchir. À ma grande honte, je dois avouer que, pour ce faire, je n'allai pas à la chapelle, mais au Black Dog, où je m'assis et pleurai la mort des frères Vincent.

Je ne cessais de me rappeler la première fois que je les avais vus, il y avait si longtemps, alors qu'ils levaient les yeux vers moi dans la barque surchargée de leur père. Voilà qu'ils étaient morts, et Josh aussi. La moitié de la famille avait disparu.

Je décidai qu'il fallait coûte que coûte ramener au cap les corps de Joe et de Peter. Jamais Sarah Vincent n'accepterait que ses fils soient enterrés si loin.

« À qui est-ce que je devrais demander les salaires des chasseurs de phoques du *Godspeed* ? demandai-je au tavernier.

— Vous feriez mieux d'aller aux bureaux des Gilbert. Ça m'surprendrait qu'vous rencontriez le vieux Gilbert en personne, mais son comptable va sans doute être capable d'arranger ça », répondit-il.

Je pris un autre verre et lui racontai ce qui était arrivé au mari d'Emma.

Il devint très cordial. « Dites à Em de venir me voir... Ma femme a parfois besoin d'aide dans la cuisine, et j'peux toujours embaucher quelqu'un. » Il m'indiqua d'un signe de tête la taverne presque vide.

« Emma et ses enfants ne vont pas rester à Saint John's. Elle va retourner chez les siens, et dans la famille de son mari, au cap », dis-je ; j'ignorais que j'avais décidé ça avant de m'entendre prononcer ces paroles.

Emma devait évidemment retourner là où Meg et Sarah pourraient s'occuper d'elle. Comment renvoyer les morts sans les vivants ? Le fils de Peter (si toutefois le bambin était bien son fils) et le bébé, et Emma aussi, seraient bien mieux là-bas.

Après avoir pris cette décision, je sentis mon moral remonter. Je demandai ce à quoi chacun des hommes pouvait s'attendre après avoir chassé le phoque pendant cinq semaines.

« Ce à quoi ils s'attendent ou ce qu'ils vont recevoir ? À mon avis, c'est deux choses différentes. »

Le tavernier remplit soigneusement deux verres de rhum brun avant de poursuivre. « Au départ, ils pensent qu'ils vont recevoir cinquante ou cent livres, mais, depuis toutes les années que j'suis ici, j'ai jamais entendu dire qu'ils en avaient reçu plus que trente… et ça, c'est arrivé seulement quand un groupe a fait deux voyages sur le vieil *Elgin*. La plupart du temps, ils reçoivent dix ou quinze livres. »

Je laissai entendre que c'était bien peu quand on savait qu'un seul voyage sur les banquises suffisait à rembourser l'investissement des propriétaires du *Godspeed*.

« Ben, les produits de la chasse appartiennent aux compagnies, vous savez ça. C'est elles qui possèdent les vaisseaux et qui les approvisionnent, qui embauchent le capitaine et ainsi de suite. Alors, quand les bateaux reviennent, elles divisent ce qu'elles pensent obtenir pour la fourrure et l'huile, un tiers entre les hommes, un tiers pour couvrir leurs dépenses, et un tiers pour leur profit. Du moins, c'est ce qu'elles prétendent, mais, d'après c'qu'on dit, des fois elles obtiennent deux et même trois fois le prix qu'elles pensaient avoir quand elles vendent les peaux et l'huile. Vous trouvez pas ça drôle que les chasseurs reçoivent toujours moins que c'qu'ils attendaient, et que les propriétaires, eux, reçoivent plus ? »

Il aurait volontiers continué à discuter de ce phénomène avec moi jusqu'à la fin des temps, mais je lui fis mes adieux et me dirigeai vers les bureaux des Gilbert. Si j'arrivais à obtenir ne serait-ce que cinquante livres, cela serait utile à Emma… et à Lizzie. J'avais presque oublié que Joe avait aussi une femme et des enfants au cap.

Ils devaient à présent avoir commencé à attendre le retour des hommes, là-bas. Espérer les voir apparaître, traversant l'isthme à pied ou débarquant d'un bateau s'ils avaient eu de la chance. Les enfants penseraient aux bonbons collants que les hommes leur rapportaient toujours, tandis que les femmes se demanderaient s'il y aurait du thé, du tissu, une paire d'aiguilles à tricoter ou un coupon de soie colorée dans les sacs des hommes.

Aux bureaux des Gilbert, le comptable, un jeune homme hautain, me demanda à quel titre je pensais me faire remettre la part des hommes morts. Lorsque je lui répondis que je le faisais au nom de leurs épouses, il m'examina de haut en bas. « Je n'ai jamais connu un Vincent papiste. Avez-vous une autorisation écrite ? »

Je le dévisageai jusqu'à ce qu'il me dise, à contrecœur, qu'on n'avait pas encore fini de compter les peaux. « Bien entendu, nous n'avons encore aucune idée de leur qualité. De plus, vous savez comme moi comment est le marché pour la fourrure et l'huile cette année. » Il tourna les pages d'un grand livre ouvert sur le comptoir entre nous. « Nous avons fait ce que nous croyons être une estimation équitable et nous donnons dix-sept livres à chaque homme. »

C'est alors qu'un homme beaucoup plus âgé, assis à un bureau placé comme pour garder un gros coffre-fort dans le coin, croisa le regard du comptable et lui fit silencieusement signe d'approcher. Ils conversèrent à voix basse, puis le comptable revint au comptoir.

« Je suis désolé, monsieur, mais je dois vous dire qu'il n'y a pas de part pour les frères Vincent. » Il referma son grand livre d'un air résolu, comme s'il s'attendait à ce que je prenne sur-le-champ congé, mais je demandai des explications.

« Ces hommes sont morts la première semaine. » Il parlait d'une voix bourrue, comme si les Vincent avaient fait exprès de mourir, juste pour lui causer des soucis. « Le capitaine Abbot a informé M. Gilbert que le deuxième jour de la chasse, ils ne sont pas revenus au bateau. On ne les a retrouvés que deux jours plus tard. Le capitaine a dit que c'était leur propre négligence qui avait provoqué leur décès », conclut-il en frappant le livre de ses longs doigts.

Je lui demandai si c'était pareil pour les autres hommes dont on avait ramené les corps sur le *Godspeed* ce jour-là. Il m'assura que oui. « Chez les Gilbert, dit-il, nous nous vantons de traiter nos hommes équitablement et selon des principes chrétiens. »

Si je n'avais pas bu deux verres de rhum au Black Dog, je n'aurais sans doute pas insisté autant. Mais, dans mon état, j'essayai de garder un air impassible et je demandai à parler à l'homme assis au bureau du coin. Une nouvelle série de chuchotements s'ensuivit, puis le gardien du coffre-fort se leva majestueusement et s'avança vers moi. C'était un homme de haute taille, avec une chevelure et une barbe blanches, vêtu d'un costume de serge noir et d'une chemise immaculée. On aurait dit qu'il sortait d'une banque dans l'une des grandes capitales du monde.

« Monsieur, dit-il, je suis le propriétaire de la compagnie... Si je comprends bien, vous ne croyez pas ce que vous dit M. Robinson ?

« — Comment est-ce possible que des hommes trouvent la mort en chassant le phoque pour vous sans que leur famille reçoive même une livre ? »

Il ouvrit soigneusement le livre de comptes, en sortit une feuille pliée entre les pages et passa son doigt sur une liste de noms.

« Je vais vous l'expliquer, monsieur. Tenez, voici les noms, Peter Vincent, Joseph Vincent, qui ont tous deux signé d'une croix. » Je décelai une nuance de mépris dans sa voix, comme s'il ne valait guère la peine de se quereller pour des hommes qui ne savaient même pas écrire.

« Vous voyez, les frères Vincent ont été équipés par cette compagnie. Ils sont arrivés sans couteaux, sans cordes ni gaffes, et seulement l'un des deux avait un fusil. En conséquence, nous avons déduit dix centiles de leur part de la récolte. »

À son tour, il referma le grand livre et posa ses mains sur la couverture ainsi que j'avais vu des prêtres le faire à la conclusion de leur office. « Si je voulais me montrer encore plus précis, monsieur, je vous dirais que vos amis me doivent encore trois livres quatre et six. »

Sans réfléchir, je me jetai sur le comptoir, mes mains cherchant à agripper sa gorge. Il cria, le comptable et un autre homme apparurent, me saisirent par les bras et me jetèrent sans plus de cérémonie à la porte.

J'atterris sur les genoux dans la boue du chemin. Je me relevai et le comptable, qui n'avait pas perdu un poil de sa dignité, m'annonça que si j'osais me présenter de nouveau aux bureaux des Gilbert, on enverrait chercher la police. « Nous l'aurions déjà fait si M. Gilbert, qui a un grand respect pour votre évêque, n'avait décidé de ne pas lui créer d'ennuis en faisant arrêter un de ses prêtres. » Il rentra dans l'édifice dont il referma tranquillement la porte.

Je restai immobile, essayant de retrouver mes esprits. J'étais content qu'on m'ait empêché de frapper le vieillard, mais honteux de n'avoir pas réussi à obtenir un peu d'argent pour Emma et Lizzie. Je me dis qu'Emma s'en serait peut-être mieux tirée si elle était venue elle-même.

J'avais pensé me rendre à la morgue après ma visite chez Gilbert, mais, en voyant la maison d'Alex Brennan, je décidai d'aller lui demander quand il partait pour le cap. Lorsque sa femme ouvrit la porte, elle m'apprit que le capitaine était parti pour la côte nord-est depuis deux semaines avec le *Charlotte Gosse*. Voyant à quel point j'étais décontenancé par cette nouvelle, elle me demanda si elle pouvait faire quelque chose pour moi.

« J'ai entendu dire que le nouvel armateur va envoyer le *Seahorse* vers la côte dans le courant de la semaine », me dit-elle quand je lui eus expliqué ce dont j'avais besoin.

La femme d'Alex savait beaucoup de choses sur ce qui se passait le long des quais. Elle m'annonça que le nouveau propriétaire de la compagnie Gosse était Timothy Drew. Lui ayant déjà loué des chevaux et des charrettes, je savais où se trouvaient ses bureaux. Je m'y rendis directement. Je conclus les arrangements nécessaires pour qu'Emma, les enfants et les deux corps soient à bord du *Seahorse* au moment du départ le lendemain. Je promis au commis de Drew de venir le payer plus tard.

La morgue était située dans une maison proprette de deux étages appartenant à une certaine Mme Coyle. Cette femme, semble-t-il, selon les termes d'une entente avec les autorités de la ville, s'occupait des morts non identifiés et non réclamés dont on devait faire la toilette avant de les conduire au champ du potier à proximité du fort. Mme Coyle était une femme agréable, et son apparence ne laissait en rien deviner la nature lugubre de son travail. Elle m'invita à m'asseoir au petit salon à l'avant de la maison. Elle me demanda si je voulais voir les pauvres créatures qui, précisa-t-elle d'une voix neutre, étaient en train de dégeler dans la cave. Je refusai. Elle me pria alors de l'attendre et revint un moment plus tard avec un petit paquet enveloppé dans un mouchoir de toile propre. Elle le développa et plaça deux couteaux à sculpter, une pipe d'argile, l'harmonica de Joe et un canif sur la table couverte d'une nappe de dentelle à côté de moi. Je reconnus le canif comme ayant déjà appartenu à Josh Vincent. Il m'avait montré à m'en servir pour effectuer des centaines de tâches : lisser le bois d'un aviron, vider le poisson, trancher de la corde. En le regardant, je me sentis au bord des larmes.

Le mouchoir contenait aussi un autre objet, un petit galet blanc et lisse, parsemé de taches roses et gris-bleu. La mer y avait creusé un petit trou et un cordon de cuir effiloché y était enfilé. La dernière fois que j'avais vu ce caillou, il était autour du cou de Fanny. Elle l'avait porté pendant des années, c'était son amulette, son talisman. J'aurais juré l'avoir vu à son cou quand j'avais déposé son corps sur la table dans la cuisine de sa mère. Je me demandai comment Peter Vincent avait fait pour le prendre. Je fourrai le galet dans ma poche et emballai soigneusement les autres objets dans le mouchoir que je mis également dans ma poche.

« Pouvez-vous faire en sorte que les corps soient mis dans de simples cercueils de bois et apportés au *Seahorse* demain matin ? »

Elle acquiesça d'un signe de tête et me suivit à la porte, comme si j'étais un invité venu prendre le thé. J'étais sur le point de prendre congé lorsqu'elle me demanda, un peu à contrecœur, je dirais, comment je comptais la payer pour les cercueils et la location de la charrette.

« Je viendrai demain matin, en me rendant au bateau », répondis-je. Elle hocha la tête, l'air satisfaite, et me souhaita une bonne nuit.

Il commençait à faire noir. Tandis que je me dirigeais vers la route qui surplombait le port, je passai devant les bureaux des Gilbert. Il y avait encore de la lumière à l'arrière. Je gravis les deux marches et jetai un coup d'œil par la minuscule fenêtre. Une lampe était allumée à côté du comptable, assis tout seul, une plume à la main, penché sur le grand livre que j'avais vu cet après-midi-là. La pensée me vint qu'il ne serait pas difficile de forcer la porte, de tenir la pointe du couteau de Josh Vincent sur la gorge du comptable et de l'obliger à ouvrir le coffre-fort. Je cacherais l'argent dans les cercueils avec les corps, sans rien dire à Emma avant que le bateau soit prêt à appareiller.

Quelle justice ce serait d'utiliser le couteau de Josh de cette façon ! Quelle satisfaction j'éprouverais en renvoyant au cap un peu de l'or des Gilbert !

Cette idée était si enivrante que je m'y accrochai. C'était de la folie pure, pourtant je m'y abandonnai. Je regardais fixement le comptable et je pensais à la jouissance que ce serait de le frapper encore et encore, j'imaginais tout le bien que cet argent ferait aux femmes et aux enfants du cap.

Il tombait une neige mouillée, pourtant j'étais en nage. J'entendais le bruit de ma propre respiration haletante. Au prix d'un immense effort, je parvins à m'arracher à cette fenêtre. Je descendis les marches en titubant et grimpai la colline à toute vitesse.

Je me rendis directement à la chapelle, m'agenouillai et priai d'abord pour retrouver mon calme, puis pour demander pardon. Je tremblais toujours, horrifié par la violence de mes pensées, horrifié aussi de constater comme j'avais été proche de commettre un meurtre, de répéter l'acte dont je m'étais échappé en venant si loin. Je demeurai très longtemps dans la chapelle. Je priai pour moi-même, puis pour Emma et pour ses enfants, pour les âmes de Peter et de Joe, pour tous les habitants du cap. Je priai pour qu'on m'indique comment payer le passage d'Emma et celui des corps jusqu'au cap Random. Puis je restai à genoux, à ne penser à rien d'autre qu'à l'argent, car je savais qu'il me faudrait aller le demander au père Fitzgerald — ce que j'avais passé la journée à redouter.

J'étais si épuisé que je somnolai un peu, ma tête reposant sur le dossier du banc devant moi. Quand je me réveillai, j'eus l'impression qu'on était au milieu de la nuit, mais je trouvai le père Fitzgerald encore dans son bureau. Je lui narrai les événements de la journée, sans toutefois lui parler de ma visite au Black Dog et sans lui dire non plus que j'avais pensé à cambrioler le bureau des Gilbert.

Il compta la somme nécessaire et ajouta même quelques pièces qu'il pressa dans ma paume en disant : « Achetez donc quelques-uns de ces bonbons, pour les enfants. » Lorsque je murmurai que j'allais un jour rembourser la paroisse, il secoua la tête.

« Je me demande bien comment vous pourrez le faire, père Thomas. Si je comprends bien, vous allez rester avec nous, et je n'ai pas l'intention de vous donner de l'argent pour nous rembourser. » Il sourit et me dit d'aller me reposer. « Venez à la prière demain après le travail. Entre-temps, demeurez avec Dieu… et ne vous préoccupez plus de l'argent. »

Le lendemain matin, je me rendis au couvent et j'appris qu'Emma et les enfants n'y avaient pas passé la nuit. Elle avait insisté pour retourner chez elle — un appentis dans une ruelle derrière la forge que je mis près d'une heure à trouver.

Elle semblait effrayée lorsqu'elle ouvrit la porte. Elle avait pleuré et, au milieu du capharnaüm derrière elle, j'entendais geindre le bébé. Je restai sur le seuil de la porte pour lui expliquer les arrangements que j'avais pris. Je lui dis de se hâter de rassembler ses affaires et de m'accompagner.

« Vous v'nez avec nous ? » demanda-t-elle.

En m'entendant répondre que je restais à Saint John's, elle retrouva sa vieille expression maussade. Je m'attendais à ce qu'elle refuse de m'accompagner, mais elle disparut à l'intérieur. Une minute plus tard, elle était de retour et me tendit un sac de jute contenant ses effets. Puis, sans ajouter une parole, elle m'emboîta le pas, le bébé sur sa hanche, le gamin traînant derrière elle, accroché à ses basques. Elle paraissait si abattue que je décidai de l'amener au Black Dog prendre une tasse de thé chaud et quelque nourriture avant d'aller au port.

Pendant qu'Emma et son fils sirotaient leur thé et mangeaient du pain et du fromage, je lui racontai ce qui s'était passé la veille. Je fus étonné de voir avec quel calme elle acceptait la situation.

« C'est comme ça, hein ? » dit-elle en apprenant que le marchand prétendait qu'il ne revenait rien à Peter. « J'm'attendais à rien d'autre. » Elle versa une cuillerée de thé dans la bouche du bébé, il eut un haut-le-cœur, puis cessa de pleurer et avala le liquide.

Nous nous arrêtâmes au bureau de Drew où je payai leurs billets, puis nous allâmes chez Mme Coyle. Fraîche et pimpante, elle portait une robe jaune clair et ses cheveux étaient coiffés avec la même élégance que la veille. Elle nous salua en nous appelant par notre nom, et je découvris qu'Emma était venue la veille au soir voir le corps de son mari.

Mme Coyle nous apprit que les cercueils étaient déjà partis vers le *Seahorse* et que je ne lui devais rien. « Un messager est venu ce matin de la part des Gilbert. Ceci m'était adressé. » Elle sortit une feuille de papier de sa poche et me la tendit.

« Chère madame, lus-je. Nous venons d'apprendre que le fusil de chasse de Peter Vincent est resté sur le *Godspeed*. En tenant compte de ce fait nouveau et après avoir déduit le coût de l'équipement dudit Vincent et de son frère, je vous fais parvenir par la présente la somme de deux livres six pour services rendus.

« Je vous serais reconnaissant d'avoir la bonté d'en informer le gentleman en col romain qui semble s'occuper de leurs affaires. Je désire qu'il sache que l'exploitation de notre compagnie se fait selon les principes les plus élevés. Pas un sou revenant aux Vincent n'a été retenu indûment. Ce serait même plutôt le contraire. Nous ne nous sommes montrés que trop généreux. » Le message portait la signature de R. J. Robinson, chef comptable.

Ma première réaction fut de payer Mme Coyle, puis d'aller au bureau des Gilbert et de me faire rendre le fusil. J'étais convaincu qu'il s'agissait du vieux fusil de Caleb Gosse que Peter emportait toujours avec lui quand il partait. Mais le bon sens me dit qu'Emma et Lizzie auraient davantage besoin de l'argent que du fusil. À l'insu d'Emma, je le glissai dans son sac ainsi que les pièces que le père Fitzgerald m'avait données.

Nous allions sortir de la maison lorsque Mme Coyle tendit à Emma une sorte de châle. « J'me suis rappelée hier soir avant votre départ que j'avais tricoté ça il y a des années… prenez… c'est pour le bébé… et ça, c'est pour le petit garçon », continua-t-elle en me mettant dans la main un petit sac de papier. « Vous le lui donnerez sur le bateau. »

Lorsque nous arrivâmes au bassin, on était en train de hisser les derniers barils à bord du *Seahorse*. C'est un vaisseau plus grand que le *Charlotte Gosse*, aux lignes plus pures, et je me demandai s'il arriverait à s'engager dans le cap. Le capitaine, un homme que je voyais pour la première fois, me dit d'un ton sec qu'Emma aurait dû être à bord depuis une heure. Il ajouta que les corps étaient entreposés dans la cale avant et qu'on les avait attachés, même s'il ne prévoyait pas de tempête.

Lorsque je lui demandai où Emma et ses enfants allaient dormir, il me répondit d'un air bourru qu'ils allaient devoir se contenter d'une couchette dans les quartiers des matelots, car l'armateur et son épouse occupaient l'unique cabine du vaisseau. En entendant le ton sur lequel il m'annonçait cette nouvelle, je compris que la mauvaise humeur du capitaine n'était pas causée tellement par notre retard, mais surtout par la perspective d'avoir son nouvel employeur en train de surveiller ses faits et gestes pendant la traversée. Il avait l'air dans tous ses états. Pendant que nous parlions, il ne nous regardait pas, mais regardait derrière nous l'endroit où les matelots tiraient les cordages et amarraient la pontée.

Il était d'ailleurs préférable qu'il ne nous examine pas de trop près. Nous formions un groupe plutôt insolite, Emma, encore plus négligée que d'habitude, tenant le bébé emmailloté dans un ravissant châle de couleur crème, le gamin dépenaillé, et moi, un homme en qui chacun pouvait reconnaître un prêtre catholique.

J'avais déposé par terre le sac d'Emma, mais je tenais encore à la main le sachet de bonbons que m'avait remis Mme Coyle. J'avais également le journal de Lavinia Andrews, que j'avais emballé dans le même papier que celui dans lequel il était quand je l'avais reçu deux années auparavant.

J'y avais longuement réfléchi avant de décider de le renvoyer au cap. J'avais honte lorsque j'imaginais ce que Lavinia allait penser de moi en lisant les pages que j'y avais ajoutées, mais elle méritait de se faire expliquer pourquoi j'avais agi comme je l'avais fait pendant la dernière année de mon séjour parmi eux. À la dernière minute, je confierais le livre à Emma et lui demanderais de le remettre à Lavinia. En attendant, je restai là, heureux de sentir le paquet carré sous mon bras.

Je ne me sentais plus mécontent de moi-même. Tout compte fait, j'avais plutôt bien dénoué la situation, me dis-je. J'observai la ligne d'horizon, là où les échafaudages de notre cathédrale se dressaient au-dessus de la ville comme le gréement d'un énorme navire.

J'entendis Emma gémir doucement et je me retournai pour la regarder. Elle semblait très nerveuse, elle avait la peau moite et le teint verdâtre. Je lui demandai si je pouvais les aider à descendre, elle et les enfants, mais elle refusa, disant qu'elle voulait rester sur le pont jusqu'à ce que le navire soit au large. Je me demandai si, comme son père, elle n'était pas affligée du mal de mer. Si c'était le cas, elle allait passer quelques journées difficiles, en pleine mer, avec deux enfants en bas âge.

J'étais en train de penser à cela lorsqu'elle me mit soudain son bébé dans les bras et se mit à courir vers le bastingage. Je crus qu'elle se sentait mal, mais elle montra du doigt un homme qui se tenait sur le quai au-dessous de nous et me cria par-dessus son épaule que c'était Dan Hamlyn. « J'ai fait l'ménage de sa boutique et il m'doit dix shillings. J'veux qu'il me les paie, ce vieux radin ! »

Avant que j'aie eu le temps de répondre, elle était sur la passerelle et courait vers cet homme. Le gamin se mit à pleurnicher et, tandis que je tenais gauchement le bébé et le cahier, j'essayai de lui tapoter la tête. « Ne pleure pas, petit, elle va revenir dans une minute. »

Et pendant que je disais cela, je m'aperçus qu'Emma avait pris son sac, qu'elle avait dépassé l'homme et continuait à courir. Avant de disparaître dans la ruelle, elle tourna la tête et cria quelque chose que je n'entendis pas. Elle pleurait.

La ville commença à glisser devant moi. L'homme sur l'embarcadère souleva son chapeau et l'agita en direction de quelqu'un à la proue. Je restai immobile avec un bébé dans les bras et un bambin qui sanglotait contre la jambe de mon pantalon. Je demeurai là jusqu'à ce que les échafaudages se soient estompés dans la brume, jusqu'à ce que les douces vibrations du navire soient devenues le roulis et le tangage familiers, jusqu'à ce que le vent fasse claquer les voiles, jusqu'à ce que le *Seahorse* ait viré de bord et se soit engagé entre les gigantesques falaises.

Au milieu de tout ce bruit, de tout ce mouvement, je restais suspendu dans un îlot de tranquillité ; je voyais, plus clairement que je ne l'avais jamais vu, que je ne le reverrais peut-être jamais, que toutes les créatures — l'enfant dans mes bras, le gamin à côté de moi, les hommes qui s'agitaient autour de moi, le bateau, les vagues sous le bateau et les poissons sous les vagues — bougeaient suivant de grands modèles tourbillonnants que Dieu seul comprend et dont Il a seul le contrôle.

La suite de *Cap Random* a été publiée en anglais sous le titre *Waiting for Time*. Le roman sera traduit par XYZ éditeur et paraîtra en 2001.

Dans la même collection

*Cet ouvrage
composé en Times corps 11 sur 13
a été achevé d'imprimer
en mai deux mille
sur les presses de Marc Veilleux imprimeur,
Boucherville (Québec).*